雷霆突击

刘猛 著

军事作品

北京联合出版公司
Beijing United Publishing Co.,Ltd.

图书在版编目（CIP）数据

雷霆突击 / 刘猛著. -- 北京 ：北京联合出版公司，
2019.3
ISBN 978-7-5502-8724-2

Ⅰ．①雷… Ⅱ．①刘… Ⅲ．①长篇小说－中国－当代
Ⅳ．①I247.5

中国版本图书馆CIP数据核字(2018)第039659号

雷霆突击

作　　者：刘　猛
出版统筹：新华先锋
责任编辑：夏应鹏
封面设计：易珂琳
版式设计：朱明月

北京联合出版公司出版
（北京市西城区德外大街83号楼9层　100088）
三河市嘉科万达彩色印刷有限公司印刷　新华书店经销
字数297千字　787毫米×1092毫米　1/16　24印张
2019年3月第1版　2019年3月第1次印刷
ISBN 978-7-5502-8724-2
定价：59.00元

伞兵是天上傲气的飞鹰，
在我们的头顶只有天。
当我们张开身体，
投身暗黑的天空，
在枪林弹雨之中与死神接吻，
伤痕就是给予我们的最好勋章！

第一章

1

雷震永远也忘不了 1996 年的那个夏日傍晚。中国西南边陲，1024 地区。炸弹在空中划出一道道带着强大压迫力的弧线，带着刺耳的啸声砸落下来时，剧烈的爆炸和烈焰在一瞬间腾空而起，让整个山谷火光冲天，地动山摇。一张张涂着迷彩的黝黑大脸上，血水混着汗水，让他们整张脸看起来都是血肉模糊的。机枪阵地上弹雨横飞，空气中飘散着浓重的硝烟和血腥气味……

突然，阵地上一声脆响！一颗跳雷在空中弹开，队员们都呆住了。雷震纵身一跃，右脚在空中划出一道有力的弧线。几乎同时，雷震的迷彩脸上的眼瞳瞬间放大，眼前只有一片耀眼的白光，什么都看不清楚，整个人笼罩在烈焰当中……

天边的那抹火烧云烧得那么炽烈，当一阵山风狠狠刮过树梢时，雷震单腿站在硝烟还未散尽的阵地上，鲜血不断流出来，一滴滴渗进这片肃杀的土地……

2

"妈拉个巴子的，快点儿！他们要到了！"战熊潜伏在山地上的灌木丛里，露出一张迷彩大脸，兴奋地抬手看表。

指挥阵地上，一个三十多岁，脸部硬朗得像是经过刻意凿刻，全身上下都带着一股犹如黑豹般敏捷与凶悍气息的男人拿起电台，声音冷峻道："各单位注意，客人来了！完毕。"话音刚落，电台里就响起一连串的报告声。

带队的干部是空降兵特种部队雷神突击队队长雷震，代号飞鲨。没有上过战场的人，绝不会想到，这个一次次陪着死神跳舞的人，在战场上慢慢被培养成犹如战神一样彪悍的男人，此时竟如同孩子一样兴奋。

雷震举着望远镜，表情严肃地观察着对面的山巅。这时，电台里传来直-10的报告声："飞鲨，猎隼在接近目标区域。完毕。"雷震的声音还是很冷峻："飞鲨收到，按照预案开进。完毕。"

"收到。完毕。"陈笑寒关掉电台，侧头对旁边的高山说，"就这点儿事，还要我们凑热闹，他是闲的吗？"语气里尽是不屑。

高山也是三十多岁，始终一副老好人的样子，笑笑说："你还不了解飞鲨吗？嘚瑟！臭嘚瑟！"陈笑寒冷笑道："狗改不了吃屎！"高山笑笑，看看她，没说话。陈笑寒冷着脸，拉高机头，直-10在空中疾驰而去。

山地上，四台伞兵突击车在山间开得跟兔子似的上下直蹦。士官长赵大力带队开车在疾驰。战熊则带队潜伏在预定地点两侧的灌木丛中。在山地的另一边，两辆军卡一前一后，兔子似的跑在山路上，扬起的尘土像战场上的硝烟。雷震看着军卡渐近，对着无线电命令："注意了！爆！"

轰！灌木丛周围瞬间泥土翻飞，烟雾弥漫，军卡里的新兵蛋子们立刻乱成一团，鸡飞狗跳。

"下马威这就来了？"一个帅气的小伙子面色冷静地坐在军卡的角落里，人如其名——帅克。当雷震在帅克家里看见满屋子的空降兵兵人模型时，他就肯定，这个首富的儿子将会成为中国空军最精锐的特战尖刀力量。此刻，车厢里的一些女兵可没那么镇定了，尖叫着在车厢里东倒西歪。接着，沉闷而密集的轰响再一次在周围炸开，带着战争似的尖笑，车厢里顿时又是一片鬼哭狼嚎。人还没坐稳，突然，几颗闪光震撼弹嗖嗖地被丢了进来，在地板上滴溜溜地打着转。

"是手雷？！"车厢里不知道是谁带着哭腔大喊。

"是催泪弹！"帅克说着从车厢地板上捡起闪光震撼弹，咚地就丢了出去，动作敏捷得简直不像个新兵。只是刚扔出去，又有两颗丢了进来，哧哧地冒着白烟。车厢里的所有人都被烟雾笼罩着，不停地咳嗽着。

"不能在这儿等死！快跑！"身形矫健的安迎战第一个反应过来。这个小伙子来自内蒙古，是飞鲨从体育学院拳击专业招来的新兵，长得五大三粗的，但身手倒是特别敏捷。他本已经入选国家青年队，教练劝不住，非要当兵，而且还是空降兵。他说，在他们旗只有最好的小伙子才能去当兵！能进空降兵的，都是他们那儿的英雄。

帅克有点儿意外地看着安迎战："对，先跑再说，大家别散开，不知道他们还有什么招儿收拾我们！"

一个女生捂着嘴，流着眼泪咳嗽着："我……我看不见了！"旁边另一个女生拽着她的胳膊道："跟着我！"一群人纷纷跳下车四散跑了。再看后边，另一辆卡车上也是人仰马翻，众人混乱地跳下车就开跑。

此刻，山巅上晨雾缭绕。雷震拿着望远镜，冷眼观察。下面的山谷里爆炸四起，浓烟弥漫，突击队员们全副武装，戴着防毒面具，嗒嗒嗒——举枪对天射击，一群新兵一脸恐惧地看着。

"你们被俘了，都给我蹲下！"战熊耀武扬威地持枪对天扫了一梭子，新兵们捂着耳朵战战兢兢地蹲下。帅克也蹲下了，但眼神却警觉地注视着战熊。

"看个屁啊！低头！"战熊哗啦将枪上膛，往这边走来。帅克不动声色地低下头，一双军靴出现在眼前时，他看准时机，猛地扑上去，一个背后锁喉，把战熊掀翻在地。战熊措手不及，被蜂拥上来的其他几个人按倒在地。

"你……你们疯了？！那是班长！"一个新兵张大嘴喊道。

"班长也照打！"帅克捡起掉在地上的枪，战熊挣扎着想起身，帅克一枪托打在他脑门儿上，他就晕了。帅克利索地拆下他的电台，几个新兵蛋子跟着他往另一边跑去，剩下战熊迷迷瞪瞪地躺在地上，这种被新兵弄得阴沟翻船的事他还是第一次遇到。

另一边，女兵们被几个突击队员驱赶着往一起凑。陆冰嫣低头观察着，朝周招娣努努嘴，低声说："那个离我们最近的！"周招娣顺着看过去，只见人高马大的鹰眼持枪走在她们面前，笑着对天射击道："哭鼻子了？这就哭鼻子了？"说完又是一梭子，嗒嗒嗒，女兵们尖叫着捂着脑袋在地上。

"我们打个配合！把他干倒！怎么样？"陆冰嫣低声说道。站在旁边的林小鹿一惊："喂喂喂！这样不行的！他们就是想要给我们个杀威棒！"陆冰嫣冷笑道："哪儿那么容易给我们杀威棒！走！"陈若曦可怜兮兮地问林小鹿："我们要不要帮忙啊？"林小鹿一瞪眼："帮忙干吗？帮忙找死啊！"

话音未落，烟雾当中，陆冰嫣和周招娣突然一上一下扑过去，鹰眼措手不及，猛地被掀翻在地。不知什么时候，鹰眼的枪落到了陆冰嫣的手里，枪口正对着他。旁边，一群男队员看着他笑，鹰眼脸上有些挂不住了，噌地起身，双手握拳，摆出格斗姿势："你们两个小妮子可别后悔啊！"

陆冰嫣扣动扳机——咔嗒！没子弹。

"要不要？"鹰眼一脸嘲笑地从腰间拔出弹匣丢过去，陆冰嫣出手去接，鹰眼趁机飞身而起，一脚朝陆冰嫣的面门踢了过去。陆冰嫣急忙举起胳膊格挡，但仍被巨大的力量直接踢翻在地。

"不许打她！"周招娣出拳如流星，一看就是练家子出身，逼得鹰眼左右躲闪，在一旁看热闹的男兵们就是一阵哄笑。鹰眼脸上有些挂不住了，出拳应对。周招娣唰地出刀，鹰眼侧头闪过，一下子缠住她的胳膊，周招娣直接被掀翻落地，疼得龇牙咧嘴。鹰眼笑着捡起地上的匕首，此时，躺在地上的陆冰嫣一个双腿叉开，就缠住了鹰眼的腿，鹰眼一下子被掀翻在地。躲在不远处的女兵们看得瞠目结舌，男兵们也都看得一愣。

陆冰嫣和周招娣都不是善茬儿，特别是陆冰嫣，她不仅是华中大学跆拳道队的队长，还是国家青年队的种子选手、全国青年运动会女子跆拳道冠军，当初被空降兵翠鸟女子侦察引导队的方紫玉看上后，就把她宝贝似的招进了部队。

"哈——"陆冰嫣和周招娣起身，两人背靠背摆出格斗姿势。鹰眼一个鲤鱼打挺起来，脸上是真挂不住了，他涨红了脸怒吼着冲过来，两女一男缠斗在了一起，短时间里不分伯仲。

远处的山巅上，雷震拿着望远镜在观察。

这时，抱头蹲着的林小鹿左右观察着，柳纤悄声问她："我们怎么办？不能眼睁睁看着她们被打死吧？"林小鹿白了她一眼："你觉得我们打得过他们吗？"陈若曦不忍再看，呱着嘴道："不管怎么说，也是同学吧？"

林小鹿叹了口气，悄声说："你们可想好了啊，到时候他们肯定会收拾我们的！别后悔！"她抬眼看看她们，"那你们得听我的啊！"

几个女生捣蒜似的猛点头。林小鹿悄悄在身后抓了一把浮土："记住了，往他眼上撒！"三个女孩儿点头，一人抓起一把浮土，起身尖叫着冲了过去。

刚打倒俩女孩儿的鹰眼还没反应过来，瞬间就被迷了眼。他眯着眼挣扎着、挥拳，什么都看不见了。

"上！"林小鹿一声令下，三个女孩儿扑了上去，连抓带咬。鹰眼被三个女孩儿缠住，更是什么都看不见了。旁边的男兵们张着嘴，目瞪口呆，训了这么多新兵，还从来没见过这么彪悍的女兵！陆冰嫣也顾不上身上的伤，从战术背心里拽出约束带，林小鹿单腿跪压在鹰眼的腿上，鹰眼眯缝着眼，就被一群女兵胡乱地绑住了。

"你们就是看热闹的吗？！"鹰眼在地上如同死鱼似的挣扎着。几个正看热闹的突击队员猛地醒悟过来："上上上！怎么也不能让新兵给收拾了！"三四个男兵冲过来，几个女生吓得直往后退，林小鹿恨恨地看着陆冰嫣和周招娣："被你们俩害惨了！"——一群女兵抱着脑袋蹲在地上哭着、喊着，几个男兵们互相看看，都没下得去手。突然，几个黑影从斜刺里一跃而出，上来就是一阵群殴。陆冰嫣和林小鹿抬头一看，是帅克。

"还不走？"帅克急喊，几个女兵这才反应过来，起身就跟着他一起跑了。

"我们现在干啥去？"黄金一脸憨厚，边跑边问。帅克看看四周，抬手一指："快，抢那辆猛士！"一群人就往那边跑去，样子都有点儿狼狈。

山头阵地上，士官赵大力放下望远镜，"嘿嘿！可以啊！没想到啊！"他呱呱嘴问雷震，"我们阻止他们吗？"雷震站在山巅上，脸上挂着冷笑："跟他们玩玩，先别急，我要看看他想干什么。完毕。"

"收到。完毕。"赵大力收好望远镜，继续观察。

3

镜头里，帅克带着一帮新兵逃难似的跳上猛士车，头也不回地高声喊道："都坐稳了！走了！"说完一踩油门儿到底，车就跟旋风一样冲了出去，掀起漫天尘土。山巅上，雷震看着在山谷里开得跟兔子似的猛士车，打开通话器："猎隼，封锁山谷。完毕。"高山坐在直-10的驾驶舱里："收到。完毕。"

"真的要这么玩儿新兵吗？"陈笑寒侧头问。高山轻笑："他不是一向如此吗？"陈笑寒没什么表情，推动操纵杆，直升机在巨大的轰鸣声中拔地而起。

山谷里，猛士车一路狂奔，女生们抓住把手一路尖叫，一车的人都被颠得够呛。远处，三架直-8B悬停在半空中。舱门打开，一条粗绳抛了出去。突击队员们快速起身，陆续从悬停的直升机上滑下。落地后，迅速呈环形警戒。

帅克驾车在山谷间疾驰，突然，坐在副驾上的林小鹿指着前面尖叫起来。只见两架直-10低空扑来，螺旋桨刮着飓风轰鸣着。帅克盯着前方，方向盘抓得咯咯作响。陈笑寒操纵着直升机，机身几乎从猛士车的车顶擦过，又迅速爬高，坐在车里的一群人急忙低头，漫天尘土而过。黄金呸呸呸地吐出一嘴土，这时，直-10在空中一个潇洒地转体——又追来了。

"坐稳了！"帅克利落地换挡加速，一脚油门儿踩到底，林小鹿大叫道："挡在前面了！"帅克定睛一看，只见直-10飞驰而来，几乎已经接地了。林小鹿嘶哑地大声喊道："刹车！快刹车！"帅克面色冷峻，抓紧方向盘，径直冲了过去。

机舱里，高山有些着急地道："起来！起来！你干什么？！"陈笑寒怒视着对面的猛士车："他不敢撞！"高山急吼："你怎么知道他不是个二杆子？快起来！"陈笑寒冷笑道："那就来吧！"

山巅上，雷震拿着望远镜呆住了。赵大力也张大嘴，傻愣地看着："真是个二杆子啊？"

帅克怒吼着加速，猛士车几乎要飞起来了，车上的人脸都吓得变形了。陈笑寒操纵直升机面不改色，冷静地卡着距离，高山坐在旁边大叫道："快起来！"

车里的新兵们尖叫着抱成一团，帅克紧绷着脸，怒吼着猛踩油门儿。眼看就要撞上去了，千钧一发之际，陈笑寒猛地拉高机头，猛士车嗖地从直升机身下擦了过去，掀起漫天尘土。帅克拍着方向盘爽朗地大笑，车后的新兵们尖叫着，都有一种劫后余生的兴奋感。

"你搞什么？那就是个二杆子！你不要命，我还要命呢！"高山不解地看着陈笑寒。陈笑寒冷峻地驾机离开："这届新兵有点儿意思！"说完拉动操纵杆，直升机再次俯冲下去。

山谷里，猛士车一路绝尘。雷震放下望远镜，松了一口气，拿起电台："猎隼，你没事吧？完毕。"高山悻悻地看着陈笑寒，打开通话器："没事，就是魂儿差点儿吓没了！你上哪儿招来这么一群二杆子？完毕。"雷震笑笑道："没事就好，你们控制现场。完毕。"陈笑寒问："不追了吗？"雷震轻笑："给我的人一点儿乐趣，很久没这么玩过了。完毕。"

对面山头的阵地上，鳄鱼甩下头盔，一脸懊恼道："老脸都丢光了，走了！"说完带着突击队员们转身上车，狂奔而去。

猛士车在荒原上一路疾驰，车后的新兵们东倒西歪，都紧紧地抓着车身。帅克加速，猛士车高高飞起，又重重落地，惊起一阵尘烟。林小鹿有些忍不住，捂着嘴想吐。帅克兴奋地把着方向盘："不愧是军用的！越野性能真不是盖的！"林小鹿终于没忍住，转头冲着车门外就是一阵狂吐。

这时，车里电台中传来雷震低沉的声音："发现他们的踪迹没有？完毕。"另一个无线电在回话："还在搜索，完毕。"帅克听得一阵兴奋："哈哈哈！让你整我！咱们要跟他玩玩！"说完，帅克换挡，加速，猛士车又飞了出去，扬起漫天尘土。高空中，一架无人侦察机悄然跟了上去。

山谷里，雷震看着平板上无人机传来的实时画面。

另一边，战熊胡乱地被捆得像个粽子，队员们围着他就是一阵狂笑。战熊恼羞成怒地解开约束带，一边活动着手脚，一边痛骂那几个看热闹的男兵："你们能你们刚才怎么不上？那哪儿是女兵啊？整个就是一群女鬼！"

旁边，一群"被俘"的新兵失魂落魄地坐在一侧，方紫玉走过来，伏在雷震耳边低声道："少了十个新兵。"

雷震点点头。"果然是帅克！他们有我们的电台，刚才的骗局他们已经听到了，现在转换手写加密频道。"他想想又说道，"车里没多少油了，他们开不了多远。"

方紫玉抬头，忧心忡忡道："天快黑了，他们会不会有危险？新兵要是出了事……"

"你带他们去新兵营，"雷震笑笑道，"这个事儿你别管了，我有数！这个帅克，今天不理顺他，以后有的是麻烦！去吧！"

方紫玉犹豫着，雷震转向队员们，高声命令道："休息结束！你们闲得身上都要长毛了！"雷震套好战术背心，跳上车，"命令水牛和鳄鱼，保持距离跟踪，不要暴露行踪。我们到他们前面去，不要让他们进山，晚上进了山就麻烦了。"

方紫玉看着远去的车队，有些担忧。

山巅深处，赵大力在黑暗中摆摆手："鳄鱼，我们在两翼展开，与猛士车保持目视不可见的距离。完毕。"

鳄鱼趴在山巅对面的制高点上，低声道："收到。完毕。我们走！"

突击队员们跳上车，疾驰离开。

荒原上，雷震率领三台猛士敞篷车在疾驰，掀起满天尘土。山地上空，两架武装直升机和直-8B在低空盘旋。这时，无线电响了："飞鲨，猎隼呼叫，请示下一步行动。完毕。"雷震回话："飞鲨收到，请到1012地区待命。完毕。"

"收到，我们过去了。完毕。"高山回答。驾驶舱里，陈笑寒黑着脸纳闷儿道："怎么？还没完吗？"高山无奈地轻叹道："不知道他又在想什么，走了，1012地区。"陈笑寒想了想，道："那是野战机场啊！我们去那儿干吗？又不是驻训！"高山笑得意味深长："你……比我们都了解他。"陈笑寒冷着脸不吭声，突然拉起操纵杆，高山一个后仰："哎哎……你打个招呼啊！"陈笑寒黑着脸，没理他。

山地上空，三架直升机从高空掠过，巨大的轰鸣声在山谷间回荡。

4

一条崎岖的山路上，猛士车在草丛中一路疾驰而过，突然吭吭两声，熄火了。帅克点火，车低鸣了两声，没启动。帅克伸长脖子看看："没油了。这车跑不了了，都下车吧！"车里的几个人吐得东倒西歪，闷闷地跳下车。

林小鹿看看四周："他们一看就是特种部队的老炮儿了，肯定做了所有的准备。"

新兵们陆续跳下车，互相搀扶着。周招娣左右看看，一脸茫然："唉！这荒郊野岭的连个人影都看不见，我们这是到哪儿了？也不知道抢劫军车该怎么算我们的账？"陆冰嫣一仰头，眼神里是一股视死如归的神情："干都干了，还怕什么？有后果，这么多人一起扛呗！"周招娣声音低下来："我可真怕被他们退回去啊……"陆冰嫣打断她的话："他们先整我们的，还不许我们反击了？不怕！上哪儿都要说理！"

帅克钻进车里一阵胡乱地翻，他找到一张地图，又看看电台，有些纳闷儿道："他们的电台一直就没再有动静。"卞小飞靠在车上若有所思道："他们知道我们抢了电台，无线电静默了吧？"帅克想了想道："他们肯定换频道了，知道我们在哪儿，也许现在就在暗处盯着呢。"黄金凑上来，眨巴着眼："拿对讲机转转频道，搜搜看！"陈东西白了他一眼："这个不是你们平常用的那种几十块钱的破对讲吗？我们眼前的可是P25数字技术的军用加密单兵电台，APX7000是手写频的，他们输入数字可以自己设定频道，我们怎么知道他们输入的是什么数字？"卞小飞也觉得蒙对的概率太低了，几乎不可能。陆冰嫣不屑地说："那这不就是一堆废铁了吗？"帅克眨巴眨巴眼，眼里闪过一丝狡黠："还不是，他们也会通过这个找我们的。"

"通过这个找我们？"林小鹿不明白，帅克点头，哗地打开地图："还有两个小时天就黑了，他们也不想我们出事，所以会找我们的。"

帅克一脸自信，但其他人脸上都是忧心忡忡。安迎战走到帅克旁边："是你带我们到这儿的，你有什么主意？"帅克一直没吭声，看着地图思索着。

地图上密密麻麻的都是等高线，众人都没见过。林小鹿低头仔细看着，伸手在地图上一指："我们现在在这儿。"帅克有点儿惊讶："你看得懂军用地图？"

"我爸教过我，小时候……"林小鹿突然停住了，咬着嘴唇。帅克看看四周："太阳的方向——那边是南——知道在哪儿和方向就好办了！这地图还有什么标注？这是什么地方？"林小鹿指了指："这是山区，还在空降兵训练场的范围内，这边有一个野战机场……"话音未落，帅克腰间的电台响了："帅克，我知道你听到了，收到回复。完毕。"

所有人都愣住了，不敢吭声，都看着帅克。

山地上，雷震带领的车队在荒野的路上开得风驰电掣。雷震单手把着车身："帅克，怎么了？不敢吭声了吗？这不是你的性格吧？完毕。"

所有人都屏住气，看着帅克手里的电台。帅克一咬牙，拿起来："我是帅克，你是雷震吗？"

"第一课，在电台当中不要呼叫我的名字，我的代号是飞鲨，请叫我飞鲨。完毕。"

"收到，飞鲨……完毕。"

"很好，本来还想给你上第二课，你学得很快。"雷震嘴角浮起一丝微笑，这笑容稍纵即逝，"帅克，我们来做一个游戏怎么样？完毕。"

"什么游戏？完毕。"

"猫抓老鼠的游戏。"雷震抬手看表，"游戏规则是这样的，现在是十六点二十三分，这个地方天黑是十八点半。天黑以前，我们抓住你们，算我们赢；天黑以后，你们只要有一个人漏网，算你们赢。怎么样？敢玩儿吗？完毕。"

帅克不吭声，大家都看着他。

"怎么？不敢玩儿？这好像不是你的性格。完毕。"雷震轻笑。

帅克明知道雷震在激他，想了想，心一横："飞鲨，赌注是什么呢？完毕。"

"你们赢了，今天的事既往不咎，我可以满足你们一个不过分的要求。如果你们输了，就要服从部队的管理，怎么处理你们，我视情况而定。你应该知道，你们现在的行为是违反纪律。完毕。"

"只能你们整我们，不能我们还手吗？完毕。"帅克振振有词，看着大家。

"无条件地服从，无条件地忍耐——这是你们要学的第一课。完毕。"雷震声音低沉。

这时，一群新兵蛋子像炸了锅似的，低声议论着。

"总得搏一把吧？反正处分也跑不了，那就不能现在就认输吧？"卞小飞说。林小鹿横下一条心："既然逃不掉处分，那就干吧！"柳纤扑闪着大眼睛，意外地看着她："没看出来啊，林小鹿，你一向都胆小怕事的！"林小鹿理直气壮地说："怕有什么用？摆明了他们想玩儿我们，一只羊被狼咬住还得叫两声呢！你们俩说呢？"陈若曦摆手道："我现在没有思维能力，你们怎么说我就怎么做吧，反正不能把我一个人丢这儿。"

所有人都看着帅克，帅克咽咽唾沫，伸出手："干！"

唰！所有人都伸出了手。

陈东西惊讶地看着一脸诡笑的新战友们，无奈地伸出手："一个脑子不正常也就算了，现在你们脑子都不正常了吗？"

没有人说话。帅克笑道："搞一把！一二三，必胜！"

"必胜！"新兵们怒吼。

5

雷震的车队还在山地上疾驰，落日的余晖洒在山林边，一片金黄。

帅克打开电台开始呼叫："飞鲨，这里是帅克，我们赌一把！完毕。"

雷震胸有成竹地笑道："这个性格我喜欢！那就开始吧？完毕。"

帅克听着电台里隐约传来的直升机的轰鸣声，脸色难看了一刹那："你们有车、有直升机、有武器，我们只有两条腿，这样不公平！你们把这些放下，我们赌！完毕。"

电台里，雷震笑出声道："空降兵在敌后，一向都是被优势敌人包围的，这是空降兵的游戏规则，你们要适应。完毕。"

帅克无奈："……好吧，别忘记你说的话，我们赢了的话，要满足我们一个要求！完毕。"

雷震笑道："只要不过分，我会兑现的。记住，愿赌服输！完毕。"

车队加速，掀起了满天尘土。这时，电台加密频道传来雷震的命令："各单位注意，狩猎开始！"

崎岖的山路上，一群年轻的菜鸟面面相觑。帅克收起地图："既然选择了，我们就没有退路，出发！"林小鹿指着对面苍郁的山峰："只有进山！在荒野里我们一点儿生机都没有！"帅克没说话，思索着。黄金拿胳膊肘碰他："你在想啥呢？"帅克脑子飞快地转着："……我们能想到的，他们更能想得到。"陆冰嫣不明白地问道："什么意思？难道我们就在这荒野上晃荡吗？"

帅克没说话，又打开地图，陈东西一脸嫌弃道："你说你也看不懂，一直盯着看干吗？"帅克指着地图看林小鹿："这是什么地方？"林小鹿低头看了看："这是黄村，距离我们大概有三千米。"帅克思索道："我们只能进村！他们能想到我们会往人迹罕至的地方躲，一定想不到我们会往人堆里面扎！进了村，混到天黑，要是找不到我们，我们就赢了！"

没人回应。帅克收起地图："来不及想了，他们马上就到，是死是活就这一回了！走！"

高空，一架无人机悄然飞行。雷震坐在车上："什么？知道了！完毕——停车！"猛士车吱一声急刹！

"他们往东南方向去了！目的地是黄村！"雷震按捺住兴奋，"兔崽子们太聪明了，和老百姓搅和在一起，我们就不好搜了！——水牛、鳄鱼！立刻往黄村去，把前后村口都堵住！完毕！"

"收到！完毕！"无线电传来回应。车队掉转车头，疾驰而去。雷震拿起电台呼叫："猎隼，飞鲨呼叫，收到请回答。完毕。"

山地野战机场，三架直升机在停机待命。高山拿起电台："猎隼收到，飞鲨请讲。完毕。"

"那几个新兵往黄村方向去了，请立即起飞，封锁黄村周边！完毕。"

"收到！完毕。"

陈笑寒站起身道："搞什么？真的让我们去抓逃兵吗？"高山招呼着另外几个飞行员："看这样子，雷震不觉得他们是逃兵，是想把这几个刺儿头理顺了。"陈笑寒不情愿地说："难道我们就这么陪他玩儿？"高山笑道："临行前参谋长不是说了吗？听飞鲨指挥——军令如山，走吧。"

飞行员们陆续跳上直升机，直-10的螺旋桨开始加速，刮起飓风拔地而起。

6

山路上，几个新兵狼狈不堪地一路狂跑，林小鹿和柳纤扶着陈若曦，跑在队伍的最后边。跑在最前面的帅克回头一看，急忙跑回去："没事吧？"林小鹿捂着脚龇牙咧嘴道："我这脚疼得厉害，新鞋夹脚，估计都起泡了！你这速度，我们根本跟不上啊！"帅克招招手："大家来搭把手啊！"男兵们搀扶着几个掉队的女兵，一群人继续徒步前行。

"他们倒是很有协作精神啊！"雷震坐在车里，看着军用平板传输来的画面，"通知各小队加快速度，他们比我们预计的要快，一旦进了村，我们就不好办了！"

而后，油门儿一脚踩到底，车队在山路上风驰电掣，掀起漫天尘土。

山路上，新兵们狼狈地跑着，气喘吁吁。不远处，一辆拉煤的手扶拖拉机空着车斗从后面嘣嘣地开过来。坐在驾驶座上的中年男人好奇地看着这几个狼狈不堪的新兵。新兵们顾不上搭理他，继续跑着。

"伞兵团的啊？"

没人理他。

"逃兵吧？"中年男人扯着大嗓门儿。

"老乡，我们不是……我们不是逃兵！"黄金喘着粗气，苦着脸边跑边解释，"我们……训练呢！"

拖拉机冒着黑烟"突突突"地开过去了。林小鹿看着冒烟的车屁股，苦着脸道："哎……那车……那车要是能搭我们一段就好了！我这右脚真不能沾地了！"帅克不看她，继续跑："他们就是在这儿生活的老百姓，见伞兵训练见得多了，不会管我们的！快走！"话音未落，林小鹿"啊"的一声惨叫，摔倒在地。

帅克看看跑远的队伍，又看看跌坐在地上的林小鹿，二话不说，背起林小鹿大步流星追了过去。林小鹿趴在他背上，揽住他的脖子，羞涩不已，但现在也来不及说别的。

另一边，安迎战看看满脸是汗的柳纤问："还跑得动吗？"柳纤气都快接不上了，没理他。安迎战往她前面一站，转身弯腰："上来！"周招娣跑得气喘吁吁道："哎呀！这娇小姐们都有糖吃，就我们俩还是十一路啊！"

"哪儿那么多废话！快跑！"陆冰嫣呼吸均匀，健将级运动员的体格现在体现出了绝对的优势。

天色渐黑，大家急速向前，这时，空中出现一个小黑影。帅克背着林小鹿，一边跑一边抬眼看："他妈的！无人机！他们一直在看着我们！"陈东西跑得快哭了："这他妈的能跑哪儿去啊？我们怎么也跑不过无人机啊！这下真完了！"

"快想想看，有没有隧道什么的？"帅克边跑边回头问。林小鹿趴在他背上，想了想："刚才看地图，前面有个废弃的煤矿！我们先躲进去！"大家一听，都猛地加速前进。

7

矿洞里一片黑暗。何大厚开着手电在铲煤——有声音！何大厚一愣，关了手电，躲在了一堆煤灰后面。洞口处，一群人互相搀扶着跌跌撞撞地走过来。林小鹿趴在帅克肩上，胆怯地看看四周："怎么这么黑啊？连一盏灯都没有？"

黄金大步流星地走在最前面，也奇怪了，黑暗当中的他如履平地。安迎战一个不小心差点儿摔倒，爬起来一脸不解："你怎么走得那么顺，跟在平地上似的？"黄金笑笑道："小时候家里穷，初中放暑假时我就开始在老家的小煤窑里打工，走这地方习惯了。放心，我已经闻出来了，里面空气是流通的，不止一个出口！没什么危险，大家跟上我！"突然，黄金停住脚，走在他后面的陈东西一头撞在他背上："你干吗？"陈东西摸摸撞得生疼的鼻子，黄金顾不上理他，看着前面："等等，前面有个什么东西！"

黑暗中，一个庞然大物立在通道中。陈东西怯怯地说："谁去看看？"

长得五大三粗的安迎战站出来："我去！"黄金一摆手："还是我去吧！"

"你们两个一起去，互相照应点儿。"帅克说。陈东西斜着眼看他："什么时候你当班长了？"帅克看着他，没说话。陈东西一瞪眼，一万个不服气："我说错了吗？你是班长吗？"林小鹿趴在帅克背上："好了，好了，不要吵了，我们现在是一根绳上的蚂蚱啊！"陈东西冷冷地道："还不是因为你们这群女的，不然，我们能闹到这步田地吗？！"林小鹿被噎住了，脸涨得通红。

陈东西还想说什么，帅克小心地放下林小鹿："你自己撑住。"林小鹿单脚站着，点点头。帅克刚一转身，迅速出手，一下就把将陈东西撂倒在地上，又以迅雷不及掩耳之势将他抓起来，按在了墙壁上。

所有人都呆住了。卞小飞大喊："你干什么？！"

陈东西吓得不敢动，帅克的手里不知道什么时候变出一颗铁钉来，夹在指缝当中逼近了陈东西的眼球。陈东西畏惧地看着眼前的钉子，强撑着咽了口唾沫："有本事你……你就扎下来！"帅克按着他，眼神里闪过一丝寒光："听着，我不想伤你，但是你不要逼我！向那个女孩儿道歉！"林小鹿单腿点地站在一旁，一愣，连忙摆手："啊？我不需要啊……真的！"

"道歉！"帅克一使劲儿，陈东西疼得龇牙咧嘴，却动弹不了："我为什么道歉？我说的不是实情吗？"

"男人在任何情况下，都不能把责任推给女人！道歉！"

林小鹿听了有点儿感动。

帅克面无表情地说："我可是认真的！"

卞小飞急了："快快快！道歉，这个二杆子干得出来的！"陈东西的表情软了下来，嗫嚅道："对不起……可以了吧？！"林小鹿连忙摆手："没事，没事，帅克，你快放开他！"帅克松开手，冷冷地看着他，转身看向黄金和安迎战："你们跟我过去看看——你们两位照顾好女生！"陈东西没说话，卞小飞愣愣地点了点头。

不远处，何大厚小心地藏在黑暗处，手里握着铁锹，一动不动。帅克三个人走过去，黄金一看："这不是刚才那台拖拉机吗？那老乡应该在附近啊？老乡——老乡——"

黄金抬脚往前走去，突然眼前一个黑影闪过，铁锹一把打掉了他的作训帽。黄金一愣，本能地往后一躲，铁锹从他上面滑过。帅克和安迎战一惊，急忙上前，何大厚握紧铁锹怒喝："还敢说你们不是逃兵？"

黄金捡起地上的作训帽，赔着笑脸："老乡，你这是误会，我们真不是逃兵！"

何大厚不上当，一脸正气地怒喝道："孙子，我当兵的时候你还玩尿泥呢！逃兵最可耻，准备受死吧！"

帅克无奈地叉腰站着道："我说，你就算是老班长，也不能不管三七二十一一阵胡砍吧？"话音刚落，铁锹就朝着帅克挥舞过来。帅克侧身躲过，劈手抓住铁锹柄："老乡……不不，老班长，咱能不能先放下！我们真的不是逃兵！"

"不是逃兵往煤窑钻什么？我就没见过在煤窑里训练的！"何大厚虽然腿有点儿瘸，但毫不畏惧，一脚踢在黄金的裆部。黄金惨叫一声，捂着裆直跳："咱不带打命根子的！我家还没儿子呢！"

安迎战走过去，何大厚猛地一拳打在他脸上，瞬间他鼻子就流血了……

铁锹带着风声又挥舞过来，帅克躲开何大厚的偷袭，一把抓住铁锹："老班长，对不起了啊！"话音未落，帅克往前一推，一拳打在何大厚的胸前，接着一甩铁锹，何大厚脸上中招，他倒在地上，一脸痛苦道："臭小子，你居然敢打我？"

帅克丢掉铁锹，跑了过去。何大厚还想出手，被安迎战和黄金左右抱住了："别别！老班长，老乡，别打了，误会！误会！"

这时，卞小飞和陈东西也带着几个女兵跑了过来。何大厚还在挣扎着，但被安迎战两个人抱得死死的。帅克蹲下身，叹了口气，无奈地看着何大厚："老班长，咱们能不能搁置误会，好好谈谈啊？"何大厚骂："谈个屁啊？跟你们这群逃兵有什么好谈的？你们等着上军事法庭吧！丢人！废物！耻辱！"帅克无奈地站起身："能不能好好谈谈？"

何大厚张嘴又想骂，帅克一把把作训帽塞进他的嘴里，何大厚趴在地上直呜呜。

8

煤矿门口，雷震带着车队疾驰而至，一个刹车，队员们纷纷跳下车。雷震看着黑森森的洞口，嘴角露出一丝微笑，这笑容稍纵即逝："真聪明啊，进洞了！"赵大力跑了过来："他们怎么知道这儿有废弃煤矿的？"雷震一笑道："车上有地图，他们有人看得懂军用地图。"赵大力一惊："还会图上作业了？"

雷震脸上笑容不减："这群新兵比我们想的要厉害！二号矿洞四通八达，有十几个出口，我们这次麻烦了！老鼠进了洞，就不知道从哪个口出去了！一旦过了约定的时间，我们就丢人丢大发了！输给新兵，真的是没脸见人了！"他挥挥手，"你通知鳄鱼，你们马上分组，尽可能封堵洞口！我带队进洞搜索！明确没有？"

"明确！——我们走！"赵大力一挥手，带队开车急驰离开。

雷震带队进洞，打开头盔上的手电和枪上的战术手电："大家小心，保持警觉！"队员们纷纷打开枪上的战术手电，呈战术队形快速往前推进。

矿洞里，帅克蹲着，看着坐在地上的何大厚。帅克抬手刚拽出他嘴里的作训帽，何大厚就开骂了："逃兵！可耻！"帅克笑笑，轻哼一声："你见过这么帅的逃兵吗？"何大厚鄙视地看着他："我还真没见过这么不要脸的逃兵！"

众人大笑。林小鹿瘸着脚，小心地蹲下身道："老乡，那什么，老班长，我们真的不是逃兵！我们跟老兵打了个赌，他们要是抓不住我们，就算我们赢了！"陆冰嫣站在旁边连忙点头："对对对！我们得跟您解释清楚！老班长，您以前也是空降兵吗？"

"我是工兵团的……"何大厚突然住嘴，看着他们，"我干吗信你们啊？"

这时，帅克腰间的电台响了，传来雷震的声音："帅克，有你的，居然钻洞了？你属老鼠的吗？完毕。"帅克摘下电台："飞鲨，你可没说过我们不能钻洞啊！完毕。"

矿洞里，雷震拿着对讲机，站在通道的分叉口，四周都是漆黑一片，战熊正拿着平板在测方位。雷震拿着对讲机："当然，你们可以钻洞，给我增添了不少难度。不错，比我想的聪明，但你们不可能逃脱我的手心。完毕。"

"那就要看看你们能不能按时抓住我们了。完毕。"帅克振振有词。通道里，战熊拿着平板，指了指左侧的洞口。雷震点头示意，一挥手，队伍无声地继续向前迈进。

"好啊，那我们就好好玩玩，输了可不能哭鼻子！完毕。"雷震打趣道。

"飞鲨，你们也得认赌服输，完毕。"帅克眨巴着眼睛道。

"必须的，通话结束。完毕。"雷震快走几步，跟上队伍，"都关掉手电，换夜视仪。"

漆黑的通道里一片安静，队员们戴上夜视仪，手持 56-1 冲锋枪，悄声前行。

第二章

1

"你们真不是逃兵啊？"何大厚明白过来。黄金把一张大脸凑过去，脸上都是诚恳："肯定不是啊！你见过这么憨厚的逃兵吗？"帅克忍住笑，黄金伸手解开何大厚身上的绳子。

"你这腿是怎么回事？"帅克看着他有点儿瘸的腿。

"我是工兵团的，南疆扫雷时炸的。"何大厚站起身，抖落着身上的绳子。

帅克看他的眼神多了一些敬意："老班长怎么称呼啊？"

何大厚憨厚地笑笑："何大厚，叫我老何就可以了。"

"老何大哥，这矿井的出口在哪儿啊？"林小鹿问。

何大厚拿起铁锹："出口？那就多了！你们往前走，一路上都有出口。"

陆冰嫣走过来，担忧地提醒帅克道："我们得赶紧走了，他们已经进洞了，而且行军速度肯定比我们快，一会儿就追上我们了！"

帅克没吭声，看着正在挖煤的何大厚，若有所思……

2

漆黑的通道里，突突的马达声渐行渐近。雷震举手握拳，队员们立刻散开寻找隐蔽。声音越来越近，不时还有亮光投射过来。不一会儿，何大厚开着拖拉机"突突突"地过来了。拖拉机的远光灯打在队员们身上，让戴着夜视的队员们宛如天兵天将，何大厚吓了一跳，急忙拉住刹车，伸长脖子大声喊道："谁啊？你们是干吗的？"

"老乡，我们是空降兵部队的，在训练。"雷震推上夜视仪，"老乡，你看见过几个新兵吗？"何大厚扶着把手，也不下车："看见了，我还纳闷儿呢，你们是不是抓逃兵呢？"雷震笑笑道："没有，没有，他们不是逃兵，我们只是训练。"何大厚"哦"了一声："那我能走了吗？"雷震点点头。何大厚发动拖拉机正往前开，雷震看着车斗上满载的煤："等等！"何大厚被拦住了，停下车道："又咋了？"

"不好意思，我们要检查一下。"雷震走过去，看看车斗，"这煤下面有人吗？"

"咋可能呢？"何大厚把头摇得跟拨浪鼓似的。这时，几个队员已经掏出工兵锹，围住了车斗。何大厚咽了口唾沫，跳下拖拉机支支吾吾地问雷震："那什么……你们要是挖了我的煤，可得给我装回去啊！"

"没问题，挖！"雷震一声令下，铁锹翻飞，战熊和几个队员挥舞着胳膊挖得很快，雷震则紧盯着何大厚。没一会儿，车斗见底了——什么也没有。何大厚不禁道："首长，你看这……"雷震皱着眉头，围着车斗来回转了一圈，确实什么都没有。雷震黑着脸命令道："给他装好。"他挥挥手，战熊拿着工兵锹汗流浃背地站在车上，一脸哭相。

此时，在矿洞深处，洞壁旁的一条臭水沟散发着刺鼻的气味。菜鸟们互相搀扶着，艰难前行。大步走在前面的黄金突然停下脚步，帅克问："怎么了？"黄金嗅着鼻子："前面肯定有出口！有新鲜空气！"帅克松了一口气："是约定的那个出口吗？"

"放我下来，我看看地图！"借助微弱的光线，林小鹿的手在地图上摸索着，"和老何班长约定的出口还有三千米，不是这个出口，前面分叉口走右边！"

陆冰嫣看她："你确定吗？这要走错了，可是迷宫！"

林小鹿语气自信道："如果地图没错的话，我确定！"

这时，矿洞深处传来若隐若现的脚步声，周招娣急忙说："糟了！他们追上来了！怎么办啊？"

帅克脑子飞快地转着，他看着石壁旁的臭水沟。

几分钟后，战熊戴着夜视仪小心前行。突然，战熊停下脚步，雷震小心地走过来："怎么了？"

"突然没痕迹了？"战熊纳闷儿地看着地上，又看看雷震，"一路上都是脚印，到这儿什么都没了？"

雷震看看前面，笑了："他们很聪明，学会掩盖脚印了。"

战熊满脸疑惑道："我只是纳闷儿，他们怎么能跑这么快，我们的行军速度可不慢。"

雷震笑了起来："他们都是我精心选出来的，不能小看——全速前进！"

队伍开始一路狂奔，很快就消失在矿洞深处。

3

黑乎乎的水面一片寂静，臭水沟里咕嘟咕嘟地冒出几股气泡……帅克从黑水中露出眼睛，眨巴了眨巴，观察着四周——没动静。菜鸟们哗地站起身，急促地大口呼吸着空气。

"快！走了，大家上去吧！"帅克招呼着众人。菜鸟们互相搀扶着从水里爬上去，浑身都湿透了，站在那儿瑟瑟发抖。

山路上，何大厚开着手扶拖拉机，嘣嘣地拉着一车煤开过来。到了一处山窝，他跳下车，看看四周，提着铁锹铲开一个洞口，看看手表等待着。不一会儿，洞里传来几声蛐蛐叫，何大厚也学了几声青蛙呱呱叫了几声，很快，帅克从洞口露出脑袋："老何班长，你到了？"何大厚连忙扶起他："哟？咋浑身都湿了？"黄金钻出来，拧着湿透的衣服角："别提了，躲水里了。"何大厚满是佩服地道："真有你们的，还能藏车里吗？"陆冰嫣一甩头发："能！我们没问题！"何大厚拿出一把塑料管丢给他们："猫着，咬住，千万别松嘴！"

何大厚拿起铁锹，爬上车，开始铲煤。漆黑的煤灰撒在他们的身上，一阵乱飞。

矿洞里，突击队员们快速前进。雷震打开电台开始呼叫："水牛、鳄鱼，有没有什么发现？完毕。"

山地上，赵大力站在最后一辆车上，拿着望远镜在观察："飞鲨，水牛没任何发现！完毕。"

"飞鲨，鳄鱼也没有发现。完毕。"鳄鱼带着三个兵潜伏在另一处洞口附近的制高点处。

雷震拿着对讲机疑惑地皱着眉头，战熊小心翼翼地凑上去："飞鲨，他们还在洞里吧？这个洞太深了，四通八达的，真的在里面，撒一个团进来也不太好找。我看他们是想混到时间吧？"

"他们不会在洞里待着的。"雷震停下脚步思索，"帅克不傻，他们没有手电，也没有夜视仪，在这儿待不住，闹不好就迷路了。那他们很可能已经出洞了？"

"这些兔崽子还挺能折腾！"战熊抬手看表，"飞鲨，咱们的时间可不多了！"

雷震点头道："我们出去！他们是新兵，不可能隐藏住所有的痕迹！既然我们没看见痕迹，他们肯定已经在外面了……"这时，他突然恍然大悟道，"我们中计了，他们肯定在我们搜索过的地方藏了起来，等我们过来了，再背道而行，不知道从哪里出去了！"

村口，何大厚开着手扶拖拉机，车上装了满满一车煤，一路冒着烟嘣嘣地开过来。山坡上，两名队员穿着吉利服潜伏在草丛里，据枪观察着村口的动静。鹰嘴将眼抵着瞄准镜问："你觉不觉得这车煤有问题？"观察手鹰眼举起望远镜看过去，瞄准镜里，拖拉机的车轮明显吃重，土路上，车轮压过的痕迹都很深。

4

何家院子，何大厚开着手扶拖拉机进来，跳下车赶紧关好门，手忙脚乱地拿起铁锹："快快快！下面有人！看看有事没有！"

正在角落整理东西的何大爷起身："弄啥呢？"

"快！把煤堆铲开！"何大厚急吼。

何大爷一愣："煤堆下有啥？"

"快！下面有人！先把人挖出来，可千万别出事！"何大厚飞快地铲煤。

何大爷一愣，急忙捡起墙边的铁锹去帮忙，院子里一阵煤灰乱飞。很快，拖拉机上的煤被卸了大半，几个黑不溜秋的人被压得够呛，站起身，满脸满身都是煤渣儿，跟黑煤球似的，都看不出本来面目了。帅克想说话，刚一张嘴都是煤渣儿，呛得他直咳嗽。何大厚赶紧把他扶下车："快快快！下车，都进屋洗洗！"菜鸟们蹒跚地跳下了车。

"他们果然在车里！"鹰眼拿着望远镜，一脸兴奋。鹰嘴打开通话器："飞鲨，鹰嘴小组报告，目标出现，在黄村！藏在一辆运煤的手扶拖拉机里面了！完毕。"

山谷里，刚走出洞的雷震愣住了，脑子里飞快地闪过开拖拉机的何大厚的笑脸："奶奶的，这群兔崽子还懂得团结群众了啊……"

"是不是我们拦住的那辆拖拉机？"战熊问。

"还能有哪辆？"雷震没好气地看着他，"我们被骗了，他们居然找了外援！"

战熊一脸纳闷儿地道："可我们都检查过那车煤了啊，什么都没有！"

雷震笑了："他们是约好了在哪儿接头的！又是一个没想到啊——猎隼，你们在什么地方？完毕。"

村子上空，三架直升机在高空盘旋着。高山坐在驾驶舱里答道："飞鲨，猎隼在黄村上空，已经盘旋很久待命了。完毕。"

"他们进黄村了！你们马上来接我们，位置在1012A地区！完毕。"

"收到，1012A，我们马上就到。完毕。"

"哟？那些新兵还真厉害啊，我们这么盯着都没发现！"陈笑寒冷笑道，"他终于吃了一亏啊，还是新兵的亏！这就叫乱拳打死老师傅！"说着，直升机在空中转向，加速飞走了。

雷震站在洞口，打开电台急呼："水牛、鳄鱼，集合所有人，到黄村待命！完毕！"

很快，无线电就收到各小队的回应。

不一会儿，直-8停在山洞前的空地上，两架直-10在空中一左一右悬停警戒。雷震带队戴着风镜低下头，一片尘土飞扬覆盖了他们。雷震带队跳上直-8。

机舱里，雷震坐着没说话，若有所思的模样。战熊小心翼翼地问他："我们怎么办？进村搜吗？"雷震看他一眼道："你敢吗？"战熊嘿嘿笑道："不敢。"

雷震的语气里多了一些惊喜："他们真的很聪明，聪明到了让我觉得狡猾的地步，他们居然想到了我们的软肋在什么地方。"战熊苦着脸道："飞鲨，这样下去，我们非输不可啊！想在规定时间里抓住他们，除了进村搜，没别的办法了……"

雷震一个栗暴甩过去："进村？！你脑子抽抽儿了吗？你忘记你上次跳错地方，跳进老百姓家的鱼塘里了吗？不长记性！"战熊一个激灵，悻悻地坐回座位："我又不是故意跳的！咱能不能别哪壶不开提哪壶啊？"雷震没说话，在想事情。

寂静的院子里，房间里放着一个大木桶，里面雾气腾腾的。安迎战洗完澡正在穿衣服："我们接下来怎么办？"陈东西闭着眼，舒服地躺在木桶里呻吟："怎么办？跟这儿待到到点啊！"卞小飞在那边站起身道："他们肯定已经想到我们在这儿了，还会放过我们吗？"陈东西阴阳怪气地道："哪儿那么玄啊？他们怎么知道我们在老百姓家里呢？"

"他们一定知道。"帅克已经穿好了衣服。陈东西不服地道："他们长千里眼了吗？"话音未落，桌上的电台响了："帅克，飞鲨呼叫。完毕。"

所有人都愣住了，不敢出声。帅克苦笑，拿起电台："帅克收到，飞鲨请讲。完毕。"

"我知道你们躲进了黄村，还找到了堡垒户。完毕。"

一屋子菜鸟们张大嘴呆住了。

"这么快就找到我们了？"安迎战咽了口唾沫，小声嘀咕。

"他们是老屁股！"帅克转身对着电台道，"飞鲨，既然你知道我们在哪儿，那为什么不干脆来抓我们？完毕。"

雷震嘿嘿一笑："你小子明知故问！我相信，依照你的智商，肯定猜到我们是不敢进村的。但是如果等你们在里面躲到了时间，这个游戏我也没办法玩儿了。所以，我要改一下游戏规则！完毕。"

帅克一愣："改游戏规则？什么意思？完毕。"

"开着电台，我会联系你的。完毕。"

帅克拿着电台，愣住了。

"怎么又要改游戏规则？凭什么啊？他说什么是什么啊？！"陈东西气得起身站起来，洗澡水洒了一地，"要不这样算了，我们借个白床单，晃悠着出去得了！还费什么劲儿啊？"

安迎战看帅克："改成什么了？"

帅克两手一摊："不知道，反正肯定不会让我们这么舒服的！"

话音未落，外面发动机的马达声由远及近传来，屋子里的玻璃窗都被震得直响。

帅克快步走到窗口抬头一看，村子上空，三架直升机超低空掠过。老乡们一脸蒙，躲避着飞扬的尘土。羊圈里的羊群都被灰尘覆盖了，一片鸡飞狗跳。整个黄村都被笼罩在一片尘土中。

女兵们刚洗完澡走出来，就看见桌子上的东西都在咣咣地晃动，还以为地震了，抱头尖叫着躲在桌子下面。林小鹿耳朵比较尖，听出来了："是直升机，他们发现我们了！"

院子里，何大厚和爹妈都躲在厨房里，空中一阵飓风刮过，更是扬起无数烟尘。羊圈里的羊也都被惊着了，咩咩地直叫唤。

村外，两个车队陆续开来，赵大力和鳄鱼一前一后停在村口。突击队员们持枪跳下车，快速封锁了村口和周边的制高点。车上的高音喇叭不停地在喊："老乡们，不要惊慌，我们是空降兵部队的，这是演习！重复一遍，我们是空降兵部队的，正在演习……"

院子里，何大爷躲在草垛后面抬头望天："他们这是搞什么呢？"何大厚苦笑道："他们发现新兵了。"何大爷一愣："咋的？他们还敢砸咱们家院门不成？"何大厚笑道："这个我想他们一定不敢，当兵的这点儿数还是有的。"

村口，赵大力带领着突击队员们据守在路边，一个个持枪警戒，如临大敌，宛如战争来临了一般。雷震带队快步走过来："有什么动静？"赵大力啪地立正："报告！除了过去两头猪、一只狗，什么动静都没有，老百姓可能还不知道咋回事。"

雷震凑过去，低声道："我们在这儿不能久待，要是部队里知道了，我们就要倒大霉了。"赵大力眼里冒光，一挑眉毛："飞鲨，你想怎么搞？"

雷震看了看四周："都看好了吗？"赵大力用力地点点头："水泄不通，就是我们不能干扰老百姓的正常生活吧？这儿的老百姓可惹不起，他们见伞兵都习惯了。"

雷震拿起望远镜，看向村口，思索了良久，才轻声道："我们肯定不能进去，得把他们逼出来。"

路边，已经有不少村民探头探脑地出来了，议论纷纷。雷震三两步跨过去，拿起车上的扩音器："老乡们，你们不要惊慌，这是演习！我们不会干扰大家的正常生活，请大家放心！"

越来越多的老乡走出门，聚在一起，伞兵们有点儿紧张。鳄鱼看看四周："我怎么觉得，我们捅了马蜂窝呢？"

战熊也是一脸担忧地看向雷震："一会儿老乡要是揍我们，我们可没办法还手啊！"

"淡定，他们只是还没搞明白是怎么回事！"雷震低声说道，随后又拿起扩音器，"老乡们，我们是空降兵特战团的，我们是例行军事演习！有几个做假想敌的兵跑到村里来了，我们也是没办法。对大家多有打扰，我们只是想把假想敌带走！"

"那你们想要咋的啊？进村搜吗？那不成鬼子了吗？"村民们一阵哄笑。

身着迷彩特战装束的伞兵们持着枪，目不斜视。赵大力有点儿尴尬地看着越聚越多的村民，低声道："飞鲨，这下搞大了……"

雷震尴尬地咳嗽一声，努力板起脸，低声道："不是我们想搞大的，现在硬着头皮也得干下去！"

旁边，鳄鱼放出一架微型无人机，从空中掠过。

5

何家院子里，一群菜鸟成了无头苍蝇，吵翻了天。只有帅克面无表情地站在角落里，思索着。他知道雷震不会傻等着时间到，他说了他要修改游戏规则，至于改成什么，他也不知道，只能兵来将挡，水来土掩了。

帅克正想着，电台响了："帅克，飞鲨呼叫。完毕。"

帅克取下腰间的电台："飞鲨，你到底想怎么样？完毕。"

"现在到天黑还有不到半个小时，但是你们距离胜利却越来越远。完毕。"

"明说吧，你们到底想怎么样？完毕。"

"游戏规则变了，由于你们擅自离开训练场的规定范围，严重违反了游戏规则……"

"我们怎么知道这不在训练场范围内，我们……"

"不知道不代表没违规，由于你们的愚蠢，现在我宣布新的游戏规则。听清了吗？完毕。"

新兵们面面相觑。帅克拿着电台："你说。完毕。"

"今晚12点以前，如果你们不出现在下车的地方，就算你们输了。完毕。"

新兵们瞪大了眼睛，帅克也是一惊："你说什么？！完毕。"雷震重复："今晚12点，你们下车的地方，我给了你们足够的时间。完毕。"帅克急了："我们怎么出得去？

我们怎么回得去？"电台那头传来雷震的笑声："那跟我就没关系了。要么，排好队，出来投降；要么，按照新的规则，继续玩儿下去。完毕。"

"这是不可能的！飞鲨，你要想我们认输，直说好了！完毕。"

"好啊，我说了啊，那你带着他们排队出来投降，解放军优待俘房。完毕。"雷震忍住笑说道。

帅克一脸无奈，所有人都面面相觑。陈东西一屁股坐在地上："这，这怎么可能啊？他们天上有飞机，地上有快车，现在又围得水泄不通的！他们武装到牙齿，我们除了这个破电台，屁都没有！怎么玩啊？"

所有人都不吭声。陈若曦小声地嘟囔着："要不……我们去投降吧？"陆冰嫣第一个否决："不能去！去了他们会瞧不起我们的！"柳纤也是满脸愁容："不投降，总得有个办法吧？我们也没翅膀能飞出去啊！"

天空中，一架微型无人机在空中悬停。雷震拿着平板，笑道："帅克，怎么样，想好了没有？不行就出来投降吧！完毕。"

一片沉默。

"投降吧，不丢人，你们已经躲这么久、这么远了，很不错了！完毕。"雷震拿着电台嘿嘿笑道。

帅克沉默了半晌，看向大家："你们说呢？"

大家都面面相觑。陈若曦看着大家，小心翼翼地说："要不，我们投降吧……我们怎么也斗不过他们的啊！"柳纤不服气道："折腾到现在了，说投降就投降，怎么也不甘心啊！"安迎战看向帅克："我不同意投降，干都干了，实在不行被抓住再说！还能自己举着手出去投降啊？"

林小鹿一直在沉默。陈若曦拿胳膊碰碰她："说句话啊，你哑巴了？"林小鹿忽闪着大眼睛，看向大家："我说，无非是投降和不投降，干脆民主表决吧！"

帅克点头，表示同意："投降的，举手。"

陈东西唰地第一个举起手。陈若曦犹豫着，看了看林小鹿和柳纤，又放下了手。其余的人互相看看，都犹豫着没举手。陈东西看着闷不作声的卞小飞道："你也跟着疯了吗？"卞小飞看着他道："疯都疯了，老打退堂鼓有用吗？"陈东西无奈望天："明明赢不了，何苦要疯狂？"

"赢不了也不能让他们瞧不起我们！"帅克一声吼，大家都愣住了，帅克举起手，"干的举手！"

林小鹿毫不犹豫地举手，陈若曦和柳纤一愣，看看林小鹿，也都战战兢兢地举起手。其他人随后纷纷加入。

帅克看向男兵们："女兵们一致同意，你们呢？"黄金举起手，一脸决绝："反正已经这样了，死马当活马医吧！我干！"安迎战蒲扇似的手在空中划拉着："干！"

卞小飞想举手，被陈东西一把按住："你得冷静冷静啊！"卞小飞用力抽出来，举起手："我来当空降兵不是动不动就举手投降的！你要是想投降，自己去！"

陈东西愣住了。帅克看着他："就你自己了，你怎么选？"陈东西看看卞小飞，又看看大家，心一横，咬牙说："好吧，好吧，反正我也是上贼船了！"

所有人骤然兴奋起来，帅克笑笑道："一致通过！我们干！"

"没想到他们这么乐观。"赵大力看着屏幕上一脸兴奋的菜鸟们，雷震欣慰地笑了，声音变得坚定："他们才是我们想要的人——陪他们玩儿到底！加强警戒，他们会出新的幺蛾子的！"

6

天色渐渐暗下来了。屋子里，一群菜鸟围坐在一起在商量着对策，个个都耷拉着脑袋，没什么好主意。何大爷走进屋招呼着新兵们去吃饭，可个个都无精打采的，没人动。帅克带头起身道："走，吃饭去，吃饱了才有力气跟他们干！"

菜鸟们一起身，响起一片咕噜声。何大厚笑道："好，我去端菜，咱们就在这儿吃！"帅克笑道："不，我们在院子里吃！"陈东西翻着白眼，指了指头上："院子里吃？你不知道他们在盯着我们吗？"帅克笑得更欢了："对，就在院子里吃，让他们眼馋去吧！走！"

院子里，哗啦啦摆了一大桌子菜。菜鸟们围坐在一起，女生们也顾不上矜持了，吃得狼吞虎咽。

村口处，雷震坐在车上，盯着平板。赵大力坐在旁边，嚼蜡似的在啃压缩饼干，愤愤不平地说："瞧，兔崽子们倒是好吃好喝啊！"雷震笑道："有一套啊，发展个堡垒户，老八路的打法。"赵大力苦笑道："无师自通啊，这么快就学会在敌后生存了。我倒是想知道，他们怎么逃出这个天罗地网。"雷震不敢大意："他们有天分。盯紧了，晚上最危险，他们会利用天黑的条件，尝试跟我们斗心眼儿的。"赵大力不以为然："他们又没有夜视仪，我们可是人手一个，他们怎么可能逃得出去？"雷震吃着干粮，沉默片刻："他们会想出办法的。"

深夜，村里的灯光渐熄，四周一片安静，只有不时传来的几声狗叫声。突击队员们枕戈待旦，一半在休息，另一半瞪大眼，戴着夜视仪警惕地观察着。雷震丝毫没有睡意，拿着数字望远镜在观察。

屋里，何大厚在给菜鸟们画地图，帅克和队员们都仔细地看着。黄金看着地图上何大厚标出来的符号，一脸担忧地说："我们知道这些出口，他们肯定也知道啊！他们都是这山里的老炮儿了，肯定都把守好了，我们怎么出得去呢？"安迎战说："想办法呗，我就不信他们雷神突击队是天兵天将，他们也一定有弱点！"

"他们的弱点？"陈东西嗤之以鼻，"他们就算再有弱点，跟我们比，也是完美无缺的天兵天将！我们是什么？还没出壳儿的小鸡崽儿，他们是习惯捕猎的老鹰！他们在我们跟前，没弱点！"

"这就是弱点！"陆冰嫣干脆地说，所有人都看着她。

"我是运动员，常年打比赛，遇到强手我会小心应付！遇到弱手，我多少会放松警惕，我不多的败绩，就是因为骄傲而轻敌……对于雷神突击队来说，这是一样的情况，我们和他们的悬殊太大了。"陆冰嫣分析道。

周招娣眨巴着眼说："那个飞鲨……好像不会轻敌吧？"

"他是不会，但是——他的手下会。"帅克说，"从逻辑和经验来说，我们在那些老特种兵的眼里，根本就谈不上是对手。即便是到现在，我们实际上已经成功了，天黑了，他们没抓住我们当中的任何一个。如果不是飞鲨刻意修改了游戏规则，现在他们就该总结教训了。我敢说他们当中把我们当回事的，只有一个人，就是飞鲨，其余的老特种兵根本不把我们放在眼里。这就是我们发现的他们的第一个弱点！"

"第二个弱点是什么？"陆冰嫣问。

"他们有所有的高科技手段，所以……"帅克看着桌上的电台，"他们相信高科技手段。"菜鸟们都听得云山雾罩，帅克转身问道："何大爷，村里老百姓会帮我们打赢这场仗吗？"

"怎么个打法？"何大爷不明白。

"全村动员，声东击西。"

"我们村的老百姓没问题，你就说怎么办吧？"何大厚说。

帅克点点地图："我想知道，村里打麦场那堆麦垛子值多少钱，我照价赔偿。"

在场的人听了，都是一愣。

7

深夜，村外的山坡上一片寂静。突击队员们据枪警戒，眼神锐利而明亮，都带着一种无法被黑暗吞噬的锋利。突然，村子里一阵火光照亮了夜空。队员们一愣，纷纷起身。赵大力拿着望远镜观察着，只见打麦场上火光冲天，两米多高的火苗映红了整个麦场。

"村里着火了！"赵大力大喊道。

雷震没动，拿起望远镜观察着。此刻，打麦场上已是人声鼎沸，老百姓们端盆提桶地忙着在救火。

"快！我们去救火！"战熊撸起袖子就要冲下去。

"慢着！"雷震一声命令，"这是帅克的调虎离山。这火是帅克放的，他想我们去救火。"

"他有这么高的智商吗？"鳄鱼不相信。

"如果他是个笨蛋，我们就不会跟傻瓜似的在这儿吃干粮、喝凉风了！他肯定在等着我们撤出监控阵地，然后逃之夭夭！"

所有人都面面相觑，看着下面越烧越烈的火光。

打麦场上人声喧闹，何大爷咣咣地在敲锣："乡亲们，大声喊！孩子们，大声哭！"麦场上不断有人影在火光四面穿梭，一团忙碌。

雷震站在山坡上，冷峻地观察着下面。赵大力看看下面的火光，想了想道："飞鲨，如果上面知道我们不去救火，这个事儿可就小不了。"雷震没有看他，道："难道我们明知道是圈套，还非要去钻吗？"战熊苦着脸道："好歹也得意思意思吧？再说，万一是真着火了呢？那我们就吃不了兜着走了。"赵大力用力点头道："闹不好，这里的同志们都得吃挂累。"雷震看看他们，想了想："战熊带一半人去救火，剩下的一半人转入暗哨，不要被人看见。"

"是！"战熊带队转身往村里跑去，雷震在后面嘱咐："千万小心，别被他们伏击了！"战熊边跑边挥手："放心吧，就那几个新兵，出来还不够我们塞牙缝的！"说完，带着十几个战士旋风似的冲下去了。

雷震看着他们的背影，脸上却有隐隐的担忧。

此刻，在麦场的另一边，几辆摩托车突然咆哮起来，噌地冲向村外。雷震在隐蔽处拿着望远镜。镜头里，四辆摩托车径直冲向了山路。军用笔记本上，一个红点在迅速移动。鳄鱼报告："飞鲨，电台信号在那几辆摩托车里面。"雷震冷笑道："是帅克！抓住他！"

队员们从隐蔽处一跃而起，躲在暗处的突击车和越野车迅猛发动，车队瞬间就冲了出去。

蜿蜒的山路上，四辆摩托车飞速地行驶着。雷震坐在越野车上，左手拿着对讲机，右手把着车身："水牛，抄近路，正面包抄他们！"

"收到——这边走！"赵大力猛踩油门儿，掉转方向，带着几辆突击车绕道直接冲下山坡。摩托车也是开得飞快，噌地飞起，又重重地落地……

此时，打麦场上火光冲天，战熊和几名队员忙碌地在救火。何大爷目光警觉，悄悄拿出手机拨出去："可以走了！"

村里，帅克没开灯，驾驶着皮卡车小心地行驶着，车斗里跟装着货物似的盖着帆布。很快，皮卡车经过打麦场，悄无声息地往村外开去，战熊浑然不觉，和几名队员还在吭哧吭哧地救火。

村外的山路上，黑漆漆的一片，皮卡车在狭窄的山路上缓慢地行驶着。林小鹿对着地图，蒙着手电在指路："前面左转。"黄金凑过来看地图："我们回去有多远？"林小鹿估摸着说："地图显示，有三十多千米吧，这个速度，开到了，也差不多要天亮了。"

荒野外，雷震的车队开得风驰电掣，紧跟在摩托车后面。赵大力带着车队在前面包抄。突然，四辆摩托车一下子散开了，雷震对着无线电台高声命令道："分头追！——猎隼，飞鲨呼叫！立即起飞，帮我们拦截四辆摩托车！完毕。"

山地上，何大厚驾驶着摩托车在飞驰，坐在后座的一个青年男子回头大喊道："他们追过来了！"何大厚大喊道："坐稳了！"

摩托车在加速，一个飞身，越过一条深沟，砰地落地继续往前开去。后面的车队紧追不舍。空中，一架直-10径直飞来，唰地打开探照灯，一束雪亮的光柱在山地间追逐着摩托车。

另一条山路上，没开灯的皮卡速度不快，谨慎地行驶着。这时，一辆直升机从空中掠过，林小鹿心里一紧："他们出动了直升机！"帅克没回头，问林小鹿："我们还有多远？"林小鹿看着地图："还有二十千米吧！"

"都坐稳了，要加速了！何大厚他们拖不了多久的！"帅克用力踩油门儿，皮卡在山路上上下颠簸起来。

山林里，一辆摩托车在疯狂疾驰，鳄鱼驾车紧追。突然，摩托车在山里一个打滑，侧翻了出去。鳄鱼赶紧停车，带队下车，持枪狂奔："不许动！"

头盔和枪上的手电都打开了，鳄鱼一看，却傻眼了。

≡ 第三章 ≡

1

"你们抓我干什么？"在手电的强光照射下，一个青年小伙子挣扎着怒吼。

鳄鱼一下子愣住了，急忙拿起电台呼叫："飞鲨，飞鲨！鳄鱼呼叫，我们上当了！不是他们！完毕。"

山地上，何大厚驾车在前面飞驰，雷震带队紧追不舍。

"什么？鳄鱼，你再说一次！完毕。"

"我们中计了！不是他们！完毕。"

雷震看着手里的平板，有些不相信，但无线电信号显示他们就在前面。鹰眼咽了口唾沫问："我们这一队是真的吧？"雷震想了想："不管那么多，先抓住这个带电台的！"

何大厚驾车在前面飞驰，路过一片树林时，他侧头大喊："就这儿吧！"

后座上的人打开背包，捞出一条半大的小狗。不一会儿，小狗就被抛出去，翻滚着起身钻进树林里，噌噌地跑了。摩托车加速，继续疾驰而去。

"电台和摩托分开了！"雷震看着信号，命令道，"二号车，你们去追摩托，我们去追电台！完毕。"

两辆车立刻兵分两路，向着树林方向疾驰追去。雷震看着信号："速度移动得很快！"

树林里，鹰眼驾车在狂奔，突然一个急刹车："前面开不过去了！"

"下车，追！"雷震跳下车，带着鹰眼和两个兵徒步追去。

狭窄的树林里，两辆车在并行急驰，坐在后座的鹰嘴大喊："停车！你们逃不掉了！"

何大厚戴着头盔，看了一眼他，猛踩油门儿继续狂奔。鹰嘴把步枪甩在身后，纵身一跃，扑了过去，摩托车向右倾倒，侧滑了出去……

何大厚被约束带死死绑着，鹰嘴走过去，摘下他的头盔。唰！手电光照了过去——何大厚咧着嘴在笑，嘴角还有血——鹰嘴一下子愣住了。

树林里，雷震带队徒步在追，拿着平板，表情严肃道："知道了……四辆摩托车全都不是新兵。"鹰眼心惊胆战，脚下的速度也慢了下来，看看前面："我们追的是吗？"雷震长出一口气："抓住才知道是不是！那边，水边！我们走！"四个突击队员持枪快速掠过。

漆黑的树林里，响起潺潺水声。平板上的信号突然不动了。雷震起身，示意继续推进。唰！几束手电强光照射过去，几个人傻了——小溪边，正在喝水的小狗抬头一愣，掉头就跑。鹰眼眼疾手快，一把将它抓过来，抱在怀里，拿起电台，一脸的无奈。

山地的空地上，几架直升机在空中悬停，机头投射出雪亮的光柱把整个空地照得明亮如昼。何大厚和其他几个村民被约束带绑着，坐在空地上一声不吭。这时，一辆越野车吱一声停在空地前，何大厚眯起眼看过去。

"人都没事吧？"雷震大步走过来，看着他们。卫生员在检查："都是擦伤，没大碍。"雷震看着何大厚，蹲下道："我见过你。我很奇怪，你为什么要帮他们？"何大厚笑道："我为什么不帮他们？"雷震想了想，站起身道："说得也对，他们在哪儿？"何大厚一侧头："我怎么知道？"

雷震低头看去，何大厚的裤腿被掀起一半，露出一节假肢。

"你的腿怎么了？"

"在南疆扫雷时炸伤的。"

"工兵？"

"对。"

雷震拍拍他的肩膀，侧头对鹰眼说："松开吧，他们什么都不会说的。"说完，转身离开。

何大厚看着他："哎！"

雷震回身："怎么了？老兵？"

何大厚嘴角一扬，语气里带着某种说不出来的自信："被缺了一条腿的工兵收拾了，有什么感想？"

雷震笑笑，没说话，弯腰掀起裤腿，何大厚一愣，表情严肃起来。

"你有什么感想，我就有什么感想！"雷震放下裤腿，"不送你们回去了，保重！我们走！"

何大厚愣愣地看着雷震的背影，心绪变得有些复杂。

2

山谷里，三架直升机低空盘旋而过。数辆突击车整齐地停在空地上，车灯在漆黑的夜里明亮亮地照着。突击队员们还在草丛里四处搜索着。赵大力看着山谷苦笑："真应该带军犬来的。"

雷震抬手看表，指针刚刚跳过12点。雷震苦涩地看了一眼赵大力，咧咧嘴道："他们赢了。"

咻！雷震伸手打了个呼哨，草丛里的队员们都停止了搜索。

"好了，你们出来吧！"雷震对着前面的一片漆黑高喊道。

一片安静。

"你们赢了！"

还是安静。

"他们是不是压根儿就没到？"赵大力纳闷儿道。

"他们到了。"雷震走到车边，拿起电台，"帅克，你们赢了！愿赌服输，你们可以出来了！"

黑暗里仍旧一片安静。突击队员们正在纳闷儿，突然，雷震旁边的山坡上响起一阵窸窸窣窣之声，发动机的声音在草丛中响起，车灯唰地打开，一辆盖满灌木丛和枝叶的皮卡开到了空地上。突击队员们持枪唰地围了上去，陈东西一脸警觉地在车斗后面喊："刚才说了愿赌服输，不带耍赖的啊！"

话音未落，突击队员们猛冲上去，一群菜鸟被粗暴地拽了下来。

雷震挥挥手，菜鸟们在他面前站成一排，一个个都狼狈不堪，但眼神里却是自信的笑。

陈笑寒驾驶着直-10，冷笑道："现眼了吧？狂得没边儿了！活该！"

"真是难得一见啊！"高山也笑道，随即呼叫，"飞鲨，猎隼呼叫，我们的任务是否完成了？完毕。"

雷震对着无线电道："谢谢猎隼，你们可以归队了。完毕。"

"收到，我们走了。完毕。"陈笑寒的声音还是冷冷的，她驾机离去。

雷震目光如炬，看着面前站成一排的年轻的脸："真是没想到啊，老司机阴沟里翻了船。"

帅克的眼神毫不畏惧："现在怎么说？"

雷震看着他："刚才说了，你们赢了。"

新兵们都愣住了，不敢相信地互相看看。

突击队员们默不作声，迷彩的脸上都很难看。雷震苦涩一笑："怎么？不想庆祝你们的胜利吗？"旁边，老兵们脸色阴沉地看着这群年轻的队员。

3

深夜，车队风驰电掣地开进新兵营。菜鸟们一身狼狈地在大楼前站成一排，看着雷震。雷震背手跨立，神情肃穆。

"虽然你们赢了，但现在已经熄灯了，没时间给你们开庆功会了，欠着吧……"雷震扬扬手。

"那答应我们的要求呢？"帅克问。

"一起先欠着吧！"

"哎！可不能赖账啊！"陆冰嫣高声说。方紫玉站在她旁边道："有你这么跟干部说话的吗？"林小鹿拽了拽陆冰嫣："别说了，要不赖账，他们就不是干部了。"雷震看她一眼："我不管别的干部怎么样，我这个干部不会赖账。不过现在天色已晚，你们也初来乍到，这样冒昧提出要求，不是浪费了吗？我建议你们先等等，等熟悉情况了再说。我们打交道的时间还长得很！你们都已经认识我了，我是今年新兵营的营长！"

新兵们都一愣。

"乖乖，特种部队的当新兵营的营长？"黄金眼里冒光，咂咂嘴道。

"不错，这位你们也见过，翠鸟女子侦察引导队的队长——方紫玉上尉，她是新兵营的副营长兼教导员，也是女兵连长。"雷震高声介绍道。

方紫玉啪地立正，敬礼，动作利落，英姿飒爽。

"赵大力，代号水牛，新兵营的士官长，也是雷神突击队的士官长。"

安迎战看着面前迷彩满身满脸的老兵，心有余悸地问："他们……他们不会是班长们吧？"

雷震点头笑道："对，他们就是新兵营的排长、班长们！"

新兵们脸上明显有点儿蒙，苦着脸看着面前站成一排的黑脸们。雷震在队列前踱着步，脸上都是狡狯的笑："你们点儿很正，今年的新兵营归特种部队训——好了，太晚了，没空跟你们唠嗑了！教导员、士官长，女兵、男兵各自带回！先休息，明早六点，出操！"

"是！"方紫玉和赵大力立正，菜鸟们满脸苦相地向宿舍楼走去。

鳄鱼看着这群走远的新兵蛋子，思索了半晌，才喃喃自语地道："这届新兵……

要不好带了。"

雷震苦笑，但笑中却有一丝欣慰："这不就是我们的目的吗？上级也不是吃饱了撑的，要我们来带新兵。"

"这几个新兵确实有一套，分到哪个班去？"战熊问。

"你们谁要？"雷震看着他们，战熊等人都猛摇头。雷震苦笑道："老特种兵了，居然知难而退？"鳄鱼看着已经走远的背影："让我干什么都行，带这几个兵……算了吧。"

雷震看看他，又看看那些都是泥巴的车，鳄鱼一愣，一脸警觉地看着雷震。

"明天早晨起来洗车吧，今天太晚了，车钥匙都给他吧。解散。"老兵们嘻嘻哈哈地把钥匙塞给鳄鱼，走了。鳄鱼拿着车钥匙，轻轻抽了自己一个耳光，为自己的多嘴懊恼不已。

4

军部，现代化的数字作战指挥中心红灯闪烁。江志成背手站在大屏幕前，头发花白，虽然他已是个五十多岁的老干部，但精神抖擞，很是干练。雷震推门进来，进来后把门带上，几步走过来，立正敬礼："参谋长！"

江志成没转身："输了？"

"输了。"两个字几乎是从牙缝里挤出来的。

江志成笑了笑，转身看着雷震："感觉如何？"

雷震没吭声，脸上的肌肉抽搐了一下。半晌，才颔首道："新时代，新思维，现在的新兵前面的这个'新'字，是有独特含义的。"

"是，我明白。"江志成拿着搪瓷缸子倒了一杯水，"这批新兵的资料我一个一个都看了，你的眼光不错，百分之七十都是重点大学的毕业生或者在校生，一半以上是理工科学生，并且各有所长。派你去招兵，真是明智。你很清楚，空降兵的未来需要什么样的士兵，特战团的未来需要什么样的特战队员。"江志成端着茶杯，没坐下。

"谢谢参谋长。"雷震想了想，话又咽了回去，一副欲言又止的样子。江志成看他："怎么？你有话要说吗？"

"不知道该不该说。"雷震嗫嚅着。江志成喝了一口茶："说吧，跟我还藏着掖着？"雷震一挺身："……一定要我们去训新兵吗？"江志成抬头看他："这不是我心血来潮，是军党委的决定。这次的新兵营之所以费这么大周折，目的你应该很清楚。"

"是。全面提高新兵综合素质，主动探索未来战场需要，为空降兵部队的发展注入新的活力。"雷震啪地立正。江志成看着他："我想听的不是这些。"雷震顿了顿：

"是。按照我的浅显理解，军首长是希望能够为空降兵特种部队培养更高标准的特战队员，同时全面提高空降兵各个部队的兵员素质，文化素质虽然不直接等于战斗力，但应对未来战争和非战争行动，科技装备日新月异，兵员素质必须跟上。"

"说得不错，你还是能看清目的的嘛！那为什么还不想去带新兵呢？"江志成盯着他。

雷震惶惑地看他一眼，嗫嚅道："这段时间雷神突击队的工作那么多，演习、驻训、对外交流……"

"你什么时候学会跟我不说实话了？"江志成一声怒吼，搪瓷缸子啪地拍在桌子上，溅了一桌子的茶水。

"是。"雷震看着面前的老参谋长，声音软了下来，"这届新兵绝对不好带，我怕我能力不够，带不好。"

江志成盯着他的眼睛："你是怕带不好，还是怕丢面子？"

雷震脑袋上有些冒汗："您这不明知故问吗？肯定怕丢面子。"

"刚上来就输了第一仗，打退堂鼓了？懦夫！"江志成转身，雷震赶紧跟了上去："参谋长，您是我的老领导了，我是不是懦夫，您很清楚。"

江成志停下脚步，猛地转身："雷震，我知道你打仗不是懦夫，但是现在，你就是个懦夫！"

"我不是懦夫！"雷震急吼。

"那就证明给我看！既然上级决定由你担任新兵营的营长，就是对你的信任！不错，需要雷神突击队的工作非常多，但是培养后继人才，这个工作是重中之重！上级一致决定把你们抽调出来带新兵，肯定是下了大决心的！你现在希望我告诉军首长，你怕被新兵收拾，丢面子，干不了？"江志成的胸脯起伏着，但声音却低了下来，"你是我招来的，一手培养起来的，现在是雷神突击队的队长！从哪个角度看，你都是这次新兵营的营长最合适的人选。我不希望你再打退堂鼓，我们并不是没有合适的人选，而是组织上对你的信任！"

雷震的话被噎回去了，他低下头半天才抬起来，喉结蠕动着："是，参谋长，我明白了。"

江志成拍拍他的肩膀："叫你来，还有一些东西要你看看，三局发来的。"

啪！大屏幕上闪出一张照片，旁边显示出"绝密"字样，雷震心里咯噔了一下。

"根据有关部门的情报，国际恐怖组织 K2 进一步加强了对我国的谍报和破坏活动。文的一手是加强了文化和经济秘密渗透，武的一手也在秘密筹备。他们在世界各地以各种名义招募了不少外军特种部队的高手，进行强化训练。"

屏幕上，一个戴着面具的雇佣兵正在训练，但画面很模糊。

"他是谁？"雷震指着画面上穿着外军迷彩的人影问。

"一个代号叫毒蝎的家伙。"江志成点燃一支烟，抽了一口，让自己沉浸在辛辣的烟雾当中，"有关部门相信，他是 K2 负责对华破坏活动的部门主管。"

"就这一个画面吗？没有他的照片吗？"雷震面色铁青地问道。

"这是我们的侦察员偷拍的，能做到这一步已经非常艰难，"江志成的语气变得低沉，喉结蠕动着，声音有些颤抖，"……这个拍摄视频的侦察员还牺牲了。"

雷震注视着大屏幕——模糊不清的画面上，一双似曾相识的眼睛在他脑子里唰地闪过。

"这个代号毒蝎的家伙，血债累累，诡计多端，很少有人能知晓他的真面目。还有一件事要告诉你——"江志成的声音尽量保持着平淡，"根据情报，当初带队与你交火的，就是这只毒蝎。"

雷震犹如雷击，嘴角的肌肉抽搐了一下。此刻，他的脑子里一片空白，但是，身体里的某种力量好像被唤醒了。

一片充满肃杀之气的土地，机枪阵地上弹雨横飞，刺耳的啸声和爆炸声此起彼落……空气中飘散着硝烟和血腥味……还有，那一片耀眼的白光和炽烈的火焰，映亮了雷震坚毅的脸……雷震闭上眼，尽力平复着自己的心情。江志成神色凝重，久久无语。

"有关部门已经确定，K2 将对中国以及中国的海外利益有一系列的渗透破坏活动。而我们空降兵作为战略战术的打击力量，是国家防卫利剑的剑锋，将会是遏制敌人阴谋的先锋部队！雷神突击队则是空降兵剑锋上最锋利的刃尖，你要知道这责任的分量！"江志成拍拍雷震的肩膀，里面不仅蕴含着安慰，更多的是一种责任和力量。

"是，参谋长。"雷震挺得笔直，语气带着不容置疑的坚定。

"好好带新兵，争取早日培养出适合在雷神突击队服役的新生力量！"江志成握着他的肩膀，"这批大学生新兵，在某种程度上是专门为特战团，尤其是为雷神突击队招的！我知道，越有思想的新兵越难带，而大学生是最有思想的青年群体！你是我们的克难先锋，难题不交给你交给谁？！我们希望，你能把握好这个机会，让特种部队的建设上一个新的台阶！"

雷震目不斜视："我全力以赴！"

江志成点头，语重心长道："做好雷神突击队队员们的思想工作，他们肯定也想不通。告诉他们，后继有人比什么任务都重要！"

"是！"雷震敬礼，利索地转身离开。

夜色如墨，雷震走在回营部的路上，黑暗中，这个三十多岁的男人的背影看起来是孤独的。他停下脚步，弯腰抚摸着坚硬无比的右腿，只这样发了几十秒钟的呆，当他再次站起身的时候，他的胸膛依然高高挺起，依然带着中国军人铜墙铁壁般的坚强。

他的眼睛在黑暗中熠熠生辉，他缓缓仰起头，凝视着这片看起来暂时还算宁静的天空，眼神变得更加坚毅。

5

清晨，天空翻起鱼肚白。新兵营的操场上飘扬着鲜红的八一军旗，风声猎猎。嘹亮的军号声在军营里回响，新的一天又开始了。

一声凌厉的哨声响起，操场上，换好常服的新兵们扎着腰带整齐列队，年轻的面孔宛如初升的朝阳，眼神里充满傲气。雷神突击队的队员们全副武装，在新兵们面前站成一列，持枪肃立。

现场逐渐安静下来，只有旗帜在空中猎猎飘舞的声音。赵大力跑步过来，立正敬礼："报告！营长同志，空降兵新兵营集合完毕，请指示！值班员，士官长赵大力！"

雷震还礼："稍息。"

"是！"赵大力啪地转身，"稍息！"

新兵们有点儿蒙，没见过这种阵仗。雷震黝黑的面孔面无表情地看着他们。赵大力高喊："稍息都不会吗？上学没军训过吗？"

新兵们一阵手忙脚乱，勉强站好了。赵大力跑步入列，雷震跨步走到队伍前面："新兵同志们！"

新兵们都傻站着，不知道该不该回应。

雷震不动声色道："新兵同志们！我叫雷震，是新兵营的营长，也是空降兵特种作战团——雷神突击队的队长！你们面前的男班长，都是雷神突击队的突击队员！你们面前的女班长，都是翠鸟女子侦察引导队的女侦察兵！"

新兵们注视着面前肃杀的突击队员们，一动不敢动。

"我们是空降兵，是天杀的伞兵，是从天而降的雄鹰！知道战争来临的感觉是什么样的吗？"雷震吼声如雷，眼神扫过队列，"就是昨天，你们到这儿来的路上，遭遇伏击的感觉。那是最真实的！在那一瞬间，你们惶恐、无助，甚至感觉自己处在生死的边缘！这就是危机感！危机感会破坏基本的安全需要，你不知道会经历什么，它会让你直接进入丛林求生模式，前额叶功能也会被抑制。换句话说，理性功能已经不好使了，哪里有活路就往哪里闯，像是无头苍蝇，惶惶不安。对，这才是空降兵在未来的战争当中，将要面临的战场困境！是跳伞到敌后的第一感受！"

新兵们沉默地听着。

"你们以为空降兵意味着什么？在世界军史上有一句名言——伞兵，天生就是被包围的！当战争来临，只要伞兵搭载的运输机一进入战区的上空，就面临着生死危机！

敌人的战斗机、防空导弹、高射炮……在运输机的旁边穿梭、爆炸，你们能保持镇定和冷静吗？"

新兵们鸦雀无声。

"当命令下达，舱门打开，你看见的不会是一片祥和的天空与大地，最有可能是黑夜当中，身边爆炸的高射炮弹、导弹，甚至是被击落的运输机，燃烧着坠向黑暗中的大地。你会不会腿软？你还有没有勇气扑向黑暗中密集的高射炮弹雨？一颗炮弹，都会让你被炸得连渣儿都不剩！你想过吗？刚才你们都看见了，我们在空中打开降落伞翱翔，酷、帅！但是战争不是你们刚才看见的表演，在战争中，跳出机舱，和新生儿离开母亲的子宫差不多，你不知道你将要面对的人生是什么——我可以确凿无疑地告诉你，新生儿面对的是灿烂的人生，而伞兵，面对的是死亡！"

新兵们不敢吭声，空气凝结了一般。

"当你在空中飞向地面，敌人的各种轻武器在不断射击，你会发现枪林弹雨不足以形容此刻的困境。曳光弹编织成死神的天罗地网，在你的视线当中，就好像毒蛇在不断吐着火焰的芯子，只要沾到，必死无疑！降落的过程非常短暂，可能只有一分钟，但在你的头脑里会有一个世纪那么漫长！当你的双脚踏上地面，噩梦才刚刚开始！伞兵的空降场往往深入敌后，而敌人的后方，注定有着优势兵力！伞兵，天生就是被包围的！你会身陷重围，被敌人的优势兵力、装甲部队等围困，在最初的时候，手里往往只有轻武器和少量的反坦克武器！伞兵面对的将会是真正的战场地狱，你靠什么来战胜自己的危机感，去消灭敌人？"雷震眼神锐利，扫视着排列整齐的方阵，"忠诚和勇气！"

军旗在猎猎飘舞。

"看见这些军旗了吗？这，就是忠诚和勇气！这，就是中国空降兵的军魂！这，就是我们至高无上的骄傲和荣誉！"雷震胸部起伏着，压抑着内心涌动的热血，"这不仅是旗帜！这是成千上万的前辈英烈不死的生命！是源自上甘岭的革命牺牲情怀！是战斗的号角，是狼群的呼喊！是五千年来，中华民族的铁血好汉，不曾磨灭的震天杀声！你们——中国空降兵的新兵战士，未来的精锐，听见了吗？！"

"听见了！"新兵们齐声高喊。

"我听不见！"雷震厉声喝问。

"听见了！"新兵们高声怒吼，三十多个人的吼声从喉咙里迸发而出，穿破了营部上空，直上云霄。

"记住！你们将成为精锐当中的精锐，中国武装力量这把尖刀上的利刃！"雷震声如洪钟，新兵们在队列中站得笔直，"在这八个月，我们将锻造你们的忠诚和勇气，让你们成为真正合格的中国空降兵战士！这是一个漫长而艰苦的过程，不用怀疑，我们不会心慈手软。今天对你们的心慈手软，就是未来战争当中对你们的不负责任！从我们这里走出去的，是活生生的空降兵战士，虽然战争当中难免会有牺牲，但我相信没有一个新兵同志，希望自己被国旗覆盖着运回来！所以，我希望你们全力以赴，为了战争的胜利，也为了你们能活着回来！"

也许是经历了战争的硝烟和生离死别，雷震的嗓音带着些许嘶哑——而他面前的新兵们还是那么年轻，风华正茂。隐藏在他内心深处的那些年轻的脸孔似乎逐一浮现出来，在这个特殊的时刻，却又被自己强制压了下去。

"士官长！带开训练！"雷震怒吼道。

"是！"赵大力跑步出列，整队训练，新兵们互相看看，还有点儿发蒙。

6

训练场上，口令震天。雷震站在高台上，拿着望远镜在观察。赵大力跑过来，递给他一瓶水："队列你也看？"雷震接过水，继续看着："上级把训新兵的任务交给我们，我们得让他们走好军人生涯开始的每一步。"赵大力不屑地拧开，喝了一口水："哪儿有用特种部队带新兵的？全世界也找不出个先例来吧？还训八个月，养头生猪出栏也就八个月吧……"

"我们面临新挑战的关口。"雷震放下望远镜，眼神犀利而坚定，"我们的敌人没有一秒钟忘记我们，我们也不能忘记他们。"赵大力警觉起来："有行动？"雷震摇头道："现在还没有，不过……他们留给我们的时间不多了。水牛，还记得我的这条腿怎么丢的吗？"

"找到元凶了？！"赵大力的眼睛里猛然扬起一股冰冷的杀气，寒声道，"他杀了我们好几个战友！"

"还没有，还在查。"雷震默默注视着前方，"我的心情和你一样，我也恨不得现在就抓住他！但是我们只能等待命令，要有耐心，水牛！"

赵大力眼神里闪过一道寒光，狠狠吐了一口口水："再见面，我一定要他死无全尸！你说他没有一秒钟忘记我们，我也没有一秒钟忘记他！只要有他的下落，一定要带我去！"

"等命令吧……"雷震的声音中有一种坚毅，听起来却很平淡，"要同志们做好随时出击的准备，同时把新兵的训练抓牢，基础打扎实。之所以要我们来训练，是要提前发现适合进雷神突击队的苗子！从一开始就让他们有特种部队的概念、特种作战的意识，让大家别有情绪了，长江后浪推前浪，我们的事业注定要有新鲜血液的注入！"

"是！"赵大力敬礼，转身去了。

此刻，操场上正在进行队列训练。新兵们单腿着地，绷着脚尖。黄金的脸开始抽搐，汗水也流了下来。帅克也满是脸汗，但仍坚持着。

"正步一步两动——"新兵营的女班长唐明明板着脸命令，"一！"

唰——解放鞋踢起来。

女兵们扎着武装带，眼睛注视着前方，汗水顺着她们洁白的脸颊流了下来。林小鹿看着远处停着的运输机和不断穿梭的空军迷彩，神情有点儿恍惚。

"向右——转！"唐明明命令。

女兵们向右转，但林小鹿慢了半拍。

"停！林小鹿，想什么呢？那么不专心？"唐明明厉声问道。

林小鹿反应过来："啊，对不起，对不起，我……"

唐明明走过来："怎么？还掉眼泪了？一大早想谁呢？"

女兵们窃笑，柳纤和陈若曦互相看看，大概猜到了怎么回事。

"没什么，没想谁……"林小鹿低声嗫嚅道。

"我不管你在想谁，我只希望你记住，操课时间要专心！你现在不专心，在战场上还想继续走神吗？"唐明明呵斥道，"我知道你们觉得队列训练很枯燥，但这是军人生涯的第一步！令行禁止，军人仪表，就是这样枯燥出来的！明白吗？！"

林小鹿擦擦眼泪："是！明白！"唐明明放缓语气，悄声问："身体没有不舒服吧？"林小鹿忍着眼泪，摇头。

"好，那就专心点儿！"唐明明走回队列前面，"全体都有，向右——转！"

停机坪上，穿着飞行连体服的年轻飞行员们意气风发地走过来，林小鹿的眼睛再一次模糊了。

"林小鹿，你到底在干什么？！"

林小鹿的眼泪唰地流了下来，站在队列前面的方紫玉突然意识到不对劲儿："一班长！"唐明明转身："到！"方紫玉走过来："继续训练，林小鹿出列。"

"是！"林小鹿擦擦眼泪，出列。唐明明带着队伍继续训练。

7

机场一侧，方紫玉和林小鹿并肩走过一排停着的直-10，林小鹿的眼神不自觉地飘过去。方紫玉停下，顺着她的眼神看过去："我理解你的感受，如果你真的一时接受不了，你可以休息两天。"

"休息？为什么要休息？"林小鹿的声音有些颤抖。

"我们的新兵训练在机场，是为了让新兵同志们尽早熟悉空军的特点，并且对飞机飞行不再陌生。"方紫玉说，林小鹿点点头，方紫玉看着她，又道，"可是你不一定接受得了。"

"我没事。"林小鹿擦干眼泪。方紫玉看着她的眼睛："你骗我没关系，但不能骗自己。"

林小鹿不吭声。

"你应该骄傲。"方紫玉握着她的肩膀，"我没想到你会来，但是你来了。你是空军的女儿，你应该感到骄傲。"

林小鹿的眼泪流了下来："我有什么好骄傲的？刚才……我还是太软弱了，我以为自己已经……战胜自己了……"

"换个角度想想，这么多年来，其实你一直在为这一刻准备着。"

林小鹿的呼吸急促起来。方紫玉拍拍她的肩膀道："你看，你说你不想来，但你还是来了。你已经穿上了空军的军装，你的父亲会感到欣慰的。"

"我能成为一个好兵吗？"林小鹿哽咽着问。

"一定会的。"方紫玉看着她，眼神坚定，"相信我，你具备了别人所没有的韧性和坚强，你会是一个出色的女空降兵！你的父亲和我们，还有你，会用生命去捍卫祖国的蓝天。"

林小鹿抬头，直升机群在高空拉烟掠过，眼泪从她的脸上滑下，她仰起头闭着眼睛哽咽着，泪水被风轻轻掠过……她再也忍受不住这压抑，放声大哭起来。长久的痛楚随着这哭声释放出来，利剑一般刺穿了包裹着自己心的坚强外壳——她终于知道，父亲其实一直都那么真实地存在于自己的心里，以至于，永不会忘记。

第四章

1

空旷的训练场上，骄阳似火。赵大力来回走在队列前，抬手看表："三十五分钟。"

新兵们都有点儿晃，仍努力站着，脸上的汗水顺着脖子直往下流。咣当！一名新兵晕倒了，从停在旁边的救护车上跳下两名卫生员，抬着担架就跑过来，将人抬走了。其他人纹丝不动。

"三十五分钟。"赵大力看看手表，新兵们目不斜视，"仅仅三十五分钟，就倒了一个，这是我带兵的最差成绩！"赵大力高声怒吼，新兵们都不吭声，一个个努力站直了。

中午，阳光炽烈似火，不断有汗珠滑落在新兵们的眼皮上。帅克目不转睛，努力瞪着不眨眼，任凭汗水流进眼睛里，杀得生疼。

机场对面，江志成穿着作训短裤，身上、腿上都绑着沙袋，汗流浃背地在跑步。

赵大力戴着头盔，满脸都是汗水。他抬手看表，高喊道："一小时到！"

哗啦！站军姿的队伍一下子松了口气，新兵们瘫了似的坐在地上，赵大力走过去催促着大家起身活动活动手脚。帅克揉着生疼的胳膊："报告！"

"讲。"

"我想上个厕所！"

"知道了，去吧！"

"是！谢谢士官长！"帅克转身往机场边跑去。他匆忙跑到机场角落，左右看看，没人，就躲在一堆破箱子后面，掏出手机，打开。

"帅克，我在机场了，我走了，我希望你自己好好保重，早点儿来国外找我……"帅克拿着手机听着，手机里传来王悦可的声音，带着哭腔，"我不知道你是中了什么邪，一定要去当空降兵。我……我想我会等你，但是，我也不知道会等多久……"

王悦可的声音模糊了，帅克拿着手机，心情复杂。

"……可可，我在部队挺好的，我很想你。也许我的决定，你还不能完全理解，但我很感谢你的支持。"帅克想了想，鼓起勇气，对着手机喊道，"我爱你！"

"哎哟！一下子把老同志给电得满身掉鸡皮疙瘩！"

帅克一愣，朝四处观察着。江志成背着沙袋，汗流浃背地站在他的身后。帅克站起身问："你谁啊？"江志成也不生气，嘿嘿笑着道："我？我是谁重要吗？"

"你是这儿当官的吗？"

江志成笑了笑，看着自己湿透了的作训服："你看我像当官儿的吗？"帅克仔细看了看，撇嘴道："不像，当官儿的还跑步？"说完他一屁股坐回地上，"你是机场地勤的老士官吧？"江志成哈哈大笑："对对对，我是地勤的老士官！你呢？新兵吗？"帅克点头。

"手机是你的？"江志成也在他旁边坐下来。帅克看看他："啊，我的——你不会打我小报告吧？"江志成哈哈笑着："我？我打小报告？你看我是那种人吗？"帅克放心了："那就好，那就好，老班长，谢谢啊！我得回去了！"江志成一脸和蔼地问："哎，你叫什么？"

"帅克，你呢？"

江志成想了想："叫我老班长就行了，他们都这么叫我！那什么，帅克，部队不允许使用苹果手机！"

帅克看看手机，一愣："不能用手机吗？"

"不能苹果手机，他们没告诉你吗？"江志城问。

帅克"哼"了一声："他们干脆不让我们用手机，没说只不让用苹果手机。"

"那是他们的不是。不过，苹果手机还是别用了。"

"为什么啊？"

帅克看着一脸认真的江志成，不太明白。

"你的手机会出卖你的位置，甚至可能被境外间谍组织窃听！这要出了事，保卫处的找你聊天儿，就不会像我现在这样跟你和颜悦色地聊天儿了。"

帅克看看手机："有那么玄乎吗？"江志成一脸认真地说："老班长是老司机了！从军这条路，你得听老司机的，别自己瞎撞，否则，一不留神就得掉沟里去！"

"行！"帅克看看手机，站起身，"那什么，我得回去了，我跟士官长请假说是去厕所——您这二十多年的兵当下来，没混个士官长什么的吗？您这岁数都得是军士官长了！"

江志成笑道："我一个地勤搞机务的当什么士官长啊？不行，不行，搞技术的！"

帅克走了几步，又跑了回来，从兜里掏出一沓子钱塞到江志成手里："老班长，你帮我买点儿矿泉水，看看有没有依云、5100、卓玛泉什么的……总之哪个贵就买哪个！这儿的水我喝不惯！"

"这儿的水你喝不惯？"江志成看着手里的一沓钱，脸色有点儿难看，"好吧，我怎么给你啊？"帅克想了想："明天这时候，你带几桶来！我在这儿和你接头！去了啊！"说完转身跑了。江志成拿着一沓子钱，思索着。

队列还在休息，帅克跑步过来高声报告。赵大力看看表，阴沉着脸："起来训练了，你入列吧。"

帅克转身入列，想想又转回身道："报告！"

"讲。"赵大力不耐烦地道。

"这个我交给你。"帅克从胸前的兜里掏出手机，递过去。赵大力一愣："你不是交了个手机吗？怎么还有一个？"帅克讪笑道："我带了两个。"赵大力接过来，没好气地道："还有准备的啊？怎么现在想起来交给我了？"帅克立正："我答应老班长，一定要做到，人不能没信用。"赵大力纳闷儿道："哪个老班长？这部队的老班长我都认识。"帅克挠挠头："好像是机务的，我也不知道叫什么。"

"机务的？"赵大力歪着脑袋，"不是老王就是老薛，好吧，算替我教育你了，入列吧。"

赵大力把手机放在一边，说道："今天晚上，晚饭后保密教育。这个地方你们初来乍到，我就不批评你们了。当然，你们违反规定，我也不可能表扬你们！总之，你们来当兵，就得有纪律性！纪律是块铁，谁碰谁流血！明白吗？"

"明白！"兵们怒吼。

赵大力站在队列前，继续训练。

2

机场上，雷震拿着望远镜，铁塔似的站在高台上在观察。

"下来，下来！"

雷震听到声音，一回头，那边不远处的直-10后，江志成蹲在那儿冲他招着手。雷震一愣，急忙跳下去跑步过去，立正敬礼："参谋长……"

江志成一脸谨慎地打掉雷震的手，躲在后面道："别敬礼了，别被新兵看见！过来！"

雷震纳闷儿，看看那边正在训练的新兵们。

"怎么了？"雷震走过去，江志成赶紧拉住他："蹲下，蹲下。"雷震更是纳闷儿，但还是蹲下了，两人都是标准的下蹲动作。

"我说您这么一个大参谋长，在自己的部队怎么搞得跟地下党接头似的？怎么了？"雷震看着他手里的钱，"这钱是怎么回事？您没借过我钱啊？那什么，最近手头有点儿紧，我先拿来用用……"江志成一把打开他的手，雷震笑道："到底怎么了？"江志成指了指远处："你这新兵带得不怎么的啊！"雷震看看那边道："这才第一天啊！刚开始，您就不能等一个礼拜再看？"

"我跟你说的不是训练，是管理！"

"管理怎么了？"

"你还问我怎么了？"江志成看着他道，"我问你，这群新兵好多有第二个手机知道不？还有苹果手机！"

"被你抓着了是吧？谁啊？"

"我能告诉你吗？那我不成了打小报告的了吗？"江志成狡黠地笑道。雷震苦笑道："哪儿有首长跟部下打小报告的？"江志成眨巴着眼睛："别套我话了，我不会告诉你的！还有，你的兵喝不惯部队的水，闹着要买什么依云、5100、卓玛泉什么的……"雷震一下子明白了："我知道是谁了，帅克，只有他。他托您买水？"

"早知道不跟你说了！你可别出卖我！"江志成嘱咐道。

"这可真有眼力见儿啊！新兵托参谋长买东西？我非收拾他不可！"雷震起身，被江志成一把拽下来："我告诉你啊，别胡闹！你这一收拾，他肯定知道我是谁了！"

"他以为您是谁？"

"机务的老班长啊！"

雷震上下打量，竖起大拇指："化装侦察，100分！"江志成满意地笑道："那是，我在前线化装侦察、深入敌后的时候，你还没上幼儿园呢！"

"必须的！参谋长是老侦察兵了！是我的前辈，是我的偶像，我对你的敬仰……"

"打住！"江志成一伸手，"我不喝你这迷魂汤！我就是告诉你，别的都好说，第一，不能出卖我，让他知道我是谁；第二，这外国品牌的手机必须全部收掉！搞个专题保密教育，告诉他们为什么。这帮孩子都是自愿来空降兵的，跟他们说道理他们会明白的！对了，还有，我跟帅克约了明天这时候接头，你不许坏事！"

"接头？"

"我不得给小祖宗买水吗？"

"参谋长我这就不明白了，您还真的惯着他？"

"这你就不懂了吧？"江志成笑道，"买水事小，调研事大！现在的新兵怎么回事儿，我也得摸摸底啊！穿着军装戴着大校军衔到训练场上晃，哪个新兵蛋子敢跟我聊天儿，还敢跟我说实话？我这样挺好的，机务的老班长！你去吧！"

雷震无奈，转身跑了。江志成看着手里的钱，喃喃自语："我得让你喝惯这儿的水！这是第一关！"

<h1 style="text-align:center">3</h1>

训练场上，三架直-10结束训练，低空通场而过。雷震抬眼看着直-10机身上的机号，向那边正在降落的机群跑去。

螺旋桨逐渐停止转动，高山跳下机舱有点儿蒙，腿都有点儿软："我说多少次了，又不是拍西部片，你的牛仔作风要改改了！"陈笑寒拎着头盔笑道："怎么，晕机了？"高山咧咧嘴道："开玩笑，我怎么可能晕机？"陈笑寒笑得更灿烂了："这么好的直升机，不好好开，怎么对得起这个性能，对吧？"高山苦笑道："唉！霹雳女飞侠啊，我是老了，得给你换个搭档了！"陈笑寒赶紧说："别价啊，我可是您的徒弟！"高山刚想说话，看见跑过来的雷震，努努嘴："找你的，我们先走了！"陈笑寒也低头往前走去。

"陈笑寒！"

陈笑寒只好站住，回头道："啊？怎么了？有事吗？"雷震跑过来道："有事。"陈笑寒冷冷地道："有事说事吧。"雷震憋了半天："我考虑好长时间了，有些话，还是想和你聊聊。"陈笑寒躲闪着雷震的眼神："说吧，我听着呢！"

"我们边走边说吧，戳这儿跟展览似的。"雷震看看四周，几个男飞行员正盯着他俩窃窃私语。高山跑过去："看什么看！两口子闹别扭有什么好看的！"

雷震有点儿尴尬，陈笑寒点点头，两人并肩往机场边上走去。

<h1 style="text-align:center">4</h1>

机场边上，一阵强劲的风狂吹而过，陈笑寒脸上的表情再次彻底凝滞。雷震看着她欲言又止，咽了口唾沫，鼓起勇气道："我们能复婚吗？"

陈笑寒的声音有些颤抖："复婚？为什么？"

"因为，我还爱你。而且，我们在一起，毕竟走过那么远的路……"

"你还爱我？你就不想想，我是不是还爱你？"陈笑寒转过身，雷震有点儿急了："我话还没说完呢，我是说……我们……我对你，是有很深的感情的。过去的事，我道个不是，我……"陈笑寒打断他："雷震，你真的是……你压根儿就不明白，我想要的是什么。你一直活在自己的世界中，当然不会想到我的感受。我没爱上别人，但是我也不爱你了啊！"

"我可以知道为什么吗？"

"我们相处到离婚，你有一次听过我的建议吗？"陈笑寒苦笑道，"一次都没有。我知道，你自认为是最好的特战队员，有敏锐的头脑、丰富的学识、不屈不挠的战斗意志、绝地反击的果敢顽强……"

"我不是吗？"

"对，你是。我承认，你是我见过的最好的特种部队突击队员，但你并不是一个合格的丈夫。"陈笑寒的眼泪在打转，"很多事，你都没有意识到，其实你考虑的只有你自己。"

"是说我受伤以后重回突击队吗？"雷震的声音低了下来。

"我没有拦着你吧？我支持你了吧？你总是把你和我之间的事，理解成我不理解你的决定，我们根本不在一个频道对话。"陈笑寒的声音有些大。雷震看着她："我是真的不明白，为什么我们一定要走到这一步？"陈笑寒转身擦擦眼泪："当时的离婚报告你自己也签字了啊！你这都不明白，还跟我谈什么复婚啊？当你签字的那一瞬间，我就压根儿没想过今天还要面对这个问题！雷震，好马不吃回头草！"

"你是爱我的！"雷震急促地呼吸着。陈笑寒笑了笑，不为所动："雷震，你别那么自负好不好？"雷震站到她面前："自负？我是自信。"陈笑寒苦涩地一笑："唉，你没变，你一点儿都没变！"

雷震愣在原地，陈笑寒转身大步走了，她咬住嘴唇不出声，眼泪却哗哗地往下滴落。

机场上，雷震孤独的身影看起来无比落寞。

5

深夜，菲律宾，马尼拉郊区的一片废弃厂区，空旷的厂房四周烟囱林立，一片破败的萧条景象。在厂房门口，一排高档的越野车顺次停在厂房前的空地上。

"铁面人还没动静吗？"一个体壮如牛的俄罗斯人抽着雪茄，代号大白熊，也就是俗称的国际军火贩子。他的旁边有两个保镖冷酷地站着："我们的人一直在监控他，他还没离开自己的据点。"大白熊仰头，舒服地吐出一口烟："他搞什么名堂？马上就要迟到了，居然还没走？"

"不知道，是不是故意耍我们？"保镖问。大白熊靠着车身，挥挥手："他的口碑一直很好，更何况K2一直是我们的大客户，我们再等等看吧。"

废弃的厂房高处，一名伪装极好的狙击手趴在房顶上，微声狙击步枪上缠着伪装布条。旁边的观察手拿着夜视观瞄仪："十点钟方向，有车来。完毕。"狙击手掉转枪口，继续瞄准。

空地上，一名保镖扶着耳麦："好，知道了——有车来，是不是警察？"保镖们慌张起来，子弹哗啦啦顶上膛。

"他妈的！铁面人居然出卖我！"大白熊转身上车。

狙击阵地上，狙击手抵着瞄准镜，车灯不停地在闪烁着，很有节奏地在发出约定的信号。

厂区里，车队发动，准备撤离。坐在车里的大白熊一愣："是铁面人吗？"保镖纳闷儿道："可他没有离开过据点啊！"大白熊恨恨地沉声道："只能说你安排的人是蠢货！我早就说过你们盯不住他的，非要逞能！"保镖低着头，不敢吭声了。

"下车。"大白熊跳下车，保镖们持枪警戒着，"放他的车进来，做好战斗准备。"

哗啦啦！黑夜里一阵拉枪栓的声音。

狙击阵地上，狙击手抵枪瞄准。车渐行渐近，狙击手抵着瞄准镜报告："是铁面人，还有火烈鸟。完毕。"

空地上，大白熊拿着对讲机："收到，注意警戒。完毕。"他转身对保镖咬牙切齿地说："我说什么来着？你他妈的简直是万年不见的蠢材！"保镖低着头不敢吭声。

车开过来，一个戴着青铜面具的人敏捷地跳下车，一副黑乎乎的面具遮住了他大半张脸，看上去冷冰冰的，没有丝毫的表情。据说但凡看过他真面目的人都没能活到第二天，所以，到现在为止，这世界上没有人知道他到底长什么样。

大白熊张开双臂，满脸堆笑地迎上去："啊，亲爱的铁面人！我们又见面了！"铁面人走过去，拥抱着他，笑了笑道："大白熊，你的女儿最近可好？"大白熊亲热地拍拍他的肩膀："她马上就要博士毕业了，你知道，在美国读书很缺钱的！"铁面人笑了笑道："我给你带了件礼物！"大白熊笑得更开心了："哦？那谢谢了！"

火烈鸟走到车后，打开后备厢——两具尸体滚落出来，尸体上满是伤痕，额头上都有黑洞洞的弹孔。所有人一惊。铁面人慢慢走过去，寒声道："要是想盯着我，最好派两个聪明人来。他们的手艺太潮了，简直是白白送死。"大白熊的脸色有些不好看了，强颜笑着："你……你这是干什么？明明知道是我的人，为什么还非要杀了他们？抓住他们不就行了吗？"铁面人的眼神变得阴险："你明明知道见的是我，为什么还跟我来这套？这些年来，我和你做交易，少过你一分钱？我知道你干过克格勃，我也不是吃素的！这是一个警告，下一次，就是在你女儿的脑门儿中央,穿一颗子弹！"铁面人的眼睛里扬起一股杀气。大白熊嗫嚅着："是，是，我明白……"

"货呢？"铁面人寒声问道。

大白熊转过身，挥挥手："快快快，抬出来！"

几个硕大的箱子在地上一字摆开，大白熊打开箱子，满脸堆笑道："AK，这些都是军警专用，枪号都磨掉了，完全追踪不出来源。"铁面人接过来，娴熟地上膛：

"是上等货。"大白熊有些得意道："我的货什么时候掉过链子？"铁面人拿起一把微声狙击步枪："在我认识的军火商里，你算是最有办法的，虽然你的价格贵，但我相信一分钱一分货。不过——"铁面人顿了顿，"这些都是常规武器。"

"你还想要什么？"大白熊问，"米-24？米-28？防空导弹？远程火箭炮？只要你能给出合理的价格，我都能想办法搞到！"

"我就知道，你一定有办法！"铁面人笑笑道，"K2的实力你是知道的，钱，从来都不是问题。"

大白熊跃跃欲试："你想要什么？"

铁面人把他拉到一边，沉声道："FX-7。"

"FX-7？！"大白熊一愣，"你要那玩意儿干什么？那玩意儿还没有研制成功，根本就不稳定，根本就……"

"我自然有用，能搞定吗？"

"不能！"大白熊摇头道，"我还不想FSB（俄罗斯联邦安全局）的特种部队满世界地要我的脑袋——不能！"

"K2会开出你无法拒绝的价格。"

"多少钱我也不能干啊！我得留着命花啊！"

"一亿美元。"

"不能干！"大白熊摇头道。

"两亿美元。"

"不不不，你不懂，铁面人，这不是钱的问题……"

"一点五亿美元。"

大白熊一愣。

"一亿美元。"

"等等，为什么又变成一亿美元了？不是两亿美元的吗？"大白熊急了。铁面人意味深长地笑了笑道："再过五秒钟可就是五千万美元了。"大白熊连忙拉住他："别别，你不能再降价了！一亿美元就一亿美元吧，看在多年朋友的分儿上，我帮你找！但是你不能再杀价了，绝不能！"

"这才够朋友，对吧？"铁面人拍拍他的肩膀，"好了，我走了，这批货你送去我指定的地方。"

"那这批货的钱呢？"大白熊指指地上，伸着脖子问。

"自己查吧，已经在你账上了。另外到账的两千万美元，算是FX-7的定金，早日给我消息。"铁面人说完摆摆手，上车离开。

夜里，车在路上急驰。铁面人坐在后面闭目养神，火烈鸟在开车，看看后座问：

“毒蝎，这个大白熊能搞到 FX-7 吗？”

铁面人轻摇头：“说不好，一半一半吧。”

“那下那么大的赌注？”

“我们需要一个靶子，替我们吸引国际情报界的注意力。大白熊去搞生化武器，国际情报界的注意力就会瞬间集中在他的身上，那时，我们的压力会缓解很多。”

火烈鸟明白了，继续开车，铁面人看着窗外不断闪过的树影，思索着。

6

美国，哈佛大学。红砖白窗的建筑楼在郁郁葱葱的校园里显得一片祥和，草地上不时有松鼠跳下来，不怕生地啃着地上掉落的松果。不同肤色的青年男女们围坐在草坪上，看书或者低声地聊着天。王悦可穿着一身湖蓝色的连衣裙，抱着一摞书从远处走过来，白皙的皮肤，长发披肩，裙裾飞扬，犹如一面轻柔的湖水在荡漾，吸引了周围不少赞叹的目光。

“Demi！”后面声如银铃。

王悦可回头，一个穿着淡蓝衬衫的女生笑着跑过来。王悦可有点儿意外，小跑几步迎上去：“Vicky！你不是回台湾了吗？这么快就回来了？你妈妈的病怎么样了？”

Vicky 来自台北，说话时带着一口温软委婉的台湾腔，披着一头大波浪卷发，穿着一条鹅黄色的超短迷你裙，露出修长的大腿，凸显出她完美绝伦的身材。Vicky 亲昵地挽住王悦可的胳膊：“唉！我妈妈想我了，就骗我说自己病了，非逼着我回去呢！我回去一看，正在打麻将呢，什么事儿都没有了啦！唉！害我大老远跑一趟，真是的！”

“那你还着急上课？不是假期没用完呢吗？”王悦可笑着说。Vicky 噘着嘴撒娇道：“那总不能我自己一个人在公寓躺着睡大觉啊，那多无聊啦！”王悦可笑了笑，挽住她：“那我们一起去图书馆吧！”Vicky 一脸羡慕：“哇，大陆来的女孩子就是不一样！又美丽又好功课，用不了多久，你就是全学校男生的梦中情人了啦！”王悦可有些不好意思，Vicky 一脸羡慕地看她：“Demi，说真的呢，你有男朋友吗？没有的话，我给你介绍一个啊！我表哥，刚从台北来这儿做生意，很有钱的了！也很帅！你们俩绝配啦！”王悦可的脸更红了，加快脚步道：“哎呀，你别乱点鸳鸯谱了，我有男朋友的！”Vicky 不相信，跟上去问道：“真的？怎么没听你提起过？他帅吗？是做什么的？有照片吗？”

王悦可一脸幸福地拿出手机——穿着空军迷彩的帅克一脸阳光。

“哇！是解放军啊！”Vicky 夸张地看着照片，“我怎么也没想到啊，你居然找了个军人？"王悦可叹了一口气："一言难尽啊，他以前也不是军人，不知道他哪根筋不对付，非要去当空降兵！"Vicky 拿过手机，仔细看着："空降兵？太厉害了！"

"哎呀，他现在不过就是个新兵！走了，我们去图书馆！"王悦可有点儿不好意思，拉着 Vicky 往图书馆的方向走去。

7

军部大门口，哨兵肃立，刺刀在路灯下闪着寒光。参谋长办公室里灯光明亮，江志成蹲在那儿，看着面前小山似的一堆矿泉水瓶。敲门声响，司机提着两壶水走过来，一脸纳闷儿地道："凉白开搞好了，参谋长。"

江志成哈哈笑着站起身，拿起一瓶矿泉水拧开，咕咚咕咚倒在旁边的大桶里，脸上还有坏笑，洋溢着孩子一样的兴奋。

8

骄阳似火，军号嘹亮，机场上响起一片的口令和脚步声，新兵营迎来了又一个清晨。

机场上，新兵们背后插着十字板，戳得笔直，脖子上都别着曲别针，目不斜视，头上的汗珠吧嗒吧嗒地落在地上。雷震站在远处，拿着望远镜观察着训练情况。机场的另一边，女兵们正在齐步走，林小鹿白皙的脸上满是汗水，头发也湿了，沾在了脸上，她的脸色有些难看。

"报告！"

唐明明看过去，是林小鹿。

"讲！"

"我的脚很疼……"林小鹿努力忍着。

唐明明走过去，看了看："旁边见习吧。"

"是！"林小鹿艰难地迈步出去，走到一边。

"又偷懒啊……"队列里，陆冰嫣小声嘟囔着。林小鹿猛地回头："我不是偷懒，我是真的疼！我崴了脚，现在还没好呢！"陆冰嫣从鼻子里轻哼一声："谁知道真的假的，你自己不就是学医的吗？"周招娣左右看看，拽着陆冰嫣："算了，算了……"陆冰嫣一甩胳膊，声音更大了："我就是看不惯她这娇小姐的样子！要说疼，谁的脚不疼？我的脚也疼！但是我就不会打报告，坐在一边去见习！"

"我的脚那天崴了，你没看见吗？！现在肿得都跟馒头那么大了，上床都得扶着才能坐下！我们住一个宿舍，你没看见吗？"林小鹿的眼泪都快下来了。

"每个人都很疼！这比穿高跟鞋还疼！站在这太阳底下、烈风当中，一个小时又一个小时，谁好过了？你看看这一百多个女兵，有一个像你这样打报告见习的吗？"陆冰嫣不依不饶，其他女兵纷纷看过来。

"我是学医的，撑不住硬撑，对自己的身体没好处！我不是偷懒！"林小鹿忍不住提高了声音。

"我哪儿知道？"陆冰嫣脱口而出。

"你！"林小鹿看着陆冰嫣盛气凌人的样子，气得一张脸通红，眼泪汪汪的。

唐明明刚想说话，程慧拉住她，低语："别触霉头，那天我看见方队长的伞兵徽了，就在林小鹿手里。"

唐明明看她："那我们就看着？"

"那不是来了？"唐明明顺着程慧的目光看过去，方紫玉正往这边走来。

"一班，有什么问题吗？"方紫玉转向林小鹿和陆冰嫣，"怎么了？你们两个闹矛盾了？"

林小鹿咬着嘴唇不吭声，陆冰嫣仰着头，一脸的不以为然。

"都是一个班的战友，有多大仇？有话说开不就得了吗？现在告诉我，什么情况？"方紫玉看向两人，但两人都不吭声。良久，林小鹿想了想，眼泪汪汪地抬起头："报告！是我不对，我申请见习，我怕吃苦。"陆冰嫣有点儿意外，转头看着林小鹿。

"你见习的理由是什么？"方紫玉问。

"我……我脚疼，我……大家都脚疼，是我不对，我……"林小鹿说不下去了，咬着嘴唇，眼泪吧嗒吧嗒地往下掉着。

"把鞋脱了。"方紫玉命令道。林小鹿犹豫着，没动。方紫玉走到她面前："把鞋脱了，这是命令。"

"是。"林小鹿这才蹲下，解开伞兵靴的鞋带，抬头看向方紫玉。

"袜子也脱了。"方紫玉凝视着她。林小鹿有些迟疑，但还是脱了袜子，方紫玉一看她的脚踝肿得跟馒头似的，忍不住提高了声音："怎么搞的？你这种情况应该休息！"

林小鹿沉默了很久，才轻声道："刚来的那天，跑的时候……崴脚了，而且大家都在这儿……"

"我记得你是学医学的大学生，你该知道严重性——那个兵，你叫什么？"方紫玉指着陆冰嫣。陆冰嫣向前一跨步，凛然道："报告！我叫陆冰嫣！"

"你，送她去卫生队检查治疗，那边有救护车，跟班长说一下，说是我安排去的。"

陆冰嫣一愣，瞪大了眼睛，有些不情愿地说"是"。

林小鹿连忙摆手："不用，不用，我自己去就可以！"

"执行命令，去吧。"方紫玉板着脸。陆冰嫣只好蹲下，搀扶起林小鹿，但她脸色很难看："走吧。鞋拿着吧，别穿了。"林小鹿感激地看她："谢谢你啊……"

陆冰嫣面无表情，扶着林小鹿一蹦一蹦地往机场边上去了。

这时，程慧走到方紫玉边上，竖起大拇指悄声说："高，实在是高！"方紫玉笑笑道："少跟我这儿塞蜜枣啊！"

在管理新兵上面，特别是女兵，方紫玉确实是把好手，让她们自己去解决矛盾，从而促进了解，达到团结的目的，确实高明！看着两人的背影，方紫玉的脸色变得严肃起来："这两个新兵，个性都很强，你要注意。"

"一直在注意呢……"程慧看着方紫玉，欲言又止的样子，"……有个问题，我一直想问，不然我怕把握不好首长的意图。"

方紫玉不明白，看着她："你说。"

"那个林小鹿，你以前认识？"程慧狡黠地笑道。

"不认识，也是这次招兵认识的，怎么了？"

程慧喃喃自语道："那我怎么觉得，你们好像很熟的样子？你的伞兵徽也在她那儿？"

"滑头！真不愧是老油条，有话就直说好了。她不是我亲戚……不对，应该说，她是我们的亲戚。"方紫玉略一思考，又补上了一句。

程慧一头雾水："首长明示！"

方紫玉看着林小鹿的背影，声音突然沉寂下去，过了好久，她才沉声道："她的父亲曾是我们的试飞员。"

程慧恍然大悟，脸上的笑容也消失了，取而代之的是一种肃穆。

"我明白了，我会注意她的。"程慧的声音尽力平淡，方紫玉点点头："注意方式、方法，这样的女孩儿，自尊心特别强。"

程慧的眼神飘向远处那个模糊的身影，重重地点头。

第五章

1

急诊室里，军医宋薇薇拿着 X 光片在看，林小鹿跷着一条腿坐在椅子上。陆冰嫣站在旁边，小心地问："医生，怎么样？"宋薇薇放下片子，坐回桌子后面，唰唰地开始写："骨头没问题，应该就是扭伤了，有水肿。"林小鹿低着头，小声地说："不是扭伤，是挫伤导致的。"宋薇薇扭头看她："嗯？你自己还会给自己看病啊？"

"我是华中大学医学院毕业的。"林小鹿说。

宋薇薇乐了："没想到今年的新兵还有医学院的高才生呢！干脆到我们卫生队来吧，我们缺医生！"林小鹿望着宋薇薇一副求贤若渴的样子，苦笑道："您别取笑我了，我就是一个新兵，能不能坚持过这八个月还不知道呢！"宋薇薇笑道："怎么？刚来就打退堂鼓啊？"

"医生，你们卫生队跳伞吗？"林小鹿突然问。

"跳啊，空降兵院里的老鼠都得跳！"宋薇薇说。

林小鹿惊得张大嘴。宋薇薇看看林小鹿的脚："你这脚伤，我给你开点儿红花油抹抹，平时多注意就行了！去取药吧！"她把药方递给林小鹿，林小鹿连忙起身道谢。

宋薇薇看了一眼陆冰嫣："扶着她走啊，愣什么神儿啊？我算知道为什么派你来了！"

陆冰嫣手忙脚乱地连忙扶起林小鹿。

"我自己能走！"林小鹿穿好袜子，蹬上伞兵靴，一瘸一拐地往外走去。陆冰嫣急忙跟上："还是我扶着吧，省得你这娇小姐又……"林小鹿生气地甩开她："说谁娇小姐呢！还共患难过呢，一点儿都没看出来！我自己能走！"

林小鹿瘸着腿一拐一拐地自己走了，陆冰嫣噎了一下，急忙跟上去。

宋薇薇穿着白大褂，看着走远的这对冤家摇头苦笑。

2

机场上，骄阳似火。江志成猫身躲在一架直-10后面等着，还穿着之前的那身作训服，肩上扛着司机从后勤老高那儿借来的一副士官军衔。帅克悄声从后面走过来，啪地一下拍在他脑袋上，江志成吓了一跳，怒吼："谁这么大胆子？"

"老班长，这么大脾气啊？"帅克乐呵呵地道。江志成回头一看，笑容可掬地说："当然了，我是这儿资格最老的老班长了，谁敢拍我的脑袋！"

"乖乖！没想到啊，老班长这么厉害啊？整个直升机团都没人敢拍你脑袋吧？"帅克蹲下身道。江志成一脸认真道："那当然！师长、军长、军政委都不敢拍我脑袋！见到我也得好好说话！"帅克哈哈大笑："哎呀！不行了，老班长，你这个笑话我得笑一天！"江志成看着他，一脸认真道："你不信是不是？"

"信信信，我信！老班长是空降兵第一牛！"帅克竖起大拇指，"那什么，水给我带来了吗？"

江志成打开背囊，一脸真诚道："你看！"

"这么多？"帅克一看，真的是满满一背囊。

"这还多？我办公室……哦，我宿舍那儿还多着呢！你给那么多钱，可不就买得多吗？"江志成反应过来，急忙改口。

"谢谢你了，老班长！你这可解了我的燃眉之急啊！"帅克拿出一瓶，拧开就喝。江志成看着他，脸上带着坏笑。帅克一口气喝完一瓶，擦着嘴："哎呀！终于解渴了！"

"味道不错吧？"江志成笑着问。帅克咂咂嘴："挺好！还是那熟悉的味道！部队里的水啊，我真喝不惯！谢谢你啊，老班长！"江志成乐不可支地直摆手："不用谢，不用谢！"帅克打开水壶，又装了满满一水壶。

"老班长，我先撤了！明天这个时候见啊！"帅克拧好瓶盖。

"明天还见？！"江志成看着他，帅克背好水壶："对啊，不然我喝什么啊？"江志成面露难色："那我不成送水的了吗？我还有那么多工作要做呢！"帅克拍拍他的肩膀："老班长，你就行行好，你最好了！你是空降兵第一好人！"江志成被哄得神清气爽，哈哈大笑，按下帅克竖起的大拇指："低调！低调！"

帅克起身，挎上水壶跑了。江志成看着他的背影，又看看背囊和地上的空瓶子，满脸坏笑。

3

北美的生活总是很悠闲，露天餐厅外，人们正喝着咖啡悠闲地聊天儿。一个不起眼儿的角落里，一个华裔小伙子正喝着咖啡在等人。远处，王悦可和Vicky背着书包，一路说笑着走过来。

"Vicky！"小伙子起身招招手，Vicky有些意外："表哥！你怎么来了？"

"我出来办事，路过，就到这儿来等你了！"小伙子打量着她旁边站着的王悦可，"这位是……传说中的Demi吗？果然是超级大美女啊！"

王悦可羞涩地笑了笑："您好，我叫王悦可，英文名Demi，您是Vicky的表哥吧？"

"对对，我叫陈默，叫我Bob就好了！Vicky老提起你，在我面前一天能念叨八百次，说你是天下绝色，今日一见，果然名不虚传啊！"陈默殷勤地拉开椅子，"两位美女请坐！"

王悦可笑道："Vicky夸张了！我哪儿有那么美，一般人吧！"Vicky笑得妩媚："哎呀，你就别谦虚了！你都是一般人的话，让我怎么活啊？"陈默绅士地把菜单递过去："想吃点儿什么？我请客！"王悦可推辞着道："那怎么好意思？还是我来吧！"Vicky一把抢过菜单："你啊，就别心疼他了，我表哥可有的是钱！"陈默就笑道："还是我来，我来！我也谈不上有钱，但你们毕竟是学生嘛！我来吧！这点儿小意思还是没问题的！"

王悦可还想客气，Vicky已经开始招呼侍者点菜了。

吃完饭，三个人走在校园的林荫道上，陈默笑着看着王悦可："这次真的是不好意思，随便吃了点儿，下次我带你去唐人街，那儿有一家新开的中餐馆，还真的挺不错的！"

"不用，不用，我觉得学校吃的挺好的！"王悦可笑着推辞道。陈默笑了笑道："看，你还是跟我这么见外！"Vicky拉着王悦可的胳膊："对了，对了，下午没课，咱们出去玩吧？都好久没有出去放松过了，怎么样？"

"我下午想看看书，你们去吧！"

"你不去有什么意思啊？都说了，咱俩是闺密嘛！闺密就应该形影不离的！不行，不行，你得跟我一起去的啦！"

"我真的想自己待着看看书，也许我男朋友会突然给我电话呢！"王悦可说，"而且下周还要考试呢，我真的想看看书、做做习题什么的！"

"哎呀！你们大陆来的女孩子就是这样爱学习的！" Vicky 拉着王悦可撒娇道，"放心吧，你肯定全 A 的！走吧，走吧！我们出去玩儿，就一会儿！"

王悦可还想推辞，陈默关切地说："Demi，你就别推辞了，适当放空大脑，更有助于学习！放心吧，我也是这儿毕业的，作为学长，我对付考试有经验！走吧！我去开车，你们在前面的树荫下等着我！"说完，他就快步走了。

王悦可为难地看着他的背影，Vicky 拽着她道："走啦！我表哥新买了一辆车呢，咱们去兜风！" Vicky 不由分说地拉着她就走了。

4

南美，K2 的秘密训练营。

指挥所里，高度现代化的简易指挥中心，红灯闪烁一片，各种屏幕和操作平台稳定地运行着。毒蝎戴着面罩，坐在电脑前。这时，手机一声轻响，毒蝎站起身，对着旁边的黑人助手："野牛，你先盯着。"

毒蝎走进办公室，缓缓摘下面罩——露出的半张脸上满是烧伤后的疤痕，整个脸都扭曲着。他打开电脑，啪！王悦可笑容甜美的照片出现在屏幕上，毒蝎神色冷峻地看着她的简历。

"中国空降兵？"毒蝎沉思着，继续往后翻——帅克穿着空降兵迷彩服，肩膀上光秃秃的。毒蝎看着照片，笑笑道："是个新兵蛋子啊……在部队有没有发展前途啊……"

突然，一个属下匆忙跑进来："老大，刚才……"毒蝎一抬眼，属下一下子呆住了，他嗫嚅着道："老大，我，我……我不是故意的……我，我什么都没看见……"属下急忙闭眼，扑通一声跪下："老大饶命，老大饶命……我真的什么都没看见啊……"

毒蝎眼中露出凶光，喉咙里发出低低的声音："你是知道规矩的。"说完他拿起桌上的手枪，弹匣顶上膛。那名属下还跪着，闭眼听见了枪的上膛声，他立刻磕头如捣蒜："老大，你知道我是忠诚的！我绝对不会说出去的！我求求你饶了我！"

毒蝎面无表情道："念在你跟我多年的分儿上，自裁吧。"

啪！一把枪丢在了他面前。

"老大，真的不能饶了我吗？"属下看着地上的枪，瞳孔猛然收缩。

"规矩之所以是规矩，就是打破以后要受到相应的制裁。我对你也没有办法，只能算你点儿背，自裁吧。我会照顾好你的家人的。"说完，毒蝎转身继续看邮件。

属下战战兢兢地捡起枪，哭着对准自己的太阳穴，犹豫着。突然，他一把将手枪对准毒蝎，连扣扳机，房间里安静得只有咔嗒咔嗒的空枪声。毒蝎转过身，眼睛里都是凶光："本来我还想饶你一命的，现在看，你的命是不能留了。"

"老大，老大……"属下啪地丢掉手枪，"我错了！我错了！我真的不敢了！再也不敢了！再也不敢了！……"

毒蝎面无表情，慢慢戴上面罩。咣的一声，门被踹开，野牛带着几个雇佣兵冲进来，毒蝎挥挥手："老规矩，丢鳄鱼池。"

野牛点头，几个雇佣兵冲过去，拖着这个属下就走了，留下一路歇斯底里的哀号。

5

又是一个清晨，训练场上，女兵们穿着军靴绷着脚尖，脚背上都放着砖头，背后插着十字板，衣领两侧插着别针。几个女生都是汗流浃背。林小鹿穿着胶鞋，单脚撑地，站在队列当中，站在她旁边的陆冰嫣斜她一眼："不行就歇了吧。"

林小鹿瞪她："行不行你管得着吗？"

"好心没好报是吧？"陆冰嫣冷着脸说。

"你也得安好心啊！"林小鹿毫不示弱地反击。唐明明站在队列前警告："队列当中不许说话！"两个人才都闭上了嘴。唐明明看看手表，走过来："林小鹿，你行不行？"

"我没问题！"林小鹿咬牙坚持着。陆冰嫣斜眼看她，不屑地哼了一声。唐明明点头道："不错，有精气神！下来见习吧。"

"报告！为什么？"林小鹿站着没动。

"马上换腿了，你的支撑腿不行，这是客观情况，不是你的意志力不行，早日恢复早日正常训练。下来吧！"

"是！"林小鹿慢慢放下脚。

唐明明摘掉她脖子两侧的别针："果然有股子韧劲儿！别着急，磨刀不误砍柴工，有伤要先养好伤。"

林小鹿忍着眼泪："是……班长。"

林小鹿一瘸一拐地走到旁边的小马扎，艰难地坐下。陆冰嫣看向她，笑了笑。林小鹿错开眼，不理她，眼泪唰地掉了下来。

"哟？掉金豆呢？"两条穿着迷彩服的腿站在了她面前。林小鹿抬眼，宋薇薇背着药箱，蹲下道："怎么了？小医生还掉金豆了？要不这样，新兵连结束后你就老老实实到我这儿来当卫生员吧？怎么样？"

"那也得熬过去新兵连啊，我体能不如她，反应不如她，我都不知道能不能熬过去呢！"林小鹿说着眼泪就又快出来了。

"谁啊？"宋薇薇顺着林小鹿的目光看过去，"哦，那天陪你去的那个啊！你们这些新兵蛋子啊，都跟刚出壳儿的小鸡崽子似的，毛都没长全呢，就斗来斗去的！等你们在部队待一年，就知道现在的可笑了！哎，别以为我在劝你啊，我也这样过来的，谁说都听不进去！比吧，比比有好处，领导就愿意看你们比！我看看你的脚。"

林小鹿脱掉鞋和袜子，宋薇薇捏了捏她受伤的脚踝，林小鹿龇牙咧嘴地"哎哟"了一声。宋薇薇打开药箱，给她上好红花油，按摩着道："快好了，恢复得挺快，晚上记得拿热水泡脚三十分钟！空降兵部队脚伤的多了，这才刚开始呢，你一定要注意！习惯性崴脚就麻烦了，千万别逞强，一定要脚恢复好，再上量！这不是逃避训练，这是科学。你是医学毕业生，应该比我明白！"宋薇薇起身笑了笑说道，挎上药箱就走了。

另一边，方紫玉看着宋薇薇走过来，跳下高台："宋大医生，你今天怎么有空来了？"宋薇薇笑道："我得定期看看空军里身残志坚的英雄模范啊！他可是空军首长的心肝宝贝，重点关注对象！"说着她凑过去，低声问，"你跟这飞鲨同志有进展没？"

方紫玉叹了一口气："能有什么进展啊？他其实还念念不忘的。"

"念念不忘陈笑寒啊？"宋薇薇说，"唉，这有什么啊？他们要是合适，当初就不会离婚了！都是一个单位的，若不是过不下去了，肯定会凑合下去的！念念不忘很正常，说明他是个重情义的人啊！陈笑寒个性太强了，连他都驾驭不了，肯定是不可能再复合的了！"

方紫玉有些犹豫，眼里透着一种说不出来的悲伤："我不知道这样对不对啊？"

"有什么不对的？你还翠鸟女子侦察引导队的队长呢，空降兵女特种兵，怎么一点儿斗志都没有？深入敌后，秘密渗透，引导打击，逆境决胜！这不是你的专长吗？"

"要打仗，我不怕，你说的这个，我可真来不了。"

"怎么说你呢？唉，算了，我也管不了感情的事儿，当我没说吧！我去找他！"宋薇薇背上药箱就要走，方紫玉赶紧拉住她，不放心地嘱咐道："你可别跟他乱说啊！"宋薇薇看了看她，叹口气，走了。方紫玉转头看着高台上正在训练的雷震，黯然神伤。

6

"雷队长！飞鲨！"宋薇薇站在下面喊了两声。雷震放下望远镜，利索地跳下高台："宋医生？你来了！"宋薇薇赶紧扶住他："别价啊？这一惊一乍的，我这心脏可受不了！"雷震拍拍自己的钢铁腿："我要这高度都跳不了，还跳什么伞啊？我没事！"

"那可不行！虽然你可以跳伞，可以作战，但这不代表你就不需要定期回访！再说，你的义肢毕竟是假腿，不定期检查怎么行？"

"我真没事儿，这还带着部队呢！"雷震抬腿就想走，宋薇薇一把拉住他："我可跟你说啊，批准你重新进入作战部队有一个前提，就是必须遵循医嘱！否则，我就要向军首长打报告了！"雷震一听就急了："成成，医生最大，你说了算！"

直-8K机舱里，雷震靠坐着。宋薇薇小心地掀起他的裤腿，取下假肢，雷震一头是汗，咬着牙就是不吭声。

"你怎么搞成这样了？！这样会出问题的！"宋薇薇看着断腿的地方已经磨破了皮，血肉模糊了一片，忍不住提高声音斥责他。

"没事儿，皮肉伤而已，没什么大不了的。"雷震笑道，"可能是这条义肢不行吧？以前没出过这样的事，再换个就是了！"

"哪儿有你说的那么简单？"宋薇薇怒气冲冲道，"这都是最好的了，再换，换什么？"

"你们医生总会有办法的。"雷震嬉皮笑脸。宋薇薇脸色一沉，站起身，严肃地看着他："雷震同志，你这样我只能和军首长打报告了。你要去北京，到空军总医院检查治疗！"

雷震一听就急了："宋医生，我知道你有军医的职责，但你也知道我不想离开部队，尤其是雷神突击队——我这不是什么大不了的问题啊！只是磨破了皮而已，新的义肢总是要适应适应的！磨合磨合，好了不就没事了吗？"

"你可要想清楚，腿是你自己的！值得吗？"宋薇薇高声呵斥。

雷震的神色变得严肃起来："这个抉择，在我参军以前就已经做出了。"

"我可真的不想听英模报告会啊！你现在这样，我很为难的！"

"我真的不想做什么英模，我只是想当好一个空降兵。"雷震沉默了半响，再抬起头，一种异样的感觉在他周身燃烧着，"命运让我丢掉一条腿，我不可能再让这条腿长出来，但你们给了我新的支撑腿！我知道自己已经是一个残疾人，我并不想做什么钢铁战士，我只是想做一个普通的战士！"

宋薇薇愣愣地看着他。

"帮帮我，宋医生，不要让我离开空降兵，离开雷神突击队！"雷震的眼里隐约有泪，"我向你保证，如果我觉得情况不对，一定及时找你！"

宋薇薇被触动了，语气也软了下来："但你现在的情况，不能再安装义肢，得把伤先养好啊！"

"坐轮椅？"雷震的脸色有些苍白。

"对啊，等恢复好了再看，我总不能眼睁睁地看着你血肉模糊，再感染出事了啊！我让你的突击队员把你的轮椅拿来！"宋薇薇转身要走，雷震一把抓住她："但不是现在！"

"什么意思？"

"我不能在这几百个新兵面前坐轮椅离开！"雷震的眼中已经没有眼泪，只有一种从心底里散发出来的悲伤。

"难道你要走出去？"宋薇薇一惊。

"我没有必要把自己的痛苦暴露在所有的新兵面前。"雷震抬起头，他的喉结蠕动着，"刚才我跳下来，你看出什么异常了吗？"

宋薇薇愣愣地看着他。雷震自己装上了假肢道："我听你的，恢复几天，把伤养好，但我现在不想坐轮椅出去。"

"作为医生，我真的不希望你这样做。"宋薇薇尽力让自己的声音显得平淡些。

"我只能这样做！"雷震站起身，露出一个难看的笑容，"我不想他们看见我坐轮椅，就这么简单。"

雷震咬牙往前走了一步，宋薇薇想扶他，被他推开了。宋薇薇看着雷震的背影，叹息一声："想不明白。"

"想不明白什么？"

宋薇薇笑笑道："没事，我刚才走了下神。"

雷震也笑了笑，起身下去了。宋薇薇独自一人留在机舱里："想不明白，这么坚强的男人，这么有魅力的男人，陈笑寒怎么跟你离婚呢？"说完，她挎上药箱跟了上去。

雷震走出机舱，打了个呼哨，赵大力听见连忙跑了过来："飞鲨，咋了？"

雷震说："我回宿舍一趟，你带好队伍。"

"是！"赵大力立正，雷震走过去。赵大力看着他："你的腿没事儿吧？"雷震摇头道："没事，但这几天你要带好男兵，我得歇几天。"赵大力担忧地看看他的腿："我陪你回去吧？"宋薇薇紧跑几步跟上："不用了，我跟他去。"雷震走得很坚定，回头笑道："哎呀，我又没事，你怎么弄得我跟出事似的！带好队伍，我走了。"

正在队列训练的一班男兵注视着他们几个人。黄金伸长脖子问："营长这是干啥去？"帅克面色严肃道："还能干啥，腿又出问题了。"陈东西纳闷儿道："腿出问题还走得这么稳？"

雷震一步一步走远了，走得很坚定。

赵大力跑回来："看什么呢？一眨眼没管你们，就在这儿瞎胡闹了啊？目视前方！还有二十三分钟！"——唰！男兵们急忙站好，目视前方。

机场上，雷震大步向前，战熊和雷鹰等队员担忧地看着他。雷震坚强地走着，额上的汗不断地冒出来。空旷的训练场，孤独的背影。

宋薇薇看见方紫玉，悄悄指了指雷震，方紫玉一下子就明白了，悄悄跟了上来。

7

新兵营宿舍，一推门，雷震砰地扑倒在地，满头是汗！宋薇薇急忙扶起他，方紫玉也快步冲了进来。

"没事，刚才闪了下，不用扶……"雷震摆着手想起身，看见方紫玉，道，"你不在训练场跑这儿来干什么？"

方紫玉脸上都是担忧："队列训练又不需要我每分每秒都在！"

"你都这样了，还嘴硬什么？我只能告诉军里了！"宋薇薇顺手抄起桌上的电话。雷震啪地按住："我们刚才说好了的。"宋薇薇担心地看他："可我没想到你这么严重啊！"雷震挤出一个比哭还难看的笑容："这有什么严重的！"

"这还不严重吗？"方紫玉眼里有泪光在闪烁。雷震挥手道："你说这儿有你什么事儿啊？赶紧回去，该干吗干吗去！"方紫玉却不走："新兵营就算是临时单位，但你是营长，我是教导员，我们是平级的！你无权命令我！"

"嘿！这教导员还当上瘾了？等你跟我军衔平级了再说吧，回去。"

"你们俩能不能不要吵了？"宋薇薇一声怒喝，"我现在要跟军里打电话！"

雷震看着她："别，算我求你成不成？刚才咱们不都说好了吗？你不告诉军里，我坐几天轮椅，怎么说话不算数呢？"方紫玉的眼泪都快出来了："雷震！你不能这样对待自己的身体！"宋薇薇看着两人："现在我没心情跟你们俩贫嘴，坐下，我看看！"雷震站得笔直："你不打电话我就坐下。"

宋薇薇无奈，点头。雷震一屁股坐下。宋薇薇摘下他的假肢，断肢处已经一片血肉模糊，雷震疼得倒吸一口冷气，但强忍住没出声。方紫玉哇的一声哭了，赶紧捂住嘴。雷震皱眉道："你怎么还哭出来了？方紫玉同志，你刚还说你是教导员呢！你好歹也是作战单位的指挥员了，怎么还哭成这样呢？这要是打仗，漫山遍野血肉横飞的，你不成泪人了？"方紫玉哭得更大声了："一样吗？现在又没打仗！这是和平年代！"

"这我就要批评你了，"雷震一本正经地说，"方紫玉同志！军人就没有什么和平年代，只有打仗和准备打仗！我们是……"

方紫玉不客气地打断他的话："得了吧你！这些话我也会说！就是打仗，你这条腿能行吗？"

"怎么不行？"

"你空降到敌后，得两个战士抬你，你这不是给大家添乱吗？"

雷震犹如雷击。

方紫玉意识到自己说错话："我，我不是那意思……我是说你现在不行，不是说你以后不行……"雷震低头看着自己的残肢，一丝忧伤划过眼中。方紫玉看着他，急得不行："对不起啊，我，我不是故意的……"雷震推开宋薇薇，坚持着单腿站起来，双手撑在桌上，眼里有泪花在闪动。他闭上眼，眼泪没有流出来。宋薇薇和方紫玉都愣在了那儿。

残肢在滴血。

雷震背对着她们，没有回头地道："我才三十岁。"他的声音有些哽咽，泪水从闭着的眼睛里溢出来，"我的职业军人生涯随时都可能结束。我知道，你们是为我好……但是如果我一定要倒下，请让我死在战场上。我无法忍受离开空降兵部队，离开雷神突击队，离开……离开我的战友们……你们担心的，我不是没想过，但我不能离开……绝对不能……我才三十岁，我不想活得像个退休老干部一样……"

宋薇薇看着他的背影："我理解你，但是作为医生……"

"你首先是军人，你要做的不仅仅是理解，我还需要你的帮助。"

"我怎么帮你？瞒着你的真实情况？这要出了事，我可负责不了……"

雷震转身，看着她："不需要你负责，所有后果我一个人承担。"

"那不行，你自己也承担不起，你是空军的人。"

"那就让我留在空军，留在空降兵！不到生命的最后一刻，我绝不放弃努力！"

"你这已经不是努力了，你是在玩儿命！"方紫玉哽咽着。

"军人就是要玩儿命！我雷震是军人，是空降兵，是我自己选择的职业！刀尖上舔血，刀锋上舞蹈……路是我自己选的，我就是跪着，也要爬下去！"雷震怒吼着，声音如同他此刻的决心。

方紫玉愣住了。雷震看着她，眼中是乞求的目光："答应我，不要告诉上级。求求你。"

方紫玉忍不住了，面对雷震恳切的目光，她沉默了半晌，终于用力点了点头。

雷震笑了，道："你回去吧，营里面不能没有主官。"

方紫玉张嘴，却说不出话来。宋薇薇点头，方紫玉咬牙转身出去了，脸上还带着泪痕。

当宋薇薇挎着药箱走出房间时，她听到这个在战场上流血流汗，却没有掉下一颗眼泪的军人，这个时候才从嗓子眼儿深处迸发出一声哀号。此刻，他的眼中已经没有眼泪，只有一种从心底散发出来的悲伤。

8

苍茫的群山，郁郁葱葱。野外靶场上红旗呼啦啦飘扬。密如爆豆的枪声此起彼伏。步战车前，突击队员们面涂油彩，束手跨立，一个个精神抖擞。狙击手穿着迷彩布条的吉利服，持枪站在队尾。空地上，各种现代型的武器一应俱全，重机枪、迫击炮、单兵反坦克导弹、单兵防空导弹、88式狙击步枪、高精度狙击步枪在队列前铺满了。

新兵们站在对面，看得眼花缭乱，艳羡不已。黄金羡慕地看着站在队尾的狙击手，目不转睛地盯着："那是啥枪啊？还带个望远镜！"陈东西狡猾地笑："咋？你还想做狙击手？"黄金眼里冒着光："你不想吗？多酷啊……"陈东西不屑地问："你懂物理化学吗？"黄金看他："啥意思？做个狙击手还要懂物理化学？不是说枪打得好就行吗？"

"目标的距离，武器的性能，弹头的质量，火药的成分，当时的风向、空气湿度、密度，地球自转导致的细微变化等，这些都对弹道的轨迹有影响，要精确计算出来。枪打得好，也得在这个基础上啊！"陈东西说得头头是道。黄金听得目瞪口呆，有些黯然神伤："那看来我做不了狙击手了。"帅克给他打气："只要有梦想，就想办法去实现，对不？"黄金垂头丧气："唉！我现在知道为什么只招大学生士兵了。"安迎战凑过来低声说："你别听他忽悠，我学体育的，他说的那些我也不懂，我不也来了吗？"

"一班！"赵大力一声虎吼。帅克和黄金等一班战士急忙立正。赵大力大步流星走到面前："队列当中不许说话，这还需要我教你们吗？马步——"

男兵们互相看看，急忙分腿跨立，双手握拳，标准的下蹲动作。其他班的战士忍住笑。赵大力拎起一把长枪："武器还有灵魂。武器的灵魂，就是你的灵魂！你和武器是一体的！武器就是你们的手臂，你们身体的一部分！明白了吗？！"

"明白！"新兵们高声喊着。几个男兵坚持着，继续扎马步。

9

一声闷雷宣示着暴风雨即将到来，空旷的训练场上已经空无一人。帅克一马当先，怒吼着冲上山头，后面呼啦啦跟着几十个新兵。

不远处的山脚下，雷震坐在轮椅上，刚刚剃干净的下巴上泛着细密的胡楂儿。一周的时间，让他消瘦了一圈。原本就棱角分明的脸庞，更加显得如同岩石一样坚硬。

雷震拿着望远镜，看着意气风发跑在队伍最前面的帅克，露出笑容。良久，他放下望远镜，摸着自己空荡荡的右腿，他的嘴唇翕动了一下，眼中透着一种说不出来的悲凉。

不远处，穿着一身运动服的陈笑寒跑步过来，看见雷震的背影，想了想，径直走过去，看看他的腿："你的腿又不行了？"

雷震有点儿意外地看着她："没事，老毛病了，时不时就来一下。"

"我不早建议你别这么硬撑着吗？"

"你应该知道我的心情。"

"知道啊，雷震同志，飞鲨队长。我第一天认识你，就知道你的心情，要做最好的空降兵、最好的突击队员。不过，你也得面对现实，你这样还能折腾吗？别的不说，一个低空跳伞，你受得了吗？"雷震刚想张嘴，陈笑寒就打断了他，"我知道你受得了，别人受得了吗？你真想打仗的时候，你的队员们抬着你走啊？"

"我觉得我还可以努力一下。"雷震忍不住提高了声音。

"飞鲨队长，你觉得你可以永远做雷神突击队的队长吗？我知道你心有不甘，但你总要面对现实吧？再说空降兵也不是没有别的岗位适合你，对吧？"

雷震苦笑道："适合我？坐办公室吗？我受不了。"

"那你还想干什么？你能当一辈子雷神突击队的队长吗？"

"在我找到合适的队长以前，我是不会离开雷神突击队的。"雷震说道，陈笑寒看着他，他的语气平淡却坚定，"你说的我都明白，但是我现在不能离开，我不放心。我现在的情况已经没办法带队作战了，领导们不说，是照顾我的情绪。我什么都知道，什么都明白，但我现在还不能放手。"

"我还以为……"

"以为我不自知，赖在这个职务上不走？不可能的，雷神突击队我参与了创建，我是第一批突击队员，我对雷神突击队有很深的感情，也为之奉献、为之牺牲，但这不是我赖着不走的理由……"

"当初你可不是这么跟我说的。"陈笑寒的身体狠狠一颤。雷震看着她："当初我确实没想明白，脑子没转过这么个弯儿来，才会走到现在这个地步……"

陈笑寒转过身跑了，不让雷震看见她脸上的泪。

"笑寒！"

陈笑寒站住，没回头，忍住眼泪问道："干吗？"

"找个时间，我们好好聊聊吧！"雷震柔声道，"我们什么都可以聊！我不逼你，我知道都是我的错！我只是想和你好好聊聊，像朋友，像战友一样！"

陈笑寒努力压抑住自己的情绪，可泪水瞬间就从她的眼睛里喷涌而出："改天吧，找时间吧，我走了……"

山坡上，一阵劲风吹过，雷震低下头，泪水从闭着的眼睛里溢出来。他是战神，是英雄，但他也是个有血有肉的男人，也渴望被人关怀和爱，想到这里，雷震有一种从心底散发出来的悲伤和渴望。

第六章

1

靶场的另一边，女兵们在地上趴成一排，噼啪一阵打枪。枪声结束了，大家都趴在地上。程慧拿着望远镜在观察，传来响亮的报数声——还有光蛋的，女兵们一阵哄笑。

"都别笑了！"方紫玉站在队列前，一脸严肃，"都听着，今天是你们第一次体验射击，五发子弹居然给我打出了个光头的成绩！还笑？你们还好意思笑吗？！下面该谁了？"

林小鹿、陆冰嫣和其他几名女兵跨步出列，卧倒呈一条线。

"卧姿上子弹！"程慧高喊。

林小鹿趴在地上注视着前方，一排靶子在远处立着，四周的荒草被风吹得直晃。

"准备——"

哗啦啦啦！一片上膛声。

"射击！"程慧一声令下。

噼啪噼啪……一片枪响，不断有弹壳欢快地跳出枪膛，在空中划出一道优美的弧线，弹落在地上。林小鹿和陆冰嫣都聚精会神地注视着前方，视线里只剩下准星、缺口和靶子。

程慧悄声对方紫玉说："看见没？两人一枪没开。"

方紫玉点头道："打精度啊？看看她俩的水平，也为咱们将来的狙击手找个好苗子。"

林小鹿的食指轻轻地搭在扳机上，犹如石像般坚毅的眼睛中，迸射出一缕锋利到极致的光芒。她的目光、步枪的准星，还有被她锁定的远处在晃的靶子，在三者即将形成一条直线的时候，她毫不犹豫地扣动了扳机，砰！子弹在空中划出一道弧线后噗的一声钻入靶纸。砰！又是一声枪响！是陆冰嫣。两人不紧不慢，打得很稳，五发子弹有节奏地交替射击着。程慧拿起对讲机："报靶！"

"一号靶位，41环！"

后面的女兵们惊呼，周招娣扬扬得意。

"二号靶位，38环！"

"三号靶位，35环！"

……

陆冰嫣面色平静。

"四号靶位，49环！"

哇！女兵们一阵欢呼。唐明明也笑了："哈哈！出了个神枪手啊！"

陆冰嫣面无表情，心里却喜不自胜。林小鹿趴在旁边，没吭声。

"五号靶位呢？"方紫玉问。

没声音。

"怎么不报了？五号靶位多少环？"

女兵们都很纳闷儿。少顷，对讲机响了："五号靶位，50环！"

陆冰嫣一下子呆住了。林小鹿还是平静的表情，努力控制着急促的呼吸。女兵们愣了半天，突然爆发出一阵欢呼。程慧拿起对讲机："五号靶位没报错吗？"

"确定，我们检查了三遍！"

"哈哈哈！太棒了，我二排一班有两个神枪手了！"唐明明高兴得不行。女兵们起身，陆冰嫣狠狠地捶了一下地面。林小鹿爬起来，有点儿晕。

"怎么了？"方紫玉问。林小鹿笑笑道："没事，刚才太紧张了，心跳都变节奏了。"

"不错啊，小时候打过？"

林小鹿点头道："嗯，我爸总带我去。"方紫玉拍拍她的肩膀："好样的，狙击手的好苗子！"林小鹿有些害羞道："我哪儿当得了狙击手啊……"程慧一拍她："头儿说你行就肯定行！我们很看好你！"

陆冰嫣站在旁边，目不斜视，脸上都是失落的表情。林小鹿看过去，张了张嘴，没说话。方紫玉顺着她的眼神看过去，恍然大悟，侧身拍拍陆冰嫣："这个也不错！陆冰嫣对吧？新兵打枪打成这样，太不容易了！以前练过吧？"陆冰嫣目不斜视："喜欢射击，上大学的时候经常去射击队玩儿他们的小口径。"方紫玉笑道："非常好，非常好！你也是狙击手的好苗子！"

林小鹿看着陆冰嫣，陆冰嫣也看着她，目光复杂。

2

营区里，陆冰嫣独自走着。林小鹿叫着她，快步追了上来。陆冰嫣假装没听见，加快步子继续走着。林小鹿追到她前面，气喘吁吁道："陆冰嫣！我叫你怎么不理我啊？"陆冰嫣冷冷地道："哦，我刚才想事儿呢。"林小鹿看着她："陆冰嫣，我……不是故意的！我那是蒙的！"陆冰嫣不耐烦地一摆手："行了，行了，你别当我是三岁小孩子好吗？我们都是成年人了，你打得好，你未来是狙击手，我知道！"

林小鹿着急地道："可是我不想做狙击手啊！"陆冰嫣轻哼道："逗我呢？还嫌我不郁闷吗？"林小鹿举起右手："我发誓，我真的不想做狙击手！我想去卫生队！我本来就是学医的，那天那大夫不是说了吗？"陆冰嫣白了她一眼："你说去卫生队就去卫生队啊？"陆冰嫣转身想走，林小鹿拉住她："我可以申请啊，再说，卫生队也愿意要我啊！我想他们读过五年医学的大夫、护士不多吧？"

"教导员和士官长可都说了，你是狙击手的好苗子！"陆冰嫣明显话里有话。

"我是真的不愿意！"林小鹿一脸诚恳地道，"我就是个学医的，我来当兵就是歪打正着！我不像你，那么坚决！说实话，我连自己能不能熬过新兵这八个月都不知道！就算是熬过去了，我也不想去作战连队，我的体能跟你怎么比啊？你每次都是三千米第一名，我被人拽着才能及格！你也考虑考虑我的苦衷吧？不能说只这一次打了个 50 环，你就非得给我掉脸子吧？我们是战友又不是仇人，你干吗啊？"林小鹿眼泪都快掉下来了。

陆冰嫣看着她，半晌才问："你真的不争狙击手？"林小鹿摇头道："真的不争！"陆冰嫣语气缓和下来："小鹿啊小鹿，真没看出来啊，上来就 50 环，给我盖帽了！你怎么打那么好的？"

"不要太执着于靶心，与你的枪一起呼吸，感受子弹的脉搏。你、枪、子弹，是一个有生命的整体。"林小鹿脱口而出，陆冰嫣听愣了："你总结的？"

林小鹿苦涩地笑了笑："不是，是我爸教我的。"

"你爸是狙击手？"陆冰嫣追问。林小鹿躲开她的眼神，往前走去："不是，我爸爸是飞行员。"陆冰嫣追了上去："难怪啊，她们都对你那么好，敢情你是空军子弟啊？你爸，现在得是师长了吧？"

林小鹿一愣，摇头。陆冰嫣不死心地问："转业了？"

"我不想和你谈我家里的事。"林小鹿转身想走。

"哟？那还是将军了？"

林小鹿努力控制着自己："不谈这个了好吗？"陆冰嫣笑笑道："好好，我说呢，你爸爸一定是个大领导，她们才能对你那样！"林小鹿黯然神伤："你不记恨我就好了，我先走了。"陆冰嫣愣住了："哎！你这个人，说好就好，说坏就坏，干吗啊？我还想跟你聊聊天儿呢！"

林小鹿摆摆手，没回头，泪水抑制不住地流了下来。

3

下午，新兵们都在宿舍里写信。帅克拿着笔，趴在桌子上愣神儿。

自从进了新兵连，他就再没见过王悦可，连她出国他都没有去送她。

王悦可是个特别乖巧的女孩儿，两人在一起很多年了，本来说好一起出国读书的，但帅克没想到，自己会参军，而且还是一名空降兵。

他知道，战争对于士兵和下级军官来说，就是一部巨大的绞肉机，但这是他人生里最大的梦想，就像当初雷震去招兵的时候对他说的，做特种部队中的特种部队，空降兵特种作战团的特种部队，中国空军最精锐的特战尖刀力量。因为有些路，如果走，会很苦、很累！但是不走会后悔。但他希望王悦可可以理解他，他无法抛弃梦想，去国外和她一起留学……

想到这儿，帅克有些难过，甩甩头继续写信。

4

密西西比河波澜壮阔，两岸风景秀丽。河边，一群哈佛大学的学生正在组织野营。男生们在钓鱼，女生们在烧烤，也有几个学生在河里游泳。

在树枝搭成的小篷子下，陈默悠闲地翻着烧烤，腼腆的王悦可在帮他打下手。Vicky 在边上喝着啤酒："哎呀！Demi，这一幕好温馨啊！你们俩是不是天生一对啊？"王悦可脸色就有点儿变了："别胡说啊！我可是有男朋友的人啊，你再这么说，我就走了啊！"Vicky 笑着举起手："好好好！对不起，我乱开玩笑了！你就原谅我吧！"王悦可莞尔一笑："以后不许乱说了！"Vicky 走过去，抱住王悦可的肩膀："哎呀！善良的 Demi 原谅我了啊！我就说嘛，Demi 是我见过最漂亮、最善良的女孩子！表哥啊，你能不能不跟个木头似的啊？也不陪人家女孩子聊聊天儿？"

王悦可作势要打，Vicky 嬉笑着赶紧跑一边找帅哥玩去了。

陈默看看走远的 Vicky，又看看王悦可："从小姑妈就不太管 Vicky，她跟野生的一样，也没爸爸管教，我也拿她没办法！"王悦可微微一笑："其实她还好了，就是性格活泼了点儿。"陈默看着她："看来你比我还了解她啊？"

"那肯定没有，我只是从女孩儿的角度去分析的，她的疯疯癫癫，未尝不是让自己忘记童年痛楚的一种方式啊！"王悦可说。陈默点头："对了，怎么从来不见你提你的男朋友呢？"王悦可一下没了心情："我都不知道他现在在干什么。"

"他不是在当解放军吗？我听说解放军的军纪严明，可能他不太方便跟你联系吧。只要有机会，我相信他一定会跟你联系的。"陈默劝慰她说。王悦可苦笑道："但愿吧……我知道他喜欢兵人，喜欢战争游戏，喜欢户外，喜欢探险，可我怎么也没想到，他居然真的想去当兵啊！还是伞兵。他爸爸居然也能同意，想不到。"

"他爸爸是干什么的？大陆的领导干部吗？"陈默问。王悦可摇头道："是经商的。"

"管他很严吗？"

"严，特别严……"王悦可叹息一声，"怎么说呢，严得都不是地方吧。像当兵这件事，他爸爸居然就同意了，本来他应该和我一起来哈佛的，结果只有我自己来了。"

"来哈佛读书？那他爸爸一定是个大商人了！"

王悦可苦笑道："大，很大，大得不能再大了。"

陈默眼睛一亮，一下子来了兴趣："哦？多大啊？"

"说了你也不一定知道，他爸爸在中国算是名人。"

"你说说看啊。"

"帅立志，你听过这个名字吗？"

"中国的华中首富啊！"陈默惊叹道，"谁不知道啊？鼎鼎有名的帅总！没想到，他居然是你的公公？"

王悦可一脸羞涩道："什么公公啊，我们还没到讨论结婚问题的地步呢。"陈默咂咂嘴道："没想到啊……我也经商五六年了，帅立志老总真的是我的偶像啊！我是自不量力，我表妹也是自不量力——帅总的儿媳妇儿，那是好抢的？"

王悦可笑道："哈哈哈！我们只是朋友，对吧？我爱帅克，他也很爱我，你理解就好。"

"理解，当然理解，我又不是没爱过……"陈默眼里的阴郁一闪而过，"不过，我怎么控制得了呢？你的美丽当中带着狂野，青春当中带着妖媚，是个男人都会喜欢你这样的女孩子！"

王悦可收起笑容，认真地说："你喜欢谁，是你的自由，但是我不接受，也是我的自由，对吧？"

陈默绅士地点点头："当然，这是一个追求自由的国家。"

王悦可不再理他，招呼着大家过来吃饭。

5

军号刺破天幕，黑夜划开一道鱼肚白的口子，朝霞就从这里洒下来。运输机的轰鸣声在训练场上回荡着。新兵们都穿着跳伞装束，全副武装在机场集结。帅克背着伞包，站在队列里皱着眉。安迎战看着他："想什么呢？忧心忡忡的，这不像你啊！"帅克伸着脖子在四处望着："我们有多久没看见飞鲨了？"安迎战哈哈大笑："你居然想那个狗娘养的，斯德哥尔摩综合征吗？"帅克认真地说："你不觉得不正常吗？"

"是很久没见到他了，他探亲去了吗？"黄金凑上来。

卞小飞也左右看看："是不是躲在什么地方，等着抓我们的好看呢？"

"一班，你们又在干什么？不认真听，到了天上，没人跟你们说这些！"赵大力大声呵斥，几个人立马不吭声了。

"报告！"帅克站在队列里喊道。队员们不明所以，都看着他。赵大力走过来："你又有什么问题？不敢跳了，好吧，你出列！"帅克跨步出列，抬头挺胸："我们很久没看见营长了，他是不是不管我们了？"赵大力一愣："这就是你的问题？"

"是！"帅克目不斜视。赵大力背着手咳嗽两声："……营长有别的事情，这段时间，你们好好训练，等营长回来！"

"我很想他！"

所有人都是一愣，赵大力也沉默了。

"是他把我们招来的，他不能就这么一声不响地走了！"帅克看着他。赵大力来回踱着步："我们……都很想他，他不会一声不吭地就走了的！我会转告他的，入列。"

"是！"帅克转身，入列。赵大力继续讲解跳伞要领。

机场的远处，雷震穿着常服坐在轮椅上，拿着望远镜在看，任由在自己眼眶里打转的一点儿晶莹，在拂面而至的风中被一点点吹干，直到再也找不到一点儿痕迹。

"他们第一次跳伞，你不去说几句吗？"

雷震一愣，江志成从后面闪身出来。

"啊，参谋长……"雷震扶着轮椅想起身。

"算了，算了，坐着吧。"江志成按住他，"你为什么不去？"

雷震嗫嚅着道："我不想他们看见我坐在轮椅上的样子。"

"你雷震也有怕的？"江志成看他。

"不是怕，我是不想他们可怜我。"

江志成站在他旁边，背着手，叹了一口气："雷震啊雷震，我看着你当兵，看着你入党，看着你提干，也看着你成为空降兵的英雄……"

"我是真的不想做英雄！"

"哪个英雄是因为知道自己会成为英雄而挺身而出的？"江志成看着他的眼睛，"如果再来一次，那颗雷你就不踢了？"

"当然会踢！"雷震毫不犹豫地回答。

"成为英雄，不是你心所愿，我也知道你苦，我也知道你累。但军队需要英雄，而你恰恰是个英雄。如果不是你坚强的毅力、勇敢的精神，雷神突击队的队长早就换人了。"

"我知道，是首长照顾我。"雷震低着头，笑得很苦涩。

江志成把右手放在他的肩膀上："这不是照顾，是你应该得到的，你是雷神突击队的灵魂，是空降兵部队今天的英雄。但是我就纳闷儿，他们都是你招来的，今天是他们第一次跳伞，为什么你不去见他们？就因为你断了一条腿，就因为你不想他们看见？！你怕他们可怜你？你错了，他们不会可怜你！他们只会仰慕你！尊重你！"

"我不想得到那样的仰慕！"雷震压抑着自己的情绪。

"你自卑！你个懦夫！"江志成怒吼。

"我是懦夫？！我？！参谋长？！"雷震回头，江志成已经头也不回地走了。

雷震坐在轮椅上，看着江志成走远的背影，心潮澎湃。自己真的是懦夫吗？雷震心中一阵悲凉。他抚摸着自己空荡荡的裤腿，伤疤已不再流血，但却是军人的勋章，每道伤疤都是一个勋章，一个铁与血的故事。

雷震突然醒悟过来——自己虽然少了一条腿，但还是军人！

6

机场上，队列还整齐地站着，赵大力站在高台上示范着动作，突然，他呆住了。兵们顺着他的眼神看过去，都愣住了——不远处，穿着常服的雷震转动着轮椅，慢慢地走过来。

新兵们默默地注视着他，整齐的军装，锐利的眼神，谁都不敢出声。帅克看着坐在轮椅上的雷震，脸还是那么坚毅，腰杆还是挺得笔直，而早已看习惯的这一切，此刻却变得沉甸甸的。

雷震"走"到队列前，空荡荡的裤腿在半空中晃着，空气仿佛凝结了一般。赵大力跳下高台，跑步上前，啪地敬礼："报告！营长同志，新兵营集合完毕！应到378人，实到378人，请指示！值班员，士官长赵大力！"雷震坐在轮椅上还礼："入列。"

"是！"赵大力转身，跑步入列。

雷震坐在轮椅上，看着面前新兵们站成的方阵，脸色坦然。新兵们默默地注视着他，帅克的喉头有些哽咽。雷震的眼神扫过他们每个人的脸。良久，帅克心潮澎湃，突然怒吼："新兵营——敬礼！"

唰！三百多个兵举起右手。黑黝黝的脸，亮晶晶的眼，年轻的兵们举着右手敬礼，空旷的训练场上鸦雀无声。只有方阵里几个女兵压抑不住的哭声！——还有什么声音？那面鲜艳的八一军旗在他们的头顶猎猎飘展的声音。

雷震面色冷峻，坐在轮椅上举手还礼。

"礼毕！"帅克高喊。

唰！又是一阵整齐的声音。

"同志们！"雷震看着自己的兵们，"请稍息。"

唰！又是一声整齐的跨立声。

"今天，是你们第一次跳伞！"雷震说，"经过这一次，你们就开始成为一个空降兵了！我带过许多次新兵跳伞，你们的心情我都理解！伞兵，天生就是被包围的！伞兵，从来就是无所畏惧的！伞兵，敢上九霄闹天宫，敢下地狱抓阎王！"

下面还是鸦雀无声。

"敢上九霄闹天宫，敢下地狱抓阎王！"帅克怒吼。

"敢上九霄闹天宫，敢下地狱抓阎王！"全体新兵齐声怒吼。

雷震注视着他们，点点头："我在地面看着你们。出发——"

"是！新兵营——以连为单位，出发！"赵大力整队，新兵们整齐右转，跑步上机。雷震默默地看着。运-8直升机的螺旋桨开始高速旋转，刮着飓风，轰鸣着拔地而起。

机舱里，兵们都坐着，神情都有些紧张。黄金正襟危坐，牙齿不由自主地在打战。帅克笑了，对着他的耳边高喊："怕吗？"

"不怕！"黄金大喊。

"那你为什么打战？"

黄金看向他："我还没坐过飞机！"陈东西哈哈大笑："大厨，今天算你开洋荤了啊！"

"你们坐飞机都是这样的吗？"黄金问。卞小飞逗他道："对！一人一个降落伞，空姐发的，实在不行就跳伞！"新兵们哄堂大笑，只有黄金一脸认真地道："我说你们怎么不怕呢！都跳过伞了啊？"帅克搂住黄金："别怕！大厨，我们陪着你！"安迎战伸出右手："地面见，战友们！"

所有人都伸出右手。赵大力笑了笑，继续看着外面。

7

高空，天蓝云白，运输机群在云层里穿梭着，不断地下降高度。机舱里蜂鸣器猝响，红灯闪烁。飞行员对着耳麦大喊："到达预定空降场上空，高度800米，合成风速8米/秒！"

赵大力竖起大拇指表示明白，起身向队员们命令道："最后一分钟准备！"

队员们纷纷竖起大拇指，起身检查装备。黄金的嘴还在打哆嗦，卞小飞一拍他的肩膀："别怕！我们一起下去！"站在后边的陈东西脸色有点儿发白："你为啥不怕？"卞小飞嘿嘿一笑："我出门没带脑子！"

另一架运输机上，女兵们都紧张得不行。林小鹿是第一个，她脸色发白，开始有点儿反胃。突然，一个剧烈的颠簸，林小鹿想吐，又忍住了。方紫玉笑笑道："怕是正常的，我第一次跳伞，比你们还怕！落地了还没睁眼！记住动作要领，没事的！"

"明白！"林小鹿深呼吸，努力平静自己。周招娣和陈若曦几个女兵，脸上都是生无可恋的表情。

嘀嘀……机舱内短笛声骤响，绿色信号灯开始闪烁。队员们深呼吸，紧张有序地做着离机前的最后准备动作。"嘟——"一声长鸣，舱门打开，赵大力站在舱门口："跳——"

帅克看看地面，纵身一跃。黄金排在第二个，神色紧张地看了看地面，不敢跳。赵大力大喊："跳——"黄金一咬牙一闭眼，尖叫着跳了出去。陈东西站在舱门，有点儿晕，抓着舱门用力地深呼吸着。赵大力看着他："跳！"陈东西看看下面，还是胆怯。突然，后面袭上一股力量，陈东西猛地从舱门口栽了下去，随即空中传来一阵骂声："狗日的谁推我——"骂声瞬间被风吹散。卞小飞一脸坏笑地站在舱门口，随即潇洒地纵身一跃。

另一架运-8上，林小鹿站在舱门口，下定决心似的闭眼直接跃了出去，但天空中还是传来了她的一声惨叫。陆冰嫣站在舱门口，张开双臂，满脸兴奋地拥抱大地。

空中，伞包砰地打开，林小鹿在尖叫声中睁开眼。半晌，降落伞渐渐平稳，林小鹿流着眼泪笑了出来。陆冰嫣在空中高呼："太棒了！太刺激了！哇呜——"

数百朵伞花陆续在空中绽开，一朵一朵在空中飘荡着……

地面指挥台上，雷震拿着望远镜坐在轮椅上，抬头看天——半空中，一朵朵红白相间的伞花在蓝天中绽放，顺风而下。江志成也看着天空，放下望远镜："这届新兵训得不错！"雷震注视着天空，紧张得都顾不上回答了。

着落场，帅克第一个踏在预定的地点上，稳稳落地后，他兴奋地起身。黄金紧接着落地，倒在地上一动不动，还闭着眼。

"蒙古牛插上翅膀，叫飞天牛算了！"安迎战也稳稳落地，哈哈笑着，"大厨怎么躺那儿了？"

两人急忙甩开降落伞跑过去。黄金脸色发白，抱着胸蜷缩着腿，还保持着出舱时的姿势。帅克拍拍他的脸："大厨？黄金？你醒醒！"

黄金迷迷瞪瞪睁开眼，兴奋地狂呼："我，我落地了？！哎呀妈呀，我落地了！"

队员们陆续落地，个个都是一阵兴奋地狂呼。帅克前后看看："陈东西呢？"安迎战哈哈大笑道："不会是被风吹到太平洋了吧？"卞小飞急了："什么太平洋？赶紧找！"

"那是什么？"

大家看过去——陈东西背着降落伞，四仰八叉地挂在树上，无力地摆着手："伞兵，就是落地的雄鹰……"黄金笑得快喘不过气来了："没见过这样的鹰！"帅克也笑道："什么雄鹰啊，你这明明就是只家雀儿！快快快！帮忙！"

大家跑过去，七手八脚地把陈东西解了下来。

"快看那边！"有人突然叫了一声。

不远处，林小鹿啪地落地，动作很标准。刚一站起身，一阵风吹来，连人带降落伞都被带走了，林小鹿一声惊叫。安迎战笑得不行，黄金眨巴眨巴眼："哎！咱们认识的啊！叫林……"

"林小鹿！"陈东西脱口而出，卞小飞白他一眼："你记这个倒是最清楚啊！"陈东西笑道："废话！新兵营最漂亮的女兵，我能不记清楚吗？"

"快快快，赶紧帮忙去啊！"帅克招呼着众人。林小鹿被降落伞带着一路跑，一路尖叫。帅克冲上去一把抱住她，把她压在了地上。林小鹿尖叫着，帅克安慰她："没事，我按着你了！"

"你走开！"林小鹿大喊。帅克按着她不撒手："我走开你又得飘走了！"林小鹿被压在下面直扑腾："我不管，你走开！"帅克一松开，果然她又被降落伞带走了。帅克无奈，起身又一把抱住林小鹿，扑倒在地。林小鹿羞涩地一闭眼，几个男兵都愣在了那儿。帅克转头看他们："你们看什么啊？快帮忙啊！"几个男兵反应过来，急忙上去帮忙。

降落伞被解开，帅克松开手，笑笑道："那个……不好意思啊……"

啪！林小鹿一巴掌抽在帅克的脸上："流氓！还没男生抱过我呢！"

帅克一愣，没反应过来。男兵们哄笑，林小鹿起身就跑了。

"哎！"帅克叫她。林小鹿头也不回："我叫林小鹿，去告我吧！"

帅克看着跑远的林小鹿，摸摸自己的脸，懊恼地起身，男兵们一脸坏笑地看着他。

指挥台上，雷震坐在轮椅上，放下望远镜，脸上是欣慰的笑。

第七章

1

夜晚，整个军营除了安静，还是安静。已经洗完澡换好迷彩服的帅克走下楼，值班的是鳄鱼："你干吗去？"帅克立正："报告！我想去看看飞鲨。"鳄鱼看着他，点点头："去吧，别耽误了晚点名。"

"是。"帅克敬礼，转身走了。

宿舍里，雷震在处理伤口。假肢碰到刚刚愈合的新肉，雷震疼得一咧嘴。

"报告！"帅克声音嘹亮。雷震头也不抬："进来。"帅克推开门，雷震抬眼看着他："怎么是你？进来吧！"帅克进门道："……我想来看看你。"

帅克看着他手里的假肢，又看看他的腿，心里有些不是滋味。雷震笑得不以为然："你又不是没见过，很新鲜吗？"帅克没回答，问："你为什么这么拼？"

"什么意思？"雷震继续套假肢。

"我知道，你是空降兵的英雄！但我真的不知道，你为什么这么拼？"帅克有些激动。

雷震还是一脸淡然："你不都说了吗？我是空降兵的英雄！"

"这不是你这么拼的理由。"帅克看着他，"可以告诉我吗？"

雷震套上假肢，帅克起身扶着他，雷震忍着疼往前走了几步。帅克一直扶着他，不敢撒手。雷震摆摆手，推开他："没事了，不用扶了。"随即拿起桌上的帽子和腰带，"走吧，你陪我散散步吧。"

帅克一脸担忧，雷震知道他在担心什么："死不了，习惯了。坐这么久的轮椅，我真得起来走走了！不然，都忘了怎么走路了。"

2

机场上，夜凉如水。

帅克跟在雷震身后走着。雷震转身道："你不用这么紧张，已经好几年了。"帅克问他："他们选不出别的人来当雷神突击队的队长了吗？"雷震笑笑道："你的意思，我应该转业回家了？"帅克赶紧解释道："我不是那意思，虽然我对军队不是很了解。但我知道，你这样的功臣、英雄，只要你愿意，你是不会离开军队的。你可以……"

"我可以去坐办公室，做一些轻松的工作？"

"是。我只是不明白，你为什么还在特种部队？还是雷神突击队？"

雷震转身，两人并肩走着。雷震抬头，看着如幕布般漆黑的夜："你知道子弹是有轨道的吗？"帅克点头，雷震继续道，"子弹有自己的弹道。当弹头从枪膛出来，它就进入了自己的轨道，一个曲线的轨道，到达最高峰，然后开始下滑。我的人生，我的军旅生涯，在我受伤的瞬间，是最高峰，现在已经是下滑的阶段。"

帅克不敢说话。

"我受伤的时候是二十五岁，正是意气风发的时候，对我来说，这有点儿太早了。虽然我做好了出生入死的准备，但是最可怕的不是牺牲在战场上，而是像现在这样，断了一条腿，被救活，这样活下来——这就是我的悲哀！"雷震看着远方，神情复杂。

"你还能跳伞吗？"帅克鼓起勇气问道。

"去年刚跳过，没什么事儿，今年不知道怎么了，旧伤复发。只能说时好时坏吧，好的时候没任何影响，摸爬滚打，跳伞战术，虽然成绩不如以前，但也能达到突击队员的标准。今年……可能是年初集训搞狠了点儿，不过也就这一段时间犯了，应该没什么事。"雷震若无其事地说。

"是什么支撑着你？"帅克停下脚步，看着他。雷震转身："你真的想知道？"

"是！"

"梦想！"

"你已经是雷神突击队的队长，是解放军特种部队的佼佼者了！"

"你以为这就是我的梦想？"帅克听了有点儿蒙，雷震笑了笑，继续道，"如果是这样，那我的梦想不是太浅薄点儿了吗？"说完他转身继续走着。

帅克跟上去："能告诉我，你的梦想是什么吗？"

"将自己有限的生命，投入到强军战歌的无限事业当中去。"

帅克眨巴着眼："我还不是很听得懂你的话。"

"我不想和你说那些大道理，你也听不进去。我和你一样，是大学生士兵。我是第一批大学生士兵！我们还是校友呢！那时候没有你们现在这样的条件，我投身到空降兵，是梦想的感召。看见你，看见你们，我经常想起当时的自己……"

"师兄好！"帅克立正喊道。雷震笑了笑道："在部队都是战友，都是同志，慢慢地你就习惯了。我跟你们说过，这个世界并不太平，中国的周边危机四伏，台湾还没回归，南海一团乱麻，中国的海外利益和公民安全都面临着国际局势的挑战，中国的国家安全也面临着国际恐怖组织的威胁。我是中国空降兵，是中国人民解放军特种部队的一员，这是我的职责，也是我的使命。"

帅克看着他。

"我不强求你理解我，也不强求你像我这样想。我坚持在这儿，坚守在雷神突击队队长的岗位上，是想让自己生命当中最辉煌的时刻，都留在这儿，留在雷神突击队！如果祖国需要，我还是会带队上战场！如果战斗需要，我将献出自己的生命，在所不惜！"黑夜里，雷震目光炯炯。帅克站在他的身边，突然感觉到自己是多么的渺小。

"在漫长的历史长河中，我们作为个人微不足道！但当我们汇聚在一起，将是谁也不会小觑的力量。"雷震看着夜空，"中华五千年，好汉千千万！金戈铁马荡，血把征衣染！怒取敌酋首，笑谈拔我剑！今生苦短暂，来世还要战！"

夜空中，一道闪电掠过，紧接着一声闷雷当空炸开。

雷震转头看看帅克："我上大学时写的。"帅克点头："我懂了。"雷震拍拍他的肩膀："你还没全懂，有一天你会懂的。"

夜空中惊雷四起，雷震的眼睛犹如黑夜中的闪电，闪烁着刺目的光芒。

3

外面飘泼大雨。林小鹿躺在宿舍里，听着外面的雨声发呆。周招娣过来，轻轻拽她。林小鹿一愣："干吗？你还不睡觉？"周招娣招招手："来！"林小鹿纳闷儿地坐起来，发现都没人了，周招娣向她招手道："来就对了，小声点儿！"林小鹿起身，穿上拖鞋出去了。

食堂里黑灯瞎火，非常安静。林小鹿纳闷儿道："到这儿来干吗啊？现在又不是开饭时间！"周招娣不由分说，拉着她就走："哎呀，你就跟我进来吧！"

食堂里一片漆黑，林小鹿站在中间："干吗？你们可别吓我啊！"她机警地四处张望着。黑暗里传来陆冰嫣压低的声音："林小鹿，你知道今天是什么日子吗？"林小鹿提高声音给自己壮胆："什么日子啊？跳伞日啊！你们搞什么呢？人呢？都出来！"陆冰嫣故弄玄虚："今天，嗯嗯，今天……你做好思想准备！"

林小鹿掉头就要走，突然，啪！灯光骤亮。林小鹿愣在那儿，身后传来一片欢呼声。

一群女兵们穿着作训服，拿着荧光棒、彩条挥舞着。林小鹿呆住了。后边，方紫玉、程慧和唐明明推着蛋糕车出来，满脸笑容。林小鹿彻底呆住了："你们……你们……"陆冰嫣跳过来，拿起花环套在林小鹿的脖子上："生日快乐，小美女！"

林小鹿的眼睛有些湿润了。

"快快快，过来吹蜡烛了！"方紫玉拉过林小鹿。林小鹿看着眼前一片烛光闪闪，眼泪吧嗒吧嗒地掉了下来。陆冰嫣伸手帮她擦掉："哎呀！小寿星哭什么啊？许个愿吧！快关灯！"

烛火摇曳中，林小鹿闭着眼许愿，女兵们唱着生日歌，微红的火光映照着一张张年轻的脸。林小鹿睁开眼，鼓起腮帮子，吹灭蜡烛。女生们在黑暗中一阵欢呼。

林小鹿含泪笑着说："谢谢……谢谢大家……我……我真的没想到，会这样过21岁的生日，我自己都忘了……可是，你们怎么知道我的生日啊？"方紫玉笑道："你们每个人的生日，我们都知道！"唐明明拿出一个本子打开："你们看，你们所有人的生日，我们都记下来了！今天是给林小鹿过生日，以后还会给你们过生日！来到空降兵，那就是一家人，大家都是战友，都是兄弟姐妹！"

"这个送给你，你的生日礼物！"方紫玉拿出一个红信封，林小鹿推辞地说："不要，不要，我不要礼物，教导员，这可真使不得！"方紫玉笑着道："打开看看再说。"林小鹿犹豫着，打开——是一枚臂章。林小鹿呆住了。陆冰嫣的眼睛也是一亮。

"这枚臂章送给你！"方紫玉说。

林小鹿的眼泪流了下来："可是我不能要啊，这是你的……"

"我还有呢！这臂章跟随我上山下水，丛林戈壁，国内国外，训练、演习……虽然并不贵重，但却是我们空降兵女子侦察引导队的骄傲！留下，好好珍藏！"林小鹿的眼泪止不住地往下掉落，方紫玉给她擦着眼泪："别哭，记住，我在翠鸟侦察引导队等着你！"

林小鹿忍着眼泪，点点头。陆冰嫣愣住了，脸上有点儿难看。林小鹿看见，张张嘴想说什么，陆冰嫣黯然地躲到一边去了。女兵们欢快地切着蛋糕，闹成一片。陆冰嫣掩饰着自己的失落，走到角落里坐下来，仿佛对身边的热闹浑然不觉。

4

下午，格斗馆里拳来脚往，喊声震天。男兵们捉对在进行格斗训练。安迎战和帅克一组，双方都是高手，踢在身上都带着响。安迎战抢先攻击，帅克不慎被抓住，一个扛摔过去："哈哈哈！不行了吧？老安是练蒙古摔跤的！"帅克爬起来："那就尝尝泰拳的味道！"

帅克双手前后晃动，看准时机，一记重拳出击，安迎战没反应过来，一不小心，脸上吃了一拳，瞬间乌青一片。安迎战定定神，又冲了过去。一场蒙古摔跤和泰拳的碰撞，引来了队员们的集体观摩。赵大力在边上看着，没吭声。两人都是真打，拳头打在身上都带着响，陈东西看着两人，幸灾乐祸道："我去，蒙古牛和帅哥这两人，看着是要打死一个才算完呢？"

"别打出事吧？我们过去拦开！"卞小飞说着就要冲过去。黄金拉住他："哎呀，没事！你别看他们打得热闹，都心里有数，不会动真格的！高手对决，不会下死手的！"

训练场中，安迎战虎视眈眈地盯着帅克，两人对视一眼，猛地都冲上去。安迎战左右格挡，连连后退。趁着帅克调整的间隙，安迎战抓住帅克就是一个过肩摔。帅克在空中变招，两人纠缠在一起。安迎战是蒙古族人，练摔跤多年，他利索地翻身上来，死死压在帅克身上。帅克也不是吃素的，伸手掐住了安迎战的脖子，安迎战憋着气，两人僵持着。

"我去！再打要出事了！"赵大力急忙吹哨子。两人慢慢松开，起身，都是鼻青脸肿的。帅克喘着粗气，竖起大拇指："蒙古牛，厉害！"安迎战的身体有点儿晃悠："哈哈，这有什么厉害的？"帅克看着他："我扼住你脖子那么半天，你都没晕过去！"安迎战晃晃头："晕过去？哈哈哈，我为什么要晕过去？"话音未落，扑通一声，他就晕倒在了地上。帅克急了，急忙跑过去："老安，蒙古牛！"赵大力也急了："快快快！你们几个，把他送卫生队去！"

5

卫生队，安迎战躺在床上，帅克、黄金、陈东西几个人站在边上担忧地看着他。黄金看着帅克，数落他："你说你使那么大劲儿干吗？活活把老安给勒晕了！"帅克一脸无辜："我哪儿知道啊，他一直跟我死扛着，我腿上就加了把劲儿，谁能想到他是硬撑着的啊！"陈东西撇着嘴摇头道："这下完了，老安看样子有点儿悬。"卞小飞打了他一下："你别胡说啊，哪儿有那么严重！"陈东西纳闷儿道："就蒙古牛这体格，他应该早就醒了啊？你们看看他现在……"

安迎战一动不动地躺着，呼吸均匀。帅克小心地叫他："蒙古牛，你可别吓我啊！你能听见吗？"安迎战依旧一动不动。帅克急得满头是汗。这时，宋薇薇推门进来，几个人轰地围了过去："大夫，他怎么样了？"

宋薇薇没说话，径直走过去，黑着脸拍拍安迎战："起来，起来，别装熊了！逃避训练，还要占着我的床？起来！"——大家全都呆住了。安迎战还躺着不动，宋薇薇气呼呼地拔掉氧气管："别装睡了，我这儿又不是疗养院！"

"啊？"帅克张着嘴，看着安迎战，"老安，你不是这样的蒙古牛吧？"

躺着一动不动的安迎战忍不住笑出来："哈哈哈！我是真睡着了，这床比咱们的床舒服！"

几人互相对视一眼，猛地扑上去，被压在人堆下面的安迎战一阵哀号。

不一会儿，五个兵笑闹着从卫生队走出来。周招娣单腿着地，林小鹿和陆冰嫣扶着她从那边走过来。帅克看见林小鹿，愣了一下。林小鹿看见帅克后，也愣住了。陈东西低声说："哎哟喂！这不是，这不是，这不是那谁吗？熟人啊！"

林小鹿没吭声，帅克也没说话。安迎战一看气氛尴尬，说道："那什么，我们先走了！我好了赶紧回去报到去了！"男兵们都反应过来，支吾着走开。陆冰嫣一看有情况，扶着周招娣就走了。林小鹿大喊道："哎，你们怎么不等我？"陆冰嫣头也不回，摆摆手道："你们先聊吧！我们在里面等你！"

帅克看着林小鹿，林小鹿有点儿紧张，错开他的眼："你有事吗？"

"没事。"帅克还是盯着她。林小鹿有些心虚，大眼睛忽闪忽闪的："……没事那我走了！"

"等下！"帅克叫住她，"那天，对不起啊，我不是故意的。"

林小鹿装糊涂："什么对不起？哪天啊？"

"跳伞日那天，我们都是第一次跳伞。"

"哦，没事啊，怎么了？"

"你看，我道完歉了，该你了。"

林小鹿一愣："我？该我什么啊？"

"你打人，总得道歉吧？"

林小鹿眨眨眼看他："我打你了吗？"

帅克服了："这总不能赖账吧？"

林小鹿忽闪着大眼睛："那你还抱我了呢，不该挨打吗？"

"我要不抱着你，你就被降落伞带跑了，我也不是想抱你啊？"

"哦，这样啊？那我也不是想打你啊！"

帅克语塞。林小鹿嘴角一扬："我都既往不咎了，你还跟我斤斤计较？"

"还从来没有女人打过我呢！"

"还从来没有男人抱过我呢！"

帅克猛然想起他和林小鹿说过的话，就是一愣。

林小鹿白他一眼，与他擦肩而过。帅克转身，愣愣地看着她的背影。一阵风刮来，帅克一个激灵："走神儿了，我走什么神儿啊？"他转身大步走了。

林小鹿走了几步，回头，脸有点儿红。她说不出是失落，还是愤怒，哼了一声走了。

6

苍茫的群山，郁郁葱葱。雷震放下望远镜："就在这儿打！"赵大力站在他旁边："你确定？山地空降，长途奔袭，遭遇战，打攻防？"雷震的眼睛转向群山："这不是空降兵的老本行吗？"

"他们可是新兵！出事了怎么弄？"赵大力有点儿急。雷震不以为然道："早晚的事儿，有什么区别吗？再说，又不要你扛处分，你想那么多干吗？"赵大力急了："全员全装，山地空降，你可真敢干啊！"

"还得是夜间。"雷震一脸狡黠，"走吧，我们考察完地形，还得回去拟订作战方案呢！"

赵大力仔细打量他："新兵？夜间跳伞？山地空降？太刺激了！真疯了！"

7

啪！作战方案被丢在桌子上，江成志晃着手指头点他："你没毛病吧？"

雷震戳得笔直，一脸认真："您不早知道了吗？"

江志成端着茶杯走到桌子边："看完这个方案，我才醒悟过来，你比我想的要病得严重，是病入膏肓了！李时珍、华佗、孙思邈加一块儿，也救不了你了！"

雷震嬉皮笑脸道："这也有助于您了解部下啊……"

江志成咣的一声把杯子在桌子上一跺，茶水洒出来一片："你少跟我贫嘴！雷震，我告诉你，这几百名新兵哪怕有一个出了问题，你的英雄就当到头了！"

"可算当到头了……"雷震低声道。

"你说什么？"江志成抬头看他。雷震一挺胸："我是说，我本来就不想当什么英雄。"

"那你也不能惹事啊！雷震，我告诉你，这要出了事，我也帮不了你！"

"那让我去当这个新兵营长干吗啊？现成的新兵营长您手里成把抓啊！派我去干吗啊？您派我去，不就是希望能有点儿魄力，把兵带得不一般吗？"

江志成有点儿被噎住了，吪吪嘴："我派你去，也不是为了搞事情啊？"

"我怎么就是搞事情了呢？我这是建立在科学分析的基础上。"雷震翻开作战方案，"您看，这个方案当中，并不是新兵营四个连都要夜间跳伞，唯一实施夜间跳伞的，是一连。新兵一连，我非常了解，他们不仅成绩是最好的，还是最善于动脑子的。他们虽然只有一次夜间跳伞的训练，但集合速度，已经超过了不少老兵连队，这可是不容易的。我敢说以前的新兵，没有这样的连队。"

江志成看着他："他们的军事地形学基础课程呢？你能保证他们跳下去不迷路吗？"

雷震立正，目不斜视："只能说该教的都教了，但每个人的素质不一样，我不能保证全都能记住，这需要反复教学。"

"你能保证夜间跳伞，还是山地跳伞，一个都不出事吗？你要冒很大的政治风险！你知道吗？"

"我不能保证。"雷震看着他，"您什么时候也这么畏首畏尾了？带兵就得带能打仗的兵，这是您教给我的吧？现在真的要上战场了，您还顾忌这么多吗？"

江志成还在犹豫，不说话。雷震立正："您决定吧，我怎么着都成。"

江志成看他，雷震目视前方，一动不动。

"只有一个条件！"

"您说。"

"连长和排长、班长们，必须在位！他们要带好队伍！"

"这个您放心，一定在位！"

江志成拿过方案，唰唰地签完字，雷震喜笑颜开。江志成语气缓和下来："对了，新兵一连现在在干吗呢？"

"军事地形学强化啊，这不是准备让他们夜跳吗？"

"成，知道了，帅克也在吧？"

"您的心尖子，能不在吗？"雷震想了想，笑道，"您这又去送水啊？"

江志成一脸得意："不然呢？哈哈哈，这小子上当了！"雷震乐得直摇头："我也是服了，这么大一个参谋长，您还做送水工呢！"江志成凑过去，商量着道："你把一班调开，我不想被人认出来！"雷震点头道："得了！我办事，您放心！那我走了？"

雷震笑着敬礼，转身出去了。江志成想了想，拿起桌上的电话，让人赶紧给他找副士官的军衔来。

8

浩瀚的群山晨雾弥漫，一班队员们身穿斑驳的丛林迷彩，脚上穿着丛林作战靴，头上戴着防蚊头盔，全副武装，身上的迷彩和群山融为了一体。

帅克打开地图，拿着指北针。陈东西不满地叉着腰站着："我还是不明白，他们都在山底下学，我们怎么就给扔到山里面来了呢？"黄金看着四面八方，问帅克："找到路了吗？"帅克摇头道："我都怀疑这地图是假的了。"安迎战看向帅克："有个人会看军用地图，可惜不在！"帅克看他一眼。黄金恍然道："哦，我知道了，林小鹿。"帅克没说话，看看地图，又看看群山——都是雾茫茫的一片，也看不出条路来。

"不对啊！"帅克指着地图，"这图上还有河呢，我们这儿哪有河？他们故意给了我们一张错误的地图！"黄金傻眼了："那咱们咋办？肯定不能下山去换地图啊！"卞小飞抬手拍在黄金的头盔上："别逗了，他们既然给我们错误的地图，那就是故意的，下山不就是没完成任务吗？"帅克点头："一班一直是出头鸟，他们憋着搞我们一下呢！"

几个人拿着地图，正商量着对策。这时，远远地有狗叫声传来。一群人看过去，只见江志成穿着一身迷彩，背着背囊，牵着一条名叫"AK"的大狼狗优哉游哉地走了过来。突然，AK冲着新兵们一阵狂叫，跃跃欲试。

黄金看着虎视眈眈对着他吐舌头的AK，咽了口唾沫："大爷，拴……拴好了！"陈东西的眼神瞟过去："什么大爷，你没看那是二级军士长的军衔吗？"帅克从地图里抬起头，一脸惊喜地起身跑过去，AK朝他汪汪直叫，江志成一拽绳子："AK，别叫！"AK坐下，呼哧呼哧地吐着舌头看着帅克。

"老班长，你怎么到这儿来了？"帅克走了过去。江志成握着绳子道："我这不是上山转转？遛遛狗！"帅克看着他："你这狗可遛得够远的啊？"江志成笑笑道："谁说不是呢？顺便去看看我的老伙计们！"帅克纳闷儿，还想问，被江志成岔开话题："你们跟这儿干吗呢？一个个穿得跟真事儿似的，戳在这儿准备喂狗熊啊？"

黄金一惊："这山里有狗熊？！"江志成一本正经地点头："有！以前的兵遇见过，还好隔了个山头。"陈东西的脸白了："不会有蛇吧？"江志成将蛇噌地从腰后面拽出来晃了晃："刚抓的，我还准备泡酒呢！"陈东西吓得脸更白了。江志成将蛇甩手丢到他怀里，陈东西惨叫一声，吓得直跳脚。安迎战将蛇一把抓过来，想在野外打打牙祭，江志成摆摆手，爽快地送他了。安迎战得意地把蛇缠在脖子上，陈东西立马跳开，恨不得离他八丈远。

"你们弄啥呢？"江志成看向帅克。帅克一摊地图："军事地形学，他们把我们发山上了。"江志成看看地图："这地图不对，不是这儿的。发错了吧？"帅克苦笑道："我觉得他们是故意的。"江志成再看看地图："带纸笔了吗？"帅克点头，从胸前的战术背心里拿出笔来递过去。江志成接过笔，在本子上娴熟地画着。帅克看着直发愣。

"这个地方我烂熟于心，待了快三十年了，闭着眼都能走出去！"江志成在地图上画了个圈，"对了，这个是305高地，是这一带的制高点，上面有防御工事，一会儿你们可以去看看。毗邻的301高地，就是这个位置，有地道连接，是个国防常备工事，下面很复杂，还有独立的水源、发电系统、净水系统。我单独给你画张图。"

江志成说得头头是道，帅克看得直发愣："这要不是老班长你，他们那些班长可能都不知道这么清楚吧？"江志成笑道："他们清楚个蛋啊，就连雷震也最多是去过，里面的门道多着呢，他们都来不及学！我告诉你，下面藏一个团都没问题！"江志成画完，狡黠一笑。

帅克接过来一看，眼睛绝对是直了："今天真的是长见识了！那你告诉我，不算泄密吧？"江志成笑着摇头道："你也是空降兵的人了，这有什么泄密的！"

帅克把地图小心地装在胸前的战术背心里，连声道谢。

"对了，我还给你带东西了！"江志成打开背包，满满一背包的矿泉水。帅克不好意思地挠挠头："这么久了，我都忘了这事儿！也是自己矫情，后来训练量太大，我哪儿顾得了那么多！喝啊喝啊，就习惯了！老班长，你怎么知道我在这儿？"

"啊？"江志成眼睛一转，"我不是老班长吗？我想找你还不容易吗？"帅克反应很快："可你刚才说你是上山遛狗啊？"江志成点头道："对啊，遛狗！AK 这小子就喜欢上山溜达！"AK 听到叫他，"汪汪汪"叫了几声，算是回应了。帅克皱着眉，一脸疑惑。江志成赶紧岔开话题："行了，行了，你还琢磨啥呢？今天的训练计划得完成，赶紧去吧！"

"好，我先去了啊！老班长再见！"帅克跑过去，带队向大山深处走去。江志成看着走远的一群人，又看看一背包的水，苦笑不已。

9

幽静的山地雾气缭绕，丛林茂密，常年的潮湿和阳光让小溪流两岸的灌木都长得很茂盛。一丝微风吹来，弥漫在草尖上的一团团白色的雾气随风流动，雨林里的空气潮湿得仿佛可以拧出水来。帅克一手拿着地图，另一手握着开山刀在前面开路。黄金紧跟在他的后面。安迎战则抱着 88 式机枪，脖子上挂着的蛇一晃一晃的，陈东西和卞小飞抱着高精狙小心翼翼地走在中间。

不一会儿，一行人就进入了山谷。帅克带队搜索前进，队员们涂满迷彩的脸上，眼神警觉，按照战术队形，四面警戒，小心地前进着。

"嗷——"远处传来一声狼嚎。陈东西吓得一个激灵："真的有狼？"卞小飞继续走着道："没事，白天狼不出来的。"帅克停下脚步："狼在那边的山头——"大家看过去，对面的山头上，隐约站着一只狼，对天长嚎。帅克带队继续前进："它都不一定看得见我们，走吧。"黄金瘪嘴儿道："穿得都跟蓝精灵似的，谁看不见我们？"安迎战停住脚步，回头道："你不知道狼是色盲吗？我可是在草原长大的，狼是分辨不出颜色的。"

"走吧，别在这儿傻站着了，天黑前我们还要回去呢。"帅克挥舞着开山刀，砍掉两边的枝蔓，继续前行。突然，帅克停住脚，愣住了，他身后的战士们也是一脸惊愕。

墓碑。

排山而上的墓碑，列成了一个方阵。整齐如队列的青石上斑驳陆离，沉默的陵园里虎踞龙盘，庄重肃穆。

"敢上九霄闹天宫，敢下地狱擒阎王！"

迎面矗立着一块青石纪念碑，上面的碑文苍劲有力，守护着英魂的方阵。

所有人都沉默着。

帅克走到墓碑前，老班长的话在脑子里闪过："……顺便去看看我的老伙计们！"

帅克明白了。

"一班，集合！"帅克高喊。

队员们迅速列队。

"敬礼！"帅克高喊着举起右手。

唰——队员们也都举起右手。一张张年轻的脸望着斑驳的墓碑方阵，上面刻满了岁月的痕迹和无言的故事。帅克的眼眶湿润了，他掏出水壶，洒在纪念碑前。

"中国人民解放军空降兵新兵营一连一排一班全体新兵同志，训练路过此地，谨以水代酒，向前辈英灵致以最高敬意！如有打扰，请前辈英灵海涵！再次表达歉意！"

队员们神色肃穆。

帅克戴上头盔，摘下自己背的 81 式自动步枪："持枪！"

哗啦！

"一班都有——对天 45 度角，上膛！"帅克高喊。

"啊？上膛？没说让我们打枪啊！"陈东西问。

"上膛！"

队员们不再犹豫，持枪上膛，在墓碑前面站成了一排。黑洞洞的自动步枪枪口朝天，年轻的手几乎同时拉开枪栓。

"射击！"

一班战士手中的步枪开始对天射击，嗒嗒嗒……加了助推器的步枪打出空包弹，在山间回响。枪口的火焰映亮了队员们的眼睛，仿佛在唤醒沉睡已久的英灵。

另一处山头，江志成背着背包，牵着 AK 走着。听到远处的枪声，他停下脚步回头，脸上露出笑容："小子，还挺上道儿！"

枪声停止，帅克看着面前的墓碑群落，声音低沉："各位前辈，今日惊扰，万分歉意！来日必定来此，与前辈们痛饮一场！中国空降兵，敢上九霄闹天宫，敢下地狱擒阎王！"

"敢上九霄闹天宫，敢下地狱擒阎王！"战士们怒吼，吼声从喉咙里迸发而出，在山谷间久久回荡。

10

304高地，队员们隐蔽在灌木丛里。帅克看看地图，果然有训练用的防御工事。黄金解开头盔，满头大汗问："这是啥地方？"

"我们的第一个点。"帅克说。陈东西撇着嘴："我就说吧，那群变态太爱我们了，别人都是在山脚下找点，给我们的点都在山头上，还得走这么远的山路，我这脚都要废掉了！"卞小飞看向他道："你能不能别再多话了，我还背着个电台呢！"安迎战坐在工事上，放下88式机枪："别说你了，我老安也有点儿受不了了，这一路山路，走了起码十几千米了吧？"

"二十千米。"帅克看着地图，拿起通话器，"水牛，水牛，一班呼叫请回答，一班呼叫请回答。完毕。"

"一班，水牛收到，请讲。完毕。"无线电传来一阵噼啪声。

"我们已经到达304高地，第一个点。完毕。"

无线电愣了几秒钟。

"一班，重复一遍。完毕。"

"我们已经到达304高地。完毕。"

"你们是怎么找到的？地图不对啊！完毕。"赵大力纳闷儿着道。队员们扑哧乐了，帅克收起笑，一本正经地道："水牛，我们蒙的，胡走瞎走就到了。完毕。"

山下，八一军旗在指挥阵地的上空飘舞着。四周哨兵林立，戒备森严。几辆步战车停在不远处，有一种大战来临的紧张气氛。赵大力拿着电台，看看群山，雷震站在旁边问："怎么了？"赵大力有点儿蒙："我给了他们一张错误的地图，他们居然找到了！"

雷震想想，明白了。

"咋，你不觉得奇怪吗？他们根本没来过这片山，居然拿着一张错误的地图找到了304高地！"赵大力实在是想不通。雷震苦笑道："不奇怪，他们遇到高人了。"

正说着，江志成牵着AK走过来，老兵们急忙立正。雷震跑步过去敬礼："参谋长好。"江志成还礼："咋？都跟这儿摆摊儿呢？"雷震报告："这不是在练找点儿吗？您这是……"

"上山遛遛狗，"江志成对着狗说，"AK，这是雷震，雷神突击队的队长！"

"这是您的狗啊？"雷震问。

"不是，刚从军犬基地来报到的，AK也是在编战士。"

"哟？也是新兵啊？送我们新兵营训训吧！"雷震乐了，"这狗还没跳过伞吧？"

"知道你稀罕这玩意儿，不行，这是训好的狗！正儿八经的军犬，你个突击队队长难道要天天牵条狗啊？"

"是你想天天带着它吧？你说你一个堂堂的大校参谋长，每天牵一条狗来来去去的，多不严肃啊！还是给我们突击队吧，我们在敌后执行任务，还真的需要军犬！"雷震伸手去牵，江志成啪地打掉他的手："这是配发给警卫营的，又不是给你们突击队的！想要，我再去申请！"雷震看看毛皮油光水滑的AK琢磨着道："我看就这条吧，真不错！AK，来我们突击队吧？"AK看着雷震"汪汪汪"叫了几声。江志成赶紧牵着AK走了。

赵大力凑上去问："高人是参谋长？"

雷震还在看走远的AK："除了他还有谁？"

"可他们认识参谋长吗？"

"帅克认识参谋长。"

赵大力一愣："这个帅克，还真有点儿来头啊？参谋长都认识？"

"一两句话跟你说不清，总之，你要保密。"雷震摆摆手道，"也不是你想的那样，帅克也没什么背景！你正常训练吧。"

"是！"赵大力立正。

11

304高地，队员们正原地待命。这时，无线电响了："一班，请打一颗红色信号弹指示你的方位。完毕。"帅克笑道："水牛，一班收到。完毕。"黄金问："咋？他们还是不信啊？"安迎战笑道："说明他们也蒙了！"

砰！帅克扣动扳机，一颗红色的信号弹脱膛而出。

山脚下，赵大力看着红色信号弹："他们是在304高地。"雷震不以为然："后面的点他们也能按时找得到，他们手里有高人手绘的地图啊！没办法了，随他们去吧。"赵大力恨恨地说："本来想挫挫一班的傲气，结果反而成全他们了。"

一个小时后，301高地上红光骤亮。赵大力看着信号弹愤愤不平："这算作弊吗？"雷震看着天空渐渐消失的红色曳光："他们在敌后遇到老乡做向导，也不算作弊，走吧，我们去吃饭，饿了。"

此时，在 301 高地的洞穴里，一班战士们打开手电，依次进入国防战备工事。帅克一边看地图，一边往前走。黄金不放心地问："那地图靠谱吗？"帅克肯定地道："靠谱，到现在我们还没走错过。"

　　"这地方得几百年没人下来过了吧？"陈东西回头去看，已经看不见洞口了，"我们这么下去，不会被闷死吧？"

　　帅克走到一个岔路口："不会，有出风口，这是国防战备工事，他们设计得很好。"

　　黄金抽抽鼻子："是通风的，这空气都是新鲜的。"

　　"这是什么时候修的？"卞小飞问。帅克的手电扫到墙上，有些剥落的墙壁上还写着振奋人心的红色口号："比我们父辈都大的年代修的了，深挖洞，广积粮，不称霸。"黄金听不懂："啥？"帅克继续带路："走吧，那是属于我们爷爷辈的时代了。"

第八章

1

地下工事的涵洞里，冷气逼人。队员们打开枪灯，前后呈搜索队形前进。黄金警觉地走着："这里面通到什么地方？"帅克不回头地道："我们要去指挥所，那边有发电机的开关。"

没多久，视线逐渐变得开阔起来，一扇大门立在面前，帅克对着地图看："就是这儿了。"陈东西走上前咚咚地敲着，这铁门当初造得结实，三防设计，撞都撞不开。还是卞小飞眼快，发现了旁边的密码锁。

手电的光柱下，密码锁上覆盖着厚厚的一层浮尘，也不知道多久没用过了。陈东西拍拍灰尘，呛得直咳嗽："这谁知道密码啊？"安迎战上去就瞎按，没开，他又想按，帅克按住他的手："这个可不能瞎试，别连续输入错误再给锁定了。"

帅克想了想，拿出手绘的地图，仔细地看着。他把纸的背面对着手电，用指甲掐出一组数字来，黄金兴奋得大叫道："这老班长厉害啊，他咋不直接写呢？"

"他想看看我能不能找到。"帅克输入密码——自动门发出哐当一声，浮土纷纷撒落，向两侧缓缓打开。队员们握紧武器，急忙散开隐蔽在四处。帅克没动，站在中央——一个尘封的世界打开了。

黑暗中，隐约可以看见层层叠叠的各种电子设备，是个常备国防工事。帅克走到旁边的发电房，按下开关，发电机马达开始轰鸣，灯瞬间亮了。外边，指挥中心的各个显示器也亮了起来，赫然是一个现代化的地下指挥中心。大屏幕上，几十个监控画面在闪烁，兵们看得眼花缭乱。

"呀，那不是我们刚去的 304 高地吗？"黄金指着大屏幕道。

"没错，这里可以监控这片训练场，主要是 304/301 高地，以这里为核心，方圆四十公里的范围都能被监控到。"

陈东西看着这个秘密的军事基地，担心地问："我们不会刺探了什么军事秘密吧？"

帅克也觉得疑惑，甩甩头道："算了，别想那么多了。既来之则安之，找找水源在哪里，我们也得补充补充水了，还得下山呢。"

之后，兵们赶紧各自忙去了。

2

黄昏，夕阳西下，晚霞如血。蜿蜒的山地，厚重的云雾盘踞在天边，山林里的风带着浓浓的凉意刮过。空地前，军靴踢踏的脚步声渐行渐近，伴随着粗重的喘息声、杂乱的脚步声、武器装备的撞击声哗啦啦响成一片。各个班陆续回来报到，迷彩钢盔下面都是疲惫不堪的脸。

一阵歌声飘过来，兵们抬眼看过去，只见一班的新兵们步伐齐整、精神抖擞地边唱边下山，眼睛里都带着神气。

"一班又整幺蛾子！"

"我们累得半死，他们吃得油光水滑，显摆啥呢？"

疲惫不堪的新兵们咬牙切齿地看着一路趾高气扬走过来的一班。

雷震冷冷地看着这一幕，没出声。

深夜，新兵营一片安静，宿舍已经熄灯，鼾声四起。雷震扎着腰带走过来，赵大力迎上来："什么时候开始？"雷震看看手表："现在是午夜两点，睡得最香的时候吧，开始吧。"

赵大力走到楼下，一声尖厉的哨声刺破夜幕！

帅克一下子醒了，仔细听听，腾地翻身起来："快快快！起床！拉一连的紧急集合了！"

兵们都跳起来，手忙脚乱地穿着衣服。黑暗中，陈东西和卜小飞为了一只袜子抢得鸡飞狗跳。帅克已经穿好："快快快，取枪去！"兵们手忙脚乱地跑了出去。

楼道里人声鼎沸，一连的新兵们拼命地往外跑着。此刻，女兵宿舍里也是乱成一团。女兵们似乎还没从刚才的惊恐中缓过来，笨拙地列着队，不是你的胳膊碰着我了，就是她的脚被踩着了。

黑暗里，雷震铁塔似的身影冷冷地站在队列前，兵们一个个都是气喘吁吁，努力控制着，以保持均匀呼吸。赵大力点完人数，跑过来敬礼："报告！营长同志，新兵一连集合完毕！请指示！值班员，士官长赵大力！"雷震还礼："稍息吧。"

"是！"赵大力转身，兵们唰地稍息，目视前方。

"同志们！"雷震大声道，"你们的战备拉动速度太慢了！你们可以改个名字，不要叫空降兵，叫蜗牛兵！"

新兵们没人敢吭声。

"战略值班部队，应急机动作战部队，就这个速度？"雷震摇摇头，道，"战斗任务！跑步——机场！"赵大力立正："是！一连全体都有，向右转——跑步——走！"

在夜色的笼罩下，新兵们背着背囊，全副武装，作战靴踩在坚硬的地上都是一个节奏，犹如音乐的鼓点。

3

机场上，红灯闪烁，运输机的轰鸣声在夜里格外嘹亮。新兵一连全副武装，背着伞包肃立着。一辆披着迷彩伪装网的猛士车疾驰开来，吱的一声停在机场的一角。雷震跳下车，看着一连的队伍。帅克也看着他。

"空降兵，是深入敌后的一把尖刀！你们也学了不短时间了，挺棒的了！今天，对你们前一阶段的学习将是一个综合的考验！"

兵们背着背囊，都不说话。

"今天的科目是对抗演习！你们是红队，蓝队是新兵二连、三连！活动区域，方圆50平方公里的山地；机动方式，夜间跳伞；攻击目标，304高地！这次对抗，赢的连队有一次周末外出机会！败了的连队不许外出，还得打扫三个连队的厕所！"

一连的兵们都有点儿惊愕。黄金伸着手指头在嘀咕。雷震问他："你在算什么？"黄金一挺胸："报告！咱们新兵一连一共89人，新兵二连是88人，新兵三连是91人！"雷震笑道："你记得挺清楚的嘛！要不是知道你是个新兵，我都觉得你是间谍了！没想到一直迷迷糊糊的你还有这个脑子，那你在那儿算什么？"

"我在算……他们比我们多多少人。"

"这还需要算吗？你们一个连，他们两个连！"

"算算我一个要打他们几个……"

兵们轰的一声笑了。

雷震也笑道："可以啊，挺有勇气的啊，你一个打他们几个？你打算打他们几个？"黄金一本正经道："这么算的话，得起码打他们三个……"新兵们哈哈大笑。黄金有点儿蒙："咋，我算得不对吗？"

"你算得对，没错，你要以一当三！要有这种光屁股打狼——胆大不嫌害臊的勇气！"雷震走到队列前，"伞兵，从来都是被包围的！现在只是对抗训练，真的到了战场上，把你们扔到敌后去，连黄金的信心都没有，那还得了！"

黄金被表扬了，喜不自胜。

"我现在介绍一下蓝队配属的部队！"

刚刚被调动情绪的一连新兵又呆住了。黄金愕然道："啥，还有配属？！"雷震看向他："不然呢？他们是蓝队，当然有配属部队！直升机团两架武装直升机，133团一个战车排、一个炮兵排！配属的部队说完了！"

一连的新兵们张着嘴，完全说不出话来。

"报告！"陈东西在队列里喊。

"讲！"

"新兵营有四个连！一连、二连、三连，还有一个女兵连！可为什么是我们一连？"

雷震在队列前踱着步："你这个问题问得很好。"陈东西被噎住了："……就不能换别的连队吗？"雷震的脸色一沉，厉声喝道："战斗的号角已经吹响，几十万大军待命出击！身为战役的尖刀，整个作战部队的尖刀连，在临出击前，告诉指挥员，能不能换别的连队？！我告诉你，如果这是真正的战争，我现在就毙了你！你这叫临阵脱逃，动摇军心！"

陈东西的脸都白了。

"训练场就是战场，演习就是战争！天天掰碎了给你们讲，我的话你们都过过脑子吗？你们的名字是什么？！"

"中国空降兵！"一连怒吼。

"中国空降兵的老祖宗听见你们刚才的话，能气得从坟墓中跳出来踹你们的屁股！我再问一遍，你们的名字是什么？！"

"中国空降兵！"

"你们的使命是什么？！"

"到达一切地域！夺占一切先机！克服一切困难！战胜一切对手！"黑夜里，兵们的喊声震天。

"出发！"雷震一声令下，兵们齐声右转，跑步登机。

4

帅克钻进机舱，抱着枪，坐在自己的位置上。赵大力跨步上来问："都到齐了吧？"帅克回答："齐了。"赵大力点点头，拿出一把红军臂章头盔贴："绑在右胳膊上，是骡子是马，该拉出来遛遛了！"兵们接过来，目光炯炯。

机场上，一连还在陆续登机。雷震站在边上，寂静的夜里传来脆生生的口令声。雷震看过去，方紫玉带着女兵连全副武装跑步过来，列队，报数。

雷震走过去："怎么你们也来了？"

方紫玉抬头道："不是新兵营的紧急拉动吗？我还纳闷儿呢，一连跑机场来了，二连、三连上车出发了，女兵连去哪儿都还不知道。我看你的车往机场来了，就把连队带来了。"

雷震挥挥手："带队回去睡觉吧。就是这次雷鸣演习，我没把女兵连做进预案。"

方紫玉看着他："你什么意思？"

"夜间跳伞，长程奔袭，山地搜剿，两天三夜——我总得考虑女兵的承受力吧？"

"好像你说的这些，我都干过啊。"

"你是老码头了，她们可都是小女生！"雷震眨巴着眼说。

"一、二、三连就不是小男生了？"

"毕竟，毕竟是男的嘛！"

方紫玉的脸色一下子变得难看了。雷震连忙解释："不是，我的意思是，这次雷鸣演习本来就有很大的危险性！我……"

方紫玉没理他，走到女兵连面前："全体都有——注意了，我讲几句。"

雷震一看，知道坏了。

"刚才我问了营长，紧急拉动是一次代号叫'雷鸣'的新兵实战演习！同志们，你们也训练好几个月了！你们想不想在对抗演习里，展现自己的训练成果啊？"

女兵们怒吼："想！"

"但是刚才营长说了，这次雷鸣演习，没有女兵连的份儿！"

女兵们都愣住了。

"报告！我想说句话！"林小鹿高喊。

"讲！"

"您天天跟我们说，战场上没有男人和女人，只有死人和活人！我不服！"

"报告！"陆冰嫣也跨步出列，"我也不服！"

女兵们都看着她们。

"报告！"周招娣、柳纤和陈若曦异口同声道。

雷震默默地看着。方紫玉不看他。雷震想了想说："演习计划是报给参谋长，签过字的。"方紫玉转身道："我是新兵营的教导员，你提前和我沟通了吗？"雷震赔着笑脸："这个确实是我一时疏忽。"方紫玉冷笑道："恐怕不是一时疏忽吧，是你压根儿就没把女兵连当过一回事！"

"你知道，我只带过男兵，这真的是一时疏忽……"雷震低声说。

方紫玉一甩头："你不需要跟我解释，你需要跟她们解释！"

雷震看过去，女兵们抬头挺胸，目不斜视。

"报告！"林小鹿高喊。

"讲。"

"请问我们为什么不能参加雷鸣演习？"

"雷鸣演习的预备方案，没有把女兵连做进去。"

"报告！为什么？！我们女兵连不是新兵营的吗？"陆冰嫣高喊。

"我什么时候说过女兵连不是新兵营的了？"雷震有点儿心虚。

"报告！那为什么一、二、三连都去演习了，就留下我们？"

"我刚才跟方教导员说过了，这是一个疏忽。"

女兵连都看着他，都是不服的眼神。雷震一看这架势，不让女兵参加看来是不会消停的。想了想，他看着女兵们道："我现在命令——女兵连，战斗跳伞准备，参加雷鸣演习！"女兵连愣住了。雷震摆摆手："不想去啊？那带回吧！"林小鹿脱口而出："想！"女兵们顿时欢呼起来。

方紫玉问雷震："我们的运输机怎么办？事先没报计划飞不了吧？"雷震想了想："临时报肯定来不及了，你们搭乘一连的运输机吧。"方紫玉一愣："跟男兵挤在一起？"雷震看着她："刚才还跟我说这战场上没男人、女人，只有死人和活人呢！我是没办法再变出运输机来了，你要不同意，那就别去了！"

雷震转身要走，方紫玉连忙同意。

5

机场上，运输机群闪着红灯还在等待。机舱门哗地打开，帅克瞪大了眼——林小鹿排头，一列女兵齐步往这边跑来。男兵们噌地趴在舷舱口，都瞪大了眼。安迎战看乐了："这营长想得周到，男女搭配，干活儿不累！"帅克坐在座位上，没动，居然有一些紧张。

"快快快！给我们腾个地儿！"陆冰嫣先上来了，男兵们难得行动一致，嬉笑着赶紧往边上挪位置。女兵们陆续上来了。帅克看着她们，眼神不自觉地飘到了外面。柳纤爬上来，大方地坐下，听到帅克问林小鹿，她说："在后面呢，她是安全员，最后一个上来！"帅克有点儿小尴尬，赶紧收回眼神，看向别处，但余光还时不时地偷瞄着。

不一会儿，林小鹿板着脸，往机舱里走来。陆冰嫣屁股没动："里面没地儿了！"周招娣也随声附和："就是，就是，都超载了！"林小鹿看向对面，几个女兵都转头，假装没看见。

林小鹿朝四处看看，黄金正靠在帅克旁边打呼噜。安迎战一把把他抓起来："别睡了！过来，跟我挤挤！"黄金还没反应过来，就被安迎战一把抓了过去——帅克旁边有了空位，唯一的一个。帅克尴尬地笑了笑，林小鹿犹豫着。

"都坐好了，要起飞了！"赵大力高喊。

"快快快，要起飞了！大家坐好抓稳！"陆冰嫣推了一把，林小鹿直接就坐在了帅克身边，表情不太自在。

黑夜里，运-8的灯光划破夜空，在黑夜里拔地而起，消失在茫茫夜空中。

夜空中，运-8平稳飞行。突然，一个巨大的颠簸，兵们都东倒西歪。林小鹿一个没抓稳，眼看就要往地上栽去，帅克眼疾手快，一把抱住了她。气流冲得飞机一阵颠簸，兵们看着他们都是一脸惊愕。林小鹿被帅克抱在怀里，一动都不敢动了。

运输机直冲云霄，渐渐平稳下来。帅克慢慢松开手，林小鹿一下子挣扎出来，两人脸上都是尴尬。帅克也不知道该说什么，急忙错开眼神。高空上，两人挨坐在一起，却各有心事。

此刻，山地的空地上停着几十辆步战车，二连、三连的队员们胳膊上贴着蓝军臂章，在连队干部的带领下，快速分组钻入山林。

6

机群在夜空中飞行。机舱里一片安静，兵们黝黑的大脸上涂满迷彩油，胳膊上贴着红军臂章，持枪等待。飞机进入气流区，猛地一个颠簸，兵们在不断的颠簸当中保持稳定。帅克和林小鹿正襟危坐，都不说话。帅克透过舷舱看看窗外，夜色和大地融成一片黑暗，像一口倒扣着的巨大的锅。

预设阵地上，二连的战士们低姿进入丛林，隐蔽到位。步枪的枪栓都已拉开，枪口对天，月光下闪着寒光，一片肃杀。

运-8上，帅克皱着眉在思考，坐在对面的卞小飞踢了他一脚："想什么呢？"

"东西说得没错，我们是去送死的。"帅克看看大家，一脸严肃，"他们没想我们赢，两个连的交叉火力，我们跳下去，能幸存着陆的最多百分之十，这场仗还没打，我们就输了。"

兵们不解，都看着他。

"报告！"帅克高喊。

"讲！"赵大力说。

帅克起身道："士官长，我提议提前跳伞！"赵大力愕然道："提前跳伞？演习预案里没有这一项！"帅克继续道："一会儿我们到了空降场上空，就是去做活靶子的！我们不能白白送死吧？"赵大力点头道："你说的倒是没错，不过我拿到的演习计划确实没有提前跳伞这一项。"

"演习是不是战争？"帅克理直气壮地喊，"战争瞬息万变，作战计划只是计划！"

"你知道这下面的地形地貌吗？除了预定空降场，全部都是山地丛林，还有湖泊河流、悬崖峭壁！提前跳伞，你知道要冒多大的风险吗？出了事怎么办？"

"战争当中，士官长会考虑这些吗？"

"两回事！现在毕竟不是战争，我要为你们的安全负责！"

"战争当中，士官长会让我们往枪口上跳吗？"帅克厉声喝问。

"我都说了这是两回事！"赵大力板着脸道，"帅克，你知道多少人的前途系在这次演习上？你们本来就不应该搞这样的实战演习，一旦跳伞连续出事故，你知道后果吗？"

"战争当中，士官长会考虑个人前途吗？"

赵大力被噎住了，兵们都看着他。

方紫玉赶紧打圆场："帅克说得没有错！但是在这样的地形地貌，夜间大规模跳伞，确实太冒险了。在战争当中，我们侦察引导队会先渗透进入，为大部队选择大规模空降场地。现在我们没有地面引导，出事了真的不得了。"

"我志愿提前跳伞，为大部队选择空降场！"帅克大声说。

赵大力一愣，帅克眼睛发亮："跳伞时间延后，我们先跳下去一个分队，选择开辟空降场地，大部队再进入空降！只有这样，才是我们胜利的希望！"

"不同意。"赵大力一口否决。

"为什么？"

"现在所有的雷神突击队员和翠鸟女子侦察引导队员，都担任新兵连的连、排、班长，原建制已经打乱，没有你刚才说的条件！"

"所以我愿意去！"帅克据理力争。赵大力也是态度坚决："你也没有我们的经验，太危险！再说，就你一个，能干什么？"黄金唰地站起来："如果帅克去，我也愿意去！"

"我也愿意！"

"我也愿意！"

"我也愿意！"

男兵们唰地起身，机舱里列着两排整齐的队列。赵大力在思索，方紫玉也在思索。

"报告！我们也不怕！"是林小鹿。

帅克侧头看她，有点儿意外。

"对，我们也去！"女兵们也唰地起身。赵大力愣住了。方紫玉想了想，站起身："我是教导员，我同意你们的方案。"赵大力看向她，方紫玉说得很认真："你知道，如果是雷震带队，他会怎么做吗？"赵大力咬牙道："我带他们下去吧。"

"你还得带一连呢。"方紫玉看向帅克，"你们已经接受过严格的训练！多的我就不嘱咐了，记住夜间山地跳伞的要领！我等你们的消息！"

"是！"帅克和几个队员们迅速整理装备，做好跳伞前的最后准备。

7

阵地上，黑压压的丛林与夜色融为一体。蓝军战士们趴在灌木丛里，枪口对天，严阵以待。这时，空降场上空传来隐隐的马达声，隐蔽在丛林里的蓝军一个激灵，做好战前准备。

天色如墨，运-8还在上空盘旋，下面趴着的兵们在耐心地等待。运-8轰鸣着在上空绕了个圈，飞走了，正趴在阵地上守株待兔的二连长愣了："怎么回事？他们怎么没跳伞啊？"蓝军们也是一片发蒙。

夜空中，运-8机群在平稳飞行。机长按下按钮，机舱里绿灯闪烁。赵大力高喊一声"跳"，帅克张开双臂，奋力跃出机舱，扑向夜空。林小鹿和队员们紧跟其后。

夜幕里一片黑暗，降落伞陆续打开。此时，黑夜给了他们最好的掩护，兵们控制好方向，在山地丛林上空飘荡着。

树林里，帅克率先落下，降落伞挂在树上，晃荡了几下。帅克从腰间拔出伞兵刀，割断伞绳，落地后持枪警戒。紧接着，队员们陆续在距离他不远处着地，于黑暗中无声无息。落地后队员们迅速向帅克靠拢，呈 U 形战术队形，持枪警戒。

帅克戴上夜视仪，按下通话键，对着耳麦吹了两口气："人到齐没有？"卞小飞点点头，低声说："男兵一班齐了。"林小鹿没吭声。陆冰嫣点点人："女兵一班齐了。"帅克点点头，呼叫赵大力："水牛，雷鸣 01 已经安全着落。完毕。"

"水牛收到，你们尽快摸清地面情况，给我们找到合适的空降地点。完毕。"

"雷鸣 01 收到。完毕。"队员们戴好夜视仪，帅克一扬手，几人迅速消失在夜色中。

8

浩瀚的原始森林枝繁叶茂。夜色中，一层湿热的雾气正逐渐从枝叶间升腾而起。丛林里，队员们在密林中快速穿行。黄金和安迎战担任尖兵，走在队伍最前面。其余队员背着装备，拉开距离，向着更纵深的密林挺进。

空降场上，连长们凑在一起，抬头望天——鸟都没有一只。

"肯定是换地方了！"三连长看着黑漆漆一片天，思索着，"这片山林适合跳伞的地方不多，我们得分兵把守了！"三连长打开地图，迅速寻找着。

夜色下的丛林里，除了脚步声，林子里一片安静。林小鹿紧跟在帅克侧后方，低声问："我们去哪儿？"帅克没回头地道："找合适的空降场。"林小鹿没好气地道："我是说往哪儿走！"帅克停住脚，指着前方黑茫茫的群山："我看过这一带的准确地图，合适空降的跳伞地点都在我脑子里，我们过去实地看看。"

队伍继续前行。女兵们走在中间，陈东西压后，手持88式通用机枪，虎视眈眈。卞小飞走在最后，不时地后退着警戒。

山头，雷震全副武装，看着面前浩瀚的山地，一声不吭，脸上掩不住有些忧心忡忡。江志成牵着AK从后面过来："选到合适的队长了？"雷震回头，立正敬礼："参谋长，您怎么来了？"江志成还礼："整个新兵营在山里面折腾，我睡不着，上山来走走。"江志成看着雷震："他们没有在预定空降场着陆，帅克带了一个男兵班和一个女兵班，组成了侦察引导分队，秘密跳伞了。你还不敢跟我说，因为这不是你报给我的演习计划。我说得对吗？"雷震有些心虚："我哪儿敢啊？"江志成呵斥道："你有什么不敢干的？新兵夜间跳伞，还不是在预定空降场，你已经干了！"雷震连忙解释道："我也没想到，他们没按照演习计划进行。"江志成看向雷震："你是心里暗爽吧？"雷震猛摇头，江志成冷笑道："别否认，我不想你骗我。"雷震不敢吭声。

"他们平安着陆了吗？"江志成担忧地问。雷震小心地汇报道："刚才报告，都平安着陆了。"江志成点点头："我知道，雷神突击队未来的队长，你已经有人选了。"雷震喜形于色："是，您也喜欢他。"江志成欣慰地点头："帅克是不错。但平时的表现和战场的表现还是两回事的。"雷震满脸自信："看他这次的表现怎么样了。"江志成没说话，盯着他。雷震心里有些发毛，颤抖地问："怎么了？"江志成话锋一转："你给我设了套路。"雷震继续装："什么套路？"

"你逼帅克的！"

雷震一脸无辜："他在飞机上，我在这儿，我怎么逼他？"

"现在想想，你的演习计划是故意那么拟定的！你事先设定了空降场，也事先设定了二连和三连的预设阵地，如果新兵一连按照计划跳伞，就会被二连和三连消灭在空中，毫无胜算！你了解帅克，你是故意逼他这么干的！"

雷震不敢吭声。

"你知道帅克会想到这一点，你就是想看看他是不是会被这个蹩脚的红队预定计划套住，逼他自告奋勇地做侦察引导分队的队长！这一切，都是你的套路！我中了你的套路，帅克也中了你的套路！你好大的胆子啊！"

雷震咽咽唾沫："是，参谋长，您说得没错，我错了。"江志成摆手："我现在不想跟你谈对错。你记住，这是最后一次！否则，我不管你是不是空军的英模、空降兵的英雄，一定把你踢到别的位置上去！"雷震如释重负，啪地立正："是，参谋长，我记住了！"

　　江志成的嘴角浮起一丝微笑："帅克如你所愿地做出了选择，你真的是狡猾啊！但你怎么保证帅克和这两个班的新兵战士的安全？在这黑暗的茫茫大山里、原始森林中，十八个新兵中还有九个女兵！你就没想过出事了怎么办？我调直升机救援都不一定来得及！"

　　江志成的声音提高了，雷震认真地道："这个是我的疏忽，我万万没想到，女兵一班也会跟着跳伞了。但我相信帅克。"江志成望着满目青山，语重心长地道："你知道你对帅克的信任，是拿自己的个人前途做赌注吗？"

　　"这不是赌注，我相信他一定会成功，并且保护好女兵一班！"雷震掷地有声地说，"帅克他有天赋，有胆识、学识，更重要的是，他有勇气和责任感！"

　　雷震目光平静。江志成转向苍茫群山，良久，才缓缓地说："……为了雷神突击队的未来，我和你一起赌。"

　　雷震看着江志成鬓角花白的头发，嘴唇翕动着，却什么也说不出来。

9

　　崎岖的山地，黄金担任尖兵手持开山刀，左右开弓地在枝蔓丛生的密林中开路。安迎战抱着88式通用机枪紧随其后，队员们依次跟在他们后面。帅克脸色严肃，和平时判若两人。他不时地看看指北针，陆冰嫣紧跟几步问道："你确定方向没错吗？"帅克点头："没错。我们要去的地方是黑龙滩，那里适合我们空降。"帅克停下，低声命令道："加快速度，过了这个山头，到前面山坡下休息五分钟！"女兵们艰难地跟着往上爬着。

　　山坡上，帅克和男兵们在看地图。林小鹿和陆冰嫣七手八脚地爬上来，气喘吁吁。几个男兵急忙跑过去，拽着女兵们的背包绳往上拉她们。陈若曦和几个女兵爬上来，一下子就瘫坐在地上："对不起，我们……实在是撑不住了……"帅克看看手表："男兵一班，把我们的吃的都留下，水留一袋，其余的都留给跟不上队伍的女兵。"

　　柳纤和陈若曦几个掉队的女兵脸都白了，哀求地看着林小鹿。林小鹿看看帅克，鼓足勇气道："你们不能就这么把她们丢下吧？"帅克没理她，指着两个男兵："你们两个留下，保护好她们的安全。点一堆火，狼群就不会靠近。"

　　"报告！我们还能走！"

　　"就是啊，我们还能走！"

　　柳纤和陈若曦高喊。

　　帅克看向她们："你们的连队和我们的连队都在天上等我们的引导，我没时间想别的！你们留下，等我们回来接你们！剩下的女兵，能跟上队伍的继续，跟不上的也可以留下！"

"我抗议！你这是歧视女性！"林小鹿咬着嘴唇道。帅克看着她道："你自己睁眼看看，现在是什么时候！这里是什么地方！这不是歧视，为了胜利我不得不这么做！多一个字的废话都是耽误时间！不解释了，执行命令！"林小鹿倔强地看着他说："没有人想输掉这场演习！但是演习毕竟不是战争，不能丢掉自己的战友！即便是战争，不到万不得已的时候，也不能这样做！"

"现在就是万不得已的时候！"帅克低声怒吼，"每分每秒我都在乎，我不想和你就这个问题无休止地辩论下去！"

"可是……"林小鹿还想说。陈若曦拉住她，带着哭腔道："小鹿，他说的是对的，我们走不动了，拖的是大家的后腿……"其他几个女兵也都是眼泪涟涟。陈若曦咬住嘴唇，不让自己哭出来："……我们自愿留下，这两个男兵也没必要跟着我们，我们都学过野外生存的，你需要人手。"帅克走过去道："你们别怕，你们枪里有空包弹，身上有刺刀，点一堆火，狼是不敢靠近的。天没多久就要亮了，如果碰到蓝队的搜索队，你们也就安全了。"女兵们含泪点头。帅克转向林小鹿："我们可以出发了吗？"林小鹿一咬牙："我也留下！"

帅克一愣。

"我是医生，战争当中，医生应该留下陪着伤病员！"林小鹿下了决定。

帅克看着她，心绪难平。

山林里，帅克带着队伍快速前进，又不时地回头。陈东西一边走一边看着发呆的帅克："刚才看他那么厉害，还以为是铁打的心呢！"卞小飞笑道："这你就不懂了吧？彼一时此一时，刚才是任务状态——现在，是相思状态！"

前面，帅克停下，站在队伍一边，对从身边走过的陆冰嫣说："你们先走，我马上到！"说完拔腿跑了。

山坡下，林小鹿抱着食物和水袋，往那边的高地走去。帅克飞奔过来，二话不说，抢过她怀里的东西就跑向高地。林小鹿一愣："喂，你干什么！"

帅克不说话，跑向那边的山林，拔出斧头就开始劈砍树枝。帅克速度很快，不一会儿就抱着一堆削好的粗树枝过来。女兵们都愣住了，看向林小鹿。林小鹿也呆在了原地。帅克蹲在地上拿着斧头削树枝，挥汗如雨。林小鹿默默地看着，心里一动。很快，帅克就把木头堆好，又在旁边放好备用的木柴，拿出油壶和火机，篝火一下子燃烧起来，映亮了他满是汗水的迷彩大脸。

帅克抹了一把脸上的汗水，转向发呆的女兵们："记得及时加柴火！"

林小鹿还站在原地，默默地看着，但眼神里似乎有了不一样的东西。帅克掏出一小瓶二锅头看向林小鹿，林小鹿有点儿紧张，眨巴着眼赶紧错开了眼神。帅克走过来，把二锅头递给她："晚上山里降温，喝一口能御寒。在山里千万不能睡熟了，你们五个女兵要互相照应着点儿，轮流放哨，实在困得受不了，就擦擦太阳穴。"

林小鹿错开眼："拿走吧，我不要。"

"现在不是斗气的时候，拿着吧，你用得上。"帅克不由分说，就塞到她手里。林小鹿一愣，帅克咧嘴笑了笑，提着枪转身狂奔而去。

林小鹿拿着二锅头呆立在原地，空地上，篝火在噼里啪啦地燃烧着，林小鹿拿着二锅头，看着帅克已经消失在黑暗中的背影。

柳纤摇着头："没想到啊！就这么完了！"

林小鹿转身，嗔怪地指挥着几个女兵："别愣着了，把阵地设置一下。沿着外围挖条半米深的防护壕，里面弄尖木桩，拉上模拟雷，虽然炸不了谁，但声光也够吓住野兽的了。要设双岗，两个小时一班，互相多提醒别睡着了。动手吧！"

女兵们不敢懈怠，拿出工兵锹，开始修筑工事。

10

深夜，山林里的天特别透亮，有星星不时地在天幕上闪动。五个女兵围着篝火，都没有敢睡。林小鹿看着一跳一跳的篝火，在想着心事。深山里，一阵风吹过，带来刺骨寒意。柳纤和陈若曦抱在一起，打了个寒战。林小鹿看看她，把二锅头丢了过去，两人打开抿了一小口，辣得直吐舌头。林小鹿看着两人，眼前浮现出帅克的身影，眼里溢出一股柔情。

"嗷呜——"一声瘆人的狼叫声在山谷里回荡着，五个女兵立刻紧张得不行。林小鹿抄起步枪，快速卧倒在边上，戴上头盔，翻下夜视仪。陈若曦胆战心惊地道："好像只有一只？难道是孤狼？"

"也可能是报信。"林小鹿伸手道，"照明弹！"

陈若曦摘下照明弹递过去，林小鹿将照明弹塞进枪挂榴弹发射器，上膛，突——照明弹在半空炸开，照亮一大片，漆黑的树林一下子亮起来，十几条黑影在丛林里一闪而过。

"真的是狼？！"陈若曦的声音里带着哭腔。林小鹿持枪，咽了口唾沫定定神道："别慌！都别慌！咱们点了火，狼群不敢靠近！沉住气，天亮就没事了！把照明弹和模拟手雷集中起来，狼群来了就打出去！"女兵们拿着照明弹和手雷，哆嗦着，如临大敌。

"都听我口令！一个一个扔！千万别一窝蜂都丢出去，丢光了我们就麻烦了！听见了吗？"林小鹿心里也在发慌，满脸是汗，她握紧步枪，仿佛雕塑一般注视着黑夜。

密林里，队伍停住脚往回看。陆冰嫣看着远处隐隐的火光："我们得回去！"帅克一把抓住她："我们要完成任务！"陆冰嫣急吼："可那是我们的人！"帅克脸色冷峻，一字一句地道："听着，她们都是受过野外生存训练的空降兵，我们也是！我们要去完成任务！继续执行任务，她们一定没事的！"

"可是如果她们出事了呢？"

"中国空降兵的字典里没有'如果'两个字！我相信她们，我希望你也相信她们！"帅克的声音缓下来，"如果你要回去，我不拦着你，但是你那样更危险！她们点着篝火，我给她们准备了足够的柴火！你们两个女兵走在半路，就是狼群最好的攻击目标！继续前进，我们没有回头路！"

帅克松开她，继续往前走。周招娣看陆冰嫣："咋办？"陆冰嫣咬牙道："他说的是对的！我们走不了回头路，还没走到她们那儿，就会被狼群叼走的。"周招娣擦擦眼泪，还在回头看，陆冰嫣一拽她，一行人继续前进。

黑龙滩，两辆空降兵步战车停在那儿，边上还停着几辆用树枝伪装过的战车。

半山腰上，帅克小心翼翼地拨开面前的枝蔓，在黑暗中露出炯炯有神的眼睛，拿着数字望远镜仔细地观察着。镜头里，二十多个蓝军在篝火边上守着，不时还有游动哨来回在巡视。

第九章

1

黑龙滩高处，两个蓝军正趴在地上抽烟，手里拿着一个空易拉罐，烟头卡在罐里，看不见一点儿火光。一个蓝军低头抽了一口，正吐着烟圈，一只胳膊从他后面慢慢伸过来，捂住嘴就直接带倒，伞兵刀已经抵在了他的脖子上。旁边，黄金捂着另一名蓝军的嘴轻轻往右一带。帅克冷声道："听着，你已经死了！我现在放开你，不许喊！死了要认账！"两名蓝军呜呜地点着头。

"你们怎么过来的？什么时候跳伞的？"一名"阵亡"的蓝军惊诧地问。帅克把伞兵刀插入刀鞘："不和死人说话，脱衣服！"两个蓝军一愣，帅克看着他们："快点儿，要不我动手扒了啊！"

空地上，二连三排排长鳄鱼站在步战车旁，地图铺在车盖上。鳄鱼皱着眉头，点点地图："现在看，他们来黑龙滩的可能性还是最大的！"

"所以我们可能在这儿是空等……"话音未落，一阵密集的枪声骤响！鳄鱼闪身隐蔽在步战车后面，高声问："妈的，哪儿打枪？"鹰眼指指上面："九点钟方向！哨兵和他们交火了！801，801，你们什么情况？！"无线电里传来噼啪声："801报告，请求支援，请求支援！完毕。"高地上，鹰嘴带着蓝军们正仓促地建立防线。

"他们有多少人？完毕。"

"801报告，看不清，天太黑了！完毕。"

"四班、五班跟你过去，六班和战车排在这儿守着！有情况马上报告！"鳄鱼命令道，兵们迅速向高处的哨位跑去，黑龙滩只剩下一个班和两辆战车。

半山腰上，帅克胳膊上戴着蓝色臂章，拿着望远镜道："他们上钩了——大厨，撤！"黄金对天开枪："知道了！快快快，蒙古牛！撤了！"安迎战还在那边埋地雷、拉线："好了，好了，我给他们搞个二踢脚！走！"黄金和安迎战一边开枪一边飞快地往回撤。

黑龙滩上，蓝军士兵们严阵以待。鹰嘴问："报告连部吗？"

"再等等！我们还确定不了是不是他们的大部队，如果是调虎离山，我们就上当了。"鳄鱼想了想，"我现在怀疑飞鲨是不是上飞机了！妈的，奇奇怪怪的感觉！"

哨兵阵地上，鹰眼带着两个班的蓝军呈扇面搜索过来。鹰眼拿着电台在急呼："801，801，你们在什么位置？枪声怎么停了？！完毕。"

两个"阵亡"的蓝军哭丧着脸坐在那儿，互相看看不吭声。

"快！上去看看！"鹰眼觉得不对劲儿，带着兵们快速往上爬去。咣当！巨大的声音响彻夜空。紧接着，四面八方的地雷都被引爆了，响声连成一片……兵们的身上开始哧哧冒烟。电台仍在响："鹰眼，鹰眼，上面什么情况？上面什么情况？！回话！"鹰眼身上冒着烟，苦笑——摸上来的两个班集体阵亡了！

空地上，鳄鱼急得跳脚，鹰嘴提枪要上去，鳄鱼按住他："不行，要马上报告连部，不能再上去人了！"刚拿起电台，就传来女兵的声音："放开我！臭流氓！放开我！"

两个蓝军押着两个女兵过来，鳄鱼纳闷儿地问道："怎么回事？"帅克戴着护目镜，脸上涂着迷彩，压低声音道："抓了两个俘虏！还是女的！"

"带过来！"鹰嘴一招手，帅克和陈东西拽着陆冰嫣和周招娣过来了。另一侧，卞小飞和安迎战悄无声息地以低姿快速接近步战车。鳄鱼看那两个女兵："你们怎么跑这儿来了？"陆冰嫣一甩头道："我什么都不会跟你说的！"鳄鱼又问："上面是不是你们的大部队？"两个女兵甩给他一个大白眼，就是不说话。

战车旁，黄金和卞小飞各自守住战车的后面，两人对视一眼，几乎同时敲击步战车的后门。一个兵刚打开战车门，一枚催泪弹嗖地直接飞了进去，黄金咣的一声把门顶上。

战车里，催泪弹冒出滚滚白烟，兵们在里面剧烈地咳嗽着。鳄鱼大惊失色，一回头，帅克瞬间出枪，陆冰嫣和周招娣将手上虚扣的约束带一甩，拔出腰带后的手枪一阵速射——对面的鳄鱼瞬间笼罩在一片白烟中。高处，蓝军们居高临下，连续射击……

枪声停止，鳄鱼沮丧地摘下头盔，晃晃脑袋，看着冒烟的发烟罐："行了，行了，别打了，都死了！"黄金急忙打开车门："班长，你没事吧？"几个兵捂着脸，泪流满面地跑出来。鳄鱼看着现场一片狼藉，苦笑道："真有你们的！全歼一个步兵排、一个战车排，你们有多少人？"帅克看看队员们："都在这儿了。"鹰嘴也是一脸苦笑："不到两个班，还有几个女兵。没想到啊，大意了！难怪飞鲨那么偏爱你！"

帅克自信地笑笑，拿起电台。

高空，运输机群在飞翔。赵大力和方紫玉坐在机舱里，电台响了："水牛，雷鸣01呼叫请回答，雷鸣01呼叫请回答。完毕。"

"是引导队!"赵大力兴奋不已,"雷鸣01,水牛收到,请讲。完毕。"

"水牛,雷鸣01报告,我们现在在黑龙滩。已经清场完毕,可以实施空降!已经清场完毕,可以实施空降!完毕!"

"雷鸣01,水牛收到,我们马上过去!预计5分钟内实施空降!完毕!"

"雷鸣01收到,我们在地面引导。完毕!"

黑龙滩,帅克放下望远镜,忧心忡忡。陆冰嫣走过来:"你在担心小鹿她们?"帅克点头:"不知道她现在怎么样了?"陆冰嫣也是一脸担心:"大部队马上要空降了,要不,你带队去找找她?有我们几个女兵在这儿。"

"不行!万一有点儿什么事,你们四个女兵招架不住。"帅克想想,打了个呼哨。安迎战跑过来:"咋了?有什么最新指示?"

"你带队,在这儿等大部队空降!那五个女兵还在那儿,我不能丢下她们!"

"你一个人去?!"

"对!现在大局已定,你警戒好空降场!这儿都交给你了,我要回去接人!"帅克把电台递给安迎战。黄金跑过来,几个兵面面相觑。

"没时间讨论了!你们继续完成任务,我去了!"帅克不由分说,掉头就跑。

2

山地里,帅克持枪一路狂奔,军靴踩在积满落叶的山地上发出有节奏的噗噗声。

此刻,天上还挂着巨大的黑幕,几个女兵紧张地互相靠着背,戴着夜视仪,呈环形防御看着不同的方向,枪上的刺刀在夜里闪着寒光。

远远的,十几道绿光在黑暗里来回游荡,时不时发出瘆人的狼嚎声。陈若曦紧张地抓着步枪,刺刀都在抖。一堆篝火在旁边噼啪燃烧着,林小鹿强作镇定:"不要慌!它们还不敢靠近!"柳纤吓得都快哭了。

"枪又不是烧火棍,不是还有刺刀呢吗?"林小鹿环视大家,"听我说,现在这个时候,怕是没用的!我们都受过训练,虽然没戴军衔,但也是个空降兵了!拿出空降兵的勇气来!狼群算什么?武装到牙齿的敌人都不怕,还怕几匹狼吗?!"

女兵们握紧枪,眼神变得坚定起来,黑暗的树林里不时闪着寒光。山地上,帅克心急如焚、满头大汗地拼命狂奔。

3

夜色里，黑龙滩的上空隐约传来运输机的轰鸣声，一大片伞花星星点点在夜空张开，像是暗夜里的精灵。鳄鱼和蓝军们坐在一边的空地上，苦笑不堪。赵大力落地后走过来，满脸兴奋："好样的！真不愧是我带的兵！"方紫玉看看四周："怎么只有你们几个人，其他的人呢？林小鹿呢？"陆冰嫣说："其余四个女兵跟不上队伍了，林小鹿主动留下来照顾她们。"

"在这儿？在这片原始森林里？！"方紫玉一惊。

"帅克呢，怎么没看见帅克？"赵大力环视一周，问道。

"他去接女兵了。她们在我们后面大概十千米的地方。"黄金说。

"胡闹！"赵大力黑着脸。黄金一脸无辜："是！可我们拦不住他，也跟不上他啊！"赵大力转身命令道："战熊！你带一班马上去接应帅克和掉队的女兵！全速前进，不得有误！这山里有狼，还有狗熊，兵一定不能出事！"

赵大力掏出一个弹匣丢给他。战熊一看，是实弹。

"不到万不得已，不允许打实弹，明白吗？"赵大力神情肃然。战熊郑重地点头，把弹匣塞进包里，回身一挥手："一班，跟我走！"黄金和其他几名队员提枪快速跑了。赵大力和剩下的兵们跳上步战车，战车突突着出发了。

4

阵地上传来窸窸窣窣的声音，不断有狼群在林地边游荡着，不时地对天长啸，似乎在召集同伴。远处，影影绰绰的黑影在攒动，林小鹿擦了一把眼泪，咬牙举着刺刀："准备死战到底！"女兵们瑟瑟地抱着步枪，刺刀在月光下闪着寒光。

山地上，帅克在崎岖的山地间狂奔。路上一段横着的树枝挡了一下，帅克翻滚着从山坡上摔下来。帅克顾不上检查，甩掉背囊，爬起来又急速狂奔。

高处阵地上，女兵们举着刺刀做好战斗准备。突然，狼群里一阵躁动，接着低吼着四散而去。女兵们都愣住了，面面相觑。突然，又是一声怒吼。林小鹿醒悟过来："是熊！"

不远处的树林里，一个粗壮的黑影撞击着树林过来，对着一群女兵们张开血盆大口怒吼着。女兵们握紧步枪，手心里都是汗。

"别怕，我们还有雷区！准备模拟手雷！"林小鹿颤抖着拿出手雷，女兵们吓得都快哭了。熊颤颤巍巍地往这边走过来，轰！一声巨响，埋在附近的模拟地雷炸了，黑熊吓了一跳。正在狂奔的帅克听到声音，一愣，循着声音的方向再次飞奔过去。

黑熊张开血盆大口，往前逼近。林小鹿举枪大喊："开枪！"

嗒嗒嗒……空包弹打在周围没什么反应，黑熊加速狂奔过来，林小鹿纵身而起，端着刺刀怒吼，绕着石头和黑熊周旋着，其他四个女兵操着刺刀起身，都有点儿犹豫。陈若曦一咬牙："活着干，死了算！杀！"女兵们端着刺刀，怒吼着冲杀过去。

黑熊怒吼着站起来，林小鹿端着刺刀，冲着熊的胸口就是猛然一刺！黑熊疼痛难忍，对天怒吼。林小鹿拔出刺刀就跑，血腾地从黑熊的胸口冒出来。黑熊怒吼着，张开血盆大口向林小鹿冲去。林小鹿后退着，转身要跑，却脚下一绊，直接摔倒在地。

黑熊狂叫着逼近，林小鹿"啊"的一声惨叫。突然，黑熊愣住了——旁边传来几声细微的叫声。林小鹿喘着粗气，惊魂未定地看过去，只见帅克气喘吁吁地站在树林边上的高处，他一手抓着一只熊崽，一手拿着伞兵刀。

熊崽凄惨地叫着。母熊怒吼，帅克的伞兵刀抵在熊崽的脖子上，母熊呜咽地叫着。帅克低吼："你们快过来！"

林小鹿反应过来，急忙起身跑过去捡起步枪。母熊一动不动，用哀求的眼神看着帅克。

"你们走！"帅克抓着熊崽，伞兵刀还抵着小家伙的脖子。

"那你呢？"林小鹿不放心的问。

"快走！我有办法！"

"你不走，我也不走！"林小鹿倔强地看着他。帅克一愣，林小鹿呼吸急促道："你跟我们一起走！"

"没时间矫情了！你们快走！我是田径运动员，熊跑不过我的！走！这是命令！"帅克低吼，林小鹿一咬牙："帅克！我不许你死！"

"我死不了！别在这儿婆婆妈妈地咒我死！滚！"帅克喘着粗气说，林小鹿忍住眼泪，和女兵们狂奔而去。帅克就举着熊崽和母熊对峙着。母熊一动不敢动，帅克慢慢放下熊崽。当熊崽刚一落地，帅克掉头就跑——他这辈子跑得最快的一次，也就是现在了。

5

清晨，天空泛着鱼肚白，太阳慢慢升起，朝霞从密林间洒下来。304高地，三连长拿着望远镜在观察，通讯员跑过来："连长，是二连长！"三连长接过电台话筒："蓝队02，蓝队02，这是蓝队03，请讲。完毕。"

"蓝队03，蓝队02呼叫，红队在黑龙滩跳伞了。完毕。"鳄鱼一脸沮丧地道。

"黑龙滩？"三连长一脸惊愕，"黑龙滩不是设置了战车排吗？两台战车都在那儿。完毕。"

二连长没好气地看着"阵亡"的蓝兵："战车排和二连一排，全部阵亡，两辆战车和其他车辆都被缴获。完毕。"

"什么？战车被缴获了？！"

"是的，红队缴获了两辆战车，你们要小心了，死守304高地。我们马上去支援！完毕。"二连长蔫蔫地把话筒递给通讯员。

三连长拿着电台乐了："这可真热闹了，两个连打一个连，战车先被人缴获了！"

304高地上，兵们正忙着架设反坦克导弹。三连长拿着望远镜咬牙切齿地道："奶奶的，还有战车了！"

蓝兵们都严阵以待。突然之间，前面的树林里一片骚动。

"杀——"几十个披着树叶伪装的红队战士突然从地上爬起来，冲向高地。三连长连声命令："快快！开枪！兔崽子们昨晚上就潜伏到这儿了！"

一阵密集的枪声响起，红军迅速隐蔽在附近的低洼处。三连长扬手："停火——"枪声停止，另一边的一排在喊："他们从这边来了！"三连长拿起望远镜看过去，只见侧翼的阵地上突然开上来两辆步战车，后面还跟着几十个步兵。

"快快！把反坦克武器挪到那边去！"三连长急吼。

兵们一阵手忙脚乱地拆卸反坦克导弹，往那边跑去。嗵！步战车开火……304高地被烈焰浓烟覆盖着……潜伏在阵地前的赵大力凛然起身，怒喊着冲杀过去，更多的红军高喊着冲了上去，红、蓝两军开始了正面的激烈交火……

山林里隐隐传来枪声，持枪在前的帅克停下脚步蹲下，举起左拳："304高地方向，他们进攻高地了！我们要快！赶快去参加战斗！"帅克带着几名女兵开始狂奔。

304高地上一片混战。三连长带着战士们进入核心工事，建立防线。红军进攻受阻，双方僵持不下。赵大力趴在地上："步战车，上！"

两辆步战车碾压过战壕，冲向核心阵地。

"反坦克导弹，发射！"三连长怒吼。

嗵！步战车开始冒烟，呜呜地趴窝不动了。

三连长大喊："再来一发！"

第二辆步战车中弹冒烟，也趴窝了。

"他妈的！一群笨蛋！"赵大力气得直捶地，"机枪掩护！我去把那个点拔了！"

方紫玉拦住他："士官长！不能冒险！他们的火力太猛了！"

赵大力急得眼里直冒火："再僵持下去，二连就到了！我们腹背受敌，这仗就不好打了！必须把这个点拔掉！"

方紫玉也急道："得想想别的办法！"

山林里，帅克带着女兵们快速穿越着树林。突然，帅克一个急刹，走在他后面的林小鹿咚地撞在他的身上，林小鹿摸着鼻子气喘吁吁道："怎么了？"

"有动静，都别出声。"帅克低声说。女兵们不敢出声，都潜伏在树林当中。

路上，手臂上戴着蓝色臂章的二连长正带着增援部队驾车疾驰。林小鹿低声问："这么多人？他们去干吗？"帅克指了指那边："往304高地的方向！不能让他们过去，那样红队就麻烦了！他们起码三个排！我们抄近路，去引开他们！"

"然后呢？"林小鹿看他。帅克还没想好："先引开他们，再说然后的事！走！"几个女兵跟着帅克往右方斜插过去。

一座小桥前，帅克从山里钻了出来。

"这是他们的必经之路，我们炸掉这座桥！"帅克命令道。女兵们拆下背囊，取出炸药、雷管、导线。这时，隐约的马达声传来，女兵们还在拆线。

"别慌！你们赶紧装炸药，我到前面去拦住他们，给你们拖时间！"帅克抬脚就走，林小鹿拉住他："你一个人怎么拦住他们？"

"我想办法，你们赶快！你们炸断桥，就去找大部队！"

"那你呢？"

"我有办法的，你们赶快！"帅克提起步枪跑了。

女兵们加快动作，手忙脚乱地装着炸药。

山路上，二连长带着车队开了过来。

"停车！"二连长看着前面横刀立马地站着一个兵，持枪在手。帅克满脸是汗，急促地呼吸着，努力稳定着自己。二连长看着他后面的山谷，低声命令："先不要靠近。"蓝兵们持枪瞄准帅克。

"我过去看看，有什么套路，你们做好应变准备！"二连长想想，跳下车走了过去。

帅克站在那笑着，二连长走过去道："你就是一连的帅克吧？"

"二连长认识我？"帅克咧嘴笑了笑。

"哈！认识，谁不认识！帅克嘛，大名鼎鼎的！老出名了！"二连长走到帅克面前，"你跟这儿戳着干吗呢？"

"连长，你不能过去。"

"什么意思？"

"就是您和您的部队不能过去啊！"帅克眨巴眨巴眼。

"为什么？"二连长有点儿纳闷儿地道。

"304高地红、蓝争夺激烈，您这一过去，红队可就腹背受敌了！"

"对啊，我是蓝队，这是我的任务啊！"二连长更蒙了。帅克笑得意味深长："您看，我是红队，所以我不能让您过去！"二连长看看他，又看看山谷四周，不以为然道："你靠什么拦住我？"

"靠我自己啊。"帅克说。二连长朝四处看了看，帅克眨巴着眼睛："别看了，我真的就一个人。"二连长还是不相信："你一个人拦我们大半个连？你以为你是谁啊？张翼德啊？喝断当阳桥？"话音未落，轰！远处响起一连串的爆炸声，二连长一愣，帅克看着他笑道："桥，真的断了。"

二连长诧异地看着帅克。帅克的脸上带着诡异的笑容："桥炸了，连长，此路不通了。"

二连长冷冷地看着他："你打算怎么收场啊？"

"什么怎么收场？"帅克装糊涂道。

"我几十个伞兵，荷枪实弹！你就一个人，戳在我的眼前——你想过自己的下场吗？"二连长指指身后。

帅克笑道："不管三七二十一，我先拦住你了吧？给炸桥拖延了时间，剩下的……"

"你打算束手就擒了？"二连长趋前看他。

"怎么可能？"帅克脸色一变，一把抓住二连长的领子，将他拽过来挡在了身前。

二连的战士们一惊，哗啦啦一片上膛的声音。帅克拿手枪顶在二连长的脖子上："别动啊，连长，你最好别动！你知道，空包弹也能伤人的！你一动，我怕我走火！"二连长不敢动了："帅克，你想干什么？你杀了我，你也逃不出去！"帅克笑道："我就没想逃出去！我一个战士换一个连长，够本儿了！"帅克顶着二连长慢慢往树林边退去。

"别管我，开枪！"二连长高喊，二连战士们犹豫着，二连长接着喊道，"一排长，人不能丢到底了！开枪！"

一排长醒悟过来："准备！"

哗啦——步枪瞄着帅克。帅克抓着二连长，脸色平静。就在这千钧一发之际，两颗手雷嗖嗖地从山头上甩过来，蓝军们大惊失色地四处躲避。

轰！轰！手雷爆炸了，一团黄雾包围了现场。

"在上面！"一排长趴在地上大喊。

林小鹿敏捷地持枪射击。嗒嗒嗒……战士们乱成一团，仓促还击……林小鹿在山巅转瞬消失。帅克一把推开二连长，对着措手不及的二连长连续开了两枪——二连长身上哧哧冒着白烟。同时，帅克闪身飞起，跳到一边的树林中消失了。林小鹿在上面看到，子弹打出一梭子，掉头就跑。

"追！不能让她跑掉！"一排长高喊，幸存的兵们持枪跟着追了过去。

林小鹿在山里一路狂奔，气喘吁吁，不时地侧身回击。刚打出一个点射，斜刺里就跳出来两个男兵，大喊："女的！是个女兵！"

林小鹿急忙掉转枪口，还没来得及射击，就被两个男兵按住了。

"放开我！放开我！"林小鹿被按在地上挣扎着。突然，一个身影从树上跳下，三拳两脚就把那两个男兵干脆利索地解决了。帅克一把拽起林小鹿，往另一边跑去。一排长带队急忙追过去，一个兵绊开地上的地雷引线，地雷轰地爆炸了，兵们急忙卧倒，再起身时，两人早已不见了踪影。

6

304高地上硝烟弥漫，红、蓝两军僵持着。赵大力和方紫玉躲在战壕里，黄金摘下头盔，拿枪顶着伸出去虚晃了一下。嗒嗒嗒！对面碉堡的重机枪就吐着火舌扫射过来。

战壕里，柳纤和陈若曦几个女兵猫腰跑过来，方紫玉看着她们："怎么就你们四个，林小鹿呢？"柳纤跑得上气不接下气："她，她跟帅克在一起！"

"那帅克呢？"赵大力急问。陈若曦摇头："不……不知道现在在哪儿，刚才跟我们在一起！"赵大力没吭声，闷头想着事情。方紫玉看他："你在担心帅克吗？"赵大力狡黠地笑道："没有，我不担心他，他是我见过最狡猾的兵！"

7

山头的灌木丛里伸出一支伪装极好的枪口，身穿吉利服的狙击手抱着大口径狙击步枪，一动不动地趴着。旁边，观察手拿着数字望远镜在观察。镜头里，304高地上的红军隐蔽得很到位，没人露头。山后悬崖，陈东西身上挂着一捆攀登绳，开始往上爬。黄金和安迎战几个兵在下面持枪掩护。

"关键时刻，兄弟就是拿来出卖的！"陈东西抬眼看着望不见头的峭壁，咬牙继续往上爬。下面的兵紧张地看着。陈东西靠臂力在空中攀爬，一个没抓稳，石壁上的碎石带起大片的泥土直往下掉。陈东西反应很快，单臂抓住石壁的凸起处，一咬牙，单臂引体向上，另一只胳膊也抓住了一块凸起的岩石，下面的兵们松了口气。陈东西汗如雨下，稳稳神儿，继续往上爬。

山地里，帅克拿着指北针，打开地图，仔细地辨别方位角。林小鹿蹲在边上擦汗："怎么不走了？"帅克在思索："我在想，我们应该去301高地。"

"301？为什么？"林小鹿问。帅克指着地图："这一带叫牛首山，304高地和301高地，就是牛的两个犄角。红队的任务是夺取并防御304高地，但是没说301高地！这很奇怪，很明显，301高地与304高地遥遥相望，要守304，必守301！"

"是不是301高地在演习区域以外？"

帅克摇头道："不可能，间隔两千米，在演习区域中心位置。"

"你是说，301高地有埋伏？"林小鹿试探地问。帅克点头道："炮兵排，还有那两架武装直升机。我上去过，那上面有个简易机场！"林小鹿看着他道："那你什么意思？总不会现在我们去301高地吧？"帅克收起地图："往这边走就是304高地！你可以去和大部队会和，告诉他们，我去301高地了，让他们也提防301高地。"

"你疯了？"林小鹿惊呼道。帅克狡猾地笑道："枪声一响，我从来就没有正常过！你去吧，沿着这条路走，就是304高地了！"

"不行！我要和你一起去！"

"你？"帅克看她，轻笑道，"你去了能干吗？"

林小鹿利索地把枪背在后背："你这话说的，我也是受过训练的空降兵吧，好歹能帮你打个下手吧？你放心，我不会是你的累赘的！"

帅克怔怔地看看她，林小鹿起身，两人在丛林里快速穿行着。

8

悬崖顶上，风很猛。陈东西咬着边际的岩石爬上来，筋疲力尽地滚到悬崖边上，身体敞开躺着，直喘粗气。片刻，他起身摘下攀登绳，呼地甩下去，又将攀登绳的另一端绕在一棵粗壮的大树上。山崖下的兵们抓着攀登绳，依次噌噌地上去了，迅速呈战术队形小心翼翼地进入密林。

此刻，帅克和林小鹿隐藏在山巅的灌木丛里。帅克拨开面前的枝蔓，露出一双眼睛。林小鹿趴在他旁边，也小心翼翼地探山来。

301高地的空地上，有两架直-10停在那儿，有地勤人员和飞行员们来来去去。旁边还停着几辆披挂着伪装网的炮车。林小鹿接过望远镜看着："304高地那边打得厉害，他们怎么按兵不动呢？"帅克想了想道："我也纳闷儿，但肯定是有原因的。"

帅克拿过望远镜，看见有两个游动哨兵在半山腰巡逻，瞬间有了主意，拉着林小鹿往半山腰摸去。

304狙击阵地上，黄金和安迎战两人背着枪，右手持刀，悄无声息地摸上狙击阵地。前后一个利落的锁喉，伞兵刀已经抵在狙击手的脖子上。队员们陆续从灌木丛里钻出来，卞小飞拿起电台呼叫："水牛，水牛，雷鸣01呼叫，我们已经控制狙击阵地，完毕！"

黄金把匕首插入刀鞘，迫不及待地就往大口径狙击步枪冲过去，10狙对他来说是个不小的诱惑。安迎战也架起88式通用机枪，一脸兴奋。

"水牛收到，雷鸣01，你们干得漂亮！立即寻找蓝队的重机枪阵地！完毕！"赵大力隐蔽在战壕里，脸上都是兴奋。陆冰嫣跃跃欲试："我们可以出发了吗？"方紫玉按住她："还不行！等他们找到重机枪阵地再说！"

山巅的狙击阵地上，黄金抵着瞄准镜寻找着目标，陈东西在旁边做观察手："找到一挺重机枪，九点钟方向，距离1108米。"黄金迅速调整枪口："我锁定了。"

"别急，他们不会只有一挺重机枪，我再找。"陈东西举着望远镜，继续找，"十点钟方向，距离1011米，在树上。"

"在我机枪射程以内。"安迎战跃跃欲试。

"树上为一号目标，树下为二号目标，是否明确？首先射击一号目标机枪手，枪响以后，机枪手跟进射击；然后射击二号目标机枪手，枪响以后，机枪手跟进射击。是否明确？"

"明确！"黄金和安迎战异口同声，瞄准镜死死锁住了目标。

9

高地上，两架直-10停在不远处，飞行员们在一边围着作战地图研究着。两个穿着蓝队作训服的游动哨向炮兵排方向走去。林小鹿一阵紧张。排长看着走过来的两个兵："你们俩干吗？"林小鹿不敢说话，帅克却泰然自若地道："排长，我们好奇，新兵没见过打炮，想看看！"排长不耐烦地摆摆手："一边儿玩去！"帅克赔着笑脸，还想说话，那边炮兵排的兵全都起身，二十多个战士看着他们，虎视眈眈。林小鹿拽了一下帅克的衣服，帅克笑道："这就走，这就走。"两人掉头走了。

"现在怎么办？"林小鹿低声问。帅克低头朝四处看看，带着林小鹿径直往两架直-10走去。

"镇定，不要慌，他们想不到的。"帅克低声对林小鹿说，林小鹿还是紧张地点点头。帅克走近一架直-10，林小鹿往另一架快速走去。两人从裤兜里掏出已经插好雷管的黏性炸药块，不动声色地贴在直-10的腹部。

狙击阵地上，陈东西举着望远镜观察着。黄金眯着眼问："可以打了吗？"陈东西低声地道："别急！我在等风！"黄金捺住性子，继续瞄准。

"风速4米每秒，向右半个密位！"

黄金和安迎战迅速调整瞄具。

"听我口令——放！"

砰！黄金扣动扳机，狙击步枪枪口一颤，冒烟冒火，子弹旋转着飞了出去——对面的重机枪阵地上冒起一股白烟。另一边，安迎战也扣动扳机，嗒嗒嗒……机枪口突突地冒着火光，对面白烟阵阵。卞小飞立即呼叫："雷鸣01报告！我们已经消灭敌人的重机枪阵地！完毕！"

"水牛收到！完毕！——快，该我们了！"赵大力一声大吼，"烟雾弹！"

十几颗烟雾弹嗖嗖地呈抛物线被扔了出去，瞬间烟雾升腾。方紫玉大喊："火力掩护！"密集的射击声瞬间响起。陆冰嫣从侧翼一跃而起，抓着绑在手雷上的辣椒罐，冲进烟雾中。

碉堡里一片混乱，机枪手盲目地开枪射击着。

三连长抓起电台："狙击组！狙击组收到没有？"

没有人回答。

"火力组！火力组收到没有？"

也没人回答。

"妈的！被端了！"三连长啪地扔掉电台，"叫二连支援！叫炮兵支援！叫武直支援！"

炮兵阵地上，炮排排长在指挥："目标，304高地，方位……准备射击——"

301高地上，高山拿着对讲机："航空分队收到，马上支援！完毕！"

飞行员们迅速跑向武直，登机出发。螺旋桨开始旋转。不远处，帅克拿着引爆器，等待着。这时，两架直-10已经开始起飞，帅克看看，笑着按下电子引爆器，低空中，两架武直冒出一团烟雾。

机舱里一片报警声。高山怒气冲冲地道："怎么回事？"陈笑寒苦笑道："我们被摧毁了！"高山一脸惊愕："什么？！被什么摧毁的？！"陈笑寒摇头道："不知道！不是防空导弹，是炸药！不知道谁安的炸药！我们只能降落了！"

陈笑寒推动操纵杆，直升机缓缓下降。

炮兵阵地上，炮兵排长正抬头看着两架冒烟的直-10纳闷儿，突然，背在身上的发烟罐开始哧哧地往外冒烟。阵地上，炮车的蜂鸣器在嗡鸣地报警，一整排的炮兵都笼罩在滚滚浓烟中。

"你怎么知道直升机会从炮兵排头上过？"林小鹿问帅克。

"直升机快速起飞要有一个倾斜角度，我们都是右撇子，他们的战术要求就是往左飞……"帅克笑了笑，还没来得及说完，脸色就变了——一排长带着几十个兵爬上山，高声喊："在那儿呢！穿着我们的衣服！"

帅克急忙拉着林小鹿就跑，后面的兵们就噌噌地追。

304高地上，陆冰嫣在烟雾中敏捷地斜向穿插，方紫玉和赵大力等在火力掩护。密集的枪声中，陆冰嫣已经靠近机枪射口，两个手雷绑着的辣椒罐从射击口飞了进去，轰轰两声巨响，三连长带着兵们眼泪鼻涕直流地跑出碉堡。此刻，盘踞在坑道上的陆冰嫣果断开枪射击，嗒嗒嗒……战壕里，赵大力带着红军们一跃而起，高喊着冲杀上去……

狙击阵地上，黄金抱着10狙正据枪瞄准，突然愣了一下："咋蓝队还自己打自己呢？"

卞小飞抢过望远镜，只见瞄准镜里一片烟雾，两个蓝兵正拼命飞奔，后面一片蓝兵紧追不舍。

"是帅克和林小鹿！"卞小飞大喊。黄金和安迎战迅速掉转枪口，目标十一点的方向，密集射击。

"卧倒！"一排长大喊，其余的兵们四散找隐蔽。帅克和林小鹿趁机一路狂奔，跳下坑道，转眼不见了踪影。

10

在一间已被改为临时指挥部的帐篷里，哨兵在门口持枪肃立，现代化的指挥设施一应俱全。参谋们来来往往，一片紧张气氛。雷震站在大屏幕前，看着传输过来的数据和卫星画面。帐篷外，江志成牵着AK走进来，雷震立正，敬礼："参谋长，您这又遛狗呢？"江志成背着手阴沉着脸道："吃了两次速效救心丸，睡不着。跟我说，现在啥情况了？"

"没啥，没有人员伤亡。"

江志成看看战报屏幕："哟？红队赢了啊？304高地端了，301高地的航空分队和炮兵排也废了？干得可以啊！"雷震苦笑道："这还不是您老的调教？帅克干的，他报销了航空分队和炮兵排。"江志成有点儿惊讶："他一个人？"

"还有个女兵做帮手。"雷震苦笑道，"是不是您给他画了301地下工事的图纸？他们俩现在钻到301地下工事去了。"

"啊？这我可没想到啊，这不能算作弊！"江志成头摇得跟拨浪鼓似的。

"我知道，只是苦了二连的追兵了！"雷震笑笑道，"他们的干部和班长都没下去过，完全两眼黑。您老跟这儿歇会儿？我去301高地看看。"

江志成一瞪眼，拿起帽子戴上就走。雷震看着油光水滑的AK："这狗您到底给不给我？"江志成黑着脸道："这是军部的狗！你一天到晚惦记个啥？"雷震不死心地跟在后边："军部的狗也是空降兵的狗，对吧？您不一直说精兵强将都要到雷神突击队锻炼锻炼，我看这 AK 就挺好的，到我手底下历练历练！"江志成懒得搭理他，雷震苦笑着跟在后面。

11

301 高地上，飞行员们沮丧地围在一边开总结会。陈笑寒拿着头盔，气鼓鼓地坐在一边。炮兵排长站在对面，黑着脸气得说不出话来。

一辆越野车吱的一声停在空地上，兵们看见扛着大校军衔的江志成，急忙起立整队。江志成把 AK 给雷震，雷震满脸堆笑："哟？给我了？"江志成黑着脸道："暂时帮我牵着！我带着狗去讲话，不像话！"雷震接过牵引绳，AK 歪着头看雷震。

"怎么了？都垂头丧气的？打了败仗，就垂头丧气了？！"江志成眼睛发亮、声如洪钟，站在队列前，厉声喝问，"我常常跟你们说，演习就是不流血的战争！演习的目的就是为了战时少流血！你们两个单位，全军覆没了，还败给了新兵！我看看你们脸上写的是什么——不服！"

兵们都抬头，看着江志成。陈笑寒气鼓鼓地喊："报告！"

"讲！"

"我们是不服！我们刚刚起飞，谁知道他们安了炸弹！是警卫部队的问题！"陈笑寒高声报告。高山一听就知道要坏事，站在旁边低语："姑奶奶，你就少说两句行不？"

"高山！"江志成厉声呵道。

"到！"高山啪地立正。

"你嘀嘀咕咕什么呢？"

"报告！参谋长同志，我们警惕性不够，思想上不重视，以至于被红队钻了空子！全是我们的错，我们准备深刻反省，从我开始做检查，整顿作风，严肃纪律……"

"打住，这种话我都听出茧子了！"江志成不客气地打断他，高山不敢吭声了。江志成转向陈笑寒道："你继续说。"陈笑寒咽了口唾沫，继续说："我们谁也没想到，红队的奸细会摸到这儿来！如果是战争，我们不会……"

"如果是战争，你现在不是戳在这儿跟我喊，是我给你收尸！"江志成厉声喝问，"你们是飞行员，知道空爆是什么意思吗？你们不仅炸死了自己，还连累了这些炮兵的战友！你有什么不服的？两个伞兵！还是新兵！就带来这么大的损失？不服？为什么不服？"

陈笑寒不敢说话了，队列里也是一片鸦雀无声。

"我无数次地提醒你们，不管是训练还是演习，都不能掉以轻心！为什么？为的是你们在战争中死无全尸吗？"江志成看看眼前的兵们，语重心长道，"我需要你们明白，中国空降兵是中央军委的战略预备队，是随时拉上去的应急机动作战部队！一天天牛哄哄的，天之骄子，不得了，谁都管不了了？我看这次新兵雷鸣演习是对的，不搞你们一次，你们就不知道咋回事！给我牢牢记住一个字——耻！"

一张张黑黝黝的脸上有眼泪滑落，年轻点儿的战士们开始小声地抽泣。

"检查我不想看，我想看的是你们的行动。我的话完了！"江志成面无表情，转身就走，雷震站在旁边也不敢吱声。

江志成转过身，脸上满是抑制不住的笑容，走到雷震旁边忍住笑低语道："帅克！这个兵，你真心招得不错！"雷震借坡上驴："那还是参谋长您点拨得好！"江志成赶紧捂住嘴，嘿嘿乐道："走走走，别在这儿看他们哭丧着脸，我们去洞里看看！"

"是！"雷震回头看了一眼，眼神里有些内疚。陈笑寒看见雷震，抹了一把眼泪，恨恨地瞪着他。雷震叹息了一声，江志成牵着 AK 回头道："走啊！你还在那儿干吗呢？等着他们揍你啊？"雷震急忙转身跟上了。

第十章

1

涵洞里，一排长带着三连的兵们沿着涵洞边际小心地前进着。枪灯的光在漆黑的洞里影影绰绰。前方出现一条分岔路口，兵们不知道走哪边，都停了下来。一班长持枪上前，拿着手电看看地面——有隐约的脚印，一排长抬手一指，兵们小心翼翼起身，继续向前搜索。

"注意地面，小心饵雷。"一排长恨恨地说，"这孙子很狡猾，我们吃过亏了。"

兵们走得更加小心了。前面走过一个弯，涵洞顶上幽幽地闪着点点绿光。兵们浑然不觉，小心翼翼地继续向前搜索着。一班长抬头看着星星点点的绿光，大惊失色："感应雷！"绿光瞬间变红，炸了，五个兵瞬间开始冒烟。一班长冒着烟站起身："他妈的！一枪没开，老子就报销了！你们几个，起来吧，咱们挂了！"

一排长跑过来，几个冒烟的新兵站在烟雾中垂头丧气。一排长抬头看看："二班长！"

"到！"二班长跑步过来。

"一班已经牺牲大半，剩下的战士补充到二班，由你带队，担任尖刀班！队形不要那么密集，去吧！"

"是！"二班长挥挥手，战士们拉开队伍，小心翼翼地继续搜索前进。

涵洞深处，帅克从暗处闪身出来，远远的有追兵的声音传来。林小鹿低声问："现在怎么办？"

"他们不会轻易再上当了，我们只有躲了。有一个安全的地方，跟我走！"

"这地方哪里有安全的？"林小鹿问，脚步紧跟上去。

"我身边最安全！"帅克在前面走着说道，林小鹿听了一愣。帅克一把抓住她："跟我走！"两人往更黑暗的深处走去。少顷，涵洞那头有光束扫过来。二班长带着尖刀班拉开距离，搜索而至，每一步都小心翼翼。

不一会儿，帅克站在地下指挥中心的门前，拔出战术背心里的荧光棒，拧断，橘色的荧光照亮了两个人的脸。帅克输入密码，咔嗒一声响，门打开了。涵洞尽头，手电光扫过来，二班长带队追了过来。

"在那边！"二班长大喊，带队加快速度冲了过去。帅克拽着林小鹿闪身就进去了。帅克按下门内侧的开关，铁门慢慢地开始关闭。二班长一马当先，冲了进去。帅克抬脚过去，踹他肚子上，二班长一脸痛苦地飞了出去。门还在缓缓关闭，兵们顾不上扶起二班长，七手八脚就往里冲。帅克左挡右挡，林小鹿也倒拿着步枪一通砸。

自动门还在缓缓关上，帅克被两个兵抓着领子拽了出去，林小鹿抓住帅克，但帅克还是被扯了出去。他起身左右格挡，门缝越来越小。林小鹿尖叫着，抡起枪托打在冲进来的兵的头盔上，帅克伸手抓住那个兵直接给拽了出来。门只剩一条缝隙了，林小鹿急得在里面大喊，帅克一个箭步，横着一字马贴地滑进狭窄的缝隙里。门外一个兵抓住他的战术背心，帅克轻盈地脱掉，抓着战术背心的兵就仰头栽倒在地上，眼看着门彻底关上了，兵们涌上去就是一通乱砸。

"别砸了！"少顷，一排长过来，"这个门用炸药都炸不开的！这地方是三防设计，这个洞能防核导弹的直接轰炸！除非知道密码，外面是打不开的！"二班长鼻青脸肿，捂着脸道："这新兵怎么知道密码的？我都不知道！"一排长也纳闷儿道："不知道！这地方我也只来过一次！没想到他们倒是轻车熟路，有人在帮他们！"

"难道是飞鲨放水？"二班长痛得一咧嘴。一排长想了想："飞鲨知道不知道这儿的密码都不一定吧？"

"我说怎么刚才一路打了好几个喷嚏，原来你们这么惦记我啊？"雷震打着手电走过来，兵们迅速列队站好。

2

兵们都戳着，不敢吭声。二班长鼻青脸肿地说："首长，我们……"

雷震闪身站在一边："首长的首长在这儿呢，别乱叫了。"

大家一愣，首长的首长？

乖乖！江志成扛着大校军衔走了过来，兵们急忙立正。

江志成走过来，看看他们，又看看关闭着的大门："怎么？追到这儿了？"一排长立正："是，参谋长！红队的两个兵躲进去了。"江志成看着他道："蓝队就剩你们这些人了？"一排长瞪大眼："三连呢？"

"完了，全完了。"江志成说。

战士们一脸沮丧，一排长一咬牙道："不！还没全完！还有我们！伞兵是永远不会认输的！大不了战死，绝不认输！"战士们听了，眼神也开始目光炯炯。

江志成问："你们有什么打算？"

"先把这两个人抓出来！然后依托301高地，反攻304高地！"

"行，有志气！这门设计的时候就考虑过会被外面的暴力破坏的情况，工程师和施工的工程兵部队都说过，这是不可能攻破的防线！"

"世界上没有攻不破的防线，除了上甘岭！"

江志成一愣："好！好！我喜欢你这股劲头！敢想，敢说！我等你们的好消息！你们继续，我不妨碍你们了！走吧，我们出去透透气！"

江志成牵着AK掉头出去了。雷震笑了笑，转身追上去。

啪！涵洞的灯一下子亮了。大家都一愣，眯缝着眼有点儿不适应。江志成笑道："哟？兔崽子还把灯打开了？"雷震凑过去低声说："那密码您都没跟我说过啊！"江志成看向他："咋了？"雷震觍着脸说："我看不只是我偏爱帅克吧？"江志成一本正经地道："那不能算偏爱，对兵要一视同仁！"雷震坏笑道："知道您不会认账的。"

江志成耍赖，加快脚步往洞口走去。

3

指挥部里，发电机轰鸣着在运转，前面一排电脑陆续亮起来。这是空降兵部队的一个国防战备工事系统，帅克看着面前的这些屏幕，所有地方都一目了然。

"……304高地已经被我们占领了，这边的支援部队也完蛋了。现在就剩下外面二连的那几十个兵了，他们进不来，我们也出不去。"帅克敲击键盘，门口的监控镜头传输到大屏幕上——一排长和几十个兵围在一起，正在开会商量抓他呢。

门外，兵们正为如何打开这道门吵得厉害。一个兵怯生生地说："我们干吗要进去呢？"

一排长一愣，看着他："你继续说！"

"我们老家打田鼠，都是灌水或者放烟，让田鼠跑出来再打。"这个兵眨巴眨巴眼。

一排长看着铁大门若有所思。

"换气系统！"少顷，一排长眼睛一亮，"我们要找到换气系统！里面是隔绝的，没有换气系统，他们进去就憋死了！赶紧的，把所有的烟雾弹、催泪弹全部集中起来！再去砍点儿柴，在换气系统那儿放烟！我就不信，把他们熏不出来！二班长带二班在这儿守着，一旦熏出来，就抓住他们！其他人以班为单位分头去找！"

兵们四散而去。二班长指挥战士们在门的周边设置防线，枪口对准大门，战士们虎视眈眈。

帅克看着监视器传来的画面,皱眉。林小鹿不明白,问帅克:"他们在找什么?"帅克抬头,看见头顶的换气系统:"他们在找换气的地方,想把我们逼出去!"林小鹿呆住了,帅克看她:"你的防毒面具呢?"林小鹿从战术背心里将防毒面具掏了出来。

"你拿着,一会儿有用。"

"那你的呢?"林小鹿问。

"我的战术背心都被他们给扒了,没了。"

"那你怎么办?"林小鹿着急地问。帅克脱下衣服,露出结实的背肌:"我去找点儿水来,做个简易的防毒措施。"说完,他赤裸着上身提着武器就走过去了。

狙击阵地上,黄金几个人还守在那儿。陈东西拿着数字望远镜看着 301 高地,疑惑地说:"他们砍树干吗?"黄金拿过望远镜,看去——十几个蓝兵挥着开山刀,正猫在半山腰砍柴。

"他们想放烟,逼帅克出来!"黄金举着望远镜,恍然大悟,"我在厨房待时间长了,没有抽油烟机,厨房一秒钟都待不住!"

"帅克肯定躲到我们去过的那个地下指挥部了!"

"我们得过去!"黄金放下望远镜。

"大局已定!明白吗? 304 高地已经稳稳在我们手里了,蓝队剩下二连那半个连根本不可能再赢!红队稳操胜券!就算帅克被俘,也就他一个人吧?我们干吗要冒险过去跟着送死啊?"陈东西说。

"肯定得去啊!战友兄弟,同生共死!这还是演习呢,都不肯去,那打仗怎么办?眼睁睁看着他死啊?"黄金说。安迎战举手道:"我同意!我们蒙古人是不可能丢下自己的兄弟的!干!"陈东西无奈道:"你们都疯了吗?就我们四个,怎么过去?只怕还没摸到地方呢,就被蓝队的狙击手、机枪手给打冒烟了!"

"还记得那个水道吗?"黄金说。陈东西一下子愣住了:"潜水进去?你知道那水道多长吗?我们可能还没进去,气就不够了!"

"可那是唯一能进去的办法了!不管怎么说,我得去试试!"黄金提枪要走。卞小飞拉住他:"大厨,你别急!东西说的有道理,靠我们的肺活量估计挨不过去。除非有水肺,但现在上哪儿去找?"

304 高地,赵大力带着两个连队的男兵、女兵严阵以待,准备迎接二连的反击战。

"水牛,水牛,雷鸣 01 呼叫请回答。完毕。"电台传来卞小飞的声音。

赵大力拿起对讲机:"水牛收到,请讲。完毕。"

"水牛,雷鸣 01 需要潜水装具。完毕。"

赵大力一愣:"潜水装具?为什么?"

山上，雷震和江志成并肩走着，AK跟在旁边。雷震拿着电台："什么？潜水装具？水牛，你重复一遍。完毕。"赵大力重复道："飞鲨，雷鸣01需要四套潜水装具，他们希望空投给他们。完毕。"江志成侧头问雷震："怎么了？新兵又出什么幺蛾子了？"

"一班那四个兵，就是跟帅克老混在一起的，想要潜水装具。"

"干吗？他们要去哪儿潜水？"

"不知道。"

江志成看着远处的湖面："你这个马屁拍得不错，我就不信你没想出来。给他们吧。"

"是！"雷震讪笑着拿起电台呼叫，"水牛，飞鲨呼叫，要求得到许可，让他们提供空投地点。完毕。"

4

地下指挥室工程部门口，中央空调的入风口已经打开，兵们围在旁边。一排长抓着一个催泪弹，拉开栓丢了进去，风瞬间就把烟雾卷了进去，紧接着，又一个催泪弹丢了进去……

指挥部顶部，烟雾从出风口处冒了进来。林小鹿戴上防毒面具，帅克把汗衫缠在自己的嘴上，两人都趴下来，尽量贴着地面。很快，烟雾从出风口越来越多地渗透散出来，罩住了整个指挥部，帅克的眼泪开始往外流。

烟雾越来越重，两人趴在了地上。林小鹿戴着防毒面具看向帅克，帅克捂着嘴剧烈地咳嗽着，眼泪流个不停。林小鹿戴着防毒面具喊，声音闷闷的。帅克在浓烟中摆摆手，林小鹿往他那边爬了过去。

湖边，穿好装备的黄金和队员们都换了水下步枪，微冲也做了防水措施，众人迈步进入湖里。水洞里，黄金打头，几个人鱼贯而过。

此刻，指挥部里浓烟滚滚。林小鹿快速爬过去，声音闷在防毒面具里，她大喊道："你怎么样了？"帅克摆摆手，眼泪哗哗的，又是一阵剧烈的咳嗽。林小鹿要摘下防毒面具，帅克一把抓住她。林小鹿看着帅克在浓烟中眼睛通红，泪流不止，她挣扎着继续摘防毒面具，帅克双手紧紧抓住她的手，倒在了地上。林小鹿急得快哭出来了，帅克仍然死死地抓着她。

门口，二班长带队警戒，等待着。几个兵围在旁边，面有忧色："班长，要是他们不出来怎么办？"二班长不以为然地说："帅克的战术背心在这儿，防毒面具被我们拽掉了！他们两个人只有一个防毒面具，不管怎么说也扛不住的，一定会出来！"

"可……帅克是新兵里有名的二杆子，万一他真的不出来，怎么办？"

二班长也愣住了！要真是这样，这是一个很可怕的后果。二班长抬手看表："再等等看！真不出来，我再告诉排长，暂时不要熏了！"

水道里，一个手持潜望镜的人慢慢从水面上升起来。黄金拿着潜望镜在观察，手语示意只有两个兵在守着。其他几人会意，潜水散开到预定位置。

突然，一双手悄无声息地从水里伸出来，直接就抓住一个蓝兵的双脚，使劲儿往下一拽，蓝兵措手不及，被拽向水里，潜水刀立马横在他的脖子上。另一个蓝兵见势不妙，刚刚出枪，陈东西双手一捞没捞住，蓝兵的枪已经上膛对准了他。砰！一声枪响，那个蓝兵开始冒烟，卞小飞拿着水下步枪在水里露出半截儿身体来。

四个兵爬上岸，穿着迷彩潜水服，水下步枪也放好了，摘下微冲的防水套，往那边推进而去。两个"阵亡"的蓝兵苦笑着站在那儿，不吭声。

指挥部里，浓烟滚滚。帅克躺在地上，眼神有些迷离，但还死死抓着林小鹿的手。林小鹿流着眼泪在挣扎着。

涵洞里，黄金和陈东西几个人手持微冲快速推进。工程部里，兵们都戴着防毒面具，把烧着的柴冒出的浓烟往换气口扇。突然间，四个穿着迷彩潜水服的红队士兵冲入门内，微冲一抬就是快速射击，所有人都猝不及防，纷纷冒烟。

"快灭火啊！还等什么，他们俩要被熏死了！"黄金急喊，几个兵赶紧挪开油桶，倒水进去。

地下指挥部里几乎看不见人，浓烟笼罩了整个指挥室。帅克躺在地上，眼神迷离。林小鹿挣扎着起来，刚摘下防毒面具，一股浓烟涌了过来，她屏住呼吸，给帅克戴上防毒面具，但还没套上，两个人都倒在了地上……

门外，二班长看着手表："30分钟了，不能再等了，要出事了！"他拿起对讲机，"排长，这边……"话没说完，微冲的枪声响了，二班长一愣，身后已经冒烟了。四个兵闪身出来，密集的射击声四起，蓝军仓促还击，一片激战。

"闪光弹！"黄金大喊。安迎战抓起闪光弹丢了出去。咣！闪光弹炸开之际，四个兵快速射击。蓝兵们什么都看不见了，叫喊着，身后都开始纷纷冒烟。

指挥室里，帅克和林小鹿两人躺在地上，都是奄奄一息。林小鹿睁着眼，被呛得不停地流眼泪。帅克也是不停地流泪，但努力挤出一丝笑。林小鹿把手伸过去，帅克也努力伸手，两只手紧紧握在一起，都露出苦笑。

战斗很快结束了，黄金冲到大铁门处，大喊："快！谁记得密码？"

陈东西跑过去，凭着记忆快速输入。门一开，四个兵猛冲了进去。指挥室里烟雾还没散尽，林小鹿和帅克躺在地上奄奄一息，都已经昏厥过去。四个兵冲进来，七手八脚把两个人抬到洞外，黄金在后面拿着枪断后。

涵洞里，四个兵架着两伤员持枪快速掠过。看见对面出现的几个蓝兵，就抢先开火，来不及"收尸"，心急如焚地往洞口跑去。301 高地，黄金背着帅克从涵洞里出来，声嘶力竭地高喊着。空中，直-8K 轰鸣着低空悬停，螺旋桨卷起飓风吹过来，几个兵立刻伏在帅克和林小鹿的身上。很快，几名救护队员抬着担架冲过来，帅克和林小鹿被抬进机舱，黄金最后一个跳上直升机，直-8K 轰鸣着拔地而起……

5

病房里，四周一片洁白。帅克慢慢睁开眼，宋薇薇看看监控仪器："没事了，现在就是有点儿虚，养养就好了。"帅克笑着点头："她……怎么样了……"宋薇薇笑道："新兵蛋子人不大，事儿还不少啊！"帅克尴尬地笑了笑："战友嘛……"

"得了吧，都在你脸上写着呢！她也没事，不过她醒了也在打听你呢！"

帅克一愣。宋薇薇转身要走，帅克叫住她："演习怎么样了？"

宋薇薇笑道："这时候想起来演习了？你们的雷鸣演习结束了！"

"红队赢了吗？"帅克竟有些紧张。宋薇薇插着兜，笑了笑道："赢了，你们挺厉害的，赢得很彻底！"

帅克躺在病床上，发自内心地笑了。这笑容里有着他的梦想，带着千军万马冲锋时特有的沉重压力，带着寒风中颤音的怒吼，还有一种战场上最疯狂的冲锋的号角声。

6

病房里，林小鹿穿着病号服躺在床上愣神儿。帅克的脸映在窗户的玻璃上，林小鹿用余光瞄过去，愣了一下，急忙坐了起来。两人隔着窗户，眼神都有点儿飘。帅克定定神，推门进去，房间里的气氛有点儿尴尬。

"你，你没事了？"林小鹿打破尴尬，低声问。帅克笑笑道："没事，医生说我身体好得很，可以出院。你怎么样？"林小鹿笑着摇头道："也没啥大事，就说我可能还需要养养。"

"你很勇敢。"帅克看着她，眼神跟以前有些不一样了，多了一种敬佩在里面，好像还有什么……

林小鹿羞涩地拨了拨头发，帅克很认真地说："我说的是心里话。"林小鹿抬眼看他："难怪大家都说，你越来越像他了。"帅克问道："谁啊？"林小鹿脆生生地说道："飞鲨。"帅克苦笑道："我没事像他干吗？他有我这么帅吗？"林小鹿扑哧乐了："你倒是真不谦虚啊！"帅克笑道："那是，我叫帅克！帅哥的帅，攻无不克的克！"

林小鹿被他看得有点儿羞怯，便赶忙错开了眼。

"你为什么要把防毒面具摘下来？"帅克盯着林小鹿问，"你的体质不如我，肺活量不如我，为什么要把防毒面具摘下来？"

林小鹿愣了一下，心里却是一阵颤抖，她故作轻松道："没有为什么啊。"

"为什么？"帅克盯着她，看得林小鹿有点儿慌，"你喜欢我？"

林小鹿的心急跳了一下，片刻，她哈哈大笑道："你是不是被搞坏脑子了？我是医生，你忘了吗？医生的天职是什么？在那种情况下，只有一个防毒面具，我当然得把防毒面具让给别人了！"

帅克就一直盯着她，不说话。林小鹿掩饰住内心的慌乱，想了想，说："帅克，我知道你在学校战无不胜，攻无不克！但我不是你想的那种女生，你帅也好，你丑也罢，你有钱也好，你没钱也罢，说到底跟我有什么关系？我只是一个平凡的女孩儿，平凡地上学，平凡地活着，现在也只是平凡地当兵！"

"我知道，我也很平凡。"帅克语气平静地说。林小鹿瞪大眼："你？你可从来都不平凡！"帅克苦笑道："我是谁的儿子，这不是我能选择的，我并没有什么错。"林小鹿笑了笑道："我也没说你爸有多了不起啊！你看，几句话就暴露自己骨子里的傲娇了吧？"帅克否认，林小鹿悠悠地说："有没有你自己心里很清楚，或者，想想就很清楚了。我不是你的那盘菜，真的，再说，你不是有女朋友吗？你可别让我看扁了你！"

"知道了。我只是问问，没什么别的意思。"帅克起身，转身往门口走去。

林小鹿突然有点儿失落，看着他的背影。突然，帅克猛地回头，林小鹿傻眼了，急忙收回眼神，但已经来不及了，心电图仪突地猛跳了一下，林小鹿的心也随着扑通扑通地跳着。

四目相对，帅克露出坏笑："你知道我是天生的小坏蛋！我懂了，告辞了，你好好休息，改天见。"他又笑了笑，出去了。

林小鹿的脑子就震了一下，呆滞地坐在病床上，呼吸急促地望着天花板。此刻，连她自己也不知道，这个曾和自己水火不容的人，是什么时候闯进了自己心里的。

第十一章

1

小镇上，五个兵穿着便装，走在人群里精神抖擞。兵们拼命换来的假期在新兵连里绝对算得上奢侈，哪怕只是个小镇，都让他们眼花缭乱得不行。陈东西看着前面，眼睛发亮："哥们儿几个，进去捞两杆子怎么样？"黄金伸长脖子看，一撸袖子："台球？我们小镇青年最擅长了！看我怎么收拾你们！走走走！"帅克左顾右盼："你们先去吧！我去买个手机，马上过去！"四个兵嘻嘻哈哈地往台球厅跑去。

另一条街上，林小鹿和陆冰嫣几个女兵嬉笑着在逛街。平时都穿着作训服也没看出来，现在一身便装，走在小镇上真是一道亮丽的风景线——尤其是几个女孩儿都是高挑漂亮的，就更打眼了。还真的就有人吹口哨说怪话，几个胳膊上文着青龙、白虎的混混儿，不远不近地跟在她们后面。几个女兵浑然不觉，有说有笑地继续逛着街。

马路上，帅克拿着刚买的手机打开，微信里就跳出一百多条信息。帅克苦笑，打开听了几条，拿起电话拨了出去。这个时候，隔着半个地球的美国还有十一个小时的时差。此刻，王悦可还在公寓睡觉。手机在呜呜地振动，王悦可睡眼惺忪地接起来："哈喽……"

"是我。"帅克轻声道。

王悦可一下子就惊醒了，噌地坐起来："帅克？！"她可呆住了，眼泪开始打转。

街上，帅克走到僻静处："可可，是我，你怎么不说话？"

黑夜里，月光如水。王悦可站在客厅的落地窗前，嘴唇翕动，却说不出话来，她止不住地抽泣着。帅克拿着电话，也是很难过："可可，你在听电话吗？我知道是我不好，我这么久没和你联系，也不知道你怎么样了……"

"帅克……我是野生的吗？"王悦可悠悠地问。

帅克语塞，不知道该说什么好。

"我……我怎么跟野生的女朋友一样……没人管，没人问的……帅克，我到底算什么？"王悦可咬着嘴唇压抑地哭着。帅克的眼睛也有点儿泛红："对不起，可可，都是我不好……"王悦可泪如雨下："我知道你在部队不方便，但是这都几个月了……你怎么……你是不是把我忘了？"帅克拿着手机，眼泪也流了出来："可可，我知道，我说一万句对不起，也不能弥补我的过失。"

"我不需要你说对不起，我只想知道……你是不是还爱我？"

"我当然爱你！"

"你……别说得那么轻易……你爱我，你就不会这样……冷落我……"

"可可，我不是故意冷落你的，我是真的没办法。我的苹果手机被收了，部队不让用进口手机，我想联系你都联系不上！"

王悦可被伤了一下："你帅克还在乎一个手机？"

"我不是在乎一个手机，是我没有手机了！部队的电话又不让打国际长途，被发现了就是事儿！这几个月我也出不了部队的院子，一直都是训练训练，演习演习！这不是刚刚有假期吗？就赶紧给你打电话了！"

良久，王悦可抹了抹眼泪，叹了口气，道："帅克，我觉得挺累的，跟你这么耗着……看着校园里成双成对的，我有时候也在想，我到底图什么？我也不稀罕你家的钱，我也不稀罕你长得帅，我就是喜欢那时候你对我好的感觉……"

"我们在一起五年了，可可，你该知道我的心思。"

"是啊，在一起五年了……五年，我从来没有怀疑过……我一直认为，我们会走到最后，走到婚姻，走到生儿育女，走到白头偕老……我们一起去很多很多地方……环游世界……"

街上，帅克拿着电话不吭声。

"自从你对中国空降兵部队着了魔，一切就都改变了。我尝试去理解你，我拼命去理解你，我真的尽力去理解你……你去当兵，我就甘守寂寞，可是……你不能把我当作野生的女朋友啊……"王悦可哭出声来，"我知道，这对你和我的感情来说，是一次巨大的考验。我……我希望，我们都能尽力……真的是尽力……我知道，一旦两个人的感情需要尽力去维持，可能真的离分手不远了……帅克，我……"

"你别说傻话，真的。我们在一起走过那么久，我们憧憬过那么多在一起的未来……我们……"

"我知道，"王悦可打断他，"我都记得……每一分每一秒我都记得……正因为我都记得，所以我才在苦苦地等你……你……真的没有忘了我？"

"你说的什么傻话？我怎么可能忘了你呢？"

王悦可擦着眼泪："我都已经绝望了……没想到，又听到了你的声音……帅克，这次你不会再消失了吧？"帅克心如刀绞："可可，我并没有消失！我只是真的不方便。部队管得真的很严！我确实不怎么容易上网，不怎么容易打电话。但是我保证，只要我有机会，我马上第一时间和你联系！"

"我已经不指望你对我嘘寒问暖了，我只希望，你还能记得我，不要让我在异国他乡自生自灭……我现在身边一个亲人都没有，有一天，我死在这儿了，都没人知道……"王悦可哭得更厉害了。

"可可，我不会那样的，你别说傻话……都是我的错……"

"我相信你……"王悦可泣不成声，帅克心里也很难过。突然，一声轻响，手机关机了，最后的一点儿浮电也没有了。

客厅里，王悦可听着手机里的忙音："喂？帅克？帅克，你别又丢下我！"等她再拨出去，提示那边已经关机了。王悦可又哭了起来，坐在地毯上抽泣着。

街上，帅克懊恼地把砖头似的手机塞进兜里，闷闷不乐地往地台球厅走去。

"你他妈的没长眼啊？"帅克和一个混混儿撞了个满怀，小混混儿骂骂咧咧。帅克正心烦："这你们家的路吗？滚一边去！我现在心情不好，没空搭理你们！"

"哟！还挺有脾气的？新来的吧？不知道我们黑龙帮吗？"一群小流氓围了过来，帅克冷着脸摆出格斗姿势，他现在正想打一架发泄发泄呢。一个小流氓冲上去，帅克一个锁喉，直接卡在他的喉咙上，小流氓迎面栽倒，帅克的动作干脆利索。

一个头头儿模样的人走上来："朋友，混哪里的？"

帅克收起拳头，冷冷地说："哪儿也不混，滚开！"他大步地走了。

小流氓揉着脖子："大哥，为什么不弄他？"

"你也不看看他的身手，真起来，我们得伤好几个！"小头头儿冷笑着道，"君子报仇，十年不晚！瞅他那样，也就是个当兵的！他还得到镇上来，早晚要阴了他！走，咱还是找点儿乐子去！"

帅克回头看着他们的背影，再往前看，愣住了——林小鹿和女兵们嬉笑着在逛街，再定睛一看，刚才的几个小流氓正三五成群地跟着，帅克一下子明白了，他悄悄跟了上去。

2

台球厅里，几个兵争得面红耳赤。陈东西一杆儿收球，黄金拿着杆儿，目瞪口呆，不服气地张罗着再来一局。

对面，几个彪悍的小伙子也在玩，一看也是当兵的。他们看了过来，黄金拿着杆儿："看什么看啊？"对面的几个小伙子互相看了看，一个身材魁梧地大平头站了出来："来一局吗？"黄金把杆儿一戳："来啊！谁怕谁啊，我们这有专业的……"

陈东西一拽他，那边带头的已经过来了，看见黄金夹克里穿的体能迷彩："空降兵？"黄金脖子一梗："啊，咋的？"带头的笑道："不咋的啊，来一局？看你们在这儿大呼小叫的，你是专业的？"大平头问陈东西，陈东西摆摆手道："上学时候随便玩儿的，我不行，我不行。"黄金瞪他："你怕啥啊？你还赢不了他们啊？"

四个兵互相看看。

"都是当兵的，你们可真不像空降兵。"大平头笑道，"新兵吧？"

黄金点头："对对对，班长，你们是哪个师哪个团的？以前没见过……"

"我们陆军的，不是你们的班长。"

"陆军？这附近应该没陆军部队吧？"

大平头一扬手："陆军特种部队的，狼牙特战旅。我叫齐兵，是他们的排长。我们在你们这儿搞伞降骨干集训，说来说去都不是外人，搞一局吧。"

四个兵一愣。看过去，那六个平头小伙子彪悍无比，卞小飞小心翼翼地赔着笑脸："排长，我们还是不要比了吧？您知道我们都是新兵，这出来一次也不容易，我们还要去别的地方转转。"说着拉着黄金几个人就要出门。

"空降兵就这点儿胆子啊？"齐兵哈哈大笑。

黄金几个人一听就都站住了。黄金看着自己的战友："就跟你们说，别示弱吧？只有打死的，哪有吓死的？东西，你行吗？"陈东西一撸袖子："有什么不行的，不就是打台球吗？又不是打架，还怕他们了？"四个兵互相看看，异口同声道："干！"

3

台球厅里，战局即将拉开，几个兵跟斗鸡似的围着桌子站了一圈。

"赌点儿啥吧？"齐兵从兜里取出一枚胸章，放在桌子边沿。陈东西转身道："你们谁带伞徽了？"黄金从兜里摸出伞徽来："我还真带了，不会给我输了吧？"陈东西瞪了他一眼，接过来放好，两枚胸章整齐地码在台球桌边上。齐兵笑笑道："刚拿到的吧？输了不可惜？"黄金伸手去拿，陈东西一把拽住他："排长这个有纪念意义吧？输了不可惜？"齐兵爽朗一笑："愿赌服输嘛！空降兵，来吧！"陈东西做了个请的手势："陆军老大哥先请！"

齐兵开杆儿，果然是高手。球唰地散开——几个直接进洞了。黄金有点儿着急，有点儿心虚地问陈东西："咋样？不会被他收了吧？"陈东西没说话，冷静地看着。

齐兵打球的力度很猛，第三杆儿放空。陈东西拿着杆端详着——位置不太好。黄金着急地问："行不行啊？"卞小飞拽他："别喊，他在算呢！"黄金问："算啥？"安迎战伸着脖子道："算算多少杆儿能全收！"

　　旁边，齐兵有点儿紧张。陈东西看看齐兵，笑了笑道："排长，承让了！"他转身一个漂亮的出杆儿——球撞击着，一下子进了两个球。齐兵一愣。黄金兴奋得大叫："双响炮！太棒了！"陈东西面不改色，冷静挥杆儿，各色球咣咣地进袋，齐兵和几个老兵看得心惊肉跳。

　　最后一杆儿，陈东西抬眼看看齐兵，笑了笑道："对不住了！"——手起杆儿落，黑八入袋。

　　齐兵几个人目瞪口呆，黄金哈哈大笑着，伸手就去拿桌球边上的胸章。齐兵脸色一变，一把抓住黄金的手："想拿我的标，除非从我尸体上踏过去！"黄金懵懂地看着他："排长，您可是陆军老大哥，不带耍赖的！"

　　"跑啊！"安迎战抓住黄金就往外跑，黄金大叫着回头："还有我的伞徽呢！"

　　几个陆军特种兵封住出口和窗户，一派训练有素的样子。陈东西咽了口唾沫："排长，您这可就是耍赖了！"齐兵脸色铁青道："当兵的，拳头说话！"

　　瞬间，他一拳过去，陈东西低头避开。安迎战一把抓住一个老兵，直接从桌子上飞了过去，后面的兵冲上来抱住他。

　　陆、空双方在台球厅里打得眼花缭乱，混战成一片……老板娘上楼一看，大惊失色："打架了！杀人了！快报警啊！"掉头就跑下去了。

　　四个新兵体力渐渐不支，被六个老兵围在了一起。

　　街上，陆冰嫣几个叫嚷着去吃东西，林小鹿看了看："我还不饿呢！我去买点儿日常药品，小病我就给你们看看！你们先去吃吧，一会儿在镇广场会合！"

　　几个女兵拐进了一家饭店里，林小鹿继续往前走去。后面，几个小流氓跟着放单的林小鹿，帅克在后面不远不近地跟着，目光警觉。

　　街上，警车嗡鸣作响。几个兵听到警笛都是脸色一变，黄金高喊："警察来了——"安迎战看向窗户："快！跳楼！"几个兵也不分彼此了，一起冲向了窗户。安迎战推开窗户，纵身一跃，其他几个兵也纵身跳了下去。

　　"我的伞徽！"黄金想掉头，被齐兵一把抓住："跑啊！这时候还顾什么伞徽？走了！"

　　不由分说，齐兵抓着黄金一起上了窗户，齐兵跑的同时，顺手从怀里掏出一把钱甩手一丢，转身跳了出去。

　　街上，几个兵敏捷落地，起身就跑，旁边的路人看得一愣一愣的。黄金被齐兵抓着从窗户跳出来，黄金落地滚翻起身，大叫道："我的伞徽！"齐兵抓起他："哎呀，我再帮你找几个不就行了！我们教员那儿多着呢！快走！"

兵们分开人群狂奔而去。

4

偌大的街上，几个兵一路狂奔后隐蔽在街角的僻静处，背靠着墙气喘吁吁。卞小飞小心翼翼地探头观察，安迎战喘着粗气："别……别看了，早就……没人了……"黄金瘫在一边："我的……伞徽……没了……"

齐兵躲在另一边喘着，他起身走过来。黄金咽了口唾沫，举起拳头："我……我也是……练过的……"齐兵啪地一下打掉他的拳头，哈哈大笑起来。几个新兵都被笑蒙了。齐兵拿出自己的胸章，塞在黄金手里："送给你了！"黄金一愣。齐兵笑道："搞丢了你的伞徽，这个赔给你！"黄金假模假样地推辞道："那不行，我怎么能……能要呢……"说着拿过来摸了摸，就装进兜儿里了。

"你叫什么？"齐兵问。

"黄金……叫我大厨就行了！"

齐兵笑笑道："你呢，高手？"

"我叫陈东西！"

"卞小飞！"

"哈哈哈，陆军老大哥豪气，我叫安迎战，蒙古族，大家都叫我蒙古牛！"

"我说呢，那么大力气！一下子就把我给摔老远！高虎！"

一群兵不打不相识，齐兵爽朗地大笑："你们这群朋友，我齐兵交定了！走！吃饭去，我请客！"

5

药房外，林小鹿拎着一袋药出来了。几个小流氓起身跟上。帅克刚想跟上去，一个小孩儿摔倒在旁边，帅克低头把小孩儿扶起来，再抬头——人没了。帅克脸色一变，纵身就跑。小镇上满是岔路口和小胡同，帅克站在街头，呆住了。

一条僻静的小巷里，林小鹿提着药走着，突然觉得不太对劲儿。她蹲下身系着鞋带，眼角瞥过去，几个混混儿连忙侧身看向别处。林小鹿警觉地起身，加快脚步往前走。突然，前面的路口被几个混混儿挡住了，林小鹿一愣，后面的几个小混混儿也围了上来。林小鹿前后看看，错开脚步："你们想干什么？"

"哟！一看就知道学过啊，空降兵妹妹吧？"一个小流氓嬉皮笑脸地道。

"知道我是空降兵，就别找死啊！"林小鹿一把甩开药，摆开格斗架势。

"哎呀！这么漂亮可人的兵妹妹，摆这么粗鲁的架势干什么？让哥哥尝尝鲜！"一个小流氓冲上来，林小鹿一个正蹬，踏在他的膝盖上，小流氓措手不及，林小鹿起身一脚踢在他的脸上，小流氓飞出去，落在了地上。

几个小流氓打开弹簧刀冲了过去，林小鹿闪身避开。林小鹿毕竟是个格斗新手，又是个女孩儿，她被一脚踢得后退几步，刚站稳，一个麻袋从后面套了过来，林小鹿使劲儿挣扎着，但那几个小混混儿扎紧麻袋，扛起来就跑。

不一会儿，帅克的身影从路口闪过。他看见地上一片散乱的药，又四处看看，没人，便一个箭步上了房顶。

民房顶上，帅克左顾右盼，远远看见有一群小混混儿扛着麻袋在跑，帅克大惊失色，起身就追。

小镇街上，黄金和齐兵等人勾肩搭背，有说有笑地正找馆子要吃饭。突然，一个身影嗖地从前面的房顶飞过。兵们都是一愣，还是卞小飞眼尖："是帅克！"

黄金定睛一看，帅克飞身而起，他抓住对面的楼的边缘，引体向上翻了过去。帅克边跑边打了一个呼哨，四个新兵一听脸色就变了。

"他发的什么信号？"齐兵问。

"有敌情！"黄金一脸认真地道。安迎战抬腿就要追："管不了那么多了！先追上他再说！"几个兵纵身一跃，嗖嗖上了楼顶。

路上，小混混儿们扛着麻袋，跑向一辆面包车，将麻袋往里面一塞，车屁股冒着烟就开走了。帅克纵身一跃落地，滚翻起身，面包车已经开跑了。帅克左右看看，一个快递员骑着车正过来，帅克冲过去："对不起，借一下你的车！"快递员一愣，车已经被帅克抢过去，他跳上车直接骑走了，后面，黄金等人在狂追。

6

路上，帅克骑着自行车在拼命蹬，前面的面包车已经快没影儿了。帅克满头是汗，旁边一辆载着一筐鸭子的摩托骑过来，骑摩托的男青年眨巴着眼，好奇地看着蹬着自行车的帅克……少顷，黄金等人狂奔而至，个个跑得都快吐血了。旁边，男青年抱着一筐鸭子，挂着自行车怒骂："还我的摩托！"

陈东西气儿都快提不上来了，他呼哧带喘地道："这么跑不行啊，我们追不上他的！得找辆车！"

几个兵左右看看，一辆皮卡停在对面的加油站，司机正站在侧旁拔油枪。几个兵快速冲过去，齐兵一个箭步开门上去，其他几个兵嗖嗖跳上后车厢，齐兵一踩油门儿，皮卡冒着烟噌噌地就蹿出去了。司机拿着油枪，突然反应过来，大喊："我的车！"黄金在车后面站着喊："对不住了！借来用用！会还你的！"司机愣了一下，赶紧拿出手机拨打"110"。

街上，警笛刺耳，一辆警车疾驰而过，引得路人纷纷侧目，不知道是哪个犯事儿的家伙又要倒霉了。

面包车里，林小鹿被麻袋罩着，绑着手脚呜呜地挣扎着。这时，有手机声响起，一个小流氓淫笑着往林小鹿身上摸，被林小鹿一脚踹在下巴上，兜里的手机也掉了出来。流氓头儿一把抓过手机，打开车窗丢了出去。

饭店里，柳纤拿着手机发愣道："小鹿怎么不接电话啊？"周招娣打了个饱嗝儿："兴许是没听见吧！"陆冰嫣站起身道："这不是她的作风啊，我们还是去找找她吧，别真有什么事儿，说好了来找我们的！哎——服务员，埋单！"

四个女兵走出饭店时，街上，一辆拉着警笛的警车风驰电掣地开了过去。

小巷子里，陆冰嫣看见地上散落的一片药："小鹿出事了！要想办法找到她！"其余的女兵都惊呆了，柳纤赶忙拿出电话定位。

加油站里，警灯在闪烁。警察正在给司机做笔录，几个民警围在一起看着监控。画面上，几个彪悍的平头男人动作麻利地跳上皮卡，跟着几个小伙子也利索地跳上车斗。

一名民警从兜里摸出一枚伞徽，想了想道："乖乖！好身手啊！"另一名民警正在联系交警，查看皮卡的去向。

7

郊区，小化工厂一片寂静。面包车直接开进大门，大门又赶紧关上了。帅克从摩托车上一跃而出，翻身落地，起身冲到边缘处卧倒观察。帅克从怀里掏出个小望远镜，化工厂一览无遗。

化工厂里，小流氓们七手八脚地拽着麻袋，林小鹿不停地挣扎着。看场子的阿狗看着她道："阿明，怎么把妞儿带到这儿来了？你爸知道吗？"阿明抹了一把汗："我爸在香港，你不说他知道什么？反正事儿跟你没关系！你别管了！"说完，七八个小流氓带着林小鹿进了里屋。

山头上，帅克拿着小望远镜在观察。后面响起轻微的脚步声，帅克一个闪身站起，黄金连忙说："是我，是我！"帅克收起拳头，看着他身后问："他们是谁？"

"我新交的朋友！"黄金说，"这是我哥们儿帅克，一个班的战友！"

"陆特的！我叫齐兵，陆军中尉！狼牙特战旅的，在你们空降兵这里集训！"齐兵伸出手道，"怎么了？出事了？"

"我们有个女兵被他们抓进去了。"

齐兵伸头看了看："你确定？"

帅定肯定地说："我确定她在里面，她刚刚才被带进去的！"齐兵摸着大平头："这不是太岁头上动土吗？奶奶的，我下去砸了这个破地方！一看就不是善地儿！"帅克拉住他："先别着急，我觉得这地方确实有点儿邪。"说完把望远镜交给齐兵。

"我去！还有枪？！"齐兵拿着望远镜惊呼。下面的化工厂四面都有人把守，隐约还能看见长枪。卞小飞抢过望远镜："我看看！还真的是枪……56……还有M-16？！这什么鬼地方？"卞小飞掉转方向，观察对面山头——山头上的灌木丛里，有两个穿着吉利服的狙击手在隐蔽着。卞小飞咂咂嘴："狙击阵地啊？乖乖，全套的？我们是不是来错地方了，这地方是不是我们的演习训练场？"帅克脸色有点儿严肃："这不是训练场，他们的枪也不是假的，这个地方是个匪窝。不知道他们是干什么的，八成和毒品有关系。"

"你怎么知道是毒品？"黄金问。

"看架构是个小化工厂，还在生产。如果是生产日用品，犯不上这么如临大敌，荷枪实弹的。"

"冰毒。"齐兵说。

"不确定是不是冰毒，但应该是合成毒品。"

"怎么办？报警吧？"卞小飞拿出电话，帅克一把按住他："不行！警察来的时候，林小鹿不一定能活下来。"陈东西看他："你不会是想我们擅自行动吧？"

"林小鹿是我们的战友，她现在在敌人的手里，我们如果现在报警，警察一来，警笛一响，她就会有生命危险。现在他们还不知道我们已经来了，"帅克看看齐兵几个人，"还有陆军老大哥也来了，我们可以运用所学，把她先救出来！"

"他们可有枪啊！这可不是光拳脚功夫的事儿！"

"我们也会使用武器！缴获他们的枪，我们米用！他们的战术素养肯定不如我们，只要有枪在手，死的是谁还不一定呢！"

兵们都在思索。

黄金咬牙："你说干，我就干！早晚这一刀，来吧！"卞小飞看着他，眼神里都是惊诧："这可是实战，不是训练，不是演习！如果我们真的决心干，就不能手软！"陈东西舔舔嘴唇，有点儿恍惚。卞小飞傻眼地看着他："你又怎么了？打算唱反调？"陈东西咽了口唾沫："干，我有什么不敢干的！你别动不动就瞧不起人！当兵不就为打仗吗？谁怕谁啊！"

帅克笑了，看向齐兵："中尉，你们参加吗？"齐兵一扬头："叫我骡子就行，我的代号。"齐兵和高虎几个掀起衣服，胸膛上露出一道伤疤："小子！我们打仗的时候，你还上高中呢！"帅克笑道："好汉们！有幸一起战斗，人生快事！"

兵们都举拳，几个拳头紧紧靠在了一起。

8

厂房里，工人们穿着防护服，戴着面罩，把冰毒装入包装封好。阿明带着手下，拽着罩着麻袋的林小鹿闯了进来。林小鹿挣扎着，被连拉带拽地拖了进去，工人们也不敢看，继续干活儿。

林小鹿被带进一个简陋的房间里，灯光刺目。麻袋被摘掉，林小鹿眯着眼适应着光线。烟雾缭绕中，阿明狞笑着站在她面前，其他几个小流氓站在边上，也淫笑着。

林小鹿很紧张，但她强迫自己镇定，怒视着阿明："我是军人，你们这样是在找死！知道吗？！"阿明哈哈大笑："军人怎么了？我还就没玩过兵妹妹呢！"

阿明狠吸了一口面前的冰壶，惬意地回味了一番，摇摇头："来一口？"林小鹿一愣："我警告你，你已经涉嫌绑架现役军人，这是非常严重的罪行！你立即向公安机关自首，还有可能宽大处理！不然等待你的，只有刑场上的一颗枪子儿！"

阿明仰天大笑，林小鹿紧张地观察着四周。

山头的狙击阵地上，两个穿着吉利服的狙击手正心不在焉地趴在那儿，地上横竖画着几条线，他们正在那儿下棋，狙击步枪也放在了一侧。突然，一只胳膊悄无声息地绕过狙击手的脖子，另一只手唰地捂住他的嘴，利索地带倒。旁边的观察手一愣，起身摸枪，一根鞋带从他脖子后绕过来，陈东西勒住他的脖子，转身背扛，观察手抽搐着，腿不停地蹬着地。

那边，卞小飞扼住狙击手的脖子，双臂加力，死死地把狙击手的脑袋往前推，咔吧！清脆的一声响，狙击手的脑袋就软了下来。卞小飞急促地呼吸着，还在死死扼住。陈东西站在他面前："行了，行了，已经死了。"

卞小飞紧张地松开狙击手，狙击手就跟一摊泥一样倒在地上。卞小飞坐起来，呼吸都要停止了。陈东西倒是很冷静："我还以为我会怕呢，没想到是你。"卞小飞醒过神儿来，呼吸一下子急促起来，他看着自己的手，手在颤抖。陈东西捏捏他的脸："醒醒，好了吗？"卞小飞回过神儿来，点点头。陈东西捡起狙击步枪，两人趴下，潜伏在预设好的狙击阵地——下面的化工厂一览无遗。

化工厂的围墙外，草丛中窸窸窣窣，一个五大三粗的枪手摘下步枪，打开保险，小心翼翼地走过去。嗖！一只兔子从草丛中蹿出来，枪手笑了笑，关上保险，起身。这时，一支削得尖锐的木棍标枪一下子从他的后颈贯穿而过。枪手愣住了，低头看着，

133

从脖子处捅出来的半截儿木棍血糊糊的。帅克从后面钻出来，目光冷峻，迅速扒下枪手的战术背心套在身上。很快，队员们已陆续就位，脸上都是一片肃杀。

屋顶上，齐兵和高虎猫着腰无声地接近两个枪手。他们都是有过实战经验的特种兵，只要一出手，那就是一招制敌，娴熟干脆地徒手格杀，两个枪手顷刻就被解决了。齐兵和高虎拿起他们的武器，小心翼翼地卧倒匍匐，观察着下面。

下面，游弋忙碌的枪手和工人正在搬运伪装好的冰毒箱子，齐兵眼睛发亮："嚯，这下真立大功了！"高虎转身以低姿爬到另一边，打了个手语，隐蔽在围墙外的其余四个陆军特种兵立刻起身，快速上房。

"两组，从两翼走，无声战斗。明确没有？"

"明确！"

几个特种兵起身，分两组潜行离去。

帅克悄声隐蔽在院墙的一角，想了想，伸手抓起一把土抹在脸上，再抬头，他已经和周围地形浑然成一体。这时，一个戴着棒球帽的枪手背着枪正往这边走来。帅克冷静地闪身，消失了。枪手走到集装箱后，解开裤子，哼着歌开始撒尿。突然，帅克紧紧扼住他的喉咙，将他死死地按在地上，枪手的腿挣扎着蹬了两下，头一歪，死了。不一会儿，帅克戴着棒球帽，手里还拿着一杆冲锋枪，若无其事地从集装箱后走出来。

"帅克进去了。"狙击阵地上，陈东西凑在瞄准镜前，"注意他身边的威胁。"

卞小飞点头，继续观察。围墙里，黄金和安迎战拖着两具血糊糊的尸体，迅速隐蔽。所有的行动都悄无声息。

9

路边，林小鹿的手机躺在草丛里，几个女兵跑过来，陆冰嫣拿过手机，神情严肃道："小鹿一定出事了！她不会无缘无故跑这么远！"柳纤带着哭腔道："那怎么办？报警吗？"陆冰嫣想了想，拿出电话拨出去。周招娣看见不远处的水果摊，径直跑了过去。

空军驻地，楼道里脚步声骤响。兵们全副武装，快速冲下楼。全副武装的雷震大步流星："说没说到底出了什么事儿？"方紫玉也是全副武装："她们也不知道，但肯定不正常！参谋长同意了吗？"

"同意了，绝对不能让我们的兵出事！他在联系地方公安部门，搞清楚到底是什么情况！"

机场上，一架直-8K旋转着螺旋桨在等待起飞，雷震敏捷地跑上直升机，从舱门外钻进来："怎么是你啊？"陈笑寒冷着脸看他。雷震顾不上其他，神色严峻道："我的兵出事了，不是演习！"陈笑寒一愣："怎么回事？"雷震坐好道："现在还不知道，可能是绑架，我们走吧。"

高山和陈笑寒急忙操纵机器，直-8K拔地而起。

10

化工厂里，戴着棒球帽的帅克低着头从车间走过。帅克仔细观察着，知道不能硬闯。他看看屋顶，拐弯往后面走去。那边，黄金和安迎战也混了过来，看见了他。帅克蹲下系鞋带，悄悄打着手语。

"他要上去，让我们准备硬闯。"黄金低声说。安迎战转头看看，那边有辆卡车："你会开卡车吗？"黄金看看那辆斯太尔："那么大的没开过，但原理肯定一样，走！"两人迅速接近过去。

房顶上，帅克摘下武器，持枪快速穿过屋顶，跑到天窗处卧倒，往下观察着。车间里的工人一片忙碌，帅克起身，继续往前搜索。

车间里，林小鹿被反绑着，努力保持着镇定。阿明在锡纸上烤着白粉，带着病态地狞笑道："一会儿给你尝尝，保证你欲仙欲死，哈哈哈！"

林小鹿的脸色煞白，阿明拿起针管，狞笑着走过来。林小鹿挣扎着。

"宝贝儿，你放心，一针下去，你就会爱上这玩意儿的，一会儿你就知道了！"阿明举着针管，林小鹿挣扎得更厉害了。阿明一示意，两个小流氓按住了林小鹿的胳膊。

房顶上，枪口慢慢伸进去，帅克打开保险，食指预压在扳机上。

林小鹿坐在椅子上，嘶哑地吼叫着，阿明狞笑着举起针管。突然，空中传来一阵马达的轰鸣声，阿明一愣，林小鹿听到直升机的声音，喜极而泣："你们完了！这是空降兵的直升机！直-8K！我熟悉这个声音！我的部队来救我了！"阿明脸色一变："抄家伙！"林小鹿笑道："雷神突击队是世界上最厉害的特种部队！就你们几个虾兵蟹将，三脚猫的本事也想跟雷神过招？"阿明拿起冲锋枪对着林小鹿吼道："只要他们进来，我就先杀了你！"林小鹿冷笑道："都到这一步了，你还看不出来吗？我压根儿就不怕死！动手啊！开枪啊！"阿明眼里冒着火，一个小流氓抱住阿明的枪："大哥！不能开枪！万一空降兵进来，我们好歹得有个人质吧？不然他们可不会手软，一枪一个，我们根本挡不住！"阿明放下步枪："先留你一条小命！我们准备干！"

直-8K高空掠过，轰鸣声渐小。林小鹿一愣，一个小混混儿跑进来："大哥，直升机飞走了！不是来抓我们的！"

阿明狞笑着看向林小鹿，拿着注射器走过去。林小鹿的胸口剧烈起伏着，不敢动了。屋顶上，帅克的食指扣在扳机上，稳稳地锁定目标。

化工厂大门口，几个女兵跳下出租车，看着四周都有点儿蒙。陆冰嫣走到门口，看见大门紧闭，她指了指围墙。周招娣会意，跑过去靠着围墙，摆出低姿马步，双手一搭，陆冰嫣刚踩在人梯上，大门旁边的传达室里就走出一个中年男人，这个男人一脸警觉地问道："你们是干什么的？"陆冰嫣走过去："哦，我们想进去看看！"

"不行，这地方又不是公园，走走走，都赶紧走！"中年男人轰着她们，陈若曦拿着刚脱下来的高跟鞋，赔着笑脸："那什么，我们……"中年男人的右手始终在后面，陆冰嫣觉得不对劲儿，周招娣眼尖："枪！他有枪！"陈若曦果断地一甩手，砰！一只高跟鞋准确命中中年男人的面门，瞄准的枪也打高了，枪声打破了宁静。

房间里，阿明一愣，林小鹿哭着笑起来："哈哈哈！你们完了！你们完了！"阿明拿起注射器，恶狠狠地说："我先要你死！"他冲着林小鹿就扎了过去。

"噗——"一颗子弹高速旋转着钻入了阿明的眉心，瞬间出现一个小小的血洞，阿明猝然倒地。林小鹿惊喜地看过去，帅克低姿快速跑过屋顶，混混儿对着屋顶胡乱地开着枪，帅克一个鱼跃，躲开了。

门口，中年男人捂着脸，举枪瞄准，陈若曦的另一只高跟鞋飞了出去，中年男人惨叫起来。陆冰嫣飞身一脚，踢在他的脖子上，周招娣在空中接过那把手枪，滚翻落地："是真枪啊！"中年男人一跃而起，拔出一个手雷，陆冰嫣大喊："快开枪！"周招娣有点儿哆嗦，扣动扳机，砰砰砰！连续三枪，中年男人倒下了。

"卧倒！"陆冰嫣一个箭步过去，捡起手雷丢到大门那边，顺势卧倒，轰的一声巨响，便是一阵剧烈的爆炸……

狙击阵地上，陈东西抵着瞄准镜狠狠地扣下扳机："不管了！打他狗日的！"

院子里，混混儿们都趴在地上，搞不清是怎么回事，阿狗举枪道："起来，都起来！准备迎敌！"噗！一枪过来，打在他身边的枪手的脑袋上，顿时，脑浆、鲜血满天飞。阿狗躲起来，拿起对讲机："他们有狙击手！快！"混混儿们举起冲锋枪，就是一通乱扫。

大门口，手雷爆炸，把大门炸开了，陆冰嫣从地上抬头喊道："冲！"

几个女兵从地上跳起来，冲了进去。陈若曦也光着脚，高喊着冲杀了进去。

林小鹿被反绑在椅子上，抬头看着屋顶上频闪的人影，一阵杂乱的枪响，打得屋顶上的玻璃碎片啪啪往下掉。混混儿们紧张地持枪对天，抬头寻找着那诡异的人影。突然，另一侧的天窗玻璃被撞碎，一个人影持枪拉着绳索唰地下来，直接空中射击，嗒嗒嗒……混混儿们纷纷中弹……

林小鹿流着眼泪，惊喜地大叫："帅克！"

帅克落地起身，迅速射击，嗒嗒嗒……都是短促的精准点射。对面的混混儿不断中弹，仓促还击。咔！没子弹了，帅克直接把冲锋枪顺过来，一边射击，一边向林小鹿靠拢。一个鱼跃，帅克压在她的身上，快速地射击着……

混混儿们被压制得不敢冒头，帅克不停地还击着。帅克拔出匕首，两下子就割开了林小鹿身上的绳索，手里的冲锋枪也更换了弹匣，甩给躲在隐蔽处的林小鹿。林小鹿飞身接过冲锋枪，落地滚翻起身射击。

咔嗒！两声轻响，没子弹了。帅克一摸弹匣包，空了。两人蹲在隐蔽处，不敢露头。枪声停止了，小混混儿嚣张地挥舞着冲锋枪："他们没子弹了！打死他们！"混混儿们持枪围了过来，不断开枪。

帅克看着林小鹿："怕吗？"林小鹿摇摇头，眼神坚定："不怕！你说过，在你身边最安全！"帅克一愣："我们这次可能真的会死在这儿！跟他们拼了！"

林小鹿说不出话，只是点头。帅克把匕首塞在她手里，顺过来一把打烂的椅子，两人做好最后的战斗准备。

院子里，黄金开着斯太尔跟坦克似的冲出去，撞飞了前面阻拦的枪手。陆冰嫣大喊道："掩护他们！"女兵们掉转枪口，密集射击，呈战术队形快速跟进……齐兵和他的特战队员们在高处掩护。黄金踩着油门儿，斯太尔撞烂前面的墙，直接冲进了车间，车间里装着冰毒的瓶瓶罐罐瞬间碎裂飞起……

黄金驾车疾驰，安迎战在车窗处射击。斯太尔跟坦克一样冲向里面，突然，子弹打爆了轮胎，黄金开着车侧向撞击过去。巨大的声响中，墙被撞烂了，混混儿们一愣，回头看见黄金开着斯太尔在疯狂地碾轧着。黄金死死踩着刹车，安迎战在里面天旋地转。

帅克刚一把拽过林小鹿，斯太尔就扫了过来。帅克一脸痛苦，林小鹿压在他身上："你没事吧？你哪里受伤了？"帅克咧着嘴道："你太沉了……我……被你压疼了……"林小鹿噌地坐起来，气急道："放屁！我轻得很！"

话音未落，安迎战惨叫着被甩飞出来，帅克一把推开她，林小鹿被推得飞了出去，安迎战就直接撞在了帅克身上，帅克惨叫一声，被安迎战压在了身子底下。安迎战翻过身："帅克，你还没死呢？"帅克痛苦不堪地道："马上……就死了……"

林小鹿过来一把推开安迎战："你快把他压死了！"安迎战被推出去，帅克痛苦不堪地艰难起身，摆了摆手。

另一边，黄金跳下车，脚下有点儿打晃。帅克捡起一支枪："快……撤出去……"队员们有条不紊地开始往外撤离。

11

加油站，直-8K低空降落。民警们据守在车后，躲避飓风。雷震跳下直升机，民警们起身，看着跑过来的全副武装的突击队员们，都有点儿愣。

"我是空降兵雷神突击队队长雷震！我想知道我的兵在哪里？"雷震声音低沉

地道。

"我是派出所所长！我们的交警监控显示，他们一路去了朝阳化工厂！那是个废弃的化工厂！"

"化工厂？他们去化工厂干什么？还是一片废墟？"雷震拿起对讲机呼叫着，"各单位注意，这里是市局指挥中心，有目击者报警，朝阳化工厂废墟发生激烈枪战！市委市政府命令启动一级反恐响应！特警已经出动，附近各个单位立刻前去支援……"

民警们的脸唰地一下子白了。

雷震带着队员们跳上直升机："朝阳化工厂——立即向军部报告，我们需要武装直升机支援！出大事了！"

直升机拔地而起，在空中掉转机头，快速离开。还在加油站的民警们回过神儿来："快！跟家里打电话，所有人带上长枪，去朝阳化工厂！"

12

化工厂里，枪战还在持续，帅克和队员们躲避还击着往外撤离。陈若曦脚上都是血，一跳一跳的，玻璃碴子还扎在脚上。突然，马达声渐近，直-8K压低高度，掀起满天尘土。机舱门打开，赵大力甩下大绳，第一个滑降下去，队员们也陆续滑降，落地后立刻组成环形防御，与不断冲上来的混混儿们交火，势如破竹。

突击队员们快速清场，毫不犹豫地对着地上的尸体补射，一路高喊："中国空降兵！放弃抵抗！趴下！武器丢掉！否则格杀勿论！"

"快快快！卧倒！"齐兵赶紧招呼，旁边的队员们马上明白了，急忙卧倒。鳄鱼带着一组人过来，拿枪口指着他们。高虎趴在地上："自己人！自己人！"鳄鱼举枪瞄准："别动！再动打死你！绑上！"几个兵拿出约束带，将他们双手反绑起来。高虎一脸无辜："我……我们真的是自己人！"鳄鱼一枪托上去，他直接就晕了。齐兵被绑着手，苦笑道："早告诉你别喊，自找的吧？"

那边，方紫玉带人搜索过去，不时地与敌交火。林小鹿从隐蔽处起身喊道："教导员！"帅克一把拉下她，几颗子弹擦着打过去，林小鹿一脸冷汗。帅克急忙招呼所有人趴倒。陆冰嫣趴在地上："他们不认识我们了吗？"帅克也趴着道："现在哪儿分得清！快快，都卧倒，趴下！"

大家急忙卧倒趴下。方紫玉带队从远处一路搜索过来，林小鹿趴在地上，侧着脸喊教导员，方紫玉放低枪口："挨个儿检查，是不是我们的人！"

赵大力上前挨个儿检查，手里的枪也打开了保险。

13

院子里一片狼藉，到处都是鲜血，突击队员们还在各处清场，时不时传出补射的枪声。帅克和队员们被带过来，几个陆战队的兵也被带了过来，跪在那儿。齐兵苦笑道："我说，你们也不是没见过我，干吗让我跪着？"赵大力笑道："这是程序，你懂的。"高虎还有点儿晕乎乎的，脸上还有血："我知道，你们期待这一刻很久了！"

帅克和队员们站在那儿，雷震走过来，帅克立正："飞鲨！"

雷震面色凝重，帅克低下头："对不起，我们又闯祸了。"

大战过后，兵们都是身上一片血污地站着，陈若曦的脚上都是血，仍咬牙坚持地站着。雷震没理他们，看向齐兵："我见过你们，来集训的陆特骨干，狼牙特战旅的。起来吧，给他们松绑。"

赵大力笑着过去，利索地割开约束带，齐兵笑着活动着手腕："士官长，你们等着啊，早晚你们要去狼牙基地集训！"赵大力笑道："没事，出来混总是要还的！"

雷震过转身，队员们心惊胆战，雷震指着一片狼藉的现场："这都是你们干的？"

"不全是我们干的……"帅克低下头。

"陆特也有份儿！"黄金心虚地看向齐兵。

"后来……你们也来干了一下……"安迎战补了一句，他们身后的突击队员们都忍住了笑。

方紫玉一脸严肃地看着女兵们："你们有什么说的？"林小鹿连忙抬头："对不起，是我的错，我被绑架到这儿来，他们是来救我的……"陆冰嫣一挺胸，目不斜视："是我带她们几个女兵来的，是我的错！"

"我们自己想来的，有事儿那肯定算我们大家的！"周招娣梗着脖子道。

"是，我们不能见死不救！刀山火海我们也得在一起！"柳纤也是大义凛然地道。

只有陈若曦一脸痛苦地低着头，雷震一看，那一双白皙的脚血肉模糊，可她却还坚持着站着。雷震挥挥手，突击队的卫生员赶紧过来给她检查。

雷震扫视着这些新兵们，突然立正，举起右手。兵们都是一愣，急忙还礼。

"敢上九霄闹天宫，敢下地狱抓阎王！你们，做到了，祝贺你们。"雷震语音平淡，却蕴藏着无穷的力量。兵们都呆住了。雷震看着自己的兵，眼神坚定地道："我不想让你们骄傲，但我还是想说一句——干得他妈的太漂亮了！"

林小鹿的眼泪唰地就下来了，兵们也是激动不已。

14

院子里，数辆警车风驰电掣地开进来。特警队员们跳下车，都呆住了——火焰还在燃烧，硝烟弥漫，宛如战场残局。雷震走过去，敬礼："哪位是领导？"

特警支队支队长走过来，敬礼："我是市局特警支队支队长。"

"支队长您好，我是空降兵雷神突击队队长雷震。"

"雷队长，你们这是？"

"跟我的兵有关系，他们绑架了我的兵，要杀掉我的兵。时间紧迫，我就先动手了。这里交给您，已经清过场了，俘虏和冰毒加工厂都是您的了，还有那些死掉的罪犯。回头我们会写个完整的报告，每个开枪的人也会写个完整的报告。我们的上级会和地方公安机关联络，把这件事了结掉。"

"知道了，谢谢你们帮忙，再次感谢。"支队长敬礼。

雷震举手还礼："军警一家，应该的！那我们先走了？"

"雷队长！"

雷震回头，一个民警跑过来："是你的兵掉的。"雷震接过伞徽，笑笑道："我向来教育他们不要留下痕迹——这个是谁的？"黄金急忙出列，低声道："报告！我的！"雷震面无表情地扔给他："收好了，丢死人了！"黄金接过伞徽，悻悻地赶紧揣好。

空中，直-8K压低高度，缓缓降落在空地上，飓风刮过来，大家都蹲下躲避着直升机的飓风带起的泥尘。舱门缓缓打开，雷震带队上了直升机，直-8K迅速拔高，消失在天际。

15

机场空地上，新兵们整齐列队，脸上还有血污，齐兵和几个队员站在一侧。雷震注视着他们，大家都不敢吭声。

"讲一下。"雷震站在队列前，兵们唰地立正。雷震敬礼："稍息吧。"——又是一声整齐的跨立声。

"新兵同志还不知道规矩，所以我要给你们讲一下。"雷震站在队列前，目光如炬，"我讲两点注意事项：第一，今天的事，对谁都不要讲，烂在自己的肚子里，在部队不要讲，在地方不要讲，在网上更不能讲。明白吗？"

"明白！"新兵们吼声如雷。

"第二，今天晚上，你们吃完晚饭到营部来，写详细的报告。从你们出营房门开始，都见过什么、说过什么、听到什么、做过什么，每项都写得清清楚楚！不得少于五千字！"

"啊？"黄金脱口而出。雷震转头看向他："黄金同志有什么不同意见吗？"黄金嗫嚅着道："报告！我是说，我从小作文就写不利索……能不能少写点儿？"雷震看向新兵："你们都是这样想的吗？"新兵们逮着机会，忙不迭地说道："是！"雷震面无表情道："好吧，既然你们都不想要这个递交报功材料的机会，那就算了吧。"他挥挥手，抬腿就走——新兵们都愣住了。

"不不不，我写！我写！"黄金脸都要笑烂了，兵们一阵欢呼。突击队员们都笑了，雷震也笑了，笑容转瞬即逝。

"好了，别笑了！今天你们辛苦了，记住我的话！跟谁都不能说！队伍上车，带回！"

新兵们欢呼着拥在一起。

雷震走到齐兵面前："你们上那辆车，他们送你们回伞降骨干集训队！另外，那五千字你们也要写，明天交给我！"齐兵眉开眼笑道："是！谢谢飞鲨总教官！"

16

"惊心动魄啊！"军部大楼，江志成听完报告，没有如同往常那样坐在办公桌后面看案卷，而是背着手站在屋子中间，"没想到现在毒品问题这么严重了！刚才省公安厅房副厅长给我来了电话，感谢部队的大力协助！毒品问题真的是不容忽视，就在我们的眼皮子底下，居然有这么大规模的制毒工厂！你们干得不错，很不错！"

"报告！是新兵同志们干得不错，我们只是去扫尾的！"雷震谦虚地说。江志成就笑道："嗯，我知道，你想强调的是帅克干得不错！"雷震笑了笑，没说话，也算是默认了。江志成坐下，看着雷震和方紫玉："对了，新兵连也快结束了，关于他们的去向，你们都有什么打算？"

"参谋长，我们女子侦察引导队也要有新的骨干力量，这几个我都要了！"方紫玉说。

"你倒是贪心啊，一个都不给别的单位。"江志成看向雷震，"你呢？怎么想的？"

雷震一直在思考，此刻回过神儿来："哦，我想的是，我一个都不要。"

江志成一愣："你一个都不要？"雷震点头："是，一个都不要。"

"你没发烧吧？还是刚才打仗被炸晕了？你知道多少单位盯着帅克他们吗？你现在不赶紧下手，到时候后悔，我都帮不了你！"

"是，我知道您的意思。我想的是，他们应该学会做一个真正的空降兵。"

"去雷神突击队，不是真正的空降兵吗？"

"不太一样，"雷震认真地说，"雷神突击队是特种部队，专门执行特种侦察和特种作战，训练、装备都有极强的针对性。一旦他们来了雷神突击队，虽然可以得到非常好的特种作战训练，可以成长为出色的特战队员，但是他们对空降兵部队的性质、任务、作战等的了解，就有局限性了。我们不光有特种兵，还有航空兵、步兵、炮兵、装甲兵等专业不同的兵种，我希望，他们首先能够学会做一个真正的空降兵，对空降兵部队有一个全面的了解。"

"我明白了，你想的确实有道理，这对他们的个人成长有好处。"江志成话锋一转，"但是你想过没有，一旦他们下了连队，那都是兵尖子，到时候人家可不一定愿意放给你啊！而且，一旦在各自连队有了好的发展，他们个人还愿意不愿意挪窝，那都是未知数了。"

"我知道，但是我想他们会参加的。"雷震眼神里是一贯的自信。

"参加什么？"

"报名雷神集训。"雷震说，"参谋长，不瞒您讲，我自己都犹豫很久。万一他们不报名参加雷神集训怎么办？万一他们在雷神集训当中被淘汰怎么办？我是雷神突击队的队长，我很清楚，他们都是雷神最需要的突击队员。但是，如果我真的把他们破格直接招进来，我又怎么对那些历经千辛万苦，才获得突击队员资格的战士们交代呢？这是他们应该走的过程，我的话说完了。"

江志成郑重地点头，思考着道："你是对的，按照你说的去做吧。"

"是！"雷震立正。

"你准备把他们几个分到哪个连？黄继光英雄连吗？"

"我想分他们到两个连。"

"嚯，你想坐山观虎斗啊？"

雷震笑笑道："是，黄继光英雄连和上甘岭特攻八连。"

"你可真能想啊！"

"不拼个眼红，哪儿能锻炼出勇士啊！"

17

南美，浩瀚丛林。基地办公室里，毒蝎戴着铁面罩，面无情地看着电脑屏幕："神秘空降兵部队突现国道加油站！"

毒蝎看着屏幕上放大的雷震的脸，露出久违的笑容："老朋友，又见面了……"

第十二章

1

学生公寓里，王悦可坐在地毯上，拿着手机在看视频。陈默走过来："你在看什么啊？这么用心？"王悦可莞尔一笑："空降兵！你看，是空降兵！"陈默坐过来道："呀，真的是啊！中国空降兵部队！你男朋友在里面吗？"王悦可笑道："我也不知道！我问问他！"

新兵营球场，帅克拿着手机接起来："喂？"王悦可激动地道："帅克，是我！"帅克有点儿意外地道："可可，你怎么这个时候打电话来了？"王悦可嗔怪地撒娇道："怎么？我不能现在打电话给你吗？"帅克连忙说："不是，不是，我就是觉得奇怪！"

"你能视频吗？我想看看你！"王悦可期待地。帅克为难地说："那可真不能！部队是禁止在营区范围内用视频聊天儿的，再说，我还穿着军装呢！"王悦可有些不高兴道："你啊，警惕性还挺强的！谁还能害你不成？算了，算了，问你个事儿！"

"你说？"

王悦可一脸认真地问："我在网上看见一个视频！"

"什么视频？我现在基本都不上网了！"

"一个中国空降兵的视频，好帅啊！"

帅克笑道："这种视频网上多了去了啊，各种各样新闻专题什么的，有什么稀奇的？"

"不一样！是一个加油站，一架直升机降落，下来一群中国空降兵！真的好帅啊！但是我看不清楚脸，有你吗？"王悦可一脸兴奋地问道。帅克立刻警觉地说："没有，没有！我是新兵，他们是特种部队，怎么会有我呢？"

"哦，是特种部队啊……没你啊……"王悦可一脸失望。站在一旁的陈默突然抬起头，眼神里有寒光闪过。

球场上，黄金刚拿到球就被切走了，自己还摔倒了，大喊："帅克，再不换你，我们就完了！"帅克看过去："那什么，我得赶紧打球去了，我们要输了！回聊啊！"他挂了电话，就跑了过去。

夜色里，王悦可拿着电话发呆："他居然把我电话挂了！他从来不挂我电话的啊！怎么这样啊？"陈默安慰她说："可能部队有事吧！"王悦可赌气地坐在地毯上："他就是着急去打球！打球比和我打电话还重要吗？这什么男朋友啊！"她甩手把电话扔了，坐在沙发上生闷气。陈默走过去："哎呀，你不要生气了啦！帅克肯定也不是故意的啦！"王悦可气不打一处来："我要喝酒！走，喝酒去！"

湖边，月色撩人，凉风阵阵。王悦可拿着啤酒，边哭边喝。陈默坐在她旁边，打开一罐啤酒，然后从兜里取出一包白色药粉，将药粉动作娴熟地抖进了啤酒口，快速地晃了晃啤酒。

王悦可喝完一瓶啤酒，用力丢了出去。陈默把啤酒递给她："别不开心啦！来，喝酒！"

王悦可拿着啤酒，仰着脖子喝了下去，眼泪从她的脸颊上滑落下来。陈默坐在旁边，笑得很奇怪。不一会儿，王悦可就觉得头昏脑涨，她努力睁着自己的眼皮，可是似乎已经不听自己控制了。模糊之间，感觉有人把自己抱起来，然后她就失去了知觉……

2

清晨，一轮朝阳缓缓升起，军号嘹亮，大院里一片口令声和脚步声。帅克扛着"新兵一连"的大旗，站在队列最前面，鲜红的旗帜在风中哗啦啦地响着。其他各连的新兵们也都是全副武装，精神抖擞。

"杀——"兵们杀声震天，扛着大旗冲了出去——热火朝天的一天又开始了。

山头上，江志成拿着望远镜观察着。新兵一连的红旗一马当先，帅克带着队伍跑在最前面。雷震走到他身后，江志成吓了一跳："你怎么神出鬼没的？"雷震在他旁边趴下："雷神突击队，来无影，去无踪，连鬼都不能听到一点儿动静！这不都是您老交代的吗？"

江志成看向AK："你怎么也不报个警？"AK呼哧呼哧地吐着舌头，看江志成。雷震笑道："AK身在军部，心在雷神。你看和我多投缘啊，干脆让它的身也过来吧！"江志成瞪他一眼，继续观察。

雷震不死心，又开始做工作："我说，您怎么也是个大校参谋长，正师级干部，都快扛金星了，哪儿能玩物丧志呢？带狗这个事儿，还是给我们小字辈吧！雷神还真的需要一条好狗，您看，这刺杀本·拉登，海豹突击队还带着一条狗呢！老说我们要和世界一流特种部队看齐，要超越世界一流特种部队，一条狗您这都舍不得，我们还怎么看齐和超越啊？"

江志成才不上当，干脆不搭理他。雷震死皮赖脸地凑过去："首长，我说的都是实情，您对国际特种部队那么了解，自己也是特种部队出身，真话、假话您听不出来啊？"

江志成看着他："我就给你，你那儿也没驯导员啊？AK还能自己跑？"

雷震一听有门儿，眼睛一亮："我们可以培养啊！驯导员又不是飞行员，雷神突击队选得出来！"江志成咂咂嘴："拉倒吧，你先把人给我带好吧，狗的事再说！"

雷震得寸进尺地跟上去："您看这马上要跳伞了，正好带狗跳个伞！您不老说吗？空降兵院子里的老鼠都得会跳伞！这可是在编的军犬，空降兵的狗，不跳伞那还像话吗？"

江志成开始烦他了："别，真不吃你那套！跳伞这个事，我有考虑！我自己带AK跳！"

雷震上下打量他："您这老胳膊老腿的，再一个不留神，把自己闪着了，还是交给我们年轻人吧！"江志成一抬手："打住！换话题，这马上新兵训练就要结束了，可别再给我找点事儿来！一定看好他们，别再出幺蛾子了！"

"这您放心吧，铜墙铁壁，坚壁清野！不给假期，不许出院，每天都不闲着！不训练就搞卫生，不搞卫生就上政治课！给他们排得满着呢，绝对不精力过剩！"

"兵不能闲着，都是二十出头的小伙子，荷尔蒙过剩。练这么狠，吃这么好，见树都想踹一脚！千万不要掉以轻心——尤其是见过血的那几个，不管男兵、女兵，都看死了！狼一旦见了血，想按住野性，是很难的！"江志成忧心忡忡。

雷震也收起笑容，一脸认真地道："放心，谁惹事，他们也不能惹事！我交代过了！"

江志成起身走了，AK跟在后面，雷震一脸苦笑地看着那两个背影。

3

王悦可是被下身的灼痛感刺激醒的，她头痛欲裂，难受极了。自己这是怎么了？王悦可微微睁开眼，下身的灼痛让她呻吟出来。浑身冷冷的，怎么会没穿衣服呢？她冷得直打哆嗦，加上那种灼痛，她体验着一种从未有过的难受。王悦可看见旁边赤身裸体的陈默，"啊"的一声尖叫，抓着被单一脸惊恐道："你干了什么？"

陈默带着淫邪的笑靠过来："我们只是情不自禁，做了成年男女爱做的事啊！"

王悦可惊恐地一脚踢出去，陈默从床下站起来："你这是何苦呢？我们做都做了啊！"

"滚——"王悦可抱着脑袋尖叫着,世界的一切好像都被颠覆了。白天变成了黑夜,天堂变成了地狱……

陈默眼中露出凶光:"看来你是敬酒不吃吃罚酒啊!今天就让你见识见识我花猫的厉害!"

王悦可伸手抓起旁边的电话:"我要报警!"

啪!电话被一把打掉,花猫上来粗暴地抓住她的头发,将她按在床上。花猫带着诡异的笑容看着王悦可:"你识相点儿!你这样的女人,花猫我见得多了!"

王悦可哭喊起来,花猫诡异地看着王悦可,再次进入她的身体,王悦可感觉自己要被劈开了,她惨叫了一声,哭喊着:"啊——帅克——"

夜里,训练场上万籁俱寂,寥寥几缕星光在夜空里闪烁着。帅克赤着胳膊,独自在机场的空地上跑步。几圈跑下来,帅克调整着呼吸走到场边拧开矿泉水盖子。啪!盖子虽然开了,但是塑料瓶子不知道为什么也一下子裂开了,水一下子四溢出来,犹如黑夜当中的泪水。

帅克诧异地拿着破裂开的瓶子,看着水在往下流。帅克诧异地摸摸自己的眼睛,果然是湿的。两行眼泪不知道为什么就流了下来,他诧异地摸摸眼泪,又看看自己湿润的手指。奇怪?自己怎么哭了呢?

4

又是一个清晨。山地训练场上,四门迫击炮在前面一字排开,新兵们正在进行实弹射击训练。一枚迫击炮弹砰地打出去,震得帅克的脸都在微微颤抖着。黄金几个侧耳趴在地上,远远地好像听见有驴叫的声音。帅克从战术背心里取出折叠望远镜,看过去:"还真的是驴啊!"黄金一把抢过来:"我看看!"

只见山路上,一老头儿吃力地推着驴车。黄金盯着健壮的驴臀,好像看见了驴肉火烧似的,咽了口唾沫,哈喇子都流出来了。帅克摸摸兜,想了想,几个脑袋凑在一起商量着。

"你们都要上厕所?"赵大力看着面前排成一溜儿的五个兵,死活都不相信。

"是!您不是老说,战友战友,亲如兄弟吗?"帅克目不斜视地说。赵大力背着手,踱步看他:"嗯,亲如兄弟,你们五个人拉屎撒尿都要在一起了,这是真兄弟!"

"士官长,这,这可真的要不行了!"黄金捂着裆,一副马上就要拉出来的样子。赵大力皱眉,摆摆手:"去吧,去吧!我警告你们啊,别跟我来悬乎的啊,让我发现了,看我怎么收拾你们!"

"是!"五个兵转身就往山下跑了,跟脚下抹了油似的。赵大力想了想,又觉得有点儿奇怪。那边，追击炮又打出一炮，他急忙转身跑过去看。

山路上，五个兵和一头驴一路狂奔着。

黄金牵着驴嚼子，跑得呼哧带喘："咱们……咱们买这驴没问题吧？"陈东西一瞪眼："这驴是咱们真金白银买来的，又不是偷的，怕啥？再说，两万块钱绝对没亏了他，是吧，帅克？"帅克点点头，黄金脚下跑得更快了："那这驴我们弄哪儿去啊？这么大一头，总不能就地开伙吧？也来不及啊！"帅克想了想："这样，你们先回去！我来把驴藏起来！"

"那你呢？"

"就说我拉肚子，让你们先回去！别的别管了，我自有办法！你们赶紧走！我要骑驴走了！"帅克翻身上驴，一夹腿，驴"噌"地就蹿出去了。四个兵看着驴屁股，也追不上了。安迎战愣在那儿："真把帅克一个人丢下啊？"黄金转身离开道："帅克说了有办法就肯定有办法，快快快！我们先回去，到时候再说！见机行事吧，先按照他说的做！"

四个兵急忙转个方向狂奔而去。山路上，帅克骑着驴，一路绝尘。

5

训练场上，四个兵戳得笔直。赵大力站在四个兵跟前，本来就晒得黑不溜秋的脸现在更黑了。兵们坐在下面看着，四个兵一声不敢吭。

"都说是上厕所，是吧？"赵大力阴沉着脸，"一个大活人，跟你们四个一起出去，一眨眼的工夫，就不见了？你们是真的不知道这里是哪儿了，不知道问题的严重性了？！在这儿站着吧，我要向营长报告！"说完，他转身离开。

四个兵互相看看，一个字都不敢说，继续戳在那儿。

此时，帅克骑着驴，一路狂奔，已经可以看见山脚下的新兵营营盘了。

山脚下的靶场，雷震退下手枪里的弹匣，又上了一个弹匣，上膛射击。赵大力站在边上："飞鲨，帅克这小子他简直是疯了！"

雷震射击完毕，把手枪插入胸前的枪套里："他一定有幺蛾子。"

"肯定的！那四个兵也一句实话都没有！一个大活人，就这么不见了？这要是逃兵，我们怎么跟上面交代啊？"赵大力涨红了脸。

"帅克是不会做逃兵的，他们五个人一定是在搞什么事情，帅克当然是头儿。"雷震的嘴角浮起一丝微笑，"这个事儿肯定违反纪律，但不会太出格，帅克是个心里有数的兵。他很聪明，知道什么可以打个擦边球，什么是坚决不能碰的。"

"飞鲨，你也太纵容他了！他这么干，兵还怎么带啊？"赵大力面色为难地道。

雷震走过去，拍拍他的肩膀："你说得没错，我确实很纵容帅克，他是一匹野马。"

"为什么这么纵容他？"

"我想给这匹野马上个马嚼子，野性是必须要驯化的！驯化帅克，不能那么生硬，他心不服，得使点儿手段。"

"那现在就不管他了吗？"

"当然要管！你放心，帅克绝不可能做逃兵，他很快就会回来！你该骂骂，该罚罚，我好好想想，他到底干吗去了。这个事先不要扩散，毕竟不好听，被参谋长知道我又得挨骂。我们内部解决，明白吗？"

"是！明白！"赵大力如释重负地转身离开。

雷震笑笑，快速拔枪上膛，接着就是一阵急速射。

第十三章

1

山地训练场上，四个兵还站在那儿，脸上都是痛苦的表情。帅克一路狂奔过来，四个兵都不敢动，用余光扫了过去。帅克跑到赵大力面前，一个急刹车，气喘吁吁地道："报告……我，我回来了！"赵大力看着他，又看看手表："你知道你去了多久吗？"

"报告！知道！两……两个小时！"帅克喘着粗气。

赵大力一脸平静道："说说吧，你干吗去了？"

"我……我去上厕所了！"帅克大声说，说出来的话都不带一丁儿点迟疑的。

那边的兵们轰的一声都笑了，赵大力没笑，他死死盯着帅克，这个答案也在他意料之中。帅克也不吭声，目视前方。

"帅克，我知道你脑子活，点子多，是这几个小坏蛋的头儿！"

"报告！他们不是小坏蛋！"

"那谁是小坏蛋？"

"我是。"

赵大力一愣。

"我是小坏蛋，跟他们没关系。"帅克干脆地说。

"你还挺讲义气的啊？"赵大力斜眼看他。

"我去哪儿了，跟他们一点儿关系都没有！所有的错误都在我，责任都在我，我愿意接受一切处罚！"帅克一副大义凛然的样子。

"那你说说，你去哪儿了？"赵大力轻笑道。

"我拉肚子，就让他们先回来了！然后我迷路了！"

赵大力一愣。四个兵也忍俊不禁，能想出这招数来的估计也只有他了。那边看的兵们也都傻眼了，伸着脖子看帅克。

"你？迷路了？！"赵大力瞪大眼睛问。帅克点头道："对，我迷路了！"赵大力被噎得差点儿说不出话来。半晌，他走到帅克面前："他们所有人闭着眼睛都知道这片训练场怎么走，怎么你居然救迷路了？！"帅克一脸认真，目不斜视："我也不知道怎么回事，一片风沙迷了眼，我就走啊走啊走，结果路就走得不对了，走得我都不认识了，我才意识到自己迷路了！我又赶紧找路，结果还找错了，这就浪费了时间……士官长，是我无能，我弱智。"

　　赵大力仔细地看着他，帅克依旧目不斜视："你知道跟我撒谎是什么性质的问题吗？"

　　帅克一挺胸："知道！"

　　"你还坚持自己是迷路了吗？"

　　"是！"

　　赵大力摆摆手："我也不想说你，那边站着去吧！什么时候想通了，再跟我谈。我现在不想听你们说话，一说就一堆谎话！"

　　"是！"帅克跑步过去，五个兵又凑一块儿了。黄金几个人侧头看他，帅克目不斜视，目光炯炯。

2

　　夜里，雨哗啦啦地下来了。五个兵戳在雨里，陈东西仰头说道："让暴风雨来得更猛烈些吧！"话音刚落，一道闪电照亮他们年轻的脸，随即是一声闷雷响，五个兵相视苦笑。

　　"那驴……真拴好了吗？"黄金哆嗦着问。

　　"拴好了，你怎么那么不相信我呢？"

　　"大家在这儿扛着，可都是为了吃一顿驴肉啊！这驴要是跑了，我们不就是赔了吗？"陈东西的肚子咕噜一声叫，兵们都饿得不行地淋在雨里。

　　林小鹿端着盆路过训练场，站在远处的屋檐下，陆冰嫣看着她发呆的表情："别看了，他们几个皮实得很，不会有事的。"柳纤远远地看着："主要是他们一直这么轴，不是认输的主儿。其实认个输也就没事了，真是的！"林小鹿听着，脸色变得难看，五个兵戳在雨里，都咬牙扛着。一个闷雷，更多的雨落了下来。

3

啪！闪光灯亮了一下。王悦可渐渐苏醒过来，被蹂躏过的灼痛让她觉得从未有过的难受。啪啪啪！闪光灯又亮了一下。这时，王悦可才逐渐看清楚周围，花猫拿着手机，王悦可无力地挣扎着，花猫笑眯眯地靠在她身边："你的裸照现在已经在我的手里了！小宝贝儿，你还傲什么傲？你再给我傲，我就把你的裸照发到互联网上去！哈哈哈！让大家看看，你是个人尽可夫的贱货！"

王悦可流着眼泪伸手去抢，花猫抬手就是两巴掌，王悦可瞬间撞在墙上。花猫上来粗暴地抓住她的胳膊，把她按在了床上："你以为我是什么人？我告诉你，被我花猫看上的，别管是女人还是男人，没有能逃得掉的！"

王悦可徒劳地挣扎着，然而无济于事。她的力气也已彻底耗光了，长发凌乱，她无力地哭泣着。门口，Vicky笑眯眯地走过来，托着她的下巴："Demi，你的身材可真好！我作为女人都忍不住了呢！"

"你……你们杀了我吧……"王悦可只能吐出这几个字。

"杀了你？岂不是暴殄天物！如果有必要，我会杀了你。但是很明显，没有这个必要。有更好的折磨你的方法，让你比死更难受。这些照片可以发到互联网上，你的父母，还有你的男朋友，他们都会看到的。他们会很惊讶地看见一向是乖乖女的你，在床上竟是这个样子，还是三个人。"Vicky看着手机里的照片说道。

"你们为什么要这么做？你们是……兄妹啊……"王悦可无力地流着眼泪说。

"她不是我表妹，我也不是她表哥。"花猫冷冷地说，"王悦可同志，欢迎你加入我们。"

王悦可不明白他在说什么。

"我不叫陈默，你也不需要知道我叫什么，我的代号是花猫，她的代号是火烈鸟。"陈默冷冷地说，"我是国际秘密组织K2的情报员，火烈鸟也是，我们负责招募来自中国大陆的留学生。欢迎你加入我们的组织，王悦可同志，从此以后你的代号就是白鹭。"

"你们是特务？"王悦可惊恐地睁大眼睛。

"你可以这样理解，但是我们不为某个特定的国家服务，我们属于K2。这是一个军事谍报组织，为一个更加庞大、更加隐秘的国际组织服务，我们不能告诉你真正的幕后老板是谁。总之，K2非常有能力，有势力，你根本无法摆脱。"

"我死也不会加入你们的……"

"你可以死。"花猫从包里掏出一把手枪，上膛，丢给王悦可。王悦可一把抓过来，含着泪拿枪对准自己的太阳穴，她的手指在哆嗦。

　　火烈鸟冷冷地看着她："你可以不加入我们，也可以自杀。这些照片和视频，我们马上就会发到互联网上去。你的父母都是有身份的人物，看到他们的女儿这个样子，我想他们活得不会再像现在一样。还有你的男朋友，帅克，他看见照片和视频，会作何感想？你以为你死了就清净了吗？你以为你死了就结束了吗？"

　　王悦可目瞪口呆，无力地流着眼泪。

　　"你其实别无选择，白鹭。"花猫冷冷地说，"我给你一分钟时间考虑清楚，一分钟后我就点发送键，这些照片和视频就会陆续自动传输到互联网上，不会停止。"

　　"我不会加入你们的……"王悦可说，顶在她太阳穴上的手枪却在发抖。

　　"还有五十秒钟。"

　　"我不会加入你们的……"王悦可喊出来，"你们杀了我！"

　　火烈鸟冷笑地看着她："没有勇气你就把枪丢掉，做我们的乖宝贝儿好了！"

　　"四十秒钟。"

　　"啊——"王悦可尖叫着，举枪对准花猫，连连扣动扳机——没有子弹。

　　"你以为我真的那么傻吗？"花猫和火烈鸟仰天大笑，花猫手心一转，拿出弹匣来。火烈鸟一巴掌打在王悦可的脸上，王悦可惨叫一声，手枪就脱手了。火烈鸟抓住她的长发，直接拽过来，又是一巴掌，王悦可被打得嘴角出血。

　　"二十秒钟！"

　　王悦可被火烈鸟抓着头发，无助地哀号着。火烈鸟又是两巴掌："我让你跟我高傲！你还傲？我让你傲！贱货！"王悦可满脸是血，无力地哭号着："谁来救救我啊！"

　　"十秒钟！"

　　火烈鸟抓着她的头发，压在她的身上："贱货！没有人会来救你的！K2想拉谁下水，就没有不成功的！你是不是还想来？！"

　　"时间到。"花猫拿起手机。

　　"不——不——"王悦可惊恐地喊着，无力地抽泣着，"别发……求求你们……别发……我……答应你们……"

　　花猫脸上露出笑意，火烈鸟一口唾沫吐在王悦可的脸上："我早说过，你也不过是个贱货！"

　　黑暗里，王悦可精疲力尽地跪在地板上，无声地抽泣着。她捡起旁边的手机，帅克的笑脸隐在黑暗中，眼睛里燃烧着青春的火焰。王悦可看着手机，无力地流着眼泪。手指在屏幕上无力地滑动——帅克的头像在手机里消失了。王悦可抱着头，在黑暗里发出一声绝望的低号——她知道，在那一瞬间，她的灵魂被迫出卖给了魔鬼。

4

训练场上，五个兵还在那儿死死地撑着。赵大力穿着雨衣站在他们面前，厉声问："你们想好了吗？"

五个兵没一个吭声的。

"你们五个，没有一个打算说实话的吗？"

只能听见雨声。

赵大力摇摇头道："回去洗洗，换件衣服，明天营长要和你们谈话。"说完他转身走了。

五个兵啪地栽倒在雨水里，互相看着，都笑了。

深夜，兵营里一片安静。几个黑影在围墙处鱼贯而过，稳稳落地，小心翼翼地向那边的废墟摸了过去。不一会儿，五个兵加一头驴出现在一条景观河边。

"你是想从河里过去？"安迎战问，"我们可以游过去，但这驴怎么办？还有，那河虽然跟外面连着，但有铁栅栏！"帅克狡黠地笑笑，从迷彩服里摸出一把铁钥匙，陈东西惊喜地张大嘴："我去！你居然搞到了钥匙！哪来的？"安迎战凑过去："他们要是发现丢了钥匙，不会换锁吗？"

"这是我自己锉的！"帅克笑道，"别忘了，我是学机械工程的，我去值班室打扫卫生的时候，用口香糖印了景观河栅栏门锁的钥匙模型！找了块三角铁，一点点锉出来的！以备万一！"安迎战乐了："要不是知道你是空降兵，我还以为你是江洋大盗呢！"帅克冷笑道："我就是不想被关着！虽然我知道当兵就要被关着，但我要让自己心里自由，他们还以为能驯服得了我？别以为我不知道飞鲨在想什么，没那么容易！"几个兵听得有点儿蒙，帅克看他们："怎么样，走不走？"黄金梗着脖子："来都来了，你说我们走不走？"

河道外的围墙处，五个兵牵着驴走了过来。陈东西伸手试了试水温，打了个冷战。旁边，驴打着喷嚏就是不下水，几个兵无奈地看着帅克。帅克从兜里掏出两支麻醉针："备着哪！上野外生存课的时候，他们拿这个给我们讲课，忘记了？"

"你偷出来的？"黄金问。

"不能算偷，他们掉那儿的，我只是捡了没交！"帅克强词夺理。

四个兵阴险地笑着看他，帅克招呼着他们赶紧按着驴，两支麻醉针直接扎在了驴脖子上，他们又抬着驴上了临时扎的木排，五个兵、一头驴，鬼鬼祟祟地消失在了黑暗中。

5

炊事班门口，帅克以低姿过去，把嘴里叼着的别针拿出来，插进锁眼鼓捣了几下，炊事班的门就打开了。帅克摆摆手，几个兵牵着驴鬼鬼祟祟地就过来了。

厨房里没有开灯，黄金叼着手电在里面摸索着。帅克走出来，手里拿着不锈钢大盆和剔骨钢刀，拴在树桩上的驴往后退缩了两下。陈东西急忙拽住缰绳："别慌，别慌，宝贝儿！一会儿我把你眼捂上，你什么都看不见！一会儿就好了！"帅克走过来："把驴抓住了！"陈东西拿手蒙住驴眼，安迎战死死地抓住缰绳，卞小飞抓住另外一边："你下手可得快点儿啊！这驴可不好控制！老大劲儿了！"帅克拿着刀："你抓住驴的嘴，叫了怎么办？"卞小飞只好硬着头皮上去，按住驴嘴。

帅克举起剔骨尖刀，找到驴脖子上的动脉，运足力气，准备扎下去。驴突然挣扎起来，安迎战死死拉着缰绳，驴挣扎起来，劲儿非常大，带着安迎战就跑了。安迎战措手不及，拉着缰绳被拖跑起来，却仍死死抓住缰绳不放。

"快快快！松手！松手！人不能出事！"帅克着急地低吼。驴狂奔着，安迎战死也不松手，三个兵急忙追了过去。黄金扎着围裙从里面出来，看着面前人仰驴翻："我去！驴怎么跑了？！"

驴还在狂奔，一个急刹，安迎战被猛地甩了出去，撞在树上跌了下来。三个兵跑过去，帅克扶起来安迎战："老安，你没事吧？"安迎战捂着腰，忍住疼道："我没事，那驴……"大家看过去——驴在空无一人的院子里狂奔着。

"别管驴了！快，你们扶着老安回去！我和大厨打扫干净战场！赶紧撤！"帅克拉着黄金，直奔厨房。

"清场！清场！打扫干净，跟我们没来过一样！"帅克把刀原位放好。黄金垂头丧气地道："驴怎么办？我这水刚刚烧上啊！"帅克想了想道："谁知道是我们买的驴？不吭声！"两人迅速收拾干净，锁好门，消失在黑暗里。

6

清晨，军号嘹亮。四个连队的新兵喊着"一二三四"，在操场上整齐慢跑着。雷震站在高台上，打量着自己的新兵们，有点儿志得意满的样子。帅克几个人边跑边左右看着，担心不知道会从什么地方就冒出一头驴来。

新兵营的门口，有三辆军用高级越野车经过。军长正在看文件，前面的参谋回头道："军长，我们刚刚路过新兵营。"军长抬眼道："是雷神带的新兵营吗？"

"是的，听说他们这次的新兵营表现非常好，材料我给您看过。要不要去转转？"参谋问。军长合上文件，笑了笑道："走，去看看！别告诉雷震，就这么杀进去！"

三辆越野车在路上直接就掉头，径直开往新兵营。

门口，两个哨兵一看过来的车队、车号，都傻眼了。车队停在门口，坐在最前面的参谋从车里探出头道："军部的，临时视察。不要告诉你们的干部，这是命令。"

"是！快快快开门！"哨兵敬礼，三辆越野车径直开了进去。

操场上，战士们喊着口号在跑圈。三辆高级越野车鱼贯而入，雷震一看车，一愣，马上拿起哨子，哨声尖锐刺耳。所有连队都原地停下来，新兵们不知道怎么回事，只得原地站好。

雷震从高台上跳下来，跑步迎上去，立正敬礼："报告！军长同志，空降兵部队新兵营正在组织训练，请指示！报告人，新兵营营长、雷神突击队队长雷震少校！"

军长还礼："我随便看看。"

"是！"雷震跟在军长身边，军长大步走上阅兵台。赵大力赶紧整队："新兵营——集合！"

四个连队排列成整齐的四个方阵，队旗在呼啦啦地飘舞。军长注视着这些消瘦黝黑的新兵，一张张年轻的脸、炯炯有神的目光，还有迷彩服上的汗碱，军长的脸上带着欣慰的笑容。

"同志们好！"

"首长好！"四个新兵连吼声如雷。

"同志们辛苦了！"

"为人民服务！"——声音地动山摇。

军长满意地点点头，新兵们注视着军长。还在新兵营的这些兵哪儿见过这么高级别的首长！一个个都是精神抖擞。方阵在寂静当中一片肃杀。

"新兵同志们！我是你们的军长！"

新兵们目不斜视，一起怒吼："军长好！"

"今天，我是路过新兵营，突然想起，我应该来见见你们！你们是空降兵部队的未来，在你们年轻的脸上，我好像看见了三十多年前的自己！我相信，你们经过新兵营的严格训练，在未来的空降兵生涯当中，会成为空降兵部队的新生力量！我期待你们能够在空降兵部队，成为真正有灵魂、有本事、有血性、有品德的新一代革命军人！想打仗，敢打仗，能打仗，打胜仗！"

"到达一切地域！夺占一切先机！克服一切困难！战胜一切对手！"新兵们怒吼。军长满意地点头："还不错！我今天看见你们，感觉还不错！有点儿小老虎嗷嗷叫……"

"啊——哦——"一声驴叫。

军长一愣，雷震也一愣，新兵们都一愣。

帅克一惊，黄金吓得一闭眼："哎呀妈呀！"

几个兵瞬间没了刚才的精气神。帅克压低声音道："都镇定！他们不知道驴是从哪儿来的，死都不能认！明白吗？"五个兵都是提心吊胆，但强自镇定。

"啊——哦——"驴又叫了。

新兵们没人敢动。军长站在台上脸色铁青。雷震左顾右盼，赵大力在下面急了，到处在找。突然，一头驴从旁边斜刺冲出来，后面跟着几个老兵在抓。驴叫着冲向队伍，刚才整齐的方阵瞬间乱成一片。驴在队伍里横冲直撞。赵大力急眼了，大吼："把那头驴给我抓住！"这下队伍更乱了，追驴的、躲驴的，乱成一片……

军长站在高台上，脸色铁青，一句话不说，转身就走了。雷震也不敢追，参谋走过来，看着他："英雄，这次我可帮不了你了！"

雷震站在那儿，转身看着帅克几个人，大概已经明白了。

7

操场上，方阵已经重新站好。赵大力牵着驴，怒气冲天地站在队列前面。几个兵忐忑地站在队列里，都不吭声。

"谁能告诉我是怎么回事？"雷震站在阅兵台上，面色铁青。

没人吭声。

"怎么？敢做不敢当吗？亏你们还口口声声说自己是中国空降兵！军人，敢作敢为，泰山压顶不弯腰，是血肉战场的厮杀好汉！死都不怕，还怕认错吗？！"雷震提高声音。

方阵依旧沉默。

雷震看看帅克，帅克目视前方，不吭声。

"真让我看扁了你，不愿意承认就算了吧。"雷震转身要下台。

"报告！"一声高喊，帅克跨步出列。雷震回头："讲。"

"报告！是我干的！"

大家都斜眼看他，雷震看着他不说话。赵大力站在队列前牵着驴，怒火中烧。陈东西站在队列里："他说死都不能认，现在自己认了！"卞小飞低吼："别说话！现在谁说话谁倒霉！"

帅克站在队列前不说话。雷震盯着他："你干什么了？"

"报告！这驴是我一个人运进来的！"

156

"你一个人干不了，得有帮手。"

"报告！没有帮手，我一个人干的！"

"你以为只有你自己聪明吗？"雷震冷笑道，"帅克，我告诉你，雷神突击队干得就是月黑风高夜，杀人放火天！你这点儿偷鸡摸狗的伎俩，根本不可能瞒得住我！你一个人干的？你以为我会信吗？"

帅克不吭声。雷震扫视着队列："他出来顶缸了，你们跟他一起去的人，难道就准备看着他一个人倒霉吗？真让我高看你们了，什么同生共死啊，什么生死战友啊，都是狗屁！"

"报告！"黄金出列，帅克看了他一眼，他道，"还有我。"

"我也去了！"

"还有我！"

几个兵都跨步出列，陈东西在犹豫。雷震不说话。陈东西抬眼看看前面的四个兵，一咬牙道："报告！虽然我一直不同意，但我也参加了！"

"什么叫你不同意？就你吃驴肉最积极！"黄金瞪他。

新兵们轰地笑了。

"很好笑吗？"雷震面色铁青。新兵们没人敢动了，眼都不敢眨。

"你们还没意识到这个问题的严重性。士官长，把他们的枪下了，关禁闭，调查清楚再说。"雷震转身下去了，五个兵站在那儿不敢动。

8

禁闭室里，帅克孤独地坐在里面，黄金趴在门口饿得直叫唤。

雷震看着监控器，脸色铁青，这次他是真的被激怒了。江志成闯了进来："我跟你说过什么？"雷震急忙立正："参谋长……"江志成掏掏耳朵："什么？什么？参谋长大，还是军长大？"雷震只好实话实说："军长大。"江志成看着他："你还知道大小王啊？我问你，我跟你说过没有，新兵连马上就要结束了，要看好他们，看好他们！你是怎么做的？给我捅了这么大的一个娄子！我被叫过去骂了半个小时！我好歹也是个正师级干部，我这脸往哪儿放？"

"参谋长，我错了，我们正在调查处理。"

"调查处理？！雷震，我就不明白了，这是部队的大院！所有的门都有哨兵，高墙铁门，水泄不通！怎么居然进来一头驴？在我空降兵部队建军这几十年来，还从来没有发生过这样的事情！你知道这是丢了多大的人吗？军长来视察，跑出来一头驴？你还想出去见人吗？空降兵部队上上下下都要戳你的脊梁骨！"江志成青筋暴起，厉声呵斥道。

雷震站着，冷汗直冒。

"查清楚了吗？这驴怎么来的？"江志成缓了缓语气问道。

"还在调查。"

"还在调查？他们不是关禁闭了吗？抓出来问问！"

"问了，不说实话。"

"是帅克带的头儿？"

"除了帅克，不可能再有第二个兵有这个胆量了。"

"到现在驴是哪儿来的都不知道？"

"不知道，没一个说实话的。"

"你这个兵带得好啊！"江志成的指头伸到雷震的面前，指着他道。

"我这次是真的知道自己疏忽大意了，我想过他们可能会搞事情，没想到一上来就搞这么大的事情。我愿意接受处分、处理，怎么处置我，都心服口服。"

"你还想不服吗？事情闹这么大，对你肯定是有处分！还有士官长赵大力呢？干吗去了？"

"他在侦查这头驴到底是怎么运进来的，漏洞到底在哪儿。"

河道里，赵大力带着战熊几个突击队员在搜索。少顷，穿着潜水器具的鹰眼从水里哗啦冒出来："锁没有被破坏！他们一定有钥匙！"

赵大力脸色阴沉，转身向男兵宿舍走去。

宿舍里，赵大力在帅克床上仔细搜索着，什么也没有。一抬头，上铺和床板有个缝隙，黄金等四个兵都靠墙站着，一动不敢动。

9

办公室里，钥匙啪嗒一声被丢在桌子上。帅克站在对面，看看，不说话。雷震看着他："你还有什么好说的？"帅克跨立在他面前，目不斜视："技不如人，我认栽。"

"驴怎么来的？"

"买的。"

"是不是偷的？"

"真不是，我花钱买的！"

"帅克，你现在跟我撒谎，性质就完全不一样了。你还不知道这个问题的严肃性！坦白从宽，抗拒从严！你办的这件浑蛋事已经远远超出调皮捣蛋的范畴，你的立功材料刚刚报上去，没想到你又给我惹出这种事来！说，驴在哪儿偷的？"

"我真的没偷驴！"帅克有点儿急了。

"还不说实话是吧？你是不是觉得自己家里有钱有势，部队就不会处理你了？"

"我从来没这么想过！"

"胆大妄为！只能用这四个字来形容你！你平常伪装得挺好啊？亏我还那么器重你，还给你报的是二等功！你他妈的知道二等功对一个军人，尤其是你这样一个新兵来说，意味着什么吗？！"雷震压抑着自己的暴怒。

"报告！我并不在乎立的是几等功！"

"但是你在乎不在乎你穿的这身军装？！"

帅克犹如雷击，浑身触电一般颤抖了一下。

雷震的脸部抽搐着，尽力让自己的声音显得平淡："我问你，你在乎不在乎你身上穿的这身军装？！虽然你这身军装可能都比不过你在奢侈品店买的一双袜子，但是你他妈的在乎不在乎？！"

"报告……我……我在乎……"帅克的眼泪一下子夺眶而出。

雷震怒视他。帅克小心翼翼地问："你们……不会开除我吧？"

"要看你是不是真的偷了老百姓的驴！"

"我，我真的没偷驴！那驴真的是买的！"

"这是你最后说实话的机会！"

帅克第一次六神无主了："我……承认错误。我私自配了这把钥匙，我拿了野外生存课的动物麻醉针，我把驴带进了新兵营的营房……我目无纪律，但是……我，真的没有偷老百姓的驴！"

雷震注视着他，帅克的眼泪流了出来："请相信我，我不会偷东西的！"

第十四章

1

女兵宿舍，林小鹿站在窗前发呆，周招娣急慌慌地跑进来："这次可真的是出大事了！"女兵们呼啦一下围过去，听她又道，"我去找了咱们班长里面的老乡，探了探口风！"

林小鹿着急地问："怎么样啊？你老乡怎么说啊？"

"给我口水，我这跑得肺都要炸了！"周招娣气喘吁吁道，林小鹿急忙把一杯水递给她，她咕嘟咕嘟一口气喝完，"那什么，我老乡班长说这个事儿闹大了！军长把参谋长等几个有关的首长找去，骂得狗血喷头的！说空降兵部队还没出过这样的幺蛾子呢！上面在调查，等调查结果出来了，就出处理意见！"

"会怎么处理帅克？"林小鹿急忙问。

"我那老乡班长说，说……帅克可能会被做退兵处理，也就是开除。"周招娣小声说。大家都是一愣。林小鹿呆呆地听着，一屁股坐在椅子上，终于哭了出来。

2

炊事班后门，赵大力满脸阴森地在喂驴，雷震坐在边上琢磨着。赵大力看着他："你相信他的话吗？"

雷震肯定地点头："相信，帅克虽然有很多毛病，但他不会做小偷。"他站起身，"你迅速派人确认，这事一定要调查清楚！"

"是！"赵大力给驴喂了一把草，苦笑着看着雷震，"帅克那小子，就那么招你喜欢？"

雷震看着他："你不喜欢他吗？"赵大力点点头："曾经喜欢过，但他给我们来这么一出，我现在喜欢不起来了，赶紧把他开掉算了！"雷震站起身，淡淡地说："开掉他容易，他也不是退回去以后就没出路的那种孩子。"赵大力不以为然："那你还干吗这么费劲儿？"

"他说他在乎。"

"什么？"赵大力愣了。

"我问他在乎不在乎这身军装，他哭了，他说他在乎。"

"帅克？！哭了？！"赵大力更吃惊了。

"是的，帅克第一次在我面前流下眼泪，他说他不是小偷，他在乎这身军装……我相信他说的是真的。"雷震声音低沉。

"他要是真的在乎这身军装，就不应该这么胡闹！"

"我们都从这个年龄过来过，也都捣过乱，挨过处分，他只是走得远了点儿。"

"何止远了点儿，已经严重违纪了！况且你都说了，他被退了兵，又不是没出路！"

"违纪就处理他，但退兵，对他的一生来说，是个再也抹不去的污点。"雷震语重心长地看向远方，"我说的这个污点，不是他人生当中的，而是他回忆当中的。不管他以后的路怎么走，退兵这个污点，会让他一辈子都很痛苦。"

雷震的眼神里隐藏着一抹不忍，就是这样一双眼睛，让眼前这个年轻的中国军官拥有了一种如此矛盾的魅力。

3

参谋长办公室，江志成听得有点儿呆了："就是这样？"雷震笔直地站在对面："对，花了两万块钱从老乡手里买的，还给老乡推车。"江志成松了一口气，脸上有隐隐的笑容："既然没偷驴，就没有违法，那就按违纪处理。"

"是！帅克……"

"你去吧，拿个方案给我。怎么办呢？板子我来挨吧！给我狠狠处理他！"江志成有些恨铁不成钢地说，"小树不修不成才，给我捋顺了他！越狠越好！"

"是……谢谢参谋长！"雷震敬礼，转身去了。

江志成在屋里踱着步："哎呀！帅克啊，帅克！你可真的是……我这张老脸都要丢尽了！"

禁闭室里，帅克还站在那儿，军容整齐。门口有一道光线射来，帅克抬眼，雷震看着他，面无表情。帅克有些哽咽："营长，我……我错了……不要脱掉我的军装，好不好？"雷震面色凝重地道："我们已经调查过了，你没有偷驴。"帅克含着的眼泪一下子就下来了，雷震挥挥手："你先回连队吧，等候处理。"帅克站着没动："我的军装……保住了吗？"

"没有盗窃行为，没有违法，老乡也愿意做证。但是你把驴擅自运进来，严重违反了部队纪律！私配钥匙，私藏麻醉针，私自外出……这些哪一条也都够你喝一壶的！先回去吧，听候组织处理，不要再惹事了！"

"是……我的军装？"

雷震怒了："我说了，回连队，等待处理结果！"

"是！"帅克不敢问了，忍住眼泪敬礼，起身出去了。雷震想了想，冷笑道："死罪可免，活罪？受着吧！是该修理修理你了！"

4

新兵营，熄灯号吹了，军营宿舍的灯光陆续熄灭。军营进入了夜的梦乡，安静而祥和。一连楼前，雷震查哨走过来，帅克立正，敬礼："营长好！"雷震背着手看他："你的哨啊？"

"是。"

"你不用站着，可以坐着值班。"

"我想站着。"

雷震看看他："两个小时一班哨，你站多久了？"

"1 小时 45 分钟。"

"还有 15 分钟，记住睡觉前放松一下，回下血。"

"谢谢营长。"帅克立正，雷震想说些什么，欲言又止，最终转身走了。帅克默默地在那站着，眼睛里突然有了和以前不一样的神色。

雷震走进营部值班室，赵大力起身道："飞鲨，你查哨？"雷震"嗯"了一声，在想事情。赵大力看着他："你怎么了？"雷震反应过来，坐下道："没什么，我刚才看见帅克在站着值班。"赵大力一愣："站着值班？他有毛病啊？一班可是两个小时！"

"是，他站军姿站了 1 小时 45 分钟。"

赵大力不相信："他干吗呢？"

"惩罚自己。"

"帅克？能有这觉悟？"

"你知道，每个战士的成长都不是一帆风顺的，都有曲折的过程。帅克是个在新时代成长起来的年轻人，他养尊处优，他桀骜不驯，他并不完美。他有这样或那样的毛病，他的思维活跃，但这都不能说是否定他的理由。"

"我知道，你很偏爱他。"

"我是很偏爱他。"雷震会心一笑，"他聪明、勇敢，喜欢冒险，酷爱挑战。他不服输，藐视权威，想什么干什么，完全没有顾忌。都是优点，也是弱点，但这些是可以互相转化的。我偏爱他，纵容他，是不想摧毁他的个性。如果我想要他乖巧听话，我有的是办法，不超过三个小时，他就得服服帖帖的，我们都是带兵的老手了，办法有的是。"

"所以我很纳闷儿，为什么你要这样做？"赵大力不解地问。

"我希望他能保持自己的个性，同时也能成为合格的、优秀的军人，真正的中国空降兵。"

"可是你付出的代价太大了。"

雷震没说话，起身走到窗前，看着外面安静的营房，他的身影孤独而又坚定。良久，他问："水牛，我们在一起多少年了？"赵大力算了算："到今年是十一年了。"

"十一年了，真快啊，我常常想起，我们刚认识的时候。"雷震的声音有点儿悲凉。

"那时候你就是个刺儿头！"赵大力突然反应过来，"我明白了，你是在告诉我，他很像你。"

雷震的眼睛更亮了："是，很像十一年前的我，但又不太一样。他比我要活泼，脑子比我活，鬼点子也比我多。"

"你找到未来的突击队长了？"

"现在说这个还为时过早。"雷震苦笑了一下，望向窗外，"对帅克来说，他还没有完成一个老百姓到军人的蜕变，这是个艰难的过程，可喜的是，我刚才从他的眼神当中已经看见了这种艰难、这种痛苦。我们的努力不会白费的，相信我。"

"我向来都相信你，飞鲨，你想多了。"

"是啊，也许是我想多了。我不是没有怀疑过自己，是不是在赌，一直到刚才，我看见他的眼神，我知道他在惩罚自己，我的心一下子被刺痛了。他的本质是好的，他是一个好男孩儿，他会吸取教训的。"

"飞鲨，我很感动……"雷震看着他，赵大力走到窗前，"你是我认识的最优秀的军官，你是真的把自己全部投入到部队的事业当中了，毫无保留。"

"我们穿上这身军装的那一刻，对自己来说，就再也没有什么好保留的了。"雷震黝黑消瘦的脸，在鸦雀无声中孕育着无穷的力量——他看着灯下站得笔直的帅克，犹如看着自己已经逝去的青春。

5

当一个难熬的夜晚过去，太阳终于吝啬地把阳光倾洒到大地上的时候，新兵营里军号嘹亮，兵们陆续跑下楼来。黄金看见帅克还站在那儿，走过去："我去！哥们儿，你站了一夜啊？我说怎么没人叫我换岗呢？"

"我没事。"帅克脸色有点儿发白。

"你赶紧活动活动！你这样受不了的！全身都僵了！"

帅克有点儿晃："我真的没事，我舍不得……舍不得穿这身军装的每一秒钟。"

黄金不由分说地扑上去，抓着他的胳膊摇晃着："你动动！你动动！"

帅克身体一软，一下子就晕过去了。

帅克躺在宿舍的床上，看着上铺的床板出神着，心事重重的样子。雷震走进来："听说你站了一夜军姿？"帅克急忙起身，雷震挥挥手，帅克确实也起不来，一下子又倒在了床上。雷震看着他："跟我说说，为什么？"

"我错了，是我的错，我应该惩罚自己。"

"战士犯错，有军纪惩处，你体罚自己做什么？"

"每次当我想……想着受不了了，我要换岗的时候……我就想到，我的军装，穿一秒钟少一秒钟了……我的哨位，站一秒钟少一秒钟了……我舍不得……"帅克哽咽道。

"你是个男人，帅克，你还是个军人。军人犯了错误，要接受纪律的惩处，没有人会体罚你，你也不能体罚自己。我知道你现在很后悔、很内疚。但后悔药是没地方买的，既然错了，就勇敢地承担自己该承担的责任，坦然面对。人的一生很漫长，犯错误在所难免，你改过自新就好了。"

"营长，我不想走……"帅克的眼泪下来了。

"处分决定没做出以前，你还是我新兵营的战士，谁说你一定会走了？"

"我知道，我闯了大祸。"

"然后你就萎靡不振了？"雷震看着帅克煞白的脸，"帅克，别让我看扁了你！处分这件事，我也遭遇过，我怎么没像你这样垂头丧气过？我不还是我自己吗？你舍不得军装，我理解，所以你要珍惜军装。只有军人才可以穿军装，你要好好想想，怎么样才是一个合格的中国人民解放军军人，怎么样才是一个优秀的中国空降兵。"

"营长，我还有机会吗？"帅克泪眼蒙眬。

雷震叹了一声: "我现在也不知道,不是我出处分决定。但是我希望,看见的不是现在这样充满自责、充满懊悔、拼命惩罚自己的帅克!你这样,不是我的兵,不配做我的兵!上午你好好休息下,缓一缓,好好想一想,下午参加训练。你躺着吧,好好想想我的话。"

帅克躺在床上,眼泪哗哗的。他用被子蒙着头,发出了压抑不住的撕心裂肺的哭声。

雷震走出宿舍,脸上露出欣慰的笑容。

6

第二天,新兵们在训练场整齐列队。赵大力手上拿着处理结果,帅克站在队列里心情忐忑。根据上级研究决定,给予一连一班黄金、安迎战、卞小飞和陈东西四名新兵警告一次。赵大力顿了一下,看着手里的命令,扫视了一眼队列: "一连一班战士帅克!"几个人的眼神都瞟了过去, "严重警告一次!"

帅克意外地看着赵大力。

"以上处分决定,不计入档案。此事告一段落,不要议论,不要扩散。一连,明白吗?"

"明白!"一连怒吼。

帅克还没回过神儿来,赵大力看着他,厉声喊: "帅克,你明白吗?"

"到!我……我不明白,我以为,处理我会很……"

"我当兵这么多年,只见过讨功劳的,没见过讨处分的!你真是一朵奇葩啊!听着,这是上级的研究决定,你比首长们还高明吗?"赵大力指着对面的山头, "我看你就是欠操练!一连,下一个科目——给我占领那个山头!"

一连怒吼着冲出去了。

山坡上,帅克一马当先持枪狂奔,高声怒吼着。对面山头,雷震拿着数字望远镜在看着。

"欣赏自己的傲人成果呢?"雷震回头,江志成牵着AK走过来。雷震笑道: "您老怎么又来了?"江志成坐到他旁边: "你的处分决定下来了,记大过一次,计入档案。"雷震笑道: "谢谢参谋长。要不是您替我美言,我肯定处分更重!"

江志成摆摆手: "你别谢我,这是军长的意见。军长气消了,我也跟他讲了全部的过程,他也原谅你了。但是不处分你是不行的,这个事儿闹得太大,必须有所惩戒。你啊,本来年底打算给你再提前调半级的,这下可吹了。"

雷震嘿嘿一笑: "您了解我,我哪儿在乎这个啊!"江志成瞪他: "你不在乎,军常委班子在乎啊,你是我们的英雄啊!我再想办法吧,你啊,真会给我添乱!"雷震很认真地道："对不起，参谋长。"江志成笑了笑："也没什么，我当兵到现在，六个记入档案的处分，不也照样到今天了吗？不要放在心上，军人的心胸要比蓝天还广阔。我走了！"说完，他牵着 AK 走了。

山头上，帅克一马当先，持枪冲杀上山顶的制高点，一连的战士们跟着他，嗷嗷叫着一跃而出……

7

南美，山地丛林环绕的一个军营。大雨飘泼中，三十多个不同肤色的新学员穿着训练服站在那儿，都是战战兢兢的。这是 K2 的秘密训练营——X 训练营，担负培训一流的谍报员任务。野牛胳膊上的肌肉一跳一跳的，他穿着一身作训迷彩，腰间挎着枪，带着笑意冷冷地站在阅兵台上。

"X，是未知数！也就是不存在！到了 X 训练营，你们也就不存在了！你们在这儿，没有名字，没有国籍，当然了，我也不在乎你叫什么，你从哪儿来。这一切都跟我没有关系，我只关心一件事——你们能不能按照我的要求，训练成 K2 需要的人才！"

王悦可站在队列里，木然的脸上隐约有泪光。

"K2，是一个神秘的代号！K2，是这个地球上有史以来最伟大、最庞大的秘密组织的黑手套！什么是黑手套？那是相对于白手套说的，所谓白手套，就是那些衣冠楚楚、满嘴谎言的银行家、政客等，他们在众目睽睽之下，干着最肮脏的勾当，睁眼说瞎话！而我们 K2，就是组织的黑手套，专门从事暗杀、绑架、爆炸等一系列的恐怖活动！"

"在这里，没有为什么，只有服从！你们要做到的，就是对我的绝对服从！你们会被培养为间谍、杀手，学会怎么刺探情报，怎么不留痕迹地杀人，怎么搞汽车炸弹，怎么劫机，怎么在自来水公司下毒……总之，我会教你们很多好玩的东西，你们也会爱上这个行当！还有，教会你们怎么勾引男人和女人，怎么提高你们的床上技巧！"

学员们战战兢兢，没人敢吭声。

王悦可的头发都湿透了，神情恍惚地站在队列当中。不知道是泪水还是雨水从她的脸上滑过，她的嘴唇翕动着，终于哭出声音来："啊——"

王悦可从队伍里跑出来，跑向了大门。野牛冷冷地拔出手枪上膛，王悦可没命地跑向大门，长发披散开来。野牛已经瞄准了她的背影，突然，枪口往下一压。砰砰！王悦可尖叫着，腿一软，摔倒在泥地里。她爬起来，又往前跑去，又是几颗子弹落在她的身边。王悦可尖叫着栽倒了，长发披散在眼前。两个人高马大的雇佣兵走过来，抓住她的头发和胳膊，将她拽了起来，一阵拳打脚踢，她痛苦地惨叫着。野牛走过来，用枪口抬起王悦可的下巴，他冷笑着把手枪插入枪套："送到我房间去！"

学员们眼巴巴地看着，谁都不敢出一声大气。铁面人隐在步战车后面，对这一切早已司空见惯，他面无表情地转身走了。

8

"啊——"王悦可撕心裂肺的尖叫声响起，撕开了外面的雨幕。正在训练的学员们惊呆了，都停下看着教官宿舍楼，一阵枪托就砸了下来："看什么看？继续训练！"

学员们惊恐地喊着口令继续训练。

裹着作训服的王悦可蜷缩在房间的角落里，野牛心满意足地提上裤子："三天来一次我这里，这是命令。"王悦可的脸上都是屈辱的眼泪。

大雨中，尖叫着的王悦可被两个雇佣兵拖到训练场上。王悦可被扔进队伍里，她刚刚站起来想跑，就被一个雇佣兵揪住头发直接拖到地上。几个雇佣兵过来就是拳打脚踢、枪托飞舞，王悦可抱着脑袋在地上打滚儿尖叫着："别打了，我训练——"

雇佣兵们让开了，王悦可哭着爬起来，额头还在滴血，就被推到障碍场。她在雨中的队列里大哭着，却不得不跟着跑障碍。抱着高压水枪的雇佣兵直接冲击着她，王悦可在强水流中爬起来，在泥潭里痛苦地挣扎着……一道闪电在暗夜划过，映亮了王悦可惨白的脸。

9

一班宿舍里，帅克一下子在床上坐起来，满头冷汗。他回过神儿来，心口还在剧烈地跳个不停。周围一片安静，帅克急促地呼吸着，浑身都被汗水湿透了，他有些心神不定地去拿衣服。

一连楼下，帅克穿着军装下来。黄金听到脚步声，急忙起立："报告！新兵一连一排一班战士黄金正在值班！"帅克忍住笑道："行了，知道了。"黄金回头："是你啊？吓我一跳，我还以为是士官长查哨呢！你怎么起来了？今晚没你的岗啊！"

"我做了个噩梦。"帅克说，"好像谁往我的心窝扎了一刀似的，那感觉跟真的似的，一下子就给我疼醒了。"

"你现在没事了吧？"

帅克揉揉心口："还是隐隐有点儿疼，梦中好像看见可可的脸了。她好像……好像出了什么事，一直在喊帅克，救救我，帅克，救救我。"

"梦都是反的，她肯定没事的。"

"我去那边给她打个电话。"帅克走到那边的角落里，拿出手机拨过去——是忙音，帅克一愣，又拨，还是忙音。帅克想了想，打开微信，翻来翻去却找不到王悦可的头像——帅克呆住了。黄金小心地走过来："咋的了？哥们儿？"

"可可拉黑我了！"

"不可能吧？你们俩吵架了？"

"没有啊，一直都没啥事啊。"

"你再打打试试？"

帅克再打，还是忙音。黄金也不知道该说什么好了。帅克郁闷地走到台阶边坐下。黄金跟了过来："哥们儿，你没事吧？"帅克摆摆手："我没事，我就是不知道怎么回事，是不是她真的出事了？"

"能出什么事儿啊？你别多想了。"黄金回头看看，"我回去值班了啊，一会儿士官长要真来了，看我不在岗位，又得骂我了！你好好的啊！有事招呼我，别自己走远了啊！"说完，他赶紧跑回去继续值班了。

帅克坐在台阶上，看着漆黑一片的夜空发着呆。

10

枪声在 X 营地响起，木桩上，一排被绑着的人质战战兢兢，还有一个十二三岁的孩子在哇哇大哭着。王悦可惊恐地站在特务学员当中，每个人手里都拿着一把钢刀，学员们也是噤若寒蝉，几个身强力壮的雇佣兵拿着枪站在四周。

"杀掉他们！一人一个！上！"野牛冷冷地说。

学员们没人动，腿都打着哆嗦。王悦可惊恐地闭着眼，浑身都颤抖着，眼泪却止不住地流出来。野牛举枪对天开了一梭子："快！我告诉你们了，杀掉他们，不然你们就死！"

王悦可拎着钢刀在颤抖。

"给你们最后一次机会！"

哗啦啦！雇佣兵们的枪口对准了学员们。

队列里，一名女学员突然跪下，号啕大哭："我不想杀人……求求你们……放过我吧……"

噗！野牛毫不犹豫，一枪爆头，女学员猝然倒地，王悦可吓得一哆嗦。野牛举着枪，冷冷地注视着他们："还有谁？"

王悦可满脸是泪地拎着钢刀，野牛举枪，将黑森森的枪口对准她："就从你开始，小宝贝儿！"王悦可痛哭流涕，全身颤抖着。

"啊——"王悦可尖叫一声，闭上眼睛，拎起钢刀冲了过去，血一片一片地洒在她的脸上。野牛脸上浮出一丝微笑，王悦可满脸是血，连眼神里都冒着血。她睁开眼睛，看着面前血腥一片，急促地呼吸着，精神崩溃的她已经变成了魔鬼……

夜晚，王悦可打着哆嗦，等在车旁。一个雇佣兵拿着两个罐头和长面包走出来，王悦可起身，迫不及待地抢过一个长面包，大口吃起来。雇佣兵一把将她反按在车头上，她大口地吃着面包，满嘴都是渣子，不停地咳嗽着。她再次被按倒在车头成为任人宰割的羊羔，下身被撕开一样疼痛，被从身后不断撞击着，王悦可的眼睛里全是杀气。

11

靶场上十个酒瓶子摆在前面，十个学员站在酒瓶子之间。王悦可持枪上膛，横向移动，都是精准射击，啪啪啪，酒瓶应声而碎。王悦可打完，枪里还有一颗子弹，她拎着手枪，抬手扣动扳机，一个站在最后的学员脑门儿中弹，脑浆飞溅着猝然倒地，其他九个学员面面相觑，但谁都不敢动。王悦可面无表情地收起手枪。野牛鼓掌道："好样的！小宝贝儿，真不愧是我的小宝贝儿啊！"王悦可面无表情地走回队伍。

高处，毒蝎戴着铁面罩，拿着望远镜在观察。

格斗场上，一名壮汉赤裸上身，挥舞着铁拳。王悦可鼻青脸肿，满脸是血，双方缠斗在一起，王悦可毫不退缩。壮汉频频中招，恼羞成怒地冲上来，王悦可灵活地从他裆下穿过，利索地抓住他的裆部，怒吼着，壮汉脸色大变，应声栽倒，趴在地上捂着裆部号叫着。王悦可跟母狼一样号叫起来："呀——啊——呀——"

"我要杀了你！"王悦可像母狼一样尖叫着，纵身扑向那边的壮汉。刚起身的壮汉又被撂倒。王悦可尖叫着，呐喊着，在血肉横飞中徒手把那壮汉的骨肉给撕裂了……她一口咬在哀号的壮汉的耳朵上，又吐出来……鲜血四溅中，是王悦可狰狞的脸。周围的人都不吭声了，野牛也看傻了。

怒火在王悦可的眼睛中燃烧着，她的世界已经满是狰狞，她仍旧不停地呐喊、撕裂……

远处，毒蝎拿着望远镜看着，有些意外。

格斗场上，王悦可被几个雇佣兵紧紧抓住，她跪在地上呐喊着，挣扎着，嘴里和鼻子里也都在流着鲜血，野牛上去就是一枪托，王悦可晕了过去。

这是一个污水坑，臭气熏天，水面上漂着粪便，一群群苍蝇落在上面。王悦可被丢了进去，几只硕大的老鼠被惊得四处逃窜。她慢慢醒过来，满身的伤口被污水杀得疼痛难忍，一条水蛭甚至爬到她的脸上开始吸血，裸露在水外的胳膊被热带中午像火一样的阳光晒得起了水疱，水面被阳光蒸起的水汽和着恶臭熏得她几乎窒息。

王悦可双手抓住一只硕大的老鼠："啊——"老鼠的五脏六腑就都被挤了出来。野牛在上面看得惊心动魄。这时，毒蝎走过来蹲下，看着水牢栅栏下面的王悦可狰狞的脸，她脸上都是血污，喉咙里发出狼一样的威胁。

"她恐怕真的是个魔鬼。"野牛心有余悸地说，"她不能活过今天，马上就得干掉她！"

"你真是个畜生。一夜夫妻还百日恩呢，你搞她多少次了？现在还想杀了她？"

"可是我不杀她，我怕她会杀了我啊！你看她的眼，那还是人的眼睛吗？那是狼的眼睛！嗜杀成性的母狼的眼睛！"

毒蝎看看王悦可："现在她有了新的代号。"

"什么？"

"你给她起的——母狼。"

"啊——"水牢里，王悦可的眼睛里猛然扬起一丝疯狂的绝望，她发出一声号叫，野牛不寒而栗，身子都哆嗦了一下。毒蝎看看水牢里面的王悦可："先关着吧，给她吃点儿苦头再说。"野牛吩咐下去："快快快，检查一下！锁牢没有？快检查检查，别让她又跑出来了！"

"啊——我要杀了你们！"水牢里面，王悦可再次发出号叫，她的眼睛里闪动着的是泪水，更是一种绝望。这时，从远处涌来的大团乌云使天空黑暗下来。闪电打了下来，开始下雨了，先是雨滴，接着便成了雨帘、雨幕，王悦可仰起头，张开干裂的嘴唇，大口大口地喝着雨水。雨水不断地向坑里流进来。这个一次次陪着死神跳舞的人，慢慢培养出了犹如野兽般的本能反应！

第十五章

1

方阵。

迷彩色的方阵——一百多个战士组成的迷彩色的方阵，在骄阳下不动如山。空降兵机场上，八一军旗猎猎飘舞。钢盔下面黝黑消瘦的脸，在鸦雀无声中孕育着无穷的力量，汗珠顺着他们刚毅的脸颊滑下。

8点50分，雷震全副武装，站在队伍前面，面前是一面巨大的、鲜红的八一军旗。雷震高举右拳："我是中国人民解放军军人，我宣誓——"

唰——整齐划一的一片白手套举了起来。

"我是中国人民解放军军人，我宣誓——"

声音地动山摇。

"服从中国共产党的领导，全心全意为人民服务，服从命令，严守纪律，英勇顽强，不怕牺牲，苦练杀敌本领，时刻准备战斗，绝不叛离军队，誓死保卫祖国！"

"誓死保卫祖国！"

头发花白的军长站在高台上，肩膀上将星闪烁，他注视着自己的新兵们。兵们目不斜视，昂首挺胸。

"这不是我们第一次见面了！我们的第一次见面，我对你们的印象很不好！我认为，你们不可能成为合格的军人，不可能成为优秀的中国空降兵！"

新兵们抱着步枪，注视着军长。

"在我庄严肃穆的空降兵部队大院里，居然还跑出来一头驴？！在我空降兵建军以来的历史上，从来没有过像你们这么无法无天的新兵！我狠狠地批评了你们的干部，因为他们没带好你们！同时，我也狠狠批评了我自己，因为我的部队出现任何问题，那都是我的问题！是我这个军长没有管理好，这支被中央军委首长和空军首长寄予厚望的尖刀部队！"

军长声若洪钟，无人敢吭声，只有连旗随风飘动的声音。

"但是当我平心静气开始了解你们，我知道，你们是有希望的！你们是"95后"新兵，其中多数是大学生新兵！你们和往年的新兵不一样，脑子更活，点子更多，当然，闯的祸也会更多！我不怕你们闯祸，只要你们心中有数，牢记军人使命，我可以包容你们！我怕的是，你们没有闯劲儿！"

"伞兵，天生就是被包围的！身为一名伞兵，如果失去了闯劲儿，将无法在战场上生存！而我们中国空降兵，是一支随时做好准备，随时要被拉上战场的，只为战争而存在的精锐部队！伞兵，要有闯劲儿！伞兵，要敢打仗！没有闯劲儿的战士，是不可能成为中国空降兵的！所以，我选择原谅你们！你们记住，这是一名共和国将军对你们所犯错误的原谅和包容！在这原谅和包容后面，是这名将军对你们勇敢顽强、杀敌报国的期望！你们明白吗？！"

"明白！"一百多人的方阵齐声吼道，气势磅礴。

"列兵们，你们是谁？！"军长厉声问道——他苍老的声音一下子变得那么雄壮浑厚，一点儿都不像一个上了年纪的人。

"中国空降兵！"吼声如雷。

"列兵们，你们的宗旨是什么？！"军长的眼睛如鹰一般放射出寒光。

"到达一切地域！夺占一切先机！克服一切困难！战胜一切对手！"

"列兵们，你们准备好去上甘岭了吗？！"军长的右手在空中一挥。

"时刻准备着！"小伙子们的声音在机场上空回荡着。

军长注视着自己的兵："我期待着你们的表现。"

"敢上九霄闹天宫，敢下地狱抓阎王！"方阵连着喊了三声，一百多个精锐彪悍的小伙子齐声怒吼，声音震得山响——雷震的心也连着被震了三次。

2

宣誓仪式完毕后，各连队在大楼下列队集合，个个都背着背囊提着包，开始分班。帅克站在队列里有些忐忑。赵大力拿着花名册，挨个儿在点名。按照之前雷震的想法，黄金和安迎战被分到黄继光英雄连，卞小飞和陈东西去了上甘岭特攻八连，那都是嗷嗷叫的尖刀部队。其他连队都分班完了，唯独没有念到帅克的名字。帅克尴尬地站在队列里，开始有点儿慌了。想来也是，弄了一头驴进部队，关键还被军长给撞见了，这事能不大吗？帅克现在悔得肠子都青了，早知道会被部队赶回去，他就是一根驴毛也不会带进部队的。

赵大力站在队列前，继续翻着花名册，他自己也愣了一下，看看帅克，又看看花名册："由于帅克严重违反军纪，从即日起——"帅克抬起头，赵大力脸色很严肃，咳嗽了两声，才继续说道，"从即日起，到山地综合靶场保障班报到！"

帅克一愣。

"没听到吗？需要我重复吗？"

"是！……山地综合靶场保障班！"

大家都很意外，旁边那四个货就更意外了。唯独帅克知道不意外，这是他自找的。

操场边，一片上尉当中，末尾站着一个上士，那是保障班班长姜文泽，一个看上去不知是三十多岁还是四十多岁的老兵，穿着一身洗得发白的迷彩服，但军容很齐整。

帅克背着背囊提着包，快步走了。

3

新兵们陆续被卡车接走了。荒野山路上，一辆三轮摩托在疾驰，掀起漫天的尘土。帅克开着破旧的三轮摩托车，姜文泽坐在旁边的车斗里。帅克无言，脸上有泪流下来，很快又被风吹干。

山头上，三轮摩托车停在一边，帅克下车，转过身擦擦眼泪，他不想让姜文泽看见。姜文泽其实看见了，但没吱声，转身对着群山，用尽所有力气大吼："啊——"

"班长，你这是干啥？"

"喊山啊！"姜文泽笑笑。

"喊山？"

"对，喊山。把自己的郁闷都喊出去，山是能接受的，心情也会好很多。你试试？"

帅克站在那儿，除了山风吹得密林哗啦啦地响，一个人影都没有。此刻，帅克不知道自己以后的军旅生涯是不是就这么孤寂地度过。对，是孤寂。没人记得，也没人在乎。帅克望着眼前的青山，眼泪在打转。他突然积蓄起全身的力气，发出长长的嘶吼："啊——"眼泪也在这时夺眶而出。

嘶哑的吼声惊出林子里的几只飞鸟，在山间回荡。帅克慢慢跪下来，喊声逐渐变成了哭声。姜文泽站在旁边，默默地看着他。帅克哭得很伤心，他怎么也没想到，自己来当兵，会当成这个样子。

姜文泽一直没说话，拍拍帅克的肩膀："哭吧，哭出来会好很多。"

"我真的没想到，会是这样……"

"这对你未必不是好事，"姜文泽的手拍在他的肩膀上，"帅克，你锋芒太露了，你的事连我都听说过很多。虽然不一定是准确的，但是传言必然有传言的原因。人的一生，总是要面对许多挫折。你当兵的路一直都很顺，这只是一个小小的坎儿。你还年轻，没有部队生存经验，从军这条路，不是光不怕死、脑子活就行的。"

"班长……对不起，我……控制不住我自己……"

"我带你到这儿来喊山，就是希望你能发泄出来。"

"谢谢，谢谢班长。"帅克起身，擦把眼泪，"班长，我好了。"

"你活成什么样，没有人能代替你选择，全看你自己。"姜文泽看着他，"这当兵的路，每一步都好走又难走，我知道你想去黄继光英雄连、上甘岭特攻八连那样的尖刀作战连队，想证明自己的价值。我也知道你是够资格的，但是你管不住你自己的野性。"

"班长，我不是说保障班就……"

"你怎么想，我心里很清楚。"姜文泽打断他，"包括我自己，一开始听说你分到我们保障班来了，都很纳闷儿。帅克，你是新兵连的佼佼者，多少年难得一见的兵尖子，但是你的野性太重了，我想，上面要你来我这儿，也是为了磨磨你的野性。"

"班长，我现在不想那么多了，我愿意去保障班，只要我还能穿着这身军装，留在空降兵部队，我去哪个单位都成。只要……空降兵还要我。"帅克泣不成声。姜文泽笑了笑道："咱们部队有句话，坏事变好事。对你来说，这个挫折来得恰到好处，刚起步的时候遇到点儿挫折，要比你以后遇到挫折强多了。你是个聪明人，脑子不笨，你会明白这个道理的。"

"谢谢班长，我记住了。"帅克觉得好多了，姜文泽道："走！我们回驻地去，全班同志做了好吃的，都在等你呢！"

两个人上车，三轮摩托车颠簸着开走了。

4

一排孤零零的部队平房坐落在荒山脚下，绿色的草原因暮色而显得有些苍凉，像笼着一个绯色的天穹，只有空地中央竖着的鲜红的旗帜，让这个地方看起来还像个军营。平房前，七个穿着常服的兵拿着鼓、锣，墙上还贴着"欢迎新战友"的横幅，看上去显得有点儿滑稽。

"来了，来了！"副班长陶雄拿出打火机，点燃一挂鞭炮，三轮摩托车在一阵欢天喜地的锣鼓声中开过来。帅克惊喜地看着大家，姜文泽跳下车："看，大家多热情啊，就等着你来呢！"随即对着那几个正敲得起劲儿的兵们说，"这位就是咱们班的新战友——帅克同志！"

咣咣咣！又是一阵热烈的锣鼓声，帅克激动地敬了一个礼。

"我来给你介绍一下，这是副班长陶雄！他们几个人是廖一帆、崔大志、耿明、肖占龙、范志国、白冰。从此以后，大家就是一个锅里面吃饭的战友了！大家呱唧呱唧！"

掌声齐响。

副班长陶雄一收手，掌声瞬间停止。

"我们请帅克同志说几句感言好不好啊？"陶雄说。

"好！"几个兵兴奋得有点儿过了头。

帅克明显还没适应这样的欢迎仪式："我，我不行，我刚来，什么都不知道呢！说不了，说不了！"陶雄笑笑道："你就说说你的感言吧！你是我们这儿两年来的第一个新兵呢，稀罕物啊！"兵们都笑，帅克也笑了。

"好吧……我……我跟新战友们说说我的心里话。"大家都看着他。

帅克站得笔直："我……我其实，来的路上一直挺不好意思的。我一直以为，我是个天生的战士、出色的军人，但是我确实没做到，现实打破了我的幻想。刚才来的路上，班长说我的野性太重，一句话点透了我。我确实是一匹野马，我也不谦虚，我的军事成绩在新兵营是最好的，我说我是第二，没人敢说第一。不管是训练还是对抗演习，我都是绝地反击、力挽狂澜的那一个，哪怕是……"帅克顿了一下，"总之，我一直以为，我身边的战友们也一直以为，我应该如愿以偿地进入雷神突击队，进入空降兵的特种部队……可是……我……"帅克有些哽咽，稳了稳情绪，继续说道，"是我的错，我应该承担这个责任。我知道，这是在惩罚我，其实宣布我来咱们训练场保障班的时候，我确实觉得很没面子，很下不来台。新兵营的战友们，去了黄继光英雄连，去了上甘岭特攻八连，去了……只有我被分到了咱们保障班。那一瞬间，我说不清自己的心情。如果是我以前的脾气，我早就撂挑子了，我会觉得这是对我最大的侮辱。"

兵们默默地看着他。

"但是，我想明白了一件事。那就是对于我来说，最重要的是，还穿着这身军装，还是空降兵部队的兵。我打心眼儿里热爱空降兵部队，我不想……就这样离开。班长带我去喊山，我喊着喊着心里非常难过，我真的很后悔。如果再给我一次选择的机会，我真的不会那么做。可是，人生没有如果，只有结果，结果我必须承受。

"我说出来，也不怕大家笑话我，也不怕大家生我的气。我不是瞧不起训练场保障班，这是空降兵部队的一部分，我也一样热爱。只要让我还是空降兵，我干什么都行。我一定会吸取教训，好好做一个咱们保障班的兵，早日成为一个合格的空降兵。我的话完了。"

帅克坦诚地看着大家，陶雄反应得快："欢迎新同志！"

"啪啪啪——"掌声响起来。兵们围上去，拿起帅克的背囊、手提包，热情地招呼他进宿舍。

5

夜幕降临，探照灯的强光照亮了 X 营地。不远处，野牛抓着一个女学员向自己的宿舍走去，女学员一路哀号着。水牢里恶臭熏天，上面不时漂浮着老鼠的内脏。王悦可站在水牢里，观察着四周。营地一角的探照灯唰地扫射过来，她开始数数。

房间里，女学员被丢在床上，野牛淫笑着开始撕她的衣服。

水牢里，王悦可仍旧默数着。探照灯晃着唰地扫到她身上，又过去了。王悦可从舌头下面吐出一根老鼠骨头做的骨刺针，快速插入铁锁的钥匙孔，咔吧！王悦可快速打开水牢的门，刚露出头，两个雇佣兵就巡逻过来，王悦可马上缩回去，关上门，躲在水牢里屏住了呼吸。

雇佣兵过去了。王悦可一把推开水牢的门，快速爬出去，猫腰快走几步，一个鱼跃前滚翻就过去了。王悦可躲在车的底盘下面，一动不动，警觉地观察着四周。这时，一个雇佣兵走过来，靠着皮卡的轮胎蹲下，拿出针管，开始享受海洛因带来的愉悦。

"噗！"王悦可伸出一手捂住他的嘴，又拔出他腰间的匕首，锋利的匕首紧挨着雇佣兵的脖子。王悦可麻利地割开他的喉咙，那种金属特有的冰凉质感，让躺在地上的士兵血喷如注。王悦可把尸体快速拖到车底下，探照灯唰地又扫过去，一切如常。

房间里，野牛的手枪胡乱地放在床头柜上。王悦可穿着刚刚扒下来的战术背心，背着冲锋枪，旋上消音器的手枪对准了床上赤裸的野牛。咔嚓一声，子弹上膛！野牛一惊，噌地坐起来，满脸惊恐："你……你怎么逃出来的？"王悦可的脸木然到恐怖："都是你教我的。"野牛开始冒冷汗，讪笑着咽了口唾沫："你想干什么？等等，这件事我们还是可以谈谈的！"王悦可冷如刀锋的目光扫过他："你是恶魔，我现在也是恶魔，恶魔不会和恶魔谈判的。"

噗！噗！王悦可扣动扳机，几声清脆的枪声响起，艳丽的血花猛然从空中绽放，在一声凄厉的惨叫中，那道灰色的身影重重栽倒在地上。王悦可提着枪走过去，对着他的脑袋又补射两枪。抬眼，满是杀气。那名女学员蜷缩在床角，全身赤裸，抱着被单惊恐地看着她："别杀我，别杀我啊……我们是一起的，我也是被迫的……"

王悦可抬手就是两枪："我是在结束你的痛苦。"

眼泪不停地从王悦可的眼睛里流出来，她双手的指甲已经深深嵌入了自己的手心，划出一道道血痕。她发出一声痛彻心扉的狂号，犹如一头重伤不治，却依然在阴冷的寒夜面对一轮皓月发出长嗥的野狼，王悦可悲怆的呼啸在瞬间就狠狠撕破了这片黑暗的天幕，直直刺向那无边无垠的苍穹！

6

弹药库里一片黑暗，各种武器、弹药和炸药摆放得整整齐齐，月光从窗口投射进来，照在王悦可充满杀气的脸上。

此刻，王悦可的眼神里燃烧着一股复仇的火焰，她冷静地清点着弹药，子弹一发一发地压进弹匣。黑色的吊带背心已被汗水湿透，紧紧贴在身上，露出了她凹凸的曲线，汗水顺着她白皙的脖子流进胸前高耸的乳峰之间。她把狙击步枪擦好放在箱子上，又拿起56式冲锋枪背上，战术背心里塞着手雷，腿上还绑着一把锋利的匕首，这是做飞刀用的。王悦可压上最后两颗手枪子弹，上膛，冷冷一笑……

7

夜色里，X营地的探照灯来回扫过训练场，不时有巡逻的游动哨走过。王悦可从隐蔽处出来，快速溜过去。遥控炸弹粘在车的油箱下面，闪着红灯。角落里，游动哨持枪走过黑暗处，一个黑影飞身而出，游动哨的脖颈被划开，喷血倒地。王悦可拿出一个手雷，拔掉保险栓，放在尸体下，压好。黑影在探照灯的空隙间穿行而过，刀锋凌厉。

营地角落里篝火熊熊，四个雇佣兵嘻嘻哈哈在喝酒，嗖的一声，一个雇佣兵摸着脖子，口吐白沫，抽搐着倒下。其他三个雇佣兵一愣，举枪瞄准，王悦可从暗处飞身而出，刀光飞舞，双方对峙着。

"真没看出来，你还真的是一匹母狼。"最后一个雇佣兵顺手抄起铁链。王悦可不说话，眼里都是杀气，举刀冲了上去。

房间里，拿着手枪靠在椅子上假寐的毒蝎睁开眼笑了笑，继续闭目养神。

王悦可交叉在胸前的双刀嚓地在那个雇佣兵的脖子上划开，人头飞了出去，鲜血喷在王悦可的脸上，她一动不动，眼前的世界血腥一片。

角落里，两个游动哨走过来，看着倒靠在墙上的雇佣兵道："他喝多了吗？怎么在那儿睡着了？"两人走过去，刚把那人翻过身，手雷的弹簧片腾地就弹开了，两人一愣，手雷轰地一下子就炸开了，瞬间将他们吞噬在烈焰当中。

毒蝎听到爆炸声，没动，他睁开眼笑了笑："你果然没让我失望！"似乎一切都在他的意料之中。

巨大的爆炸声让整个营地都沸腾起来，警报声、脚步声、上膛声响成一片……学员们被惊醒了，不顾一切地往外跑去，刚一拉门，挂在门上的手雷砰地掉下来，烈焰卷起学员们的身影，整个宿舍都被烈焰吞噬。黑暗里，王悦可冷笑着按下按钮，整个营地瞬间爆炸四起，火光冲天——火红的烈焰映红了王悦可血红的眼睛，在无尽的痛楚当中，燃烧着她满身的伤痕，也烧掉了她曾经所有的一切……

第十六章

1

X营地爆炸四起。房间里，毒蝎不慌不忙地戴上面具，一个雇佣兵冲进来："毒蝎，出事了！"毒蝎拎着枪："我又不是瞎子、聋子，去吧，你们上。"

"不知道对方有多少人，是不是政府军的特种部队来了？我们撤吧？"

"笨蛋，只有一个人，还是个女的，你们就成了这副德行？还天天跟我吹，你们是最好的行家里手，我看你们连一头猪都不如！"毒蝎骂道。

"一个人？！"雇佣兵愣住了，"一个人把整个训练营都炸了？这不可能啊！"

毒蝎冷笑道："我告诉你是一个人就是一个人！他妈的赶紧给我去，抓住她，我要活的！"

"是！我马上召集兄弟们！"雇佣兵转身出去了。

毒蝎提着手枪，走到门外。整个营区已经火光冲天，雇佣兵们四散叫嚷着……塔楼上，王悦可拿出爆破箭头，瞄准，咻！一支爆破箭撞击在一个雇佣兵的身上，瞬间爆炸，他惨叫着，半个肩膀都被炸没了，在地上号叫着滚来滚去。一个雇佣兵看见后大喊："在塔楼上！"

雇佣兵们拿起枪，对着塔楼扫射过去，密集的弹雨漫天而下。王悦可丢掉狙击步枪，纵身一跃，跳下塔楼。落地的瞬间，她滚翻出枪，精确射击，对面的雇佣兵纷纷中弹。王悦可在弹雨中翻腾滚跃，毒蝎看着弹雨当中的王悦可，露出微笑："你就是我想要的人。"

屋顶上，毒蝎拎着狙击步枪走上来。王悦可在枪林弹雨中翻腾，隐身在皮卡后换着弹匣。突然，一颗子弹飞来，啪地打掉她手里的弹匣，王悦可一愣。又是一声清脆的金属撞击声，手里的冲锋枪被打掉了，王悦可急忙躲避在隐蔽物的后面。

雇佣兵们持枪小心翼翼地从四面八方围拢过来，王悦可从战术背心里取出两枚手雷，咬掉保险栓。手雷在空中划着抛物线，落在地上滴溜溜地转着。王悦可飞身跃起，身后响起巨大的爆炸声，强烈的爆炸让王悦可重重地落地，啪！又是一枪，子弹擦着她的胳膊飞过去，王悦可猝然栽倒。毒蝎拿起对讲机："她受伤了，去抓住她——记住，我要活的！"

硝烟笼罩的营地上，王悦可手持双刀，满脸是血地站在中央，刀尖上不断地有鲜血往下滴。雇佣兵们持枪围住了她，但谁也不敢靠近。一个雇佣兵在她的背后暗处举起步枪，砰！毒蝎从黑暗处闪身出来，举枪的雇佣兵猝然倒地。王悦可提着刀，就像是一头独自在旷野中游荡的狼，没有同伴，没有战友，有的只是一次次刀锋入骨、背水争雄的血战和那股腾腾升起的愤怒的杀气！

王悦可手持双刀，眼睛里冒着复仇的怒火看着这群雇佣兵，突然尖叫着冲过去。一张大网从后面拉起，几个雇佣兵拉着网把她拖倒在地上，王悦可挣扎着，网被越拉越紧，几个雇佣兵冲上去，就是一阵拳打脚踢。王悦可知道，这将是一场没有退路的血战！她抱头蜷缩着，口吐鲜血，晕了过去。

2

清晨，一轮朝阳从山头缓缓升起来。阳光穿过树枝投射在宿舍的地上，帅克猛地一下子惊醒，坐起来左右一看，一个人都没了，他急忙穿好衣服跑了出去。

空地上，姜文泽正带着保障班的战士们在装靶子，个个都挥汗如雨。帅克跑过来，不好意思地挠头道："对不起，对不起，班长，我起晚了！"姜文泽抬头，笑了笑道："你没起晚啊，还没到起床的时间呢！"

"那你们几点就过来了？"

"早上三点半。"

"啊？起这么早啊？"

"正常的，今天是训练日啊，咱们空降兵部队是全训单位，谁都不会闲着。武装直升机8点过来打靶，黄继光英雄连和上甘岭特功八连10点过来进行射击训练，紧接着是翠鸟女子侦察引导队也会来。今天咱们这儿真的很热闹，下午还有雷神突击队的特种战术射击训练，雷神要一直打到晚上呢，他们还要夜间射击——今天比较忙！"副班长陶雄装着靶子，自顾自地说道。

帅克听着，心里有点儿酸："他们都来打靶啊？"

"对啊，刚才说的都是咱们空降兵部队的王牌部队，他们的射击任务很重，都是优先安排的。今天一天，我们就保障这几个单位！"

"保障他们，比保障一个师打靶还累！"陶雄苦着一张脸，"他们花样多，子弹多，都是玩儿命造！这不，我们三点半就起来布置靶场了，一直干到现在，还没完事呢！"

"那怎么不叫我啊？"

姜文泽还是一贯的笑容可掬："你刚来，想让你休息休息，多睡会儿啊！"

"我也是保障班的战士，我都休息好了！"说着，帅克就跑过去跟大家一起干活儿。

姜文泽笑了笑，陶雄凑过来，低声说："这帅克看起来，不像传说中的那么刺儿头啊！"

"新兵嘛，总是要成长的，发配到咱们这儿，对他肯定是一个教训！都干活儿吧！"姜文泽起身看过去，帅克扛起一摞靶子，姜文泽叹了口气，"……他不是我们的兵。"陶雄没听明白："啥意思？"姜文泽看着帅克的背影，语气悠悠地说："他人在我们这儿，心现在也在，但是有人并不想让他留在这儿，早晚会被接走的。"

陶雄越听越迷糊了，姜文泽继续装靶子："干活儿吧！我们不能操上面的心！"

3

7点50分，山地训练场上空传来轰隆隆的声音，姜文泽带着保障班的几名战士站在山坡上静静地等待着，站在高处的白冰挥着手高呼："来了！来了！"

帅克抬头，五个小黑点在天际边出现。帅克看着，嘴角的肌肉抽搐了一下，竟然有些激动。是啊，那本是他熟悉得不能再熟悉的场景，现在看来，却恍如隔世。

山地上空，五架直10编队超低空飞来，机翼上挂着火箭弹。陈笑寒驾驶武直，瞄准。山地空地上，一枚从机翼下投射出来的火箭弹，在空中划出了一道带着强大压迫力的弧线，带着刺耳的呼啸向一辆破旧的坦克狠狠砸落下去，接着就是一声剧烈的爆炸。

步兵靶场上，两个连队雄赳赳、气昂昂地扛着连旗，高喊着冲杀过来。几十双伞兵靴踩在土路上，踏起漫天尘土。七个兵远远地站着场地边，看上去很孤独。

都是兵，七个兵的连队和一支车队的兵比起来，却不只是人数上的差别。

响震天的杀声越来越近，白冰伸长脖子在看："这两个连队又整啥幺蛾子呢？"崔大志从鼻子里哼出一声："闲的呗！全训连队！王牌连队！尖刀连队！吃得好、练得狠、待遇高，每天能琢磨啥？闲得发毛，看别的连队都不顺眼！王牌对王牌，可不就这样了吗？"

肖占龙叹了口气："唉！一步错步步错啊，我当初就是怕黄继光英雄连太苦，分新兵的时候犹豫了一下！结果，人家就不要我了！直接给我发配到保障班了！这啊，是被战争遗忘的角落啊！"

181

廖一帆苦笑道："一年打不了五十发子弹啊，天天看别人打，这真是被战争遗忘的角落啊！"

帅克被刺激了一下，听着心里很不是滋味。如果说保障班是被战争遗忘的角落，而自己，就是被遗忘的兵。

远处，两个连队高举红旗呐喊着冲上地平线。跑在最前面的是陈东西和安迎战，扛着连旗，意气风发。帅克看着，鼻子酸酸的。陈东西扛着上甘岭特功八连的连旗，对上了扛着黄继光英雄连的安迎战，两个连队都觉得是自己先冲上的山头，争得青筋暴起。眼看要发展成群殴事件了，黄继光英雄连的连长林峰一声吼，两个连队才悻悻地分开。

林峰看看对手连长叶桐柏："说说吧，谁赢了？"叶桐柏一梗脖子："当然是我们连啊！"林峰冷笑道："哟，您这脸够大的啊？你什么时候赢过我啊？"叶桐柏也毫不示弱："怎么着？拉回去再重跑一次？"林峰摆摆手："这都几点了！要训练了！"叶桐柏轻笑："不敢了吧？"林峰也不是吃素的，笑道："我有什么不敢的？可笑！打靶比不比？"叶桐柏点头，欣然同意，哗啦啦就铺摊子开比。

靶场上，十个靶位倚山而立。帅克和陶雄抬着一箱子弹过去，姜文泽默默地看着。黄金趴在地上，抬眼一看，愣住了。帅克笑了笑，没吭声。另外三个货也看见了他，趴在地上都发愣着。帅克蹲下，拿起步枪开始压子弹。黄金受宠若惊地看着帅克："咋，咋能让你给我压子弹呢？这我咋担当得起啊？"

"我是保障班的，理应保障你射击。"帅克没抬头，继续压子弹，"别分心，你马上要比赛了，好好准备。"帅克把压满子弹的弹匣交给黄金，黄金的手都有点儿哆嗦。帅克站在他身后："别慌，按照射击要领来。"

"四名射手，听我口令！打开保险！上膛！"

哗啦！一片整齐的上膛声。

趴在地上的四名射手虎视眈眈。黄金瞄准，呼吸有点儿急促，帅克低声道："稳住，和你的枪一起呼吸，枪是有生命的。"黄金努力调整着自己的呼吸。

"十发子弹，自行射击！"

远处，林峰和叶桐柏都拿起望远镜，观察着。一阵密集的枪声过后，黄金端着枪还在瞄准，汗珠滴答。帅克目视前方，仍然低声道："你和你的枪是一体的，枪是你身体的一部分，是你的手臂，不要分心，瞄准，预压，射击。"

黄金保持均匀呼吸，开始扣动扳机。枪声响成一片，靶子后面的山坡一片尘土飞扬。

整个世界都安静了。

四个射手持枪起立，黄金的呼吸一下子变得急促起来。帅克眯眼看着前方："别怕，打得还可以。"

叶桐柏信心满满地道："报靶！"

"一号靶位，98 环！"——陈东西笑起来。

"二号靶位，95 环！"——卞小飞也笑了起来。

林峰很紧张，叶桐柏扬扬得意。

"三号靶位，97 环！"——安迎战超水平发挥，乐得不行。

黄金满脸是汗，帅克笑了笑，低声安慰他："别紧张，应该还可以。"黄金还是紧张得直咽唾沫。

"四号靶位，99 环！"

所有人都呆住了。黄金更是呆得彻底，张大嘴看着帅克："这，这不可能啊！这是我打的吗？"

叶桐柏的脸色不好看了，林峰哈哈大笑："老叶啊老叶，没想到吧？哈哈哈！太给我争气了！"叶桐柏冷脸看着黄金："你怎么打的，这个兵？"黄金有些心虚："我，我其实打得真不咋的……"叶桐柏扬手道："别拿这个话糊弄我，你叫黄金是吧？你新兵射击成绩我是看过的，你没一次打过 95 环的！你这 99 环哪儿来的？"黄金急赤白脸地解释："连长，我，我真的打得不咋的，我自己都承认啊，不信你问他们。"

帅克笑了笑，不吭声。陈东西一看就明白怎么回事了："有帮手啊！"叶桐柏纳闷儿地道："你们俩什么意思？"陈东西目视前方："报告！没什么意思！"叶桐柏看向黄金身后的帅克："这个兵，你是哪个单位的？"

"报告！山地训练场保障班的！"帅克高声回答。

"是你指导的他？"叶桐柏问。

"报告！我没有指导他，我也是个新兵！"帅克不卑不亢地回答。

叶桐柏不相信："你真是保障班的？"

"是！保障班的！"帅克目不斜视。

"报告！是我们保障班的！"姜文泽跨步向前。林峰走过来笑了笑道："行了，老叶，别拉不出屎来怨地球没吸引力了！你输了就是输了！"叶桐柏看向姜文泽："你们保障班还出了个扫地僧？"姜文泽憨厚地笑道："谢谢连长夸奖！"

叶桐柏看看帅克，抄起陈东西的步枪，检查了一下。叶桐柏看着帅克："我就不信了，你给我打打试试！"说完把枪甩给帅克。林峰看不过去了："老叶，不带你这么欺负新兵的！他是保障班的，你让他打干吗？"叶桐柏的牛脾气上来了："我就不信这个邪了！你敢不敢打？"

帅克抱着久违的步枪，心跳得有点儿快，看向姜文泽。姜文泽笑得憨厚："八连长，这就不对了，他是我们保障班的兵，您这意思，明显是瞧不起保障班的兵了？"

叶桐柏"喊"了一声："姜文泽，你少跟我来这套！你们班的兵，几斤几两我是知道的！他能跟我们的特等射手比吗？"

"比就比，谁怕谁啊？当兵的只有打死的，没有吓死的！跟他比！"姜文泽脸上的笑容也消失了，取而代之的是一种肃穆。

叶桐柏看向帅克："你自己呢？"

帅克抚摸着步枪："比。"

姜文泽笑笑道："我的兵可说比了啊，八连长，玩儿吗？"

陈东西咧着嘴闭着眼，小声地嘟囔："完了，完了，完了，不能比啊……"

"他妈的比就比！士官长！"叶桐柏高喊。

"到！"一个兵跑步过来。

"你来！教教他什么叫作神枪手！"

"老叶，你这不公平啊！"林峰打抱不平道，"你拿自己最好的特等射手，跟人家保障班的新兵比，这不行，这不行，这不欺负人吗？"叶桐柏瞪着他道："关你什么事儿啊？老林，你管得是不是有点儿太宽了？"林峰笑道："路不平众人铲嘛！那是保障班的新兵，你这是全训连队的士官长，这是一个概念吗？"

帅克淡然地抱着枪，站在那儿没动。叶桐柏看他："当事人都没说话呢，你凑什么热闹？"

"报告！"帅克高喊，所有人都看着他，"我比。"

林峰看向他："你可想好了？"帅克笑笑道："我新兵，输了也不丢人。"叶桐柏轻笑道："你看，你看，人家自己都想得开！士官长！"赵立跑步过来："到！"

"把这新兵给我灭了！"

"是！"

帅克安静地抱枪，抚摸着，他真的是太久太久没摸枪了。

4

靶场上，赵立和帅克持枪站立在地线前。所有人都站在后面，保障班的兄弟们站在一侧，眼巴巴地看着。陶雄一脸担忧地问："帅克能行吗？人家那可是特等射手啊！"范志国伸着脖子："那可真的不一定，我看帅克能赢。班长说呢？"姜文泽笑笑道："马上不就知道了吗？"

"比赛规则——"叶桐柏站在队列前，"立姿、跪姿、卧姿三种射击方式，每种十发子弹！有问题没有？"

"没有！"赵立和帅克高喊。

"计时射击，一分钟内打完！听我口令！预备——"叶桐柏拿着秒表，"开始！"

砰砰砰！两人都是麻利地出枪上膛，开始速射——叶桐柏一看帅克那战术动作就愣住了，林峰也瞪大眼睛："这个……这个是保障班的吗？"

帅克十发子弹射击完毕，随即单腿跪姿，扣动扳机，对面的山坡上尘烟点点。

一阵急速射后，帅克打完起立，赵立也起立报告。叶桐柏惊呼道："乖乖！比我的士官长还快两秒钟！打得怎么样？"

林峰拿起对讲机："报靶！"

"一号靶位，296环！"

赵立笑笑，帅克很平静。

"二号靶位，298环！"

所有人都愣住了，仿佛空气凝结了一般，帅克还是平静地站在那儿。保障班的兵们一阵欢呼跳跃，陈东西和卞小飞脸上都是意料之中的痛心疾首。叶桐柏愕然地看着帅克："你是新兵吗？"帅克挺胸道："是！"林峰脸上满是惊喜："扫地僧啊！保障班真出了个扫地僧啊！你叫什么？"

"我叫帅克！"

"帅克？你就是帅克？"

帅克点头，林峰更吃惊了。叶桐柏像捡到宝似的哈哈大笑："你还在这儿干啥呢？那什么，来我们连啊！"林峰一听不干了："凭什么就去你们连啊？我们连还没说话呢！"叶桐柏挡开他："你看，他是保障班的吧？你们黄继光英雄连向来都是要最好的兵！你就别跟我抢了！"林峰瞪着眼道："谁跟你抢了！这明明就应该是我们连的兵啊！"叶桐柏看着帅克："帅克，我可跟你说啊，你来我们连，马上就是副班长！一年，我就让你入党！"林峰急了："你这什么意思啊？入党能是交易吗？帅克，黄继光英雄连你肯定知道！我们是模范空降兵连！你来我们连，一定能成为出色的空降兵！我跟你说，我们的历史和荣誉……"

帅克站在那儿，转身看过去——姜文泽和弟兄们都眼巴巴看着他。帅克回身："报告！两位连长，我哪儿也不去！"叶桐柏和林峰都愣住了，听他继续说道，"我是保障班的兵，我要留在保障班。"

帅克卸下步枪，双手递给叶桐柏，转身跑步回到自己的队列当中。姜文泽笑着看他，保障班的兵们都笑着看他，眼神里多了不一样的东西。

5

南美丛林。

柔和的音乐在温馨典雅的房间里飘荡着。王悦可躺在床上，慢慢睁开眼，胳膊上的疼痛让她小声地呻吟了一声。突然，王悦可的眼神一下子变得警觉起来，她噌地起身坐起。她穿着睡衣，光脚踩在地板上，拿起茶几上的一把水果刀，小心躲在门口。走廊外没人，音乐声却越来越大。王悦可光脚慢慢往前探去，寻找着音乐的来源。

露台上摆着一桌丰富的西式晚宴，毒蝎端着酒杯，看着远处的丛林，惬意地喝了一口。王悦可露出凶光，持刀走过去，落地无声。毒蝎没回头，笑笑道："你看见狙击手了吗？"王悦可一愣，"你的正对面，30 米左右。"

王悦可抬起眼，黑暗中的红点正打在她的眉心上。王悦可很警觉地问："你是谁？这是哪儿？"毒蝎笑笑道："我是谁，这是一个哲学问题。问得好，我也经常这样问自己。坐下吧，我们可以好好聊一聊。"

"聊什么？"

"同是天涯沦落人，有很多事可以聊聊。"

"我跟你有什么好聊的？"

"你看，我杀掉你，只是一个眼神的事。可是我没有杀你，你在地狱里挣扎那么久，应该珍惜我对你释放的善意。"

"善意？你们这些人还有善意？"

毒蝎起身，转过来看着她。王悦可抬起双手，一副格杀的架势："你是谁？我没有见过你，这是什么地方？"

"这不是 X 营地，是我的私人别墅。把刀放下吧，那边坐。"毒蝎拿着红酒晃荡着，"不想尝尝吗？"

王悦可提着刀，警惕地看着他。毒蝎笑了笑，坐下："中国有一句古话，既来之，则安之。还有一句俗语，不做饿死鬼。你难道要做饿死鬼吗？"

王悦可看着满桌子的丰盛菜肴，走过去，拿起一只整鸡，吃得狼吞虎咽。毒蝎倒了一杯红酒放在她的面前，王悦可一把拿起来大口喝下去："你为什么给我吃的？想跟我做爱吗？"毒蝎苦笑道："我没有这个想法。"王悦可嘴里塞满了鸡肉："那你为什么不杀了我，还给我吃的？"毒蝎看着她："吃吧，我对你没这方面的想法。"

王悦可狼吞虎咽，眼泪也掉了下来，她继续吃着。王悦可丢掉没吃完的半只鸡和半只龙虾："我吃饱了！要杀要剐来吧！"毒蝎惬意地端着酒杯："我并不想杀你，如果我想杀你，你活不到现在。"

"你到底想怎么样？"

"你的心死了吗？"毒蝎看着她，"我是问，经历了这么多的血雨腥风、残酷折磨，不堪回首的日子，你的心死了吗？"

王悦可的眼泪流了下来："我早就当自己是个死人了。"

"哀莫大于心死，你的心里还有希望，对吗？"

"希望？"王悦可冷笑道，"什么叫希望？我还能有希望？我都根本不想活着，还要什么希望？"

毒蝎冷冷地看着她："你真的那么想死吗？"

"你说呢？除了死，我还有第二条路吗？"王悦可的声音颤抖着。

"我也死过。"

"那在我面前的是一个幽灵了？"王悦可讽刺地轻哼一声。

毒蝎不以为然："你可以这样理解，我是一个不存在的幽灵。"毒蝎平静地说，"你以为只有你自己经历过痛苦和绝望吗？不，还有我。我所经历的痛苦和绝望，你连想象都可能感到窒息。不是肉体的痛苦和绝望，你也接受过严格的训练，知道肉体的痛苦都是可以扛过去的，而是精神的痛苦和绝望。"

王悦可看着他："你到底是谁？"

"你可以叫我毒蝎，也可以叫我 Boss。"

王悦可冷笑道："Boss？你想做我的老板吗？"

"我就是你的老板，你没有第二条路可以走。"

"那么，Boss，可不可以告诉我，你想让我做什么呢？"

"接受最好的训练，成为我的王牌间谍和金牌杀手。"

"间谍？杀手？太可笑了，哈哈哈！我之所以反抗，就是死也不做你们的间谍和杀手！你怎么会幻想我会就范呢？就算你杀了我，我也不会接受的！"

"不，你会的，你的眼神和我那时候一样。"王悦可听了一愣，毒蝎又说，"死是很简单的事，你会杀人，也会杀死自己。但是那能解决什么问题呢？过去的你已经死去了，现在的你是属于我的，属于撒旦的。你看见了，我可以让你吃饱，让你穿暖，让你不再被骚扰和强奸，还可以让你过上荣华富贵的生活，完全变成另外一个人。"

"你以为，我会是你的一条狗吗？！"

"不，你是狼。你的代号是母狼。"

王悦可恶狠狠地看着他："如果我不愿意呢？"

"你可以离开，想去哪儿都可以，我也可以送你回中国。"毒蝎说道，王悦可一愣，听他接着道，"我知道你想你的父母、你的男朋友，你可以回到他们身边。"

王悦可像被触碰到神经一样："不，不！我不能回去！我……我这样子没有办法见他们！我不能再见他们！我……就当自己已经死了，我太脏了，我不能见他们……"

王悦可哭出声来，毒蝎冷冷地看着她，起身道："你好好想想吧，我不勉强你，也不会杀了你。我尊重你的选择，我们是一样的幽灵。"

王悦可泪如雨下，眼泪哗啦啦流过她的脸颊。那个在校园里穿着白色裙子，长发披肩的王悦可在这个世界上彻底消失了。毒蝎走远后，听见后面爆发出撕心裂肺的哭声。

第十七章

1

"他不肯来？"林峰看着两个兵垂头丧气地跑回来。黄金耷拉着脑袋点头："连长，对不起。"安迎战一看林峰的脸色，急忙说："连长，帅克就是匹野马驹子，他这脾气要犯起来，我们真的是拉不住他！"林峰看向那边的帅克："我看那匹倔强的小野马，有人给他上了了嚼头，在驯服他，他上套了。"黄金听得一头雾水，林峰回过身，笑笑道："他不是我的囊中之物，有人看上他了——你们俩呢？"两个兵愣愣地站着，不明白，林峰盯着他俩："你们俩会踏踏实实待在黄继光英雄连吗？"

"当然会！"黄金和安迎战连忙表决心。

"不想去雷神突击队？"林峰言不由衷地问。

黄金和安迎战都一愣，安迎战脱口而出："哈哈哈，那敢情好！"黄金一拽他："报告！我们不想去雷神突击队，我们就想在黄继光英雄连好好干！"林峰笑笑道："想就想吧，就看你们有没有那个本事了！训练去吧，别在这儿戳着了！"

另一边，叶桐柏叼着草歪躺在草地上想着事儿。他看看那边，起身打个呼哨，陈东西和卞小飞立刻跟弹簧似的跳起来，弹到了叶桐柏面前蹲下。

"帅克是你们的战友？"叶桐柏到现在还是有点儿不相信。陈东西小心翼翼地点头："是！他……他一向就这样！连长，您别生他气，他就是个二杆子！"

叶桐柏噗地吐出嘴里叼着的草："我生什么气啊？我这么大一个连长，能跟个新兵置气吗？去，给我叫过来！"

陈东西一愣，弹起来就跑了。帅克还蹲在那边压子弹，陈东西和卞小飞跑过来蹲在他身边，帅克头也不抬："回去告诉你们连长，我不会去你们连的，我是保障班的兵。"陈东西实话实说："我们连长没说要你来我们连啊。"帅克一愣，抬眼道："那你们来干吗？"卞小飞说："我们连长只是叫你过去！"帅克看过去，叶桐柏正在草地上斜靠着，看着这边。

"过去干啥？"

"你别管过去干啥，总得先过去吧？"

"我为啥过去？那是你们的连长，又不是我的连长！"

"可那好歹是个连长吧？干部叫你去，你还能不去吗？军队讲纪律，官大一级压死人！即使不是你的连长，就不能叫你过去吗？"陈东西分析起来一套一套的。帅克想了想，起身整整衣服，跑步过去了，陈东西和卞小飞急忙跟上去。

子弹箱旁，保障班的兵们都眼巴巴地看着，手里的速度都慢下来了。姜文泽不吭声，陶雄贼兮兮地说："看来这是铁了心要挖人的节奏啊！"白冰接茬儿道："那么好的身手，咱保障班咋留得住啊？"崔大志也不甘落后："刚才他不还说，不去这俩英雄连队，一门心思要留在保障班吗？"范志国看了姜文泽一眼："我说，你们能不能别瞎猜了，我直觉，帅克不是那种人！"白冰一梗脖子："不是哪种人啊？说得那么轻巧，跟你多了解他一样！"耿明叹了口气，继续压子弹："待价而沽啊！看看两个连队谁开的条件好，就去哪个连队！你们懂个蛋！"

姜文泽也不由得犯了愣怔，看看那边谈话的两人，又愣了愣，然后变脸喝道："你们真的是吃饱了撑的？手里有活还闲不住你们的嘴啊？"大家就都不吭声了。

"帅克怎么想，怎么做，都是他个人的抉择！哪怕我们只当过几天战友，也是战友！记住，帅克不管是留在保障班，还是去了那两个连队，都是我们的战友！留下，是我们现在的战友；走了，是我们曾经的战友！你们要知道，'战友'这两个字的分量！明白吗？"

兵们都不敢吭声了，低头赶紧干活儿。姜文泽虽然嘴里这么说，但是看过去的眼神也是焦灼的。

2

叶桐柏靠在那儿，叼着根草，斜眼看着帅克跑过来。陈东西和卞小飞立马蹲下，帅克看看他们俩，陈东西一拽他："蹲下！"叶桐柏叼着草："帅克？你小子挺屌的啊！"帅克标准的蹲姿："连长，您这话我没法儿接。"陈东西赶紧赔着笑脸："连长，他就这么个脾气，其实心是好的。"叶桐柏摆摆手："你们俩滚蛋！没你们俩事儿！"两个兵立刻弹起来，瞬间回到队列坐好。帅克看着叶桐柏，依旧是标准的蹲姿，不卑不亢。

"继续刚才的话题，怎么没法儿接了？"

"连长，您说很屌，我没法儿接这个话。"

"那你是屌还是不屌啊？"

"在我自己看来，我不屌。在您眼里，我没办法控制您的想法。"

"有个性啊！早就听说你有个性！没想到还真的一套一套的！"叶桐柏冷笑道，"果然是个刺儿头兵啊！难怪要把你发配到保障班来修炼修炼！"

"我不觉得是发配啊，连长。"帅克语气依然平静，"保障班是我的班，我热爱我的班，也热爱我的战友们！再说了，您是上甘岭特功八连的连长，您是英雄连队、王牌连队、尖刀连队的连长，您干吗跟我一个保障班的兵置气呢？"

"谁说我和你置气了？"

"谢谢连长，那我去干活儿了。"帅克起身。叶桐柏也站起来："帅克，我是行伍出身，当兵后考的军校。我没那么多花花肠子，直来直去，看见你这样的兵，就忍不住多说几句。我知道你有很强的自尊心，我现在也不想挖你，跟你说几句心里话。"帅克不明白，看着叶桐柏，听他道，"这么着吧，只要我们连训练，子弹管够，你随便打，想学什么都可以。"

帅克一愣，这也变得太快了。

"手枪、步枪、狙击步枪、轻机枪、通用机枪、单兵导弹、迫击炮、步战车……只要我们连有的，你想学随时，我派最好的班长教你。班长不会的，我派排长上。排长要是还不行，我亲自教你。"

"连长，您这是……"

"我说了，我是行伍出身，我当兵、带兵十几年了，我知道你有天赋。你别慌，我不想挖你，凡事不能勉强，更何况我也有我的自尊。帅克，我是看你是个好苗子，不好好打造一下，就浪费了。也许你不会离开保障班，但是既然来当空降兵，干吗不多学点儿？我是一片好意，你看呢？"

帅克有些犹豫："……我要去问问我的班长。"

"去吧，这种事当然要问问你的直接领导。"

"谢谢连长！"帅克起身，跑步去了。叶桐柏看着他的背影："有情有义，是条好汉子！"

林峰在另一边一直看着干着急，等帅克走了，快步过来："你跟他说什么了？"叶桐柏笑道："我跟他说什么，跟你有什么关系？"林峰急了："这兵可是咱俩一起看上的，想抢也得公平竞争吧？"叶桐柏不耐烦地一摆手："都像你那么狭隘？我这是爱才！刚说了，他想学什么，我们连都教，随时的！就这个事儿！"林峰恍然大悟："收人收心啊，老叶，你真阴险啊！"叶桐柏瞅着他："你怎么又扯到阴险上了？以为都跟你似的，心里打着小算盘，哗啦啦，没完没了的？咱上甘岭特功八连，从来不玩阴招！你有本事别找上面要人！"林峰也来劲儿了："我干吗找上面要人啊？这样吧，咱俩凭本事，看谁能把他感召过来！"两人统一了挖人战线，林峰想了想："别高兴得太早，你又不是不了解雷神那帮货的捺性！我看，咱俩抢来抢去，恐怕最后不是你的也不是我的，都是雷神那帮孙子的！"叶桐柏回过神儿来，忧心忡忡："哟，我怎么把这个茬儿给忘了！"

另一边，姜文泽看着帅克："既然是八连长愿意教你，那你就去呗！技多不压身！你要好好学！"帅克挺胸道："是，班长！"陶雄阴阳怪气地看着帅克。帅克看向他："咋了，班副？"陶雄瞟了他一眼："没什么，多看你几眼，兴许过些日子就不在我们班了。"

"班副，你这是说的啥话？"

"上甘岭特功八连和黄继光英雄连，号称空降兵双雄，是咱们空降兵部队最好的两个连队。我就从来没见过，这两个鼻孔朝天的连长能为一个兵吵起来的。"

"我都说过了，我哪儿也不会去的！我真的没别的想法啊！"帅克连忙解释。耿明看了看空旷的靶场，叹了一口气："帅克，我们在这个靶场待久了，哪个部队、哪个军事主官、哪个连队的神枪手都见识过。今天，我们算是开眼了。不夸张地说，你确实是有天赋的神枪手，有潜质的空降兵，他们想要你是正常的。你别以为我泛酸啊，我真没有。班长说得对，我们都有各自的岗位，我们就这样扎根保障班了，你还有机会。"

"战友们，你们在说什么啊？我只是刚到保障班的新兵，什么都不明白呢，你们就要赶我走啊？"

"帅克，没人想赶你走，你的情义我们都看见了。"廖一帆拍着帅克的肩膀，"可我们想留你，也留不住你啊！上面一纸命令调你走，你不走也得走！"

"我不走，我哪儿也不去，请你们相信我！"帅克第一次有种被抛弃的感觉，"我哪儿也不去！在我最难过的时候，是保障班接纳了我，我不离开保障班！"

姜文泽笑笑道："帅克，我们是军人，军人以服从命令为天职。你愿意踏实待在保障班，我们都很感动，但是你要记住，雏鹰长成雄鹰以后，就不会再在头顶这片天空飞了，雄鹰需要更广阔的天空。那不是你能决定的，更不是我能决定的。"

帅克眼睛有点儿泛红："班长，你这是什么意思？不要我了？"

"你说的什么话？你是我们班的战士，我怎么能不要你？我只是告诉你，军人要服从命令！你不管在哪个岗位，都要好好去干！现在你是保障班的战士，就做好自己的本分！八连长愿意带你，你就好好去学！其余的别多想了，知道吗？"姜文泽笑笑道，"去吧，两个连长在那儿等着你呢！"

"是！"帅克低下头，"……我这儿还有工作没完成呢！"

陶雄有些不屑："你那点儿事我们给你干了，还不抓住机会去？快去！这是命令！"

帅克转身，跑步过去。几个兵看着他的背影，其实心里都是酸酸的。

3

漆黑的夜空，一道闪电在暗夜划过，映亮了王悦可惨白的脸。毒蝎转身看着她："你是不是决定回中国？明天我就可以安排你上船，你可以回家了。"王悦可惨白的脸上露出绝望的冷笑："回家？我没有家了。"

"你决定了？"

王悦可流着眼泪："我早就不是我自己了，我早就意识到没有回头路了。回家？哪里是我家？我不能让我的父母知道发生在我身上的这一切。我不能让我爱的人知道，我早已不是以前那个纯洁善良的女孩儿。"

"踏上这条路，你就再也不可能回头。"

王悦可的眼泪慢慢流了下来。

"母狼，你还有回头的余地。"

王悦可声音嘶哑、心如刀绞："不，早就没了……过去的我已经死了，现在的我，只不过是游荡在世间的一个死魂灵。"

"K2 需要的就是你这样的死魂灵。"

"答应我一个要求。"

"你说。"

"我要亲手杀掉两个人。"

"我知道你说的是谁，花猫和火烈鸟，这个我不能答应。"毒蝎转过身道，"他们只是在做自己的工作，我不能开这个先河，你个人的仇恨，不能是杀人的理由。"

"如果我自己杀了他们呢？"

"那你就要接受组织的制裁。"

"你觉得我还怕谁的制裁吗？"王悦可冷笑道。

"你现在还不成熟，还没有战胜自己内心的个人仇恨，时间久了，你会释然的。你这样的心态，我见得多了。你以为花猫和火烈鸟，刚开始和你不一样吗？都一样的，踏进这个黑暗中的世界，就要忘记个人的仇恨。你已经不再是个人，你是个死魂灵，你的代号是母狼。"

王悦可看向深远的夜空，她本是那么年轻，风华正茂。王悦可闭上眼，强压下心里的仇恨："……母狼，真是一个狠毒的代号。"

"你已经具备了足够的狠毒、杀人的技巧，下面，你要接受更专业的训练，成为一个出色的间谍！"毒蝎拍拍她的肩膀，"忘却那些仇恨吧，你适合干我们这行，你会在这行走得很远。"

王悦可看向他："你们天天说 K2，到底是什么是 K2？"

"一个不存在的幽灵国际组织。"毒蝎看着夜空，"你不需要知道太多，你能感觉到 K2 很有能量，这能量无所不在。近百年来的国际乱局当中，都有 K2 的幕后推动。有一点你可以知道，你投身的是一个黑暗当中的世界，我们是 K2 的黑手套。进来，除非死，否则就别想出去；背叛，死的不仅是你，还有你的父母、你的亲戚，你所有牵挂的人。"

"你在威胁我？"王悦可眯缝着眼。

毒蝎笑笑道："我是在警告你。我知道你自己心里还有小算盘，我不想去问，也懒得去问。我告诉你后果，你自己会衡量，毕竟你是个聪明人。"王悦可不说话，毒蝎继续道，"母狼，打消你的小算盘，好好享受未来的人生。这是我对你的警告，也是忠告。"

"我知道了。"王悦可木然地看着天空，她翕动着美丽的嘴唇，眼泪慢慢滑落。她知道，自己踏进的是一个地狱的入口，而自己唯一的归宿就是死于非命，连个坟头都留不下，犹如一个孤独的游魂。

4

女兵宿舍，翠鸟们刚从靶场回来。陆冰嫣怒气冲冲地闯进去，咣当！头盔摔在桌子上，其他的女兵拎着头盔进来，面面相觑，谁也不敢劝。陆冰嫣一屁股坐在椅子上，看着窗外不说话。林小鹿最后进来，脸上也很难看，拎着头盔看看陆冰嫣，又看看不吭声的姐妹们。

陆冰嫣突然转身站起来，盛气凌人地指着林小鹿："林小鹿！你是怎么跟我说的？跟我出去！"她过来就抓林小鹿，林小鹿一招解开："你想干吗？陆冰嫣，我哪点儿对不住你了？你干吗老这样阴阳怪气地对我啊？"

"你自己知道！你什么都要抢我的！什么都要抢！"

"我抢你什么了？"

女兵们急忙上来拉开林小鹿，周招娣抱住陆冰嫣："好了，好了！别吵啊！班长听见，我们又要挨骂了！"林小鹿压住自己的火："我要去洗漱了！"

林小鹿拿着自己的脸盆就要走，陆冰嫣抓住她："你别走，我还有话说！"

林小鹿咣当一下就把脸盆扔到地上："走！找个没人的地方说！你们谁也别管！这是我跟她的事！"

女兵们都呆住了，没见过林小鹿发过这么大脾气，连陆冰嫣也愣了一下："……走就走！"

林小鹿看她一眼，转身就出去了。陆冰嫣急忙跟上，剩下三个女兵面面相觑，不知道怎么办才好。

5

林小鹿快步走到营区角落，四下无人，她转过身，眼里都是怒火："听着！我忍你很久了！你不要欺负老实人！"陆冰嫣也毫不示弱："谁欺负老实人了？你还敢说你是老实人？"林小鹿有些激动："我处处忍让你！我时时忍让你！你还让我怎么样？不是我非要去当那个什么狙击手的！"

"你忍让我？你个军二代，还跟我说，你忍让我？还好意思说，你是老实人？"

"我不是军二代！我不是首长家的女儿！"林小鹿低吼。

陆冰嫣轻笑道："队长那么照顾你，你还敢说你不是首长家的女儿？"

"我爸是烈士！你爸是烈士吗？！"林小鹿突然爆发出来。

陆冰嫣一下子愣住了。

"对！她们是照顾我！"林小鹿的眼里噙满泪水，"我承认她们照顾我，一直在悄悄照顾我！可这是我爸爸拿命换来的！他拿自己的命换来的！我不想要她们的照顾，但是你让我怎么拒绝？"

陆冰嫣傻眼了。

"我不想当兵，她们要我来当兵！我不想当狙击手，她们非要我当狙击手！你以为这一切都是我愿意的吗？都是我主动的吗？从小到大，没有一件事是我自己决定的！考大学、学医！大学毕业当空降兵！新兵结业到翠鸟！现在又让我当狙击手！这都不是我自己决定的！"林小鹿一口气说出了埋藏在心底的秘密，积压的情绪在她的血液中不断沉淀、不断翻腾着。

陆冰嫣有点儿慌了，手忙脚乱地说："那什么，小鹿……对不起，我不知道……"

林小鹿看着她："没有谁对不起谁！我知道你想做狙击手，我一直在让着你！我知道你不希望我和你竞争，我什么都可以让给你！可是你们都在逼我！你在逼我，队长也在逼我！你告诉我，我到底应该怎么做，才能让你们都满意？"

"我……我没有……我……"

"我不想和你抢！我不想和任何人抢！我的性格不是这样的！我根本不想做狙击手！你以为我在乎那个狙击手吗？我只是不想看着关心我的人失望！我不想看见她失望，我也不想看见你失落！我活了二十一年，简直就都是为了别人活着！难道只有我也去死，你们才能放过我吗？"林小鹿静静地站在那里，但是她的身体却在不停地颤抖。

陆冰嫣愣住了，不知道该说什么。

林小鹿冷笑道："你不过就是怜悯我！我不需要你的怜悯！你所谓的同情，无非站在自己家庭幸福的心灵制高点上，居高临下施舍的怜悯！"

"不是，不是，小鹿，你误会了，我……"

这时，三个女兵跑过来，周招娣拽住陆冰嫣："哎呀，你们在这儿啊，让我们好找！"柳纤和陈若曦也拉着林小鹿："走了，走了！你不是说洗漱吃饭去吗？"

林小鹿没说话，被她们拽走了。陆冰嫣还愣在那儿，这个结果是她完全没有料到的，她后悔了。

6

夜里，空旷的靶场上闪着几点薄星。夜间射击靶场已经布置好了，雷神突击队的队员们全副武装，在进行夜间战术班组射击……噼噼啪啪，枪声四起。雷震站在制高点的山坡上，帅克和保障班站在一侧看着下面的队员们。

轰！靶场的炸点爆炸，烈焰当中，队员们叫嚷着口令，相互掩护，逐次推进……烈焰在身边爆炸，衬托出他们的剪影……帅克看呆了。姜文泽看看帅克："你没见过？"帅克摇头，姜文泽又问，"你们不是他们带的新兵吗？"

"他们也没这么训过我们啊。"帅克看得入神，"我确实没想到。"

"这只是皮毛，日程训练而已。怎么，不知道他们的真本事？"

帅克不好意思地道："我一直以为他们没什么了不起的，现在才知道，他们确实很了不起。"姜文泽看看他，搂住他的肩膀："争口气，帅克！"帅克不明白，姜文泽看着他："我们保障班从来没有一个兵报名雷神突击的选拔的，我希望你是第一个！也一定要进去！"

"什么雷神突击的选拔？"帅克第一次听说。

"雷神突击的选拔，就是空降兵的年度特战集训，优异者可能会入选雷神突击队。"熟悉的声音响起，帅克回头，雷震大步走过来，问姜文泽："班长，我可以跟他单独聊聊吗？"

"没问题！"姜文泽笑了笑，转身走了。雷震招手，帅克出列，跟着雷震过去了。陶雄巴巴地看着："班长，你这可是给狼送小猪崽儿啊！"姜文泽看着走远的两人，感叹道："金鳞岂是池中物，一遇风云变化龙……从他被分到我们这儿开始，我就知道，早晚有这一天的。"

7

靶场边上，荒草丛生。帅克低头不吭声，雷震看着他："适应了吗？"帅克点头："适应了，班里战友对我很好，很照顾我。"雷震没什么表情："知道为什么叫你过来吗？"帅克抬头道："我，我想留在保障班，我还不想去雷神突击队……"雷震还是面无表情，冷冷地道："你高看自己了，我并不想招你。"帅克有些尴尬："……那是我误会了。"

"我把你叫来，是要告诉你一件事。"雷震的手上拿着一枚二等功勋章，"你的。"

帅克一愣："我的？"

雷震点头："对，你的。属于你自己的第一枚军功章。二等功，列兵，不低啊！"

帅克看着金灿灿的勋章，有些激动。

"列兵帅克！"

"到！"帅克啪地立正，有些激情地胸脯起伏着。雷震将军功章戴在他的迷彩服上："由于你在协助地方公安缉毒行动当中的突出表现，经上级研究决定，授予你二等功军功章。这次立功，不公开，不通报，计入档案，原因加密。希望你严守秘密，不该说的不要说。"

"是！"帅克看着自己人生的第一枚军功章，抬起右手，敬了一个标准的军礼。

"祝贺你！"雷震还礼，又摘下军功章，帅克愣住了。

"这枚军功章不能留在你这儿，上级要求我统一保管。记住，永恒的沉默。"

帅克醒悟过来："是！"

帅克看着放在盒子里的军功章："我……我能摸摸吗？"雷震递给他："是你的。"

帅克接过盒子，轻轻抚摸着他人生中的第一枚勋章，感受着它冰凉中隐隐蕴藏的火热，他的眼神里充满欣喜和激动，鼻腔里带着哽咽："……我爸爸有一枚一等功的军功章，那是他在南海参战得到的。"

"我知道你在想什么。"雷震看着他，"我刚才说了，永恒的沉默，你不能告诉他。"

"是，我执行命令。"帅克有些哽咽。

"帅克，军队有着太多不能说的秘密，你要习惯。"

"是，我刚才脑子一闪念，错了。"

"没什么，我理解你。"雷震笑笑道，"没有儿子不想把自己立功的喜报告诉父亲的，但这个情况不一样。无名是英雄的最高境界，我们都没有去过。"

　　帅克合上军功章，双手递给雷震。雷震看着他："回去吧，没事了。"

　　"没别的跟我说吗？"帅克嗫嚅着道。

　　"是我把你招来的，也是我带你的新兵。好好干吧，我们会经常打靶，还会见面的。"雷震的表情看不出来什么。

　　"是！"帅克是真的有些失望，但他克制住自己，转身跑了。雷震看着他的背影，笑笑道："小子，再长长吧。"

第十八章

1

训练场上，夜凉如水。林小鹿戴着手套打着沙袋，一声怒吼，飞身而起，落地时一个踉跄，一只手扶住了她。林小鹿轻轻推开陆冰嫣的手："我没事。"陆冰嫣有些尴尬地道："你怎么不睡觉？"林小鹿继续出拳："睡不着，来打打拳。"陆冰嫣看着她："我想和你聊聊。"

林小鹿想想，两人并肩走着。

"小鹿，我……以前我确实不知道，我向你道歉。"

"没什么道歉的啊，我只是不想说而已，又不是什么了不得的事。"

"我知道……没有父亲陪在身边，是很不好受的。"

"你知道？你又能知道什么呢？你的父亲是校长，你天天在父亲的庇护下。我都可以想到，从小学到大学，你的父亲会如何体贴照顾你。你现在站在同情的制高点上，是对我的施舍吗？"

"真的不是……你的父亲是空降兵？"陆冰嫣没了平日的气势。

林小鹿也不看她，轻轻摇头："不是，是试飞员，阎良基地的。"

"试飞员……空军最危险的行业了。"

"是，从小我就生活在恐慌当中，早就习惯了，没想到那一天还是来了。"

"那时候你多大？"

"十六岁。"

"……我想告诉你一个秘密。"陆冰嫣吞吞吐吐地道，"其实……我的爸爸，不是我的亲生父亲。"林小鹿愣住了，陆冰嫣继续道，"我也是十六岁的时候才知道的，我的爸爸……不是我的亲生父亲。"

林小鹿看着她，陆冰嫣看着夜空："我一直以为，我不会告诉任何人的。"

林小鹿的语气缓下来："其实，你也不用跟我说啊，我并不想知道你的什么秘密。"

"我不说，是因为我觉得别人不会理解我，我想，你可能会理解我。"陆冰嫣没有了以前的傲气，"我知道，你很善良，其实是我一直在伤害你。"

林小鹿笑笑道："没关系的，真的！我这种出门不带大脑的人，什么都记不住的！我早都忘了！"

"我倒是希望你没忘，能狠狠打我一顿就好了。"陆冰嫣说，"我确实是欠揍，从小到大，我爸爸都没动过我一个手指头，我一直觉得，他是我的亲老爸。一直到有一天，就是我上高二的时候，我爸爸因为车祸进了医院，我也在车上，我没受伤。到了医院，我爸爸需要输血，我说输我的血吧！结果……我们的血型居然不一样……后来我爸爸醒了，他跟我说，其实我不是他的亲生女儿，但是他爱我和我妈妈，要我不要责怪妈妈，他们结婚以前，我妈妈就怀了我。"

林小鹿不敢插话，看着她。陆冰嫣擦擦眼泪，笑道："我一直以为我不会再为这件事哭了。"

"那你妈妈还和你爸爸在一起吗？"林小鹿小心地问。

"在啊，我们还是一家人。只是从那件事以后，我心里就藏着这个秘密，很难受。我不敢去问谁是我的亲生父亲，我的爸爸妈妈也压根儿不提这个问题。其实我不去想，可能什么影响都没有，只是……小鹿，我知道是我爸爸把我惯坏了，从小到大，在我爸爸的呵护下，我真的是没受过一点儿委屈。我想干什么就干什么，我想买什么就买什么。当然，我也不是笨蛋，也不是学习成绩拿不出手。只是……在他无微不至的呵护下，我……我感受到的，是因为我不是他的亲生女儿，所以他才不想委屈了我的那种感情……"陆冰嫣潸然泪下，林小鹿听得眼圈也红红的，陆冰嫣继续道，"我……我也觉得自己矫情，但是我又不知道说给谁听。我跟我的爸爸妈妈都不能说，一说，怕他们伤心。我每天装着都很快乐，其实我的心里……我不知道我到底是谁的女儿，我……"

"你的亲生父亲一点儿都没有消息吗？他……他没有试图找过你，联系你吗？"

陆冰嫣摇头道："我不敢问……我上哪儿去问呢？"

"那你也别惦记他了，他不是个合格的爸爸。这么多年他都没有出现过，那你的心里为什么还要惦记他呢？你都说了，你的爸爸待你非常好，很爱你，这就是你们的缘分。人，不能老去想得不到的，而忽视身边的。那样，你永远不会快乐，也可能会丢掉现在所有的。"

陆冰嫣泣不成声："我知道，其实我什么都知道……就是不知道，为什么我的亲生父亲会不要我和我妈妈了……"林小鹿抱住她："别哭了，我们都在你的身边，我们都是你的亲人。"陆冰嫣趴在她的肩膀上哭着："小鹿，我对不起你……我……我是真的不知道跟谁去说了……"林小鹿安慰她道："没关系的，以后你想说就对我说吧。我就是你的树洞，你想说什么都可以。说出来，就好多了，说出来，你就能轻装上阵了！你是伞兵，你是翠鸟，你是无所畏惧的！对吧？"

陆冰嫣抬起头，泪眼蒙眬："小鹿，谢谢你……我……"林小鹿擦擦她的眼泪："别忘了，咱们还是一个狙击小组的！战场上，我是你的胸膛，你是我的后背！你有什么想说的，一定要告诉我，好不好？"陆冰嫣哭着使劲儿点头："……其实我还嫉妒你来着。"林小鹿一愣："嫉妒我干什么？"陆冰嫣破涕为笑："你长得又好看，枪打得又好，现在还有那么帅的男朋友！"

"男朋友？谁啊？"

"帅克啊？"

林小鹿的脸红了："哎呀，你在说什么啊？帅克什么时候成我男朋友了？我跟他只是纯洁的同志关系！"陆冰嫣看着她："你不喜欢他？"林小鹿脸一红："不啊！"

陆冰嫣长出一口气："那我就放心了！"

林小鹿一愣，陆冰嫣说道："我为什么说你把我的什么都抢走了，我以为，你把帅克也抢走了！"

"你喜欢帅克？"

"是啊。"陆冰嫣点头道，"我也不知道是什么时候开始的，我还没喜欢过谁呢！"

林小鹿若有所思。陆冰嫣看着她："你怎么了？"林小鹿笑笑道："没，没什么，帅克挺好的啊，很多女孩子喜欢他啊！"陆冰嫣叹气道："我知道啊，我估计是没戏了！"林小鹿想说什么又没说，笑道："走吧，走吧！赶紧睡觉去吧，明天一早还得早操呢！"

2

清晨，荒原上的几栋平房是几栋突兀的建筑，透着不合时宜，早晚要被岁月和这过于广漠的空间吞噬，只有营地中央立着的国旗在风中飘舞。姜文泽站在队列前，几个兵睡眼蒙眬稀稀拉拉地站成一排。帅克推开门，穿着布满灰尘的战术背心，左手提着头盔，右手拎着一支全是灰尘的模拟枪出来，站在队列里。几个兵看猴似的盯着他，帅克笑了笑，大家也在笑。姜文泽没笑："你为什么穿成这样？"帅克啪地立正："报告！习惯了！"

姜文泽受到一些震动，没说话。

白冰从头到脚地盯着他："你整这一出干什么啊？"崔大志走上去摸了摸："我到这儿就没见过头盔、战术背心，还真有啊？"耿明点头："有，上次打扫卫生时我看见了，就在那边的装备箱后面塞着呢。"肖占龙接茬儿道："问题是，发给我们这玩意儿有啥用？我们是被战争遗忘的角落，是保障班！"陶雄低吼："闭嘴！保障班也是空降兵的保障班！"

大家都不吭声了。全副武装的帅克抱着模拟枪在擦灰尘。姜文泽一声吼："班副说得没错，保障班也是空降兵的保障班！"那几个兵给他活活吓立正了，姜文泽绷直身板，继续道，"全体——去取头盔、战术背心、步枪护具！"

兵们轰地冲出去，白冰和崔大志两人卡在门口，都使劲儿往前挤，帅克倒是有些诧异。

3

山路上，已经跑了大半圈儿了，队形也散了，几个兵扛着弹药箱，自然而然又搀又扶地聚了一堆，累得喘不上气来。帅克扛着红旗一跃而出，领先了一大截，跑得轻松自在。姜文泽终于赶上那几个互相搀扶的兵："快点儿！追上队伍！快！"

白冰爬起来，刚跨出去，一下子摔了个狗啃泥："我……我有话要说！我们是保障班！保障班！"姜文泽一把拉起他来："我们是空降兵的保障班！起来，起来，别装熊！"白冰喘不上气，捞起弹药箱，疲惫不堪地继续跑。崔大志也差不多了："快！谁来扇我一巴掌？"耿明喘着气道："扇……扇你干啥？"崔大志实在不愿意动了："我……我想知道自己是不是在做梦！我做梦到了雷神突击队！"陶雄在后面跟上："走了！你在这儿偷懒呢？"

山地上，帅克全副武装，腰上绑着绳索，拖着轮胎在爬坡。山头上，江志成拿着望远镜笑了，想了想，从包里掏出士官军衔啪地贴在肩膀上，牵着 AK 溜达了过去。

山顶上，帅克第一个爬上来，累得坐在地上，笑着喘息着，看着战友们陆续上来。白冰四肢并用，像某种爬行动物。陶雄上来，一下子就栽倒了："哎呀！这可是拼了老命了！"

兵们陆续上来，全都瘫了似的坐倒在地上。

林子里，江志成牵着 AK 过来，优哉游哉，兵们都看过去。范志国拼命调整着呼吸："乖乖，二……二级军士长！"姜文泽赶紧起身："快快快！都起来！"帅克笑着喊："老班长！"江志成牵着狗过来："咋？帅克，你也在这儿？"帅克敬礼："是，老班长，我分到保障班了！"江志成还礼："好好，你们都是保障班的？"姜文泽立正："是！我是山地训练场保障班班长姜文泽！"江志成喜笑颜开："不错！练得不错！大老远看，我还以为是雷神突击队的呢！"大家都笑了，帅克也笑道："老班长，你怎么到这儿来了？"江志成一牵狗绳："遛狗啊！"

AK走过来，闻闻帅克，舔舔他的手。江志成一看："受伤了？"帅克摆摆手："擦破点儿皮，压子弹压得太多了。"

"你咋分保障班了？听说你在新兵营成绩不错的啊？"

"自己犯浑，惹事了。"

"啥事？"

"就那头驴的事儿呗，你不知道啊？"

"哈哈哈！那是你干的？知道，咋能不知道！军长讲话，蹿出来一头驴！都快成全军闻名的段子了，没想到是你小子啊？哈哈哈，没看出来！"

"别提了，悔不当初啊！"

"那驴呢？驴最后怎么着了？"

"我也不知道，也没敢问。"帅克不好意思地道。

"可惜了，好好的一头驴啊！天上的龙肉，地下的驴肉，这一说我还真馋了！"

AK仰着头看帅克，帅克一打手势，AK麻利地坐下。江志成一愣："哟？你还会驯狗？"帅克摸摸AK的头："以前在K9俱乐部学过，我还是金牌工作犬驯导员呢！这狗真可以！这得是K9当中的佼佼者了，驯得特别好，参加比赛怎么也能拿个冠军了！怎么在你们机场看门了？"

"我哪儿知道，这不是新分来的吗？看来你和AK有缘啊！"

"AK，好霸气的名字！"

AK一听，对着帅克"汪汪汪"叫了几声，帅克笑着。江志成看看他背后："你背把假枪干啥？"帅克苦笑道："这儿没真枪，我就只能背假枪了，也是我自找的！"

4

第二天，七个兵坐在一排装靶子，远远地开来一辆指挥车。姜文泽抬头看着道："军部的车？起立！起立！"兵们赶紧站好。

姜文泽跑步上去，从指挥车上下来一个中校。姜文泽敬礼："报告！山地训练场保障班正在日常工作，请首长指示！班长，空军上士姜文泽！"中校还礼："你是班长啊？让你的兵过来吧！"姜文泽纳闷儿道："首长，啥情况啊？"中校拿出一个公文夹："签字，领枪！"姜文泽愣住了："领枪？！"

哗啦啦！崭新的枪箱打开，整齐地摆放着一支一支崭新的95式自动步枪。兵们围着几个箱子，都呆住了。白冰瞪大了眼睛："这？这？穷人家过年吗？"崔大志也没缓过来："是……是给错单位了吧？"耿明担心地说："首长是不是迷路了？"

兵们眼睛发亮，像发了大财一样，神情古怪地蹲在箱子边叨叨。帅克抚摸着崭新的步枪，眼里都要冒火了："班长，咋突然给咱们发枪了呢？"姜文泽也是蒙的："说实话，我也有点儿蒙。以前没见过，我们多少年都没配过枪了？"中校在那边喊："还有呢，不要了？"姜文泽连忙道："要要要！"

"我去？高精狙！"帅克跑过去，小心翼翼地打开箱子，眼都直了。陶雄跟梦游一般："咋还给咱们发狙呢？"姜文泽也吓了一跳："还是高精狙？"白冰流着哈喇子："传说中的26式？"崔大志张嘴问："这是干吗？保障班要高精狙干吗？打鸟吗？！"范志国看看姜文泽："班长，为什么给咱们这玩意儿？"中校一脸淡然："我也不知道，我是执行命令。这一箱子是手枪，也是给你们的，按照你们人头发的。"

兵们看着崭新的92式手枪，突然有了一种穷人过大年的幸福感。其实，他们高兴的并不只是有了这些枪，而是——这里不再是被遗忘的角落，他们也不再是被遗忘的兵！

5

城市里车水马龙，高耸入云的大厦在太阳的照射下泛着刺眼的白光。帅立志在办公室看着文件，电话响了，他看看号码，急忙接起来："喂？儿子，今天不忙了？"帅克坐在空地上拿着电话说道："我说，你还记得有我这么个儿子？"帅立志收起文件："你这话说的，我是你老子，我怎么不记得？"

"我交代你的事儿，你办了没？"

帅立志想了想："啥事儿啊？你交代我啥了？"

"我说你给我买个手机发过来，你买了吗？"

"嗯？这个事我早就交代给你思琪阿姨了啊？怎么，还没收到吗？"

帅克气不打一处来："老爸，真不是我说。你聪明一世糊涂一时啊！我跟你说过多少次了，你怎么着都行，我也管不了你，可你不能什么事儿都相信那个女人啊？你要吃亏的，知道吗？"

"好好，我知道了。"帅立志靠在沙发上道，"我知道你对思琪一直有成见，其实思琪一直都说，想找个机会跟你好好聊聊。可还没找到机会，你就去当兵了，我觉得吧……"

"得！这个问题咱俩没办法沟通了！老爸，我也不是小孩子了，真的劝你一句——别吃窝边草！你说你这条件，找什么样的不好，干吗非盯着自己的办公室主任呢？"

帅立志岔开话题："那什么，我马上安排给你发手机啊，国产的是吧？"

"得了吧！等你发手机，黄花菜都凉了！我自己买了！"

"那就好，那就好！"帅立志笑嘻嘻地道。

"得了，得了，你自己都不知道给我发个微信、来个电话什么的！别说忙，我知道你一定是特别忙！那什么，帮我办点儿事，这次别再办砸了！"

　　"你说。"

　　"我一会儿给你个书单，你帮我买好，发到部队来！"

　　"成，小事，还有什么？还缺什么吗？"

　　帅克犹豫了一下："我在部队什么都不缺……老爸，注意身体，没事给我报个平安。"

　　帅立志有几分感动："儿子，你在空降兵部队很艰苦，你要注意安全。伞兵是勇敢者的选择，老爸为你骄傲！"

　　"我……我真没事，挺安全的，这个你就放心吧。"

　　"分到哪个部队了？黄继光英雄连吗？"

　　"没有，没有，我……到一个保障单位了。"

　　"保障单位？不可能啊！"帅立志有点儿意外，"我还是了解你的，怎么了？出什么事了？"

　　"没啥啊！强中自有强中手，你想多了！"

　　"不可能，肯定是你小子惹事了。我也是当过两栖侦察兵的，我还不知道当兵是怎么回事吗？你干吗了，跟老爸说！"

　　帅克苦笑道："要不说你火眼金睛呢，还真瞒不过你。我搞了一头驴，运进了部队，结果驴到处乱跑，被军长撞见了。"

　　"驴？什么驴？你上哪儿搞了头驴？还被军长看见了？"

　　"这个事儿真一句话说不清，怪我自己吧。"

　　帅立志哈哈大笑："你小子！可真行！不愧是我的儿子！到哪儿都要搞个大新闻出来！哈哈哈，驴？被军长撞见了？这真的是你办出来的事儿！"

　　"行了，行了，别嘲笑我了，我够难受的了！"

　　"好好，我错了，我道歉。"帅立志忍住笑，道，"那什么，我和空军还有点儿合作关系，认识几个首长，要不我去跟他们求求情？"

　　"得了吧，你别给我添乱了。我的事我自己处理，你可真别给我添乱啊！不然我在部队没办法做人了！"

　　"好好，你放心，我记住了！你自己能处理，那我干吗还管你的事？以后吸取教训，部队真不是自己的家，你想干吗就干吗，你要……"

　　"好好，我都知道了！那什么，我这儿还有事，我先挂了，书单我发给你！"帅克想了想，又补充了一句，"有的可能是在国内买不到的书，还要麻烦你找国外的朋友帮忙买一下！"

"好，放心，我亲自去买！"帅立志笑着摇头，挂了电话。

刚挂电话，手机就响了。帅立志拿起来一看："哟？都是狙击手的？这小子看来还上道了。"这时，门被推开，一个穿着小洋装、柔情似水的女人走了进来："帅总，有时间吗？上次跟你说过的那个台湾CEO，他已经到了，你什么时候抽空见他？"帅立志放下手机："哦？人已经到了？那进来吧！"唐思琪笑了笑，就出去了。

办公室门口，衣冠楚楚的花猫笑眯眯地盯着前台的秘书沈悦。沈悦有点儿不好意思，笑了笑，脸都红了。唐思琪出来，看看花猫，又看看沈悦："陈先生，帅总现在有空。"花猫起身，笑道："谢谢唐小姐。"他顺手给沈悦丢了张纸条，沈悦打开一看，是微信号。

唐思琪带着花猫进来："帅总，这位就是陈默先生。这位是帅总。"

花猫笑着伸出手道："帅总，久仰，久仰！"

"坐吧，你的简历我看过了，在这么多应聘的人当中，你确实是佼佼者。"

"帅总过奖了。"

"哈佛大学毕业，多个跨国公司的工作履历，每个都很出色。陈先生，你很不简单啊！"

"我是久仰帅总大名，这次前来应聘，也是为完成一个梦想。我渴望在帅总这样的商界奇才麾下，一起创造商界传奇。"

"过誉了，那些只不过是虚名罢了。陈先生辞去跨国公司的CEO，到中国来就业，真的是让人感动啊！"

"我是中国人嘛，那首歌唱得好，洋装虽然穿在身，我心依然是中国心。我一直心怀祖国，能够回国工作，真的是我的荣幸！"

帅立志很是感动："没想到陈先生作为台湾人，还有这样的思想觉悟！"

"我自小在传统教育里长大，地球上只有一个中国，这是不容置疑的！大陆和台湾同属一个中国，统一是民心所向！中国现在已经是世界级的强国，台湾已经没有什么出路了，只有统一才是台湾人民真正的福祉所在！"

"好，很好！非常好！这样，你和唐主任聊得怎么样？"

"已经进入合同细节了，双方达成了基本的共识。"唐思琪有着职业女性的精明。

"我看就这样吧，就这样定了。陈先生，你整理一下，尽快入职吧！"帅立志说。

"谢谢帅总。"花猫握住帅立志的手，一副志得意满的成就感。

6

大厦外，穿着一身名牌西装的花猫站在路边等着出租车。一辆宝马开来，停在路边。唐思琪摇下车窗："怎么了？陈先生，怎么在这儿戳着？"

花猫礼貌地一躬身："唐小姐，我在等出租车。这不是刚到大陆嘛，还没来得及买车。"

唐思琪笑笑道："去哪儿啊？我送你，以后就是同事了，上车吧。"

花猫连连感谢，就上车了。

公路上，车水马龙，一辆宝马夹杂在车流中疾驰。唐思琪开着车，一言不发。花猫看着后视镜，时不时回头看看。很快，宝马车开出城外，沿着盘山路快速驶了上去。

7

唐思琪脸上的红潮还没退去，一声娇喘趴在了花猫的肩膀上："没想到你还是那么棒！"花猫冷笑道："我吃的就是这碗饭，怎么能放松锻炼呢？"唐思琪嗔怪地掐了他一把："死样！我问你，这几年搞了多少小姑娘？"花猫还是冷冷地道："纪律你不知道吗？"

"我就是问问，你对我真的一点儿感情也没有吗？"

"在我眼里，工作就是工作，哪儿有什么感情不感情的。"

"当初我对你可是付出了真感情啊！"

"我知道，不然你怎么会下水呢？后悔了？"

"后悔？有什么好后悔的？"唐思琪穿好衣服，"没用的事为什么要去想。K2交代我的事我都做了，接近帅立志，你也看到了。我的任务完成得不错吧？"

花猫抚摸着她的脸："还不错，小刺猬。"

"好久没人这么叫过我了，我都快忘了这个代号了。"唐思琪娇媚地说。

"哼，我要不来，恐怕你早就忘了自己是 K2 的人了！"

"看你这个话说的，我一直在兢兢业业为 K2 卖命！不然我会去接近那个天天抱着本毛泽东的《论持久战》跟那儿看的傻老头子？"

"那可不一定，能成为他的太太，那也是许多女人梦寐以求的。"

"你居然不相信我？你是我唯一爱过的男人！唯一的！虽然你欺骗了我，出卖了我，摧残了我，但我还是爱你！我曾经对你付出我的所有，最后一点点真情也都是给你的！你为什么要怀疑我？"唐思琪哭出来。

花猫抓着狂暴的她："这是我的职业。我是一个间谍，一只乌鸦，你是知道的。不要对我动感情，我们的工作不能掺杂任何感情。尤其是这么微妙的时刻，你和我都在帅立志身边，更不能有一丝一毫的懈怠！绝对不能露出马脚，那样会破坏K2的整个计划！"

"我有点儿不明白，帅立志只是个商人，也不是党政军的领导。为什么要费这么大的劲儿，让我在他身边潜伏了十年？"唐思琪擦着眼泪问道。

"不该你知道的，你就别多嘴问了。这是K2的计划，我也不知道全部。我只知道，帅立志是整个计划的关键一环！"花猫看着她，怜惜地抚摸着她的头发，"小刺猬，这些年你也确实不容易，一会儿我们再去放松一下。"

唐思琪一声娇喘，软在了花猫怀里。

山脚下，僻静处停着一辆不起眼儿的货柜车。车厢里，穿着便衣的几个侦查员戴着耳机在监听。画面上是机械鸟传来的画面。女侦查员赵菲在调整无人机的操控："他们下山了。"李强点头："让狗队跟上，告诉他们，小心点儿，这两个都是专业级的高手。"

"明白。"赵菲拿起电台，"狗队，目标下山，注意不要暴露，他们很职业。完毕。"

山下公路上，一辆快递摩托悄悄跟上了刚拐上路面的宝马车。

第十九章

1

虽然是清晨，但是房间里拉着厚厚的窗帘。洗手间里，莲蓬头哗啦啦地喷出水流，王悦可站在洗手间的帘子后面，闭着眼睛扶着墙上的瓷砖无声地在热水里哽咽着。泪水被热水冲刷着，心却冰冷……她再也忍受不住这压抑，放声大哭起来，被割裂的心终于在这哭声里一片片地破碎，长久的痛楚随着这哭声释放出来……

客厅的桌上放着一叠报纸，上面的头版标题是"司法部长全家惨遭暗杀"。

王悦可湿着头发，拿着一瓶喝了一半的伏特加坐在地毯上。一个黑影站在她背后，王悦可一仰脖子，泪水从眼角滑落下来，和苦涩的伏特加混在了一起。

"烈性酒喝多了伤大脑，大脑比你的身体更重要，是你的财富。"那个人影道。

王悦可流着眼泪，视若无睹："你说的，我都照办了……我现在，只是想喝一杯！我要这大脑有什么用？痛苦，无法控制的痛苦！这种痛苦比死亡还难受！我多么希望自己是个死人啊，是个没有知觉的死人！"

毒蝎没说话，拿过她手里的酒杯一饮而尽，抿抿嘴："还是那个味道。"王悦可狠狠地盯着他："你是怎么做到的？你是怎么做到没有任何感觉的？不管是杀谁，你都没感觉？不管是做什么，你都没有感觉？你是石头缝里蹦出来的吗？"

毒蝎拉开窗帘，看着远处起伏的山峦："专注于自己要做的事，沉浸其中，努力去做完美。"

"是杀人的完美吗？"王悦可冷笑道。

"是工作的完美。"毒蝎面无表情地说，"杀人是我们的工作，不要去想这是杀人，这是我们的工作，工作是不能有感情的。刀尖上行走，一动感情就会没命。"

"我一直奇怪一个问题，你生下来就是孤儿的吗？"王悦可问。

"为什么这么问？"

"因为我根本没有看见你动过感情！你是不是压根儿就没有爱人和亲人啊？你是不是石头人？"王悦可流着眼泪轻笑道，"不！你就是个石头人！你藏在面具后面的脸，到底是什么样子的？是不是也和你的面具一样冷冰冰的？"

毒蝎转过身："你真想知道？看到我真面目的人，都不会有好下场的。"

王悦可笑起来，笑得很悲凉："好下场？哈哈哈！我压根儿就没想过我还会有好下场！"

毒蝎慢慢摘下自己的面具，王悦可一愣。

"你满意了？"

"……发生了什么事？"

"燃烧弹。多年前的一场遭遇战，不值一提，走了麦城。"

"没想到你还有走麦城的时候？"

"谁也不能保证永远成功。我遇到了强劲的对手，捡了一条命回来。"

"什么对手这么厉害？"

"中国空降兵。"王悦可听了一愣，毒蝎戴上面具，"我知道，你的男朋友帅克在中国空降兵部队。"

王悦可苦笑一声："男朋友？如果还能说是男朋友，那也是前男朋友了。"

"你还爱他？"毒蝎看着她的眼睛。王悦可被问住了，眼泪不争气地又落下来。

"看来，这是你的真爱。"

"你也知道什么叫真爱？"王悦可心痛不已。毒蝎不吭声，看着远山，眼中隐隐有泪。

"你就是一个天煞孤星！一个冷血动物！一个没有感情、没有亲人、没有爱人的王八蛋！"王悦可发狠地说道。

"我有一个女儿。"

王悦可一愣："你？居然会有女儿？"

"我也是男人，我怎么会没有过女人？"

"你有家庭？"

"没有，我没有结过婚。曾经打算过结婚……但是踏上这条路，我就断了结婚的念想。我当时有个女朋友，我们感情很好。我制造了自己的假死亡，和所有的过去都断绝了联系。"

"我也是女人，我想知道，她是怎么相信的？"

"我当时在非洲的联合国维和部队，我搭乘的运输机在非洲的上空，被游击队的防空导弹击中，凌空爆炸。所有人的尸首都找不全，只能按照登机名单来确定死亡名单。"

"你没上运输机。"

"如果我上了运输机，现在坐在你面前的就真的是一个死魂灵了。"毒蝎语气平淡道。

"你杀了自己的战友？他们和你朝夕相处，你怎么能……你怎么能下得去手？"

"要成就大事者，就要有铁石心肠。"

"那你的女儿是怎么回事？"

"遗腹子……她以为我死了，伤心欲绝。后来她和别人结婚，生下了这个孩子，是个女儿。她和你差不多大，只比你小一岁。"

"你见过她吗？"

"没有，我不可能去见她，我甚至不能让她知道我的存在。我们不在一个世界，虽然都在这个地球，这却是平行的两个世界。我在黑暗中，我在地狱里。这是我在这个地球上仅存的一点儿点人性，我希望，她不要和我有任何瓜葛。"毒蝎的眼睛里扬起了一丝柔情。

"你爱你的女儿，但是你却摧残别人的女儿，杀掉别人的女儿。"

"这是我的工作。"

"借口，一切都是借口！你就是个恶魔，你现在所说的一切，都是在为自己找借口。看，我还有人性，我还不算是真正的恶魔。但是无论你说什么，都不能改变你是恶魔的事实！"

毒蝎看着她，王悦可无所畏惧："怎么？我说错了吗？"

"你没说错，我是恶魔。只不过，你忘记了自己是什么。"

王悦可冷冷一笑："我也是恶魔，我知道你想说什么。"

"你是我训练过的最有潜质的间谍，领悟得也很快，你会大有作为的。"

"为什么你告诉我这些，你不怕我出卖你吗？"

毒蝎笑笑道："向谁出卖我？"

"譬如说，国际刑警、中国警方。"

"国际刑警、中国警方、CIA（美国中央情报局）、FSB、FBI（美国联邦调查局）、MI5（英国军情五处）、摩萨德（以色列情报和特殊使命局）……你所知道的所有的情报机关和执法机关都恨不得要我的脑袋，但他们都不知道我长什么样。你知道，你不需要那么麻烦去联系中国警方，这儿的警方和情报机关都对你的情报如饥似渴。"

"你为什么不怕？"

毒蝎冷笑道："你刚刚杀掉了这个国家的司法部长的一家老小，你以为，你还有谈交易的余地？"王悦可一个激灵，毒蝎继续说道，"他们恐怕想杀掉的第一个就是你！你没有回头路了，没有任何国家政府和国际组织会和你谈交易。我清楚你的个性，你自己都没有我这么清楚。你喜欢干这行，你的潜能已经被激发出来，母狼，黑暗中就是你的世界。"

"你故意断掉了我所有的路！"王悦可发狠地看着他。

"我只是在帮助你找到真实的自己。祝贺你，母狼。"

眼泪从王悦可的脸庞上滑过，在空中划出一道道短暂而美丽的流线后，狠狠坠落到这片坚硬的土地上。王悦可光着脚站在地上，觉得自己似乎就站在一个不断旋转的木马上，给她带来一阵阵天旋地转的感觉，而她必须用尽全身的力量，才能勉强保持住身体的平衡。

2

中午，食堂里，兵们一言不发地围着桌子坐着，桌子上摆着几盘菜，已经没什么热气了。姜文泽轻咳了一声，想让气氛不那么沉闷："那什么，别闷着了。他肯定赶不回来了，吃饭。"陶雄拿起筷子，其他人都没动，又赶紧放下："班长不说了吗？动筷子啊？"白冰叹了口气："班长，你这可是放虎归山啊！"崔大志怯怯地点头："对啊，帅克这小子去黄继光英雄连和上甘岭特功八连参观，那不是人瞌睡咱送枕头吗？你说他今天还回来吗？"范志国塞了一嘴菜，嘟囔着："还回来干啥啊？你也不是没瞅见那两个连长的眼神，恨不得把他给吃了！咱都是当兵的，见过哪个连长有这种眼神吗？还是两个英雄连队的连长！"

陶雄一看气氛不对，拿筷子当当当地敲着："还吃饭不吃饭啊？怎么都跟没规矩了一样？"

大家都不敢吭声了，赶紧低头吃饭。

姜文泽拿着筷子扒拉了两口，也是心事重重："你们怎么想的我都知道。帅克跟我说，想去黄继光英雄连和上甘岭特功八连参观参观，我那时候就犹豫了。我知道是两个连队都邀请他去，也知道他去了可能心就动了。我可以不批准他去，但是，我不能那么做。我们都是空降兵战士，有机会接受空降兵部队的革命传统教育，这是一件好事。他们希望帅克去，我也希望帅克去，为什么？我希望帅克可以多学习一点儿，我们都很清楚，帅克是个优秀的空降兵苗子吧？他的前途不是在我们保障班吧？"

兵们都沉默着。

"我们来当兵，进入空降兵部队，每个人都有英雄梦。但是，空降兵部队的每个岗位，都需要战士来坚守。这个道理我说过好多次了，帅克，是我们保障班的兵，但在我的概念当中，他早晚要走。帅克到这儿来，改变了我们许多，连我都觉得惭愧。他来以前，我们想过跑武装越野吗？想过强化体能训练吗？咱们保障班发过枪吗？"

白冰怯怯地说："发枪……跟他没关系吧？"

"当然有关系了！他来以前，我们那么训练过吗？我们不那么训练，上面会发给我们枪吗？别忘了，这里面一定有原因的！现在大家都拿到了枪，找到真正军人的感觉了，就忘记帅克给我们带来的变化了？"

"班长，你说的都有道理。但是，帅克既然改变了我们，他就这么走了，不可惜吗？"崔大志说。

姜文泽也有点儿语塞，可这样的兵谁不爱。

"……革命战士是块砖，哪里需要往哪儿搬！今天保障班需要我们，我们就在保障班；明天农场需要我们，我们就要去农场！这还有什么好说的？如果上级要帅克到战斗连队去，我们当然要欢送！帅克改变了我们，不管他去了哪儿，我们都要感谢他改变了我们！都听明白了吗？吃饭！吃完饭还要去干活儿呢！"姜文泽道。

兵们就埋头扒饭，都不再说话。

3

弯弯曲曲的乡间公路上，帅克背着挎包，一边走一边啃着干粮。现在的帅克看上去已经没有了以前的公子哥儿样，但眼睛里还是一贯的自信。

一辆猛士车疾驰而至，帅克靠边走着。猛士吱的一声停在他前面不远处，雷震跳下来，帅克急忙立正，敬礼："飞鲨好！"雷震还礼："你干吗去？"

"报告！我去上甘岭特功八连，去参观一下连史馆，学习学习。"

雷震打量着他，看着他手里的馒头："你就吃这个？"帅克笑笑道："赶路着急，两个连在两个团，我不想耽误时间，晚饭前还要回保障班。"雷震看看他："上车吧，我正好去他们团办事。"帅克没动："不了，谢谢飞鲨，我还是自己走吧。"

"为什么？有车不搭？"

"自己走着踏实。"

雷震看着他："……你变了。"

"我只是觉得，自己一步一步走过去，心里踏实。我是一个战士，我不能搭你的顺风车。我坐雷神的车进去，兄弟部队的看见了算怎么回事啊？他们一定觉得我有什么来头，影响不好。"帅克道。

雷震点点头："你能这样想，我确实没想到。那好吧，我先走了，你继续赶路吧。"雷震跳上车，猛士车卷起一阵尘烟就开走了。帅克笑了笑，继续赶路。

赵大力开着车，雷震看着后视镜："他比我想的进步要快。"

"你是说帅克？"

雷震点头："是，他确实变化很大。以前我是担心他野性难驯，现在我开始有另一种担心了。"

"什么？"

"他不会一下子变成乖宝宝了吧？"

"帅克？"赵大力瞄了一眼后视镜，笑了笑，帅克的身影越来越远，"不可能！江山易改，本性难移，现在是野马上了嚼子，一旦给他松开缰绳，那可比谁都跑得欢！"

雷震叹了口气："现在的兵啊可真难带！又想要他保持锐气，又怕他的锐气伤人伤己！"

赵大力握着方向盘："放心吧，帅克的锐气永远不会磨没的！"

"你怎么知道？"雷震问。赵大力嘿嘿一笑："看看你不就知道了吗？你那时候还扛学员牌呢！真没少给我添乱啊！"

雷震笑了起来，想起了自己过去的峥嵘岁月。

猛士在山路上急驰，卷起一阵尘烟。

4

"这是你们做的野外综合训练计划？"军部大楼，江志成把计划书啪地放在桌子上。

"是。"雷震和方紫玉笔直地站着。

江志成坐下，端起桌子上的茶缸子："好嘛！要不不折腾，要么折腾一次大的。我还以为你们就做做特战分队的训练计划，原来替我都写好了啊？整建制大规模空降无人区，数千人次的野外生存综合演练。"

"参谋长，您老教育我们，练为战，不为看。"方紫玉难得这么坚决。江志成看看他俩，心知肚明："你知道，这不是我能决定的，而且，要承担相当的风险。"雷震立正："我相信上级首长们有这个决心。"江志成脸色变得严肃起来："这个计划，我要仔细看看，要报上级批准才行。你把山地训练场保障班都写进去了？"雷震笑笑道："还有军部医院呢，还有其余的保障单位！我是觉得，作战单位每年都练，保障单位可是很久没练这个了。"江志成咳嗽了两声："跟我打马虎眼，以为我不知道你是咋想的吗？"雷震就嘿嘿乐："那是，参谋长火眼金睛嘛！"江志成瞪他："少跟我来这套了，这个计划我要仔细看看，才能报到军常委会议上。你们去吧。"

两个人急忙立正，转身出去了。

5

清晨，日出东方。繁华的都市车水马龙，整个城市在一片忙碌的节奏中苏醒了。光辉集团会议室里，帅立志看着巨大的楼盘电子地图，高管们围坐成一圈，花猫穿着笔挺的西装站在讲台前。

"这是我为集团做的新楼盘的计划，我起名叫曙光城。曙光城是一个节能环保新理念的大型街区，位于两条高速公路的交叉口，到省城七十千米，到最近的地级市区三十千米。分为十期开发。"

帅立志仔细看着："这是一块不毛之地啊？这可是个大决心！"

"帅总，正因为这是一块不毛之地，所以我们拿地会便宜，很少有公司会和我们一起招拍挂。而地方政府也会非常支持，他们会很希望曙光城真正落地，这对经济发展是一个非常强的拉动，我们也会得到很多优惠政策。"

"但是你怎么知道，人们会不会去那么远的地方买房子呢？"唐思琪问了一句。

"所谓曙光城，不只是一个超级楼盘，更是一个未来的超级城市。在规划当中，包括配套的高标准的名校，从小学到高中一条龙的高质量教育，我们和欧美的名校签署联合教育协议，可以直接去欧美国家的名校留学。未来，还可以吸引大学入驻，并且筹办自己的大学。我相信，这对很多家长会是一个强大的吸引。"

帅立志在思考。唐思琪看了花猫一眼："这个主意不错啊，我同意！"其余的高管们也纷纷附和。

"好，我们把这个列入长期项目，争取早日落地吧！"帅立志站起身，"我们新来的 CEO 进入情况很快，真没想到你对国内的情况这么熟悉！一定做过长期的调研吧？"

花猫一脸谦虚："虽然我不是中国国籍，但我毕竟是华裔嘛！我一直关注祖国的建设发展，这次能有机会真正参与进来，是我的荣幸！"

帅立志点点头："你的爱国情怀非常好！我们做企业，做到今天，对国家和社会是有责任的！我正式宣布，曙光城计划——启动！"

6

郊区，一幢豪华公寓里，唐思琪穿着睡衣在厨房里忙活："真有你的啊，这个计划做得还真像那么回事！"花猫穿着浴袍坐在沙发上喝着红酒："哪儿是我做的啊？

K2 有的是商业高手，都是世界顶级的，这个计划是一定能通过的，这可是他们经过多年调研的！"

唐思琪端着盘子妖娆地走过来："你是说，K2 还想靠这个曙光城发财啊？"花猫抿了一口酒："K2 哪儿看得上这点儿钱啊？这是一个能有效靠近既定目标的计划，否则，还没靠近，就有无数双眼盯着了！"唐思琪坐在他身边："我还是不明白，奥妙在哪里？"

"曙光城建造地点附近有什么？"

唐思琪想了想："中国空降兵部队？"

"对，就在边儿上！"花猫放下酒杯，亲热地捏了捏她的下巴，"以前我们想靠近侦察，人还没过去呢，就可能进去了！现在，只要这个计划得到批准，我们可以堂而皇之地勘测。这个项目没有几年是不能成形的，K2 的谍报人员伪装成工程师、勘测人员，可以进行长期的监控。"

唐思琪软在他怀里："为了一个空降兵部队，至于费这么大周章吗？"

"空军是国家利器，空降兵是利器上的刀尖。你不懂，这是中国的战略威慑力所在，核战争一时半会儿打不起来，但是局部战争和小规模冲突，还是很有可能发生的。中国空降兵部队在全力建设成一支全天候的、具有全球打击力量的战略部队，是 K2 在亚洲的心腹大患！"

"我怎么觉得不像只是监控那么简单啊？"

"当然不只是监控。曙光城只要落地，我们就会想办法在他们的机场周边部署秘密单位。未来的冲突发生时刻，只要他们出动，秘密单位就会发射单兵防空导弹，或者用别的方式破坏他们的机场。只要拖住他们，这个计划就会成为改变世界未来的核心。"花猫冷笑道，"高手过招，看似闲棋冷子，实际步步杀机。"

花猫一把拽过唐思琪，两人激情地滚在沙发上。

两人正激情难耐时，在公寓的同一栋楼里，侦察员赵菲摘下耳机："我不管了，你们继续吧。"李强苦笑道："你还没下班呢！"赵菲瞪他一眼，起身走到阳台。夜晚，远处的霓虹在黑夜里闪耀着斑斓的光，提醒着这个城市还没有进入梦乡。

赵菲走到阳台，一个四十多岁的中年男人正在看资料。何亮虽然有些苍老，但在微弱的光线中，眼睛却是锐利而明亮的，带着一种无法被黑暗吞噬的锋利。

"怎么了？"何亮看了她一眼。赵菲骂了一句："那对狗男女又搞上了，也不嫌累！"何亮苦笑，继续看资料："养金鱼就是这样的工作，你得适应。"

"头儿，他们的目的已经很明确了，我们还不动手吗？"

"还没有什么实质性的动作，只是知道他们的一个目的而已，没有动手的必要。"何亮没抬头，继续看文件，"养金鱼嘛，就要有耐心，这一网真的捞起来，什么虾兵蟹将都要一网打尽。现在才两个人，再等等吧。"

"我们要通知部队吗？"赵菲问。

"还没到时候。现在只是他们的想法，还没有付诸行动。当然，我刚才也很惊讶，他们居然有这么大的野心。"何亮抬起头，看着深邃的夜空，"亡我之心不死嘛，敌人一定会想出各种办法来危害我们的国家安全。再等等的意思，除了放长线钓大鱼，还有一个原因——你怎么知道只有这一个计划？或者说，这也许只是做给我们看的计划。"

赵菲思索着道："你的意思是？他们明修栈道，暗度陈仓？"

何亮摇头道："我不知道，也不确定，只是不能排除这个可能性。赵菲，你刚刚参加工作，记住我的话——这个工作一定要有耐心，看三步，也不一定走一步。这是高智商的较量、聪明人的游戏，敌我双方没有一个是电影里面的那种笨蛋。越谨慎小心，越能接近阴谋的真相。所有都可能是骗局，而真相则隐藏其间。真真假假，虚虚实实，千丝万缕，这一切全要靠耐心来梳理。只要他们没有实质性的危害，都不是动手的时机。"

赵菲轻盈地一笑道："那我这个跆拳道黑带岂不是没有用武之地了？"

何亮笑笑道："没有用武之地，招你干吗啊？别着急，打打杀杀都是最后的大结局。此时此刻，你要发挥的是你的头脑。头脑这个武器，在这个行当是最可贵的。高智商的较量，聪明人的游戏，拼的就是头脑。你是刑侦专业的毕业生，在学校学的不只是打打杀杀吧？"

赵菲笑笑道："我就是觉得憋屈，其实要是有时间去格斗馆打一架，也就没事了。"

何亮沉默着，只是用苍老的手拍拍赵菲的肩膀。干上这一行，他们就没有自己的时间，他们的一切都属于党——生命、信仰，也包括时间。有时候，隐蔽战线的斗争永远不为人知，却永远是你死我活。

第二十章

1

　　清晨，空地上建好的模拟街区，雷神突击队和翠鸟女子侦察队的旗帜在飘舞。雷震跨立站在两支队列前面："……巷战，也叫城市战，发生的地点通常在城市或大型乡镇、村落。'二战'中，欧洲战场有百分之四十的战斗发生在城市或大型居民区内；'二战'后，国际上大大小小的局部战争，百分之九十涉及城市；车臣反恐战争当中，俄军队百分之九十的伤亡，发生在攻占车臣首府格罗兹尼市区的作战当中。在城市化进程当中，资源、人口等进一步往城市集中，未来的军事行动将更多地集中在城市，城市地区已经成为当代战争和未来战争的主要战场……"

　　街区高处，保障班的几个兵们一阵骚动，伸长了脖子看着热闹。范志国拿着小望远镜，嘿嘿地笑着，陶雄看着他："你从哪儿搞的望远镜？"范志国大手一挥："帅克的。"帅克一摸自己的兜："你干吗掏我兜啊？"范志国笑道："你穿错衣服了，我就穿了你的！"帅克低头看看，摸了摸："还真不是我的衣服啊？那这军衔是怎么回事？"范志国笑道："我事先换的！"兵们轰地笑出来，帅克跳过去就去抢望远镜，范志国高举着四处躲避，嬉闹成一团。

　　雷震听到动静，回头看上面。帅克追着范志国，一把抢过望远镜，突然脚底下踩空，林小鹿站在队列里一声惊叫，帅克从高处落下，在空中一个漂亮的转体，落地后一个滚翻起身，他尴尬地拿着望远镜戳在那儿。两个特战分队的队员们都看着他，雷震也看着他，面无表情。帅克尴尬地拍拍屁股："那什么，不好意思啊，你们继续……"说完就想溜。

　　"帅克！"雷震一声吼。

　　"到！"帅克啪地立正，戳得笔直。雷震背着手走过来："看来你什么时候都很活跃，这还是第一次有人闯我的训练场！还是以高空跳跃的方式，你是在跟雷神突击队示威吗？"帅克怔了一下："啊？不敢，不敢，这是误会，我一脚踩空了！"雷震笑得奇怪："踩空了？从那么高的地方跳下来，毫发无损，不是给我展现自己的技巧是什么？"帅克认真地说："报告！飞鲨，我真没有！"

这时，姜文泽带着保障班的兵们匆匆跑过来，站在帅克身边列队："报告！山地训练场保障班集合完毕，请首长指示！报告人，班长姜文泽！"雷震面无表情地道："姜班长，看来你们班是有意的啊？"姜文泽赔着笑脸："首长，这真的是个误会，我们在训练场打闹是不对的，是我没管理好！"雷震转身："士官长！"

"到！"赵大力前趋一步。

"你是老油条了，你说说，他们是有意的，还是无意的？"

"绝对是有意的！"赵大力吼声如雷。雷震转过身，笑道："听见了？我相信我的士官长！"保障班的兵们都傻眼了。雷震看着他们："就你们保障班这几个虾兵蟹将，还不服？有什么不服的？不服，我们就拉出来练练！"

白冰站在队列里小声嘟囔着："摆明了想修理我们，我们只是个保障班啊，看雷神那架势，恨不得吃了我们啊！"

兵们怒目而视，不言自威，一股杀气在渐渐升腾。帅克很为难，也不敢说话。

姜文泽的脸色很不好看，怔了许久道："报告！首长，是我没管理好自己的班，您说我什么都成，请不要说我们的战士！"

雷震明显是故意的："我就是想说你的战士！你们这群歪瓜裂枣，也配叫战士？自己撒泡尿照照自己，看看他们——这才叫战士！"——雷神突击队持枪跨立，个个威猛。

"不服是吗？姜班长，我问你，是不是不服？！"雷震的脸几乎贴到姜文泽脸上了。姜文泽脸色铁青："首长，我不知道为什么您一定要和我们保障班的较劲儿！我们有错误，但杀人不过头点地，您真的是犯不上啊！我真的是高看雷神突击队的队长了！"

雷震笑笑道："怕了？"

"当兵的字典里面，就没有'怕'字！"

"那好。"雷震铁塔一般地转身走过去，"今天的训练计划调整一下，打战术对抗，雷神突击队对保障班！"

兵们一阵哄笑，保障班的几个兵尴尬地站着，面面相觑，看向帅克。帅克有点儿不知所措，陶雄一咬牙："怕什么怕？战场上只有打死的，没有吓死的，我们大不了一死！"但他马上又低头小声地说，"虽然会死得难看点儿！"

几个兵听了都想用眼神杀死他。

雷震的目光一直注视着帅克，他冷笑道："想认输？挺好，你们认输，雷神突击队就放过你们！帅克，说个'服'字，我就放过你们全班！"

队列里的林小鹿一脸焦急，所有人都看着他。

"……报告……"帅克尴尬地嗫嚅道，"……我……我服……"

所有人都呆住了，兵们都不敢相信，面面相觑。雷震很震惊，眼里的失望一闪而过："你，你再说一次？"

"我服。"

雷震痛心疾首，赵大力也呆住了。雷震走到他身边，失望地低声道："我们可能是真的把他给搞废了。"赵大力看着帅克："不能吧？这么容易就搞废了？——帅克，你服什么？"

"报告！水牛，我服的是雷神突击队的武器装备，还有人数！"雷震转身看他，帅克目不斜视，继续道，"我们是保障班，就这么几个兵！雷神突击队三个中队，现在到了两个中队！你们那么多人，我们这才几个兵，再看看你们的武器装备，摆明了是要我们好看！不服行吗？我的话完了！"

雷震想笑，又拼命忍住。嗯，还是那个敢说敢做的帅克。

"战争，尤其是反恐战争，毫无公平可言！这个道理你不懂吗？"雷震绷着脸道。

"我懂啊，但反恐战争，谁是兵谁是匪啊？总得有个章程吧？"

"当然我们是兵，你们是匪啊！"

"那不成，要比的话，我们是兵，你们是匪！"

"为什么？"

"反恐行动，向来都是兵少匪多，深入敌后，营救人质或者定点清除，哪有兵多匪少的，那不成治安行动了吗？"帅克眼里透着狡黠，"既然是军事行动，我们人少，当然我们是兵，你们是匪！"

雷震哈哈大笑："雷神突击队自组建以来，还没当过匪呢！"

"凡事总要有第一次吧？"

雷震看看自己的队员们："听见没？保障班的列兵跟咱们叫板了！你们敢不敢打？"

"敢！"全副武装的雷神突击队员们高声怒吼。

"好，那咱们就跟保障班的玩玩？"

"谢谢飞鲨！"

雷震看过去，帅克的眼神毫不退缩。雷震其实是欣慰的，他咳嗽一声："那就这么愉快地决定了！雷神突击队演匪，你们演突击队员！"

雷神突击队里爆出一阵哄笑。白冰几个兵都很尴尬，恨不得钻到地底下去。帅克则毫不在意："那就说好了，没有预案，我们怎么玩儿都是合理的！"

"存在即合理，胜利即合理。战争当中，什么事都可能发生，我不给你们设定预案，你们来就是了！"雷震抬手看表，"给你们一个小时的时间准备，我们等你们！"

帅克几个人刚抬脚要走，林小鹿一声脆响："报告！"

雷震看过去："翠鸟的新兵同志有什么不同意见吗？"

"没有！"林小鹿说，"我们翠鸟干什么？观战吗？我们今天也是来训练的，难道来观摩吗？"

雷震皱眉看她："都当匪，那这匪也太多了吧？"

林小鹿眼睛一亮："我们可以当兵啊！"

雷震一愣，帅克也一愣。

"报告！"帅克高喊。

"你还有什么话说？"雷震不知道这两个人打的是什么主意。

"我是说，那么多的人，如果都参加进来，我们也胜之不武啊！"

雷震眉毛一挑："听你这大话，还能赢是怎么的？"帅克年轻的脸上傲气十足："我的字典里面还没有'输'这个字！"雷震点头，在他面前来回踱步："很好，很好！我真佩服你这个不知道'死'字怎么写的勇气！但是女兵们提出来了，你看这个事怎么弄啊？"帅克看看林小鹿："刚说话的那几个可以参加，再多，就不行了！"方紫玉不服气地道："不是，你这个列兵还安排起我们的人了？"雷震笑着道："听帅克安排，这局是他跟我下，他说了算！——你那五个女兵，叫出来吧。"

林小鹿、陆冰嫣、周招娣、柳纤和陈若曦跨步出列，几个女兵齐耳短发贴在脸颊上，英姿飒爽地跑步过去了。

晨光中，帅克带着几个兵跑步离去，阳光照射在他年轻的背影上，刚毅十足。

"就他们几个还能赢我两个队？开玩笑！"赵大力看着帅克的背影说道。雷震就笑道："我直觉，帅克会给我们出幺蛾子的！大家注意了，看好自己的阵地，不要轻敌！你们都了解帅克！我们要高度重视他，这是一个浑不怕的家伙！给他一个支点，他能把地球撬翻天！真的丢了人，那可是我们雷神的人笑话！你们都是老兵了，不少还出国受训参赛过，有的还有实战经验！听着，这次谁出了问题，就不要怪我不客气了！明白了吗？！"

"明白！"兵们高声怒吼。

2

模拟街区停着两辆全地形车，帅克和队员们穿上战术背心，戴上头盔正在整理武器。林小鹿担忧地看着他："帅克，你有谱没？怎么打啊？"

帅克把枪插入战术背心："先别急，我们还有时间准备！"

"一个小时啊？一个小时很紧张的！"陆冰嫣担心道。帅克轻哼一声："什么时候进攻，凭什么他们说了算？这是敌后行动，主动权应该在我们手里！"几个人茫然地看着他，帅克戴好头盔，拿起高精狙，背上微冲，"意思就是让他们等！我们找最好的时机！不过，我们得先找个地方做临时指挥部。"

山头的一座破房子里，光线透过破败的缝隙透进来，桌子上摆着几台军用笔记本，这里已经成为一个临时指挥部。帅克打开信号接收伞，飞快地操作着电脑，他要想办法接驳街区的监控系统，那里到处是摄像头，而且有夜视功能，如果不黑掉监控，他们怎么都不可能进去。虽然都是加密的系统，但大学时期"红客"的经历正好派上用场。其余的兵们在外面布置警戒哨，一派大战来临前的氛围。

3

穿着便装的方紫玉和女兵们被关在铁笼子里，个个怒气冲冲。几个雇佣兵模样的兵持枪来回巡视着。赵大力推门走进监控室："都布置好了，水泄不通！"

雷震一身外军迷彩，注视着屏幕："不可以大意，无人机放出去了吗？"

"已经在空中了。"赵大力喝了一口水，"你放心，这次都没人小看帅克！"

雷震郑重地点头："随时向我报告。"

"是！"赵大力转身出去，继续布置。

破房子里，林小鹿看着帅克手指翻飞："为什么现在不黑了他们？"帅克狡黠地笑道："还没有到动手的时候。"

帅克转身操作另一台笔记本，屏幕上的数据闪烁着，林小鹿看得眼花缭乱："天哪，太神了吧……"帅克一脸淡然地道："无人机的数据链已经接上了，现在在他们能看见的，我们也能看见了。"陆冰嫣满脸都是佩服："他们知道你接上了吗？"

帅克一脸傲气地摇头。

4

山坡上，江志成牵着 AK 走过来。隐身在对面山头的白冰拿着望远镜道："有人过来了，牵了一条狗，好像是上次那个老班长。"但看着影影绰绰的人影好像又不太对，"那军衔……好像不是士官的？"

耿明拿过望远镜定睛一看："我去！是大校！"

两个兵彻底傻眼了。

江志成牵着 AK 走过来，突然，AK 一阵狂吠，江志成一激灵："谁在那儿？出来！"

没人吭声。江志成拔出手枪单手擦腰带上膛："不出来开枪了啊！"

两丛草吓得急忙跳起来。

"别开枪，别开枪！"

在他前面的不远处，两丛草甩掉头上的伪装，露出两张迷彩大脸："首长，是……是我们！"江志成赶紧喝住 AK，把枪插回外衣下面的腰带上："你们俩哪个连的？跟这儿干啥你？"白冰和耿明不敢说话，看着江志成皆沉默不语。江志成仔细打量着面前的两张迷彩脸："好像在哪儿见过你们？"

"报，报告……我们……我们是……"两个兵待在保障班，还是第一次看见这么大的首长，说话都不利索了。江志成一听就不高兴了："有话就说，有屁就放！磨磨叽叽的哪儿像个当兵的？你们是哪个连的？"耿明一挺胸："我们是……报告！首长，我们是保障班的！"江志成恍然大悟，自己嘴也不利索了："你们……你们……是……"

"保障班的！"

"我知道你们是保障班的！你们是保障班的在这儿干吗？搞得跟真事儿似的，还画着脸？你们不去保障藏这儿干吗？还打我的埋伏，想造反吗？"江志成其实自己也心虚，壮着胆说道。

白冰都快哭了："不是，不是，首长！我们不是故意的，我们不是埋伏您！"耿明咽了口唾沫，壮了壮胆说："我们跟雷神在打对抗，我们是警戒哨……"江志成一听乐了："哈！笑话！你们？跟雷神打对抗？"耿明耷拉着脑袋："首长，您就别埋汰我们了，我们也知道自己几斤几两……"

"这谁的骚主意？！"江志成有点儿怒火中烧了，"雷神是闲得长毛了吗？找不到什么好玩的了吗？跟你们保障班打对抗？肯定是帅克，他一天不出个么蛾子浑身就不自在！"

白冰和耿明都不敢说话。江志成看着他们："你们打什么对抗？"

"营救海外中国人质。"

"你们演匪？"江志成问。

"不是，我们……我们演兵！"

"哈哈哈！你们演兵？"江志成一听，乐了，"那你们不去救人，在这儿藏着干什么？"

耿明苦着脸："首长，我们是警戒哨啊……这是我们的警戒阵地……"

"警戒什么啊警戒？我都暴露了知道不知道？我千小心万小心，没想到栽到你们两个小兔崽子身上！"

白冰眨巴眨巴眼："那什么，首长，我们肯定为您保密！不该看的不看，不该听的不听，不该说的不说！"

这时，远远地跑过来一个人，江志成一看，呆住了——帅克笑着招手跑了过来。两个兵急忙挡在江志成的面前。江志成躲在他们背后，急忙撕下大校军衔，手忙脚乱地拿出士官军衔粘上。

帅克跑过来了，分开他们俩："老班长，你怎么到这儿来了？"江志成笑呵呵地直起身："啊？我遛狗！遛狗！你看这 AK，一跑就这么老远！也不知道累！"

"嗯？你这领章……"

江志成一看，粘反了，赶紧尴尬地撕下来，重新贴上："哦哦，出门没注意，刚洗的衣服！正过来！咦，你们跟这儿干吗呢？"

"训练啊，跟雷神打对抗！"

江志成竖起大拇指："有种！说的我都想观战了！"

"走啊，我们的指挥部在上面！"帅克在前面引路，江志成牵着 AK 跟了上去，还不忘回头对着傻站着的两个兵挤眉弄眼，两个兵赶紧鸡啄米似的直点头。

在临时指挥所的破房子里，江志成牵着 AK 推门进去，看着满屋子里红灯闪烁的电脑设备，满意地点头："不错啊！你还真有一套啊！从哪儿搞的？"

"自己买的。"

江志成一惊："你居然黑进他们的系统了？"帅克一脸无辜的表情："老班长，这不能怪我啊，这系统设计得有 Bug，我不用白不用！"江志成若有所思地点点头："有些人要挨板子了！"帅克没听清："谁啊？"江志成回过神儿来："啊，没事，没事，我随便说说的。你们的任务到底是什么？你们跟雷神对阵，搞得他们还真的如临大敌似的！"江志成转头一看，愣了，"哟？这不是翠鸟的女兵们吗？怎么全关在笼子里面了？"

"演习的背景设定是在非洲某国，他们是扣押我们二十一名女打工妹的恐怖分子，翠鸟演的就是中国打工妹。我们单身狗突击队接到上级命令，准备采取武力措施营救人质。我们把人救出来就算赢了。"

江志成仔细看了看："你们能赢吗？虽然你黑进了他们的系统，但他们还是人多势众，又都是训练有素，事先有了防备，我看他们的防御几乎是无懈可击啊。"

"世界上没有攻不破的防线！"帅克道，江志成看着他，他笑了笑，脸上都是自信，"毛主席说的。"

江志成背着手点头："行啊，你小子！没白来空降兵啊，上甘岭特功八连的连史馆去过了？"

"去过了。"帅克点头。

"跟我说说，你打算怎么进攻啊？"江志成脸上是耐人寻味的微笑。

"我还没想好。"

"你还没想好？"江志成的脸色唰地一下沉了下来。

"您说的没错，他们的防御固若金汤，我还在研究整个模拟街区的地图，但这里只有简易的地图，只能看见外表，要是有工程设计图就好了，就能知道真正的工程构造是什么样的。"

"你要知道工程构造干什么？"

"你看，这你就外行了吧？说着说着就暴露自己是机务班的老班长了！"

江志成有点儿尴尬，咂咂嘴："说说吧，干啥？"

"要想执行任务，我就得知道所有的细节，才能找出他们意想不到的漏洞！我想知道每堵墙、每扇门是怎么设计的，承重是多少，用多少炸药能炸开；地下每条管道，有没有漏洞可钻，和地面怎么连接的，入口在哪儿，出口在哪儿……"

江志成点点头："虽然刚才被你呛了一句，但我知道，你说的是对的。我帮你想想办法吧。"

帅克有点儿意外："你有办法搞到工程设计图？"江志成摆摆手，笑道着："不跟你说了吗？我是空降兵部队的老班长了，山人自有妙计！你等等啊，我去打几个电话！"林小鹿看着他的背影，有些纳闷儿道："他真的有办法吗？"帅克想了想，也觉得是，但又想不出个所以然来，甩甩头说："咳，老班长既然说了，就肯定有办法。他好像知道这个部队所有的秘密，也许，真的是待得时间太久了吧！"

不一会儿，一辆挂着军部牌照的车停在破房子前，一个参谋跑步过来，看见江志成就立正，敬礼："报告……"江志成声音一沉："报什么告？报什么告？跟你们头儿说，以后见了我别那么客气！我又不是个领导干部！"参谋愣了一下，看看江志成肩膀上的军衔，又看看帅克，明白过来，赶紧说："是，班长……这是您要的东西！"

江志成接过来摆摆手："行了，你去吧！"帅克目瞪口呆："那，那是个少校啊？！"

"少校怎么了？也得管我叫一声老班长！"江志成把光盘递给他，"给，这你要的！"

帅克猛地一把抱住江志成："你太牛了！老班长，我要不是知道你是老班长，我真以为你是军首长了！"

江志成哈哈笑道："哈哈哈，什么军首长啊，我才不愿意当官呢，太累！走走走，我看着你研究作战方案去！"

5

夜色依然笼罩着静静的街区，只有摄像头在黑暗中闪烁着点点红光，在一片漆黑的夜色中如同星光。赵大力带着雷神突击队在街区各个角落严防死守，不敢有丝毫懈怠。赵大力抬头走到窗前，悄悄拉开窗帘，看看乌漆墨黑的天，又看看表："这都几点了？还没动静？"雷震坐在监视器前不慌不忙："18 点 43 分，他们一直在等天黑。"

"我们有夜视仪，还有这么多监控，有意义吗？"

"我们不知道帅克从哪边来，这是最可怕的地方。"

"地面、高处、天空，都是我们的眼睛和枪口——他总不能从地底下过来吧？他又不是土行孙！"赵大力翻了个白眼。雷震轻哼一声："我也在想，是不是我想多了？"赵大力咧嘴一笑："一定是你想多了，哈哈哈，你快被帅克给迷晕了！再怎么着，他也不能是超人！我去看看啊！"雷震看着监视器，没说话

月光下一片静谧，山坡上的破房子里，几台笔记本发出轻响，呜呜地工作着。陆冰嫣看看外面的天色："天都黑了，这都几点了？帅克，你到底有没有谱啊？你研究这个图纸那么久了，给我们个章程啊！"

帅克在看电脑显示的图纸资料，没理她。周招娣在那边睡觉，打个盹儿起来了："我这都睡了一觉了！还不开始啊？该吃晚饭了吧？我都饿了！"

"我选了一条进攻路线，恐怕大家最好别吃东西。"帅克在电脑前抬起头，拿起电台，"全体集合！"

6

破房子里，兵们围坐在一起。白冰和耿明一脸的不自在，好在迷彩脸将他们的神情掩盖住了。姜文泽看看帅克："什么章程？你说吧！"

"首先，请大家相信我。"帅克的表情很认真，"这是一步奇招，也是一步险招，更是一步阴招！"大家都看着他，帅克看看女兵们，继续说，"我认真研究了监控和模拟街区的图纸，这次行动，我的计划是这样的。我们单身狗突击队分为两个战斗小组，A组佯攻，B组实攻。A组负责吸引恐怖分子的注意力，与其展开僵持，周旋的时间越久越好，越热闹越好，要不怕牺牲，但是不能被他们真的缠住，保持安全距离。"

帅克看向姜文泽："班长，麻烦你带A组。我来带B组，要采取非常措施。"

"什么非常措施？"陆冰嫣问。

帅克拿过电脑，上面都是地下管道的图纸，林小鹿仔细一看："从地底下进去？"

"对，这是我们唯一的机会。雷神突击队人多势众，富有作战经验，装备又比我们好，从正面进攻，我们毫无胜算。"

林小鹿再仔细一看："可……这是个污水管道啊！"

"对，是污水管道。"帅克眨巴着眼看她，"模拟街区是按照现实城市盖的，城里有的，这儿都有。地下污水处理系统是真的，在街区外和下水道系统有多处连接。B组从这儿进去，出其不意，发动突袭，营救人质，然后原路返回！地下污水管道这种地形地貌，一夫当关，万夫莫开，留两个人在这儿把守，他们就不可能追过来！我们从哪儿出去，他们完全想不到！"

林小鹿咽了口唾沫："我说怎么不让我们吃饭呢，会吐的……"

"从污水过去？好刺激，我喜欢！"陆冰嫣一脸兴奋，眼里冒着光。

"那好像是有厕所的吧？"柳纤讪讪地说，胃里忍不住一阵翻腾。

"对，厕所是连着污水管道的，我的计划是，女兵是B组，跟我进去。也就是说，B组要克服心理障碍，从真正的污水当中过去。"

大家都目瞪口呆。

姜文泽想了想："我们男兵没问题，女兵行吗？还是我们做B组吧。"

帅克摇头道："污水管道不需要那么多人，地面佯攻才需要尽可能多的人，不然他们不会信的。而且，女兵有身材瘦小的优势，我们的出口恐怕没那么大。"

女兵们都有点儿震惊。江志成忍不住插嘴："雷神绝对会想到，你们有可能会从污水管道发起攻击的，模拟街区所有的出口他们都会注意的！"

"我选择的出口，他们绝对想不到！"帅克笑得很诡异，"现在我想知道，女兵们是否能克服这种心理障碍？"

女兵们面面相觑，脸色都不好看。

"我没问题！"陆冰嫣一脸决绝。周招娣悻悻地看她："陆冰嫣没问题，我就没问题，不就是个臭吗？我忍了！"柳纤战战兢兢地说："那什么，只有这一条路了吗？"

旁边，林小鹿深呼吸，看见帅克的眼神，一咬牙："活着干，死了算！我去！"

"那可都是屎啊……小鹿，你可是有洁癖的啊！"陈若曦目瞪口呆。林小鹿心一横："既然来当空降兵，还在乎那么多吗？我干！"

"好，那你们五个女兵跟我是 B 组！"帅克看看手表，"现在休息，午夜两点开始行动。"

林小鹿一愣："我们下了这么大的决心，你让我们现在休息？"

帅克往后一躺，头枕着手："现在去，正是他们戒心最强的时候。再熬下去，他们也难过，雷神也是人不是铁，他们也会困的。睡吧，我们养精蓄锐，出其不意，攻其不备！"

江志成看看手表："那什么，我得先撤了，我还有事，不能在这儿跟你们耗了！"

"老班长，您这狗能不能借我用一下？"

江志成警觉起来："干吗？这狗可不能钻下水道！"

"不钻下水道！我向你保证！它跟 A 组走！"

江志成直摇头："那不行，我不信你的话！回头给我搞一身屎，这狗怎么洗啊？"帅克一举右手："我发誓，绝不会！就让它做个疑兵。放心吧，我说话算数！"江志成看看 AK，问："AK，你乐意吗？"AK 看着江志成，又看看帅克，"汪汪"叫了两声。

7

模拟街区还是一片寂静。赵大力抬手看表，在屋里来回地踱步："这都几点了，还没一点儿动静？"雷震倒是沉得住气："帅克在等我们的漏洞。越到晚上越危险，告诉大家，一半人现在休息，保持足够的睡眠。"

狙击阵地上，观察手披着伪装网，举着观测仪："十一点方向有动静。"

狙击手掉转枪口中过去，只见一辆猛士指挥车疾驰而来，车灯大开着。

"是他们吗？"狙击手在瞄准。

"不像，他们会这么大摇大摆吗？"

"看不清，你那边怎么样？"

"车速太快，看不清车牌。"观察手放下观测仪，"飞鲨，鹰眼报告，有不明车辆出现，正在快速靠近我们。完毕。"

"飞鲨收到，你们注意观察。完毕。"雷震拿起武器出去了，赵大力急忙跟上。

街区尽头，指挥车风驰电掣地开过来，周围绿灯闪烁，只要一声令下，车上的人立马变成筛子。此刻，雷震和赵大力正站在高处，雷震拿起数字望远镜，一愣，又仔细看看，急忙拿起对讲机："都别开枪，是参谋长的车！"雷震急忙跑步过去，敬礼："参谋长，您怎么来了？"江志成还礼，看看他这一身装束："你们又在整什么幺蛾子？"

"训练课嘛！哟，您这军衔？"

江志成一看肩膀上，还是士官，忘了换了。江志成急忙揪掉，拿出大校军衔贴上。雷震就看着他笑道："您说，您都见过帅克了，还问我整什么幺蛾子？"

江志成不乐意地瞪他一眼："瞎说什么大实话？"

"你从帅克那边过来的，跟我透露透露，他到底打算怎么搞？我这都等太久了！"

"我哪儿知道啊？我就一个看热闹的！"

"那不太可能，您这性格我太了解了，没有给他点拨一二？"雷震觍着脸笑着问。

江志成狡猾地笑道："点拨什么啊？你们雷神跟保障班对战，我能帮忙作弊吗？不能，不能，那不是我的性格！你对我的了解太少了！"

"您那 AK 呢？"

"没带！"

雷震假装思索着："那不对啊，您跟它可是从来形影不离的！"

"我来你这儿能带吗，天天惦记！"江志成眨巴着眼睛，"赶紧的，给我搞点儿吃的，我饿坏了！帅克那边都不管吃的！"

雷震突然反应过来："不管吃的？他们不吃饭吗？"江志成一愣："啊，怎么了？"

"士官长！"雷震一下子来了精神，"把所有的污水管道出口设上地雷！他们想从地底下过来！"

江志成赶紧捂住嘴。雷震笑道："走，我请您吃好吃的！压缩干粮、自热干粮、方便面管够！"

8

夜色里，姜文泽悄无声息地低姿在外潜伏，其余的战士们推着两辆全地形车，没打火，远远地过来了。崔大志推得气喘吁吁："我也是服了，推车推了二十公里！为什么我们放着车不开，要推车？"范志国咬着牙在使劲儿："因为我们要发动突袭！"

几个兵吭哧吭哧地推着车过去。

街区外的山脚处，帅克拿着军用平板电脑在看，又抬头看了看周围的地形："就在这儿了！大家做好准备，要下去了！"他收起平板电脑，带着女兵们拨开灌木丛和浮草，露出一个污水井盖。柳纤急忙戴上防毒面具，陈若曦拿着防毒面具犹豫着："戴这玩意儿可难受了。"柳纤闷闷地说："总比直接闻强多了吧？快戴上，在下面吐了可没人照顾你！"帅克掀开污水井盖，戴上防毒面具："我先下，你们跟上！"林小鹿点点头，帅克纵身钻进洞里。

污水管道里，林小鹿扑通落进齐腰深的污水里，污水溅起来，她全身都脏了。帅克在那边等着："你没事吧？"林小鹿摇头。女兵们都扑通下来，队伍在齐腰深的污水当中前进。

地面上，战熊打开一处污水井盖，绊索慢慢拉开，把感应地雷安装在井盖边上，又将井盖盖好，匆忙往下一处跑了。

监控室里，江志成嘴里嚼着干粮："刺激啊，好久没看过你们这么认真打对抗了！"雷震拿着对讲机："一个出口都不要漏过！你们要知道利害关系，这是荣誉之战！输给保障班，我们出去就别做人了！明白吗？！"

"明白！"对讲机里呼声一片。

污水管道里，帅克带着一队女兵在齐腰深的污水里跋涉。

街区上，一片大战来临前的寂静。在人质关押处，几堆油桶里燃着熊熊篝火。几个穿着迷彩，肩上挎着枪的"恐怖分子"正凑在火堆前取暖。铁笼子里的女兵们蜷缩在一起，瑟瑟发抖。程慧看不过去了："喂！你们有没有人道主义啊？就算我们是人质，好歹给口热水喝吧？"鳄鱼看向她："跟恐怖分子讲人道主义？省省吧！"

"给你根鸡毛你就当令箭了？"

"想吃啊？"鳄鱼走过去，隔着铁笼子看着唐明明，嘴里啃着鸡翅膀笑道，"不好意思，我们执行的是飞鲨的命令。"

"什么破命令？"

"对于我们来说，这是红、蓝对抗演习；对于你们来说，这是 SERE 生存训练。飞鲨要我们不要心慈手软，说这是一个难得的训练机会。"

"SERE？"方紫玉一惊，"我们事先并不知道啊？难怪你们来真的！"

"事先知道，还有什么意思？按理说，我现在都不该告诉你的，方紫玉队长，真的别让我为难了，我只是执行命令。"

"我们又不归你们雷神管，凭什么要听你们的命令？"

"你们是不归我们管，但今天的训练归我们管。"鳄鱼理直气壮地说，"要我说，方紫玉队长，你也别闹腾了！飞鲨的秉性你也清楚，他怎么命令我们，我们就怎么去做！先委屈委屈了，再说，SERE 生存训练，也是你们翠鸟的必修课对不？所以，您就别难为我了成不？既来之则安之吧，SERE 哪儿有那么舒坦的？您也是行家啊！

对吧？"

"用不着你来教训我！"方紫玉知道自己的反驳很无力。

"好好，我多嘴了！您这儿待着吧，再聊！"说完他啃着鸡腿回去了。

"雷神也太不像话了，也没跟我们说一声就来真的了！"唐明明气鼓鼓地说。

"他们是对的。"方紫玉在思索，"不能浪费任何一次训练的机会，这是他的想法。我们不能坐以待毙，既然是 SERE，就不光是生存训练，既然他们想玩儿，我们就跟他们玩儿到底！准备反抗和脱逃！"

9

污水管道里，帅克带队过来，拿手电照亮上面的管道说道："就是这儿了！"陆冰嫣一看："这么窄，怎么过去啊？"周招娣愣了一下，讪笑着："上面不会就是厕所吧？"陆冰嫣说："关键是我们怎么上去啊？来都来了，想别的没用了！"

"炸开。"

林小鹿盯着帅克："你是说，把厕所下面炸开？"

所有人都呆住了。

街区里，还在四处警戒的突击队员们严阵以待。监控室里，突然，面前的十几个监视器在一瞬间中断了信号，画面突变——赵大力一愣："熊猫烧香？！"

江志成苦笑一下，知道是怎么回事了。

"他们来了！"雷震再看无人机的监视器，也是一样。雷震拿起电台："各单位注意了！他们来了……"话音未落，电台里发出一阵刺耳的金属杂音，雷震唰地把耳机一扔："他妈的！"赵大力揉揉耳朵，急道："我们和队员们联系不上了！"雷震沉住气道："各自为战，他们都是老油条了，不会离开自己的岗位的！我们走！"

街区上，雷震翻腾到楼顶，拿出信号枪，嗵！一颗红色信号弹响彻天际。这时，江志成也爬上来了："你打这个玩意儿干啥？他们来了吗？"

"按照预案，各自为战！"雷震拿起望远镜，声音低沉，"那边有动静！"

远处，一个黑影快速掠过，江志成一愣，雷震也是一愣："是 AK！"

街区巷道里，AK 背着两个硕大的包在快速狂奔，姜文泽看准时机，按下遥控器的按钮，AK 身上两侧包的盖子就自动打开，一个个照明弹滚落出来，在它身后、两侧陆续炸开……一道刺眼的明亮在黑夜里照得周围亮如白昼，在附近隐蔽的突击队员们全都被照亮了，一片忙乱地摘下夜视仪……

雷震趴在屋顶上怒吼："他妈的！夜视仪没用了！"江志成到处在看："我的狗

呢？"雷震懒得理他："这时候我哪儿还顾得上你的狗？！"

话音未落，一阵密集的枪声响起。紧接着，两辆全地形车响着枪声快速冲过来，惊魂未定的突击队员们占据阵地，持枪射击。姜文泽带着A组队员们跳下车，一场激烈的巷战胶着在一起，好不热闹……

"他们打进来了！"方紫玉抓着铁栏杆观察着四周，鳄鱼等队员们迅速持枪就位。方紫玉脑子飞快地转着："我要上厕所！"

没人理她。

"我要上厕所！"方紫玉喊得更大声了。鳄鱼回头："憋着！没看这就要打仗了吗？"方紫玉急赤白脸地道："我要尿裤子了！"鳄鱼急得一闭眼："姑奶奶，我现在哪儿顾得上送你去厕所？"

"你信不信我就在这儿解手？"

"别，别，别！我带您去，姑奶奶！你们盯好了啊！"鳄鱼走过来，打开铁门，旁边有两个兵持枪虎视眈眈地对着里面，鳄鱼道，"就你自己出来！"

方紫玉走出来，铁门咣地又关上了。

女厕所里，门咚地被踹开，鳄鱼跑进来，持枪搜索，看到里面没人，就转身走到门口："可以……"

话音未落，他身后就响起一声剧烈的爆炸，鳄鱼被巨大的冲击波打飞出去。方紫玉也被冲击波带倒，躺在地上滑了出去。

女厕所里，管道四处都在喷水，一片狼藉。鳄鱼痛苦地从地上爬起来，刚一转身，就呆住了——帅克戴着防毒面具，持枪对着他。砰！鳄鱼和几个兵身上开始哧哧地冒着白烟！方紫玉一脸惊喜地看着他们，帅克摘掉防毒面具："中国空降兵！你得救了！"

"没想到……"鳄鱼沮丧地看着身上滚滚的白烟，话音未落，方紫玉枪托一抡，鳄鱼瞬间倒地，方紫玉带着队员们出去了。林小鹿顺手抄起鳄鱼腰上的钥匙，叮嘱旁边的另外两个兵道："你们死了，别乱动啊！"那两个兵苦笑着点头道："从厕所里面爬出来，干得真棒！"

人质关押处，方紫玉带着队员们冲过来，措手不及的雷神队员们急忙掉转枪口，双方一片混战……

林小鹿拿着钥匙一边射击一边丢给里面的女兵们，二十多个女兵们冲出铁笼，局势马上发生了改变……

屋顶上，雷震看过去，人质关押处枪战不断："我们中了调虎离山计！"

赵大力起身道："我带预备队过去！"

"快去！这边所有的人，你能联系到的，都不要跟佯攻的纠缠了！都去那边！"

赵大力领命快速离去，雷震整理着武器，江志成看着他："怎么你也去吗？"

"不去还要在这儿等着败吗？他们休想带走人质！"雷震提着武器下去了。

江志成笑了笑，脸色突然一变："我那狗呢？AK！AK！我得去找狗了！"

人质关押处，枪战还在继续，但是帅克和女兵们都已经控制了局势。

"梅花鹿！带人质原路撤出去，要快！他们的支援部队已经在陆续赶到，我们坚持不了多久！"帅克命令。

"收到！人质跟我走！"林小鹿带着人质们往厕所那边跑去。帅克和陆冰嫣在这儿守着，也是边打边撤。这时，雷震匆忙赶到，举枪射击："往里面打！要快！"突击队员们起身往里面突进。

女厕所里，一片狼藉当中，林小鹿带着人质们冲进来，快速下去了。帅克带着陆冰嫣、方紫玉等人且战且退，往厕所方向撤去。

"他妈的！他们从厕所进来的！缠住他们！"雷震怒吼。

帅克几人迅速钻进管道，突击队员们匆忙围上去，几个手雷从管道里飞出来，队员们急忙卧倒，紧接着就是一声剧烈的爆炸响起。

女厕所里浓烟渐渐散尽，雷震黑着脸走进来，看着狼藉一片的厕所。赵大力走过来："他们把下水管道系统炸开了。"

"有人进去了吗？"雷震黑着脸道。

"战熊带队进去了。"赵大力说。

污水管道里，人质们快速涉水前进，帅克持枪走在最后，再后面，战熊带着三个队员在紧追不舍。帅克又打出一梭子："你们先走！我有办法！"陆冰嫣急忙带着人质们跑了。

污水管道里，更多的突击队员在雷震的带领下从后面追来。

街区外的山脚处，帅克快速爬出来："有追兵！快，催泪弹都拿出来！拴在绳上！"

管道里，雷震带队正在追着，突然，几颗催泪弹挂着绳悬在半空中哧哧地冒着白色烟雾。队员们瞬间被白烟笼罩，一片剧烈的咳嗽声，什么都看不见了……

10

月色明亮，黑暗依然笼罩着一片狼藉的街区，大战后的街区一片肃杀，只有很少几处楼房透出明亮的灯光，在一片漆黑的夜色中如同灯塔。雷震黑着脸站在队列前，保障班的兵们站在那儿，都是喜不自胜。旁边五个女兵站在旁边，散发着一股恶臭，脸上却是扬扬得意。帅克站在队列前，脸上没什么表情。

"我们输了。"雷震眼睛发亮，声音低沉，"你确实做到了出其不意，攻其不备，我怎么也没想到，你会从厕所的马桶里钻出来。"

帅克目不转睛："您的防守太严密，我也只能从马桶里钻出来了。"

雷震背手跨立："好吧，我们认这次走麦城。说吧，你想得到什么？"

"我们……"帅克忍住笑，看着保障班的战友们，"我们……我们想雷神突击队给我们当一天保障班！"

保障班的兵们哄堂大笑，女兵们也笑了。雷震的脸色很难看，看了看自己沮丧的队员们："愿赌服输，今天我们是保障班。"

第二十一章

1

拂晓的农场，晨色刚起。毒蝎和王悦可在吃早餐，他的手机响了。毒蝎走到窗边接起来："喂？"电话是花猫打来的："中国空降兵有大动作！我刚刚得到的消息，中国空降兵部队在做出发准备，机场起降频繁，有大动作！"毒蝎拿着手机，看了一眼餐桌边的王悦可："是不是要参加演习？"

"不像，没听说中国军队最近有跟空降兵有关系的演习。"

"想办法探听仔细，他们准备去哪儿？"

"我得到的消息，他们很可能去西南边境的原始森林驻训。"

"那有什么稀奇的？"

"他们的驻训地点紧靠A201边界线。"花猫顿了一下，"不觉得那地方很熟悉吗？"

"是啊，很熟悉。那儿的中国边界外面有K2的一个秘密营地——Z营地。"

"这不是偶然选择的，他们看来要对Z营地动手了。"花猫说。

"有这个可能性。你做得很好，花猫。小刺猬怎么样了？"毒蝎问。

花猫看看卧室那边："她？睡得很香，在我的床上。"

"你还是改不了你的臭毛病。"毒蝎骂道，"听着，她现在是帅立志的女朋友，我不管是她找你，还是你找她，总之，你不要再跟她有任何超越工作的来往！帅立志不是个傻瓜，他早晚会知道的！到那时，就影响到我交代给你的任务了！你知道团体的纪律，不要逼我制裁你！"毒蝎啪地挂了电话，花猫拿着电话，一副恨恨的表情。

毒蝎坐回餐桌旁，王悦可吃着牛排："怎么了？"毒蝎笑笑道："没什么，可能有个机会。"王悦可来了兴趣："什么机会？"毒蝎放下手里的刀叉，看着她："你确定你做好准备了？"王悦可一愣："什么意思？"毒蝎始终盯着她的眼睛："我是问，你确定做好投身这个事业的准备了吗？"少顷，王悦可咬牙切齿地看着他："你说的我都做了，你逼我做的，我也都做了！你还不相信我吗？"

"母狼，我不是不相信你。"毒蝎说，"……我要去和老对手中国空降兵碰面了，你敢去吗？"王悦可一愣："中国空降兵？"毒蝎点头："对，中国空降兵。我知道，你男朋友在中国空降兵部队。"王悦可忍痛地说："……是前男友，况且，中国空降兵部队那么多人呢，怎么会遇到他？"

"如果遇到他了呢？你会杀了他吗？"毒蝎步步紧逼。王悦可苦笑道："过去的我已经死了，现在的他还活着。如果需要，我会让他去见过去的我——这是我的心里话。"

2

晨光中，机场空地上红旗猎猎飘舞。远处，一排排大型运输机停在机场空地上，空降兵们背着背囊，全副武装正在快速登车，作战靴踩在坚硬的地上都是一个节奏，犹如音乐的鼓点。帅克也是全副武装，他收起红旗，第一个登上运输机的液压后踏板。脚刚一踏上去就愣住了，一帮子兵们都看着他——雷神突击队和翠鸟的队伍抱着枪都在看他。

帅克一只脚踏在后踏板上，不知道是上还是下。雷震眯着眼看他："不上起飞了啊！"

帅克急忙爬上去，保障班的几个菜鸟也陆续跟上，但都有点儿发愣。

帅克坐在林小鹿边上，尴尬地笑了笑。林小鹿也尴尬地笑着，有点儿不好意思地道："你们也参加驻训啊？"帅克赶紧坐好，没话找话地说："啊，是。通知我们一起去的，没想到和你们坐一架飞机啊！"赵大力坐在对面，看着帅克："哟！帅克倒是真的受女生欢迎啊！"雷震白了他一眼："谁没年轻过啊？切！"赵大力乐了："哟？我倒是忘了啊，你那时候也很受女生欢迎的，要不怎么会追到开武直的大美女陈笑寒呢……"雷震一瞪他，赵大力悻悻地赶紧闭嘴。晨雾里，成群的运输机空中编队在 J-20 的护卫下在空中飞行着。

几乎在同时，山头上一台长焦照相机正在咔嚓咔嚓地拍照，花猫一身户外打扮，唐思琪拿着摄像机咔咔地摁着快门："这种大规模的调动真的很少见啊！"花猫冷笑道："都拍下来交给毒蝎吧，他很需要这些情报。"

不远处，一只精巧的机械鸟扑棱着翅膀在上空盘旋，落在了陆虎的后视镜上。

在更远的深山林中，赵菲戴着耳机正在监听。花猫的对话虽然已构成明目张胆的间谍行为，但放长线钓大鱼是技侦行业惯用的手段之一，为了大局，赵菲虎着脸继续监听。

3

一个现代化的地下指挥部，各种仪器设备一应俱全。毒蝎看着传输过来的实时画面，是空降兵机群大规模的调动，他神色复杂道："这样大规模的调动并不多见。"

王悦可问道："他们要去哪儿？"

毒蝎指了指地图："在中国的西南边境地区，原始森林中，为期一个月的野外驻训，也有可能是去打仗。"他站起身，收好地图，"准备一下，我们要出趟远门。"

4

浩瀚的原始森林枝繁叶茂，灼热的太阳照射在丛林上空，一层湿热的雾气逐渐在林叶间升腾起来。机舱里红灯闪烁，雷震拉开机舱门，兵们展开身体跳了出去，在空中绽开漫天的伞花。

密林里，雷震劈开枝蔓，落地滚翻的同时迅速脱落伞包。队员们也陆续落地，聚拢过来。雷震打出手语，队员们向着更纵深的密林挺进。

西南边境，夜色如墨。一片丛林空地上，几堆篝火在跳跃。黑龙抬头看着漆黑一片的夜空，很快，空中出现两个影影绰绰的黑点，朝火堆飘荡过来。黑龙赶紧迎上去，抬手敬礼。毒蝎摘下氧气面罩，拥抱过去："好久不见了，黑龙。"黑龙看着王悦可冷面走过来："这是你的新学生吗？"毒蝎点头："快出师了，她叫母狼。"

"母狼？倒真的是蛮凶狠的。"黑龙笑着伸出右手，王悦可径直侧身走过，黑龙尴尬地收回了右手。毒蝎笑笑道："还没出师的，对你们这些教官都是带着敌意的，最好别惹她。我们走吧。"

山路上，皮卡车队疾驰而过。很快，车队来到一处东南亚风格的住处。黑龙打开房间，里面布置得相当暧昧，屋中央还有一个沐浴缸。黑龙打量着房间问："怎么样？还满意吧？"毒蝎站在门口，没有要进去的意思："我和她不住在一起。"黑龙一愣，毒蝎笑笑道："你以为都是用小脑袋思考吗？母狼，你住这儿吧，另外给我找个地儿，我们走。"

5

房间里，灯泡幽暗，热气氤氲。王悦可闭眼躺在满是泡泡的浴桶里，享受难得的片刻惬意。这时，一滴水珠从屋顶滴落下来，王悦可猛地睁开眼，顺手操起放在旁边的手枪。屋顶上，石棉瓦被挪开一条缝儿，两双眼睛淫笑地盯着下面。王悦可眼露凶光，啪啪啪……石棉瓦房顶被打得都是弹洞。另一间房里，和衣而睡的铁面人一下子惊醒过来，几乎同时握住了手枪，他拿起旁边的面具就往外走去。

整个营地都被枪声惊醒了。王悦可挎着双刀，打开门噌噌就上了房顶。两名雇佣兵拼命地跑着，王悦可持刀追了过去。其中一个雇佣兵一脚踩空，差点儿摔下去，悬在了边缘。王悦可过去毫不犹豫地举起短刀，一刀砍在他的脖子上。雇佣兵惨叫一声，掉了下去。营地里，黑龙穿衣急忙跑出来，厉声喝问："怎么回事？"雇佣兵指着房顶："人在上面！"

房顶上，王悦可奔跑中持刀瞄准，一把闪着寒光的刀嗖的一声插入前面奔跑的那个人的后背，那人惨叫着跌落下去。王悦可手持单刀跃下，落在了旁边。这时，黑龙带队过来，持枪对准王悦可——王悦可的刀僵持在空中。

"为什么要杀我的人？"

王悦可冷冷地道："你的人看我洗澡！"黑龙说："他们是冒犯了你，但罪不至死！"王悦可轻轻一笑："那好，我不杀他！"随即她手起刀落，那名雇佣兵惨叫着捂住双眼，血从他的指缝间冒出来。拿着枪的雇佣兵们目瞪口呆，不知道开枪还是不开枪，黑龙也举枪愣在了那儿。

"把枪都放下。"毒蝎大步走过来，"我警告过你，她是母狼，这可真的是你的人不长眼！"

"毒蝎，我……"黑龙争辩道。

"我花了大心血来栽培她！你的人有错在先，执行我的命令！"毒蝎说，"在她的房间附近放警戒哨，不要再有不长眼的了！"

"是，我马上安排。"黑龙眼里冒着寒光。

"你以为现在是什么时候？现在是真正的大敌当前，与我们一条界河之隔就是中国空降兵部队的上万精锐！没有这条边界隔着，我们今晚脑袋就会搬家！机灵点儿，现在不是内讧的时候，我们有事要做！"

"你是说，中国空降兵要对我们下手？"黑龙问。毒蝎也不敢肯定："现在还不确定，你要做好准备。在真正的战争机器面前，我们是不堪一击的！管好自己的人，别再去招惹她！"

房间里没开灯，月色透过窗户投射进来。王悦可面若冰霜，擦拭着刀上的血，刀刃泛着森森寒光。毒蝎推门进来："你心中的仇恨，从来就没有消失过。"王悦可冷笑一声道："你觉得这仇恨会消失吗？"毒蝎顿了一下，摇头道："……不会，我也隐藏着这种仇恨。"王悦可抬头看着他："那你还问我做什么？"

"仇恨是双刃剑，可以杀敌，也可以伤己。"毒蝎说，"万物在于平衡，平衡在于微妙。仇恨是你心中隐藏的一把利刃，是无坚不摧的杀人力量。运用得当，使用得法，你就不可战胜；反之，你被摧毁得也就更快。"

王悦可丢下刀，起身看着他："够了！不要再跟我说这种玄而又玄的狗屁哲学！这碗毒鸡汤，还是留着给你自己喝吧！"

毒蝎看着她，没说话。

"我到现在都在疑惑，你到底想从我这儿得到什么？你希望我成为一个间谍，我做了！你希望我成为一个杀手，我也做了！你每天在我面前打转，装作对我的女性魅力不屑一顾！这让我感受到深深的伤害！"

"伤害？"

"是的，伤害！"

"你是说，我不和你上床，对你构成了伤害？"

"对！"王悦可迎上他的目光，"我自认为对男人充满了诱惑，充满了吸引力，所有的男人都想上我！可是这么久了，你却没有一丝一毫这样的想法！这让我很惆怅，你知道吗？我知道，你肯定玩过很多女人！可是我并不差啊！难道在你的眼里，我就没有吸引力吗？"

毒蝎淡淡一笑："晚上天凉，不要感冒了。明天还有事要做，休息吧。"

"Boss！"王悦可叫住他。毒蝎停住脚，却没回头："还有事吗？"

"你能不能告诉我，我到底哪一点儿让你对我没有欲望？"

毒蝎望着深邃的夜空。良久，才缓缓地说道："你总会让我想起，我从未谋面的女儿。这是一个打不开的心结，虎毒不食子。早点儿休息吧，明天的山路还要走很远。"

毒蝎的脸上呈现出从未有过的伤痛，但冰冷的面具让任何人都看不出他的悲伤。

6

清晨，密林空地上帐篷林立，指挥所的大帐篷戒备森严，有哨兵在站岗。雷震和方紫玉走进帐篷，抬手敬礼："参谋长。"江志成看看他们，随手还礼："你们来了？"

"接到通知，马上就过来了！参谋长下命令吧！"

"你们听谁说的有任务？"江志成面色严肃，从办公桌后站起身，"这次，不是我有任务给你们。"

两人都是一愣。

"雷队长，好久不见了！"一个熟悉的声音从门口飘进来，雷震循声看过去，是个四十多岁的老干部，精明干练，神色严肃。

"哟！何处长？真的是好久没见了啊！"雷震没想到是何亮。何亮穿着没有军衔和臂章的迷彩服，走过来拍拍雷震的肩膀："雷队长，别来无恙啊！"方紫玉纳闷儿，何亮伸出手："我叫何亮，叫我老何也行，我是三局的侦察处长。"方紫玉明白过来："神秘的有关部门啊？你好，我是方紫玉，翠鸟女子侦查引导队的队长。"雷震看向何亮："何处长，您有什么吩咐尽管说！三局出马，肯定不是小事，直说吧！"

何亮面色严肃，走到挂着的边境地图旁："这是我们现在所处的位置，这是传统边界线。而这是境外的青峰谷，距离边界线有 12 千米。"何亮扫视着现场所有人，说，"根据我们的情报，K2 的秘密基地——代号 Z 的一个恐怖分子训练营就在青峰谷。"

何亮调出无人机拍摄到的营地画面，雷震问："既然无人机能飞过去，为什么不轰了它？"

"我们想抓住这个人。"大屏幕上啪地闪出一张照片，"他的代号是黑龙，曾经在南美的一个特种部队服役，后来加入了 K2。他的手上血债累累，上级希望他能被抓捕归案，接受中国法律的制裁，但前提是——必须是活的！所以，这次行动难度很大，黑龙随身保镖众多，并且带着毒药，他不打算被任何人活捉。"

"他肯定知道我们来了。"雷震拧着眉头道。何亮点头道："是的，知道。"

"如果他跑了呢？不在 Z 营地了呢？"

"不会，这不是他的个性。"何亮转向大屏幕，"另外，我们还有个任务，是救出她们。"

大屏幕上，十几个衣衫不整的女孩儿被关押在牢房里，大的不过十五六岁，最小的只有八九岁，个个都噤若寒蝉。方紫玉瞪大了眼睛："这是怎么回事？"

"K2 的地下利益链当中，女童是其中的一部分。他们不指望拿她们来赚钱，是用来贿赂满足一些政客的特殊癖好的。这就是我们希望翠鸟女子侦察引导队参与行动的原因，你们是女性特战队员，能够很好地安抚这些饱受惊吓的女童。把她们带回来，里面也有我们中国的孩子。"何亮尽量让自己的声音显得平淡。

"是！"方紫玉哽咽着点头。何亮有些奇怪地看着雷震："但是……我们不会承认这次行动，这是一次 Black Ops。"雷震的声音严肃道："我明白。"

"你们的服装、装备、武器，都不能有任何痕迹。人员也需要精挑细选，要绝对保密，永恒的沉默。"何亮语气严峻。雷震想了想，转向江志成："参谋长，我要求自己选择参战队员。"江志成点头，雷震又补充道，"这次关系重大，我要选择的参战队员不局限于雷神突击队。"江志成明白了："你是想要帅克？"

"是，他对我们的行动会非常有帮助。"

"他还是个新兵。"江志成强调道。

"我需要他的逆向思维。"雷神不动声色地强调。江志成想了想，颔首点头："好吧，我给你这个权限，你可以在所有驻训部队里自己选择参战队员。"

7

又是一个清晨，罪恶的营区苏醒了。王悦可走出房门，突然传来女童的哭声。王悦可一愣，急忙循着声音跑过去。门口把守的雇佣兵伸手拦住她，王悦可抬脚一个正踢过去，把守的雇佣兵一下子扑在地上。王悦可一脚踹开房门，冲了进去，一下子愣住了——一个只有七八岁的小女孩儿挣扎着被黑龙按在桌子上，衣不遮体，小女孩儿哭着大叫妈妈。

"住手！"王悦可眼里冒着怒火。黑龙一愣，转脸看过去，王悦可怒气冲天，双手握在刀把上。黑龙冷笑着，转过身继续："母狼，这可真不关你的事！"

"黑龙，你也太畜生了吧？那孩子才多大啊？放开她！"

"你装什么白莲花啊？你不也是 K2 的人吗？K2 都做什么，你不知道吗？"

"K2 做什么，我当然知道！但是你不能对一个小孩子下手！放开她，否则我杀了你！"王悦可的手在发抖，紧握着刀把。黑龙看着她，突然仰天大笑："哈哈哈！太可笑了，你以为这小丫头片子是我抓来的吗？你看看她，你再看看她们！"

王悦可看过去，十几个衣不遮体的小女孩儿被关在笼子里，哭都不敢哭，睁大眼睛，木然地站在那儿。

"这些都是 K2 的资产，是 K2 抓来的、拐来的、骗来的、买来的！是要送去萝莉岛再培训的！是要送给全世界那些道貌岸然的人！"黑龙冷笑地看着她，"母狼，你想造反吗？团体的纪律你是知道的，你想试试看吗？"

王悦可愣在了那儿，十几个小女孩儿巴巴地望着她。被松开的那个小女孩儿从桌子上爬下来，哭泣着蜷缩到角落里，抱着肩膀，全身哆嗦着。

"识相的赶紧滚出去！这不关你的事儿！我也是培训她们，别没事找事！"黑龙笑着道，"请出去吧，我还要给她们上课！"

王悦可的脸上杀气突显，她噌地拔出双刀，几个雇佣兵立刻举枪对准她。双方就这样对峙着。

"我不管这些女孩儿是不是 K2 的资产，立刻给我放了她们！"王悦可死死地盯着黑龙。黑龙举着枪，也不敢动："母狼，你是真的越界了！"

"都在干什么？"一声厉声喝问，毒蝎走到两人中间，看着王悦可："母狼，我知道你不好受，甚至是感同身受。但这是工作，工作是不能掺杂个人感情的。这些女孩儿是 K2 的资产，她们的命运就是要被送到萝莉岛。"

王悦可紧咬嘴唇："为什么？"

"你一时半会儿难以接受，但这就是我们的工作，你必须接受。"

王悦可看着他，眼泪在打转。她看着笼子里发抖的小女孩儿们，一下子就哭了出来，转身跑出去了。黑龙笑道："毒蝎，你对她可是太纵容了，我还没见你这么纵容过自己的学生。"

"她是我最有潜力的学生。"

"我还第一次听你这样评价。"

"我只是在阐述一个事实。管好自己的小脑袋，现在不是你办这种事的时候。我们马上要进山，走很长的路，你腿软绵绵的，可不是好事。"毒蝎看看蜷缩在角落里的小女孩儿，"我说的话你不要听不进去。我知道你喜欢这些小丫头，但我看不见的时候，睁只眼闭只眼也就过去了。现在撞在我眼里了，我必须警告你——这些小丫头是 K2 的资产，不是你能随便摆布的！她们怎么训练，有专门的教官！下次再被我撞到，你的小脑袋就保不住了！现在，去收拾你的东西，我们准备进山了。"

黑龙是真有点儿被吓着了，赶紧出去了。

8

湖边，王悦可脸色苍白，跪在地上痛苦地抽泣着，她的嘴唇没有一点儿血色。毒蝎走过来，看着远处的湖面："我很理解你的痛苦。"王悦可流着眼泪道："我加入的是多么罪恶的一个组织啊！"毒蝎叹了口气："是的，这是一个罪恶的世界，你痛苦，是因为你还有良知。在 K2 的世界里，没有什么盗亦有道。干我们这行的，只有四个字——不择手段！我们都是高智商的聪明人，受过良好的教育，但是我们这个行业的实质，就是高智商的有文化的聪明人，在做着这个世界上最下三烂、最为人所不齿的卑鄙勾当！"

"卑鄙得我都无法相信自己的眼睛！"王悦可痛苦不堪地骂道。

"那是你还不懂人的本质！"毒蝎表情平静地看着远处的湖面，"那些道貌岸然的政客官员、西装革履的贵族富豪，甚至是满口慈爱的神父……你知道吗？他们的本质是什么？"

"是什么？"

"在那些光鲜华丽的外表背后，都是一个个卑鄙无耻的灵魂。他们有着不为人知的爱好，我们要做事，要策反他们，要建立情报关系，要拉他们下水，为我所用。投其所好，是必须的。这个道理我教过你。"

"我懂！但是我没想到，你会对孩子下手！她们才多大啊！"王悦可流着眼泪绝望地说。

"那些畜生有这个爱好，我有什么办法呢？"

"你告诉我，萝莉岛是什么地方？"

"那是K2的一个海外小岛，有不定期的洛丽塔航班，把那些卑鄙无耻的政客官员、贵族富豪们运到那里去。"

"岛上是什么？"王悦可追问。

"还能有什么？当然是未成年的小女孩儿了，她们接受了相关的训练，会把那些浑球儿伺候得很舒服。"毒蝎转身看向王悦可，"听着，母狼！我理解你的感受，但这件事你确实越界了！这是我们的正常工作，我们是K2的黑手套，是K2的脏手！这种下三烂的龌龊事就是我们该干的！你想得通得接受，想不通也得接受！这是一个罪恶的世界，在我有良知的时候，我也打心眼儿厌恶和恶心！但我必须明白，这就是我从事的工作！让自己学会麻木，变得冷酷！母狼，你的智商很高，是我训练过的学生中最高的，你该明白我的意思！"

王悦可泪流满面，无力地看着湖面。

"没有时间给你在这儿多愁善感了！"毒蝎抬手看表，"十五分钟后，我在指挥部等你。"说完他转身走了。

王悦可久久地凝视着湖面，脸上都是痛苦，她不知道自己为什么会卷进这样的罪恶世界……湖边，朝阳映照下的云彩看起来是那样的炽烈，又是那样的艳丽，当一阵强烈的山风狠狠吹过湖面，在这样一个泣血的天与地之间，人性的罪恶一步步地融入到那片血色的朝阳之中。

9

丛林空地上，翠鸟们刚训练完走过来，林小鹿白皙的脸上满是汗水，头发也湿了，沾在了脸上。几个女兵欢呼着走进帐篷，没想到里面是严肃看着她们的方紫玉。女兵们愣住了，不知道队长为什么是这个表情，赶紧列队集合。

方紫玉站在队列前，严肃地看着她们。良久，她声音低沉地问："你们做好准备为祖国和人民牺牲了吗？"五个女兵不知道出了什么事，面面相觑。方紫玉看着她们，脸上还是一样的严肃："我在问你们，你们做好准备，为祖国和人民牺牲了吗？！"

"时刻准备着！"女兵们急忙立正。

"现在，到了你们履行军人誓词的时刻了。"

五个女兵站在那儿还是蒙的，林小鹿吞吞吐吐地问："不是……不是出公差吗？"方紫玉脸色严峻道："战斗，就是你们这次的公差。"陆冰嫣惊喜地眼睛一亮："战斗？！"

"对，真正的战斗！"方紫玉的语气是不容置疑的，"为什么选择你们五个，你们应该清楚。你们虽然是新兵，但是有实战经验！这一次，不是训练，不是演习，是真刀真枪地拼杀！选进这次任务的都是有实战经验的。当然，你们有选择权，谁不想去的，现在说还来得及。一旦进入任务区，再想反悔，那我就只有执行战场纪律了！都听明白了吗？！"

"明白！"五个女兵还是有点儿蒙，事情发生得太突然了。方紫玉看着表："对了，给你们准备了纸笔和信封，给你们二十分钟时间准备。"——大家更纳闷儿，要纸笔做什么？方紫玉面无表情地道："留下遗书，有备无患。"

几个女兵的脑子轰地都蒙了。方紫玉正要转身，突然想起来了什么，道："就在这儿写吧，写完就地封存。一旦你们有人真的回不来，组织上会把信交给你们的亲属。写吧，二十分钟。"

临时搭建的指挥帐篷里，屋子里面的气氛是凝重的。五个女兵真的彻底蒙了，互相看看，埋头写了起来。林小鹿拿着笔，长出一口气："写！有什么好怕的？我们来到这个世界上，就没打算活着回去！"

10

训练场上，空降兵的旗帜在营地上空呼啦啦地飘扬着，步战车整齐地排列着。兵们吼声如雷，操练声此起彼伏。帅克和战友们坐成一排，地上摆着各种分解的零件，他们在认真地擦拭武器。训练场边上，有人大喊："保障班帅克！"帅克急忙起立立正："到！"远远地走过来一个肩上扛着少校军衔的军官："你是保障班的帅克吗？"大家急忙都起立。

"是！"帅克回答。

"你跟我走。"少校说。

帅克一愣。姜文泽前趋一步，敬礼："首长，他……他是我们班的兵，我是班长，他怎么了？"少校抬手一指："没时间解释了，快上车！"

不远处，一辆猛士车停在那儿，发动机响着，没熄火。

"是！"帅克看看姜文泽，跑步过去跳上了车。

姜文泽一把抓住少校，又赶紧放开，一脸焦急地道："首长，您不能一句话都没有，就把我们班的兵带走啊！他到底犯了什么事儿？您是哪个部门的首长？我心里总得有个底吧！"

"我是军侦察处的，不是保卫处的，带他走跟犯事没关系。你们也不要多问了，当作我没来过。"说完少校转身走了。

姜文泽愣住了，兵们也面面相觑。陶雄看着噌噌撒丫子开跑的猛士车纳闷儿道："班长，带他走是几个意思？"姜文泽厉声喝道："不该问的不问，不该说的不说！都赶紧干活儿！"

11

清晨，八一军旗和雷神突击队的旗帜在驻地上空飘舞。坦克、步战车、高射机枪停在空地上，门口有哨兵持枪警戒，四周不时有流动哨来回巡视，戒备森严，一种大战来临前的紧张气氛。

帐篷里，一个巨大的数字显示屏挂在墙上，雷神突击队员们全副武装地站在前排，帅克和赵大力、鳄鱼、战熊站在后排。还有十来个新兵也站在旁边，他们还没有经历过这种战争来临前的紧张，多少有点儿蒙。雷震分腿跨立站在队列前，眼神里都是锐利，注视着他们。

"今天来到这儿的战士，都是精挑细选过的。毫无疑问，你们在我眼里，都是我认为最适合执行这次任务的突击队员。"雷震高声说，"这次行动的代号——暗剑。不管是不是特战队员，你们都有过实战经验，真正开枪打死过人，和在靶场开枪精确打靶，还是两个概念。这次任务的危险性非常大，也至关重要，只能成功，不能失败。所以，在突击队员的人选上，我做了反复的权衡，你们十名新兵同志就是我权衡的结果。"

"我要强调的是，这是一次 BO 行动。BO 的意思就是 Black Ops，黑色行动。没有国籍，没有军衔，没有姓名，牺牲后也没人承认。"新兵们听了瞪大了眼，雷震继续道，"当然，你们会立功，会受奖，家门口也会挂上光荣烈属的红牌，逢年过节，当地军分区和民政局的领导会走访慰问。你们的家属得到的牺牲原因，会是训练事故或者演习事故。你们的事迹将无人知晓，化作永不解密的绝密行动档案库当中那一张薄薄的纸片。也就是说，没有人会承认这次行动，没有人会承认我们的存在，我们每个人也没有被俘的余地。每个人的脖子上都会挂一颗改装过的手雷，没有延迟，一拉就炸。如果面对被俘的危险，只有一条路，自杀，或者别人来帮你。你们现在应该很清楚，我说的是什么意思——有人退出吗？！"

没一个人吭声，空气仿佛凝固了一样。

"暗剑行动，并不是你们必须接受的任务，一向本着自愿的原则，退出对你们个人也没有任何影响。我希望你们能慎重考虑，因为一旦出发，再没有回头的余地。这是一张单程票，在出发以前决定要不要上车，是明智的选择。我再问一次——有人退出吗？！"雷震扫视着面前整齐的队列，阳光透过帐篷的缝隙照射在他们年轻的脸上，显得刚毅十足。

"没有！"兵们的吼声地动山摇。

雷震的嘴唇翕动着，压抑着内心波动的情绪。良久，才缓缓地说："带他们换装，熟悉武器装备，随时准备出发！"

第二十二章

1

　　山沟里，林小鹿抱着一杆外军狙击步枪在试射，陆冰嫣拿着测距仪在给她做观察手。这些枪她们都需要提前熟悉。帅克拿着一把 M4 步枪，跪姿射击，快速地更换弹匣后又连接扣动扳机。再过去是黄金，拿着一把 SR25 步枪卧姿射击，嗒嗒嗒……M60 喷出的烈焰映红了他的脸。雷震站在后面拿着望远镜观察着射击情况。这时，赵大力从远处跑过来，把一把改装过的 56-1 式冲锋枪递给雷震："你爱用的。"雷震接过来检查了一下："好像就是我以前用的那把？"

　　"专门给你带来了。"何亮笑着走过来。雷震笑笑道："有心了，何处长。怎么？来视察视察暗剑行动的突击队？"何亮摆手道："说的什么话，我哪儿敢视察你的队伍？"雷震递给他一个军用平板电脑："这是参战队员的资料，看看吧。"何亮乐呵呵地接过来："你选的，肯定都是精兵强将！"何亮翻看着队员们的资料，突然，他脸上的笑容消失了，取而代之的是一种肃穆。雷震看着他："怎么了？"何亮看着陆冰嫣的照片："啊，没什么。我好像在哪儿见过这个女孩儿。"雷震说："她以前是全国女子跆拳道冠军，你看过比赛吧？"何亮笑道："我哪儿有空看什么比赛啊！你先忙，我回去再看看资料。任务简报什么时候做？"雷震看看正在远处训练的队员们说："让他们熟悉熟悉枪吧，都是刚上手。"

　　"好，我等你通知。雷队长——"何亮转身要走，雷震纳闷儿道："怎么了？奇奇怪怪的！"何亮看着他："你没有告诉队员们是什么任务吧？"雷震说："没有啊！我懂规矩，不做任务简报，我不会跟他们说是什么任务的。"何亮点头："好，好，等我看看资料再说。"然后，他掉头匆匆就走了。雷震看着何亮走远的背影，思索着，一定是哪儿出了问题！

2

临时指挥部里，赵菲十指翻飞在操作电脑，屏幕上的照片快速闪过。何亮坐在她旁边看着，脸色冷峻。

"等等，就这张——"何亮说，"放大这张照片。"赵菲点头，照片被逐渐放大，是一个小女孩儿的半张笑脸。

"这孩子是谁？"赵菲问。

"他的女儿。"

"他还有个女儿？资料上没写啊！"赵菲第一次听说。

"资料是没写，我猜的。"

"你从哪儿猜出来的？"赵菲问。

"他的眼神。"何亮的口气很缓和，却不容置疑。

赵菲盯着照片看了半天："我怎么看不出来？"

"因为你还小，等到你做了母亲，你就知道了。"何亮缓缓地说，"我是一个父亲，我也有个女儿，我工作太忙，见不到女儿的时候会看看她的照片，就是这个眼神。十年前我看到这张照片时，就一直怀疑他有个女儿，但这是孤立的线索，没办法考证。"

赵菲看着他："你怎么突然想起来这件事了？"

"因为我看见了一个人。"

"谁？"赵菲警觉地问。何亮没回答，只是问她："你能接驳军方的人员资料库吗？"赵菲有些为难："能是能，只是……我们现在在军队，这样合适吗？"何亮想了想："都是为了工作。你帮我调一个人的照片，做一下比对。"

"谁？"

"陆冰嫣，就是空降兵部队的。"

赵菲操作着电脑。很快，陆冰嫣的照片跳了出来。赵菲看着英姿飒爽的陆冰嫣："你不会怀疑是这个女孩儿吧？"

何亮面色严肃，赵菲马上做了人脸比对，最后出来的结果让她愣了一下——97%。

何亮噌地站起身，面色凝重道："这事对谁都不要讲，关闭界面。"

赵菲点头，她太熟悉何亮的这个眼神了。何亮看见那边的江志成正跟参谋们在地图屏幕前商量着什么。何亮走过去，低声说："参谋长，我要和你单独谈谈，很重要。"

江志成疑惑地看了看他，点点头，两个人朝门外走去。

3

　　热带丛林里枝繁叶茂，隐约能看见有湿热的空气在丛林上空缭绕升腾。一身野战装束的毒蝎和王悦可、黑龙，以及五个雇佣兵在丛林里跋涉。前方，一块斑驳的界碑矗立在山头，上面刻着两个苍劲有力的大字——中国，还有鲜红的中国国徽。王悦可停下脚步，神情有些恍惚，仿佛看见自己的两个人生在面前闪过。毒蝎回头看她，王悦可擦擦眼："没什么，迷眼了。"毒蝎转过身道："我知道你的心里不好受，但那是你上辈子的事了。"王悦可笑了笑，却比哭还难看："我都不知道现在是活着还是死了。"

　　"你属于K2。"

　　"是，我知道，我和那些女孩子一样，都是K2的资产。"

　　"或许我们过去都是上帝的子民，现在我们都是撒旦的信徒。"毒蝎说，"总会过去的，走吧。"

　　一行人在丛林里继续前行。

4

　　"你确定？"临时指挥部外，江志成不相信地问道。

　　何亮点头："电脑告诉我，人像对比的结果是97%。"

　　"你知道，你在跟我说什么吗？"江志成低声怒吼，"你在怀疑我手底下的兵。"

　　何亮深呼吸了一下，说道："行动关系重大，也涉及您其余部下的生死，有一点儿疑点，都不应该放过！"江志成压低声音道："他们都是经过政审的。"何亮点头道："是的，我知道，我也看了她的资料。"

　　"那你为什么还要这样怀疑？难道说干你这行的，对谁都没有信任感吗？"江志成压制着自己的怒火。

　　"我承认，这是我的职业病，也是我的心结。十年前，我就判断那张照片是他的女儿，十年后，我在这儿看见一个相似的女孩儿，年龄一致。我不能不这么想，我必须得这么想。如果我想错了，当然皆大欢喜，但是如果我想对了呢？参谋长，万一呢？"何亮的声音有些颤抖。

　　江志成想了想，沉声道："我会把她叫来，亲自问问她。如果你错了，你要亲自向她道歉！"何亮斩钉截铁地道："一定！"江志成叹了一句："你们这些特务啊！

唉，真是职业病啊！"

何亮看着江志成的背影，只有苦笑。

5

临时指挥帐篷里，陆冰嫣坐在那儿发呆，两个五大三粗的士官站在她的后面。江志成和何亮走进来，陆冰嫣一愣，惊喜地叫了一声"老班长"，突然又愣住了——江志成肩上的大校军衔让陆冰嫣呆住了。江志成站在她面前："我不是老班长，我是空降兵的参谋长。"陆冰嫣醒悟过来，立正："参，参谋长好！"江志成还礼："坐下吧。"

"是！"陆冰嫣看着表情严肃的江志成，纳闷儿地坐下。赵菲走进来架好三脚架，打开 DV，陆冰嫣惊愕地看着，也不敢问，她不知道自己到底犯了什么事儿，忐忑不安地看着。

"我介绍一下，这位是三局的同志，何处长。"陆冰嫣看向何亮，一脸纳闷儿道："三局？是干什么的？"

何亮脸上没什么表情，直截了当地问她："陆冰嫣同志吗？三局不是军队的单位，我们是地方的侦察部门，有些事情要和你核实一下。"

"侦察部门？我犯什么事儿了吗？我自己怎么都不知道？"陆冰嫣完全是蒙的。江志成看着她道："不是说你犯了什么事，他们只是想了解和核实一下情况。问什么你就说什么，如实回答就好。"陆冰嫣点头。何亮看着她，直奔主题："我想知道你父亲的情况。"陆冰嫣一下子呆住了，何亮补充道，"我问的是，谁是你的父亲？是你档案当中记载的华中大学的陆校长吗？"

陆冰嫣彻底呆住了，眼泪在眼眶里打转。

"……难道说，就因为我不是我爸爸的亲生女儿，就要被抓起来审问吗？"陆冰嫣的眼泪流了下来，"……那是他们大人之间的事儿，跟我有什么关系呢？他们好了、散了、和了、分了，都是我的错吗？……再说，就是他们的儿女私情，生下了我，也没到今天部队的参谋长这么大的首长，还有三局这种侦察单位的处长，来审问我的地步吧？"

江志成在部队干了这么多年，此时已经意识到问题的可能性了。

陆冰嫣望着何亮，哽咽着道："能不能告诉我，我到底犯了什么错？"何亮没法儿回答，只是冷冷地说："现在我不能告诉你，很遗憾，我也很同情你——但是，这是我的工作。"

何亮看了一眼赵菲，赵菲拿出准备好的注射器，陆冰嫣哭着挽起自己的袖子。血一直都是红的，在与敌人枪战的时候，那时流的血比现在的多得多，她一滴眼泪也没掉，但现在，陆冰嫣失声痛哭，不是因为疼，是因为心痛。

江志成转向窗外，忍住老泪，看着别的地方。何亮走到江志成旁边，侧耳低声说："那暗剑行动……"江志成抬头看向陆冰嫣，忍痛走到她面前："陆冰嫣同志，暗剑行动你就不用参加了。在化验结果出来以前，你暂时休息，也不用回翠鸟了。"陆冰嫣泣不成声："参谋长，什么意思？"

"你要在这里等待化验的结果。"

"我爸爸妈妈和我从未见过面的亲生父亲，他们之间的爱恨情仇，需要我来承担吗？"

"这不是我在和你商量，执行我的命令！"江志成厉声喝道，随即缓和了语气，"你就在这儿休息吧，回头会换两个女兵来照顾你。"

江志成和何亮起身，看了看陆冰嫣，一言不发地转身出去了。屋子里只剩陆冰嫣和她身后的两个卫兵，此时，陆冰嫣再也忍耐不住，绝望地哭出声来。

江志成和何亮刚走出帐篷，雷震开着军用越野车，一个急刹停在空地上。雷震翻身下车，大步跑来。江志成背着手看他："你干什么？火烧屁股了吗？"雷震敬礼道："参谋长、何处长，请给我一个解释！为什么把我的兵带走？"

"那能跟你说吗？"

"我知道三局的工作事关机密，但是，我们出征在即，这会乱了军心的！"

"正因为你们出征在即，所以才要果断处置！不能有一丝一毫的危险因素在你们的队伍当中，明白吗？"江志成不动声色地强调。雷震一听就明白了："你是说，那个女兵——陆冰嫣，她是危险因素？"

江志成知道自己说多了，就不吭声了。雷震看向何亮，何亮苦笑道："雷队长，你是知道规矩的。不能跟你说的，肯定不会告诉你。"

"你怀疑她是敌人的卧底吗？"雷震问。

"我并没有这么说，这一切都要在调查以后才能确定。"何亮说，"直觉她不是，但是这需要时间，需要调查。大战在即，我知道你和战士们的心里会有波动，但工作就是工作，我们都是穿制服的人，职责在身，还希望你可以稳定大家的情绪。"

"哪儿那么容易稳定？如果你没有确凿的证据，我希望你还是把她还给我，去参加暗剑行动！不然……"

"不然什么不然？"江志成怒吼。雷震硬着头皮："不然，我……我没办法稳定队员们的情绪，这很危险，对行动可能会有影响。"

"雷震！你说话越来越没数了！"江志成怒了，雷震啪地立正，江志成的口气缓和下来，却不容置疑，"这能意气用事吗？你看看你自己，哪儿还有一个共产党员的样子？任务交给你，你想的不是如何不折不扣去完成，想的却是这些不着四六的玩意儿！就算是没有证据，有疑点，我作为指挥员，能让她跟你一起去行动吗？绝对纯洁，是党对人民军队的要求，我们也必须做到！"

"是，我知道我错了，但是……"雷震的喉结蠕动着。

"雷队长，距离我们这儿不到 200 千米就是省城。省武警总队特战大队有三百多名训练有素的特战队员，也有一支女子特战队。如果你认为执行暗剑行动有困难，我想省武警总队会很乐意派他们最优秀的特战队员来代替你们。"何亮说。

雷震愣住了，他知道自己再争取也不会有什么结果，看来，其中的原因比他想象的还要复杂。何亮拍拍雷震的肩膀："很抱歉，我不得不这么说。暗剑行动关系重大，一旦开始，没有回头路，只能成功不能失败！你是行家，该知道我的顾虑。我保证，会尽快调查清楚，绝不冤枉一个好人。"

"谢谢何处长，我没问题了！"雷震稳定自己的情绪道。

"没问题就滚回去带队伍，准备出发！"江志成厉声怒吼。雷震敬礼，转身跑步上车去了。何亮看着雷震的背影："你确定他们没问题吗？"江志成的回答掷地有声："我是他们的主官，我了解他们。我确定，他们没问题！"

6

野战机场上，十几架武装直升机和运输直升机整齐排列，地勤和飞行员们忙碌着，四周都有哨兵在戒备。陈笑寒和十几名飞行员矗立在机场一角，高山站在队列前做着战前动员。

"暗剑行动，关系重大！你们都是经过精心选择的飞行员，都是中国共产党员，技术精湛，有作战经验！这是一次绝对保密的 Black Ops！我们的直升机不能有任何编号，我们也不能穿制式的飞行服！每个人都要带光荣弹，以备不时之需！"高山声音低沉，继续说道，"任何多余的东西都不要带，你们知道规矩！一旦直升机出现故障或者被击落，尽快脱离现场，按照敌后求生的要求，发出求救信号，等待救援！如果具备自我返回的条件，就尽量自我返回境内！如果被包围无法脱困，或者被俘……你们……都知道应该怎么做！在任何情况下，都要记住，我们的军人誓词和入党誓词！"

飞行员们都注视着他，眼神都锐利无比。

7

雷神突击队队部，墙上的电子屏幕上闪现出一张 Z 营地及周边地形图，何亮在为他们介绍搜集来的情报。

"根据我们的情报综合整理，Z 营地长期有八十到一百名的武装分子驻扎，他们装备精良，训练有素。一旦发起突击，会是一场恶战。他们的防御措施非常严密，如何切入，如何展开突击，这都是你们的专长，我只能给你们提供尽可能多的情报，以供参考。"何亮说。

雷震看着大屏幕问："他们的武器装备呢？"

"很全，轻重武器都有，各国武器都有，足够开个当代武器展览馆了。"

"有什么重武器？"帅克问。

"重机枪、RPG、迫击炮、单兵反坦克导弹，这些是我们拍到照片的。"

"航空队有什么建议？"雷震问。

高山看着地图："从西南方向切入，两架直 10 小速度盘旋滞空警戒，一架直-8K切入低空悬停，释放绳索，突击队员滑降。这种形式最快，震慑力也最强，我们合练过很多次，训练、演习和实战都搞过，航空分队和机降分队都是驾轻就熟。"

陈笑寒点头道："对付这几个蟊贼，两架直 10 的威慑力绰绰有余，他们没有反抗的余地。"

"有防空武器吗？"方紫玉问。

"这是高射机枪，别的还没发现。"

"我们可以远距离发射空地导弹，精确摧毁高射机枪。这个算不上什么威胁，只要你们的情报准确。"陈笑寒说。雷震皱着眉头在思索，陈笑寒看着他："雷队长有什么不同意见吗？"雷震想了想："我谈不上有什么不同意见，刚才高山同志也说了，这个突击方式我们有默契，看起来是个不错的作战方案。但天时、地利、人和，我们一样都不占。所谓天时，是行动的突然性，现在我们大部队空降在这个区域，对方肯定已经知道了，大部队空降是掩护，但也泄露了我们的行踪，对方有警觉是正常的，谈不上天时；这是在敌区作战，作战区域我们没有事先侦察过，完全靠间接情报在案头分析，地形我们不熟，敌人熟，我们不占地利；这次行动在 Z 营地更没有内应，也谈不上人和。"

"你的意思是，这个方案没有可取性了？"

雷震有些疑惑道："我没有这么说，我只是隐约地直觉，不太可能像我们想的那么简单。既然是敌区作战，Black Ops，就不能把事情想得那么顺。现在我们只是考虑自己怎么顺手，并不知道敌人是怎么想的，所以不能算是个万全之策。"

陈笑寒笑了笑道："你的意思，还要问问敌人，他们是怎么想的吗？"

雷震也笑笑道："话要分两头说，我不可能去问敌人怎么想，但是我可以把自己当作敌人去想——如果我是敌人，当我得知中国空降兵部队大兵压境，就会想到可能是对自己发动突袭的掩护，第一个想的就是伞降或者机降的可能性，这是空降兵最常用的方式，也是最擅长、最快捷、最便利的方式。刚才何处长也说了，这些敌人训练有素，尤其是黑龙，南美特种部队出身，算是我们的半个同行。我们不能把他想成个笨蛋，他是行家，并不比我们想得少。"

"那你的意思，我们就不打了吗？"陈笑寒的眼神迎上去。雷震看着她："你是了解我的，肯定要打，但是我吃过的亏不能再吃，要想到所有最坏的可能性。"

"他们有防空导弹吗？"帅克突然冒出一句。

"目前还没发现。"何亮说。

"如果我们搭乘直升机强行进入，对方的高射机枪都是威胁，就算是打掉情报已知的高射机枪，也不能保证他们就没有暗藏的高射机枪，一旦有，我们就没办法实施绳索滑降——挂在绳子上就变成了活靶子。如果有防空导弹的话，我们的直升机都没办法靠近，会被轻而易举打下来的，低空进入都没办法做机动，RPG都可能命中直升机。"

在场的飞行员们都看着他，何亮也是。帅克的眼神锐利无比，看向所有人道："我只是在说一种可能性，飞行员首长同志们。就像刚才何处长说的，他们的轻重武器很全，不能排除他们有防空导弹的可能性。"

"他们会有防空导弹这种武器吗？"陈笑寒问。

"我只是说一种可能性，我们不能排除这种可能性。"帅克说。

"帅克说得没错，"雷震在思索，"如果他们有防空导弹，我们可能就变成索马里的黑鹰坠落了。我们都是见不得光的秘密行动，也没办法明目张胆地大规模救援。这个Z营地很可能会变成我们的屠宰场，那就真的是一场大悲剧了！"

"如果真的发生那种情况，我们没办法提供任何救援。"何处长也是心有余悸。

"这样就不划算了，我们不能去送死。"雷震看向帅克，"你谈谈，该怎么办？"

帅克起立，走到电子屏幕前："暗剑行动的突击队天黑以前进山，徒步越境，利用夜色掩护，穿越山地丛林，运动到Z营地的出击地域。抵近侦察，勘察地形，对其实施战术渗透。夜间渗透，我们有优势，他们再怎么样装备精良，毕竟不是政府军，是一群乌合之众，防御没有那么严密。我们渗透得越近越好，最好是能够进入Z营地，在他们的防空阵地和防空武器以及要点弹药库安置炸弹、炸药、地雷等。刚才何处长说了，我们还要救人。营救人质的话，最好是在不惊动守敌的情况下，悄悄进入，无声战斗，先把她们带出来，到安全地域保护起来。即便是条件不具备，带不出来，我们也在人质所在处设置防御阵地，一旦发生情况，就严防死守。航空分队接到我们的呼叫，马上起飞，30多千米的距离，分分钟就到了，对Z营地实施毁灭性打击。我们会释放标志彩色烟雾，以免人质所在区域被误伤。"帅克顿了一下，继续说，"如果没有发生突发情况，一切正常，我们就在凌晨将至之时，发动空地联合突击。人质已经被我们安全带出或者被我们严防死守，航空分队一样发起毁灭性打击。等到地面火力完全被扫除干净，场地被清理出来，这个时候，运输直升机可以快速机降，我们带人质离开。"

"你说的都没错，但我就在想一件事——抓捕黑龙的任务怎么完成？"何亮问。

"何处长，如果必须选择的话，我选择把那些可怜的小女孩儿先救出来。黑龙这个人渣，可能在战斗当中就已经被击毙了，也可能被空中火力给覆盖了，死无全尸。我认为，很难两者兼得，当然，如果运气好的话，我想会有一个专门的抓捕小组去抓住他、控制他，将他带回来交给您。但是一旦任务交给我们，我们很难保证会带活的回来。这是战争，很难保证您的这个要求能完美实现。"

何亮思索着，良久，他才抬起头缓缓地说："我明白你的意思，但如果没办法活捉黑龙，我只有一个要求——把他的尸体带回来，或者带回来一部分，哪怕是一个手指头。我要做DNA鉴定，确定这个畜生挂了。"

帅克看向雷震，雷震起身走过去："我想这个要求可以满足何处长。"

雷震走到地图前："我刚才反复思考过了，帅克说的方案是唯一可行的。我们的首要目的是救出那些小女孩儿，次要目的是活捉黑龙，在无法活捉的情况下，击毙他，带回他的尸体或者尸体的一部分。大家明确了吗？"

唰——队员们起立高喊："明确！"

"分头做准备吧，我要把行动方案细化一下！"兵们转身齐步离开，突然，雷震叫了一声，"帅克留下，跟我一起做行动方案！"

帅克一愣，急忙回答是，眼里都是兴奋的神情。

8

指挥部里，帅克坐在电脑前做方案，雷震站在边上看着。何亮在突击队里没见过帅克，走过来问雷震："是你们雷神突击队的新干部吗？"雷震头也不抬道："是个列兵。"何亮一愣："列兵？你在逗我？"雷震点头道："对，列兵，还是保障班的——山地训练场保障班。"何亮不信，雷震叫了一声帅克，帅克起立，站得笔直。

"告诉何处长，你的军衔、单位！"

"是！"帅克目不斜视，"空军列兵帅克，服役于空降兵部队山地训练保障班！"

雷震扬扬得意地看着何亮。何亮想了半天："帅克？你爸爸是不是帅立志啊？"

帅克起立："是，何处长！"

站在后面的赵菲和李强都一愣，雷震一看何亮，有点儿急了："你又在琢磨什么呢？我告诉你啊，不许再给我捣乱！"何亮笑笑道："没有，没有，你把我想成什么人了！姓帅的本来就少，他爸爸帅立志又是名人嘛！我就是问一下，没别的意思！你继续，你继续，列兵帅克同志！"

"是！"帅克坐下，继续做方案。何亮想了想，一个眼神看向赵菲两人："我出去抽根烟，你们要不要抽一根？"两人一下就明白了，跟着何亮走到帐篷外。

何亮停下左右看看，没人，低声说："没想到在这儿遇到了帅立志的儿子，冤家路窄啊！我知道他儿子当兵，也看过照片，但没想到居然就在这个部队，还是暗剑行动的突击队员！"

"现在怎么办呢？告诉部队吗？"赵菲问。

"我们可刚刚怀疑他们一个突击队员，现在报告部队，要他们第二个突击队员退出，暗剑行动这事儿可就真得黄了。"李强说。

何亮琢磨了一下，打定主意："肯定不能告诉部队。"赵菲纳闷儿地看着他："嗯？这不是你的作风啊，你眼里可揉不得沙子。"何亮低头抽烟道："这两个人的情况不一样，帅立志还是无辜的，他并不知情。从我们对他的观察来看，他是被唐思琪给迷昏了头脑，但本质还是个爱国者。我们要再观察观察，再说了，父亲是父亲，儿子是儿子，不应该牵连进来。"

赵菲和李强互相看看，何亮问："怎么了？"赵菲看着他："头儿，恕我直言，好像你对这个帅克也有偏爱。"

"这不是偏爱，我们现在知道的事实是他的父亲是无辜的。而他在部队的表现也很出色，我们不能轻易断送一个人的前途。那个女孩儿不一样，她的父亲是我们的敌人，罪行累累，我们不能光听她说什么，只要有疑点，我们就不能放过。我们这个工作关系重大，做出每个决定都要慎重。按照我们了解的情况，帅克是没有疑点的。"何亮抽了一口烟道。李强点点头："我们明白了，保持沉默。"赵菲想了想，说："就是事态再这么发展下去，帅克也难免会被卷进来，我们要不要现在收网呢？"何亮摇头道："还没到时候，如果他卷进来，这就是他的宿命，该来的早晚会来的。"

烟雾缭绕中，两个人都沉默了。

9

"飞鲨，这是我拟定的暗剑行动方案，你看一下。"帅克敲击键盘，雷震凑过去："三套备案啊？"帅克点头："是，A、B、C三种作战方案，每种方案都考虑了三种以上的可能性，每名参战队员携带的最低限量的弹药和物资、负重和体能考量，以及队员的编组和分工。时间仓促，我也没什么经验，有很多考虑不周的地方，请飞鲨海涵。"

雷震坐在电脑前仔细看着。何亮看看屏幕，又看看帅克。帅克有点儿尴尬地站着，何亮笑得意味深长："没什么，我现在知道为什么雷队长那么看重你了。你是华中大学的毕业生吧？"

"是。"帅克说。

"第一年兵役马上就要服完了，明年就退伍了，你有没有兴趣到三局来工作？"何亮狡猾地笑道，帅克一愣，看向雷震。雷震头也不抬道："何处长，我知道你们三局的习惯是无孔不入，但是挖墙脚挖到我头上了，有点儿过分了吧？"何亮笑道："你看，你看，急了吧？他现在是空降兵不假，也被你选来参加暗剑行动是真，但他也不是你雷神突击队的队员啊！这样的人才放在保障班？你说，你是重视人才呢，还是忽视人才呢？"雷震嘴角浮起一丝微笑："树不修理不成材，你怎么知道他放在保障班不是我安排的呢？"帅克一愣。何亮看了帅克一眼，笑："看来你小子没少惹祸啊？"

"是，新兵的时候惹了大祸。"帅克不好意思地说。

"干什么了？跟我说说。"何亮在旁边的凳子坐下。帅克不敢说。雷震继续看方案："你说吧，没事，做了还不敢说吗？"

"是……我搞了一头驴进新兵营。"

"驴？"何亮来了兴趣，帅克硬着头皮点头："是，驴。然后军长来视察部队，那驴就跑出来了。"何亮哈哈大笑："你小子真可以啊！所以你就被发配到保障班了？"帅克笑笑道："也不能说是发配，我是空降兵战士，一切听从组织安排。保障班是空降兵部队不可或缺的一部分，是战争机器的一个零部件，我是解放军这部战争机器上的一颗螺丝钉。组织上需要我在保障班，我就在保障班，组织上需要我在雷神突击队，我就在雷神突击队。作为战士，我必须不折不扣地服从。"

雷震看着方案，嘴角浮起一丝微笑，这笑容稍纵即逝："何处长，行了吧？你说的这些问题我都有考虑。帅克，你安心工作，暗剑行动以后，你就不是保障班的兵了。"帅克一愣。雷震起身看他，"我不能再把你放在下面锻炼了，暗剑行动回来，你就是我雷神突击队的突击队员了。"

"我……我还没有思想准备。"帅克发愣道。

"我会正式打报告的。你的表现已经证明了自己。你是雷神突击队想要的人，现在不要分心，专心行动。"雷震看他，"怎么？你不想来雷神突击队吗？"

"不是，是我……我舍不得保障班那帮战友，我们……"

"军人要习惯被调动不同的工作岗位，组织需要是第一位的。"

"……是！"

何亮笑道："哈哈哈！帅克，这个你可得感谢我！没有我这么一逼，你不知道什么时候才会被他调到雷神突击队呢！"雷震眨巴着眼睛："我再不把他调来，你三天两头都要去找他做工作了。我可知道你谈话的威力，敌人你都能策反，更何况我这涉世未深的兵了！得了，得了，别惦记我的人了！"

"成成成！你的地盘你做主！他总有转业的那天吧？"何亮死赖上了。雷震无语："何处长，你可真的是放长线钓大鱼啊！转业都惦记上了？你怎么知道他一定会被提干呢？"何亮语重心长地说："雷队长，你要不想让他做干部，那就当我看人不准！我不说，是怕你不好带兵，怕他骄傲。转业的事儿你该知道，耐心，是我的职业病嘛！我可以等下去，十年，二十年，他还会是我的嘛！"雷震只剩下苦笑。

10

一间破旧的仓库里堆着些废旧纸箱，高大的墙壁上两个气窗在不停地转动。黑龙打开一个箱子："崭新的，我们从中东运来的！二十枚，足够用了！"——是一枚毒刺防空导弹。王悦可一愣："看来他们真的是有去无回了！"黑龙得意地打开另一个箱子："那是肯定的。我们在四面设置防空阵地，二十枚防空导弹的交叉火力，他们派不了几架直升机！只要中国空降兵的雷神突击队敢来，那肯定是死无葬身之地！"毒蝎放下导弹，冷笑道："给他们来个好看的，给K2一份大礼包。黑龙，这个功劳，你知道会得到什么奖赏吗？"黑龙哈哈笑道："终于可以离开这个Z营地了？"毒蝎点头道："对，我想把你派到欧洲去，但是前提是，这次必须成功！"黑龙笑得很阴险："让我们完美地解决这些不知道死活的中国空降兵！全歼雷神突击队！"

王悦可笑不出来，她隐隐有些担忧，现在她最希望的事就是，帅克千万不要在雷神突击队里，她不知道自己面对他，是否真的有勇气扣动扳机。

11

临时指挥部里，江志成坐在办公室前，仔细地翻阅着作战计划，AK趴在旁边呼哧呼哧地吐着舌头。

"这是帅克做的？"江志成合上方案。雷震和方紫玉站在他对面，雷震道："是，我没改一个字，直接给您拿来的。但那个战场应急急救和人质救援心理疏导方案，是翠鸟做的。"江志成满意地点头："做得已经很详细了，这个方案各种可能性都考虑到了。说实话，比你想得周密。"

"是，我承认，他比我视野开阔，脑子活，想得多。"雷震说。江志成拿起笔签完字："我想问问，方案当中写的军犬是怎么回事？"AK一下子坐起来，朝着雷震哈着舌头。雷震笑道："您说呢？这可是帅克自己写的。您看，您也知道AK是空降兵里最好的一条狗，要不您也不天天带在身边，跟眼珠子一样金贵了！"

AK汪汪叫了两声。江志成看看AK："你想去吗？"AK不吭声了，看着江志成。江志成叹了口气："既然战斗需要，你就去吧！"AK汪汪叫着，算是回应了。雷震苦笑道："我找您要了多少次这条狗，您就是不松口！帅克张嘴，果然比我好使啊！"江志成瞪他道："我能让你玩物丧志吗？既然战斗需要，那就带走吧！记住，给我活着带回来！"

"明确！"雷震一招手，AK噌地跑过来，蹲在雷震身边看着江志成。雷震看着他，问："突击队要准备出发了，您不见见他们吗？"江志成想了想："按说我是应该见见暗剑行动的突击队员，打打气，鼓鼓劲儿。但这是个特殊情况，帅克始终不知道我的真实身份。我这一突然出现，怕他会心情波动，分了心。出发誓师仪式，你们自己搞吧。"雷震点头，方紫子想了半天，嗫嚅着道："……参谋长，我想问一件事。"

"你说！"

"我们队里的陆冰嫣到底是怎么回事？"

江志成沉默良久，半天才抬起头，严肃地说："我确实不能告诉你，现在也没有定论，一切要等三局和军里面的调查结果。"

"是……我多嘴了。"方紫玉低着头道。

"不是多嘴，是正常的关心。"江志成把右手放在她的肩膀上，久久无语，"……我们的战士都是精挑细选出来的，我也不希望他们有事。但是事情来了，我们也要坦然面对，按照规矩处理。队伍情绪有波动吗？"

"已经解决了，现在都在全力备战。"方紫玉控制着自己的情绪。

"那就好，我等你们回来。"

"是！"雷震和方紫玉立正，转身出去。

12

驻地，帅克看着远处的满目群山在愣神儿。林小鹿走过来："你怎么了？看什么呢？"

帅克看着茫茫山林："他们知道我们在这儿。"

"谁啊？"林小鹿问。

"敌人。"帅克说，"你觉得，他们会老老实实等着我们去打他们吗？"

"什么意思啊？你是说……"

"我觉得不对劲儿，他们也会侦察我们的。"

"我们近万空降兵的地盘，他们也敢闯吗？"

"他们有什么做不出来的呢？"

不远处，雷震牵着 AK 和方紫玉走过来问："怎么了？你们俩聊什么呢？"

林小鹿和帅克转身立正，敬礼。

"没有，没有，帅克说，敌人可能会侦察我们。"林小鹿说。雷震和方紫玉都是一愣。雷震看着帅克："说说看！"

"安静得不太正常，如果情报是真的，Z 营地的敌人是有能力和胆量对我们实施战前侦察的。他们完全有可能在监控我们。"帅克分析道。

"我知道了，这确实是个问题。"雷震拿起电台，"士官长，把队伍召集起来，再向指挥部申请，调两个连队搜索周边山区，让电子对抗营开机，我们要仔细打扫一下自己的家门口。帅克，走，我们进山搜搜看。"

雷震把 AK 递给他："好不容易要来的，你带着吧。"

帅克摸摸 AK 的脑袋："搜山就全靠你了！"

13

山地上，无人机超低空掠过。漫山遍野的空降兵战士挥着刺刀，在密林里搜索。另一处山地，AK 嗅着地面，往前看看，继续前进。帅克和队员们持枪跟在后面，都是目光警觉。突然，AK 汪汪低吼两声，快速往前冲去，帅克和队员们加快速度跟了上去。

"他们真的对我们搞侦察啊？"林小鹿看着伪装极好的监控设备，没敢动。雷震和方紫玉走过来，帅克指着山下的机场："他们在死盯着我们的直升机。"

"还真被你说着了，他们认为我们会从空中进入。"雷震说，"通知电子对抗营派人来拆了吧。"

"等一下！"

所有人都看着帅克。

"飞鲨，不能拆！"

雷震有点儿意外："为什么？放着它在这儿盯着我们的机场吗？"

"如果把这玩意儿拆了，他们就知道我们发现了，也会想到我们不会从空中进入！"帅克说，"他们会在地面等着我们，你也说了，我们不熟悉地形，他们熟悉。尤其在晚上，地利会成为他们的优势！我们不能拆这个，要让他们以为，我们没有发现！"

雷震思索着："你的主意呢？"

"留在这儿，电子对抗营在这儿盯着！我们到位以后也不拆，等到我们的航空分队准备出击的前夕，再给它拆了！"

雷震欣慰地点头："你说得没错，就按照你说的办吧。"

第二十三集

1

深夜，天色如墨。安静的密林似乎在诉说着世界的安详与宁静。帐篷里，一个迷彩的队列不动如山。血一样鲜红的党旗下，雷震面对党旗，队员们全副武装，手持外军武器跨立站着，身上的迷彩服没有任何标志。战争之神让黑夜变成了白昼。

唰——雷震在前面举起右拳："我宣誓！"

唰——年轻精锐的队员们齐刷刷举起右拳："我宣誓！"

"我是光荣的中国人民解放军空军空降兵特种部队战士！"

方阵齐声跟着吼道。

"我将时刻牢记军人的使命责任！服从命令，听从指挥，勇敢顽强，不屈不挠！发扬上甘岭革命精神，继承空降兵优良传统！到达一切地域，夺占一切先机，克服一切困难，战胜一切对手！宁死不当俘虏，最后一颗子弹留给我！"

"到达一切地域，夺占一切先机！"方针吼道，"克服一切困难，战胜一切对手！"

"宁死不当俘虏，最后一颗子弹留给我！"方阵的声音依旧是地动山摇，"宁死不当俘虏，最后一颗子弹留给我！"

……

雷震注视着面前一张张年轻的脸，他们毫不畏惧的眼睛，犹如黑夜当中的闪电，闪烁着刺目的光芒。雷神抬手看表："还有一小时出发，大家做最后的战斗准备吧。"

队员们一片沉默，检查最后的武器装备，一张张年轻坚毅的脸却在沉默中孕育着无穷的力量。林小鹿站在那儿，紧咬嘴唇叫了一声："帅克！"帅克一愣，抬起头，林小鹿迎着他的眼神："我有话对你说！"队员们都愣住了，左右看看两人，林小鹿脸上一阵红一阵白。雷震头也不抬道："有话出去说，说完再回来。给你们十分钟时间，十分钟以后不许再谈私事！"

"跟我出去！"林小鹿走到门口，转身出去了。帅克有点儿蒙，黄金推了他一把："赶紧出去，人家有话对你说呢！"帅克醒过神儿来，急忙跟了出去。

帐篷外，林小鹿默默地站在空地边上。帅克想了想，鼓足勇气走上前去："林小鹿同志……"

"叫我小鹿。"林小鹿没回身。

"……小鹿同志。"帅克怯怯地叫了一声。

"叫我小鹿！"林小鹿的语气坚定。

"……小鹿。"帅克硬着头皮叫道。

"帅克，你知道我一直在等你吗？"林小鹿的眼睛在黑夜里闪烁着泪花，她没有回头，喃喃地道，"对，在等你。每个日出，在等你；每个日落，在等你；每个夜晚，在等你，甚至每次呼吸，我……都在等你。"

帅克听着，但说不出话来。林小鹿还是没回头："……你难道真的要逼我说出来吗？"帅克的目光躲闪着："小鹿，我……我现在心里很乱。"林小鹿转过身，仰着头看着他。月光照在林小鹿的脸上，扑闪的眼睛在黑夜里像黑珍珠。帅克看着林小鹿，呼吸有些急促："我……我喜欢你……"林小鹿忍着眼泪，脸上却有几分红晕："你终于还是说出来了。"

"可是我的心里，一直有一个谜。"帅克说，"我不知道……我不知道该不该对你说。"

"你说，你的一切，我都想知道。"林小鹿的眼神变得温柔起来。

"我不知道，她到底怎么了？到底是生是死？她……她怎么就那么……突然消失了？好像从来没有来过这个世界一样。她到底发生了什么事？她所有的亲戚朋友和同学，都不知道她的下落，美国警方也不知道她的下落，那么一个大活人，就那么突然失踪了？"

"你是说你的女朋友？"

"我都不知道她还是不是我的女朋友了……"帅克笑得很苦涩，"我只是想知道，她活着还是死了？如果还活着，我想知道她发生了什么事，是不是需要我的帮助？你不要误会，我的心已经死了，经过这么久，我也不想再骗自己，我知道自己心里想的是什么。但是，我总是有这么一个心结，没办法释怀。你明白我的意思吗？"

"……我明白。"林小鹿的声音温柔下来。

"谢谢你，小鹿。我想总是要有一个结果，我才能完全释怀，才能没有任何负担地和你开始。"

林小鹿冷静下来："别说了，我都知道了。"

"对不起，这是我的心里话。"

林小鹿惨淡地笑笑道："在出发以前，我们把话说清楚，不好吗？我觉得很好，现在我没有任何心理包袱了，帅克同志。"她伸出右手，"帅克同志，我们这次要并肩作战，精诚合作，预祝凯旋！"

帅克看着她的右手，林小鹿看着他："怎么？不想和我握手吗？帅克同……"

帅克突然一把抱住她，林小鹿一下子僵在了那里。

时间在一分一秒流逝着，帅克紧紧地抱着她——每过去一秒，他们就距离出发的时间接近一秒，也就是距离危险更近一秒。林小鹿不动，感觉着帅克的拥抱，感觉着他结实的力量和他的心跳，那么热烈。

林小鹿的眼泪慢慢溢出来。她慢慢伸出手，抱紧他的后背，眼泪吧嗒吧嗒落在帅克的肩上。帅克的脊背挡住了月光，于是林小鹿就在他的影子笼罩下站着。黑暗当中，林小鹿伸手触摸，却触摸到一脸眼泪。林小鹿紧紧地抱着他，哭出声来。帅克伏在她的耳边："我不会错过你的，小鹿！我……喜欢你！"月光下，林小鹿的脸泛着红晕，帅克慢慢地低下头，林小鹿突然扑哧一乐，跳出帅克的怀抱："等凯旋，再吻我！"

"为什么？"帅克愣了。

"因为……我们都要活着回来！"林小鹿的眼睛在黑夜里闪烁着泪花，"我就让你惦记着，你还没吻我！这样，你就会不顾一切地活着回来！这样，你就会战胜死亡活着回来！我也一样！我会告诉自己，我还没吻你！这样，我就会带着无限憧憬地活着回来！这样，我就会击败死神活着回来！我们都还年轻，我们还有未来！我们都要活着回来！"

夜色里，皎洁的月光照着他们年轻的脸，是那么的傲气十足。

2

Z营地安静得出奇，王悦可跟着毒蝎从屋子里走出来。毒蝎放慢脚步，压低声音说："我们要到山上去过夜。"王悦可不明白，毒蝎转身看了看一片安静的营地："黑龙和Z营地是个诱人的诱饵，雷神突击队一定会来。我们不知道他们什么时候到，但我知道，雷神突击队不是笨蛋。"

王悦可看着他："你是说？这儿是个诱饵？"

毒蝎点头："对。不管是钓鱼还是战争，诱饵最大的可能性就是被彻底吃掉。我们不能在这儿等着雷神来咬诱饵，太危险了。我们要到山里去，坐山观虎斗。等到雷神真的打进来，让黑龙和他们打得不可开交。不管是谁赢，双方都会筋疲力尽。那时候，就是我们收网的最佳时机。"

王悦可一惊："就我们两个人来收网？"

毒蝎诡异地笑笑道："你怎么知道就我们两个人？走吧，我的人在山上等着呢！"

王悦可心情复杂地紧跟上去。

3

空地上，队员们全副武装，持枪跨立，显露出一张张涂抹厚厚伪装油彩，如同原始部落战神一样的年轻的脸，他们的背后是血一样鲜红的旗帜，坚定的眼神在钢盔的阴影里闪烁着冰一样的寒光。雷震也是全副武装，跨立站在队列前。三局的何亮和赵菲、李强站在一侧注视着。

"讲一下。"雷震声音低沉。

唰——全体立正。

"请稍息。"又是一声整齐的跨立声，雷震接着道，"我们马上就要出发了，多的话我也不想说了，你们心里都有数。临出发前，我安排一下。如果我牺牲，闪电接替指挥。"帅克一愣。雷震的眼神扫过去："当指挥员叫到你的代号，要答到。"帅克立正："到！……飞鲨，我吗？"雷震郑重地点头："对，就是你。如果我牺牲，闪电就是突击队的指挥员。我相信你，可以很好地接替我的指挥。"帅克胸口起伏，稳定住自己，高声怒吼："是！保证完成任务！"

"如果闪电牺牲，由雷鸟接替指挥！接下来是水牛！"方紫玉和水牛都是一脸坚定。雷震最后注视着面前的方阵，低声怒吼："出发！"

江志成看着消失在夜色中的年轻的背影，久久看着外面的夜色不说话。江志成的喉结在蠕动着，他缓缓抬起右手——敬礼——他向自己的部下久久地敬礼。

4

帐篷里，飞行员们也是全副武装，静静地坐在桌子旁等待着战斗命令的下达。高山看看手表："暗剑的地面突击队已经出发了。"陈笑寒眉头一动，高山看着她："放心，他是老码头了，不会有事的。"陈笑寒深呼吸道："……上次你也是这么说的。"高山突然语塞。

"我突然觉得，自己是不是太过分了？"陈笑寒苦涩地一笑，"不知道什么感觉。他一带队出发，好像跟以前一样，我的心一下子揪起来了。"

"你们的事，我不好多说什么。我劝过你很多次，不是我多事，是我知道，你还爱着他。"高山感叹。陈笑寒忍住眼泪："也许是你的错觉。"高山无奈地笑了笑道：

"我真的是过来人了。你们两个人的个性都太强，但没有什么本质的矛盾。夫妻，夫妻，就是妥协的艺术。那时候你们都太年轻，充满了锐气，你们俩结婚，就好像两把匕首塞在一个麻袋里面，早晚会戳破那么一下。但是麻袋还在，你们还是会回到这个麻袋里的。"

"可是麻袋已经被两把匕首戳破了啊！"陈笑寒眼里都是失落。

"你忘记我们以前经常开的玩笑吗？那时候军队还很穷，没有现在的条件，我们拿装备开玩笑。新三年，旧三年，缝缝补补又三年。麻袋破了，还是可以缝上的。"高山说。

"那还是会留下痕迹的啊！"

"笑寒啊笑寒，你也是个军人，也是个共产党员。你怎么跟那些心灵鸡汤学得不着四六呢？你不知道，勤俭是咱们的传家宝吗？"高山一脸认真。陈笑寒扑哧一声乐了："好吧，服了你了！我觉得你不该当大队长，你应该当政委！"

"那你就得好好思考一下我说的话了。"高山的脸色难得严肃，"你们年轻人啊，真的不要动不动就扔！缝缝补补不一样能过吗？雷震有他的毛病，大男子主义，英雄情结，跟活在古代似的！但他也在改啊，你自己也知道，对吧？他爱你，你也爱他，互相折磨个什么劲儿啊？你看他现在，断了一条腿，还在一线，不心疼吗？"

陈笑寒没说话。

"我跟他聊过，他说，他现在只是不放心雷神突击队，只要找到合适的队长，他会离开雷神突击队的。我看他现在找到合适的队长人选了，也快离开一线了。"高山感叹道，"答应我，这次行动结束和他好好谈谈吧。"

"其实我跟他确实没有什么实质性的冲突，只能说都太骄傲了吧。"陈笑寒的眼神变得黯淡起来。

5

一条乱石峭壁的地道里，枪上的手电在黑暗里发出微弱的光。地道拐弯的一处空地，已经被布置成临时的指挥部，七八个雇佣兵在那儿持枪待命。黑漆漆的地道里居然还飘着咖啡的香味。大屏幕上的照片快速地滑过，毒蝎突然停下，指着大屏幕上的照片："我们这次的行动目标，是这个人。"王悦可看了一眼照片，暗暗松了口气："他是谁？"

"雷震，我的老朋友。"毒蝎说，"中国空降兵部队特种作战团雷神突击队的队长，中国空军少校，著名的战斗英雄。我脸上的疤就是他给我的，每次到阴天、雨天和下雪，我都会想起他。当然，他也会想起我。我们念念不忘，都在惦记着对方。"

"他很厉害吗？"王悦可看着照片道。

"真正的精锐，特种部队的行家里手。"

"那我倒是要见识见识了！"

"你的这种斗志我很喜欢，但是一定不要轻敌。与他相比，你嫩得像刚出壳的小鸟。母狼，千万记住，这是个真正的敌手。我们不能和他硬碰硬，他有很强的指挥能力，他的部下也都是训练有素的突击队员，所以我才想出这个阴招，这次一定想办法干掉他。"

"你打算怎么弄他？"

"无非是两种可能性，他从空中来，那样就算黑龙立了大功，我们坐享其成；他从地面来，打黑龙个措手不及，我们养精蓄锐，打他个措手不及。不管是防空导弹还是远程狙杀，我们都占有主动权。"毒蝎指了指放在不远处的箱子，"那是你的。"

王悦可走过去，打开，是一支大口径的狙击步枪。毒蝎看着屏幕上这个如同战神一样剽悍的中国军人："我们要远离Z营地，确定目标后远程狙杀。"

6

静谧的山地丛林里枝繁叶茂，突击队员们在青纱帐之间穿行，犹如出鞘的黑色利剑，与黑夜融为了一体。一块斑驳的界碑矗立在山地。AK一马当先，从灌木丛中钻出来，站在界碑处警戒。旁边的一团草丛动了动，露出一张迷彩大脸，两眼黑白分明。帅克从草丛里警觉地钻出来，紧跟着的是黄金和安迎战，两人都是黑黢黢的，目光警觉，持枪警戒。

帅克对着送话器轻轻吹了口气，雷震从黑暗中闪身出来，方紫玉和穿着吉利服的林小鹿、周招娣随即出现，立刻潜伏下来。帅克低姿运动过去，悄声说："我们马上要出去了，AK没发现异常。"雷震点点头，帅克拍了拍蹲在旁边的AK。AK嗖地起身，往前跑去。帅克和黄金、安迎战紧跟雷震，形成前三角队形，其他队员们呈搜索队形越过界碑，迅速前行。

驻地的临时指挥部里，卫星地图上红、蓝灯闪烁，保持着战术队形在向前运动。江志成站在电子屏幕前，何亮站在边上："出去了？"江志成点头："进入任务区了。"这时，手机一阵振动，何亮看了一眼江志成后接通了。江志成看着他凝固的脸色："什么结果？"何亮面色冷峻地点点头："确定了。"江志成愣在那儿，何亮看他："你打算怎么办？"

"你呢？"

"只能公事公办了。"何亮叹了一口气。

"你知道，她的军装就穿不成了吗？"江志成有些哽咽，那是他的兵啊！何亮的眼神犀利而坚定："很遗憾，参谋长，我也不想看见这个结果。但多事就是我的工作，我只能一边骂自己，一边夸自己。"江志成的心情越发沉重："你让我想想吧，怎么跟她谈……"

7

帐篷里，陆冰嫣躺在床上，睡不着。两个女兵坐在旁边困得直打盹儿，但还是坚持着。江志成推门进来，陆冰嫣听到声音，翻身坐起来。何亮欲言又止，看看那两个女兵。江志成看见了："你们出去吧，我们和她单独聊聊。"两个女兵转身出去了。

何亮顺手打开 DV，陆冰嫣看着他们。江志成和何亮也看她——沉默，尴尬的沉默。

"……陆冰嫣同志，三局的同志想告诉你 DNA 鉴定的结果。"江志成转向何亮，"你说吧，何处长。"

何亮点点头："我们把你的血样送到了省公安厅法医鉴定中心，他们与我们数据库中的 DNA 样本进行了对比。"

"然后呢？知道我的父亲是谁了？"陆冰嫣紧张地问。

"是的，我们确定了你的亲生父亲的身份。"

陆冰嫣苦笑，眼泪在打转，何亮和江志成都不吭声了。少顷，她擦擦眼泪："说吧，你们肯定想告诉我，谁是我的亲生父亲。"

"……我也很难告诉你这个事实，我相信，你是个完全无辜的解放军战士。但是，事实就是事实，我只能直言不讳。"

陆冰嫣无声地哭着："何处长，别软刀子割肉了，我想好久了。问题一定出在我的亲生父亲身上，他是坏人，是吗？"

何亮沉重地点点头。陆冰嫣苦笑着，泪水夺眶而出："说吧，是杀人犯，还是毒枭？我想了好多种可能，就是不知道到底是哪一种。"

何亮看着她不吭声。陆冰嫣突然看着他："你是三局的，我想你这么紧张，肯定是你的业务范围。"

"你知道三局是干什么的？"何亮突然问她。

"还能有什么？神神秘秘的，无非我的亲生父亲是个间谍罢了。"陆冰嫣哭着道，"是吗？我妈妈年轻的时候曾在欧洲留学，回国的时候怀了我，又嫁给了我爸爸。他们一直不肯告诉我，我的亲生父亲是谁。现在你出现了，我想来想去，只有这一种可能性，我妈妈爱上了一个敌人的间谍，怀了他的孩子。这个身份不清不白的孩子，就是我。这就是故事的完整答案，对吗？"

"我一直在想怎么跟你说，没想到你这么聪明。"

"何处长，我也是受过严格训练的特种部队战士，我是中国空降兵翠鸟女子侦察引导队的特战队员……我……"陆冰嫣突然哭出来，"参谋长，我不想离开部队……我爱中国空军，我爱中国空降兵部队，我爱……翠鸟女子侦察引导队……我……爱我的战友们……我真的想不到，我就这样灰溜溜地离开部队，会是什么样子……这不是我的错啊……这真的不是我的错，我虽然是间谍的女儿，但是……我不认识他啊，我没见过他，在这以前我压根儿都没想过，他到底是什么样的人……"

江志成起身走到窗户边，两个饱经沧桑的中年男人，在泰山压顶的危险前都不会动容的钢铁老战士，突然心里都很难受。

"为什么上一代人的罪行，非要我来承担呢……我没有对不起党，对不起国家，对不起人民……我没有对不起中国空降兵……我拼命训练，我拼命……我什么都是优秀，我什么都按照干部和班长们的命令去做……我不怕苦，不怕累，不怕死……我初中就是共青团员，我上大学就交了入党申请书……虽然我还不够格，但是我一直告诉自己，要成为一名中国共产党员……我……我真的是在拿一个中国共产党员的标准来要求自己啊……"

江志成的眼睛湿润了。

"我的梦想，就是成为一名优秀的中国空降兵战士……我新兵结业，我如愿以偿，我进了翠鸟女子侦察引导队……这真的是我毕生的梦想，我想……我想做一名女特战队员……我想为国作战，为党牺牲，不管什么危险，我都不在乎……"

江志成的眼泪无声滑落，他低着头，不敢看陆冰嫣。何亮保持着职业的冷酷，但是目光里都是同情。

"给我一个机会，让我上战场吧！让我死在敌人的枪口下面！让我用自己的生命，挡住敌人射向战友的子弹！让我以一个中国空降兵战士的身份去死吧！让我去抗洪抢险，让我为了救老百姓去死吧！我……我真的只是想以这个我珍爱的空降兵的身份去死……不要赶走我，不要……不要让我因为上一代人的罪行，永生承受这个耻辱……我……我真的不是坏人，我是一个渴求为国捐躯的中国空降兵……不要让我丢掉这光荣的身份，不要让我脱掉我心爱的军装……参谋长，我求求您了……"陆冰嫣泣不成声地看着江志成，这是她唯一的希望，"参谋长，您告诉我……我应该怎么办？"

江志成转过身，硬下心肠："你……陆冰嫣同志，你必须离开部队。"

陆冰嫣绝望地哭出声来。江志成把眼泪咽下去，声音颤抖说："我现在是在正式通知你，你必须离开中国空降兵部队。面对现实，你还年轻，离开部队，也会有很好的出路。何处长跟我说过了，你的身世会严格保密，不会对你回到地方以后继续求学、找工作有任何的影响。但是，你不能再继续服役了。"

陆冰嫣靠在桌子上大声哭着，撞着自己的头："为什么？为什么会这样？我到底犯了什么错？老天你为什么要这样惩罚我？啊——"她的哭声，凄惨而又绝望。

8

山顶处，突击分队在山林里隐秘跋涉。AK在山顶处停下，卧倒。帅克匍匐前进上来，卧倒在旁边——山谷里的Z营地一览无遗。

"飞鲨，闪电呼叫，我们到第一个点了。完毕。"帅克低声报告。

"飞鲨收到，闪电，我们过来了。完毕。"

雷震和队员们也是匍匐前进，持枪在帅克旁边卧倒。雷震拿着望远镜，探照灯扫过的Z营地，一片寂静。雷震放下望远镜："太安静了，安静得不正常。"

"对，他们知道我们就在30千米外，但是摆出一副不设防的样子。"帅克看着下面。安迎战已经架好机枪："我不这么想，他们不是傻瓜。"陈东西在狙击步枪的夜视瞄准镜里观察着下方："这是一个很好的狙击点。"林小鹿在狙击步枪的瞄准镜里看着："看不出他们里面有多少人。"周招娣是她的观察手："情报不是说八十到一百人吗？我怎么觉得，好像是个圈套啊？"方紫玉看向雷震："方案照旧吗？"

"照旧。"雷震说，"我们实施A方案，注意，要有耐心！不到万不得已，不能开枪，也不能让对方开枪。枪声一响，就只能强攻了。强攻我们不沾光，更何况还要小心孩子。明确没有？"

"明确！"队员们都低声怒吼。

"第一狙击组留在这儿。当好我们的眼睛，还不到你用这玩意儿的时候，千万记住！"

"明确。"陈东西把巴雷特轻轻拿到一边，取下背上的SR-25，前面加挂有长长的消音器。卞小飞摘下背囊在附近开始布雷。

"我们分头行动，尽量保持无线电静默。"雷震挥手，其他队员迅速消失在黑暗中。

9

一处山坡，搭建了伪装极好的防空阵地，七八个雇佣兵潜伏在下面，防空导弹放在一边，他们时不时地抬头监控周围的天空。

在他们身后的山坡上，AK敏捷地在往上爬，它突然不动了。帅克慢慢爬到AK的身边，可以看见前面洼地的防空阵地。帅克打着手语，报告着下面的人数和武器情况，黄金和安迎战分布左右两翼，两人会意后都是悄无声息各自离开。

帅克轻轻摘掉步枪和背囊，拔出手枪，旋上消音器，拔出战术直刀握在左手，AK 也是虎视眈眈地盯着下面。帅克轻轻翕动嘴唇，对着送话器吹了两口气。

另一处山地，雷震和赵大力低姿潜行到另一处防空阵地，一切都准备就绪。

在山地的制高点处，林小鹿和周招娣携枪缓慢爬上来，开始迅速布置狙击阵地。柳纤和陈若曦趴在那儿，展开警戒队形观察着四周。

另一处山地，战熊从高处的悬崖倒挂着缓慢地滑降下来，手持带消音器的手枪，悬停在距离哨兵一米多的空中待命。

10

远处的山巅上，草丛里伸出一支伪装极好的大口径狙击步枪，王悦可穿着吉利服一动不动地趴着，倒挂的战熊在狙击步枪的瞄准镜里一动不动。

"他们真的来了。"王悦可据枪瞄准。

"跟我想的差不多，从地面来的。"

"你怎么知道他们会走地面路线？"

"如果是我，我就不会从空中来。"毒蝎说，"如果遭遇防空武器的袭击，连挣扎的机会都没有，这个买卖相当不划算。"

"我现在如果开枪，他也没有挣扎的机会。"

"绝对不是时候。我们确定不了对方是雷震。再说了，我们最好是一网打尽。能被选拔参加 Black Ops 的，一定是最精锐善战的雷神骨干队员，如果能一网打尽，他们将很多年都缓不过来。再等等吧。"毒蝎笑笑道，"我知道你这个神枪手按捺不住了。放心，有你表现的时候。"

王悦可不再说话，专心地继续观察。

此刻，Z 营地一切静谧。一间破旧的屋子里，小女孩儿们衣不遮体地在睡觉，不时传来几声隐约的抽泣声。

11

临时指挥部外，军旗在飘舞。整个指挥部戒备森严，看似一片静谧，但在指挥部里已是一片忙碌。江志成和何亮注视着电子屏幕上的实时画面，战斗的时间在不断地逼近，连空气都变得凝重起来。

野战机场，陈笑寒和高山全副武装，坐在直-10 里待命。几架武装直升机已经看不出任何标记，黑暗当中，黑色行动的队伍在沉默中杀气自生——这是大战来临前的宁静。

山地上，雷震对着送话器吹了三口气，很快，各个小分队传来回应。队员们做好战斗准备，AK也龇着牙，准备突进。呼呼呼！雷震对着喉头送话器吹了一口急促的气，手里的手枪同时开火了。随着噗噗的枪声，雷震和赵大力不断地变换着射击角度，雇佣兵们猝不及防，在弹雨中抽搐着倒下。

AK飞跃而起，黑暗里，它黑色的影子跃过，直接咬住了哨兵的咽喉。哨兵捂着脖子，喷着血倒地。帅克一下子跃进，持枪射击。安迎战和黄金也从两翼闪身而出，快速射击。

黑夜中，队员们连续开火，一阵噗噗的声音连响，连弹壳的落地声也被山林消隐——还是一片静谧。

第二十四章

1

Z营地里还是一片静谧，哨兵抱着枪在打瞌睡。灌木丛里，帅克持枪在前，安迎战和黄金在左右侧翼掩护，探照灯雪亮的光柱唰地扫过来，几个人立刻卧倒。探照灯刚扫过去，帅克抬头，起身继续前行。

临时指挥部里，大屏幕上传来Z营地的实时情况。何亮看起来有些紧张："他们进入了！"

"别激动，还没见血呢。"江志成没什么惊讶地说，"偷窥你专业，杀人我本行。打仗这个事，你得听我的。"

何亮苦笑道："我也不敢指挥你的突击队啊！完全外行！"江志成转身走到指挥中心："让空中救援突击队随时待命！"

"是！"参谋拿起电话。

直升机群还在空旷的机场待命，陈笑寒突然变得紧张起来，手有点儿哆嗦。直-10的螺旋桨开始旋转，地勤人员地默默注视着，准备引导起飞。

营地塔楼处，哨兵正懒洋洋地打着哈欠，嘴还没闭上，就被一只有力的手捂住了。黑暗中，鳄鱼的迷彩大脸上目光锐利，锋利的匕首闪着寒光狠狠地刺进了哨兵的肋骨，哨兵痛苦地抽搐着倒了下去。几乎在同一时间，其他几个塔楼的哨兵也被利索地清除干净。

很快，帅克持枪在前，黄金和安迎战负责两翼，林小鹿和周招娣断后，呈战术队形无声而快速地进入营区。AK紧跟帅克，在黑夜里迅速前行。噗噗！两声短促的枪声，两名雇佣兵猝然倒下，黄金和安迎战快速过去，把两具尸体拖到皮卡下面，在皮卡油箱处贴上炸弹，又快速起身追上队伍。

突然，安静的夜里传来一阵玻璃脆响声。帅克举起右拳，大家猛地蹲下，AK也快速卧倒。帅克低声问："木匠，告诉我什么情况？完毕。"狙击阵地上，卞小飞拿着观测仪在观察："闪电，你们前方右拐弯处有一个人喝多了，正在摔啤酒瓶。完毕。"帅克起身，低姿持枪运动过去。

在营地的一片开阔处，地上已经是一片碎瓶子，一个雇佣兵孤独地喝着啤酒。啪！又一个空瓶子扔出去，砸在地上都是碎玻璃碴儿。

帅克想了想，从包里摸出一个子弹壳弹了出去。雇佣兵正喝着酒，子弹壳砸得脑门儿一阵疼，他大骂道："他妈的！谁啊？跟我开什么玩笑！出来跟我喝酒。"他一边喝酒，一边摇摇晃晃走过去。

拐角处，躲在暗处的帅克站到了他面前，雇佣兵一愣："你谁啊？"

"你的噩梦。"匕首闪着寒光直接捅进了他的心脏，帅克捂住他的嘴，他只能发出闷闷的呜呜声。刀柄在旋转，血汩汩地冒出来。雇佣兵挣扎着慢慢软了下去。帅克拿出遥控器，侦察机器人沿着墙角的阴影前行，不时地停下，转动着观察着四周。

2

山巅上的狙击阵地，王悦可眯着眼据枪瞄准："他们真的很专业。"毒蝎拿着观测仪在观察："这就是我刚才说的，国家的战争机器。黑龙和他的手下也很专业，但是他们的脑子里面只有钱，没有信仰，完全是一盘散沙。"王悦可离开瞄准镜："怎么好像还有女的？"

"应该是他们的翠鸟女子侦察引导队，他们知道这儿有那些小女孩儿，专门派了女兵。"

"他们想救出这些孩子？"王悦可突然觉得有些轻松。

"中国人民解放军的老毛病了。其实营救那些小女孩儿真不是雷神突击队该做的事。他们不是警察，不是救世主，是在敌后冒着危险完成特殊任务的敢死队。他们什么时候也学不会任务第一，安全第一，总是试图把完全不认识的老百姓的生命，放在自己的生命之上。"

王悦可不说话。毒蝎冷冷地看着她："怎么，你深有感触？"

"我很钦佩他们，也能理解他们为何会这样做。我是走错了路，再也没有回头路，但是这并不能阻止我会这么想。"

"你不想杀了他们？"

"我不想……但是我只能那样去做。"毒蝎听了没说话，王悦可的脸上是痛苦的表情，"如果可以选择，我会选择和他们一起救孩子。我很痛苦，因为我别无选择。"

"我意料得到，从前的我也是像你这样。你不是为了钱，而是因为别无选择。母狼，我们是一种人，慢慢学会麻木不仁吧。"

王悦可看着下面，没有说话，眼睛里隐约有泪花在闪动。

3

丛林的隐蔽处，雷震背靠大树坐着，假肢处已经血肉模糊，不断地在渗血。赵大力在旁边警戒，不时着急地回头看看。雷震在地上捡了一根粗树枝，叼在嘴里，哆嗦着拧开消毒粉，直接倒进伤口处——他死死咬着树枝，喉咙里发出一阵低沉的嘶吼声，"咔嚓"一声，树枝被咬断了，他急促地呼吸着，疼得倒吸了一口冷气，赵大力只能一脸焦急地继续警戒。这时，耳机里传来帅克的呼叫声："飞鲨，闪电呼叫，我们已经到达位置，请指示。完毕。"

赵大力刚想说话，雷震抬手示意："闪电……飞鲨收到……现在由你暂时接替指挥权，完毕。"帅克一愣："飞鲨，你怎么了？"雷震忍着疼痛道："我没危险，执行命令！你现在是队长，由你决定。完毕。"帅克有点儿蒙。雷震咬牙道："按照我的话去做，闪电！这是在战场，没时间犹豫了！"

"是！闪电明白，现在我是指挥员！"帅克对着喉头送话器，"各组注意，准备动手！完毕。"

铁笼子里，几十个小女孩儿泪水涟涟，满脸惊恐地抱在一起睡着。一个雇佣兵拎着酒瓶子，晃晃荡荡地往那边走去。咔嗒一声轻响，雇佣兵推开铁门，小女孩儿们蜷缩成一团，惶恐地往里缩。雇佣兵狞笑着抓住最近的一个小女孩儿的胳膊，小女孩儿惊恐地挣扎，尖叫着喊妈妈。帅克强忍着怒火，对着送话器轻叩三下。

远处的狙击阵地上，卞小飞拿着观测仪在报告："距离137米，风速3米每秒，可以射击！"瞄准镜的十字线稳稳地锁定目标，陈东西果断扣动扳机，噗！门口的哨兵猝然倒地，鲜血和脑浆洒了一地。几乎在开枪的同时，帅克带队动若脱兔，AK一马当先，其余的队员们持枪靠在铁门两侧警戒。

那名雇佣兵拎着小女孩儿出来，愣住了。帅克闪身进来，噗噗！雇佣兵当胸中弹，AK也飞身跃起，一口咬住他的喉咙。一股血腥的血点子溅在小女孩儿的脸上，小女孩儿大声地哭喊起来。林小鹿和其他队员都闪身进来，持枪在前，一阵密集射击中，几个雇佣兵在弹雨中抽搐着倒地。

被关在笼子里的女孩儿们还哭喊着，尖叫着。林小鹿跑过去，一把抱起来那个脸上有血的小女孩儿："不要哭，姐姐是来救你的！姐姐是中国人民解放军！"小女孩儿一听，愣住了："解放军？"林小鹿微笑着道："对，解放军，专门来救你的！"小女孩儿咧嘴哭了："妈妈说解放军是好人！"林小鹿伸手擦掉她脸上的血点，护着小女孩儿往里面走去。

黄金和安迎战关上门，迅速在屋内设置防线。帅克对着耳麦："闪电进来了，鼠辈清除，人质安全！完毕。"

"飞鲨收到……按计划继续行动！完毕。"雷震忍着疼重新装上假肢，额头上又是一层密汗，疼得他龇牙咧嘴。赵大力急得低吼："我给你打一针麻药吧？"

"不行，那我就失去头脑的清醒了！"雷震咬牙，稳定住自己，拿起卫星台开始呼叫，"老鹰，飞鲨呼叫。闪电已经进入，人质安全，他们在建立防线。完毕。"

"太好了！"何亮按捺不住激动，一拳捶在桌子上。汪志成面色严肃，按下通话键："飞鲨，我是老鹰，命令闪电，尝试把他们带出来！完毕。"

"老鹰，现场指挥权我已经移交给闪电，我接驳他的单兵台，你直接和他对话。完毕。"雷震坐在地上，脸色苍白。江志成紧张起来："飞鲨，你怎么了？"雷震忍着痛笑了笑："没什么，闪电在一线，我认为他更有现场指挥的必要，我现在给你转接过去。完毕。"何亮纳闷儿道："雷震怎么了？"江志成眉头紧锁、忧心忡忡："我现在担心他的腿，别这个时候出问题。"

"老鹰，老鹰，我是闪电，我们准备带出人质。完毕。"无线电传来帅克的声音。江志成愣了愣，压低声音："闪电，我是老鹰，按计划行动。完毕。"帅克听到电台传来的声音，也愣了一下，回过神儿来："……老鹰，闪电收到。完毕。"

"闪电，我们现在怎么办？"黄金问。帅克来不及想别的，甩甩头镇静下来："先把小女孩儿们带出去！我们没时间耽搁了！"

小女孩儿们蜷缩在笼子里哭着，林小鹿牵着刚刚救出来的小女孩儿走过来："我们是中国人民解放军空降兵，是来救你们的。孩子们，你们安全了，快出来！"小女孩儿们惊恐地左右看看，小心地起身，排成队列跟着林小鹿往外走去。

帅克打开喉头送话器："各组注意，闪电准备出去了！完毕。"

各小组轻叩送话器，做好火力掩护。

雷震扶着人树艰难地站起身："飞鲨收到……记住安全路线，从我们这儿出来！完毕。"

雷震放下裤腿，扎紧鞋带，看向赵大力："我还能战斗，不要为我分心！"

赵大力小心地扶起他，语气里透着坚定："我不会丢下你的。"

4

营地开阔地，帅克和AK担任尖兵，走在队伍最前面。没有异状，一行人悄无声息地沿着阴影处快速通过。不远处的狙击阵地上，队员们密切注视着营地情况。雇佣兵指挥部里鼾声一片。帅克带队快速穿过营地，迎面走过来两个巡逻的雇佣兵，刚要开嘴，噗噗！林小鹿手里的枪口冒着青烟，声音被消音器消弭在黑夜中。

绿幽幽的瞄准镜里，一行人不敢停留，加快脚步快速前行。王悦可紧张地看着，毒蝎拿着观测仪：“这群笨蛋！黑龙简直是辜负了我那么下心血栽培他！再这样，他们要逃出去了！没有了孩子，他们就没有可担心的了！”

王悦可心里隐约感觉到几分欣慰，但是不敢说。

“射击，打死个孩子！”毒蝎命令。王悦可一愣：“杀死小孩儿吗？”

“对！打不死更好，制造个伤员，给雷神突击队造成负担！枪一响，就捅了马蜂窝！他们就别想出去了！”毒蝎说，王悦可急促地呼吸着，毒蝎伸手去拿狙击步枪，“我没时间跟你磨叽！你下不了手我来！”

“我来，我来！”王悦可打开保险，手指预压在扳机上。瞄准镜里，一个光脚的孩子小步跑着，王悦可甚至能看见她脸上还没风干的泪痕。王悦可抵着瞄准镜，手指微微有些哆嗦，枪口不动声地轻轻一转，啪！那孩子头顶的路灯就被打碎了！

枪声打破了寂静。

队员们低姿围成一圈，用身体挡住瑟瑟发抖的孩子。

“是狙击手——铁匠！柳叶刀！”帅克低吼，指着不远处的一栋建筑，“快进那边！准备死战！”

“我在找！”狙击阵地上，陈东西据枪高喊。卞小飞丢掉机枪拿起观测仪：“从山上来的！他妈的！我们一直被盯着呢！”另一处高地上，陈若曦也拿起观测仪：“声音从东南方向来的！”

“妈的！怎么回事？”毒蝎怒骂。王悦可有些心虚：“对不起，我不是故意的！刚才脚架下的石头动了！”毒蝎一巴掌过去，王悦可的嘴角在流血，毒蝎拔出手枪顶住她的脑袋：“我一向宽容你！栽培你！体谅你！你居然跟我来这套？”

“我也会失手的啊！”王悦可呼吸开始急促。

“你以为我信吗？”

王悦可的脸有些发白，毒蝎压抑着暴怒，发狠地说道：“我现在打死你，这个世界上也没有人会知道！你以为在这个地球上，还有人像我这么关心你吗？还有人在乎你的死活吗？”

王悦可哭出来：“对不起，是我的错，我……我错了……”

毒蝎收起枪，冷冷地道：“记住，不要以为我不敢杀你！这是你最后一次机会！”

王悦可哭着点头，继续瞄准。

5

指挥部里，黑龙听见枪声猛地惊醒过来，起身抄起步枪："快快！拉警报！"

一阵凌厉的战备警报拉响了，整个营地被笼罩在亮光之下。帅克隐蔽在建筑物后，高喊："老鹰，与敌接火！请求空中支援！请求空中支援！完毕！"

"起飞！"临时指挥部里，江志成果断下令。

野战机场上，直升机群旋转着螺旋桨在加速。机舱里，早已待命的陈笑寒推动操纵杆，直-10轰鸣着拔地而起，超低空掠过群山山巅。

黑夜里，尖厉的警报声响彻了整个营地。黑龙带领着几个雇佣兵持枪在四处搜索。建筑物后，林小鹿带着孩子们悄声地进入里面。这时，鳄鱼和战熊手里的M2陆续开火，嗒嗒嗒……几个雇佣兵在弹雨中抽搐着倒下，黑龙急忙蹲下大吼："他妈的！我们的哨被摸了！在上面！"雇佣兵们躲避着机枪的弹雨，密集还击。

"找到了！方向东南，九点钟！距离1338米！干他！"陈若曦拿着观测仪，柳纤迅速调整瞄具："在我们的枪射程以外了！"陈若曦大吼："管不了那么多，干他！"

啪！柳纤扣动扳机，子弹擦着王悦可的头发飞了过去，毒蝎迅速卧倒："他妈的！被他们的狙击手发现了！转移！"

两人顺着山坡滑下去，王悦可抱着大口径狙击步跟着他狂奔而去。

"没打中，目标消失了！"陈若曦举着观测仪，大吼，"他们转移了！"

狙击阵地上，陈若曦问柳纤："我们要不要掩护他们？"柳纤没抬头，继续瞄准搜索："不要！我们要找到那个狙击手！他们还会出现的，对我们所有人都是威胁！"

6

营地上，两枚重磅炸弹狠狠砸下来，整个大地都在颤抖，像眼前猛然炸起几百颗到处乱飞的金色星星。在令人窒息的震撼中，两团硝烟冲天而起，直直冲起三四十米高，才带着纷纷扬扬的碎片在空气中扩散开来。在此同时，弹片带着可怕的高温，混合着被撕成无数碎片的钢筋混凝土，再一次进行了无差别覆盖攻击，瞬间，空气中飘散着浓重的硝烟和血腥味。

角落里，黑龙举起手枪，还没来得及扣动扳机，更密集的弹雨射了过来，黑龙被压制得抬不起头，怒吼："先轰掉那两个塔楼！"

一个雇佣兵拿起反坦克火箭筒，持枪对准上空，"咻——"一颗火箭弹脱膛而出，鳄鱼大惊，丢掉机枪纵身一跃，瞬间，整个塔楼就被燃烧的火焰包围了。鳄鱼被冲击波掀飞，重重落在地上后，一个前滚翻起身，步枪拿在手，边射击边寻找隐蔽。在双方激烈的交火中，更多的雇佣兵从四面八方围拢过来……

建筑物里，林小鹿让小女孩儿们躲藏到安全角落里。外面，炮弹像雨点般不停地倾泻下来，在尖锐的呼啸声中，成串的重磅炸弹不断向前推进，冲腾而起的硝烟瞬间就在营地上拉起了一道密不透风的黑色烟幕。

黄金和安迎战抢先在前，突然，安迎战被子弹震得往后一倒，黄金抬手一枪，对面的雇佣兵猝然倒地。黄金一边射击一边高喊："还活着吗？"安迎战痛苦地躺在地上——战术背心上的防弹板上插着一枚弹头。安迎战拔出来："哈哈哈……我老安命大……"黄金把他拖到隐蔽处："骨头没事吧？"安迎战奋力爬起来，拿起机枪："不知道！顾不上了！"说完，两个人交替掩护着继续射击……

隐蔽处，赵大力背着卫星台，雷震咬牙起身，一边射击一边前行。

"除了狙击组，全部压进去！死战到底！"方紫玉高喊。几个女兵起身，快速密集射击，往Z营地突进……

"你找到没有？"柳纤趴在狙击阵地上急问，陈若曦拿着观测仪在四处搜索："我还在找，他们没出现！"

帅克躲在掩体后，按下手里的遥控器，轰！轰！两道巨大的爆炸声，烈焰升腾，整个营地宛如白昼，几乎要燃烧起来的弹片混合着大片大片的泥土，纷纷扬扬地撒向了整个营地上空。

第二十五章

1

浓烟中，爆炸声四起，雇佣兵们惨叫着四处躲避，整个营地陷入一片火海。黑龙端着机枪在疯狂怒吼！

"是黑龙！我去抓他！"鳄鱼把步枪甩在背上，战熊一把拉住他："不行，根本过不去，人太多了！"

帅克打了个呼哨，指了指那边的黑龙，AK噌地就冲出去，在浓烟中快速穿越。黑龙端着机枪在疯狂扫射，AK飞身跃起，一口咬住他的胳膊，直接拖拽过来，黑龙手里的枪掉了，龇牙咧嘴地徒劳挣扎着。

"老鹰——一号目标抓获！"帅克跳出掩蔽物，抓住黑龙，拿出简易手铐给他反铐上。这时，一辆皮卡开过来，一个急刹车停住，车上的加特林多管机枪开始射击，密集的弹雨把兵们压得抬不起头。黑龙躺在地上，被帅克压着狞笑道："哈哈哈！你们完了！"

隐蔽物不断地被弹雨打得尘烟四起。帅克隐蔽在建筑物后，抬不起头，他拿出遥控器，侦察机器人掉转方向向皮卡车底部冲过去。帅克果断按下按钮，轰！剧烈的爆炸把皮卡车吞没在一团烈焰中，枪手惨叫着飞到了半空。

帅克抓住黑龙快速进入屋内，黄金和安迎战在门口警戒。

"里面怎么样了？"帅克问。

"清场了！"安迎战说。

帅克点头："死守在这儿！"

"明确！"

这时，雷震和赵大力、方紫玉等人也快速过来。四个兵在门口建立好防线，不断与敌交火。外面的营地不断有爆炸声响起，烈焰映红了整个黑夜……

2

建筑物里，帅克一把拽过黑龙丢在一边。黑龙躺在地上，桀骜不驯地瞪着帅克："你们别想活着出去！"

"第一个死的人就是你！"帅克抬手就是一枪托，砸在他的下巴上，黑龙仰面栽倒。

"你以为我怕死吗？"黑龙吐出一口血。帅克从腰间拔出匕首，寒光一闪，抵在他的耳朵上。黑龙不敢动了："你……你们是解放军！中国人民解放军不虐待俘虏！"帅克盯着他低声说："听着，我接受的命令不是一定要活捉你！是带你的尸体或者你身体的一部分回去，做个DNA鉴定！"黑龙的脸色唰地变了，帅克接着寒声道，"我的战友们没有一个人会为你做证！他们只会告诉我的上级，你是在战斗中被打死的！不信你就试试看，我就带你一只耳朵回去！所以，给我老实点儿！轻举妄动，我第一个打死你！看好他！敢动就咬死他！"

AK龇着牙死死地盯着黑龙，喉咙里发出低沉的怒吼。

"有没有人受伤？"雷震走过来。林小鹿立正："检查过了，没有！"雷震点头："空中救援分队马上就到！翠鸟守好孩子，水牛去门口组织阻击！闪电跟我去上面，我们控制制高点，和航空分队保持联系！"赵大力摘下电台交给帅克："卫星台！和老鹰联系就靠他了！"帅克接过来："明白！"

3

丛林上空，黑色的直升机群超低空掠过，漆黑的夜幕让它们隐身在空中，只有螺旋桨卷起的飓风的声音。帅克和雷震低姿来到楼顶边上，下面的枪战一览无遗。帅克放下卫星台，把话筒交给雷震。雷震推开："你现在是指挥员，你来和他们联系。"说完拿过帅克的狙击步枪，转身依托瞄准准备射击。

"是！"帅克拿起话筒，"闪电呼叫猎隼，你们还有多久？完毕！"

机舱里，高山拿起通话器："猎隼收到，闪电，我们还有不到两分钟。完毕。"

"你们再快一点儿！我们这边捅马蜂窝了！完毕。"

"飞鲨没事吧？"是陈笑寒。帅克一愣，把话筒直接塞给雷震："找你的！"雷震接过来："我是飞鲨，请讲。完毕。"

"雷震！你给我活着！我马上去接你！"陈笑寒带着哭腔，雷震一愣。陈笑寒的眼泪流了下来："听见没有？你给我活着，我马上就到了！"

雷震的喉咙有些发硬，他很快调整好自己："飞鲨收到，战斗频道请保持战斗通话，完毕！"陈笑寒不说话，眼泪从目镜下滑落。高山看着她："保持冷静，我们马上到了，他不会有事的！"陈笑寒咬着嘴唇点头，她眨巴着眼，眼泪不再模糊她的视线。

丛林上空，直-8K机舱内红灯频闪，鹰眼抬手看表："一分钟战斗准备！"

哗啦！机舱里的子弹上膛声响成一片。

4

屋顶上，帅克和雷震占据高处，向下射击掩护。黄金和安迎战几个在门口顽强阻击，交替着变换射击位置，都是精准的点射。屋里，女兵们呈环形防御，死战到底，用身体护住孩子们。狙击阵地上，陈若曦拿着观测仪还在寻找，但只有一片苍茫的黑色群山，什么也看不见。

帅克趴在屋顶上，抬头看了看黑漆漆的一片夜空："猎隼！你们到了吗？完毕。"

"闪电，我们还有三十秒进入，请指示你们的位置！"

"是！"帅克从战术背心里拿出发烟罐，咻咻的白烟中，冲腾而起的红色烟幕在夜空中分外醒目。远处，空中传来直升机群的轰鸣声。高山坐在驾驶舱里："我看见红色烟雾了！飞行队注意，该我们上场表演了！完毕。"

营地上空，两架直10低空进入，陈笑寒冷静地按下按钮，挂在机翼上的空地导弹像离弦的箭，嗖地发射出去，营地上一阵惊天的爆炸和烈焰腾空而起。直-10的机炮射击后，弹壳在空中飞舞。地面上残肢飞起，整个营地像被铁锤砸过一般。机翼上，多管火箭弹密集射击，嗒嗒嗒，枪口喷出的烈焰在黑夜中跳跃着。

兵们在剧烈的爆炸中急忙卧倒，女兵们用身体压着孩子们，尘土和碎片纷纷落在她们的身上。门口，黄金吐出嘴里的土，抬头看着空中疯狂射击的直升机群骂道："我去！这个打法，是要爷爷的盒儿钱啊！"话音未落，又是一连串的爆炸，黄金顾不上骂，急忙卧倒，死死抱住脑袋……

黑夜里，爆炸掀起的泥土和硝烟把这一片营地笼罩在浓浓的烟雾中，到处都弥漫着战争过后的硝烟气息——整个世界都安静了。半空中，两架直-10悬停在空中警戒，两架直-8K低空过来，缓慢地降落在营地的开阔处。

"战斗准备！"鹰眼哗地打开机舱门，突击队员们全副武装，持枪在手，快速跳出机舱后展开战术防御队形搜索前行。林小鹿带着一群小女孩儿们掩护着从屋子里出来，沿着突击队员们搭设的安全通道快速登机。屋顶上，直升机群的螺旋桨卷起的飓风轰鸣着。

"猎隼，我和飞鲨到楼顶去！你派直升机在上面接我们！完毕！"帅克和雷震两人背起卫星台，快速向楼顶跑去。很快，营地上，两架直-8K收起舱门，迅速拔高，轻点机头飞走了。

楼顶，一架直-9在空中悬停，舱门大开。帅克和雷震跑过去，雷震一个踉跄，摔在地上，帅克跑过去急忙扶起来他："你怎么样？"雷震咬牙站起来："我没事！快走！"

一阵马达声轰鸣，直-9披着夜色超低空离开。

5

远处的山巅上，王悦可抵着瞄准镜，隐蔽在茂密的丛林里一动不动："干脆利索！真的是精锐部队啊！我们怎么办？"毒蝎拿着观测仪："不能让他们这么走掉！"王悦可抬头看他："什么意思？现在还能拦住他们吗？"

"那一架直-8K是运小孩的！"毒蝎说，"你学过的！打直升机油箱！迫降这架直-8K，我们的人就在附近！他们会下来营救的！"

"……我没把握啊！"王悦可嗫嚅着道，毒蝎的眼里有寒光闪过："我不想听你这种屁话！赶紧给我把那架直升机打下来！速度还没提起来，现在是最佳时机！射击！"

王悦可无奈地抱着狙击步枪，手指在颤抖。

"快射击，他们要提速了！"毒蝎低声怒吼。王悦可抵枪瞄准，手指在哆嗦，毒蝎吼道："你还等什么？这是你最后的机会！"

王悦可一咬牙，枪口微微一错，子弹擦着直-8K的机身过去，却击中了后面的直-10！

直-10的尾部冒着黑烟在空中疯狂地旋转——子弹击中了直10的发动机。高山坐在驾驶舱中："猎隼被击中了！猎隼被击中了！我们准备迫降！"

陈笑寒急促地呼吸着，继续操纵，直10在半空中失控地旋转着。

"怎么回事？是谁？"雷震和帅克趴在直-9机舱口，都惊呆了。

飞行员高声报告："是猎隼！他被击中了！马上要迫降！"

半空中，直-10旋转着往远处的丛林深谷处坠落下去。

"你怎么又打偏了？"毒蝎怒吼。王悦可目瞪口呆："我，我也没想到啊！我也没想到会这样啊！"

王悦可这次真不是故意的。

"我们撤！他们马上就会火力覆盖我们！枪不要了！快！"

王悦可丢掉狙击步枪，和毒蝎拼命狂奔而去。

"狙击步枪在左侧的山头，刚才我看见火光了！我们干掉他们！"

另一架直10掉转机头，机翼下的多管火箭弹密集发射，狙击阵地被一片弹雨覆盖，剧烈的爆炸掀起的烈焰在丛林里四处弥漫。

山谷里，直10失控地旋转着往下坠，高山紧紧把着操纵杆，直-10重重地撞击在地面上，高速旋转的螺旋桨被啪啪折断，机身侧滑出去，撞在谷底的岩石上停了下来，冒着滚滚浓烟。驾驶舱里，高山和陈笑寒的脸上都是血，两个人昏迷过去。

"放我在那边下去！我们要去救他们！"雷震解开腰上的安全带。

"飞鲨，等一下！"直-9机舱里，飞行员在报告，"老鹰，老鹰，猎隼坠落！重复一遍，猎隼坠落！"

指挥部里，江志成一愣，参谋们唰地站起来，看着头发花白的参谋长。

"老鹰，猎隼坠落！重复一遍，猎隼坠落！"电台里传来飞行员的报告声。江志成面色冷静，咽了一口唾沫："去看看，猎隼是否有生还可能！除了你和两架直-10去掩护救援，其余的直升机全部回来！"

"是！"直-9在空中掉转机头，往山谷方向急驰而去。

6

雷震心急如焚，从两侧舷窗看下去，直-10的残骸冒着滚滚浓烟。飞行员在呼叫："猎隼，猎隼！收到请回答！收到请回答！我们在你们上空！"

没有回音。

"猎隼！猎隼！收到请回答……"飞行员的眼泪都流了出来。

还是没有回音。

"快！放我下去！我去救他们！"雷震低吼。话音未落，机舱里响起一阵急促的警报声，飞行员脸色大变，急忙转向。瞬间，直-9在空中被剧烈的冲击波震得一阵颤抖。

"是防空导弹！"飞行员大吼。

山谷里，一个雇佣兵站起身，扛着防空导弹，嗖地发射出去，防空导弹拉着尾烟扑向了直-9，机舱里又是一阵急促的警报声。"妈的！还有一颗！"飞行员怒骂着再次操纵直升机，两架直-10逐渐靠近。防空导弹被吸引过去，两架直-10又瞬间分开，防空导弹紧咬住其中一架直-10。直-10一个眼镜蛇机动，抛出诱导，防空导弹被成功甩掉，撞击在诱导上凌空爆炸。

"我们必须离开这儿！"直-9飞行员驾驶直升机高速离开。

"下面的人怎么办？！"雷震青筋暴起。

"再不离开，我们都要被包饺子了！先离开这片空域！"飞行员怒吼。

雷震和帅克看着直升机越来越远。

"在安全的地方放我下去，我步行去救人！"

"别胡闹了！这里是任务区！"

"我们必须去救人！我们不能见死不救！"

"我理解你们的心情！他们是我们的战友，但是我们必须理智！他们未必还活着！"

"她是我老婆！"雷震怒吼，飞行员一愣，帅克也是一愣。

指挥部里，江志成看着大屏幕，心如刀绞，何亮也是心急如焚。这时，无线电响了："老鹰，飞鲨和闪电请求步行救援。完毕。"江志成按下通话键："不同意！现场太危险了！"

"放我自己下去！"雷震道。

"我也要下去！"帅克道。

"老鹰说了，不同意！"飞行员高喊，"雷震，你别以为只有你难过，我们朝夕相处，我更难过！但是命令就是命令，我不能放你们下去！我们不能再失去你们！"

"我要和老鹰对话！"

少顷，无线电接到突击队全体频道。

"老鹰，我是飞鲨。我请求放我下去，地面救援！完毕。"

"飞鲨，你清楚是什么状况吗？完毕。"江志成心如刀绞。

"清楚。完毕。"

"老鹰，闪电呼叫，请求与飞鲨一起地面救援！完毕。"帅克高声报告。

雷震看着他："你用不着下去！"

"你以为我会让你一个人去吗？"帅克道，雷震注视着他，他的眼神坚定，"要死死在一起！我不会让你一个人去的！"

其他机舱里，队员们都听呆了。江志成在沉思，片刻后道："飞鲨和闪电，告诉我，你们头脑是清醒的。完毕。"

"老鹰，飞鲨报告，头脑非常清醒。完毕。"

"老鹰，闪电报告，清楚下面状况。完毕。"

江志成注视着大屏幕上的直-10，久久不能作声。

"这是我一生当中最艰难的决定……"江志成痛苦地说。

"老鹰，这是我自己的选择，我们不能丢下任何一个同袍战友。完毕。"雷震看向帅克，"老鹰，我想好了，我自己去。完毕。"

"老鹰，我也一起去，这是我自己的决定。完毕。"帅克道。

时间一分一秒地过去，江志成的表情很痛苦："……我同意。"

7

夜晚的星光被遮挡住，到处都是一片漆黑，时而有野兽的号叫。丛林里，两个身影在密林里飞奔。山谷里，直-10的残骸冒着青烟。陈笑寒吐出一口血，逐渐苏醒过来，她摘掉飞行头盔，艰难地从机舱里爬出来，身上还挂着微型冲锋枪。高山也咳嗽着醒来，刚想起身，就是一声惨叫——他的腿卡住了，不停地在流血。陈笑寒爬过来，打开他的驾驶舱盖子："你怎么样？"

"我不行了，你快走……"高山吐着血。

"你说的不是屁话吗？！我拽你出来！"陈笑寒抓住高山一使劲儿，"啊——"高山的腿血肉模糊，他惨叫了一声，"我被卡住了，出不来了，你快走！"

"我不可能丢下你不管！"

"去给我老婆、孩子送个口信，说我爱他们！"高山喘着粗气说道。

"你自己去跟你老婆、孩子说！我想想办法！不要放弃，听着，你绝对不要放弃！"

高山忍着痛笑笑道："我不是放弃，我是履行使命！你快走，你没事，不要留着死两个人！"

"你现在还没有死呢！"陈笑寒哭着怒吼道。

"我是个活死人了，不要在这儿耽搁时间了！你快走，到边境还有几千米呢！你留在这儿无济于事，也救不了我！现在什么工具都没有，必须破拆，我才能出来！你理智点儿，陈笑寒！我命令你，你快走！"高山吼道。

"我不会听从你这个命令的！"陈笑寒哭得泪流满面。

"一定要死两个人吗？你为什么那么蠢呢？"高山无奈道，"陈笑寒，敌人马上就来了！你就算把我拽出去，我也根本走不动的！你拖着我，根本走不了多远！"

"我可以呼叫救援！"

"不会有救援的，你心里很清楚。"陈笑寒顿时语塞，高山继续说道，"听着，笑寒，我很骄傲，曾经与你一个机组。你是个出色的武装直升机飞行员，很遗憾，我不能再和你一起飞了。你回去，告诉我的爱人和我的儿子，她的丈夫、他的爸爸，是一个英雄。"

"我要你自己去对他们说！"陈笑寒哭着吼道，"我不会走的！"

"你必须走！和我死在一起不值得！"

"没有什么值得不值得！我们是战友，是同志，是兄弟！今天，我为你战斗到最后一滴血！来生，我们还是一个机组！"

"笑寒，我很感动，但是我不能让你留下。"

"你说了不算！我就守在这儿，战斗到最后一滴血！"陈笑寒拿起高山的微型冲锋枪上膛，"我们不能就那么死了，便宜他们这帮杂碎！我们要战斗到最后一滴血！同生共死！这是你教我的！"

高山看着她，突然脸色一变："那边有人！"

陈笑寒持枪回头，高山一把把她推了出去。陈笑寒措手不及，掉到直升机下面。轰！一声巨响，高山拉响了胸前的光荣弹。

陈笑寒愣住了："大队长……大队长——"

砰！子弹打在陈笑寒身旁的直-9上，陈笑寒急忙翻滚下去，手里的冲锋枪顶上膛。不远处，十几个雇佣兵持枪搜索过来。陈笑寒手里的冲锋枪"嗒嗒嗒"地吐着火舌，雇佣兵们急忙卧倒找掩护。这时，更多的雇佣兵围拢过来。陈笑寒拔出匕首，做好最后的死战。一个雇佣兵冲上来，陈笑寒握紧匕首，一刀插在他的咽喉处。这时，右边闪出一个人影，从后面死死抱住她，陈笑寒挣扎着摸向胸前的光荣弹，但双臂被紧紧地控制住。

陈笑寒被几个雇佣兵抬起来，徒劳地挣扎着。另外几个雇佣兵在直-10前搜索，陈笑寒绝望地挣扎着。突然，前面的草丛中冒出一个黑影，噗噗！手里的步枪一个急速射，另一个黑影也从草丛中闪身出来，都是短促的急速射，雇佣兵们中弹猝然倒地。

"雷震？你怎么过来的？"陈笑寒愣住了。雷震顾不上搭理她，抬手对着四周的尸体补射。解除危机后，雷震拉起陈笑寒："你受伤没有？"陈笑寒活动了活动："没有！"

"我们要赶紧离开这儿！"雷震看向帅克，帅克站在直升机残骸前愣着。雷震走过去："猎隼呢？"帅克看着里面，没说话。雷震爬上去，一看，愣住了，随即道："顾不上难过了，安装炸药，炸掉直升机，我们马上离开！"

三个人背上武器匆忙离开，陈笑寒回头看了看直升机残骸，咬咬牙，跟着雷震快速离开。

山巅上，毒蝎拿着观测仪在看："看来，他们想在天亮前出境。"王悦可说："也就三千米，他们都训练有素，一抬腿就过去了。"毒蝎冷笑道："哪儿那么容易？"说完，他带着王悦可跳上全地形车，迅速离去。

轰！直升机残骸剧烈的爆炸声响起，掀起的硝烟把这一片丛林笼罩在浓浓的烟雾中，整个山谷瞬间陷入一片火海。

8

野战机场上，直升机群轰鸣着陆续降落。机场边上，消防车、救护车正在待命，旁边站满了空降兵的持枪战士们。在他们身后，还有一个连的武警特战队员，也都是全副武装，唯一不同的是，他们都戴着面罩。直升机的螺旋桨缓缓下来，舱门打开，林小鹿第一个跳下来，获救的孩子们迅速被救护车拉走了。

这时，黑龙被押解到江志成面前，站在旁边的何亮眼睛一下子亮了。赵菲拿出脸部扫描仪，看着何亮郑重地点头，何亮挥挥手："带走！"四名武警特战队员上来，押着黑龙就上了待命已久的武警装甲车。

江志成转身注视着归来的队员们，浸染了他们衣服的血还没干透，迷彩的脸上都是硝烟的痕迹，但他们的眼神一直是锐利的。江志成久久地看着队员们的脸，眼睛湿润了，如鲠在喉说不出话来。方紫玉看着江志成："参谋长，我们要回去救他们！"

"不同意，天马上就亮了。"

"现在我们有四个战友搁置在敌后，我们不能见死不救啊！"赵大力急吼。

"你们看看什么时候了？！"江志成厉声呵斥，他的双眼中更透着一种说不出来的悲伤，"失去黑夜的掩护，谁都能看见我们的直升机！你们想搞出来大新闻吗？"

林小鹿流着眼泪说："参谋长同志，我们不能眼睁睁地看着自己的战友在敌后而不去救援！我相信，这不是您的想法！"

江志成闭上眼，老泪纵横，再睁开时，喉咙里发出微微发颤的声音："我们是军人！军人是为祖国解决麻烦的，不是去找麻烦的！天马上就亮了，你们不能再越过红线！要相信雷震和帅克，你们都很了解他们！他们会有办法脱离险境的，现在，你们需要休息……"

"我们不能休息！我们的战友还在危险中，我们休息不了！"

"这是我的命令！"江志成怒吼，"你们现在去休息，枪不回收，补充弹药，随时准备出发，去接应他们！"

林小鹿一听，眼睛一亮。

江志成看着他们："你们都是人精，我再强调一下！在我没有下命令以前，都给我老实待着！没有命令，一个人也不许越过红线！"

队员们无声哽咽着，这时，AK突然站起来，嗖地冲出去了，转眼就消失在黑暗中。黄金看着苦笑道："一个人也不许越过红线……现在好了，越过去的是一条狗。"

9

　　清晨，朝阳逐渐在群山之间升起，不时有清脆的鸟叫声传来。晨雾中，三个人在山林间急速穿行。帅克担任尖兵，陈笑寒居中，雷震断后。突然，帅克唰地蹲下，雷震忍着剧痛迅速隐蔽："有什么异常吗？"帅克眼神锐利，观察着四周："没有，太安静了。"

　　"不出点儿事，你们是不是就不踏实啊？"陈笑寒蹲在旁边道。帅克摇头道："安静得不对头！我们昨晚打了好几仗，天亮了却一点儿声音都没有，这不正常。"雷震点头道："他们不会善罢甘休的。我们不能走这条路了，换路！"陈笑寒起身道："我们不是马上就到红线了吗？前面还有一千米不到！"雷震挂着步枪艰难起身道："再短也得有命走过去！没了命，就什么都没了。"陈笑寒看着他："你的腿怎么了？"雷震背上步枪："没事，一会儿就好了。我们走，跟上他。"

　　三人掉转方向，继续前行。

　　前方不远处，伪装极好的雇佣兵们据枪等待着。再远一点儿，王悦可抱着狙击步枪在瞄准，毒蝎拿着观测仪，笑了笑道："果然很狡猾，他们的直觉相当准。"

　　王悦可没说话，她慢慢移动着枪口，她的枪滑过一个在林间狂奔的人的脸时，突然停住了。枪口迅速移动回去，是一个穿着丛林迷彩，脸上也涂着油彩的士兵，王悦可的呼吸几乎都停止了——没有语言可以表达她现在的感觉，只能说在一瞬间就呆滞了，因为那张脸对她来说太熟悉了！在一刹那，她的脑子里什么都没有，只有一片空白。眼泪模糊了她的视线，她曾是那么那么想他，但她没想到的是，命运竟然会以这种残忍的方式让他们重逢……

第二十六章

1

"我的老朋友，果然是你！"毒蝎凑在观测仪前，冷声说道，"不能让他们这么走掉，黏住他们！开枪，走在最后的那个！那就是雷震！那就是飞鲨！就是我想要的人！"

王悦可还没回过神儿来，毒蝎怒吼道："你还在等什么？开枪！"

王悦可抵着瞄准镜，咬牙扣动扳机，砰！一颗子弹打在帅克旁边的树上，帅克一个前扑卧倒："接敌！"陈笑寒和雷震也迅速卧倒，隐蔽在灌木丛里。

"你在搞什么？"毒蝎诧异地看着她，怒吼道，"你知道不知道我让你打的是哪个？知不知道？！"王悦可心虚地嗫嚅道："我，我没打准……"毒蝎怒吼道："他妈的！乱套了——黏住他们！"

这时，在四周潜伏着的雇佣兵们举枪跳起来，叫嚷着冲了过去。帅克起身，跪姿持枪射击，双方枪战，火力差距很明显。

"不能在这儿打！往后撤！把他们的队伍引进林子里去！"雷震高声喊。三个人边射击边往后跑，雇佣兵们不断倒下，但依旧紧咬不放。

狙击阵地上，毒蝎怒视着王悦可道："你他妈到底在干什么？"王悦可流着眼泪，声音颤抖着："我，我……我没办法对他开枪！"毒蝎愣了："你认识雷震？"

"我不认识什么雷震！我是说……帅克！我男朋友！他就是帅克！"王悦可泣不成声。

"他妈的！这都什么跟什么啊！"

王悦可哭出声来："我做不到！我真的做不到！"毒蝎拔出手枪上膛，顶住她的脑门儿："你坏了我的大事知不知道？！本来刚才一枪就能解决的问题，为了这一枪，我等了起码五年！五年！就因为你走神儿，我不知道还要等多久！"

王悦可闭着眼睛，眼泪不停地往下流着："你杀了我吧！我做不到，我真的做不到！"毒蝎的手在颤抖："你知道我现在就可以一枪崩了你吗？"王悦可哭着点头：
"我知道，我努力过了，但是我无能为力！你杀了我吧……"

"杀了你也挽回不了我的损失！"毒蝎咬牙收回枪，"你这条命我暂且记下来！
我他妈现在没时间跟你计较，听着，如果你想活命，就不要再起幺蛾子！我不想杀你
的男朋友，我要的是雷震！你男朋友的死活与我无关！你不要拎不清楚，否则，我把
你们一起杀掉！"

"你不杀了我吗？"王悦可哭着说。

"你明明知道我对你的感情超过了教官和学生！"毒蝎血红着眼睛低声怒吼，"我
暂且留下你的性命，我刚才说的也是真的！"

"求求你，留帅克一条命好吗？"王悦可哀求着道。

"能不能留下他的命，要看运气了！但在我的主观上，我不会主动杀掉他！听着，
我要的是雷震！是雷震！你懂吗？这已经是我和他的个人恩怨了！给我干掉雷震，如
果你那个帅克走运的话，我可以放他一条生路！把你的武器拿起来，我他妈不想看见
你哭哭啼啼的样子！母狼，给我干掉雷震！"

王悦可哭着点头，又拿起狙击步枪。

2

丛林里氤氲着淡淡的薄雾，鸟儿啁啾着飞过树林。帅克喝了一口芭蕉叶上的露水，
润了一下喉咙："我们得和老鹰联系下了。"帅克取下电台，上面散乱着几个弹洞，
"……飞鲨，我们和指挥部失去联系了。"

"打坏了，一会儿炸掉吧。"雷震看着他，"特种部队在敌后要习惯和指挥部失
去联系。就在这儿补充下吧，吃口干粮。"

陈笑寒早就累坏了，一屁股坐下来："我还真没这么在山里玩儿命跑过，以前都
是在天上看你们跑！没想到千里之行真的是始于足下，这脚都要走废了。"雷震摘下
背囊坐下："飞行员是天之骄子，当然不像我们天天钻山沟了。"帅克走到一边去：
"我去放哨，你们吃。"

雷震从背囊找出干粮，陈笑寒笑着接过来："你吃什么？"雷震笑笑道："我不
爱吃干粮，一会儿抓条蛇什么的，吃点儿野味。"陈笑寒苦笑道："真的是一点儿也
没变啊！再也没有人比我更了解你了。"

陈笑寒塞了一口干粮，看看远处放哨的帅克："你的这个学生还真不错啊！找到
新的掌门人了？"雷震笑笑道："他还嫩，得再练练！"陈笑寒收起笑容："你还是
不想离开雷神。"雷震想了想，道："也快了。"陈笑寒一愣："你想通了？"

"早就想通了！你也知道，他会是新的掌门人。等到他成长起来，也是我该转岗的时候了，我也得为自己考虑考虑了。"

"你还会为自己考虑考虑？"陈笑寒挤对道。

"当然啊，虽然你叫我野人，但我不真的是野人啊！我也要考虑考虑今后的生活。"腿又开始钻心地疼了，雷震抚摸着腿，"我的这条腿已经献给了军队，我其实早就可以为自己考虑了，但我只是放心不下雷神突击队。现在我快放下心了，应该转岗，应该有自己的家庭生活了。"

陈笑寒有点儿尴尬，明知故问："什么家庭生活？"雷震看着她："这得问你啊，有没有家庭生活，还不是你说了算？"

"我？"陈笑寒脸上泛起红晕，往日的柔情岁月在她的眼中浮现，她尴尬地低头继续吃，"你问我干什么？你雷震也是大名鼎鼎的空军战斗英雄，爱慕者云集！还有我什么事儿啊？"

雷震看她，眼睛里闪烁着异样的光："我想和你好好谈谈，但现在不是时候。我们还在敌后，等到回去，我约你吃饭……"

突然，帅克唰地蹲下，雷震一把抓起武器，陈笑寒也丢掉干粮寻找隐蔽。

"怎么了？"雷震低声问。

"有动静。"

"是什么？"

"狗！"

话音未落，一个黑色的身影噌地扑咬过来，帅克一低头，黑影从半空中跃了过去。一只黑色的罗威纳犬龇着牙，冲着帅克又过去了。帅克反手拔出腰间的匕首在空中划过，一阵血腥味四散开来，罗威纳犬的脖子被割断，摔在地上直喷血。陈笑寒大惊："他们居然带了狗？"

远处，一阵犬吠声此起彼伏。帅克起身看去，五六条黑色的罗威纳犬正狂奔而来，后面的雇佣兵们紧随其后。

"走走走！好多狗！"帅克起身就跑，路过被打坏的电台，他拿出一个手雷，拔出保险栓，放在地上压好，转身就玩儿命地跑。几条罗威纳犬扑过来，刚刚碰到电台，就是一声巨响，灌木丛上到处都挂满了鲜血与肢体残片，更有几片碎肉在上面随风飘荡，还没有散尽的硝烟中散发着一股股令人作呕的味道。边上，剩下的几条狗疯狂地吠叫着。

三个人在山林里狂奔，远远的狗叫声清晰可辨。帅克停住脚步："你们先走，我来阻击他们！"雷震低吼："别瞎胡闹！现在不是胡闹的时候！谁留下谁没命！"

"我有办法，你们快走！我引开他们，我们在B101点会合！"帅克低吼，"快走，来不及解释了！"

雷震看着他，声音有些颤抖："你要答应我，一定要来跟我们会合，我在 B101 点等你！不见不散！"

帅克点头，雷震带着陈笑寒往另一边跑去。帅克看着他们跑远了一些后，就摘下消音器装好，抬手开了一枪，雇佣兵们叫嚷着追了过来。

3

临时指挥部里，江志成看着墙上挂着的大屏幕地图，在沉思。一名参谋走过来，神情严肃："参谋长，我们呼叫不到闪电和飞鲨，和他们失去联系了，卫星台完全没有信号。"

江志成点点头，眉头紧锁："他们丢掉了卫星台，或者被打坏了。他们有遇到这种突发情况的预备方案，会在 B101 点会合待援——但问题在于，我们不能在白天过去。"

"我们派人悄悄过去呢？"参谋说。

江志成沉默了，他的眼神瞬间变得有些苍老，但是锐利却从不曾消失："光天化日，保不了密啊。而且现在也不知道他们到底在哪儿，派人过去，再被缠住了，麻烦可就大了。"

"他们能顶到天黑吗？"参谋忧心忡忡。

"不知道，我们现在只能等待。"江志成抬头看着，"哎，何处长去哪儿了？"

赵菲在那边起身道："报告！参谋长，何处长说他要去办点儿事，没说去哪儿，自己开车走的。"江志成脸色一沉："一天到晚神神道道的，这时候去办什么事？我的人因为他的任务被搁置敌后，现在正是需要他的时候！"

"是。"赵菲坐下，不敢再说话。

4

山林僻静处，何亮靠在一辆挂着民用车牌的吉普车前在等待。李强不远不近地站在一边，目光警觉，手自然地放在腰间，打开保险的手枪随时可以拔出来。这时，一辆国外军用吉普开来，一个身材魁梧的少将走下车，双手合十："尊敬的何先生，好久没见了啊！"两个卫兵也跳下车，和李强隔着不远，都是虎视眈眈。

何亮走上前，伸出右手："好久不见了，察猜将军。"

"不知道这么着急约见我，有何贵干？"

"我们直奔主题吧。我知道你们军事侦探部忙得不可开交，昨天晚上没睡好吧？"何亮明知故问。察猜笑道："您说呢？"

"这个事儿我们会对你们有个交代。"

"为什么不事先打个招呼？我们是朋友，如果你们想要捣毁那个地方，我们的特种部队可以去动手，何必那么费周折呢？"

"将军，恕我直言。我们和你们沟通、筹划联合行动的话，计划只怕还没到你的桌子上，可能就已经被泄露出去了，这一点，我想你我都心知肚明。"何亮轻笑道，"保密在你的司令部是一件很奢侈的事情。而且你们的政府，那些腐败的官员，你比我更了解，压根儿不会批准针对 K2 的任何行动，不是吗？"

察猜笑笑道："我不否认，但这次面子上我确实不太好下台，你让我怎么说？"

"我说了，我们会给你们一个满意的交代。这种上不得台面的事，不要那么着急跟外人谈。现在我找你来是有个麻烦需要你帮忙——我们有人落在后面了。"

"不是都飞回去了吗？"

"没有，那架武装直升机的残骸你没找到吗？"

"找到了，炸成了碎片，什么有价值的东西都没有，还有人体的碎片。"

"人体的碎片？飞行员的？！"何亮一脸惊愕。

"应该是，炸得粉身碎骨。我没猜错的话，是自己拉了光荣弹，这是你们中国军人的传统。"何亮听了很难过，一股热血和豪情瞬间涌上他的头顶，察猜继续说，"不过，我们的法医拼凑了一下，只有一个人的残肢，按说有两个飞行员。"

"这么说，还有一个飞行员仍旧活着？"何亮惊喜地问。

"应该是，而且现场有战斗的痕迹，还有不明武装分子的尸体，有七具。"

"幸存的飞行员不可能连杀七个人。"何亮抑制住激动。

"是！"察猜点头，"所以我以为是有人派了战术救援突击队，在那儿把幸存的飞行员救走了，离开的时候炸毁了武装直升机的残骸。我是真的以为已经都飞回去了。怎么？出问题了吗？"

"出了点儿细节上的问题。他们还没回来，还在山里，我想他们还在被你说的那些不明武装分子追杀。我需要你的帮助，帮我救出他们来。"何亮诚恳地说。

察猜意味深长地笑笑道："你知道，这对你对我都是个麻烦。"何亮知道他的意思，颔首道："你的人可靠吗？"察猜回头看看不远处的两名卫兵："绝对可靠，都是跟我十年以上的，还有血缘关系。"

"告诉我，你不会吃了东家吃西家。"何亮眼神锐利。

"我还没有那么愚蠢！收了 K2 的钱，我也得看看我有没有命花吧？"察猜笑道，"他们确实派人联系过我，出了大价钱，我收了。但是我不打算帮他们办事，你看我的这个办法可以吗？"

"如果将军跟我说假话，你知道，我是有办法对付你的！"

"放心，我知道孰轻孰重。"

何亮拿过车头上的手提箱，打开。察猜笑着点头，伸手过去，何亮啪地关上箱子："我们的人要活着回来，这件事也永远不要再提。"

"你们打了 K2 的营地，对我有什么坏处？算是帮了我的大忙，K2 在我的辖区有这么个武装营地，一直是我的心腹大患。我想打很久了，但是他们无孔不入，你也了解我们的政府。放心，我安排最贴心的特种部队指挥官去办这件事。但有件事我要说明白，他们现在不在我的手里，我不能保证他们现在的生死。"察猜接过手提箱，"对了，我有东西要移交给你。"

察猜挥挥手，一个卫兵打开车门，取出一个密封好的铁盒子——何亮的眼睛湿润了，脸上的肌肉又抽搐了一下。

察猜双手捧过盒子交给何亮："我也是军人，我钦佩勇敢的军人，请带去我对他家人的问候。"

何亮抚摸着铁盒子，眼里有泪花在闪动："谢谢将军。"

"你知道跟他们联系的密语吗？他们怎么才能信任我的人？"察猜问。

"我现在也不知道……我会再联系你的。"何亮双手捧着盒子，眼泪忍不住流了下来。也许正是看过太多的生离死别，他的嗓音带着些许嘶哑——而面前这个轻飘飘的盒子，却是他觉得最沉重的。

何亮心潮涌动，但在这个特殊的时刻，却又被自己强制压了下去。

5

山地上，帅克在晨雾中一路狂奔，一个急刹停住脚，石头哗啦啦地往下掉——前面已经没有路了，悬崖深不可测。帅克喘着粗气，后面不断有追兵和犬吠声追来……

不一会儿，晨雾里，雇佣兵们站在悬崖边上四处寻找："会不会跳下去了？"

悬崖下面，帅克青筋暴起，双臂紧紧抓着上面凸起的岩石。

"他们不傻，现在还没到绝路上，他们不会自杀。再说，依照他们的表现，临死也得跟我们打一场。不打光最后一颗子弹，他们不会罢休的。继续找！"罗威纳犬站在悬崖边上，冲着下面一阵狂吠，雇佣兵们四处寻找着，罗威纳犬被一下子拽走了。

过了许久，帅克咬牙爬上来，一下子瘫在地上，大口地喘着粗气。手上的手套已经被磨破了，手指不断地渗着血。帅克喘息着正准备起身，突然，一声狗叫，帅克立刻持枪瞄准。瞄准镜里，一只黑色的大狗从远处影影绰绰狂奔而来，突然，帅克愣住了——AK冲过来，一下子扑进他的怀里。

"你怎么跑到这儿来了？"帅克笑着抱住AK，"走，我们去杀掉那些坏蛋！"

6

山地上，毒蝎默默地走着，王悦可追上来："你不是说给帅克一条生路吗？"毒蝎没停，继续走着："我也说过，这是战争。我不会主动杀他，但是他最好不要跟雷震卷在一起！"

"炸弹一炸，玉石俱焚！"

"那就要看他的运气了。母狼，我对你已经有足够的耐心！我希望你不要继续挑战我的耐心！"

扑通！王悦可突然跪下道："Boss，我真的没有求过你什么事，这是我第一次求你，也会是最后一次。"

毒蝎不说话，王悦可哭着道："我……我真的很爱他，我也没想到他会来……"

"你曾经跟我说过，如果真的需要杀掉他，你不会犹豫。"

"我以为我不会……可是当我真的看到他，我的心……我的心都碎了……我不能，我真的下不去手……Boss，你让我杀谁都可以，你让我干什么都可以！我以后什么都听你的，求求你！"王悦可流着眼泪说。毒蝎停住脚步看着她："母狼，你真的太让我失望了！"

"你没年轻过吗？你没有过最爱的人吗？我知道，我现在不配说爱他，但是……我没办法不去爱他……"

"走吧，我还有事要做。"

王悦可扑过去抱住毒蝎的腿："我求求你了！"

毒蝎深吸一口气："你说的，我会考虑的。"

"真的？"

"虽然这是一个充满谎言的行业，但你知道，到现在为止，我还没欺骗过你。"毒蝎扶起王悦可，"走吧，我想想办法，看看怎么把他们调开。"

"谢谢！谢谢！"王悦可欣喜若狂，急忙起身，擦擦眼泪跟上去了。

7

丛林里，一座废弃的东南亚古庙在密林里影影绰绰，雷震走到一座破佛像雕塑前："B101就是这儿。"陈笑寒看看前面："那片开阔地是准备停直升机的吗？"

"对，这是计划中的备用撤离地点。"雷震解开背囊坐下。陈笑寒担心地问："帅克他……不会有事吧？你也担心他了？"雷震看着远方："说实话，怎么可能不担心？他一个人还不知道什么情况呢。这个地方的社情、军情、民情复杂，他不光要被 K2 的人追杀，政府军、地方武装、毒枭集团、部族民兵，哪个都不是吃素的。"

"我们在这儿等到天黑吗？"

"还不知道能不能等到天黑呢！我们也在危险当中。"

"我只有一把手枪了，你的弹药也不多了吧？"

雷震点头，陈笑寒苦涩地笑笑道："这里不会是我们的宿命吧？"

"别说这种话，我们一定会回去的。"雷震的口气很和缓，却不容置疑。

"如果我们回不去呢？"陈笑寒眼神悠悠地看着他。

"那就只有死在一起了。"

"你有什么话想对我交代的吗？"陈笑寒流着眼泪，笑着看着雷震，雷震也看着她。

"我一直爱着你。"

陈笑寒不说话，眼泪哗哗地往下流着。雷震回过头道："我知道，一直都是我的错。经过了这些年，我也冷静下来了。虽说是江山易改，禀性难移，但是我会努力克制自己。你我的个性都太强，以前我没意识到，其实你也是个女人，也需要哄，我却总是一意孤行。如果我们能活着回去……"

"我们一定能活着回去！"陈笑寒笑着说，眼睛里燃烧着柔情的火焰。突然，一阵枪响，雷震一把抱住陈笑寒，扑倒在地上——子弹擦着他们飞了过去。雷震顺手抄起步枪，把陈笑寒压在身下，观察着前方。

芦苇草中，雇佣兵们排成散兵队形，持枪前进。雷震检查着自己的弹药："你还有多少子弹？"陈笑寒卸掉弹匣："还有五发！"

"我这只有一个半弹匣了！"

"看来我们要死在这儿了？"

"还没那么容易！"

一阵密集的弹雨射过来，雷震在弹雨中死死压在陈笑寒的身上，一动不动。枪声停止，雷震刚想起身射击，有人在喊话。

"雷震！飞鲨！你们没有出路了！"

陈笑寒一愣："他们知道你是谁？"

"看来是冲我来的。"雷震神色冷峻。

"雷震！我们追你追得好苦啊！现在终于把你抓住了！你们没弹药了！你们带的弹药是有限的，一夜的遭遇战用得也差不多了！我知道你脖子上有光荣弹，你的人也不怕死！我的人也不怕死，但我还是想和你谈一谈！"

雷震不吭声，握紧武器。

"我们采取一个伤亡最小的方式结束这次战争，你意下如何？"

"你们想干什么？有话就说，有屁就放！"

"你终于说话了！雷震，其实我们想要的人只是你！你出来，跟我们走！其余的人，我们会放他们一条生路！打到现在，我敬佩你是条汉子，是个真正的职业军人！再打下去，我们还会死不少人，但是你们三个人全都得死！你觉得合算吗？"

"少跟我说这些废话！我们不止三个人！我们的救援队已经在路上，马上就到了！你们知道和国家战争机器对抗的后果吗？"

"我们都是行家，你说的救援队根本没有出发！少唬我了，现在是你陷入绝境！我是给你的人一次活命的机会，如果你不想要这个机会，那就打！"

"你来试试就知道我说的是不是真的！"

"你真的想大家都死那么多人吗？"

"既然你知道我的名字，就应该知道，我是绝对不可能投降的！你想打就打，少跟我废话！"

"我知道你很厉害，但我也不是吃素的！现在我占尽优势，我如果要打，你们也绝对逃不掉！无非是我多死几个人罢了！你呢？你的两个部下就全完蛋了！都是因为你的固执，值得吗？你出来，跟我们走，我们放过你的部下！你是个真正的男人，是个英雄，我相信，你宁愿牺牲自己也不愿意牺牲部下！"领头的雇佣兵一边喊着一边打着手语，两组雇佣兵悄无声息地朝两翼包抄过去。

"你别信他的鬼话！"陈笑寒说。

雷震没说话，在思索，黑暗的光线中，他的眼神锐利而明亮，带着一种无法被黑暗吞噬的锋利。

8

临时指挥部里，江志成在思索："你确定你的那个关系可靠吗？"何亮走过来："这种人，行走江湖，充当双面、三面甚至四面间谍都不足为奇！但是他会审时度势，知道哪一方是真正招惹不起的。我想，在这件事上，他还不敢跟我玩虚的。毕竟，他也了解我们。"

"你的意思是？"

"给他一个密语，也就是你和雷震的联络暗号，让雷震知道，有人在暗中帮他们。"

"你可知道，这要是个圈套，我们都会是害死雷震的凶手！"江志成看着何亮，声音低沉。

"这不是死马当活马医，我也不是新手菜鸟。"

"你确定你能掌控那个将军？"何亮笑而不语，江志成明白了，"行，不问了。我和雷震之间，有个特殊的联络暗号……"

9

丛林里，两组雇佣兵从左右两翼朝雷震包抄过去。远处的山坡上，一个披着吉利服的狙击手在瞄准："豹王，黑豹发现目标，是否射击？完毕。"

"黑豹，帮他们脱身，注意不要暴露自己。完毕。"

"黑豹收到。完毕。"狙击手稳稳持枪，果断地扣动扳机。砰！子弹旋转着钻入领头的雇佣兵的脑袋里，红白相间的血和脑浆顿时四处飞溅。没人知道子弹是从哪儿打来的，雇佣兵们胡乱地继续往前追杀……

雷震不断射击，计算着有限的弹药。突然，斜刺里扑过来一只巨大的罗威纳犬，张开血盆大口，陈笑寒死死地撑住狗头。雷震在那边射击，顾不上回头。几乎在同一瞬间，斜刺里又冲出一个黑影，AK 一口咬住罗威纳犬的后脖颈子，陈笑寒惊魂未定地坐起来。帅克闪身挡在她的面前，对敌射击："去和飞鲨会合！"陈笑寒爬起身，捡起地上的武器，一边射击一边冲过去。三个人边打边撤，但仍然陷于雇佣兵们的重重包围中。

砰！又是一声枪响！又一名雇佣兵后脑中弹，猝然倒地。

"子弹从后面来的！他们有支……"一名雇佣兵大吼着，话未说完，一颗子弹打在他的脑门儿上，雇佣兵们顿时乱了阵脚。

"有人在帮我们？"雷震看向那边。

"是救援队吗？"陈笑寒问。

"他们不会白天来的！"雷震摇头道。

雇佣兵们不断中弹，都是精确的点射爆头，雇佣兵们惊魂未定，谁都不敢冒头。三个人趁乱冲出重围，往深山方向奔去。

"豹王，黑豹报告，他们进山了。完毕。"

"撤，不要留下痕迹。完毕。"

"是！"狙击手和观察手收拾好周围的弹壳，悄然起身，抱着狙击步枪快速离去。

10

临时指挥部里，何亮放下手里的电话，松了一口气："发现他们了！"

江志成闭上眼睛，一滴老泪流出来，声音颤抖着问："在哪儿？"

"B101，他们有遭遇战，我的关系帮了忙，派了狙击手。雷震、帅克、陈笑寒，他们都还活着！"

江志成笑道："谢谢你，何亮！"

"职责所在，他们现在还没脱困，但是已经确定安全了！"

"对方的特种部队能救援他们吗？"江志成问。何亮有些为难道："上不得台面的事，只能暗中帮忙。"江志成明白了，转身命令道："我们的人到红线内侧，随时待命！只要他们进入红线一千米以内，那我就管不了那么多了！命令，救援队立即出发！"

丛林上空，直升机群超低空掠过。机舱里，队员们抱着武器，个个都是目光坚毅。

11

山林里，毒蝎拿着卫星电话在发呆。王悦可看着他："怎么了？"毒蝎挂了卫星电话："他妈的！有狙击小组在帮他们！"

"谁啊？"王悦可问，"会不会是中国空降兵部队的救援队？"

毒蝎纳闷儿地想了想，摇头道："不会，这不是他们的作风！"

"这个地方还有第三股武装力量吗？"

"察猜！"毒蝎猛地醒悟过来，"这个老狗日的！吃里爬外的老狐狸！他收了我的钱，不办我的事！我中计了！"

"察猜是谁？"

"政府军在这儿的军事侦探部司令官，他手底下有一支从三角洲训练出来的特种部队！我们刚才见到的就是，肯定是察猜的人！我们赶快离开这儿！"

"出什么问题了？"王悦可匆忙收拾着行囊。

"察猜既然对我的人动了手，他不会放过我们的！快离开这儿！"毒蝎把卫星电话随手一丢，"快走！察猜知道这个电话号码，能定位我们！快离开这儿！"

话音未落，空中一声呼啸，两架涂着野战迷彩的F-16战斗机从空中掠过，毒蝎大惊失色："是来炸我们的！快跑！"

王悦可跟着毒蝎大步狂奔。

F-16 的机翼下，四枚反辐射导弹嗖嗖地发射出去。山上，毒蝎和王悦可没命地在飞奔。轰！轰！一阵地动山摇的爆炸响起，毒蝎和王悦可被冲击波掀飞，重重地落在丛林里。紧接着，爆炸四起，烈焰淹没了大半个丛林……

12

湖边，察猎放下鱼竿，拿起卫星电话拨出去："黑夜给了我黑色的眼睛。"何亮笑了，道："我却用它来寻找光明。"

指挥部里，何亮笑着松了一口气："我们的终极目标被干掉了！"

江志成追问："怎么干掉的？"

"导弹，追着卫星电话信号去的。"

"尸体见到了吗？"

"炸成那样，还能有什么尸体？"

"何处长，我知道，你追踪终极目标多年，现在好像有了结果，你很高兴。但是在没有见到尸体以前，我们还不能掉以轻心。"江志成面色严肃，何亮稳定自己："参谋长，你说得对，我刚才有点儿失态，太高兴了！"

"当务之急，还是把我们的人救出来。"

"是，我马上继续安排！"何亮转身出去了。

13

山林里，丛林还在燃烧，空气中飘散着呛人的硝烟。毒蝎从浮土中探出脑袋，耳朵震得嗡嗡响，什么都听不清了。他蹒跚地站起身，跌跌撞撞往前走了几步。此时，王悦可趴在离他不远的地上，半个身子被泥土和残枝败叶掩埋。毒蝎跌跌撞撞地跑过去，拽出王悦可。王悦可剧烈地咳嗽着，血和着浮土变成血泥一下子喷了出来，她缓缓道："我们完了……毒蝎……我们真的完了……"

"听着！我们还没有完！我现在知道他们要逃到哪里去，一定是到那个临时码头！政府军特种部队给他们放了水，会给他们提供一条船！我们要赶过去，在河边干掉他们！我们还有武器，我们还能战斗！至于察猎，老子一定要亲手宰了他！"毒蝎怒吼着，山谷当中都带着回响。

14

河边，河水哗啦啦地流过，太阳照射的河面上，飘浮着一层氤氲的雾气。帅克持枪，警觉地走在前面。AK突然站住，趴下了。帅克急忙蹲下，拿出折叠望远镜看过去——前面的临时码头，一排军用橡皮艇挂着马达，岸边的两个政府军特种部队士兵正在喝啤酒吃烧烤。

雷震和陈笑寒匍匐过来。帅克把望远镜递给雷震："看样子那是政府军的人，就是不知道什么时候他们在这儿准备了船。"雷震拿着望远镜观察着："我们不能从这儿走了。"

"如果我们搞到一条船，很容易就回去了。"帅克说。

陈笑寒指着前面："河的对面就是红线吗？"

雷震点头道："是，但是我们不能和政府军发生冲突，更不能杀他们的人，这个后果我们承担不起。最重要的是，我们没办法确定他们周围还有没有部队，如果是大部队，我们就是自投罗网。"

"我们过去摸哨，不杀他们，只是为抢一条船，上了就走，过了河就到家了。"帅克说。

"是啊，我刚才也这么想过。"雷震思索着，"问题在于，如果这是个陷阱呢？我们想过河，这儿就有船，就跟瞌睡了送枕头一样。太顺了！"

帅克想了想："我们是不是观察一下，看看他们是不是有什么动静？如果没有动静，我们就想办法搞船。"

一行人悄声向上面的山坡的制高点跑去。

第二十七章

1

码头上，两个士兵还在喝着啤酒，都是醉醺醺的。帅克趴在山坡上在观察。

"没发现别的部队吗？"雷震低声问。AK卧在帅克身边，哈着舌头。帅克摇头："AK也没反应，它的感觉是最敏锐的。"

"那两个兵都喝醉了，我们下去分分钟撂倒他们！"陈笑寒说。雷震一把拉住她："我们不能跟他们交火，得想个办法引开他们。"

帅克没说话，一直在思索："其实我觉得……他们好像是故意的。"

"什么意思？"雷震问。

"飞鲨，你不觉得他们好像在等我们吗？"

"给我们设的局吗？"雷震看向码头，"但埋伏在哪里呢？你刚才还说AK的嗅觉是最灵敏的！"

帅克想了想："也许根本没有埋伏呢？"

河边，两个政府兵喝得醉醺醺地站起身，从旁边拿出三面红色小旗，插在地上。雷震趴在山坡上，眼睛一亮，继续观察。只见两个士兵喝嗨了，拿着啤酒瓶，摇摇晃晃地走到汽油桶边上，手里的棍子有节奏地打着拍子，嘻嘻哈哈互相打闹着。雷震侧耳仔细地听着，良久，他一脸兴奋地站起身："走吧，我们下去！这是老团长和我的联络暗号，不会有错的！"陈笑寒有些犹豫："可他们……是政府军啊！"雷震提起枪："你忘了三局是干什么的了？走！绝对没问题！"

码头上，两个拿着啤酒瓶的兵还在摇摇晃晃地对饮。雷震一行人持枪低姿跑过去，喝醉酒的连个兵歪歪斜斜地半躺在河边，响起轻微的呼噜声。

"走！"雷震挥手，三个人和一条狗快速穿越过去，跳上橡皮艇，帅克发动马达，橡皮艇向着河对面疾驰而去，AK站在船头迎风而立。

河对岸，潜伏在树林里的林小鹿放下望远镜，激动地快要哭了："他们过来了！他们过来了！"方紫玉挥手："快！打信号弹！"黄金忙不迭地掏出信号枪，嗵！一颗红色信号弹嗖地发射出去，在空中绽开。陈笑寒抬头看着渐亮的红色信号，又看看雷震："……我们回家了！"

　　橡皮艇在河面上急驰，突然，子弹嗒嗒地射击在水里，三人急忙低下身子。雷震持枪回头看去："他们在步枪射程以外！"陈笑寒焦急地说："他们是机枪！我们现在就是活靶子！"话音未落，飓风四起，两架直10突然从树林后方升腾起来，径直飞了过去。

　　直10在水面上超低空掠过，螺旋桨卷起的飓风打起无数水花。山坡上，毒蝎拿着望远镜大惊失色。王悦可抱着狙击步枪，嘴角带着笑。阵地上，机枪手们四散奔逃，直10低空悬停，机翼下的机炮嗒嗒地响着，整个机枪阵地瞬间被爆炸覆盖了……

　　橡皮艇向岸边高速驶来，刚靠岸AK一跃率先跳下去，雷震一行人迅速跑过警戒线。林小鹿快步迎上来，眼泪夺眶而出。

　　"我回来了！"帅克笑着看她，迷彩大脸上露出雪白的牙齿。林小鹿说不出话来，眼泪吧嗒吧嗒地直往下流。雷震拄着树枝，一个趔趄，陈笑寒冲过来扶住他："你怎么样？"雷震笑笑道："我没事！赶快离开这儿！这里还不是安全区！"队员们持枪警戒着后撤。

　　丛林上空，三架直升机高速掠过，毒蝎脸色铁青地带着残余的雇佣兵匆匆逃了。

2

　　野战机场上，机群林立，鲜红的八一军旗在猎猎飘舞。江志成穿着笔挺的军装，三局的何处长站在他旁边，都是神情肃穆。机场上，直-8K缓缓降落，机舱门哗啦打开，AK第一个冲出来，跑到江志成身边蹲下。江志成的胸部起伏着。队员们陆续走下直升机，江志成默默地注视着。

　　雷震一瘸一拐，被帅克和陈笑寒搀扶着走到江志成面前。帅克愣住了，震惊地看着这个老班长。雷震推开帅克和陈笑寒，坚持着立正、敬礼："参谋长，我们回来了！"江志成还礼："辛苦了！欢迎回家！"他一把抱住雷震，老泪纵横。

　　陈笑寒也抬手敬礼，泪水夺眶而出："参谋长！猎隼他……"

　　江志成握住她的手，哽咽着道："我都知道了！猎隼……猎隼也回家了。"

　　江志成看向帅克："怎么？不认识了？"帅克急忙敬礼："参谋长，对不起，我……"江志成一把抱住他，拍拍他的肩膀："帅克，谢谢你给我带来很多乐趣！你长大了！

好样的！"

帅克站立着，纹丝不动。

"从今往后，你再也不可能像从前那样和我相处了，这会是我的一个遗憾。"江志成感叹道。帅克看着他："……我没想到您是参谋长。"

江志成点点头，转身面向面前的方阵，方阵不动如山。

军旗在呼啦啦飘舞，队员们军姿如同雕像般纹丝不动。

"你们的归来，宣布'暗剑行动'的正式结束，也宣布着胜利！"江志成声如洪钟，肃穆无比，"毋庸置疑，胜利的代价是无比的昂贵，以至于我们都无法接受猎隼同志……高山同志的离去！我们是中国空降兵，是中国人民解放军的尖刀部队，是中国空军的精锐部队！我们不畏惧任何牺牲，为了完成党和祖国交付的光荣任务，我们随时准备上刀山下火海！我们……将继承高山同志的遗志！"

唰——方阵立正，动作整齐划一。

"你们都是好样的！都是中国空降兵部队的骄傲！我是一个从军三十载的老兵，帅克曾经以为我是一个普通的老班长！其实也没有错，我当然是你们的老班长！我看着你们这一代代年轻的空降兵战士成长起来，我的心情是无比的欣慰！和你们的班长是一样的！"江志成的眼里有泪光在闪动，他嘴唇翕动着，"此刻，暗剑行动正式结束！参战指战员各自归建！从此以后，这次行动永远不要再提！历史没有我们的名字，我们却属于历史！我们终将死去，或者战死，或者老死，但是我们的使命、我们的责任、我们的信仰、我们的烈士，是永生的！"江志成注视着空中猎猎飘舞的八一军旗，"同志们！战斗虽然结束了，但是新的战斗在随时等待着你们！你们——年轻的中国空降兵战士，准备好迎接新的战斗了吗？"

"时刻准备着！"队员们立正高喊。声音在群山之间回响，他们嘶哑的声音也许对于艺术鉴赏家们来说就是狼嚎，没有任何美感，却气壮山河，杀气凛然。

3

地平线上突兀而立的几座简易房，保障班的旗帜在前面的空地上飘舞着。帅克一身空降兵迷彩服跑过来："我回来了！"

姜文泽等人从帐篷里闻声跑出来，站成整齐的一排。帅克纳闷儿地看他们："怎么？不认识了吗？"

白冰咧着嘴笑得很是神秘，耿明从身后拿出一个子弹壳做的口琴塞给帅克："帅克，这个是我们送给你的礼物。"

帅克一愣："无缘无故地送我礼物干吗？"

崔大志凑上来，一把抱住他："帅克，别忘了我们，我们会想你的。"

廖一帆也走过来一把抱住他："以后我们就不在一起了，帅克，你自己多保重，没事回来看看我们。"

帅克一头雾水，看向姜文泽："班长，出什么事儿了？保障班不要我了吗？"

"帅克同志！"

"到！"帅克立正。

"接到上级电话通知！即日起，你就不是我山地训练场保障班的战士了！"姜文泽一脸严肃，"你，马上、立刻、迅速——去雷神突击队报到！"

帅克一下子呆住了。

姜文泽笑笑道："帅克，从我接你到保障班的第一天起，我就知道，你的天空其实无比广阔！你是一个出色的空降兵战士，你注定会是最优秀的空降兵群体的一员！不管你来我们保障班是不是下放锻炼，我心里都是有数的！保障班全体战士也都心里有数！今天，我们非常高兴，欢送你去空降兵部队最需要你的单位——雷神突击队！"

帅克的眼眶湿润了："班长，我……我哪儿也不想去，我就想留在咱们班！"姜文泽走过来，拍着他的肩膀："帅克，你是一个军人。军人，以服从命令为天职！"帅克抚摸着手里的子弹壳："我舍不得你们……"

到了最后，大伙儿听到的竟是呜呜的哭声。

4

军号嘹亮，驻地上一片口令和脚步声。嘶哑的歌声和番号声响起，雷神突击队迎来了又一个清晨。帐篷前，五个兵排成整齐的一溜儿，都背着大背囊，提着东西站在那儿。赵大力走出帐篷："哟，都来了？"

五个兵一脸发蒙地站着。

"那什么，士官长，我们还没反应过来呢。"帅克站在队列最前面。赵大力淡然地看着面前的五个兵："你们五个，我太熟悉了！你们来这儿，我一点儿也不意外！说实话，我的头很疼！为什么呢？因为你们五个只要凑到一起，就是无坚不摧的捣蛋部队！是捣蛋的捣蛋，不是导弹的导弹！你们懂吗？"五个兵懵懂地点头："懂！懂！"

"我内心的焦虑不是一点儿半点儿的！听到你们五个要来，我的这个心啊！算了，不提了！现在——"赵大力猛地提高声音，"你们滚进去换衣服！然后滚出来见我们！"

五个兵急忙答"是"，背着背囊就往那边的帐篷跑去。

很快，几个兵换好衣服七手八脚地从帐篷里跑出来，一出来就愣住了——前面，整齐的兵的方阵伫立在臂章雕塑前。五个兵互相看看，急忙立正——但是这一刻的庄严肃穆，让五个兵觉得无比陌生。不远处，陈笑寒推着雷震过来，雷震坐在轮椅上，一条空荡荡的裤腿在晃动。五个兵立正，看着自己昔日的新兵营长，今天的突击队长。

　　"新队员——立正！"赵大力高喊，五个兵站得更直了，"向右转——跑步——走！"

　　五个兵踩着整齐的步调，跑步到雷震面前。雷震站起来，一条腿支撑着，看起来有些悲壮。雷震哗啦一声拔出指挥刀，刀锋雪亮，黑色的刀刃上镌刻着"雷神突击队"的字样和徽章。帅克跨步向前，低头亲吻着刀刃上的徽章。

　　"欢迎你们！"刀锋入鞘，五个兵神情肃穆，雷震看着他们，"从今天开始，你们就是雷神突击队的突击队员了。我知道，你们为了这一刻，期待了很久，付出了很多。你们成功了，你们证明了自己。对于雷神突击队来说，这也是一个必然的结果。我们知道你们一定会来，但是不知道你们什么时候会来。经过战斗的残酷考验，你们获得了雷神突击队的入门资格。这对我们来说，也是一个特例。希望你们珍惜这无比珍贵的机会，珍惜雷神突击队的无上光荣。"雷震郑重地将胸条贴在兵们的胸前，给了他们每人一把雷神突击队的特制匕首。

　　"未来的日子，我不能和你们一起战斗了。"雷震苦涩地看着空荡荡的裤腿，"我的腿不行了，彻底不行了！我再也不能跳伞了！但我暂时还会在雷神突击队，等待上级的命令，何时调离。"

　　帅克的眼泪在打转，但他拼命地忍住了。

　　"我曾经说过，我们都是军队这部战争机器上的一个零部件、一个螺丝钉。只要军队需要，我们去哪里都可以。"雷震注视着帅克，眼里都是欣慰，"长江后浪推前浪，一代更比一代强。帅克，我会看着你成长起来的，我相信你。这不仅是新的挑战，也是更高的要求。对你的军人荣誉、军人技能、军人信念的更高要求，雷神突击队的每一名队员，在任何情况下都要以最高标准来要求自己。你准备好了吗？！"

　　"时刻准备着！"新兵们的喊声地动山摇。

5

　　帐篷里，陆冰嫣双手被反绑着，坐在床上。两名女兵坐在旁边，面无表情。这时，帐篷被掀开，何亮几个人穿着便装走进来，后面跟着四个蒙面的武警特战队员，持枪跨立。陆冰嫣看向何亮："何处长？你是来枪毙我的吗？"何亮面色冷峻："陆冰嫣，我理解你的心情。没你说的那回事，别说怪话了，我们要换个地方谈话。给她解开吧。"

两个女兵走过去，伞兵刀一晃，割断了约束带。陆冰嫣活动着手腕，纳闷儿地看着他身后的武警："我是现役军人，好像不应该是你带走我吧？我应该被交给保卫处吧？"

"你已经不是现役军人了。"

陆冰嫣一愣，慢慢站起来："你说什么？"

"陆冰嫣，你已经不是现役军人了。军方已经决定，取消你的入伍记录，也就是说，你从来没有当过兵。根据有关程序，你已经被移交给我们调查。"陆冰嫣有点儿恍惚，何亮叹了一口气，"取消你的入伍记录，而不是开除军籍，已经是对你最大的照顾。你要理解你的领导们的苦心，他们相信你是无辜的，他们希望你有最好的结果，有重新开始的人生。"

陆冰嫣苦笑道："最好的结果？重新开始的人生？你在逗我吗？"

"没有，我说的都是真心话。你才二十一岁，忘记这段当兵的记忆吧。我个人相信你是无辜的，但是真正的结论，需要我们做过系统的调查才能得出。这段时间，你要配合我们进行调查，跟我们走吧。"

陆冰嫣的眼泪无声地滑落下来："你让我忘记这段当兵的回忆？我怎么可能忘记？在这里的每一秒钟都凝结着我的青春、我的血汗、我的眼泪……我刚才一直在想，是不是真的是一场梦？但这不是梦啊，这是我的生活，真实的生活。"

"我明白你的感受。"

"不，你不明白！你不明白，这身军装对我意味着什么！这是我的皮肤，你要把我的皮肤血淋淋地扒下来吗？"陆冰嫣默默地撕掉肩上的军衔和臂章，眼泪吧嗒吧嗒地落下来。

6

驻地办公室，雷震坐在轮椅上，看着面前的五个兵："说吧，什么事儿要单独跟我谈？"五个兵互相看看，都不说话，雷震继续道，"怎么，刚加入雷神，就变得磨磨叽叽的了？"

帅克鼓起勇气："飞鲨，陆冰嫣……"

"这个问题不要再谈了。"雷震打断他的话。

"为什么啊？"黄金问。

"没有为什么，我也无权知道细节。"雷震严肃地说，"你们现在已经进入特种部队，更要强化自己脑子里的保密观念。不该问的不问，不该说的不说。"

"那陆冰嬅现在在哪儿，我们能去看看她吗？"

"她已经离开部队了。"五个兵都是一愣，"陆冰嬅已经不是军人了，她的军籍被取消了。你们不要再问了，我什么都不能告诉你们。"

五个兵面面相觑。

"总有个原因吧？"帅克纳闷儿地问道。

"没有原因，世界上所有的军队，尤其是特种部队，在面对这种情况的时候，只有这一种处理办法。"五个兵不明白，雷震又说，"不是陆冰嬅自己的错，她的错，是原罪，这是她无法选择，也无法改变的命运。管好自己吧，这超出你们的能力范围，都回去吧！"

帅克嗫嚅着，几次想说话，但是都咽了回去。

7

下午，雷震坐在轮椅上写着行动报告。江志成走进来，雷震想站起来，江志成赶紧挥挥手："行了，行了，你就别起来了。坐下吧，坐下吧，看你这样我难受！"雷震笑道："我这不好好的吗？"江志成黑着脸："宋医生都跟我报告了！说你不肯下山去附近的大医院。"

"去哪儿不都一样吗？也不能让这条腿再长出来。"雷震嬉皮笑脸地说。

"看你这话说的，那也不能任由恶化吧？"

"没事，我有数，久病成医。等我写完暗剑行动的总结汇报吧，我总不能带着涉密电脑，到附近地方医院的病房去写吧？"雷震不动声色地将了江志成一军。江志成叹了一口气，在他对面坐下："也罢，你抓紧写，写完就去医院。雷神没有你一时半会儿黄不了摊子。"雷震不说话。江志成看着他："我知道你在想什么。你记住，只要你还能站起来，雷神突击队的队长职务，我们就不会考虑别人。你在雷神站一分钟，也是贡献！"

"谢谢参谋长。"雷震有些哽咽，"我真不是说留恋这个位置，我是考虑……"

"言传身教，我知道，你是希望帅克能尽快汲取你的经验教训，抓紧成长起来。"

"是，只是他现在还是个一年兵。"

"提干报告我们已经打上去了，等空军党委批准吧。特殊人才，特殊对待，我想应该没有什么问题。"

"那真的是太谢谢参谋长了！"

309

"哦，你今天不是在到处招人吗？我又给你送来一名突击队员。"江志成招手，雷震左右看着："谁啊？"AK站起来，汪汪汪地叫着。雷震一看乐了："哟，是你啊？这次怎么这么痛快交给我们了？"江志成摸摸AK的脑袋："立了战功了，再在我那儿待着，耽误它了。交给雷神了，这也是最需要它的地方。"AK似懂非懂地汪汪汪表示回应。

第二十八章

1

夜晚，东南亚某郊区一片静谧的丛林里，一座别致的别墅旁，十几个卫队模样的兵在持枪站岗，不时还有流动哨牵着狼狗来回巡逻着。他们的领口和袖口已经紧紧地扎住，脸上涂着迷彩油，双手端着八成新的 AK-74U 突击步枪警惕地慢慢走着，还不时停下来仔细地观察，听周围有没有异样的声音，一看就是老油子了。

别墅的客厅里，几个孩子围坐在一起嬉闹着，厨房飘来一阵香味。察猜上楼走进书房，没有开灯。他把手提箱放在桌上，走到窗户旁警觉地观察着外面，看没什么异动，唰地拉上了窗帘。察猜打开台灯，手提箱里装着满满的钞票，他笑了笑，转身打开书柜的暗格，里面是一个隐蔽的保险柜。输入密码，一声轻响，保险柜开了，察猜拿着箱子刚想放进去，愣了一下，随即丢掉手提箱，从腰间拔出枪上膛。

"察猜，你觉得你会比我的枪快吗？"毒蝎坐在房间的阴影处，声音里透着无比的寒意。察猜笑了笑，举起枪转身，愣住了。毒蝎站起身道："没想到我还活着吧？"察猜强颜挤出一丝笑容："你……你这说的什么话？咱们俩什么交情？"

"出卖我的感觉怎么样？"毒蝎抱着双臂，从暗处走出来，笑了笑道，"跟我聊聊，当你下命令用导弹袭了我的时候，是什么心情？还是四颗导弹！四颗导弹啊！察猜少将，一颗导弹都要上百万美元！就为了轰掉我？你这不是在浪费国家的财产吗？"

"那不是我下的命令，是上面下的命令！"察猜讪笑着道，"你知道，我就是一个军事侦探部的特务头子，我哪儿有权限命令空军啊？上面要你死，我有什么办法呢？我总归还是吃皇家陆军这碗饭的吧？"

毒蝎也笑了笑，指着地上的手提箱："你是吃皇家军队的饭，还是吃 MSS 的饭？亏我还给得你最多！你拿了我的钱，不给我办事，还想要我的命！请问，世界上还有这种卑鄙无耻的小人吗？"

"毒蝎，我也是身不由己啊！你知道，我大儿子在北京留学，他们……"

"够了！察猜少将！脚踩三只船啊，你也不怕扯了蛋？"毒蝎厉声喝道，转过身。

察猜挂在指头上的枪瞬间就对准毒蝎的后背，几乎同时，一只挂着消音器的手枪一下子顶住他的后脑勺，察猜瞬间不敢动了。毒蝎继续站着，头也不回地道："这么多年来，K2给了你那么多的钱，你才享有这荣华富贵！你以为你当上将军，没有K2使的暗劲儿吗？察猜啊察猜，你谁都想讨好，你谁都不想得罪，然后你以为自己还有着军人的正义感，在关键时刻做出了错误的选择！你以为我必死无疑，我自己也没想到，我福大命大，还能来找你理论一番。"毒蝎转过身，冷笑着道，"我现在就站在你的面前，外面都是你的卫兵，你的家奴！来啊，杀掉我啊！"

察猜脸色煞白："毒蝎，何必呢？谁还没有犯糊涂的时候呢？你是知道我的，我也是讲道理的！只要道理说通了，我想没有什么大不了的！"

"察猜，事到如今，你还想跟我说鬼话吗？也对，你说的是鬼话，因为你马上要成为一个鬼！"

"毒蝎，我对你还是有用的！你看，我可以给你提供情报，提供掩护，提供……"

"够了！下一次我就没那么好运了，我不会再给你任何机会。"

察猜冷汗直冒："毒蝎！你要什么，我们可以谈啊！我什么都听你的，再也不会背叛你！"

毒蝎转过身："你背叛我？可笑，你有什么资格背叛我？你只是一条狗，一个三姓家奴，一个三面间谍！你以为你在这三面当中，可以游刃有余吗？你太高估自己了！察猜，你劣迹斑斑，也上不了天堂！在地狱，去挂念你那些在天堂的孩子吧！"

察猜愣住了，扑通跪下："毒蝎，要杀要刷都随你！不要杀我的孩子们！我求你了！我知道我该死，但是孩子们没有得罪你啊！求求你了，毒蝎！"

毒蝎冷笑道："我们恐怖分子，说话是讲信用的！说杀你全家，就杀你全家！打死他。"

"毒蝎！我求你了……"察猜跪在地上，王悦可对着他的后脑毫不犹豫地扣动扳机。噗！察猜后脑开出一个血洞，猝然栽倒。

"去下面杀了他的老婆、孩子。"毒蝎命令道，王悦可在犹豫，毒蝎眼里闪过寒光，"不要再消耗我对你最后的耐心！"

王悦可一咬牙，提着手枪出去了。

餐厅里，孩子们正坐在桌边，察猜的妻子端着盘子转过身，目瞪口呆。王悦可的枪口指着她，用英语低声问："想活命吗？"察猜的妻子脸色煞白，木然地猛点头。王悦可举着枪指指那边："躲到桌子下面去。不要出声，出声你们就没命了！"

察猜的妻子抱着孩子们藏在桌子下，都在打哆嗦。王悦可低下身："记住我的话，不要出声！一直到天亮都不要动！否则，你和你的孩子们就没命了！"察猜的妻子哭着捂嘴点头。王悦可转身想走，一下子愣住了——一把加了消音器的冲锋枪对着她，毒蝎笑笑道："我就知道你下不了手。"

噗噗噗！背后几声轻响，王悦可闭上眼，泪水流下来。她知道，她的余生连撒旦都不会原谅。

2

寂静的公路上，车队在急驰。囚车里，陆冰嫣脸色木然地看着窗外，脸上还有眼泪的痕迹。陆冰嫣不知道自己为什么会走到现在这个地步，她曾经是那么的出色，不论是体校还是在部队，但她万万没想到，自己会沦落到现在的境地。陆冰嫣回过头，打量着四名武警，目光落在枪支上。

"小丫头，别想歪门邪道啊。我们知道你是特种部队的，但我们也不是吃素的。"一名武警说。陆冰嫣没说话，悻悻地转头继续看着外面。

"你还年轻，我们都是当兵的，理解你的感受。但是你的人生还没结束，是不是？总是会过去的，再说，我们都会脱下军装的，我今年也要转业了。早晚都一样，你只是脱早了点儿。也挺好的，回到地方，重新开始来得及！"

陆冰嫣闭上眼，眼泪滑落下来："谢谢你们……我，就想安静一会儿。"

四个武警互相看看，不再说话。

车队呼啸而过。

3

营区里，一阵尖厉的警报声响起，划破沉寂的夜空。帅克从床上噌地坐起来——没错！是战备警报声！

作训部，正趴在电脑前睡觉的雷震也是猛地被惊醒，赵大力跑进来："飞鲨，陆冰嫣跑了！"雷震惊呆了："什么情况？"赵大力快步走过来："说是在路上，上厕所的时候跑了！军部命令我们马上出发！"赵大力顿了一下，"……她手里还有一把枪！"

雷震彻底惊呆了——事情发展到抢枪的性质，是他完全没有料到的。

训练场，夜色笼罩下，数辆猛士车停在空地上。队员们全副武装跑下大楼，快速登车，作战靴踩在坚硬的地上都是一个节奏。雷震坐在轮椅上，帅克最后一个踏上车，回过头，雷震目光复杂地点点头，帅克转身上车，车队在夜色中风驰电掣而去。

丛林里，黑夜是最好的掩护。陆冰嫣捂着胳膊，身手敏捷，快速在山地间穿越。在她身后几十米处，有影影绰绰的手电光在晃动。陆冰嫣不管不顾，继续狂奔，三局的何亮带着李强，还有随车押解的几个武警紧追不舍。

嗒嗒嗒……武警们开枪射击，何亮心急如焚，一把抬高枪口："别开枪！要活的！她在我们手里是对付敌人的一张王牌！死了，就什么用都没有了！"

武警们只好收起武器，继续追赶。茫茫夜空，直升机群呼啸而过。

机舱里，方紫玉扶着直升机，拿出一张照片："她就是我们的目标！"

杀气腾腾的队员们全都愣住了。

林小鹿瞪大眼睛："这不可能！她不是被带走了吗？"

队员们也是七嘴八舌，卞小飞打断大家道："等等，现在是要我们去杀陆冰嫣吗？"

"根据上级命令，我们的任务就是抓住陆冰嫣。"方紫玉冷声说，"她抢走了警枪，并且开枪打伤了警察，如果她持械反抗，可以就地击毙。"

所有人都愣住了。

"我们不会对陆冰嫣开枪的。"帅克抬眼道，"如果我们发现她，会尽可能劝说她不要做傻事，但是我们不会对陆冰嫣开枪的。"

"闪电，这是上级的死命令！"方紫玉低吼。

"命令是死的，人是活的！"帅克的声音有些颤抖，"……我们应该想办法包围她，劝说她！她是我们的战友，我们都了解她！这种时候，她更需要我们的帮助！只要我们能劝说她放下武器，我们就不要对她采取致命手段！我们真的开枪打死她，事情就无可挽回了！我们要给她一次机会！哪怕是被抓去坐牢，好歹人还是活的！"

"你说的都有道理，但是有件事你想到过没有？陆冰嫣要是对我们开枪怎么办？"赵大力声音低沉。

"陆冰嫣不会对我们开枪的！"林小鹿的声音里带着哭腔。

"我们说的，是这种可能！"方紫玉也有些不忍。

"我也不希望发生自相残杀的悲剧，在我的心里，陆冰嫣还是我们的兵。"赵大力话锋一转，"但是如果陆冰嫣对我们任何一个人开枪，我们只有一个选择。"

"什么选择？开枪打死她吗？"帅克问。

"那你说怎么办？陆冰嫣开枪打我们，我们不还击吗？"方紫玉叹息一声，"尽量不要打要害。"

片刻，赵大力痛心疾首道："世界上任何国家的特种部队都可能面对这样的尴尬和悲剧，对这种事都有一个专有名词……"

"什么？"帅克问。

赵大力看着这些年轻的脸，嘴唇翕动着。良久，他才缓缓地说："清理门户。"

一股寒意在兵们的心中升腾起来，其他几个老兵都是默不吭声，他们其实已经司空见惯，只是不说话。

4

夜色如墨。丛林里，陆冰嫣持枪在林间狂奔。追兵紧跟在后面，密集的脚步声和犬吠声从丛林深处传来。李强跑得呼哧带喘，突然脚下一绊，摔倒了，何亮停下来，卡着腰气喘吁吁："你……怎么样？"李强捂着脚："可能骨折了！我听到声音了……"何亮四下看看，对着其他几个人说："我们这么追真的不一定追得上她，她是野战军特种部队的，擅长在山地丛林作战！李强受伤了，你们留下几个人照顾他！"

"何处长的意见呢？"肩上扛着上尉的武警问。何亮跑得精疲力尽："我们分组追，她无非是想出境！我们抄近路，在前面堵截！"

于是，队员分成三组，左右两翼各一组，第三组跟着武警中尉继续往前追。

山地平坦处，直-8K悬停在空中。舱门打开，赵大力甩下大绳，第一个滑降下去，其余队员们也陆续滑降，降落后立刻组成环形防御，持枪警戒，向A028方向搜索过去。

丛林里，陆冰嫣爬上山顶，回头已经看不见有追兵的身影。她擦擦汗，调整下自己的呼吸，取出弹匣看了一下，又继续往前走。此刻，她的脸上已经没有眼泪，有的只是警惕和杀气。

一个山谷地带，突然队员们潜伏在灌木丛中，帅克一直没说话。林小鹿拿着狙击步枪："你在想什么呢？一直不说话。"帅克想了想道："我知道这条路是最近的出境路线，陆冰嫣如果铁了心想跑，她应该能猜到我们会有埋伏。"林小鹿有点儿明白了："你是说陆冰嫣猜到我们会在这儿等她？"

"不一定，我只是猜测。我要去找一下雷鸟和水牛。"帅克起身拿着枪悄悄去了。

另一处潜伏地，赵大力看见帅克过来，低声怒吼："怎么不在自己的岗位上？"

"我有事想报告。"帅克提枪过来，"我们为什么要在A208设伏？"

"这是上级的命令，指定我们在A208设伏。"赵大力说。方紫玉看着他："你是害怕她不走这条路？"帅克点头："是，我觉得她有很大可能不会走这条路。"

"别的地方有别的单位负责，已经撒下了天罗地网。"

"这就是我担心的地方。"帅克忧心忡忡地道，"如果她被别的单位发现，事态就可能恶化了。"

方紫玉想了想："谈谈你的见解。"

"我们碰到她，还有说服和对话的余地，别管她是不是听得进去，我想她不会轻易向我们开枪，我们也不会轻易向她开枪。"赵大力和方紫玉都看着他，帅克继续道，"你们知道我担心的是什么。遇到别的单位，可能就是另一回事了。如果双方发生冲突，那不是我们想看到的结果，不管死了谁，我们都会遗憾终身。"

"你是想换地方埋伏？"赵大力说，"但这不是我们能决定的事情。"

"我不是说都换地方。我是说，我们这儿人手足够，可以分一队人去别的地方设伏，她最可能走的地方。这样，一旦遭遇，可能我们能不流血地解决问题。"

"去哪儿埋伏？"赵大力问。

"我脑子里过了好几遍地图，一直在想这件事。如果是我，我不会走B028，我会去1024，从那里出境。"

"1024？"方紫玉想了想，"我记得那个地方的路非常难走，都是悬崖峭壁！"

"是，正因为难走，所以我会走1024，常人觉得没人敢一个人从那儿走。但这是个出境的好路线，过了河就是境外。陆冰嫣对自己的军事技能是很自信的，她有很大的可能性走那里。"帅克分析道。赵大力看了一眼方紫玉，拿起卫星台："老鹰，雷鸟呼叫，完毕。"

"老鹰收到，请讲。完毕。"无线电里传来江志成的声音。

"闪电申请分兵去1024，完毕。"

江志成一愣："1024，为什么去那里？完毕。"

"闪电认为，冰刀有很大可能会从1024越境。完毕。"

"不同意，围堵计划是和武警部队分工合作的，1024另有单位埋伏，做好自己的事。完毕。"江志成呵斥，挂断电话，意味深长地看着地图。

山谷里，帅克心急如焚地道："如果陆冰嫣真的和别的单位遭遇，连谈的余地都没有就开战了！在还有挽回余地以前，我们还是要做最后的努力的吧？"

"可是老鹰不同意啊！"

"我们自己分兵过去！"帅克语气坚定。

"你疯了？这不是我们可以自作主张的事！"赵大力低声怒吼。

"两支突击队在B208，这个地方已经水泄不通，一只苍蝇也别想飞出去！分几个人给我，我带去1024悄悄埋伏！如果陆冰嫣真的出现，我们还有最后的机会！"方紫玉和赵大力听了后思索着，帅克急促地呼吸着，继续说道，"雷鸟、水牛！她毕竟是我们的战友啊！再不济，还是我的大学同学，我们是一起当兵的啊！"

"你想带谁去？"赵大力斩钉截铁地问。帅克一愣："大厨、铁匠、木匠、蒙古牛。"

"还是你们五个？"赵大力思索着，"行，我批准了，有事我扛着。"

"等等！"方紫玉叫住帅克，"陆冰嫣是我们的女兵，我派几个跟她熟悉的女兵跟你一起去！我不会看着自己的女兵被打死不管的！闪电，想想办法，把她从麻烦里面捞出来！哪怕是上法庭，也比她真的叛逃或者被打死要好！"

帅克重重地点头："明白，我会尽全力！"说完起身打了个呼哨，不知道在哪里藏着的 AK 起身过来，跟着他去了。

5

清晨，山林里晨雾弥漫，阳光洒下来，整个山林都苏醒了。除了有几声好听的鸟叫声，树林里一片寂静。帅克带领小分队潜伏着，在他们身后就是界碑。林小鹿抱着狙击步枪："已经一夜了，没看见什么动静。"帅克拿着望远镜在观察："别的地方也没发现她的踪迹。"

"冰刀会不会逃掉了？"周招娣问。帅克想了想，道："不太可能，各个单位把出境路线包围得水泄不通，她也不可能飞过去啊！"周招娣撇嘴道："还说呢，我们昨晚来到这儿，1024 就没人防御！"林小鹿也点头道："是啊，我也纳闷儿呢，不是说这是武警部队的防区吗？"帅克也没想明白："可能是他们也忽视了这儿吧！看起来这地方就我们自己在这儿守着。我们在这儿守到中午，如果还不出现，我们就再分兵，我带一组到 1025 去。"林小鹿担心地看着茫茫丛林："靠我们几个，不可能守得住这方圆百里的边境线。"帅克也是忧心忡忡："陆冰嫣如果真的走出那一步，以后就是我们的敌人了……"话音未落，耳机里传来卞小飞的急呼声："发现目标，铁匠报告，发现目标！完毕。"

"在什么地方？完毕。"帅克举起望远镜观察。卞小飞眯缝着眼在调整焦距："东北方向，你们的九点钟方向，距离 2300 米，正在不断接近当中！完毕。"林小鹿抵着瞄准镜，只见陆冰嫣右手提着手枪，嘴里咬着甘蔗，正狂奔过来。队员们隐蔽在丛林两侧，一动不动。陆冰嫣吃着甘蔗补充水分，一路走过来。

"冰刀！我是梅花鹿！"是林小鹿的声音，陆冰嫣一下子愣住了，丢掉甘蔗的同时枪已在手，四处观察着，却不见人影。

"我们已经包围你了，不要做傻事！我们都是你的战友，都是你的兄弟！我们不想你做傻事，我们也不想对你开枪！不要逃跑，不要反抗！跟我们回去解释清楚，你还是有希望的！"林小鹿压抑住自己的情绪。

旁边，帅克压低声音道："雷鸟、水牛，闪电报告，我们已经包围目标。完毕。"

"林小鹿！你根本不知道发生了什么事！放我过去，我也不想伤害你们！"陆冰嫣咬牙说道。

"陆冰嫣！你已经被包围了，真的不要再继续做傻事了！我们知道你受了委屈，但是我们是军人，军人就要受得起委屈！"

"我已经不是军人了！"陆冰嫣的声音突然变得哽咽，"我不是军人了！不要再用那些话来忽悠我，我是不会信的！"

"陆冰嫣，你真的不要乱动！我们所有人的枪口都对着你，我们接到了明确的命令！如果你逃跑或者反抗，我们可以开枪的！"

"那就试试看，看看你们能不能打到我！"一声轻响，陆冰嫣持枪顶上膛。林小鹿对着耳麦低声问："怎么办？"帅克想了想，道："出！"

所有人都站起身，陆冰嫣愣住了——所有的枪口都对着她。

"陆冰嫣！你看见了，你已经跑不掉了！放下枪吧！"林小鹿哽咽着道。

"你们都给我让开，我有我的事要做！"陆冰嫣喊道。

"陆冰嫣，我知道你很难过，你很委屈！你现在是自己没想开，想开了你会后悔的！我们都要相信组织，组织上会给你一个公道的！你现在已经把事态复杂化了，抢了警枪，伤了警察！如果不及时收手，我们都将看见不愿意看见的结果！"帅克痛心疾首道。

"帅克，怎么哪儿都有你啊？你不要再多管闲事了行不行？"陆冰嫣惨淡地笑了笑。

"我是军人，我有命令在身！立刻放下武器，跟我们回去！我相信组织上会给你一个宽大处理的机会！"

"如果我不呢？"陆冰嫣眼里寒光一闪。

帅克看着她："我们都不想对你开枪，但是前提是你不要逃跑，不要反抗！"

指挥部里，江志成靠在椅子上休息，一名参谋走过来低语，江志成一下子醒了："什么？他们不是在 B208 吗？去 1024 干什么？"参谋说："雷鸟和水牛同意闪电分兵，带队去了 1024，现在已经包围她了，正在喊话劝说。"江志成在屋里来回踱步："闪电分兵？这个帅克啊！"参谋问："要增援部队过去吗？"江志成摆手："不！增援部队到了只会添乱，他们人手足够围困她了！不投降，结局都是一样的！容我想一想，怎么处理！"

"是！"参谋立正，转身离去。江志成在屋子里来回踱步，又准备给帅克擦屁股。

6

1024 高地，双方仍在僵持着。陆冰嫣根本就不为所动："帅克，你不理解，我的内心压抑着什么样的仇恨！我要去杀掉他，这是我和他的个人恩怨！"

"我理解你的痛楚，但这不是你个人能解决的！你是无辜的，现在已经走了错路，办了错事，不要再往里面陷了！再往前走，就是不归路！你一旦迈过红线，就再也没回头的余地了！"帅克苦口婆心地劝道。

陆冰嫣笑得很苦涩，有眼泪滑落下来："你以为我还能回头吗？帅克，我不能再回头了！你怎么就不明白，我的面前只有一条路了呢？我只有死地求生的余地！即便是死路，我也要往下继续走！"

"我们不会让你过去的！"

"那你就在这儿打死我！"陆冰嫣怒吼。

"机枪手，警告射击！"

安迎战一愣，打开保险，举起机枪，嗒嗒嗒……陆冰嫣身边一连串的弹着点，她侧脸看了看，冷冷地道："你们居然真的对我开枪？"

7

临时指挥部，江志成在角落里打着电话。何亮在山林里艰难跋涉，气喘吁吁地停下脚步，警觉地看看四周，低声说："我不是让你意思意思吗？"江志成捂着电话道："我是想意思意思，但我手底下的人不知道这是意思意思！他们擅自去了1024，堵住了她。"何亮摆摆手，让武警们继续往前："现在这种情况你才跟我说？你是参谋长，都不知道自己的人跑哪儿去了？"

"说这些都没用，他们已经去了，我也理解他们。不能再这样对峙下去了，他们会开枪的！"

"我来想想办法，我也没遇到过这种情况。"何亮说。

"要快，我们不能等下去了！他们枪口对枪口，只要一个闪失，就是血流成河！"江志成心急如焚。

"稍等我一分钟，我马上安排。"

"好！最多一分钟，我不能眼睁睁地看着我的兵们自相残杀！过了60秒钟，我就告诉他们实情，你的事也别想再继续了！"江志成挂了电话，心急如焚。何亮拿着电话苦笑："战士的积极性太高也是会坏事的！"随即他拿着电话拨了出去。

公路上，卫生员正在给李强包扎脚踝。赵菲坐在他身边的车身上，一脸痛苦地捂着胸口："被自己的枪给打了，这滋味儿可别提了！"李强刚想说话，电话响了："喂，头儿，你说……好，知道了。"李强挂了电话，一蹦一跳地走到自己的车后备厢，赵菲问："怎么了？"李强招招手："快，过来帮忙！"

少顷，一架无人攻击机挂着几枚导弹，径直飞了出去。

山路上，陆冰嫣和兵们仍然僵持着。陆冰嫣举枪瞄准，但更多的枪口都对着她。突然，空中传来微弱的呜呜声，帅克抬头看天，一架无人攻击机若隐若现。队员们还没反应过来，无人攻击机一个俯冲，机翼下的导弹嗖地发射出来，轰！一声巨响在不远的地方爆炸。队员们都是灰头土脸，无人机超低空呼啸而过。

陆冰嫣趁机就跑，帅克被冲击波打出去，撞击在树上重重落地。这时，无人机在空中掉转机头，再次俯冲过来，巨大的爆炸持续响起，烟雾四起……帅克从地上坐起来，吐出一嘴的土，甩甩头，但耳朵仍是嗡嗡响。再四处看看，烟雾中哪儿还有陆冰嫣的身影。帅克颤抖着站起身，可是人还没有来得及站稳，眼前就一阵发黑，他不由自主地又一头栽到在地上，晕了过去。

第二十九章

1

日子过得很快。

一年后，雷神突击队组建了新的行动单位——闪电特别突击中队。帅克升任中队长，肩上有了新的使命。而在这一年，雷震和陈笑寒复婚了；帅克和林小鹿也办好了结婚手续，两人约定等到部队外训回来以后，就办结婚典礼。时间会冲淡一切，所有人都走上了工作和生活的正轨，好像一切都那么的顺理成章。两人都知道帅克的心中一直都藏着一个秘密，却谁都说不出口，谁都不敢先提起那个名字，好像那个女孩儿在这个世界上从来都没有存在过一般。

当然，还有一个人，也像消散在空气中一样，那就是陆冰嫣。

没人知道她在什么地方，她现在是活着，还是死了。虽然他们一起当兵，情同手足，然而命运的一个意外，却让她远离了这个世界。"冰刀"这个代号，成了闪电特别突击队心中永远的痛，虽然每个人都是那么想念她，但是谁都不敢再提起她。

2

夜晚，繁华的都市车水马龙，霓虹灯在黑夜里闪耀着五彩的光。一家五星级饭店的包间里，帅立志喜不自胜。脱下迷彩，穿着一身白裙子的林小鹿楚楚动人："伯父，这是我妈妈给您选的。因为她最近有几台大手术，我们又要去外训，所以不能一起来了，请伯父多包涵。"帅立志乐得合不拢嘴，帅克也穿着便装，坐在林小鹿一侧笑道："都领证了，还叫伯父？"林小鹿脸一红："……我不是不好意思嘛！"

"这有什么不好意思的？"唐思琪穿着一身得体的湖蓝色小洋装，更显妩媚动人了，她坐在帅立志的另一侧，满脸堆笑地说，"小鹿，叫爸爸好了！进了一家门，那就是一家人！"

花猫穿着一身笔挺的西装坐在对面，盯着林小鹿："没想到大陆解放军的女军官这么漂亮啊！"林小鹿笑了笑，帅克脸上明显的不高兴，嗔怪着说："爸，今天是家宴吧？怎么还有外人呢？"帅立志笑嘻嘻地道："咳！这都是自己人！我的左膀右臂！一起热闹热闹嘛！不然就咱仨，也热闹不起来啊！"帅克点头："得，您老喜欢就成，我这当儿子的也不能多说什么。"但他脸色一沉，话锋也明显转了，"只不过呢，我爸爸是个好人，我不是个好人。你们都知道我是干什么的，我的心眼儿可多了，手段也可毒了，有些事不要太过分就好。"唐思琪笑道："帅克，你是什么意思啊？我一直对你爸爸很好啊！"

"得了！那就当我没说，"帅克话锋一转，"但我也是丑话说在前头，一旦让我知道点儿什么实质性的事儿，我不是我爸爸，我可不会手软！"花猫有些尴尬地讪笑着道："帅克，我们第一次见面，你可是我老板的公子啊！"帅立志脸色一沉："帅克，你干什么？今天我本来挺高兴的！"帅克笑了笑道："没什么，老爸，您高兴就成，我这不是瞎操心吗？您还不了解我，一天到晚莽莽撞撞的。"帅立志苦笑道："你都是解放军干部了，中队长了，我还以为你成熟多了呢！"唐思琪端起酒杯，赔笑道："来来来，喝酒！祝贺帅克和小鹿喜结良缘，一定要早生贵子啊！"帅克冷笑着举杯，林小鹿看看帅克，挺纳闷儿的。

街角处，一辆不起眼儿的冷藏车停在街边。车厢里，赵菲狐疑地看着监控器："帅克是不是发现点儿什么端倪了？"李强大口吃着方便面："能发现什么啊？他又不是干我们这行的。"赵菲纳闷儿地道："他这可是话里有话啊！特种部队军官的直觉？"李强呼噜着喝了一口面汤，擦擦嘴："我不是很懂他的路数，不过，他一直都待在部队，也不可能发现什么吧？看看再说吧。"

3

这顿家宴吃得不痛不痒。吃完饭，帅克和林小鹿走在街边散步。林小鹿挽着他的胳膊："刚才怎么了？你们气氛奇奇怪怪的！"帅克若有所思地说："小鹿，你知道的，我妈妈过世得早，唐思琪，就是那个女的，一直陪着我爸。"林小鹿点头："可以理解啊，你爸爸又不是出轨，他也有感情需求啊！"帅克停下脚步，一脸认真："可问题不在这儿。以前我也不对这女的这样，只要我爸喜欢就成，但刚才我觉得不对劲儿了。"

"哪儿不对劲儿了？"林小鹿问。

"她和那男的，就是叫陈默的那个，有私情。"

"啊？不会吧？"林小鹿不相信。

"是真的，我一眼就看得出来。男女之间一旦有了床笫之情，气场就是微妙的。他们俩有事儿，只是我爸爸还不知道。"

"天哪，你眼睛有这么毒？"林小鹿惊呼道，"要是你说的都是真的，你爸爸怎么办啊？"

"我不知道，"帅克叹了一声，继续往前走着，"自古豪门多恩怨。他们也许是冲着我爸的钱，我对这个倒是无所谓，我是真的不喜欢以前的身份。帅立志的儿子，从小多金，衣食无忧，人人羡慕，其实我的内心很空虚。我现在在部队，算是找到了自己的位置。如果他们要我爸爸的钱，那就要吧，只要我爸爸能挺过去就好。他没了这些钱，还是我爸，我照顾他天经地义的。粗茶淡饭也是一生，我的工资也够养他的了。"

林小鹿笑着挽紧了他的胳膊："还有我呢！我妈妈是医生，她能照顾自己的生活。我跟你一起照顾你爸，如果真的有那种事，就劝你爸爸什么都别要了，搬到咱们在部队的家属院去养老好了！咱们一家三口在一起，不也蛮幸福的吗？"

帅克笑了笑，伸手抱住了林小鹿。

4

晨雾里，阳台上的百合花散发着淡淡的芬芳，清晨的阳光洒在花瓣的水珠上，晶莹透亮。毒蝎走过来："告诉你个好消息，帅克要来南美了，我刚得到的情报。"王悦可一愣："他来南美干什么？"毒蝎笑了笑，道："别紧张，不是因为知道你在南美。中外空降兵特种部队联合训练，中国和波拉哥里空降兵特种部队要一起玩玩 War Game，下个月就到了。"王悦可苦笑着看向远方："好消息？我费尽力气忘记他，现在他又冒出来了，你在告诉我，这是好消息？"

"当然是好消息，对 K2 是好消息。"毒蝎脸色一沉，"母狼，我已经给过你很多次机会了，这一次，我还要给你机会吗？"王悦可嗫嚅着道："你想要我做什么？"

"把他引诱出来，我们要抓住他。"王悦可一下就愣住了，毒蝎继续道，"你不是昔日的你，帅克也不是昔日的帅克。他现在是中国空降兵部队雷神突击队的闪电特别突击中队的中队长，闪电特别突击中队是精锐当中的精锐，号称特种部队当中的特种部队。这一年多，帅克带队和 K2 的外围组织有多次交手，K2 已经注意到他了，上峰有专门指示，势在必得。"

"你让我对付谁都可以，我不能面对帅克。"

"那我会派人去杀了他，他就没有了生存的可能。"毒蝎的话里透着寒冷，"你知道这个国家的政府、军警是何等的腐败，我随便就可以安排人远程狙杀，或者给他的车、宿舍安个炸弹。"

"我把他引诱出来不一样吗？"王悦可忍着痛苦说道。

"不一样，他还有活着的可能。"毒蝎说，"告诉你吧，K2看上了他，想招募他。"

"帅克？！可能吗？"王悦可冷笑道，"虽然我熟悉的是当兵以前的帅克，但他江山易改，禀性难移，K2是不可能招募成功他的。"

"理论上是这样，但是K2清楚他的软肋。"

王悦可警觉地问："什么软肋？"

"你。"

"我？"王悦可嗤之以鼻，惨淡地笑了笑，"……我和帅克已经没有任何关系了！"

"K2认定，他对你还有感情。"毒蝎肯定地说。

"不可能！他已经结婚了！"王悦可脱口而出，突然意识到自己说漏了嘴。毒蝎看着她："你现在告诉我，他跟你没有任何关系了？如果你不在乎他，你不牵挂他，你怎么知道他已经结婚了？"王悦可的眼泪唰地就下来了："我……你让我做什么都可以，我真的不想面对他……"

"那我就只能把他杀了！"毒蝎眼里闪着寒光，"他唯一生存的希望，就是成为我们的人。"

王悦可哭出声来："不！不！求求你，不要杀他！"

"他生，或他死。没有第三条路可以选。"说完，毒蝎起身就走了。

王悦可痛苦地跪下，泪如雨下。一道朝阳从窗口投射进来，照亮了她惨白的脸。

5

夜色中，军部大楼灯光明亮。会议室里，前面的桌子上是一个党旗和国旗的小陈设。参加外训的队员们坐在下面严阵以待，三局的何亮站在讲台上，精神抖擞，赵菲和李强坐在一侧的操控台上，台上的大屏幕唰唰地闪过一张张图片。

"由于历史原因，波拉哥里共和国的社情、民情、军情较为复杂，该国内部政治纷争不断，贩毒集团猖獗，并且与军政界部分要员来往密切。"何亮顿了一下，"我们的老对手K2，在这种复杂的形势下，活动较为活跃。有情报表明，他们混迹于贩毒集团与军政要员之间，利用波拉哥里的热带雨林的地形地貌，安插据点，训练间谍和杀手，构建情报网和保护伞，对我海外利益形成严重威胁，并且对波拉哥里国家安全有直接危害。根据情报分析，代号毒蝎的K2组织重要头目一直以波拉哥里为据点，在全球范围内实施恐怖活动。我们通过非常秘密的渠道，掌握了他的一些活动线索，并且与波拉哥里有关单位进行了不公开的会议。"

何亮站在讲台中央,神色变得严肃起来:"现在外训队员们应该明白,这不是一次中外特种部队联合训练那么简单。双方已经达成默契,将在联训期间,采取联合特种作战行动,铲除这个严重的威胁。这种默契的意思,你们懂的。"

台下的队员们目光炯炯,都很严肃。

"和你们联训的特种部队是波拉哥里共和国国防军空降兵部队的飞豹突击队,这是一支作战经验丰富的特种部队。他们长期与贩毒集团在热带雨林中血战,是国际著名的特种部队。"何亮指着大屏幕上的照片,"你们是特种部队的行家,关于这支特种部队比我清楚得多,我就不班门弄斧了。我的介绍到这里,其余的情报简报,会以文字形式下发各位。"

江志成站起来,扫视着台下的队员们。

"刚才三局的何处长给我们介绍了情况,你们肯定已经心里有数了。都不是第一天当特种兵,要知道任务的分量。过去以后,要随时准备打仗,打恶仗!我们的外训人员要严格保守秘密,注意自身安全,一切行动听指挥!明白吗?!"

"明白!"队员们齐声高喊。

"报告!"帅克起立。

"帅克,你说。"何亮点点头。

"我们可以信任他们吗?"

"说明确一些。"

"您刚才说了,K2混迹在当地,有情报网和保护伞,尤其在军界。我想问的问题就是,我们可以信任我们的合作单位吗?也就是飞豹突击队。"

何亮沉默良久,抬起头道:"目前来看,还是可以信任的。我们还没有发现飞豹突击队内部有和K2组织勾结的线索。如果有进一步的情报,我会及时通知你们。"

"我的顾虑您是明白的,毕竟我们是在一线的人,最怕背后被打黑枪。"

"我没有过硬的证据,所以不能乱说。但如果你问我的建议,如果我是你,我会留意,并且保持警惕。"

"报告!"林小鹿起立,"请问,一旦发生刚才的情况,我们的权限是什么?"

何亮看着她:"如果有人对你们构成直接生命威胁,可以开枪还击,但在此以前,要充分判断是否构成了这个威胁。要知道,外事无小事,更何况真刀真枪的联合行动了!至于判断标准是什么,在接下来的培训当中,我们会进一步沟通。"

"好,你们回去各自准备。在你们出发以前,还有专项培训。在异国他乡执行任务,我就不多说注意事项了,你们都是老码头了,该知道利害关系!你们明白吗?!"江志成的声音低沉有力。突击队员们起身立正,都兴奋地喊道:"明白了!"

6

南非农场。二楼的办公室烟雾缭绕，王悦可对着两张偷拍过来的照片发着呆，这些照片里都是同一个人。毒蝎走过来，冷声问道："你想好了吗？"王悦可的脸色有些发白："我只希望他活着……"

"那要看他有多爱你了。"王悦可不语，毒蝎看着她，"怎么，你没有信心吗？"

"我太了解他了，我只能说，我试试。"王悦可突然问他，"我想知道，你怕死吗？"

毒蝎刚想说话，白马过来在他身边耳语，递给他一个 U 盘，而后悄然离去。

"这是什么？"王悦可问。

"我的女儿。"毒蝎把 U 盘插入电脑，画面跳出来——陆冰嫣被反手铐着，接受盘问。

王悦可愣了一下："你的女儿是中国空降兵？她出什么事了！"

"因为我，她被开除军籍了。"毒蝎的脸上没有表情，只是眼中有一丝泪光。

"是你安排的吗？让她去空降兵？"

"不是，"毒蝎的表情很是痛苦，他摇头道，"我不想她和我们这一行有任何瓜葛，我只希望她能平凡地活着。"

"怎么被发现的？"

"MSS（中国国家安全部）发现的，也不知道他们通过什么手段锁定了疑点，提取了她的 DNA，和获取的我的唾液 DNA 样本进行了比对。结果是一致的，她就没办法在部队继续待了，要接受 MSS 的严格审查。"

"如果她确实不知情，MSS 也不会难为她的。"

"是，我也知道，但现在麻烦的是——她跑了。"

"跑了？从 MSS 的手里？"

"对，"毒蝎叹息了一声，"我的这个女儿啊，虽然从来没有见过我，但确实遗传了我的基因。她桀骜不驯，从重兵把守之中突围跑了。抢了枪，还打伤了警察，然后跑掉了。"

"她跑到哪里去了？"

毒蝎摇头道："不知道，我也不知道她现在在哪儿，现在还活着没有。这些情报都是刚刚搞到的，我都没有见到过她。"

"什么时候的事？"

"一年多了吧？这一年多我到处在找她，她混迹在黑暗的世界里，独自挣扎着。

卖军火、卖情报、做杀手，变成了和之前完全不同的一个人。她曾经是那么阳光、活泼，现在却和我们一样，背负着内心的伤痛、肉体的痛楚，不是杀人，就是被杀。"毒蝎闭上眼睛，一滴眼泪流出来，"我真的很自责，母狼，你能理解我的感受吗？我想找到她，我派了很多人去找她。她很谨慎很小心，我派去的人，有的就被她杀掉了，她根本不信任那些人。"

"我可以去找她，"王悦可说，"女孩儿和女孩儿之间还是有可能沟通的。"

毒蝎摇头，眼里有隐隐的泪花："不，你还有手上的任务要做。你的任务是策反帅克，这是重中之重，我这只是个人私事。我拎得清轻重，做你手上的工作，我的女儿我会想办法找到她的。"

7

夜晚，一座废弃许久的旧工厂满目疮痍，大楼里一块完整的玻璃都没有。房间里，陆冰嫣冷酷地靠在旧桌椅上，她明显比以前黑了，但也更强壮了些。在她对面，一个外号叫黑狐的男人被反绑在椅子上，奄奄一息。陆冰嫣的胳膊上扎着绷带，上面有血迹浸出来。

"黑狐，你的嘴还那么硬吗？"陆冰嫣冷冷地看着他。黑狐坐在椅子上，睁开血肉模糊的眼："我也是走江湖的……冰刀，你的老板和我的老板是死敌……我们也注定是敌人……"

"你现在已经没别的路可走了，黑狐。"陆冰嫣冷酷地说。

黑狐吐出一口血水："我干这行……踏上这条路，就没打算有个好死……"

"你以为，你硬撑着，我就不会杀你吗？"

"冰刀，我也是聪明人！我招供也是死，不招供也是死！你说我做什么选择？还不如不招供呢！"

陆冰嫣从腰间拔出手枪上膛，哗啦顶上膛对准他的脑门儿："我再问你一次，被你们绑架的中国公民关押在什么地方？"黑狐笑道："我忘了！"

砰！陆冰嫣掉转枪口，对着他的膝盖就是一枪。黑狐一声惨叫："啊——你个臭婊子——"

"现在呢？想起来了吗？"

黑狐惨叫着，在铁椅子上挣扎着："臭婊子！我要杀了你！我要杀了你！"

砰！又是一枪。黑狐的另一个膝盖立刻炸开了花，血肉模糊，他厉声惨叫着："杀了我！你快杀了我！冰刀，否则我就杀了你！我一定会杀了你这个臭婊子的！"陆冰嫣还是一脸冷酷："听着，黑狐！我知道你不缺钱，K2给了你足够的钱！你后半生的荣华富贵根本不是问题！所以我不打算给你钱，我也没有那么多钱的预算！但是我一定要让你张嘴！二十多个中国公民在你们的手里，你不给我交出来，今天就别想过关！"

黑狐忍着剧痛冷笑道："冰刀！我早就该想到你是 MSS 的卧底！今天这个结果是我咎由自取，我认，但是你别想让我张嘴！我告诉你，我是不会屈服的，随便你怎么折腾我！"陆冰嫣冷笑道："我知道，你是个色鬼，看见女人就走不动步。"黑狐忍痛淫笑着道："怎么？你还想色诱我不成？来啊，虽然你黑狐哥我的两条腿肯定是废了，但是你黑狐哥的第三条腿依然坚挺，可以来试试啊！宝贝儿，保证你欲仙欲死的，永远也忘不掉！"

陆冰嫣冷笑着关上手枪保险，匕首在她的手里闪着寒光："你的白日梦做得挺美，你觉得我能看上你这种杂碎吗？"黑狐看着明晃晃的匕首，脸色开始发白："你，你想干什么？"陆冰嫣的匕首在黑狐眼前来回比画着："我知道你不怕死！你也不怕折磨！打断你的腿，你也不在乎！但是你怕失去第三条腿！那你就没什么人生的乐趣了，不是吗？"

黑狐的脸煞白，眼睛都直了："别！冰刀！别这样！你不能那么残忍！你不是个女魔头！你是共产党员吧？你不能虐待俘虏……"匕首闪着寒光，陆冰嫣眼露凶光，走过去一把抓住他的下体，黑狐忍着痛："我说！我说！他们关在市郊的橡胶园，就在三号公路的边上！有三十个人把守，没有重武器！……冰刀，我都说了，你放了我吧……"

陆冰嫣冷笑一下，拔出手枪，对着他的胸膛噗噗两枪，黑狐在弹雨中抽搐着死去，陆冰嫣把手枪插入枪套："你的手上，中国人的血债太多了。"

陆冰嫣走出房间，抬头看着天空，星星在夜幕下隐隐闪着微光。陆冰嫣拿出加密的卫星电话，拨出去："市郊的橡胶园，三号公路的边上，三十个看守，没有重武器。"

"冰刀，收到了，我们马上通过大使馆和当地政府联系，他们会平安回国的。"三局指挥部里，何亮在听电话。

"希望他们的特种部队不要太慢，把营救行动搞砸了。"陆冰嫣的脸上都是疲惫。

"不会的，我们的人会秘密参与行动。"

"需要我去吗？"

"不用了，你好好休息休息，剩下的事，我们会去做。"

陆冰嫣苦涩地笑道："休息？我不知道什么叫作休息，我只想工作。"

"你的神经绷得太紧了，我要给你放个长假了，出去散散心。"

"谢谢头儿，不过，我不想休假。给我新的任务吧，我想马上去工作。"

"你先睡一觉，明天等着看新闻。"何亮拿着电话，"再见，冰刀，你是我们的英雄。"

8

陆冰嫣挂了电话，疲惫地靠在柱子上，无力地看着远方的黑夜……

一年前，宽大的办公室里，外屋是会议室。里屋的桌子上井然有序地放着很多材料，前面是一个党旗和国旗的小陈设，墙上有个醒目的标语——"对党绝对忠诚，精干内行"。虽然是早晨，但是何亮办公室永远是拉着厚厚的窗帘，外面的玻璃也是隔音的，这些都是工作需要。屋子里面光线不足，开着台灯。

何亮看着办公室对面的陆冰嫣，面色凝重："对你来说，这会是一个情感上的巨大考验，那毕竟是你的亲生父亲。"陆冰嫣眼神坚定："我是中国军人……起码现在还没有办手续，我还是中国军人，我不会对任何敌人心慈手软！"

"做我们这个工作，需要巨大的耐心，也要学会隐藏自己。你将是一个单飞的侦察员，没有支援，没有后勤，瞬间的决定都可能决定你的生死。你要学会做一个伪装者，不是非黑即白，游走在黑与白的边缘地带。信仰只能藏在心里，不能暴露出来，你明白吗？"

"明白！"陆冰嫣想了想说，"我是不是应该先接受个相关培训什么的？"

"来不及对你做事前培训了，冰刀，你接受过最好的空降兵特种部队训练，这是你的优势。现在你必须马上被派遣出去，等到完成派遣过程，择机再对你进行专项培训。在这以前，你必须依靠自己的军事技能和求生本能，保护好自己。"何亮严肃地说道，久久无语，"……虽然你的终极目标是你的亲生父亲，代号叫毒蝎的那个家伙，但是你不能着急和他接触，不要主动去找他。他的行踪非常隐秘，你主动出现，会引起他的怀疑，那样太危险了！"

"我是真的想马上找到他，想亲口问一问，这到底是怎么回事？他到底是谁？是个什么样的人？"陆冰嫣有些激动。

"千万不能那样做，绝对不可以冲动！否则，不光你有死亡的威胁，也会牵连到我们别的同志，你明白吗？"何亮嘱咐道。

陆冰嫣点头："我懂您的意思。可是，我到底要干什么呢？"

"你要得到他的信任，就要准备长期单独行动，不露出任何马脚。当他认为你可以信任的时候，他会主动联系你的。切记，让他主动联系你，并且不能感情用事！要知道，他首先是敌人！为了自己的生存，他杀掉你，不会有任何的犹豫。你不要着急动手，我们的目的并不是干掉他，而是破坏 K2 的组织！这需要长久的耐心，告诉我，你有没有耐心？"

"我有！"陆冰嫣坚定地点头。

"你要承受误解和委屈，包括来自你的战友，甚至是自己人的枪口，这些你都要有思想准备。"何亮站起身，"我知道，你和你的战友们感情非常深厚。"

"何处长，我只有一个请求。"陆冰嫣的眼里闪着泪花，"如果我死了，请告诉他们，我是个好人，我没有让他们失望。"何亮在沉吟，陆冰嫣苦涩地一笑，"不能说就算了，我没什么问题了。"

"我不能随便许愿。"何亮抬起头道，"你知道，干我们这个工作，尤其是外派干部，有的人死了几十年，还在承受误解和委屈。暴露身份，哪怕是已经牺牲或者去世的干部的身份，都可能影响到其余还在秘密战线上工作的同志。能不能告诉他们，要看到时候的情况。我向你保证，如果条件许可，我会亲口告诉他们。但是冰刀，你要明确一点……"陆冰嫣抬眼看他，何亮的嘴唇翕动着，"一旦你出什么意外……"

陆冰嫣笑了笑道："我知道，没有人会承认我的。"

何亮哽咽着点头："你的任务，比暗剑行动可艰巨得多。"

"放心吧，何处长。从我穿上军装的那一刻开始，我的生命就不属于我自己，是属于党、属于祖国、属于人民的。我有这个思想准备，在战场上牺牲，在隐蔽战线牺牲，对我都是一样的。我渴求做个战士，这是我自己的选择。"陆冰嫣抬头看着墙上的大字，她深呼吸着，让自己平静下来。

从那一刻起，陆冰嫣就成为三局的侦察员，代号冰刀，这也将成为她的终身制职业——她就像是一头独自在旷野中游荡的狼，没有同伴，没有战友，有的只是黑暗中一次次刀锋入骨、背水争雄的血战。

陆冰嫣闭上眼睛又睁开，还是那么冷峻。

是的，自己是对党绝对忠诚的情报干部！自己的一切都是属于党的！

对党绝对忠诚，精干内行！

9

陆冰嫣看着远方，满是血污的手颤抖地点燃一支烟，火光映亮了她年轻冷酷的脸——她必须让自己时刻都保持清醒的头脑，因为她是孤燕，在敌后没有任何支援。这次行动的目标是她的亲生父亲，代号叫毒蝎的家伙，但是她知道，她不能主动联系他，不能露出任何马脚，她的终极目标是破坏K2的组织，但这需要长久的耐心和足够的勇气。

陆冰嫣把只剩下一口的烟蒂吐掉，靠在柱子上。这时，旁边的卫星电话响了，陆冰嬷接起来，沉声道："喂，哪位？"

没有声音。

"不说话挂了。"陆冰嬷又用英文问了一遍。

"我是你爸爸。"

陆冰嬷猛地一下子呆住了。

"怎么？你不知道你还有一个亲生父亲吗？"

陆冰嬷一把挂掉电话，眼泪夺眶而出。她捂着嘴，努力地克制住自己的情绪。毒蝎拿着卫星电话，眼里有亮光在闪动。陆冰嬷失声痛哭，所有的忍耐和委屈都在这一刻爆发出来。这时，电话又响了，陆冰嬷哭着拿起卫星电话，直接关机，扔了出去。毒蝎拿着一阵忙音的电话，哭出声来，发出一声如在黑夜里的野兽般痛苦的哀号。

10

波拉哥里特种部队野外营区。空中，鲜艳的中国国旗和波拉哥里国旗并肩飘舞。观礼台前，庄严肃穆的黄色脸孔、落地有声的中国军靴、整齐划一的出枪动作，瞬间让会场上掌声四起。

阅兵式结束，两国特种兵们交换纪念品。飞豹突击队的队长查理少校，代号野熊，赠送给帅克一个迷彩小熊，那是飞豹突击队的吉祥物。两国特种部队济济一堂，都是背手跨立，AK也赫然在列，呼哧呼哧地吐着舌头。记者席上，数十名记者举着长枪短炮，闪光灯狂闪。人群里，戴着记者证的王悦可脸色苍白地从人群后面走出来。她戴着金丝边眼镜，默默地注视着台上的帅克。

帅克站在台上，手里拿着小熊，突然，他愣住了——王悦可慢慢摘下眼镜，默默注视着他。帅克呆滞在台上，四目凝视之间，仿佛时间停止了。林小鹿顺着帅克的眼神看出去，惊恐地看着王悦可。

帅克还呆滞在台上，连查理也觉出了不对劲儿，他看着帅克笑了笑："帅，谢谢你的礼物。"

帅克醒悟过来，两个人握手，他再回头看时，人群里已经没有了王悦可的身影。帅克眨着眼睛，是幻觉吗？林小鹿看着台上失魂落魄的帅克，担忧地想着什么。

11

清晨，野外训练场上，远处不时响起剧烈的爆炸声，两国突击队员们正在进行协同攻击训练。山坡上，帅克和查理不时地拿着望远镜在观察，AK蹲在他的身边。记者们在更高处拍照录像。

"年轻的中国空军中尉，我可以采访您吗？"

一声清脆的中文，帅克回头，王悦可站在他身后看着他，亮出记者证："我是波拉哥里《华商日报》的记者，我叫凯瑟琳·李。帅克中尉，你好。"

查理纳闷儿，随即识趣地走到另一边继续观察。

两个人四目相对，许多岁月就这样过去了。帅克默默无语。良久，她才缓缓道："……我没想到，你……"

"没想到我还活着？"

"没想到的太多，不知道从哪儿说起。"

"我们到那边边走边说吧。"

帅克点头，两人朝着没人的地方走去。正在观摩台的林小鹿侧过脸来，两个人已经走远了，林小鹿在想着什么。

12

野外，帅克和王悦可并肩走着，都是沉默无言。王悦可停下脚步，看着前方。帅克走到她的面前，注视着她："你……去哪里了？"王悦可苦涩地笑了笑："一言难尽，这是一个很长的故事。"帅克急问："出了什么事？"

"我被绑架了。"王悦可淡淡地道，"我被拐卖到波拉哥里，一个表面光鲜却下流肮脏的高级妓院。他们威胁我，如果我不干，就杀掉我。"王悦可的眼泪慢慢落下来，帅克默默注视着她："为什么不和我联系？我会想办法救你的。"王悦可擦掉眼泪："救我？帅克，你怎么救我？你太自负了，你也太不了解这个国家了！你有什么能力能把我从那个魔窟救出来？这个国家是黑帮和毒枭的天堂，政府、军警、司法机关等所有的一切，都深深刻着黑帮和毒枭的烙印！钱在这里能买通一切，政客、警察，还有那些将军，他们没有一个是干净的！我和你联系？我连和外界联系都做不到，我怎么和你联系？"

"你是怎么逃出来的？"帅克忍着痛苦问道。

"逃？"王悦可的脸上闪过一丝痛苦，"我不可能逃得出来。我尝试过一次逃跑，找到了街上的警车，我以为他们会带我到警察局去。结果我又被送回了妓院，差一点儿被活活打死！从那一刻开始，我就再也没有了希望，我只能服从命运的安排，在那个肮脏的妓院，一次又一次被他们蹂躏自己的肉体。我再也没有了希望，阳光也远离了我，整个世界都是黑色的，暗无天日。"

帅克默默听着，心如刀绞。

"帅克，你知道绝望是什么滋味吗？"王悦可的眼泪无声地流淌着，"在地狱里，被魔鬼吞噬，与噩梦为伴……我已经没有了灵魂，没有了爱恨，没有了任何人类的感觉。我连动物都不如，被凌辱，被践踏，被……"

帅克克制着自己的眼泪，知道自己不能失态。王悦可泪眼蒙眬地看着他："你知道，我在那时候还在想着你吗？我不是幻想你来救我，我知道那是不可能的，我只是在幻想……你在中国空降兵部队能过得很好，能过上你自己向往的军人生活，能……能遇到一个真心爱你的女兵……你们能很幸福……"

帅克的眼泪在打转，王悦可继续感叹着道："后来，我遇到了现在的丈夫，一个去妓院玩弄我们这些可怜女人的华裔商人。我向他哭诉自己的遭遇，他动了恻隐之心。他给了黑帮很多很多钱，才把我救赎出来。他给我重新做了合法的身份，在这个国家，只要花钱，没有办不到的事情。我改了名字，也有了新的国籍，还做了记者……我知道中国空降兵部队的雷神突击队要来这里，就要求报社派我来采访。我不知道你会来，但你却真的来了，出现在我的眼前……"

"他对你好吗？"帅克有些哽咽。

"他是我的恩人，我只能用自己来报答他的恩情。我和他之间谈不上有爱情，但是，是他从火坑把我救出来的，我是个感恩的人。也许，这就是我的命吧！"

"你和你的父母联系了吗？他们都要急死了。"

"我怎么和他们联系？我这种情况，怎么面对我的父母？我……我更不敢和你联系，我太脏了……"王悦可哭出声来。帅克抬手想给她擦去眼泪，却僵持在空中。王悦可哭着道："帅克，答应我，不要告诉我的父母！我不想他们知道我的遭遇，就让他们当作我已经死了！当作从来没有过我这个女儿！帅克，求求你！"

帅克无语，只能点点头。

"在法律上，我已经是另外一个人了。这个世界上再也没有王悦可了，只有凯瑟琳李，再也没有你的可可了……我再也配不上你，甚至都不配再爱你。我是那么的肮脏，我都压根儿没想过再见到你……"

"你别这么说，我……"帅克的喉结蠕动着，闭着眼睛，任凭眼泪流着。

"我说的是事实！帅克，我早已失去爱你的资格！我今天见到你，我也没有更多的想法！我只是想……想再见见你，和你能说说话……我这肮脏的一生，也就算圆满了。"

"不是你的错，你不要把这些都加诸在自己的身上。"

"不是我的错，还能是谁的错？"王悦可惨淡地笑了笑，道，"你的错？你没有错。命运的错？如果我一开始就选择求救，而不是那么懦弱、胆小怕事，也不会一步错步步错！以至于今天，再也无法挽回，再也没有回头路……"

"到底怎么回事？"帅克一愣，"你话里有话。"

王悦可意识到自己说漏嘴了："啊，没什么，我就是感叹一下。"

"可可，你知道我是雷神突击队的突击队员，我很敏感的。"

"可可……"王悦可苦笑道，"好久没有人这样叫我了，我以为这一生再也不会听到。"

"告诉我到底怎么回事？"

王悦可看看周围："这里不是说话的地方。"

"你知道我的身份，我出不去的。"

"这是我的手机号，你如果想知道我的身上到底发生了什么，在你能出去的时候联系我。为了你，我24小时开机。"王悦可把名片递给他，"我得走了，你也得回去了。"王悦可看着他，欲言又止，"帅克，我还能抱抱你吗？"

帅克一愣。王悦可看着他，忽然紧紧抱住了他。哇的一声，王悦可撕心裂肺地哭着，像是要把之前的所有痛苦都宣泄出来。帅克慢慢伸出双手，犹豫着。

那边，林小鹿悄悄走上山坡，愣住了。王悦可哭着，一转脸看见了林小鹿，急忙松开手，擦擦眼泪："对不起，我失态了。"说完就匆匆走了。

帅克站在原地一动不动。林小鹿慢慢走过来，看着沉默的帅克："你……不想跟我解释点儿什么吗？"帅克不说话。林小鹿看着他："帅克，到底是怎么回事？我们已经结婚了！"帅克看着远处王悦可消失的背影："她的事，跟你没关系。"

"怎么没关系？我是你老婆，你是我老公！你和她抱在一起，你现在告诉我，这件事跟我没关系？！"林小鹿说着眼泪就出来了。

"过去的事了，我真的和她没什么了。"帅克痛苦地解释着。

"你们抱在一起哭，跟我说，你跟她真的没什么了？"林小鹿的声音沙哑。

帅克看看她，手里紧紧捏着名片，欲言又止。林小鹿气哭了，帅克克制住自己的情绪，终究还是没喊出来。他狠心地转身，头也不回地大步走了。

第三十章

1

飞豹部队营区，简报室里，一座巨大的电子沙盘立在中间，何亮和波拉哥里军方情报官站在首席位置。帅克脸色阴沉，一言不发。

"我是波拉哥里国防部军事情报局的局长米勒准将，我来介绍一下，这位是来自中国的何先生，我们合作单位的CEO。雷神突击队一定不感到陌生，你们应该是老相识。"

"我们很熟，是不是，帅中队长？"何亮看向帅克。帅克正在走神儿，黄金一拽他："跟你说话呢！"帅克醒悟过来："是，保证完成任务！"

大家都一愣。何亮皱眉。帅克意识到自己失态了，不吭声地站好。何亮严肃地注视着帅克："帅中队长，你是否可以继续参加会议？请给我明确的答复！"

"报告！没问题！"

"你要知道，这是中波联合秘密行动，关系重大！你的首长派你来，不是在这儿发呆走神儿的！"何亮呵斥道。帅克低下头："是，我错了！不会再有下次！"

"我不是你的首长，不想多说你什么！如果你不能继续参加会议，可以离开，我向你的首长打报告，申请派别的突击队指挥员来！"

"是！我保证，不会再走神儿！"

"我暂时相信你。将军，我们继续吧。"

"好的。两国的突击队员们都注意了，我们这次的目标，是这个人。"电子沙盘的屏幕上滑出一个戴着铁面罩的头像，"这个人代号是毒蝎，迄今为止，各国情报机关都没有得到他的准确照片。他不是一般的对手，是我所知道的最狡猾的特务头子、恐怖分子和雇佣兵头目！他为国际秘密组织K2服务多年，根据准确的情报，他长期潜伏在波拉哥里境内，策划、组织、实施恐怖活动，颠覆他国政权，暗杀多国要员和知名人士，并且组织了严密的情报网络。"

"由于我们的特殊国情，为了防止无孔不入的毒枭集团获得情报，经过两国高层的秘密协商，决定由两国空降兵特种部队来执行这次捣毁毒蝎老巢的秘密行动。以中波联训为幌子，将中国空降兵的雷神突击队、翠鸟女子侦察引导队以及我国空降兵的飞豹突击队，召集在这里。我们的政府和军方想做到完全保密非常难，所以这次联训的实际目的，只有极少数高层知晓。我国的飞豹突击队是受到政府和军方高层信任的，野熊，你知道这句话的分量！"

飞豹突击队的队长野熊立正："明白，长官。我们的突击队员长期与毒枭集团血战，我们杀了他们很多人，他们也杀了我们很多人，互相都是血海深仇！我们每名突击队员都宣誓效忠祖国，并且会用生命兑现誓言！"

"关于行动的目的和意义，将军先生已经表述过了，我不再多说。我想说的是，我们目前已经有一些相关情报，我们两国的侦察员正在核实当中。但是现在，我还不能说。"何亮站在沙盘前，神情肃然。野熊纳闷儿地道："何先生，请问为什么？"

"保密原因。"

"太可笑了，我们要去一线卖命，居然什么情报都不给我们！还是不信任我们啊？"野熊有些恼怒。何亮认真地看着他："请查理少校理解，在出发以后，我们会给大家提供最可靠的详细情报。"

"我们要拟定作战方案、配属人员、装备武器，这些都需要事先知道情报，难道要让我们盲打吗？"

"请原谅，目前我只能说这么多。"

"我还从来没有这样打过仗！"

"别紧张，不是今天晚上就出发。现在只是大家见个面，理顺合作和指挥体系，互相做个简单的了解。接下来，我们会有针对性地要求两国突击队进行专项训练。这些专项训练都来自我们的情报，非常有用。等到真正行动的时候，我们会有完整的作战方案。"

"情报部门给我们拟定作战方案？"野熊不屑地轻哼，"我还从未遇到过这样的事情，我也没有听说过，特种部队还能这样去作战。你们雷神突击队是这样打仗的吗？"

"我们服从上级的命令，不折不扣地去完成。"帅克掷地有声地回答。

"查理，你应该知道，我们需要保密。现在不说，不代表永远不说。你的这些弟兄都经过忠诚度的甄别，我不是不相信你们。刚才何先生说过了，我们的侦察人员还在继续核实情报，给你不准确的情报有什么意义？"情报官走过来说道，"听着，查理！总统高度重视这次行动，你是参谋长联席会议主席指定的行动指挥官！不要再胡闹了，按照命令行事！"

野熊不再吭声，何亮继续做任务简报。

2

夜里，军营僻静处，林小鹿和帅克并肩走着，两人都是沉默无语。帅克率先打破沉默："你想跟我说什么？"林小鹿看着他，泪眼婆娑："我想问你，你是不是对她还有感情？"

"我已经不爱她了！"

"感情呢？"林小鹿追问。

"感情？人非草木，孰能无情？我上大学报到时就认识她了，我和她谈了五年恋爱，我不可能一点儿触动都没有！尤其是现在……"

"为什么尤其是现在？"

帅克不语，林小鹿泪如泉涌："因为我们领了结婚证，是吗？帅克，你干吗骗我啊？既然你还爱着她，你为什么要跟我求婚啊？你知道我的个性的，我不喜欢跟别人争什么的！你不是那么爱我，我可以不嫁给你，我不逼你的！我可以躲开的，哪怕我再爱你，我也不会这样做的！可你干吗要骗我啊？"

"事情不是你想的那么简单。"帅克大声道，"她曾经是我的女朋友！五年，整整五年！她现在过得很不好，她遭遇了很多厄运，难道非要让我跟她划清界限，对她的事不闻不问吗？"

"可是在我这儿，界限必须分明！"林小鹿痛苦地流着眼泪，"帅克，我……我还是退出吧……"

林小鹿捂着嘴跑进宿舍楼。帅克嗫嚅着，几次想说话，但是都咽了回去，闭上眼睛，心里都是痛楚。

3

在斜对面的暗处，飞豹突击队队长野熊和他的士官长棕熊在那儿看着。棕熊扬了扬下巴："看起来他们俩闹了矛盾？"野熊点头："还是因为今天的那个华裔女记者。"棕熊想起来了："我看见了，还挺漂亮的啊！怎么？有情况？"野熊若有所思地道："具体的我不知道，我猜测，那个女记者应该就是 K2 的人。"

"K2 到底想不想我们动手干掉他？"棕熊压低声音问道。

"我想是双保险吧？你和我是一路，那个女记者是另外一路。"

"这三百万美元不好挣啊！我现在就去干掉他！"棕熊拔出手枪，野熊一把拦住："别胡闹！现在动手，一看就是我们干的！我们要找一个合适的机会，也要等毒蝎的命令！还有，毒蝎也跟我说过，不管是不是我们动的手，只要我们制造了机会，这三百万还是你我的。一人一百五十万美元，我们可以养老收山了！K2不在乎钱，他们有的是钱。我们在乎，我们那点儿可怜的养老保险，能养个狗屁的老啊？今天没套出来他们的情报，真是个遗憾！看来还是防备着我们啊！"

"放心吧，他们早晚要说的！不过看今天这架势，他们好像还真的探听到毒蝎点儿什么事，要不要警告他转移？"棕熊说。

"毒蝎给我们这笔钱了吗？"野熊问，棕熊愣愣地摇头，野熊冷笑着看着他，"他出钱买人头，我们给他人头；他没出钱买情报，我们就不给他情报。一切都是生意，生意的事只认钱！记住了，我们是卖命的人，一切都要为自己考虑。"

4

深夜，宿舍里鼾声四起，和衣躺在床上的帅克突然睁开眼，眼神锐利，显然一直没睡。他悄悄起身，睡在宿舍一角的AK也醒了。帅克起身出去，AK咻溜一声也跟着出去了。

宿舍楼道里，赵大力在值班。AK突然跑出来，噌噌地撒着欢儿。赵大力起身："中队长怎么了？大晚上遛狗？"帅克笑笑道："我是睡不着，时差还没倒过来呢！AK看来是晚上牛肉吃多了，一直在那儿哼唧，就带出来遛遛。"赵大力看着AK，笑道："南美牛肉味道不一样，吃拉稀了吧？"帅克笑笑道："我过去看看，遛遛，别有什么病了。"帅克朝着AK的方向去了。赵大力坐下，继续值班。

远处的楼顶，野熊拿着观测仪，趴在他旁边的棕熊问："他要干吗去？"

野熊想了想："看这样子是要出去。"

"要阻止他吗？"棕熊问。野熊想了想道："放他出去吧，看来是K2的色诱起作用了。"棕熊不屑地说："真没想到啊。中国军人一向以不近女色著称，没想到他们的突击队长居然是这路货色。"野熊拿起电台："各个哨所注意，我是野熊。有人想出去，放他出去。完毕。"

营区僻静处，帅克带着AK走到铁丝网处，AK坐下，仰着头看着帅克。帅克摸摸它的头："你不用跟着去了，回去睡觉，我不带你去！"AK歪着头，不走。帅克挥手，AK往回跑，跑了一段又回头。帅克转身，快跑几步，纵身跳过铁丝网。那边，AK从黑暗中露头出来，一声不吭，拔腿狂奔，噌地跳过铁丝网，悄无声息地往黑暗中去了。

山上，帅克在狂奔。AK不敢靠近，在远处若隐若现。帅克跑上山顶，观察着四周，拿出手机和名片，拨打出去。

王悦可躺在床上发着呆，手机铃声响了，她一激灵坐起身，拿起手机稳定自己，睡意绵绵地接起来："喂……"

"是我。"

王悦可呆住了，眼泪在酝酿。

"听到了吗？我是帅克。"

王悦可在流泪，说不出话来。帅克着急地问："可可，你怎么不说话？"

"帅克……"王悦可一下子哭出声来。帅克拿着电话，也是心潮澎湃："可可，我出来了，我想你，你在哪儿？"王悦可哭着道："不要！帅克，不要！我们还是不要再见面了！真的，我不想见你！"

"可可，你别哭，你冷静点儿……"

"帅克！我对不起你！我们真的不要再见面了！你快回军营吧！"

"你了解我的，只要我出来了，就一定要见到你！你在哪儿？我上刀山下火海，也要见到你！"王悦可听了，哭得说不出话来，帅克的眼泪也流了下来，"可可，我知道你吃了很多苦，我知道你不敢回家。没关系的，真的没关系的。我……我知道了你遭遇的事情，心里非常的难过，也觉得自己无能……那时候我还是你的男朋友，我却没能保护好你，是我的责任。"

房间里，王悦可哭得不能自已。

"可可，我今天跑出来，就是想见你。我知道所有的真相以后，非常震惊，非常难过，也非常愧疚。你不要躲避了，告诉我，你在哪儿，我要见到你。马上立刻，我要见到你。"

"帅克，你……你见我干什么啊……我现在是个不干净的女孩儿了……我是个坏人……"

"不，你的心还是善良的。不管发生什么事，不管遭遇什么难，我都相信，可可的心不会变的。可可还是那个柔弱可人、多愁善感的女孩儿，只是她迷失了方向。告诉我，你在哪儿，我带你回家。"

"家？我哪儿还有家？"王悦可泣不成声。

"你当然有家，你还有爸爸妈妈，你还有我，可可。"

"有你？你已经结婚了！"

帅克一愣："你怎么知道我已经结婚了？"王悦可语塞："我……我其实一直在关注你的消息，我经常看《解放军报》，看过你的报道。夫妻特种兵，不是吗？"

"可可，现在不要再说那么多了。我结婚是我的事，但我和你的事，和她无关。

告诉我，你在哪儿，我要见到你。"

"帅克，你不是那样的人……"

"这和我是什么人没关系。可可，你曾经是我的女朋友，我曾经深深爱着你……这种爱，被命运突然中止，虽然淡去，但没有消失……可可，我知道你很难，跟我回家，离开这儿。"

"帅克，我做不到……"王悦可哭了出来。

"我们见面说吧，你在哪儿，我去找你。"

王悦可为难地道："我这儿不方便……"

"我知道，你有老公……这样，你说个地方，我去找你。"

王悦可在犹豫着，不知道怎么办。这时，房门轻轻开了，毒蝎寒着脸站在门口。王悦可一下子呆住了……

5

公路上，停着一辆破旧的皮卡。帅克从兜里掏出一根细铁丝，插进锁眼捣鼓了几下，车门就开了。帅克从车里扒拉出一件外套，套在了空降迷彩服外。上车，拉出汽车线，两根线哧哧闪着火花，帅克一踩油门儿，皮卡在公路上疾驰而去。AK从山上跑下来，看着车去的方向，拔腿狂追。

一条僻静的街道外，皮卡开过来，停在了街边。帅克警觉地观察着四周，没什么动静。AK从远处狂奔而来，哈着舌头，隐蔽到街角暗处，关切地看着那边的帅克的车。

6

坐在酒吧角落里的帅克抽了一口烟，在喧闹当中保持着他的冷峻。但是歌声已经在撞击着他不为人知的内心，眼泪和着汗水从他的脸上滑落，他闭上眼睛在音乐中无声地流着泪。酒吧门口，王悦可慢慢地走过去，帅克抬眼看她，两个人都是久久的沉默。酒吧昏暗的烛光映着王悦可煞白的脸，让她看起来越发楚楚可怜。

王悦可伸出手，轻轻抚摸着帅克的脸庞。她抚摸得是那样仔细，又是那样认真，更带着一种说不出来的痛楚。她似乎就是要用自己的这双手，把帅克的样子、帅克的声音，都用一种属于自己的方式复制下来，藏进自己永恒的记忆中一般。帅克注视着她，轻声说："可可，我想带你回家。"

王悦可一下子哭出声来，肩膀抽搐着。帅克默默无言，看着这个自己曾经深爱的女人。王悦可的眼泪犹如汪洋大海，她翕动着嘴唇终于无声地说出了那个名字：

"帅克……"

酒吧的玻璃窗上，AK扒拉在窗户上，伸着狗头往里看着。王悦可和帅克面对面坐着，王悦可失声痛哭着："对不起，帅克……真的对不起……"帅克摇头道："你没有对不起我，所有的一切，都不是你的本意。我知道，你的内心深处还是善良的。不管经过什么样的风雨，不管你曾经遭遇过什么，做过什么，你都是被迫的。可可，我今天来，只是想带你回家，摆脱这一切噩梦。"

"你不懂，你不懂！帅克，我摆脱不掉的！他们是摆脱不掉的！他们的力量太强大了，他们是不可能战胜的！"王悦可哭得更厉害了。

"我是中国人民解放军空降兵，没有战胜不了的敌人！"帅克看着她，"跟我回家，可可！"

王悦可哭着说："帅克，帅克！我真的很想跟你回家，可是我走不掉！他们不会放过我的！"

"我会杀了他们！"

"对不起，帅克！我……"王悦可哭着抽出自己的手，"你走！你快走！你快走啊，帅克！"

帅克紧紧抓着她的双手："我来，就是要带你回家的！我一定会带你回家！"

王悦可流着眼泪挣扎着："别说了！你快走！你马上离开这儿！你快走啊！"

突然，一根绳索从后面套过来，直接勒住了帅克的脖子。趴在窗户外的AK一下子呆住了，对着玻璃窗狂吠着。帅克被勒住脖子，一下子带倒在地。王悦可起身哭喊着，被一个蒙面人用枪口抵住脑袋，死死地按在了桌子上。AK在酒吧外狂吠着，左右看看，哧溜下去跑去门口方向。

帅克手抠着绳索拼命挣扎着，又有两个蒙面人冲过来，按住了他。帅克依旧在挣扎，他脸色通红，几乎喘不过气来。蒙面人拿起一支针管，利索地扎在他的脖子上——他的眼就渐渐地直了，变得迷离起来，也放弃了反抗。王悦可被死死地按在桌子上，哭喊着："帅克！帅克！是我害了你啊！帅克！"

帅克头一歪，就晕过去了。

门口，AK狂吠着，一个蒙面人手持消音器手枪，走到了门口。AK愣住了——枪口正对着自己，砰！蒙面人扣动扳机，AK噌地就跳到侧翼，子弹打在了地上。AK一路狂奔，弹着点追着它跑。另一个蒙面人跑出来，端着无声微冲开始射击。噗噗噗……AK快速逃离，一声惨叫，它在地上一个滚翻倒下了。

这时，帅克被两个蒙面人抬着走出酒吧，头上罩着黑口袋，上了旁边停着的一辆面包车。黑暗里，AK舌头耷拉在外面，背上的伤口在不断地流血。面包车急驰而去，AK一个闪身站起来，朝着车队去的方向开始狂奔……

面包车里，王悦可被约束带捆着，她哭着看着帅克，一把枪死死地顶着她的太阳穴。

7

面包车停在一个农场门口，铁门打开，很快又被关上。少顷，AK跌跌撞撞地跑过来，累瘫在距离铁门几米的路边。休息了几秒钟，AK又坚持着起身，继续往前跑。面包车队开到一幢别墅前，蒙着黑布袋的帅克被扛下车。王悦可也被带下车，被蒙面人拖拽着进去。

酒窖里，帅克坐在椅子上，双手被反铐着。强光下，他仍然昏迷着，满脸都是汗。

没多久，帅克微微睁开眼，很快，又晕了过去。

8

女兵宿舍里，林小鹿趴在床上，突然，她一个激灵翻身坐起来。为什么她的心隐隐有点儿疼呢？林小鹿一下子弹起来，二话不说就冲出去。她狂奔着冲到帅克的宿舍门口，大喊："帅克！帅克！"

没人答应。

安迎战猛地从床上坐起来："什么情况？"陈东西也醒了："是林小鹿？"卞小飞起身看下铺——空的，AK也不在。林小鹿在外面疯狂敲门，三个兵翻身起来穿衣服。

"怎么了？大晚上的？"安迎战打开门问道。林小鹿心急如焚地道："帅克呢？AK也没动静，都不在吗？"卞小飞从门口露出脑袋："遛狗去了吗？"黄金揉着眼出来："这都几点了，还遛狗？"林小鹿掉头就跑，四个男兵急忙跟上。

楼道里，赵大力看到林小鹿火急火燎地冲过来，问："小鹿？你怎么起来了？"林小鹿喘着粗气道："士官长，帅克呢？AK也不见了！"赵大力皱眉道："我正在发愁这件事呢！四个小时前……帅克说要去遛遛AK，然后就没影儿了。"

"四个小时前？"林小鹿惊呆了。

"对，我这儿也正着急呢！带队的中队长不见了，这可是大事！我正琢磨要不要跟上级报告呢！"赵大力也是心急如焚地说。周招娣问林小鹿："你们俩不是吵架了吗？帅克是不是心情不好，带着狗去散心了？"林小鹿都要急哭了："可能真的是我把他说急了，他去找她了……"

"谁啊？"赵大力问，林小鹿意识到说漏了嘴，赵大力严肃地看着她，"林小鹿同志，都这个时候了，有什么事你一定要说！否则，很可能要出大事了！我们在异国他乡，不是在国内，一切都是未知的危险！"

林小鹿咬咬牙道："帅克今天遇到了他当兵前的女朋友，就是那个王悦可，他们在一起好过五年！"

"不是在美国留学吗？怎么会在波拉哥里？"队员们七嘴八舌。赵大力想了想："我们只能向上级报告，等待上级的指示！"黄金忧心忡忡："那帅克，那帅克可就……完了！"

"这个时候，这些都不是顾虑！重要的是，祖国的尊严！空降兵部队的尊严！帅克这个祸可真的闯大了！"赵大力板着脸命令道。

林小鹿冷静下来："士官长说得对，我们要向上级汇报！"

9

酒窖里，帅克缓缓睁开眼睛，眼神还是很迷离。他满头是汗，脸上都是痛苦的表情。王悦可站在他的对面："你醒了？帅克，你醒了？太好了！我还以为他们杀死你了！"帅克痛苦地咳嗽着，冷笑道："能杀死我的人，还没出生呢！"王悦可哭着，抚摸着帅克的脸："你没事就好，没事就好！"

"可可，你快走！快走！别管我！这儿危险！"王悦可愧疚地哭着，帅克想伸手，但被反铐着，"你没听到吗？快走！这儿太危险了！坏人马上会来的！你不能在这儿待着，快出去！去找中国大使馆！他们会保护你的！"

"哈哈哈！帅克，死到临头了，你还顾忌着自己的旧情人！"

帅克看过去，强光下，一个黑色的人影闪出来，帅克看着他："你是谁？"

"我是谁？这是一个哲学问题。我也在噩梦醒来的时候，反复地追问自己——我是谁？我从何处来？我往何处去？"

"出来！鬼鬼祟祟的，叫什么男人！"

毒蝎慢慢走出来，露出狰狞的面具："帅克，你应该知道我是谁。"帅克看着王悦可："快走！不要在这儿！逃！逃出去！"王悦可愧疚地跪在那儿，泣不成声。毒蝎笑着看着。帅克大吼道："听见没有！逃掉！逃出去！可可，这马上要血流成河了！"毒蝎笑道："哈哈哈！帅克，你五花大绑，我占尽优势！你现在说要血流成河？太自负了！恐怕是你的血要在这里流成河了！"

农场里，AK 背上的伤口还在不断流血，血滴答在地上。一扇窗户有条缝儿，AK 伸出爪子挠开，哧溜一声进去了，窗台上留下几个血糊糊的爪印。

酒窖里，灯光昏暗。帅克无力地冷笑着道："毒蝎，你的死期到了！"毒蝎走在他面前，不以为然道："是吗？哈哈哈！帅克中尉，我知道你们中国空降兵战士都是习惯被包围的勇士！但是现在这个局面，你怎么脱困？我很好奇啊！"

"那能告诉你吗？告诉你，我们还有绝活儿吗？"帅克气若游丝地说。毒蝎哈哈大笑："我不信你还有什么绝活儿！现在是你的死期要到了，看起来你要死在我的前面了！"王悦可在旁边，泣不成声。帅克轻哼一声："是男人，你把她放了，我和你一对一！胁迫女人威胁我，算什么本事？"

"我放了她？"毒蝎诡异地笑着，"你问问她，你问问她自己！我放了她，她能去哪儿？她的代号是母狼！她是K2的王牌间谍、金牌杀手！她是我最好的学生！她执行了我的命令，引诱你被我绑架！这就是真相！你现在告诉我，她逃出去能去哪儿？去中国大使馆？哈哈哈！MSS会很乐意她自投罗网，并且带她回国，执行死刑！"

帅克看向王悦可，喉结蠕动着："是真的吗？"王悦可只是哭着不说话。帅克猛地提高声音："我问你，是真的吗？"王悦可哭着点头。

可是帅克表情平淡，仿佛早就知道："可可，不管是不是真的，你在我的心里没有变过！你还是过去的那个可可，一切都不会那么糟！记住，祖国不会放弃任何一个落入深渊的孩子！你还有机会，逃出去！不管是死刑还是坐牢，总归是回到了祖国的怀抱！总强过做这个罪恶世界的孤魂野鬼！祖国在等着你回家，你的父母在等着你回家！我们都在等着你回家！"

微弱的光线中，王悦可的眼神变得明亮起来。

"回家？！哈哈哈！你自己都回不了家了！还给我的人灌输这套过时的理论？"毒蝎骤然兴奋起来，"帅克，你唯一的出路就是跟我合作！这样，你才能活着，你才能和你心爱的旧情人在一起！"

帅克抬眼看他，脸上是奇怪的笑容。毒蝎纳闷儿地问："你笑什么？"

帅克笑得更奇怪了——被反铐在椅子后面的手指头轻微地有节奏地敲击着。

简报室，有轻微的敲击声传出来，静静等待的何亮猛地抬眼，眼神锐利："闪电已经确认目标。"坐在他对面的波拉哥里国防部军事情报局局长米勒准将问道："出发吗？"何亮想了想："先除掉K2的内线。"米勒局长点头，拿起手机。

此刻，飞豹军营上空，一阵凌厉的战备警报声骤然响起。黄金侧耳一听，是雷神的战备警报，四个兵噌地就都出去了。

宿舍前的空地上，飞豹突击队也在整队集合。野熊和棕熊全副武装出来。棕熊纳闷儿道："这是在搞什么？这不是我们的战备警报！"野熊点头道："是中国空降兵特种部队的战备警报，雷神突击队的战备警报。"

两人走到队伍前，大家都是全副武装准备厮杀的架势。

棕熊一愣："雷神突击队的战备警报？"

野熊的脸色很冷："对啊，棕熊，中国人的战备警报。"

"出什么事了？"

在兵们的众目睽睽之下，野熊的目光冷酷："我们认识多久了，棕熊？"

"二十一年，怎么了，野熊？"棕熊惶惑地问。

"是啊，你是我女儿的教父，我是你儿子的教父。我们一起厮杀战场，一起出生入死，你替我挡过子弹，我替你挡过手雷。我们是铁打的交情，流血的情谊，在这个世界上，再也没有人比你我的感情更深厚，再也没有人比你我更不能失去对方。我们可以离婚，可以单身，但是我们不能没有彼此。"队员们诧异地听着，野熊看着他，继续道，"我们都发过誓，在国旗前发过誓，在军旗前发过誓，忠于祖国，忠于上帝。"

棕熊突然意识到哪里不对劲儿了，手已经悄悄摸到手枪上。

野熊沉默片刻："棕熊，汤姆，我的士官长，我会照顾好你的儿子的。"

棕熊的手枪还没来得及上膛，身后的两名突击队员动作敏锐，两把锋利的匕首从后面狠狠地攮进了他的胸侧，那种金属特有的冰凉质感，让在场的所有士兵全身的汗毛都在同一时间倒竖起来。野熊看着自己的突击队员们，掷地有声说："这就是背叛祖国、背叛上帝的下场！我们和国家的敌人不共戴天，不管是谁，只要背叛了国家，都是杀无赦！你们明白吗？！"

"是，长官！"突击队员们齐声回答。

"把尸体拖走，等我们行动回来后安葬！记住，他是在行动当中死的，我不想我的教子一家承受叛国者家属的耻辱！我不想我的士官长、我的生死兄弟承受军事法庭审判的耻辱！我不得不这么做，既然要死，就让这一切成为永远的秘密！你们听懂了吗？"

在这个时候，所有人的呼吸都沉重了！这个刚强的男人眼里，猛然扬起一丝几可分金碎石的凌厉气息！

▓ 第三十一章 ▓

1

夜色无边，黑暗的丛林将大地笼罩得严严实实，除了一片黑色，什么也看不到。十架黑鹰直升机倾巢而出，在空中快速掠过。

昏暗的酒窖里，帅克被反铐在椅子上，苍白的脸上满是汗水。他看向哭得泣不成声的王悦可，柔声道："可可，我们不能离开祖国，不管你做过什么，祖国都不会遗弃你的！相信我，可可！"

帅克转头看着站在一旁的毒蝎，脸上带着奇诡的笑容。毒蝎看着他："我真的不明白你的勇气都是从哪里来的？"

帅克轻蔑地看着他，眼神犀利而坚定："我的勇气来自我的祖国！你没有祖国，你压根儿理解不了，祖国在我的心里是什么分量！"

帅克的手指还在轻轻叩击，那些有节奏的叩击声敲在他的心里，咔咔作响……

2

飞豹训练场的野外荒地，何亮独自在那边等待。帅克跑过来立正："何处长，你找我？"何亮回过身，神色肃然："帅克，我要和你单独谈谈，我想给你看一个人。"

帅克纳闷儿地接过照片，脑子嗡地一下蒙了。

"我知道，你很惊讶。"何亮突然开口，声音嘶哑，却带有一种独特的磁性。帅克看着照片，从来没有如此震惊过："这，这到底怎么回事？"

"这是一个很长的故事，这是一个悲伤的秘密，你想知道吗？"何亮声音低沉。

"我当然想知道，这是可可啊！"帅克的呼吸变得急促，却努力控制着自己的情绪。

"她早已不是那个你熟悉的可可了。"何亮沉默半天，脸上的神情坚毅起来，"我想过很多次，怎么和你开口谈，但恐怕只有直来直去是最合适的，你太聪明了，我不管怎么旁敲侧击，你都能一下子想到。那还不如我直接告诉你真相，王悦可在国外留学期间，被K2拉下了水。她经受了很多的磨难，肉体的、精神的，是我所知道的最悲惨的女孩儿。"

帅克凝视着照片，王悦可的眼里确实有了与过去不一样的杀气。

"王悦可，现在的代号是母狼，是K2的王牌间谍、金牌杀手。她的手上血债累累，几乎没有被法律宽恕的可能性。我们之所以一直留着她，并不是出于怜悯，而是我们很清楚，她是毒蝎身边的人，我们通过她，有可能找到毒蝎。"何亮说得很直接，帅克的喉结蠕动着："为什么给我看这些？这是你的工作机密。"

"我们需要你协助工作，事先已经和参谋长打过招呼，你的首长们同意你来协助我们工作。"

帅克脸色煞白："协助你们干掉她吗？"何亮摇头道："干掉她是太容易的事，我们不需要你动手，我们也不搞暗杀。我们想找到毒蝎，通过这只母狼。现在告诉我，帅克中尉，你能做到不被感情所左右，理智、冷静地去执行这个艰巨的任务吗？"

"你知道答案的。"

"但这次不一样，"何亮说，"你面对的是自己的初恋情人，你对她还有感情。"

帅克的心底被击中了一下，他沉默了。他的眼神瞬间变得柔软，但是锐利却不曾消失。他眼中闪动着晶莹。

"我们都是人，都是感情动物。你要慎重考虑清楚，王悦可现在是我们的敌人，她曾杀过不少人。你的任何一点儿感情用事，都可能会丧命，也会搞砸这次行动。这是我们一次很好的机会，我们知道，毒蝎想策反你，母狼，也就是王悦可，是他们对付你的一张牌。"何亮不动声色地说道。

"K2想策反我？"

"是，我知道是痴心妄想。但我们经过慎重考虑，决定将计就计，确定毒蝎的位置，发动突击，一举擒获毒蝎，他是对我们构成巨大威胁的阴险敌人！我们的计划很周密，经过很多次的数据论证，认为是可行的。"

"需要我怎么做？"

"数据论证，是冷冰冰的计算机运算的过程。执行任务的却是人，是人就有感情，不是冷冰冰的机器。现在告诉我，你会被感情所左右，冲昏自己的头脑吗？"何亮的语气是不容置疑的。

"不会！"帅克斩钉截铁地回答。

何亮凝视着他："我相信你。"

"我有一个请求。"帅克犹豫着说。

"你说，只要我能办到。"

"给她一条生路。"

何亮沉默了，久久无语。

"如果她有重大立功表现，我们会向法院酌情说明。帅克，我真的对她不抱什么希望，你要清楚地认识到这一点。她手上血债累累，想回头，以前也有过机会。她向我们任何一个大使馆、领事馆求助，我们都会想办法营救她，但是她一次都没有。我们都没尝试过和她接触，就是对她弃暗投明没有信心。"何亮把右手放在他的肩膀上，"帅克，我不能欺骗你，毕竟是你要去执行任务！这就是我担心的地方，我怕你感情用事。虽然我做这个工作，但我秉承的原则就是以诚相待，交朋友，谈心，讲道理，而不是欺骗。"

帅克闭上眼睛，又睁开，平静着心绪："何处长，我不会感情用事的，我只会告诉她，祖国没有遗弃她，我也没有。"

"你已经结婚了，你怎么处理呢？你的爱人——林小鹿同志一定会对你有所误解。"

"我没有遗弃她，并不代表我要和她重归于好。何处长，给她一次选择的机会，最后一次选择的机会。如果她一条道走到黑，我也没有遗憾了。"帅克坦荡地说，"至于小鹿，误解会解释清楚的，她是明事理的人，我也不会做任何对不起她的事。"

"帅克，这是一个局中局，核心就是你。只要开始，你就没有回头的余地，你的生命会随时受到威胁。如果我们没有及时赶到，你也很可能会牺牲。我要跟你说清楚，你不是一定要去执行这个任务，这不是你的职业。你的首长们也不会逼迫你，他们说了，尊重你自己的选择。生命只有一次，你明白吗？"

"我唯一的遗憾，就是只有一次生命献给我的祖国。"帅克的语气平淡却坚定。何亮的眼睛一下子明亮起来，帅克看见眼泪在他日渐苍老的眼眶里打转。何亮沉默半天，脸上的神色坚毅起来，伸出右手："闪电，欢迎你加入行动！"

3

"可可，你现在还有机会！"帅克大喊着。

"不，帅克！你不懂！我没有机会了！我现在恨不得去死，我很多次恨不得去死，可是我下不了手！帅克，对不起，这一切都是我的错！"王悦可捂住自己的嘴，哭了出来。

"这不是你一个人的错，你有错，但不该你一个人去扛！我也有责任！我没有保护好你，照顾好你！"

"别说了，帅克，让我去死吧！"王悦可哭着，拔出手枪对准自己的太阳穴。

"可可！不要！你自杀还不如杀了他！"帅克大吼，王悦可一愣，毒蝎也是一愣。帅克反铐着的双手悄悄从手表上拽出铁丝扣插入手铐锁眼。

"这是一个局中局？！"毒蝎猛然醒悟过来，声音颤抖着说。

帅克看着他笑道："对啊！局中局！你的死期到了！两个国家的特种部队都在你的头顶上了！"毒蝎脸色大变，拔出手枪顶住帅克的脑袋："老子现在就杀了你！"

砰！一声枪响。毒蝎不相信地看着自己的右手。王悦可的枪口对着他："别逼我！你别逼我！我会杀了你的！"

"你居然开枪打我？"

这时，几个蒙面人从外面冲进来持枪对准他们。王悦可挡在帅克面前："我警告你！我爱他！我会杀了你的！"毒蝎失望地闭上眼睛，冷冷地转过身："杀了他们。"

突然，帅克挣脱手铐，猛地跳起来扑倒了王悦可。同时，一个黑影如同黑色闪电一般从后面扑咬过来，咬住一个蒙面人的咽喉，就将他带倒。毒蝎掉头就跑了。

"AK？你怎么来了？"帅克抚摸着AK，一股温热流在了手上，"你受伤了？"

AK咬住帅克的衣角，掉头往外走。帅克忍住心疼，拿起地上的冲锋枪："可可，跟我打出去！"王悦可流着泪点头。

走廊里，毒蝎左手持枪，血不断地从右臂滴落在地上。一个枪手头目惊慌失措地跑过来："毒蝎，特种部队打进来了！看样子不光是当地的特种部队，还有中国空降兵的雷神突击队！我们现在怎么办？"

"听着，K2对你怎么样？"

"恩重如山！"

"现在到了你为K2效劳的时候了！"

"我去跟他们同归于尽！"

"慢！不是同归于尽，不要太早地同归于尽！你给我拖住他们，越久越好！"毒蝎说，"是K2还需要我，不然我会在这里和你一起慷慨赴死！"

枪手头目点头道："明白！我一定会死战到底，掩护你撤离！"

黑暗的天幕中不时拉起几枚照明弹，映亮了整个农场的上空，还没有熄灭的火焰与翻滚腾起的浓烟中散发着一股股令人作呕的硝烟和血腥的味道。远处的山头，换了衣服的毒蝎从地道里钻出来，他回头看着远处爆炸不断的农场，眼神里闪过一丝寒光："帅克，我会干掉你的！"

4

农场里，帅克和王悦可交替着互相掩护，不时地和敌人接火。帅克突然停下脚步问："这儿有没有暗道？"黑暗里，王悦可的眼里闪过一丝忧虑，随即说道："没，没有！"帅克看着她的眼睛："到底有没有？现在是你立功的时候，你要给祖国一个交代！"王悦可的眼睛有些飘忽："哎呀！真的没有！走了！"帅克定定神，打个呼哨——AK却没有跟来，帅克一下子急了："AK！AK！"

走廊里，血不断地从新的伤口里涌出来，AK躺在地上，痛苦地喘息着，听到帅克的声音，它努力地想站起来，但一下子又倒下了，躺在地上喘息着。

"AK！你在哪儿？过来！"帅克还在喊。王悦可拽着他："来不及了！走了！"

帅克无奈，一咬牙，跟着王悦可打了出去。这时，更多的枪手们从两侧围拢过来。帅克压在王悦可的身上，还没来得及扣动扳机，更密集的弹雨射了过来。

狙击阵地上，卞小飞趴在地上，拿着观测仪冷静地命令："放！"陈东西果断扣动扳机。平台上，一个枪手头部中弹，猝然倒地，其余的枪手一愣，三根大绳突然从天而降，兵们持枪游绳而下，落地后继续持枪射击。帅克在弹雨中惊喜地抬头："小鹿！"林小鹿看了一眼帅克，没说话，拔出手枪甩给帅克。

帅克接过枪，飞快地起身射击。王悦可也爬起来，捂着伤口往里面撤去。帅克射击着掩护林小鹿："你走！我掩护！"林小鹿一推他："你快走！她要跑了怎么办？你忘了她是罪人了吗？"帅克一愣，提起枪追了过去。

5

清晨，天色开始放亮，空气中充满了硝烟和血腥的味道，被炸得支离破碎的铁丝网上，到处都挂满了鲜血与残破布片。远处，两架黑鹰直升机从空中滑过。飞豹突击队和雷神突击队的队员们在检查现场，一片大战后的肃杀场景。

湖边码头，王悦可拎着冲锋枪，伤口处不断地在流血，她步履蹒跚地往前走着。鳄鱼持枪高喊："放下武器！否则格杀勿论！"王悦可没有回头。战熊拉开枪栓："这是最后的警告！五秒钟内，放下武器，否则我们就开枪射杀你！"

"等一等！等一等！"帅克飞奔而至，伤口也顾不上处理，流着血就跑向了王悦可："可可！放下武器！"

王悦可不回头，提着枪继续往前走。帅克冲过去，一把抢过她的冲锋枪丢掉："跟我回家，可可！"

一直往前走的王悦可突然腿一软，倒下了。帅克急忙抱住她，王悦可脸色苍白，嘴唇铁青。她带着笑意看着帅克，嘴角流着血。帅克看着她的脸色大惊，这是明显的中毒症状。她惨淡地笑着："帅克……能死在你的怀里……真好……"

帅克流着眼泪："你吃了毒药？！军医！军医！"

王悦可依旧笑着，她很久没笑得这么开心过了。

"别喊军医了……军医救不活我的，谁都救不活我了……"

"可可，你为什么这么傻？何处长说，只要你有重大立功表现，不一定是死刑的！"

"我没脸回国了……我没脸再见到我的父母、我的家人……我也没脸再见到你，我的爱人……"

"不是你想的那么糟的！可可，你不应该这样傻！"

王悦可惨淡地一笑："我是一个罪人……一个背叛了祖国，背叛了爱情的罪人……帅克，我……爱你……"

帅克抱紧王悦可，看着她的瞳孔一点点地散开。他紧紧抱着她，抱着她逐渐变得冰冷的身躯。帅克想哭，却喉咙发硬，什么都哭不出来。

一切都结束了。

一滴眼泪溢出王悦可紧闭的眼角。

是的，一切苦难……都结束了……

6

突击队员们默默地看着，一片寂静。林小鹿气喘吁吁地跑过来，看见这一幕，脚步慢下来。帅克还紧紧抱着王悦可，林小鹿急忙擦去流出的眼泪，稳定自己走过去，声音颤抖着说："那什么……我不是想打扰你……AK不行了……"

帅克一下子抬头，震惊地看林小鹿。林小鹿的眼泪流出来："AK想见你……"

帅克慢慢放下王悦可，转身飞奔而去。

农场里，AK躺在担架上奄奄一息。虽然吊着输液瓶，但AK的血已经流干了，眼神迷离。帅克飞奔过来，AK看见了他，顽强地抬起头。

帅克一下子跪下，不敢抱起AK，伸出手轻轻抚摸着AK的鼻子。AK的眼神一下子变亮了，伸出舌头，舔舔帅克的手。帅克泪流满面："AK，你不要离开我……"

AK无力地舔了一下帅克，眼神里的光散去了。

"AK——你不要离开我——"帅克突然爆发出来，发出一声哀号。队员们也都默默地流着眼泪。帅克哭着不停地打着呼哨，担架上的 AK 再也没有了反应。

林小鹿慢慢走过来，手慢慢地放在颤抖抽泣的帅克的肩上："帅克，不哭了好不好？"帅克哭着，抬眼看着林小鹿。林小鹿忍着眼泪，笑道："不哭了，好吗？你是中队长，你还有队伍要带。"

帅克一下子抱住林小鹿，猛然发出了一声歇斯底里的哀号……

7

海上，海浪轻轻拍打着小岛岸边，蓝白相映的海天一色，犹如梦幻一般。高尔夫球场上，毒蝎熟练地挥杆儿，保镖白马走过来，毒蝎看着他："怎么了？"

"您让我打探的，有消息了。"

毒蝎手里的动作顿了一下，面无表情地道："她在哪儿？"

"东南亚一带的几个国家，没有固定的地点，但我们有了她的秘密联系方式。"

"怎么能见到她？"

白马脸色有些为难："……恐怕她不想见您。"

毒蝎看向远方，少顷，问道："她现在主要干什么？"

"倒卖军火，职业杀手。"

"那和她谈谈生意吧。"毒蝎说，"既然她不想见我，那就和她谈生意。谈一笔杀人的生意，约她出来见面。她要多少钱都答应。"

"我明白了。放心，我会安排妥当的。"白马转身离去。

毒蝎还站在那儿，看着远山，心情复杂。

8

清晨，静谧的东南亚山林，湄公河在静静流淌。河边，何处长一身东南亚打扮，在钓鱼。陆冰嫣换了身东南亚的京族衣裙，戴着斗笠背着背篓走过来。

"我们已经确定了，是他要见你。"

"要我杀了他吗？"

"我跟你说过好多次了，我们不搞暗杀，你不要自作主张。"何亮说。

"这是一个难得的机会，可能再也没有这样的机会了。"陆冰嫣说。

"他想见你，不是只见一面。他想你能留在他的身边。"陆冰嫣听了不禁苦笑，何亮也不看她，继续说，"我们研究过他的心理。综合分析，虽然他作恶多端、生性残暴，但在内心深处，还保留着对你和对你母亲的愧疚。你已经和他一个世界了，这是他的痛苦。与其让你在外面飘荡，不知道哪天死于非命，不如到他的身边，让他幻想能保护你。"

陆冰嫣不说话，心情很复杂。

"我们准备了这么久，就是为了今天这个时刻。"何亮侧头看她，"冰刀，我要跟你说的是，这是一个卧底任务。危险我就不多说了，你自己心里有数。真正的考验，是你到他身边的那一刻才开始的。你是我们优秀的侦察员，我知道你不怕死、不怕苦、不怕孤独、不怕误解，但是亲生父女之间的感情考验，你还没有经受过。我知道你做了很长时间的准备，但是准备和实战，还是两回事。"

陆冰嫣看着河面，心情平静："我不会误事的。"

"在你没有接触他以前，我们谁都无法判断，到底会是什么样。"

"你不相信我？"

"没有，"何亮的眼里透着一种悲伤，"我只是担心你将面对的情感冲击。"

陆冰嫣的内心确实面对着巨大的情感冲击，被何亮一语道破。她的眼泪再也忍不住，夺眶而出。何亮叹了一口气："我们都是人，都会有感情。侦察员也不是冷血动物，我从来不强迫自己的侦察员，去做违背个人意愿的工作。这个工作孤悬敌后，必须有极强的自觉性，发自内心地为党从事侦察工作。如果你感觉，不能完成这个任务，我们会想别的办法，不会勉强你。"

陆冰嫣擦擦眼泪："你说得对，我确实承受着感情冲击，但是我不会影响自己的工作。"

"你要想清楚，那是龙潭虎穴，不是亲生父亲的温暖港湾。他可能还有人残存的情感，但一旦发现你是我们的人，他一定会杀了你的。"

"我知道你的意思，我已经做好了思想准备。我离开部队，承受委屈，就是为了这一刻的到来。我不会放弃的，我会完成任务，请组织上相信我。"陆冰嫣的声音里多了一种分金碎石的坚毅。何亮点点头："如果你确定自己想好了，我们会派你去。执行完这次卧底任务，你就可以回国了。"陆冰嫣一愣："回国？我不想坐办公室。"

"你不想回到中国空降兵吗？"何亮意味深长地看着她笑道，"你不想回到自己的战友身边吗？"

陆冰嫣一愣："……雷神突击队、翠鸟女子侦察引导队，好像是上辈子的事了。"

"我们很清楚你的个人意愿，你也经受了严格的考验，你是我们忠诚的战士。经过和空军协商，你执行完这次任务，就回到空降兵部队吧。"

"我，我还能当兵吗？"陆冰嫣喜极而泣的泪水瞬间就从她的眼睛里喷涌而出，"我做梦都在想他们……"

"你不仅还是空降兵，而且提干了。"何亮说，"你是我们的侦察干部，当然是干部身份。你从我们这儿调动转属到空军，当然是空军的干部。"

"你可别逗我啊！"陆冰嬟不相信。

何亮掏出一张照片："你自己看看，这是什么？"

陆冰嬟拿过来照片，一看就愣住了——照片上是一套空军常服和女式大檐帽，中尉副连级军衔，姓名牌上刻着自己的名字。陆冰嬟抚摸着照片，泪水吧嗒吧嗒地落下。

"控制，控制自己的情绪。"

陆冰嬟忍住哭声，用力地点点头："这是我的军装吗？"

"当然是你的，空军有关部门根据你留下的尺寸，秘密制作的。你在我们这儿工作的时间算工龄，只是回到部队，你不能再提起在我们这儿做过侦察员的经历，一个字都不能提。你的档案也不会有这段经历，会是一个在解放军特种兵学院进修学习的履历，也是在进修的时候入的党。对了，我再给你看一张照片——"

陆冰嬟接过来，照片上的人咧着嘴欢乐地大笑着。陆冰嬟的手指在照片上抚摸着："我好想他们啊……"何亮笑着看她："你很快就会回到他们身边了。"

"给我吧。"何亮伸手，陆冰嬟哭着，恋恋不舍地把照片还给他。何亮拿出打火机，战友们的脸在火焰中慢慢消失了……

何亮把剩下的一点儿残骸丢进河里："冰刀，擦干眼泪，现在不是流泪的时候。等到你回去，可以和战友们抱头痛哭，想怎么哭都可以。现在你还在执行任务，你现在也是老码头了，知道自己该怎么做。"

陆冰嬟点点头，擦干眼泪，战斗的火焰再次在她的眼睛里燃烧起来。

9

夜色里，一处破败的工厂，四周荒芜，到处都是一片萧条。远处，一辆不起眼儿的越野车亮着车灯开了过来。

"冰刀是吗？"映在灯光里的一个人影问。陆冰嬟跳下车，走过去，站在车灯前："是你们想谈生意吗？"白马点头："对！你开价吧。"陆冰嬟冷酷地笑道："哟，财大气粗啊？"白马平静地看着她："因为我们要你杀的人，是非常厉害的角色，所以你开价吧。"陆冰嬟轻声笑了一下："那我倒是好奇了，你们要我杀掉谁？"

"我。"一道沉稳的声音在黑暗中响起，陆冰嬟一愣，似曾相识的声音。毒蝎在黑暗中慢慢转过身，陆冰嬟凝视着他，不受控制地把脸扭到了一边。

"我知道，你一定很想杀了我。"

"我不认识你。"陆冰嬟不看他。

"你听到过我的声音，我给你打过电话。"毒蝎心情复杂地看着她，走过去，"我是你爸爸。"

"爸爸？"陆冰嫣轻蔑地笑着，突然拔出手枪快速上膛，"你再往前一步，我就杀了你！"

毒蝎平静地看着她。陆冰嫣咬牙怒视着他："我不管你是谁，但是我不会平白无故认个爹的！"

毒蝎脸色平静地继续往前走着。

"我会开枪的！"陆冰嫣的枪对着他，眼泪抑制不住地流了出来，"你别逼我！我一定会开枪的！我要打死你！"

毒蝎看着她，继续往前走着，眼中有隐约的泪花在闪动。陆冰嫣的手枪在颤抖："我会杀了你！你不许再过来！"

毒蝎的胸膛顶在了她的枪口上，陆冰嫣的眼泪一直在流淌。她的手指在扳机护圈内，颤抖着，却无法扣动。

"你开枪。"

陆冰嫣的手指无法扣动下去，只是无声地落着泪。

"你为什么不开枪？"

陆冰嫣说不出话来。

"开枪，打死你的亲生父亲！让这个故事有一个悲伤的结局。"

"我生下来就注定是一个悲剧。"

"是我的错。"

"他妈的！你戴个套很麻烦吗？为什么要我妈怀孕？你就应该断子绝孙，你压根儿就不配有后代！我也根本不该来到这个世界上，来承受你带给我的痛苦！这不该是我承受的，我是无辜的！"陆冰嫣怒吼着，眼泪从毒蝎闭着的眼睛里流下来。

"你看看我，看看我现在变成了什么样子？人不人，鬼不鬼！我都不知道我自己到底是谁！因为你，我离开了我最爱的中国空降兵部队！因为你，我成了逃犯！因为你，我混在这个罪恶的世界，自己也罪行累累！"陆冰嫣哭着大喊道，"因为你，我所有热爱的一切都被夺走了！告诉我，我是不是应该杀了你？"

"是的，你应该杀了我。"毒蝎的声音颤抖着。

"我真的很想杀了你……在我知道真相的那一天，我真的很想很想杀了你……你夺走了我的一切，我的一切……"陆冰嫣泣不成声，持枪的手不停地颤抖着。

"往心脏打，一枪打死你的亲生父亲。"毒蝎的喉结蠕动着。陆冰嫣突然举起枪对着天空，号叫着："啊——"

啪啪啪……陆冰嫣哭着丢掉手枪，无力地踉跄几步，跪倒在空地上。毒蝎忧伤地看着自己的女儿。陆冰嫣泣不成声，委屈一下子爆发出来。

　　一只颤抖的大手放到了她的头上，在轻柔的抚慰中，陆冰嫣的眼泪终于无可掩饰地从眼眶中奔涌而出。

　　"我从来没想过，自己会有一个女儿。可是现实总是会跟我开这种无可奈何的玩笑，也许这就是上帝对我献身撒旦的惩罚……请你给我一个机会，让我做你的爸爸。"

　　"二十二年了，你没有管过我，现在，你要做我的老爸？"

　　"现在开始，我想亲自照顾你。"毒蝎的喉结蠕动着，"用我的后半生，来弥补我对你造成的所有伤害。"

　　陆冰嫣苦笑道："怎么弥补？你能让我回到我的战友们身边吗？"

　　"我不是上帝，我改变不了你的命运，也无法改变你是我亲生女儿的事实。"毒蝎说，"但是我有钱，我可以给你荣华富贵的生活！我有影响和势力，我可以给你重新改一个国籍和身份，没有人认识你，没有人能找到你，你可以重新开始自己的人生！你的履历会是清白无瑕的，你还可以在阳光下生活！你想求学就求学，你想就业就就业，如果你想创业，我会给你很多很多投资！你还可以恋爱、结婚，生孩子，我耽误你的人生，我会全部补给你！相信我，女儿！"

　　陆冰嫣惨淡地笑道："这就是你能给我的吗？"

　　"你想要什么，我都能给你！只要你开口，我什么都为你去做！"

　　陆冰嫣抬眼注视着他，过了好久，她才沉声道："我想……有人真心地疼爱我……"

　　毒蝎一把抱住自己的女儿，痛哭失声。

　　陆冰嫣突然被人用力抱进了一个熟悉而又陌生的怀抱里，她慢慢地抱住了自己的父亲……

　　远处，披着伪装网的狙击手关上保险，悄无声息地消失在夜色中。

10

　　太平洋上空，一架豪华私人客机在飞翔。机舱里，打扮一新的陆冰嫣看着窗外的景色发着呆。毒蝎走过来，坐在她的对面："我们就要到家了。"陆冰嫣笑了笑。毒蝎端起一杯红酒："应该庆祝一下我们的相逢。"陆冰嫣也拿起酒杯，一饮而尽。

　　陆冰嫣拿着酒杯，情绪复杂地看着毒蝎。毒蝎笑着看她："你怎么了？"陆冰嫣擦擦眼泪："没什么，我只是，太激动了……你的面具从来没拿下过吗？"毒蝎笑笑道："你想看看我吗？我怕把你吓着。"陆冰嫣苦涩地一笑，注视着他："我还不知道我的亲生父亲到底是什么样子呢！"

毒蝎笑笑，慢慢摘下面具，露出被烧伤的小半边脸。

　　中国西南，一个隐秘的指挥部，办公桌上井然有序地放着很多材料，前面是一个党旗和国旗的小陈设，后面的墙上有个醒目的标语——"对党绝对忠诚，精干内行，甘当无名英雄"。大屏幕上，摘掉面具的毒蝎的脸被定格，旁边的人像识别系统在拼命运转着。

　　何亮站在旁边，沉着脸默默地看着。啪！大屏幕上跳出一张照片，何亮的嘴角浮起一丝微笑："我们终于知道他是谁了。"

第三十二章

1

清晨，游泳馆里，陆冰嫣惬意地躺在躺椅上，拿着酒杯。这时，十几个不同肤色的小姑娘穿着泳装，笑着跳进游泳池嬉戏着。陆冰嫣疑惑地看过去，毒蝎走过来："怎么带到这里来了？"火烈鸟一身性感的泳装，从水里探出头："啊，今天是该训练她们游泳啊！"毒蝎阴沉着脸："没看见我女儿在这儿吗？带走，带走！"火烈鸟看看陆冰嫣："啊，对不起，我忘了！姑娘们，走了，走了，我们今天该练瑜伽了！"毒蝎在旁边的椅子上坐下："她们不知道你今天在这儿游泳。"

"我一直有一个疑惑。"陆冰嫣说，"你在这个岛上，养这么多小女孩儿做什么？"

毒蝎笑笑道："我工作的事，你不要多问，有些事，你还是不知道为好。"

陆冰嫣坐起来道："既然我是你的女儿，你也说这里是我的家，那你要告诉我，为什么？"

"你还是尽早离开这里，我已经把全新的合法身份给你办好了。从此以后，你就可以没有任何负担的，在一个全新的国家开始全新的生活。"

"是你叫我来的，你是我的父亲，你说你会疼爱我——现在，你又要赶我走？"

"女儿，我的世界太肮脏了，我不想你知道太多。"毒蝎看着她，"我就是干脏活的黑手，我干的都是肮脏的勾当，你知道的。我也会告诫他们，离你远点儿。"

陆冰嫣悠悠地说："这个岛就这么大，能离我多远？"

"别过问我的工作了，我确实不能告诉你。你也有过一段黑暗中求生的日子，该知道，江湖有江湖的规矩。我们都要守规矩，我的人头也在这个规矩上。"

"……好吧，既然你说得这么严重，我就不多问了。"

毒蝎欣慰地笑笑道："谢谢你，女儿。我希望你能尽快离开，离开我这个罪恶的世界，重新开始阳光下的生活。我还有视频会议，先走了。"

陆冰嫣点点头，陷入了沉思。

2

下午时分，陆冰嫣一身户外装扮，扛着猎枪，背着背囊在岛上闲逛。她戴着墨镜，边走边打量着四周。指挥部里，大屏幕上显示着萝莉岛的地形画面，何亮面色严肃地看着。砰！枪声打破了岛上的沉寂。远处，两辆敞篷越野车高速开来，全副武装的枪手们站在车上。陆冰嫣扛着猎枪，扶扶墨镜，冷静地看着。

赵菲看着大屏幕，紧张地站起来："不会出事吧？"李强拽着她坐下，低语："这个时候别干扰他，再说就是出事，我们现在也无能为力。"赵菲坐下，不吭声了。何亮一言不发，冷峻地看着。

岛上，陆冰嫣扛着猎枪冷静地站在那儿。两辆越野车开过来，黑洞洞的枪口瞬间把她围住了。何亮的汗珠在额头上冒出来，其余的干部也都屏息看着，气氛仿佛凝固了一般。枪手们警惕地注视陆冰嫣："你是谁？怎么会在这个岛上？"陆冰嫣挑衅地看他："想干吗？杀了我吗？"枪手头目盯着她："我得到的命令是，擅入禁区者，格杀勿论！"陆冰嫣面对枪口，却是不屑的冷笑："那你就杀了我啊！"枪手头目觉得纳闷儿，问道："你到底是谁？"

"你不是格杀勿论吗？还问这干吗？"

枪手头目在思索，拿起电台："白马，白马，我这儿有个不明身份的女子擅闯禁区，照片马上传输给你。请核实身份，如身份不明，我将射杀她。完毕。"

少顷，电台响了："你疯了吗？那是老板的女儿！老板会杀了你的！"枪手头目吓了一跳："白马，收到，我们马上撤！完毕。"陆冰嫣笑道："怎么？不杀我了？"枪手头目尴尬地笑了笑道："不好意思，小姐，我们冒犯了！撤！"

枪手们纷纷上车，开车离去，跟来的时候一样，瞬间无踪。

指挥室里，何亮看着远去的车辆，这才松了一口气。

陆冰嫣扛着猎枪继续往前走，突然，前面一个建筑物引起她的注意。她拿起小望远镜看过去，一个孤立的建筑物和周围环境不是特别协调，门口还有看守要把守。

"冰刀，不要再过去了！危险！"微型耳机里传来何亮的声音，"你已经深入禁区了，撤回去！"

"我得去看看！"陆冰嫣思索着道，"放心吧，他们不敢把我怎么样的！"

"一切要以你的安全为前提，撤回去，这是我的命令！"何亮低吼，"你在岛上孤立无援！真的出了事，我们根本没办法救援！撤回去，不要再往前走了！"

"既然我来了这个岛上，我就一定要探个究竟！放心吧，我会照顾好自己的！不要再通话了，当心信号被他们抓到！"

何亮只能闭嘴。陆冰嫣扛着猎枪，若无其事地走了过去。站在门口的看守们好奇地看着她，陆冰嫣摆手道："我迷路了！这是哪儿啊？"

"你是谁？"一名看守举着枪问。

"我是你们老板的女儿！"陆冰嫣走了过来，"这什么地儿啊？神神秘秘的！"

"小姐，对不起啊，这儿您不能进去。"看守为难地说。

"怎么？还有我不能进去的地儿吗？"

"小姐，您别为难我们，我们没得到命令，不能放您过去。"看守举着枪，不知道该怎么办。陆冰嫣装作无所谓地扫了一眼周围，猛地愣住了。

"岛上有核武器？！"何亮看着大屏幕，猛地惊呆了。陆冰嫣看看那个标志："那什么玩意儿？原子弹啊？"

"小姐，您得回去了。换第二个人，现在已经被打成筛子了！您请回吧。"

陆冰嫣打量着四周，何亮看着画面，眉头紧锁，撑着脑袋在思考，突然他明白过来了："那是导弹发射平台，立刻和火箭军联系，请他派专家来帮助甄别视频。"

"行了，行了，没什么好玩儿的了，我回去了！"陆冰嫣摆摆手，转身走了，脸色却变得严峻起来。

3

"她去了二号禁区？"度假村里，毒蝎站在那儿思索着。火烈鸟站在他旁边，点头："是的，她的好奇心太强了。"

"你在怀疑我的女儿？"毒蝎说，"你知道，我就这么一个女儿，她是我在世界上唯一的牵挂。"

"不敢，我只是报告您，我亲眼看见的。"火烈岛顿了一下，"……也许她确实只是好奇呢？"

毒蝎想了想："让二号禁区加强戒备，没有我的命令，谁都不许进去！还有……跟紧我的女儿。"火烈鸟一愣，随即道："是！"

"老爸！"扛着猎枪的陆冰嫣走过来。毒蝎笑道："出去打猎，居然空手而归！你可真的是太让我失望了，好歹也是我的女儿啊！"陆冰嫣嗔怪地说："你这岛上真没什么猎物！连兔子都找不到一只，那些鸟儿也都鸡贼，根本打不到！"毒蝎笑眯眯地看着她："你上岛也一年了，这儿都摸熟了吧？"陆冰嫣当然听得出来他话里有话，随即开玩笑地说："咳！你这破岛啊，到处都是禁区！刚还看见一个核警告标志呢，难道你在这儿藏了原子弹？"

"怎么可能呢？我哪儿有那本事？那不过是个模拟训练场，我的手下要做各种突袭、破袭准备！袭击敌对国家的核武器设施，也是训练内容之一！只不过那是一比一仿真建筑，轻易不让人过去看，省得泄露我们最后的撒手锏！"

"袭击核设施？太刺激了！什么时候也带我玩玩？"

"好啊！等回头搞这个训练了，你去凑凑热闹！"

"一言为定啊！我好久没练了，肉都痒痒了！我去洗澡了，走了一身臭汗！"陆冰嫣说完走了，毒蝎看着她的背影，若有所思。

4

深夜，岛上一片寂静，只有雪亮的探照灯不停地从岛上扫过。陆冰嫣穿着紧身服，悄悄走到空调管道处，拿出电子卸螺丝仪快速卸掉挡板，纵身钻了进去。不一会儿，陆冰嫣顺着管道来到毒蝎办公室的空调处，格栅被打开，陆冰嫣从里面柔身钻出来。轻盈落地后，她迅速到电脑前，插入U盘。

指挥部里，大屏幕上传输着数据，进度条开始缓慢地推进，陆冰嫣警惕地观察着四周。

卧室里，毒蝎躺在一侧睡着觉，突然睁眼，打开了台灯。睡在旁边的火烈鸟睡眼惺忪地问："怎么了？"毒蝎起身道："穿衣服，去看看我的女儿。"

办公室里，进度条还有一半没有传输。陆冰嫣在等待着，不时地看看手表。何亮看着大屏幕，呼吸几乎都凝固了。

走廊里，火烈鸟拎着枪快步走着。毒蝎穿好衣服，迈步出去，突然又想起什么，拉开床头柜，拿起手枪顶上膛出去了。

5

毒蝎打开办公室，提着手枪环顾四周，一片黑暗。他走过去，发现没有异常，苦笑着摇头，出去了。空调管道的格栅里，可以看见陆冰嫣的眼。门刚一关上，陆冰嫣就快速往回爬。走廊里，火烈鸟快步地走着。

房间门口，火烈鸟站在门前，手插到后腰，抓住枪柄，轻轻敲门，没有动静。随即加重声音，还是没有动静。火烈鸟想了想，拔出手枪，拿出万能磁卡，刷开房门。房间里，陆冰嫣躺在床上背对门口，戴着耳机在睡觉。

火烈鸟持枪进来，陆冰嫣闭着眼，没动。火烈鸟轻轻拿起一个耳机，里边传来一阵劲爆的摇滚乐。她看看睡得正香的陆冰嫣："听这个也能睡得着？"火烈鸟看看房间，没什么异常，轻轻关上门，出去了。

指挥部里，何亮也长出了一口气，疲惫不堪地坐下来："马上处理，部长要赶在今夜七点半前到海里去汇报。"

6

清晨，嘹亮的此起彼伏的军号声犹如不同声部的士兵交响乐，威武高昂。军部，作战指挥室里，突击队员们正襟危坐。江志成、雷震和何亮大步走进来。江志成面色肃然，环顾着突击队员们："你们接到的暗语没有错，有紧急行动。时间紧迫，我不多说了，让何处长介绍情况吧。"

何亮站到队列前："我们都是老相识了，也不客套了。这是一次高度保密的作战行动，来自最高层的作战命令！我们得到可靠情报，敌对组织 K2，我们的老对手，在太平洋的一个岛屿上拥有远程核武器。"

大家都呆住了，看着大屏幕传来的画面。

"我们的侦察员抵近侦察岛屿上的这一建筑，经过火箭军的专家甄别，该设施为 KF09 洲际导弹发射平台的地面建筑。KF09 洲际导弹的射程，覆盖我国领土全境。也就是说，我们随时处于敌人的核武器窥视当中。这和拥有核武器的国家不同，K2 是没有底线的，也不畏惧核报复。也就是说，只要他们需要，随时可以按下核按钮。

"一旦 K2 按下核按钮，很可能引发拥核国家的互相误解，从而爆发核战争。这是对世界和平的严重威胁，也很有可能导致地球的核冬天——人类末日的到来。我的工作，曾经面临各种恐怖袭击的危险，但没有一次像现在这样严重。你们都是受过严格训练的职业军人，你们很清楚核武器的危险性，我们不能让这种武器掌握在 K2 的手里。由于 K2 组织在世界各国都有严密的情报网，我们也不能和相关拥核国家分享这个情报，这很可能会导致事态不受控制地恶化。"

"仅仅这个建筑物，并不能判断岛上真的有 KF09 洲际导弹，尤其是有核弹头吧？"帅克问。何亮严肃地点头："你说得没错，所以我派侦察员冒着生命危险，侵入敌人的电脑，取得了核心情报。我们可以确定，确实有 KF09 的存在。在苏联解体的时候，被销毁的核武器一直是一本烂账。KF09 在销毁名单当中，但一直无法断定是否完全销毁。国际情报界一直怀疑，有一枚 KF09 在销毁的时候离奇失踪，不知下落。现在看来，这一枚就在这个岛上，已经几十年了。而你们需要做的，就是上岛、控制、拆除。"

"可我们不会拆这玩意儿啊？"黄金说。

"火箭军的工程师会跟进上岛拆除。"何亮说，"所以，你们要坚持到火箭军的工程师拆除核弹头，并且安全处置、运走，或者在地下销毁。"

雷震面色凝重，注视着自己的队员们："简单地说，一旦无法把核弹头拆除，安全运走，就只有在地下引爆。由此产生的爆炸，将毁灭全岛，也包括参战的突击队员，还有火箭军的工程师们。我今天到这儿来，就是告诉你们这个事实。我想，只有我告诉你们，才是最合适的。"

所有人都不吭声。

"有谁不想去吗？"

没人吭声。

"你们都要想清楚，此一去，可能再无归期。以往的行动，还只是枪林弹雨，这一次，是蘑菇云。凭借自己的军事技能、勇敢胆魄，枪林弹雨并不是可怕的事，你们都是行家里手。但是蘑菇云一旦升腾起来，玉石俱焚，再好的军事技能、勇敢胆魄，也无济于事。哪怕是万分之一的概率幸存下来，终生也将承受核辐射的病痛，活不了多久，而且会非常痛苦。没有人可以代替你们做决定，在命令下达以前，都要想清楚，将要面对什么。"

"飞鲨，你知道我们的答案的。"帅克说。

"是的，我知道。正因为我知道，所以我才更需要问你们，真的想好了吗？这不是头脑的一时冲动，你们要深思熟虑，是否愿意面对我刚才说的那些。"雷震的喉结蠕动着，"这有很大可能，是一次有去无回的自杀式行动。一旦上岛，只有一半的成功率在你们的手里，另外一半就是天意的安排，也就是我们最讨厌的那句话——运气决定命运。我想说的话，就这么多。作为你们的老队长，我不会强迫你们跟我去。"

"报告！"帅克起身，雷震有点儿意外："怎么了，帅克队长？"

"我有不同意见。"

"你说。"

"你不能去。"

"参谋长已经同意我带队，这次行动的重要性不言而喻。"

"飞鲨，恕我直言，作为雷神突击队的现任队长，我不欢迎你去。"

雷震冷峻地看着他："你的理由？"

"我们上岛不可能是大规模空降，只能秘密潜入。飞鲨，原谅我的直率，我不可能再分两个突击队员专门照顾你。"

"你觉得我需要你的照顾吗？"

"飞鲨，你自己心里很清楚，你已经很久没有跳过伞了。"雷震的眼神黯淡下来，帅克还是没有把话压回去，"我知道你想去，但是你不能去。你教会我，凡事要理智，要冷静，要顾全大局。我一直按照你对我的要求尽力去做，我相信，你会以身作则。你不能去，你会连累我们，分我们的心。"

雷震是真的受到了伤害，站在那里一言不发。何亮没想到会面对这个局面，有些尴尬。

"飞鲨，请原谅我的直接。在无法找到婉转的措辞，表达自己真实想法的时候，实话实说是最好的选择。"

雷震的眼里有泪花，但稍瞬即逝，他点点头："你说得对，我不该去。你知道，我只是不放心，你们太年轻了。"

"我们是中国空降兵！我们是雷神突击队！我们是红色中国的尖刀！我们是人民空军的长剑！"

雷震百感交集，看着面前这些年轻黝黑的脸，泪花在闪烁。

"雷神突击队——时刻准备着！"十几个精锐彪悍的战士挺胸怒吼，吼声气壮山河，杀气凛然。

何亮看着战士们明亮锐利的眼神，他的喉结蠕动着："开关勇士争赴敌，剑戟弓戈奋相缭——国之有幸。"

7

作战指挥部里，两名穿着火箭军迷彩服的军官站在他们面前。一位叫谭凯旋，火箭军少校，导弹工程师，代号计算器。另一位叫田鑫，代号学习机。突击队员们默默看着他们，都咧嘴笑着。

"倒是很有特点的代号。我是雷神突击队队长，空军上尉帅克，代号闪电。"帅克上下打量着他们。

"帅克同志，我知道你在想什么。"戴着眼镜的谭凯旋说，"我们虽然是工程师，但是也接受过相关的特战训练，我们也学习过跳伞和射击，就是为了在未来战争中执行类似敌后破袭核导弹阵地任务而准备的。"

"那恕我小看二位了，水上跳伞学习过吗？"帅克问。

两位工程师一愣，互相看看，摇了摇头。

"大厨，学习机交给你；蒙古牛，计算器交给你。你们死跟着他们两个，他们在哪儿，你们在哪儿。他们的人身安全由你们负责，少一根汗毛，唯你们是问。"

谭凯旋扶扶眼镜，咽了口唾沫说："我们跳过 HALO[1]，学过轻装潜水，水上跳伞确实没有接触过，但我们可以学习，队长同志。"

"在敌后叫我闪电，我不想他们知道我是队长，队长死得太快。没关系，我们一会儿带你们进行两次试跳，你们要熟悉我们的伞降和潜水装备。"帅克说。

"找到导弹，战斗部我们来解决。我们当中的任何一个人，都可以独立拆除战斗部，来两个人是为了不时之需。"

"那你们要都命大，不要都挂了。我们可玩不转那玩意儿，只能自己去抱着炸药包引爆了。"帅克说。田鑫笑笑道："这是一个误解，爆炸并不能引起核反应，达不到一定的条件，是无法引爆战斗部的。"黄金一愣："敢情我们就是不要命了，也不能做董存瑞？"谭凯旋笑道："对，没用。我们会在最短时间内告知你们，如何科学地引爆战斗部，以做最坏打算。"帅克想了想，问："我们进入洞库，接近 KF09 的战斗部，会受到核辐射吗？"谭凯旋看着他，没说话。帅克点头："当我没问。"突击队员们都不吭声了。

8

清晨，第一架运-20 起飞，直刺苍穹。两架 J-20 在两侧护航。预警-2000 机舱里，雷震走过来："参谋长，告诉他们吧？他们会高兴的。"江志成点点头："他们早就应该知道了，你知道他们的感情。"雷震转身走向指挥台。

机舱里，帅克在闭目养神，黄金递给他卫星台："飞鲨找你。"

帅克接过来："飞鲨，这是闪电，请讲。完毕。"

"闪电、梅花鹿，你们都在线上吗？完毕。"

"梅花鹿上线，飞鲨请讲。完毕。"

"有一件事，必须告诉你们，你们做好思想准备。完毕。"

帅克有些纳闷儿地道："飞鲨，你说吧，我们还有什么思想准备没有做过？完毕。"

"对你们来说，不知道是好消息还是坏消息，但我敢肯定，是一个让你们震惊的消息。完毕。"雷震定了定神，"三局的同志在岛上有一个执行长期卧底任务的功勋侦察员，他们希望你们能平安把她带回来。完毕。"

"收到，我们会尽力。三局一向神出鬼没，我没觉得这个消息有什么值得震惊的。完毕。"

---

[1] HALO，即俗称的高跳低开的一种跳伞战术。

"不是尽力，是一定！你们一定要把她带回来！我相信你们也一定想把她带回来！完毕。"

帅克思索着："飞鲨，告诉我们，她是谁？完毕。"

林小鹿也在思考，好像觉得哪里不对劲儿："飞鲨，我想看她的照片。完毕。"

雷震敲击键盘："打开你们的终端，我已经发送过去。完毕。"

帅克和林小鹿打开军用平板电脑，都猛地愣住了。

第三十三章

1

"告诉我，你们能不能带她回来？完毕。"飞鲨的脸上露出笑意。机舱里，帅克突然笑出来，一切都明白了："飞鲨，你知道答案的，我们一定带她回来！完毕。"林小鹿一下子哭出声来："飞鲨，为什么不早告诉我们？完毕。"

"梅花鹿，她现在是三局的人，我没有这个权限。现在知道也不晚，带她归队，明白吗？完毕。"

"明白！"林小鹿擦干眼泪，举起手里的平板电脑，热泪盈眶，"陆冰嫣……冰刀！她没有叛变我们，她是三局的侦察员！她现在在岛上执行卧底任务！我们要带她回到翠鸟，带她归队！"

女兵们都呆住了，都哭着抱在了一起。

高空，运输机在飞翔，旁边跟着护航的J-20。空降兵机场外的山头上，花猫和唐思琪在那儿看着："不对啊，他们这是在干什么？"

"不太像正常训练啊？运-20是战略运输机，有全球输送能力，他们这是要去哪儿？"

"他们分批次起飞的，这不是训练，是作战！"

"他们要去哪儿？"

"不管要去哪儿，肯定是打仗！我要马上报告毒蝎！"说完，花猫拿出卫星电话。突然，机械鸟传出声音："你们已经触犯了《中华人民共和国国家安全法》，你们被捕了！立即放下手里所有东西，双手抱头，原地跪下，等待有关部门的处理。"

"妈的！"花猫拔出手枪上膛，瞄准机械鸟，突然，他们身边的灌木丛伪装被掀翻，爬出来的赵菲对天开了一枪，持枪对准他："放下武器！否则格杀勿论！"

花猫愣住了。唐思琪枪口掉转，对准赵菲，但另一支枪已经顶住了她的后脑："你完了，小刺猬！我们已经盯着你有些年头了！"

唐思琪的脸色一下子白了。

2

夜空，运输机在两架 J-20 的护航下静默飞翔。突然，机舱里红灯闪烁，尖厉的警报声响成一片。突击队员们唰地睁眼起身，腿上都绑着脚蹼，开始做最后的准备。这时，频闪的红灯灭了，绿灯亮起，帅克第一个跃出机舱。黄金、安迎战和两名工程师等鱼贯而出，扑向夜色当中的海面，伞花在夜空陆续绽开。

漆黑的海面上，突击队员们展开身体，在空中形成一个自然的队形。帅克看了看手上的高度表，15000 米……10000 米……队员们戴着风镜，大张着身体，风呼啦啦地从耳边刮过……2000 米……1000 米……800 米……500 米……150 米，帅克猛地拉开伞包，降落伞腾地在空中打开，巨大的拉力瞬间将他拉高。其余的队员们也陆续拉开伞包。夜色里，降落伞被陆续抛离，队员们竖直入水，在海面上溅起不大的水花。

虽然海面上的风浪很大，但在三十米深的海水里基本感觉不到什么。静谧的海面下安静得可怕，只能听见自己粗重的呼吸声。岛上的一道光柱刺破笼罩海水的黑暗，突击队员们两人一组，作战服外面套着黑色橡胶潜水服，脖子上挂着封闭式纯氧水下呼吸器，扶着水下推进器快速前行。

度假村里，陆冰嫣房间的窗帘拉着，门紧锁。一身战术装束的她一下子拉开床下的夹层抽屉，拿出一把半自动狙击步枪，旋上消声器，手枪、微型步枪都是满匣。随后，她拿出海豹电台打开，开始手写频段。

此时，天色黑得像一口倒扣的大锅，小山一样的海浪一个接着一个，好像天漏了一样，雨水瓢泼般地倒了下来，打得脸生疼。队员们随着海浪剧烈地漂浮着，当最后一个氧气瓶压力将要归零的时候，帅克的脚蹼触到了海底的沙地。潜深表上显示，这里的水深只有四米。预定登陆点海域到了，帅克举起右拳命令队员们戒备，慢慢地向滩头游去。

帅克跪在齐胸深的海水里，戴好夜视镜向百米外的海岸看去。静谧的海滩上，岸上的红灯亮了三下，由于在海岸线上有严密的防御，他们要潜入岛屿的内河，深入到预定登陆点，根据安排，冰刀会接应他们。

岸边，陆冰嫣隐身在茂盛的灌木丛中，她拿着夜视仪，关注着黑暗中的海面——没有动静。陆冰嫣正在纳闷儿，一把冰冷的刀从后面慢慢伸到她的脖子上，陆冰嫣一愣，一个熟悉的声音在她耳边响起："你已经挂了。"陆冰嫣呆住了，回头看见帅克的迷彩大脸，还带着水珠，陆冰嫣抑制住自己的激动："你是怎么想到从后面来的？

你连我都不相信？"帅克摘下脚蹼，笑笑道："在没有亲眼看到你之前，我不得不担心这是个圈套。"

"现在你信了？"

"我们都信了。"

"还有谁？"陆冰嫣望过去，黑暗中，队员们潜伏在灌木丛中，露出身上的迷彩服，脸上带着欣喜的笑容看着她。陆冰嫣忍住眼泪，问道："梅花鹿她们呢？"帅克说："在第二梯队，她们去救孩子。"陆冰嫣擦干眼泪："我们走吧！不能在这儿磨蹭了，路还长呢！天亮就麻烦了！"帅克打着手语，队员们在黑暗中迅速跟上。

山地上，一辆巡逻车开过来，走在队伍前面的鳄鱼猛地举起右拳，队员们唰地蹲下。巡逻车开过来，咔嚓几声，停下了。司机打火，发动机依旧没反应，坐在后座上的四个枪手互相看看，无奈地下车，打开手电。司机不耐烦地打开车前盖："我早就说过换零件，没人听我的！这下好了，叫车来接我们吧！"另一名枪手骂道："接我们？他妈的现在这个点？他们肯定把我们丢这儿，天亮再说！"

"我修修试试吧！"司机从后备厢拿出工具，开始砰砰地敲着。

一名枪手走到一边，解开裤子就开始撒尿。帅克和陆冰嫣潜伏在那边的灌木丛中，两人都是纹丝不动。枪手尿完，系上裤子刚转身，帅克突然起身，带着消音器的手枪噗噗射击过去。其他队员们也从侧翼起身，四个枪手在弹雨当中来不及反应，纷纷猝然倒地。

"清除！"帅克低语，鳄鱼和战熊几个队员走过去，噗噗！噗噗！都是短促的两枪补射。随后拿出手雷拔掉保险，压在尸体下面后，一行人迅速消失在黑暗中。

3

度假村里，白马拿着对讲机从房间里走出来："什么时候没消息的？应该30分钟通联一次的。"保镖小心地跟在旁边道："一个小时以前，所以我赶紧来报告了！"白马眉头紧锁，拿起对讲机："恶虎，恶虎，白马呼叫请回答，白马呼叫请回答！"

没有动静。

"恶虎，恶虎，白马呼叫请回答！你们他妈的到底在什么地方？"

还是没有动静。

"我去报告老板，你组织人手准备去找！"白马转身匆匆走进度假村。

走廊里，白马健步如飞往毒蝎的办公室走去。刚刚推门进去，正趴在火烈鸟身上翻云覆雨的毒蝎右手一甩，白马下意识地一躲，一把飞刀扎在他刚刚站的位置上。白马咽了口唾沫："老板，不好意思老板……"

"滚！"毒蝎怒吼，白马急忙滚出去带上了门。

白马匆匆走出来，保镖跑上前："老板呢？"白马苦笑道："我们先看看怎么回事再说吧！我们走！"

山地上，三辆车组成的车队一路疾驰而去。

4

白马跳下车，雪亮的车灯照亮地上的尸体。白马一下子紧张起来，枪手们快速持枪搜索过去。白马刚想喊，但已经来不及了，尸体下压着的手雷，弹簧片腾地就跳出来，枪手大惊失色，白马瞬间向后扑倒。轰！一声巨响，烈焰升腾，两团硝烟冲天而起，直直冲起三四十米高，才带着纷纷扬扬的碎片落下来。与此同时，数万块大小不等的弹片，带着炽热的高温，引发了周围预埋的其他手雷，夜色里冲腾而起的硝烟瞬间就在岛上拉起了一道绝对灿烂的黑色烟幕。

办公室里，毒蝎从火烈鸟身上抬起头，脸上的表情狰狞可怖。少顷，毒蝎穿好衣服，提着枪走出来："白马呢？"一个枪手小心翼翼地说："去找失踪的巡逻组了。"毒蝎知道是自己的问题，沉吟了一下，道："立刻和白马联系，明确他的位置。他可能已经和敌人交上火了，进入战斗状态。我们都去二号禁区，让所有的机动单位，都去二号禁区。"

浩大的车队在山地间行驶，车灯照亮黑夜。

5

山地上，火焰还在燃烧，地上都是着火的尸体，散发着令人作呕的血腥味和焦臭味。白马从昏迷中慢慢苏醒，吐出一嘴泥，慢慢地爬了起来。这时，腰间的电台传来毒蝎的声音："白马，白马，你现在在什么位置？收到请回答。完毕。"白马拔出电台，膝盖一软又跪下了。他抓着电台艰难地道："老板，我现在在 W12 地区，遇到了饵雷，死伤惨重。完毕。"

"不要管伤员了，你们马上往二号禁区去！完毕。"

"收到。"白马回身招呼着幸存者，"没听到吗？我们离开这儿，去二号禁区！"他扫视着正在痛苦呻吟的伤员，子弹顶上膛，"敌人上岛了，我顾不上你们了！下辈子别给 K2 卖命了！不值得！"

车队再次出发，丢下了一地尸体。

6

度假村里，枪声打破了寂静，尖厉的警报声在黑夜里响起。枪手们叫嚷着四处跑出来，跟捅了马蜂窝一样。林小鹿和队员们护着几十个小女孩儿，个个都噤若寒蝉。周招娣在组织孩子们上车："快快快！我们要赶快到机场去！"

话音未落，几十个枪手持枪冲上来，林小鹿抬手还击，跑过来的两个枪手猝然倒地。但更密集的子弹冲着他们的方向射击过来。孩子们都趴在地板上，子弹打在大巴车身上叮当作响。柳纤把油门儿踩死了，大巴车冲了出去。

夜空里，三架运-20在J-20的护航下飞翔。少顷，伞花陆续在空中打开，队员们像从天而降的战神，飘落在如墨的海面上。

机场外，大巴车在拼命狂奔，车身上已经打得弹痕累累。女孩儿们都趴在地板上，陈若曦刚想起身射击，子弹就钻进了她的肩胛骨上，让她惨叫了一声。

夜空里，两架J-20俯冲下来，机身下的弹仓也被打开，两枚从战斗机里投射出来的空对地导弹，在空中划出了两道带着强大压迫力的弧线，带着刺耳的呼啸声向山地狠狠砸落下来。轰！轰！两枚重磅炸弹狠狠砸在这片坚硬的土地上，瞬间天摇地动，宛若这个世界都崩塌了一般。周招娣在烈焰中抬起头："是我们的空军吗？"林小鹿看向天空："快！我们有空中掩护了！"

空中，两架J-20在被映亮的半边天空中低空掠过。

7

清晨，天色已经放亮，太阳在海平面慢慢升起，金色的光洒在海面上金光点点。

导弹平台处，守卫们都如临大敌，持枪占据着各自的战斗位置。在不远处的山坡草丛里，露出帅克的迷彩大脸，脸上都是汗珠。他拿起望远镜，观察着。陆冰嫣看了一下，低声说："我去引开他们。"帅克一把拽住她："你下去送死吗？"陆冰嫣笑笑道："你忘了，我还是他们老板的女儿。我来过这儿，他们知道这一点。"帅克摇头道："已经打起来了，他们也接到消息了，现在你那招不好使了。"陆冰嫣侧滑下去："总是要试试的！放心吧！"帅克刚要阻止，陆冰嫣已经滑下山坡。帅克打开喉麦："准备掩护冰刀！她不能出事！"电台里立刻传来一片"收到"的回应声。

洞库门口，枪手们个个都如临大敌。陆冰嫣若无其事地走到门口："怎么，你不认识我了吗？"一个枪手持枪阻止道："小姐，真的不要往前走了，我接到了死命令！"

陆冰嬬笑着向前走了两步："就是我爸爸派我到这儿来的！要我亲自接管这里的指挥权，他现在只信任我了！"

枪手们互相看看，好像这句话很难说哪里不对。陆冰嬬继续走过去，啪啪！脚下弹起几个弹着点，陆冰嬬一愣，停下脚步。指挥阵地上的帅克猛地紧张起来，食指扣在扳机上。

"怎么？你要开枪杀了我吗？你想死吗？"陆冰嬬眼里冒着寒光，杀气十足。枪手有点儿心虚道："小姐！你真的不要再往前走了！否则我就只能杀了你！要不，等一下，我问下老板……"

话音未落，枪手的脑门儿上瞬间出现一个血洞，猝然倒地。其余几个枪手都是猝不及防，持枪而起。狙击阵地上，突击队员们纷纷射击，枪手们在弹雨中抽搐着倒地。

少顷，帅克和队员们低姿跑过来，护住陆冰嬬："听着，冰刀！你的任务已经完成了，剩下的是雷神突击队的活！你不要进去，也没必要进去！我们的运输机应该已经降落了，你跟着翠鸟一起回去！"陆冰嬬看着他："我带着你到这儿来，不是为了自己逃命的！"

"这是我的命令！"

"我不是军人了，我可以不听你的命令！"

"你不想回翠鸟了是吗？"陆冰嬬听了一愣，帅克看着她，继续道，"虽然我管不了你，但是我对谁能进翠鸟还是有发言权的！你不想回翠鸟了是吗？"

"你威胁我？"

"我就是在威胁你！马上去机场，那已经被我们的大部队控制了！跟着翠鸟和人质、部队离开这儿！否则，你这辈子别想再回空降兵！"帅克的语气不容置疑，"这是我的命令，不容商量！快走！去机场！跟翠鸟回去，那是你的部队！雷神突击队没有女兵的位置，走！我没有时间了，别在这儿浪费我的时间！"

陆冰嬬无奈地起身，掉头跑了。

8

洞库门口，毒蝎的军靴蹚过地上的死尸和流淌的鲜血，脸色冷峻。火烈鸟和白马在他身后的不远处。洞库的大门已经被打开，露出黑漆漆的洞口。火烈鸟前趋一步走过来："毒蝎，他们已经进去了，我们怎么办？"毒蝎面色冷静道："带最好的好手，跟我进洞，其余的人在这儿守着，他们很可能还会有援军来。"正说着，暗处传来熟悉的声音。

"这岛上怎么了？"陆冰嬬走过来，所有人的枪都对准她，"干吗？不认识了？

干吗拿枪对着我？"

火烈鸟狐疑地看着陆冰嫣。陆冰嫣走过来问道："老爸，怎么回事啊？我还在睡觉，一片枪林弹雨！怎么就打起来了？好不容易我才找到你的！"毒蝎笑笑道："没什么，出了点儿意外。"火烈鸟拔出匕首："她一定是 MSS 的卧底！"

"她是我女儿！"毒蝎怒吼，"我心里有数，收起来！"

陆冰嫣大大咧咧地走过来："现在怎么办，老爸？这是什么地方啊？"毒蝎笑笑道："没什么，我要去处理一些公务。"陆冰嫣扛着枪道："我跟你一起去吧！"

毒蝎笑着点头，白马和火烈鸟都很意外，但毒蝎的命令是不允许违背的。一行人持枪往洞内走去。

9

洞里漆黑一片，陆冰嫣紧跟在毒蝎身后，目光警觉。白马和火烈鸟紧跟在她后面，都是战斗准备，两人都紧紧地盯着陆冰嫣。洞里不时能看见穿着防护服的尸体，到处都是血迹，毒蝎一言不发。

洞库更深处，帅克穿着防护服，戴着面罩和氧气瓶，带队在迅速推进。代号叫计算器的工程师跟在后面拿着仪器在测试，哔哔的报警声在安静的洞里急促地响着。很快，队伍来到洞库的核心位置——一颗 KF09 核导弹静静地竖在那儿。赵大力先挂着绳索下滑落地，观察四周，点头示意没有问题。紧接着，鳄鱼和战熊也下去了。帅克转身看着戴着眼镜的计算器和学习机："你们俩没问题吧？"

"放心，没问题。接受任务的时候，都已经想清楚了。"计算器说。

"虽然我们是技术干部，但我们也是军人！我们不怕死！"学习机目光坚定，眼中没有眼泪，只有一种坚毅。帅克用力地点头："我们会在这儿死撑住，你们加油！"

黄金和安迎战起身，给计算器和学习机上 D 环，四个人匀速下滑。很快，两位工程师从容地打开工具箱，开始拆卸螺丝。

洞口处，两辆步战车急速冲过来，在外面据守的枪手们措手不及，林小鹿操纵重机枪射击，双方开始激烈交火。

洞库里，学习机打开导弹的外盖，计算器轻轻接过挡板，放在一边。学习机看着黄金："我现在要进去！"黄金收起枪："我跟你一起进去！我们队长说了，你去哪儿，我去哪儿！"学习机笑笑道："你别进去了，里面的空间太小了！只够一个人转身的，你进去也是添乱。"计算器也点头道："你在这儿等着，他自己进去。"

"我们不能干看着，我们有命令。"安迎战说。

"你们的命令是保护我们，拆除战斗部！"计算器说，"听我说，打仗你们是行家，这东西，我们是行家！让他自己进去，这是我们事先拟定的计划。总得有个后手，我就是后手！学习机如果出了问题，我就是后手！我也不和他一起进去，他死在里面了，就轮到我了。"

大家都无语。

"我们的行当，不允许感情用事！"学习机笑笑道，"大厨，你把我放进去吧。里面没你什么事儿，你们看好外面！"

黄金无语，只好把学习机放到缺口处，帮他放绳索："有危险，你就拽两下，我马上拉你上来！"学习机挤着身体下去："真有了危险，你拽我也没用——好了，不多说了，我下去了！"学习机咧嘴笑了笑，快速消失在导弹缺口处。

砰！一颗子弹打在安迎战的脚边，擦出一丝火花。赵大力在下面持枪大喊："有敌人！"

一个隐蔽的平台门打开，赵大力举枪还击，一个枪手被击中，惨叫着栽下平台。半空中，安迎战把计算器压在身体下面，计算器趴在下面大喊："你们干什么？我也可以还击的！"安迎战死命地压住他："我们得到的命令就是不惜代价保护你们！你也说了，你是他的后手！你不能出事！老实趴着，我们给你挡子弹！"

另一边的通道里，帅克大惊，高声问："是哪边打枪？"

"他们有暗道，是个我们不知道的平台出口！"黄金躺在计算器的另外一侧，挡住了他。

"知道了，我马上过去！"帅克一挥手，陈东西和卞小飞跟着他过去了。其余的突击队员还守在这儿。

门口内，子弹密集地打在地面上。战熊持枪不断地在还击，突然，一名枪手扛着武器冲了出去。战熊一愣，大喊："40火！"抬手一扫，枪手中弹，但40火还是打了出去。

火箭弹在空中弹开飞翼，歪歪扭扭冲着他们过来了。赵大力一蹬腿，迎着40火的方向在空中荡过去，黄金高喊："卧倒！"安迎战死死按住计算器。赵大力游绳过去，40火箭弹径直撞击在他的身上——轰！剧烈的爆炸过后，空中一团烈焰，飘散着鲜血与残破的布片，还没有熄灭的火焰与翻滚腾起的浓烟中散发着浓烈的硝烟味道，空中只剩下空荡荡的半截儿绳子在孤独地飘荡，战熊泪流满面："士官长——"鳄鱼起身持枪，对着平台那儿射击："操你妈！"一阵激烈的交战，双方都打红了眼。

中控室，毒蝎开启电源，控制台的仪表盘逐次点亮。陆冰嫣环顾四周："这是什么？"毒蝎没看她："结局的按钮。"这时，对面的大屏幕亮了，陆冰嫣呆住了："你到底想干什么？"毒蝎怒视着她："我告诉过你，别过问我的公事。可你就是不听，现在搞成这么个局面！本来我可以不发射这颗核导弹的，是你逼我的，是你造成的！"

陆冰嫣一下子拔出手枪："你不能这么做！"毒蝎头都不抬，继续操作。

"我说了，你不能这么做，我会开枪的！"

"开枪，对我开枪啊！对你的亲生父亲开枪啊！"

陆冰嫣的手在颤抖："马上停下，否则我杀了你！"

毒蝎转过脸道："我让你开枪，你为什么不开枪？"

"你不要逼我，立刻停止！否则我一定杀了你，我是认真的！"陆冰嫣的手在颤抖，"你不要再往下走了，你要毁了世界吗？"

"这个世界不应该被毁掉吗？"

"五十亿人啊！你知道五十亿人是什么概念吗？"

"我当然知道，失去良好秩序和道德修养的五十亿人，和行尸走肉有什么两样？这个世界需要新秩序，良好的新秩序，需要优等的人口，地球上的资源是有限的，应该让这些优等的人口来使用！而不是像现在这样，五十亿，起码有三十亿在拖世界文明的后腿！当然，尤其是中国，这个人口最多的庞然大物！中国对世界秩序，不管是新的还是旧的，都是一个巨大的威胁！你明白吗？这是为了世界更好！"

"你胡说八道！你这是典型的法西斯主义！每个人都有权利生活在这个世界上，中国的十几亿人也有权利！你不要胡闹了好不好？我真的不想开枪打你，但是你别逼我！"

"跟你说再多你也不懂！我叫你来这儿，不是因为我信任你，我知道你一直在骗我！我叫你来，是因为只有这个地方还有那么一点儿安全！我不想你死，你是我的亲生女儿！是我在这个世界唯一的牵挂，唯一的！"毒蝎打开密钥盒，掏出磁卡插进去。

导弹里，正在紧张工作的学习机听到动静，一愣，瞬间，一团气浪升腾起来，笼罩了他。这时，一团气浪从缺口处冒出来，大家急忙卧倒躲避。计算器被压在最下面："导弹开机了！"

"要发射了吗？"黄金怒吼。

"没有那么快！还要注入燃料，现在正在系统自检！"计算器挣扎着道，"轮到我上了，学习机死了。导弹自检的热浪有三百多摄氏度，他已经化为灰烬了。"

"那你现在不能下去！"

"没关系，就那一阵儿！瞬间温度就过去了，恢复到人体能接受的三四十摄氏度！"计算器钻进导弹缺口，"我们就是为这个来的！放我下去！"

安迎战用力地抱抱他："好兄弟，注意安全！"

"你要失败了怎么办？"黄金问。

"记住我教你们的，引爆战斗部！"说完，计算器从缺口处迅速进入导弹内部。

10

中控室，毒蝎还在操作，陆冰嫣流着眼泪，举着枪大喊："立刻停下来！听见没有！"毒蝎没理她。火烈鸟的枪顶着她的太阳穴，陆冰嫣一咬牙，毒蝎手指边上就落下一个弹着点，他回头看了看："你的枪法那么差吗？"火烈鸟的枪顶着陆冰嫣的太阳穴："老板，我要杀了她，她对你已经构成直接威胁！"

"不同意，她是我的女儿，我想她活着。"

"我没有你这样的父亲！"

"你的血管里流着的是我的血，这是你不能改变的事实。"毒蝎转身，继续操作。陆冰嫣咬牙，对着他的腿就是一枪。砰！毒蝎猝然倒下。火烈鸟一愣，想扣动扳机，犹豫了一下，又马上压低枪口，对着陆冰嫣的腿就是一枪。毒蝎痛楚地转身，坐在地上。陆冰嫣流着眼泪，趴在地上，依旧拿着手枪对着他："不要再继续了好不好……"

"你知道，这是我的工作。我们是一样的人，心里只有工作。"说着毒蝎拔出手枪，看看陆冰嫣。陆冰嫣流着眼泪，道："我们父女俩真的要自相残杀吗？"火烈鸟的枪还对着陆冰嫣："老板，我必须杀了她，对不起……"

砰！枪声响起，火烈鸟不相信地看着自己的胸前，一团血花绽开。毒蝎的手枪对着她："我说了，她是我的女儿！"

毒蝎忍着痛慢慢爬起来，放下手枪："女儿，我不想杀你，你不要逼我。"

陆冰嫣哭着道："爸爸……就让我叫你一声爸爸，我真心地恳求你，不要再继续了……让这一切中止吧……我向你保证，你上刑场，我一定会去送你的！"

"我个人的生死荣辱早已置之度外！我所做的一切，都是为了一个伟大的世界！一个崭新的世界！一个没有这些肮脏的纯洁的世界！怎么？你要开枪打你老爸吗？你已经开了一枪了，来啊！"

"我不想开枪打你，你马上停止……"

毒蝎突然出枪，一枪打在陆冰嫣的肩胛骨上，强大的后坐力让陆冰嫣撞击在墙上栽倒。毒蝎看着她："这就是你想要的吗？我告诉你，谁拦着我，我就杀了谁！你老实待着，我还能给你一条活路！"陆冰嫣哭着道："你怎么不开枪打死我？"

"我不想你死！"毒蝎转过去继续操作，"只要你不碍我的事，我就不打死你！"

陆冰嫣跪在那儿，捂着伤口，血不断地滴落下来。

导弹内部，计算器在忙碌着："他们在注入燃料了！"黄金抬头，看见阳光打进来，紧张地问："你还来得及吗？来不及就直接引爆算了！他们的门已经打开了！"

"来得及！但是导弹不能打出去，要赶紧拿下中控室！"他一闪身，听到刺啦一声，计算器一愣，干脆摘掉面具，擦擦被雾气遮住的眼镜，继续工作。

通道里，帅克带着陈东西和卞小飞在飞奔。前面就是中控室的自动门，帅克拿出一个塑料袋，里面是个薄膜，他小心地打开，把薄膜粘在自己的食指上。这是临出发前何亮交给他的，他们已经查到毒蝎是谁了。毒蝎中文名字叫陆铁，是个外籍华人，曾经在欧洲的外籍兵团伞兵第二团服役，是突击队员、狙击手，有长达十五年的特种部队服役经历。他制造了自己的假死亡，他服役的年代也没有DNA这个概念，所以三局一直迟迟确定不了他的身份，雷震的那条腿也是因为他才失去的。而这个薄膜也是为不时之需准备的。

白马被命令守在自动门外，双方相遇，只是他刚举起枪就被帅克他们打成了筛子，颤抖着倒地。

中控室里，毒蝎还在仪表前操作。陆冰嫣突然跃出去，在地上侧滑过去，捡起地上的手枪。毒蝎听到动静，持枪转身。啪！毒蝎低头，不相信地看着自己的胸口："你真的要杀了我？"陆冰嫣还躺在地上，举着枪："如果你不停止的话！我没有打你的心脏，你……"

突然，毒蝎眼露凶光，手枪啪啪开始速射，陆冰嫣在弹雨中不断中弹。

铁门打开，帅克三人闪身进来举枪射击，毒蝎被密集的子弹打得倒在中控台上，脸上的防护面罩也被打碎了，嘴里流着血。陈东西急跑过去拉下电闸，仪表台上的灯唰地灭了。卞小飞飞奔过去，扶起陆冰嫣："冰刀！冰刀不行了！"

帅克跑过去，血在黑暗中一下子喷出来，帅克抱起血泊中的陆冰嫣，声音颤抖着说："冰刀，我们来接你归队！"

帅克失声痛哭，用手捂着陆冰嫣胸前的弹洞。血涌出来，流在他和陆冰嫣的身上，陆冰嫣张开嘴却没有一丝声音，只有奔涌而出的眼泪。

"我回不去了，帅克……"陆冰嫣气若游丝。

"我们带你回去，你一定能回去的，坚持住！"

"我没救了……我知道子弹打在我哪里，我没希望了……你……结婚了？"

帅克哭着点头，陆冰嫣笑了，血不断地从她的嘴角涌出来："和小鹿……真好啊……"

帅克抱住她："你别说话了，我们带你出去，马上找医生救你！"

陆冰嫣扬起头，全身哆嗦着："没用，帅克……我想告诉你一个秘密，我……爱过你……"

帅克愣住了，陆冰嫣的血热乎乎地流在他的手上，流在他的身上，他眼睁睁看着她一点一点失去了热度，泪如雨下……

11

烈士陵园里，两个礼兵手持 56 式半自动步枪肃穆站岗，墓群里立着一排新立的墓碑，几十个墓碑排山而上，长明火静静地在燃烧。墓碑前，身着崭新常服的帅克立正高喊："敬礼——"

唰——队员们举起军刀。

唰——所有雷神特战队员举起右手。

唰——江志成、何亮，还有雷震也都举起右手。

嘶哑的声音，却气壮山河，杀气凛然。

墓碑上，还是一张张年轻的熟悉的笑脸，只不过已经成为黑白的回忆，永远地凝固在这冰凉的墓碑之上……

雷神突击队队长帅克带着战士们跑步出列，登上台阶，在墓碑前方站成一排。黑洞洞的自动步枪枪口朝天，年轻的手几乎同时拉开枪栓。

嗒嗒嗒……枪声震耳欲聋，在山间回响，也打在他们的心上。枪口的火焰映亮了战士们的眼睛，仿佛在唤醒他们铁与血的回忆，但他们眼睛里却燃烧着青春的火焰……

尾　声

两个月后，计算器因为核辐射牺牲在医院，根据他的遗愿，他的遗体捐献出来提供给有关单位进行科学研究；在陆冰嫣的履历当中，她从来没有离开过中国空降兵部队，她的故事成为永远的秘密，永恒的传奇；雷震成为副参谋长，他还将继续领导我们，指挥我们，感召我们。

而我们，雷神突击队，过去、现在和未来，都是祖国蓝天的守护者，随时准备接受党和人民的命令。只要一声令下，赴汤蹈火，在所不辞！